À la recherche du temps perdu

追寻逝去的时光 选本

［法］马塞尔·普鲁斯特 著
周克希 译

华东师范大学出版社
·上海·

我随手掰了一块玛德莱娜小蛋糕浸在茶里，下意识地舀起一小匙茶送到嘴边。就在这一瞬间，我感受到一种美妙的愉悦感，它无依无傍，倏然而至，其中的原由让人无法参透。骤然间，一切的一切，形态缤纷，具体而微，全都从我的茶杯里浮现出来。

韦尔迪兰夫妇不用邀请客人来吃饭，这些客人在这儿府上都有各自的常设餐具。晚会么，也没有节目单。年轻钢琴家有时弹弹琴，但谁也不想强迫谁去做什么事情。

一个怯生生的新仆人接过斯万的帽子，滴溜溜乱转的眼睛里流露出内心的惊惶。几步开外，一个身穿号衣的魁梧的汉子站在那儿，犹如一尊雕像。再往前，仆人的情景就让位于宾客的场景了。

见正文第 96 页

只见海滩通往大路的小道上，走过来一个身材高挑的年轻人，露着脖子，高傲地仰着头，眼睛炯炯有神，皮肤和头发都是金灿灿的，仿佛吸饱了阳光似的。这就是年轻的圣卢－昂－布雷侯爵，他向以打扮优雅而闻名。

见正文第 146-147 页

埃尔斯蒂尔要我过去，想把我介绍给阿尔贝蒂娜。可我还在饶有兴味地请一位刚认识的老先生给我仔细讲讲诺曼底某些集市的情形，这位老先生称赞我插在纽孔里的玫瑰花漂亮，我正想取下送他来着。

见正文第 180 页

外婆病重期间，贝戈特每天都来，和我们一起待上几个钟头。我却已经不像从前那么崇拜他了。一个作家，通常只有当另一个还并不知名的作家崭露头角，开始要取代这位威望已有所下降的作家之时，他的作品才会完全被读者所理解，真正放射出它的光芒。

见正文第 241 页

德·盖尔芒特先生问我，要不要他陪我去看埃尔斯蒂尔的画，没等我回答，他就陪着我往前走，每经过一扇门，他都彬彬有礼地给我让路。

德·夏尔吕先生突然把半闭的眼睛睁得大大的，神情专注地望着这位以前做背心的裁缝，而这位絮比安，也骤然立定，犹如一株生了根的植物，凝视着上了点年纪的男爵微微发福的身材，脸露惊叹之色。

我和戈达尔一起走进小游乐场。一个我不认识的少女弹起钢琴来,安德蕾请阿尔贝蒂娜和她跳舞。戈达尔要我注意,她俩胸脯一直贴得非常紧。

见正文第 275 页

阿尔贝蒂娜睡着了。她从头到脚舒展开来，躺在我的床上，那姿势真是浑然天成，任哪个画家都想象不出来的。她的睡意，在我身边留下了一些那么宁静悠远，那么肉感怡人的东西，就像巴尔贝克那些月光如水的夜晚。

就在这时，第二个启示倏然而至，前来加强那两块高低不平的石板给予我的启示，鼓励我继续探索其中的奥秘。原来那是一个仆人不小心把汤匙敲在碟子上的声音。刚才那两块铺路石板带给我的极度幸福的感觉，又充溢在我心间。

一开始,我不明白为什么我不敢相认在场的主人和宾客,为什么他们都像化了装似的,个个都扑了粉,模样完全变了。衰老,也许是我们这辈子最不愿意正视的一个现实。我们由于怕,由于懒,一直没明白这一切意味着什么。

马塞尔·普鲁斯特(1871—1922)

选本序

马塞尔·普鲁斯特（1871—1922）和他的长篇小说《追寻逝去的时光》在文学史上的崇高地位，是世人所公认的。正如法国作家安德烈·莫罗亚所说，普鲁斯特发现并挖掘的不是"矿脉"，而是前人未曾发现过的新的"矿藏"。

普鲁斯特是为文学而生的。他曾说："人们敲遍所有的门，一无所获。唯一那扇通向目标的门，人们找了一百年也没有找到，却在不经意中碰上了，于是它就自动开启……"当这扇"唯一的"门开启时，普鲁斯特看到的就是这部以时光为主题的生活的"大书"。他后来在小说中写道："真正的生活，最终被发现并被阐明，因而是唯一完全真实的生活——就是文学。这种生活，从某种意义上说，每时每刻都不仅寓于作家身上，而且同样寓于每个人身上。但是他们看不见它，因为他们缺乏阐明它的意识。他们的过去充斥着无数杂七杂八的底片，派不上用场，原因是智力根本无法将它们冲洗显影。"智力无法将这些底片（以往的生活）冲洗显影。

那么，要靠什么才能将它们冲洗显影呢？他在第一卷《夫斯万家那边》的"玛德莱娜小蛋糕"那个著名段落中已经提出，只有不由自主的回忆，才能通过当时的感觉与某种记忆之间的偶合（无意识联想),使我们的过去存活于我们现在感受到的事物之中。

在第七卷《寻回的时光》中,他以圣卢小姐为例,说明"生活不停地在人与人、事与事之间编织这些神秘之线,让它们穿梭交叠,愈织愈厚,直到过去生活中的任何一个点和所有其他的点之间,都存在一张密密匝匝的回忆之网"。而圣卢小姐出现在作者眼前,无异于在向他诉说这几个字:逝去的时光。从她那儿辐射出来的道路(网线),在作者心目中是数不胜数的。加入时光这一重要的维度,平面的心理分析就成了空间的心理分析。而一旦在回忆之网中找到了一个个节点,所有往昔的岁月就都融合了起来。

对普鲁斯特来说,写作是他人生最重要的内容。他在小说的第七卷中吐露了他的心声:"真正的作品不会诞生于明媚的阳光和闲谈,它们应该是夜色和安静的产物。"

这部"大书",仅就形式而言,有两个特别之处。

一是体量特别大。普鲁斯特起初只考虑写两卷,第一卷叫《逝去的时光》(Le Temps perdu),第二卷叫《寻回的时光》(Le Temps retrouvé)。但写着写着,篇幅越来越长,因为他"把自己思想乃至生命中最好的部分,都倾注在这部书里了"。他在生命的最后十五年中,以献身的精神完成了七卷巨制的写作。第七卷保留了《寻回的时光》的卷名。第一卷改名为《去斯万家那边》,原先第一卷的卷名,则融入了总书名《追寻逝去的时光》(A la recherche du temps perdu)。这部书的中文译本,有250多万字。

二是句子特别长。据统计,原文约有三分之一的句子超过10行。全书最长的句子有394个法文词、2417个字母。翻译时,为了尽量保留原著中语气绵长的感觉,也不能有太多的短句。我翻译了七卷中的第一、二、五卷,近距离地感受到了原著的魅力,也真切地体会到了长句对阅读者的考验。

我想，倘若我不是译者，而只是读者，我可能也腾不出那么多时间、打不起那么份精神来一卷一卷往下读。直到有一天看到了法郎士的这句话："人生太短，普鲁斯特太长"，我才清晰地意识到，把这部小说浓缩成一个体量小得多的选本，并非对原著的冒犯、亵渎。尤其在当下的中国，这样做不仅是可以的，而且几乎是必要的。这个想法，得到了朋友和出版社的鼓励和支持，于是就有了这个选本。

选本的主要对象，是有意阅读这部小说而又苦于抽不出时间，或者面对二百多万字的大部头翻译作品，心里多少有些犹豫的读者。为了尽可能地让读者领略到普鲁斯特独特文体的魅力，选本采用"大跨度"的节选方式，即先在整部小说的每一卷中，分别选取我们认为特别精彩的大段，每个大段的文字一字不易，完全保留原书中的面貌，然后用尽可能简洁的文字连缀这些段落，并作一些必要的交代。"我们认为特别精彩"，仅仅反映了我和涂卫群等好友的看法，到底选得是否允当，自然是可以讨论的。至于各卷选取的文字多少，跟各卷本身的厚度并不成比例，这只能说是一个不得已的遗憾。

选本的目录，是所选内容的撮要。目录中的文字，并不一定在相应的选段中完整地出现。选本保留原著的框架结构，所以看上去体例并不统一，例如第一卷分三部，每部都有标题，第四卷分两部，不加标题，但第二部分四章。而第六卷不分部、仅分章，第五、第七卷则既不分部，也不分章，整卷文字没有任何分隔。

荷兰画家凡·东恩（Van Dongen）为《追寻逝去的时光》所作的水彩插画，有力而传神，在原著的法文版本中多有采用。我们从中挑选了十二幅，作为选本的插页。

周克希

目录

第一卷
去斯万家那边......1

第 1 部　贡布雷......3

醒来；回忆的闸门打开了......3
玛德莱娜小蛋糕......3
父亲的家乡贡布雷；莱奥妮姑妈和女仆弗朗索瓦兹......8
贡布雷教堂的钟楼......15
看似清高的勒格朗丹是势利之徒......20
我对小说家贝戈特非常崇拜......28
莱奥妮姑妈家的两边；斯万家那边；山楂树......35
当松镇的丁香；斯万家的花园......36
盖尔芒特家那边；维纳沃河；睡莲......43
马丨镇的钟楼；初试写作的喜悦......47

第 2 部　斯万的爱情......52

　　韦尔迪兰夫妇的沙龙......52
　　斯万与奥黛特相遇；凡特伊的"小乐句"......62
　　斯万坠入情网......65
　　斯万的嫉妒......71
　　沙龙中的人物；画家比施......82
　　斯万在韦尔迪兰府上感到乏味......89
　　圣厄韦尔特侯爵夫人的沙龙......95
　　爱情的式微......103

第 3 部　地方与地名：地名......110

　　一连串地名激起的绚丽想象......110
　　香榭丽舍公园；与吉尔贝特的友情......117

第二卷
在少女花影下......127

第1部 在斯万夫人身旁......129

观看拉贝玛的演出......129
艺术珍品不会一下子让人记住......133
与贝戈特共进午餐；对这位大作家的印象......136

第 2 部　地方与地名：地方......143

和外婆去巴尔贝克度假；火车上的印象......143
罗贝尔·德·圣卢......146
他的舅舅夏尔吕男爵......152
从大堤上走来的少女们......157
大画家埃尔斯蒂尔；他邀请我去他的画室......162
今日的大师，就是昔日的比施......172
在聚会上认识阿尔贝蒂娜......180
我对她的爱；被拒绝的吻......184
夏日的回忆......190

第三卷
盖尔芒特家那边......193

第1部......195

盖尔芒特公爵和公爵夫人......195
公爵府上的聚会......201
裁缝絮比安和他的侄女......204
再次观看拉贝玛演出......223
盖尔芒特亲王夫人......227
拉贝玛的才华......234

第2部......241

第1章......241
贝戈特常来我家......241
外婆临终的时刻......244
第2章......246
阿尔贝蒂娜突然来访......246
在盖尔芒特家看埃尔斯蒂尔的画作......253
病重的斯万拜访公爵夫妇......257

第四卷

所多玛与蛾摩拉......261

第1部......263

夏尔吕和絮比安调情......263

第2部......267

第1章......267
第二次去巴尔贝克度假......267
对外婆的回忆......267
大酒店的环境使我想起《阿达莉》......269
早春的苹果树......274

第 2 章 275
发现阿尔贝蒂娜是同性恋 275
爱情的二拍子节奏 279
夏尔吕与莫雷尔相遇；男同性恋 281
玫瑰的精魂 283
第 3 章 284
睡眠之车 284
阿尔贝蒂娜画小教堂 286
夏尔吕和莫雷尔成了韦尔迪兰沙龙常客 286
第 4 章 288
视觉往往是骗人的感觉 288
决定和阿尔贝蒂娜同居 289

第五卷
女囚......291

与阿尔贝蒂娜的共同生活......293
她的睡意像风光旖旎的沃土......295
我的懒散依然故我......300
市声是宗教仪式世俗的翻版......302
阿尔贝蒂娜对叫卖的美食情有独钟......307
我对司机的信任度降低......315
吉尔贝特的隐情......317
十九世纪的杰作有一种本质的整体性......319
贝戈特之死;《德尔夫特小景》中黄色的墙面......324

斯万之死......330
凡特伊的七重奏；艺术并不像生命一样虚幻......333
韦尔迪兰夫人挑唆莫雷尔和夏尔吕断交......348
寓意死亡的形体......351
阿尔贝蒂娜成了我想摆脱的奴隶......353
我跟她谈音乐，谈文学作品中新颖的美......354
阿尔贝蒂娜出走......364

第六卷
失踪的阿尔贝蒂娜......369

第1章......371
　　阿尔贝蒂娜骑马失事......371
　　第2章......372
　　我的文章发表在《费加罗报》上......372
　　吉尔贝特成了福什维尔的养女......374
　　　　第3章......374
　　　　威尼斯之行......374
　　我所爱的，只是当季的花朵......375
萨兹拉夫人见到维尔巴里西斯夫人......376
　　　电报说阿尔贝蒂娜还活着......377
　　　　　阿雷纳礼拜堂......380
　　　　　　第4章......381
　　吉尔贝特和圣卢婚后并不幸福......381
　　她告诉我一些令我惊奇的往事......383

第七卷
寻回的时光……389

在吉尔贝特家小住……391
和吉尔贝特谈起阿尔贝蒂娜……392
龚古尔兄弟的日记……393
从弗朗索瓦兹的表兄嫂身上看到法兰西民族精神……396
圣卢在一战中殉难……397
战后我回到巴黎……398
盖尔芒特府石板地的启示……399
重温玛德莱娜小蛋糕带来的幸福感……399
真正的天堂是我们失去的天堂……402
生活的"大书"存在于我们心中……407
唯一真实的生活就是文学……407

生活的回忆之网......411
我的书为读者提供阅读自己的手段......415
死亡的意识对于写作意味着什么......421
我要写出时光如何为每个人安置他的位置......425

Du côté de chez Swann 01

第一卷
去斯万家那边

第1部　贡布雷

［醒来。回忆的闸门打开了。］

有很长一段时间，我早早就上床了。有时，刚吹灭蜡烛，眼皮就合上了，甚至没来得及转一下念头："我要睡着了。"但过了半小时，我突然想起这是该睡觉的时候呀，于是就醒了。［……］回忆的闸门却已打开了。一般情况下，我并不想马上就再睡着。我把夜的绝大部分时间，用来回想往日在贡布雷姑婆家，在巴尔贝克、巴黎、冬西埃尔、威尼斯，还有在别的地方的生活，回想那些地方和我在那儿认识的人，以及他们留给我的种种印象，或者人家对我讲起的有关他们的事情。

［理性的回忆是无法保存往事的。往事隐匿在智力范围之外，在某个我们意想不到的物质对象里。只有不由自主的回忆，才能让往事从记忆中清晰地浮现出来。玛德莱娜小蛋糕唤起的无意识联想，就是这样的一种回忆。］

在很长一段时间里，我夜半醒来只要回想起贡布雷，眼前就会浮现这一小片光亮，映在黑茫茫的夜色之中，好比焰火或探照灯的光骤然照亮建筑物的一隅，而把其余的墙面依然留在浓密的夜色里：在相当宽阔的底部，是小客厅、餐厅和幽暗小径的起点，使我忧伤而自己浑然不觉的斯万先生，就是从那里来的；通往令我黯然神伤的楼梯口的那个前厅，单独构成这座不规则金字塔的窄窄的柱身；而在顶端，则是我的卧室，连同那条狭小的过道和带玻璃的门，妈妈就是从那儿进来的;总之,始终在同一时刻呈现,不管与环境如何隔绝,孤零零地兀立在黑暗中的,是精简之极的场景(就像供外省上演的老戏剧本开头的布景提示),这就是我更衣上床的悲剧场景;仿佛贡布雷就只有楼上楼下,由一部小巧的楼梯相连接,又仿佛永远都是七点钟。说实话,倘若有人问我,我也许会回答说,贡布雷还有别的东西,还存在其他的时刻。但这些都是自觉的回忆,亦即理性的回忆所提供的,这种有意识的回忆根本无法保存往事,所以我从来不想去回忆贡布雷还有些什么别的东西。对我而言,所有这一切都已经消逝了。

永远消逝?有这可能。

其中有许多偶然情况,而我们的死亡,也就是第二种偶然情况,经常会使我们等不到第一种偶然情况的发生。

我觉得克尔特人[1]的信仰很有道理,他们相信我们失去的亲人的灵魂,被囚禁在某个低等物种,比如说一头野兽、一株植物或一件没有生命的东西里面,对我们来说,它们真的就此消逝了。除非等到某一天(许多人也许永远等不到那一天),我们碰巧经过那棵囚禁着它们的大树,或者拿到它们寄寓的那件东西,这时它们会颤动,会呼唤我们,一旦我们认出了它们,魔法也就破除了。经我们解救,这些亲人的灵魂就战胜了死亡,重新和我们生活在一起。

往事也是如此。有意去回想,只能是徒劳,智力的一切努力都是没用的。往事隐匿在智力范围之外,在智力所不能及的地方,在我们根本意想不到的某个物体(或者说我们对这个物体的感觉)之中。这一物体,我们能在死亡来临之前遇到它,抑或永远都不能遇到它,纯粹出于偶然。这就是方才说的第一种偶然情况。

那已经是好多年以前的事了,贡布雷,除了与我的睡觉有关的场

---

1. 一译凯尔特人。公元前1000年左右分布在欧洲莱茵河、塞纳河、卢瓦尔河流域和多瑙河上游的部落集团。罗马史上的高卢人是克尔特人的一部分。其后裔如今散布在法国北境、爱尔兰岛、苏格兰高原、威尔士等地。

景和细节之外,在我心中早已不复存在。但有一年冬天,我回到家里,妈妈见我浑身发冷,说还是让人给我煮点茶吧,虽说平时我没有喝茶的习惯。我起先不要,后来不知怎么一来改变了主意。她让人端上一块点心,这种名叫玛德莱娜的、圆嘟嘟的小蛋糕[1],那模样就像用扇贝壳瓣的凹槽做模子烤出来的。天色阴沉,看上去第二天也放不了晴,我心情压抑,随手掰了一块玛德莱娜小蛋糕浸在茶里,下意识地舀起一小匙茶送到嘴边。可就在这一匙混有蛋糕屑的热茶碰到上颚的一瞬间,我冷不丁打了个颤,注意到自己身上正在发生奇异的变化。我感受到一种美妙的愉悦感,它无依无傍,倏然而至,其中的原由让人无法参透。这种愉悦感,顿时使我觉得人生的悲欢离合算不了什么,人生的苦难也无须萦怀,人生的短促更是幻觉而已。我就像坠入了情网,周身上下充盈着一股精气神;或者确切地说,这股精气神并非在我身上,它就是我,我不再觉得自己平庸、凡俗、微不足道了。如此强烈的快感,是从哪儿来的呢?我觉着它跟茶和蛋糕的味道有关联,但又远远超越于这味道之上,两者是不能同日而语的。它究竟从何而来?它意味着什么?怎样才能把握它、领悟它?我喝了第二口,没觉得跟第一口有什么不同,再喝第三口,感觉就不如第二口了。该停一下了,这茶的美妙之处似乎在消减。很清楚,我要找的个中真谛并不在茶里面,而是在我自身里面。这热茶唤醒了它,但我还不认识它,于是只能一次又一次、劲道随之减弱地重复这一现象。我不知道怎么说明这一现象,只能希望同样的感觉至少再有一次毫不走样地重现,即刻被我攫住,得出一个明确的解释。我放下茶杯,让思绪转向自己的心灵。只有在内心才能找到真谛。可是怎么找呢?心灵是个探索者,同时又正是它所要探索的那片未知疆土本身,它的本领在那儿根本无法施展;我没有丝毫把握,总觉

---

[1] 这种用面粉、砂糖、黄油、鸡蛋、柠檬汁为原料烤焙而成的小蛋糕,相传其创始人是个叫玛德莱娜的女厨子,故而得名。

得心有余而力不足。只是探索吗？不仅如此：还得创造。它所面对的，是某种尚未成形、唯有它才能了解并阐明的东西。

我重新又想，这种从未经历过的情况究竟是怎么回事呢，对它没法进行任何逻辑推论，但很明显，它让人感到幸福，而且那么实在，有了它，其他的一切就都消融不复存在了。我想让它重现。我回想舀第一口茶的那个时刻。我又仿佛置身相同的情景，但依然不明究里。我要智力再作一次努力，去找回那已消逝的感觉。为了不让任何东西来中断智力捕捉这一感觉的冲劲，我排除一切障碍和杂念，对隔壁房间的声音充耳不闻，不去理会。但我很快觉得自己的脑筋不管用了，于是就决定让它松弛一下，平时思考问题时，不到它竭尽全力我是不会允许自己分心的，而现在我却有意让思绪岔开一会儿。而后，我再一次为它廓清道路，把第一口茶的味道送到它跟前。我骤然感到周身一颤，觉着脑海里有样东西在晃动，在隆起，就像在很深的水下有某件东西起了锚，我不知道这是什么东西，但它在缓缓升起。我感觉到它顶开的那股阻力，听到它浮升途中发出的汩汩的响声。

当然，在我脑海深处如此搏动着的东西，一定是形象，是视觉的记忆，攀缘着那味道，竭力要跟着它来到我眼前。然而这记忆在一个那么遥远、那么混沌的地方挣扎，我只能勉强瞥见融入模糊的光色漩涡之中的那道淡薄的反光。我辨认不出它的形状，没法询问这唯一的知情者，让它向我解释那味道——它的同龄伙伴、密友——究竟在表明什么，没法让它告诉我，它到底跟怎样的特定环境，跟过去的哪个时期有关系。

这一记忆，这一由某个一模一样的瞬间远道而来，从我脑海深处唤醒、摇动并使之升起的往昔的瞬间，它真能浮升到我的非常清楚的意识层面上来吗？我不得而知。现在我又什么都感觉不到了，它停住了，说不定又沉下去了；谁知道它是否还会从夜一般的混沌中升腾起来呢？我必须一而再、再而三地从头来过，俯身向着隐在深处的它。

而每一次，又总是那让我们在所有艰难的任务、重要的事业面前望而却步的怯懦，在劝我就此罢手，去喝自己的茶，想想自己今天的烦恼和明天的希望就够了，这些事怎么翻来覆去地想都没关系。

骤然间，回忆浮现在眼前。这味道，就是小块的玛德莱娜的味道呀，在贡布雷，每逢星期天（因为这一天我在望弥撒以前不出门）我到莱奥妮姑妈屋里去给她道早安时，她总会掰一块玛德莱娜小蛋糕，在红茶或椴花茶里浸一浸，然后递给我。刚看见玛德莱娜小蛋糕，尝到它的味道之前，我还什么也没想起来。也许是由于后来我虽说没再吃过，却常在糕点铺的货架上瞥见它们，它们的形象就脱离了贡布雷，而与更近的其他时日联系在了一起。也许是由于这些被抛出记忆如此之久的回忆，全都没能幸存，一并烟消云散了。物体的形状——糕点铺里那尽管褶子规规整整，却依然那么丰腴性感的贝壳状小蛋糕——会变得无迹可循，会由于沉匿日久，失去迎接意识的活力。但是，即使物毁人亡，即使往日的岁月了无痕迹，气息和味道（唯有它们）却在，它们更柔弱，却更有生气，更形而上，更恒久，更忠诚，它们就像那些灵魂，有待我们在残存的废墟上去想念，去等候，去盼望，以那种几乎不可触知的氤氲，不折不挠地支撑起记忆的巨厦。

一旦我认出了姑妈给我的在椴花茶里浸过的玛德莱娜小蛋糕的味道（虽说当时我还不明白，直到后来才了解这一记忆何以会让我变得那么高兴），她的房间所在的那幢临街的灰墙旧宅，马上就显现在我眼前，犹如跟后面小楼相配套的一幕舞台布景，这座面朝花园的小楼，原先是为我父母造在旧宅后部的（在这以前，我在回想中看到的仅仅是这一截场景）。随着这座宅子，又显现出这座小城不论晴雨从清晨到夜晚的景象，还有午餐前常让我去玩的那个广场，我常去买东西的那些街道，以及晴朗的日子我们常去散步的那些小路。这很像日本人玩的一个游戏，他们把一些折好的小纸片，浸在盛满清水的瓷碗里，这些形状差不多的小纸片，在往下沉的当口，纷纷伸展开来，显出轮廓，展示色彩，变幻不定，或为花，或为房屋，或为人物，而神态各异，惟妙惟肖，现在也是这样，我们的花园和斯万先生的苗圃里的所有花卉，还有维沃纳河里的睡莲，乡间本分的村民和他们的小屋，教堂，整个贡布雷和它周围的景色，一切的一切，形态缤纷，具体而微，大街小巷和花园，全都从我的茶杯里浮现了出来。

　　[父亲的家乡贡布雷。莱奥妮姑妈和女仆弗朗索瓦兹。]

　　贡布雷，我们在复活节前的那个星期来到这儿。从十法里外的火车上望去，看到的仅是一座教堂，这就是贡布雷，在向远方宣告它的存在，诉说它的风致。当我们离得更近些了，教堂就像一个牧羊女把羊群拢在自己身边一样，在旷野里迎着风，把密匝的房屋那毛茸茸的灰色屋顶收在自己高高的深色披风周围。中世纪城墙的残垣，断断续续地把这些房屋围在中央，画出一条文艺复兴前期油画上小城那般溜圆的曲线。就居家而言，贡布雷稍稍显得有些阴郁，因为它的那些街道两旁的房舍都用当地色泽灰暗的石头砌成。门前有台阶，顶上的山墙把阴影投在门前，所以街上显得很暗，太阳刚下山，家家户户的厅堂里就撩起窗帘、点上灯了。一些街道是以圣徒庄严的名字命名的（其中不少都跟贡布雷早年几位领主的掌故有关）：圣伊莱尔街；圣雅各街，我姑妈的家就在那儿；圣伊尔德加德街，姑妈家的铁门冲着它；还有圣灵街，她家花园的边门开出去就是这条街。贡布雷的这些街道，留存在我的记忆深处，跟我此刻看出去的这个世界迥然不同，我觉得它们连同高踞在广场上的那座教堂，都显得比幻灯机打出的影像还要虚幻；有时我甚至觉得，要是还能穿过圣伊莱尔街，还能在鸟儿街上那座古色古香的飞鸟旅店租上一间客房——从那地下室的气窗里飘上来的厨房的气味，至今还不时一阵一阵地、热气腾腾地在我心头升起——那就好比是开始跟冥冥中的另一个世界有了联系，比结识戈洛或者跟热纳维埃芙·德·布拉邦[1]交谈更加神奇,更妙不可言。

　　那时我们住在莱奥妮姑妈家里,她母亲就是我姑婆,也就是我祖父的表妹。这位姑妈,自从她的丈夫,我的奥克塔夫姑夫去世以后,先是不肯离开贡布雷,接下来是不肯离开她在贡布雷的家,再接下来是不肯离开她的房间,最后是不肯离开她的床,干脆不下来了。她整天躺在床上,处于那么一种状态之中,叫人难以确定那究竟是忧伤,是身体虚弱,是疾病缠身,还是抱着偏执的念头,抑或满怀虔诚的信心。她的那套房间临着圣雅各街,这条街远远地一直通到大草坪(这个名称相对于小草坪而言,后者绿意盎然地坐落在市中心的三岔路口),街面很平坦,灰不溜秋的,几乎家家门口都有三级高高的砂岩台阶,看上去就像有位雕凿哥特式圣像的匠人,在本来可以刻个耶稣降生的马槽或受难十字架的石头上,凿了一条狭道似的。我姑妈其实就只住两个毗连的房间,每天下午总在其中一间,好让佣人给另一间换换空气。这是外省常见的那种房间,它们——如同在有些地区,大片大片的天空或海域浮游着无数肉眼看不见的原生动物,因而变得亮光闪闪或香气弥漫那样——会以上千种气味令我们心醉神迷,那是从美德、智慧和习俗,从一种隐秘的、看不见的、氤氲般悬凝在房间里的丰腴的精神生活中散发出来的气息;诚然,那仍是一种自然的气息,就像邻近田野上飘来的气息一样带有季节的色彩,但已经给幽闭起来,失去了野趣,变成了藏品,就像当年从果园摘下的水果给加工成了玲珑剔透的美味的果冻;这些气息也随季节的更迭而变换,但毕竟有了一种柜藏的特色和家常的风味,霜寒让新鲜热面包的温馨给消融以后,

---

1. 中世纪传说中的女主人公,布拉邦公爵的女儿,特里尔伯爵西格弗里德的妻子。因拒绝总管戈洛的非分之想,遭其诬陷,被西格弗里德下令处死。仆人救下她之后,把她和她的儿子安置在荒野的森林中,许多年以后真相终于大白,戈洛受到应有的惩罚。奥芬巴赫根据这一传说创作的轻歌剧首演于1859年。这部轻歌剧后来又被改编成五幕歌剧于1875年上演。普鲁斯特在《追寻逝去的时光》中假设盖尔芒特家族是热纳维埃芙·德·布拉邦的后裔。

这些气息就变得像乡镇上报时的大钟那样闲适,那样一丝不苟,悠忽而又有条不紊,无忧无虑而又高瞻远瞩,有如洗衣女工那般清新,有如早晨那般宁谧,充满虔诚的意味,怡然自得地把整座小城笼罩在一种和平的氛围里,这种氛围对小城居民而言,只是让他们徒添愁绪,越发感到生活的平凡罢了,但这种平凡,对没有在这座小城生活过的匆匆的来客,却成了汩汩不绝的诗的源头。这两个房间的空气中充满着一种滋养膏腴、沁人心脾的静谧的精华,我往里走,就不禁变得垂涎欲滴起来。尤其是复活节的那个星期,我因为刚到贡布雷的缘故,对这种况味的感受特别敏锐:乍暖还寒的早晨,我进屋去向姑妈问安的时候,总得先在外面那间屋里等一会儿,残冬的阳光钻进屋来,挨在壁炉跟前取暖,炉膛的砖墙之间,火生得正旺,整个房间都有一股烟灰的味儿,犹如乡间两旁有挡墙的大炉灶或是城堡里的大壁炉台,坐在屋里,巴不得外面下雨飘雪,甚至狂风大作、暴雨滂沱,好让室内的恬适添加几分冬日蛰居的诗意;我在跪凳和轧花绒面的扶手椅中间走动了几步,这些扶手椅的靠背上总是蒙着卷叶饰边的布套;熊熊的炉火把那些诱人的香味,那些由整个房间里的空气凝聚而成的撩拨食欲的香味,犹如烤面团似的焙烤着——早晨湿润的、充满阳光的清新空气已经把这些香味和成面团,发了起来,炉火把它们不停地翻动、烤黄,让它们起酥、发泡,烘成一张乡下烘饼,一个硕大无朋的卷边果酱馅饼,我在这张大馅饼里一闻到壁橱、衣柜和印花墙纸的那种更松脆、更细腻、更令人肃然起敬但也更干涩的芳香,就会以一种连我自己也不肯承认的猴急劲儿,沉浸到绣花床罩的那股黏糊糊、淡幽幽、叫人难以消受的水果气味中去。

我听见姑妈在隔壁房间里低声地自言自语。她说话一向声音很轻,因为她总觉得自己脑子里有样什么东西碎了,来回晃荡着,她要是话说得太响,它就会挪开去的,然而她即便是独自一人,也不会长时间待着不说话,因为她觉得说说话对保护嗓子有好处,能防止喉咙淤血,对她常犯的胸闷心慌毛病也有缓解作用;再说,她整天生活在一种不活动的状态中,所以把自己哪怕一丁半点的感觉都看得极其重要;这些感觉被她赋予了一种运动机能,弄得她自己都很难留住它们,而由于没有知心的人可以交流,她就对着自己诉说这些感觉,这种经常的自言自语成了她唯一的活动方式。遗憾的是,她有了这个想到哪说到哪的习惯以后,有时就顾不得隔壁房间有没有人了,我常听见她自言自语地说:"我可得记住,我刚才没睡觉哦。"(从不睡觉是她最引以为荣的事情,我们平日里说起话来都很火烛小心,有些字眼是要避讳的:每天早上弗朗索瓦兹不是去叫醒她,而是上她屋里去;每当姑妈在白天想打个盹儿的时候,大家就说她要静一静或者养养神;要是碰巧她一时忘乎所以,脱口说出"把我吵醒了"或者"我梦见什么什么"之类的话,她马上会脸涨得通红,忙不迭地改口。)

等了一会儿,我进去吻她,向她问安,弗朗索瓦兹给她沏茶。要是姑妈觉得情绪有些激动,她会吩咐以药代茶,这时就由我负责把一撮椴花茶从药袋倒在一只盆子里,随后别人再把它们放进开水杯里去。干枯的茶梗弯弯曲曲地组成一幅构图匪夷所思的立体图案,在虬曲盘绕的网络中间,绽开着一朵朵色泽幽淡的小花,仿佛是由哪位画家经心安排,有意点缀上去的。叶片由于失去了,或者说改变了原来的模样,看上去就像是杂沓的不协调的东西,有的宛如飞虫透明的翅翼,有的恰似标签白色的背面,有的好像玫瑰的花瓣,但都挤在一起给轧碎了,或者像筑巢那样给编了缠。成百上千不能成茶的碎枝细末——这是药剂师可爱的浪费——在制作药茶时是弃之不用的,但它们却给我带来了莫大的喜悦,我犹如在一本书里意外地看见了熟人的名字那样,惊奇地发现它们都是真正的椴树茎梗,就跟我在车站林荫道上看见的椴树是同样的东西。这些椴树茎梗看上去之所以变了样,恰恰是由于它们并非仿制品而是真货,只是放置时间久了的缘故。每种新的形态都是从旧的形态衍化而来的,我从那些灰不溜秋的小球身上,认出了当初尚未绽开的嫩绿骨朵儿的影子；尤其是那片月光似的柔和的粉红光泽，在干茎枯梗之林中，把小朵金色玫瑰般的挂在林梢的花儿衬托得格外分明——这是一种标记，就像一缕微光照在墙上原先有过壁画的地方那样，显示出椴树一度色彩鲜艳的部位和原本就没有颜色的部位的差异——让我明白了，这些花瓣就是那些在装进药袋之前，曾经在春天的夜晚散发出馨香的花瓣儿。这片红红的烛光，依然是旧日的颜色，只是已经半明半灭，光影幢幢，俨然是今日花事衰颓的景象了。再过不一会儿，姑妈大概就要把一块玛德莱娜小蛋糕浸到她尝过的那些残花枯叶的热气腾腾的椴花茶里去，等完全泡软后给我尝一口了。

她的床的一边有一张用柠檬树木制成的高高的黄色衣柜，另外还有一张兼作药柜和祭坛的桌子，桌面上放着一尊小小的圣母雕像和一瓶维希矿泉水，下面还有几本祈祷书和一些药方，这样一来，在床上做祷告和养身体就什么也不缺了，既不会错过服胃蛋白酶的时间，也不会耽误做晚祷的工夫。床的另一边沿着窗，看出去就是街道，她从早到晚望着街景，俨然像个波斯王公似的，靠浏览贡布雷的这部正在日复一日往下写，却又可以上溯到远古时代的编年史来解闷，过后还要跟弗朗索瓦兹一起进行评论。

我和姑妈在一起待上五分钟，她就要打发我走，生怕我会累着她。她把苍白、憔悴的额头伸给我吻，在早晨的时候，她还没有把前额的假发梳理好，颈椎的骨突看上去就像荆冠上的那些尖尖或是诵经的念珠，她对我说："行啦，可怜的孩子，去吧，准备望弥撒去吧。要是在楼下遇到弗朗索瓦兹，告诉她说别跟你们玩得太久了，让她一会儿就上来瞧瞧我是不是要什么东西。"

弗朗索瓦兹虽说服侍了姑妈多年，而且当时也没料到将来有一天会完全到我们家来帮佣，但我们住在那儿的几个月里，她对我姑妈确实有些不怎么尽心。在我小时候，我们还没来贡布雷之前，莱奥妮姑妈每年都是到巴黎姑婆家去过冬的。那时候我跟弗朗索瓦兹还很生疏，每逢元旦去看姑妈，母亲总要事先把一枚五法郎的硬币放在我手心里，对我说："千万别认错人哟。等听到我说：'你好，弗朗索瓦兹'，就把这枚硬币给她。到时候我会轻轻地在你胳膊上按一下的。"我们刚迈进姑婆家幽暗的前厅，一眼就瞥见暗头里耸着一顶白得耀眼、熨得笔挺，像是用饴糖做的那般脆生生的无檐高帽，帽子下边是一张预先就在表示感激的笑脸，笑意有如同心圆似的在这张脸上荡漾开来。那就是弗朗索瓦兹，她一动不动地伫立在过道小门的门框里，恰如壁龛里的一尊圣像。我们稍稍适应了这种小教堂的幽暗光线之后，就在她的脸上看到了充满人情味的无私爱心，以及对新年赏钱的期盼在心灵最恰当部位激发起来的对上等人的拳拳敬意。妈妈在我的胳膊上用力捏了一把，大声地说："你好，弗朗索瓦兹。"一听到这个信号，我松开手指听凭那枚硬币落了下去，被一只局促不安伸将过来的手接个正着。自从我们来到贡布雷以后，弗朗索瓦兹就成了我最熟悉的人。她喜欢我们，至少在开头几年里，她服侍我们就像服侍我姑妈一样周到，甚至更尽心尽力，因为我们除了属于这个家族的这点魅力之外（她对那种无形之中把一群人维系在一起的血缘关系的敬重，绝不亚于一个古希腊的悲剧诗人），还占了一层便宜，那就是我们并非她平日里寻常服侍的主子。所以，我们在复活节前一天到达贡布雷的那会儿，她迎接我们时有多高兴呵。她口口声声向我们数落天气怎么还不转晴，其实在那种时令，寒风凛冽本来就是很平常的事。在她唠叨的当口，妈妈就问候她的家人，问她女儿和侄儿外甥都好吗，外孙乖不乖，打算让他长大以后干什么，小外孙长得像不像外婆。

等大家都走了以后，妈妈又语气轻柔地跟她谈起她的父母，不厌其详地询问他们在世时的种种生活细节，因为妈妈知道弗朗索瓦兹在双亲去世以后的这些年来，还一直在为他们伤心落泪。

妈妈早就看出来了，弗朗索瓦兹不喜欢女婿，因为有他在场，她跟女儿说起话来就有些不自在,是他败坏了她跟女儿共享天伦之乐的兴头。于是,当弗朗索瓦兹到离贡布雷几法里开外的地方去看他们的时候,妈妈笑吟吟地对她说:"弗朗索瓦兹,要是朱利安有事出门,只能整天都让玛格丽特一个人陪着您,您当然会觉得有点遗憾,不过也并不怎么太在乎。是不是哪?"弗朗索瓦兹就呵呵笑着回答说:"夫人什么都知道。夫人真比X光还厉害(她说X光时故意一笑,装作很拗口的样子,以此来自我解嘲。意思是说,瞧,我这么个无知无识的粗人,居然也搬弄起时兴的词儿来了),有一回人家拿这玩意儿给奥克塔夫夫人摆弄过,你心里想些什么,它全能看得清清楚楚哩。"说完,她就躲了开去,仿佛别人的关心让她感到很不好意思,或许不想让人看见她掉眼泪似的;在妈妈来这儿以前,还从来没有一个人给过她这种充满柔情的体验,让她感觉到她这么个乡下女人的生活,她的欢乐,她的悲伤,都还有另外一个女人也在关心,在分担着这些愉悦和忧愁。我们住在贡布雷期间,姑妈只能忍痛割爱,稍稍把弗朗索瓦兹让给我们点儿,因为她知道我母亲很喜欢这个既聪明又勤快的女仆。每天从早晨五点钟起,弗朗索瓦兹就在厨房戴上浆洗得又白又挺、看上去就像瓷器似的折裥高帽,周身上下打扮得漂漂亮亮,仿佛要去望大弥撒的模样;她干什么事都挺勤快,而且不论身体好坏,干起活来总是像匹马那般使劲,但又从不炫耀,看上去就像没干过什么事似的。在姑妈的所有女佣当中,唯有她能在妈妈想要杯热水或清咖啡的时候,端来真正滚烫的开水或咖啡。她属于这样的一类佣人,生客乍见之下会觉得不喜欢他们,原因也许在于他们心里很明白自己对客人一无所求,主人宁可客人从此不再上门,也决不会辞退他们的,所以不想费神去巴结客人、对客人献殷勤;但与此同时,他们又深受主人的器重,因为主人赏识的是他们的实际能力,而不是那种表面的讨人喜欢或者低声下气的逢迎,那固然能给客人留下个好印象,但背后却有着一种无法调教的低能。

[贡布雷教堂的钟楼。]

贡布雷教堂的后殿，对它真的还能说什么呢？它是那么粗俗，非但谈不上艺术的美感，而且毫无宗教的激情可言。从外面看，由于它临着的那个交叉路口比较低，所以粗陋的外墙在底部垫了一层由毛毛糙糙的砾石砌成的墙基，小石子像皮刺似的戳在外面，看上去真是没点儿教堂的况味，彩绘玻璃的窗洞似乎又开得特别高，整堵墙的外貌与其说像教堂，倒不如说像监狱。当然，后来当我回忆起所有那些我见过的其他教堂辉煌的后殿时，我从来不曾想到把它们跟贡布雷的后殿进行对照。只是有一天，在外省的一条小街道的拐角处，我瞥见三条街道交汇的路口对面，竖着一堵加高过的墙，墙面毛毛糙糙，彩绘玻璃窗的窗洞开得很高，外观就跟贡布雷的后殿一模一样的不对称。当时我并没有像在夏特勒或是兰斯那样去考虑宗教感情在那儿是何等有力地表现了出来，但我情不自禁地脱口喊出："教堂！"

教堂！我们这熟稔的所在呵。它的北门坐落在圣伊莱尔街上，位于拉潘先生的药铺和卢瓦佐夫人住宅之间，跟这两户邻居紧挨着；倘若贡布雷的街道上有门牌号码的话，它作为贡布雷的一户住宅，准也有个门牌号码，而且恐怕邮差每天早晨来送信的时候，在前脚从拉潘先生的铺子出来，后脚还没进卢瓦佐夫人家的当口，也该在它前面停一停；然而在教堂跟所有不是教堂的住所之间，始终存在着一条我的理智无法逾越的界限。卢瓦佐夫人家窗台上的那盆吊钟海棠有个坏习惯，老爱把耷拉着脑袋的枝条到处乱伸，枝头的花骨朵儿长大以后，总又迫不及待地要把自己血色极好、红得发紫的脸颊凑到教堂阴暗的墙上去凉快凉快，但尽管如此，这些吊钟海棠在我的心目中并未因此而变得神圣起来；在这些花儿和它们所投身的黑乎乎的石块之间，虽然我的肉眼看不出间隙，但在我的心灵里却始终保留着一道鸿沟。

从很远的地方就能认出圣伊莱尔教堂的钟楼，贡布雷还没有在地平线上露面的时候，钟楼那令人难忘的身影，就已经远远地呈现在眼前了；复活节前的那个星期，我们从巴黎乘火车驶来的当口，父亲瞥见了这座在天空上轮番划过一道道弧线、尖顶上的风信鸡四下转动着的钟楼，就冲着我们说："嗨，把毯子收拾好，咱们到了。"还有一次我们从贡布雷出发作长距离散步，沿着一段狭仄的小路走到一个地方，眼前骤然间出现一片非常开阔的空地，前方匝绕着一围丛林，远远望去，只见圣伊莱尔教堂钟楼优雅的尖顶高耸在参差不齐的林木之上，但它显得那么纤细，粉红的色泽又是那么淡然，看上去就像是有谁为给这片景色、这幅大自然的杰作添上一抹艺术的痕迹，一道仅有的人为的印记，才用指甲在天际划了这么个道道似的。当我们走得更近，能瞧见挨在钟楼边上显得稍矮的那座半圮的四方形塔楼时，使我们感到惊异的，是塔身石块的那种黑里泛红的色调；在秋雾弥漫的清晨，不妨这么说吧，就像有座色泽如地锦草[1]似的红彤彤的废墟，耸立在大片暗紫色的葡萄丛中。

我们回家路过广场时，外婆常会叫我停下望望这座钟楼。塔楼上的窗户两扇一组，分层排列，彼此间的距离保持着一种准确、别致的比例关系，这种比例关系所具有的美感和尊严，并不只适用于人的五官哩。每隔一阵就从塔楼窗口飞出一群乌鸦，它们凌空落下，聒噪着打着旋，仿佛那些先前任凭它们嬉戏而视若无睹的古老的石块，顷刻间变得无法容身，成了骚动之源，把这群惊惶不安的暮鸦轰了下来。随后，它们在暮霭沉沉的紫红色天幕上扑翅斜飞一通，突然又安静下来，重新飞回塔楼栖息，不安之源重又变成了福地；一些乌鸦上下错落地停歇在一个小钟楼的尖顶上，看起来像一动不动，但说不定是正待啄食小虫，就像海鸥以渔人般寂然不动的姿势停歇在浪尖上一样。

---

1. 一种草本植物，茎为红色，花为紫红色。

我不太知道为什么，外婆总觉着圣伊莱尔教堂的钟楼超尘脱俗，从而使她更爱大自然（当人类的双手不曾像我姑婆的园丁那样去玷污它的时候）和天才的杰作，认定它们对造福人类都有重大影响。虽然人们所见的教堂的每个部分，都凭着一种生来就有的沉思的姿态显示出它与所有其他建筑的区别，然而让它真正意识到自己的价值，表明自己独具个性、责无旁贷的存在的，似乎还是这座钟楼。这座钟楼在为它立言哩。我隐隐约约地觉得，外婆在贡布雷的钟楼上找到了对她来说这世上最可珍贵的东西，那就是自然的风致和卓异的气度。她不懂建筑，但她爱说："孩子们，你们爱笑我就笑吧，可我觉着，或许它不合规范，并不漂亮，可是那古里古怪的老派模样儿，让我瞧着挺受用。我敢说，要是它会弹琴的话，一准不会弹得干巴巴的。"她注视着钟楼，目光随着它徐徐升起，顺着塔身石块虔诚地倾向天空的斜势，眼望着两边的斜面彼此愈靠愈近，犹如双手在合掌祈祷，她的整个身心都跟尖顶的取势融为一体，目光也仿佛随它向天而去；与此同时，她朝向塔身陈旧剥蚀的石块亲切地笑着，此刻仅有塔尖沐浴在夕阳的余辉中，而一旦整个塔身进入这抹夕照的范围，就会敷上一层柔美的色调，仿佛骤然间升得又高又远，好似一支用假声升高八度演唱的歌。

圣伊莱尔教堂的钟楼，赋予所有的行业以象征的标志，赋予所有的时刻以美好的意义，也赋予所有关于城市的观点以真正的价值。从我的房间里望去，只能看见它那深灰色的板岩墙基；但当我在夏日某个星期天炎热的早晨，望见这些板岩犹如一轮黑太阳那样熠熠生辉的时候，我就会对自己说："我的天主！九点啦！得准备去望大弥撒了，要是我还想有时间先跟莱奥妮姑妈道个别的话。"我能确切地知道广场上的光线是什么颜色，我知道市集上热浪滚滚，尘埃飞扬，我还知道店铺的凉篷投下浓荫，而妈妈也许会赶在望弥撒前走进去买几块手帕，店堂里散发着一股坯布的气味，掌柜的挺起腰来吩咐伙计拿货给妈妈挑选，他已经准备关门打烊，刚在后间换上了节日的上衣，正在洗手哩，说起这双手，他还有个习惯，每隔五分钟就要带着一副踌躇满志、雅兴大发的得意神情搓这双手，哪怕生意再不景气，也照搓不误。

  弥撒过后，我们到泰奥多尔的铺子吩咐他送一只比平时大些的奶油圆球蛋糕上门，因为我的表兄弟趁今儿天气好，要从蒂贝尔齐赶来跟我们一起用午餐。钟楼耸立在我们面前，就像一只烤得金黄松脆的祝圣大蛋糕，鳞片似的砖瓦和松脂似的墙面，在阳光下闪烁着，锋利的尖顶直刺蓝天。傍晚时分，当我散步回来，想到过一会儿就要跟妈妈道晚安，就要再也见不到她了，这钟楼在一片薄暮中反倒显得格外温柔起来；它看上去犹如悬在苍茫的天际，像一只褐色的丝绒靠垫似的往后倚去，天空在它的轻压下微微凹陷进去，给它让出地方，随即又团团围在它的四周。鸟儿绕着钟楼盘旋飞翔，它们的叫声仿佛更为钟楼增添了几分静谧，尖顶也越发显得高远，整个钟楼有着一种难以言说的意味。

  即使当我们走在教堂背后的街上，看不见教堂的时候，周围的一切，其位置似乎仍是根据这座不时在屋宇间冒出头来的钟楼而定的，而且正因为这钟楼是在看不见教堂的情形下出现的，或许它才更能拨动人们的心弦。当然，有许多别的钟楼从这样的角度看过去要更美得多，我的记忆中有好些高耸于屋宇之上的钟楼的图景，跟贡布雷阴郁街巷构成的图景相比，确是另有一种艺术旨趣。我不会忘记巴尔贝克邻近的那座趣味盎然的诺曼底城市，城里有两座可爱的十八世纪的宅邸，对我来说，这两座宅邸在许多方面都亲切而可敬，当我从那台阶通往河沿的美丽花园望过去的时候，可以看见一座遮蔽在宅邸后面的教堂露出的哥特式尖顶，它高高地矗立着，看上去就像是在两座宅邸终止之后，再高踞其上，而它的模样是那么与众不同，那么弥足珍贵，那么节节向上，那么红而不艳，那么光泽迷人。在我眼里，这个有如闪着珐琅寒光的纺锤形贝壳的紫红色尖顶，仿佛夹在沙滩上两颗紧挨着的美丽的卵石中间，而又超脱于它们之上。甚至在巴黎城里一个最丑陋的街区，我也记得有那么一扇窗户，从那里看出去，穿过一街一街鳞次栉比的屋顶所构成的近景、中景，乃至远景，可以望见一座紫色的钟楼，有时它会变成淡红色，有时在从暮色中迭现出来的最典雅的影像上，它还会呈现一种由灰色调衬托着的黑色，那就是圣奥古斯丁教堂的圆顶钟楼，它使巴黎的这处景观具有了皮拉内西[1]笔下某些罗马风光版画的特点。可是，无论我的记忆以何种风格来描绘这些纤小的版画，其中任何一幅都没能体现出我早已失去的那种感情，那种使我们不是把某一对象当作观赏的目标，而是把它看作一种独一无二的存在的感情，它们全都没能如同从教堂后面的街巷所见到的贡布雷钟楼这样，在我的生命中留下如此深刻的印记。下午五点钟我上邮局去取信时，在左边跟我才隔开几幢房屋的地方，会冷不丁地瞥见它那孤零零的尖顶耸起在一排屋顶之上；要是我不想往那个方向走，而是想到萨兹拉夫人府上去问个安的话，我就会看着这排屋顶沿着斜坡的另一侧通往低处，知道过了钟楼以后，到第二个街口就得拐弯了；要是我走得更远，往车站的方向而去，那么从斜刺里还能瞥见它展现屋脊和墙面的新的身影，好比一个刚体在旋转时蓦地被我觑见了似的；倘若从维沃纳河的岸边望去，由于透视的缘故，教堂后殿仿佛正在积聚力气，使足劲儿迸发出钟楼借以将尖顶引向云霄的力量；无论哪种情形，所有的一切最终都会回归到它身上，它永远凌驾于其他一切之上，以它那出其不意地出现在人们眼前的小尖塔，审视着全镇的房舍，这小小的尖顶矗立在我面前，就像是天主的手指，尽管天主隐迹于人群之中不露真身，但我并不会就此把他混同于芸芸众生。直到今天仍然如此，要是在一座外省的大城市，或者在巴黎某个我不熟悉的街区，有哪位给我指路的行人，远远地指给我看前面那条街的街角上一家医

---

1. 皮拉内西（Piranesi, 1720—1778）：意大利镌版画家、建筑师，尤以一组表现罗马景观的镌版画著称。

院的大钟,或是一座修道院顶端像戴着僧帽似的钟楼作为指示方位的标志,我总会隐隐约约地发觉在它身上有某些跟我那亲爱的、业已消失的形象颇为相似的地方,倘若这位行人转过身来想看看我有没有走错路,他准会惊愕地瞅见我还没迈步,兀自呆望着那座钟楼,忘了散步,忘了买东西,一连几个小时,寂然不动地伫立在那儿,在记忆深处寻觅着,感觉到我内心深处有了一些从忘川夺回的正在干涸、正在重建的土地。这会儿,我或许比刚才向他问路时还要焦急,我依然在寻路,我转过了一条街……可是……那是在我心中的街哟……

[勒格朗丹。这个看似清高、优雅的工程师,其实是个爱虚荣的势利之徒。]

做好弥撒回家的路上,我们常会遇见勒格朗丹先生,他在巴黎当工程师,平时除了休假,只有在星期六晚上到星期一早上才能待在贡布雷的宅邸。他是那类除了在科学生涯中成绩显著,还具有另外的文化修养的人,诸如文学、艺术,他们都很在行,这些修养跟从事的专业不相干,但在谈话时派得上用场。这些人比许多文学家更有文采(那时候我们不知道勒格朗丹先生还是个小有名气的作家,所以看到有位著名音乐家为他的诗谱了曲,颇有些大惊小怪),比好些画家技巧更纯熟,他们总以为眼下的生活并不适合自己,所以对待这份讲究实际的职业,不是抱一种随兴之所至的不在意态度,就是抱一种居高临下的认真态度,心里虽有牢骚,做事却一丝不苟。勒格朗丹先生个子高高的,风度优雅,清秀的脸上蓄着两撇长长的金黄色小胡子,显出若有所思的神情,蓝蓝的眼眸里射出参透世故的目光,举止彬彬有礼,说话滔滔不绝,在全家人的眼里,他就是以高雅方式生活的成功男人的典范,我们家里常常要谈起他。只有外婆觉得他说话太文绉绉,有点掉书袋,没有他那飘在胸前打大花结的领带和学生装式的单排纽上衣那样自然。外婆感到吃惊的还有他那些情绪激昂的长篇大论,这些宏论往往是抨击贵族阶层和热衷名利、附庸风雅的习尚的,"毫无疑问,圣保罗所说的无可赦免的罪孽,就是指的这种罪孽[1]。"

热衷于名利的野心,是外婆无从领略,而且几乎无法理解的一种情感,所以在她看来,似乎完全没有必要如此慷慨激昂地去大事讨伐。况且,外婆总觉着,既然勒格朗丹先生的姐姐在巴尔贝克附近嫁了一位下诺曼底的贵族,他再这么拼命攻击贵族阶层,甚至指责大革命没有把他们全都送上断头台,那就未免有失雅量了。

"各位,你们好!"他迎上前来说,"你们能长住这儿,可真是有福气;可我明天就得回巴黎,回我那窝里去。喔!"他脸上挂着他所特有的那种微笑,略带嘲讽和失意,而又有点漫不经心,"当然我那个家里也什么劳什子都有。可就是缺了一样必不可少的东西,一大片像这样的蓝天。尽力让您的生活中永远保持这片蓝天吧,孩子,"他转过脸来对我说,"您心地善良,禀赋卓异,天生有一种艺术家的气质,千万别辜负了它。"

[……]

"趁这会儿全家人都在,"父亲对大家说,"有件事我想跟你们说一下,省得一个一个讲了。我觉得勒格朗丹先生好像在生我们的气:今儿早上他看见我连个招呼都懒得打。"

我不想留下来听父亲原原本本地说这件事,因为早晨望完弥撒遇到勒格朗丹先生的时候,我就跟父亲在一起。我下楼到厨房里去问午餐的菜单,每天打听一下菜单,在我就如别人读报看新闻一样,是一种消遣,这份菜单会像音乐会的节目单那样使我兴奋。早上勒格朗丹先生从教堂出来遇见我们的当口,他身边有一位附近的女庄园主,这位夫人我们并不认识,只是面熟而已,所以父亲没有停下来,边走边

---

1. 指背教变节的罪孽。见《圣经·新约·希伯来书》。

向他友好而矜持地点头致意；勒格朗丹先生很勉强地稍稍点点头，样子显得很惊讶，仿佛他不认识我们是谁似的，他的目光中有一种不想跟对方讲什么客气的人所特有的疏远的意味，仿佛他的视角骤然退缩到了远处，他是在一条望不见尽头的大路的另一端，隔着如此遥远的距离在看你，按那木偶的身量的比例而言显得极小极小的头，居然还能对你有所示意，应该说已经不容易了。

勒格朗丹陪伴的那位夫人，素来人品高尚，口碑极好；其中不可能有什么暧昧之处，以至于被人看见他俩在一起他会很尴尬，所以父亲想不明白自己哪儿得罪勒格朗丹了。"看到他在那群衣着光鲜的人中间，"父亲说，"穿着那件窄小的单排钮上衣，领结皱巴巴的，神态没有半点刻意做作之处，显得那么真诚，那么天真得叫人感到亲切，我一想到自己居然惹得他不高兴了，心里就更加感到歉疚。"但是家庭会议的一致看法是我父亲多心了，要不就是勒格朗丹当时在想事儿，有些心不在焉。再说，父亲的忧虑到了第二天傍晚就烟消云散了。我们散步走得挺远，回家路上在老桥附近瞧见勒格朗丹，他因为正逢上过节，在贡布雷要住好几天。他伸出右手朝我们走来："您是否知道，爱读书的先生，"他问我，"保尔·代雅尔丹[1]的这句诗呢：

　　树林已经黑沉沉，天空依然湛蓝。

它用在此情此景岂不妙哉？您也许还从没读过保尔·代雅尔丹的诗吧。读读他的诗，孩子；听说他现在变了，当了多明我会修士了，可是有很长一段时间，他一直是个笔触清丽的水彩画家……

---

1. 保尔·代雅尔丹（Paul Desjardins，1859—1940）：法国作家、思想家。普鲁斯特曾听过他的课，并在他编辑的期刊上最初接触到拉斯金（Ruskin）的作品。此处所引诗句出自《被忘却的人》（1883）。

树林已经黑沉沉，天空依然湛蓝……

希望天空对您永远是湛蓝的，我的小朋友；即使到了树林已经黑沉沉，夜幕迅即降临的那一刻，这一时刻对我来说正在降临，您也能像我这样望着那隅天空，感到心灵的慰藉。"他从衣袋里掏着一支烟，久久地凝视着远方。"再见，二位。"他突然间说了一句，就撇下我们走了。

　　[……]

　　唉！我们终于不得不改变对勒格朗丹的看法了。在老桥跟他相遇后，父亲承认自己看错了勒格朗丹先生，但就在下一个星期天，弥撒刚结束，外面的阳光和喧闹把某种渎圣的气氛带进了教堂，古比尔夫人和佩斯皮耶夫人（刚才我迟到了一会儿，进得教堂，只见所有的人都低着眼，专注地看着手上的祈祷书，我还以为连我进来都没人会看见呢，不想就在我要坐到自己座位上去的当口，有谁用脚把挡在我面前的小凳子轻轻挪开了）开始和我们大声谈了起来，话题都是再世俗不过的，就像大家已经是在广场上似的，就在这时，我瞧见教堂外阳光灿烂，广场集市五彩缤纷，嘈杂热闹的气息扑面而来，勒格朗丹站在门洞下，上次我们遇见的那位夫人的丈夫，正在把他介绍给邻近另一位大庄园主的妻子。勒格朗丹显得神采飞扬，异常殷勤；他深深鞠了一躬，随即身子后仰，腰板猛地挺了起来，这一招想必是他姐姐德·康布尔梅夫人的丈夫教的。这迅速的一仰一挺，使勒格朗丹那个我看未必有多少肉的臀部，骤然绷紧一扭，向后拱起；我也说不清为什么，这纯然形体的一扭，这仅仅肌肉的一拱，其中并没有表达任何意识，而只是激动难以自已，致使殷勤变成了卑躬屈膝，却使我蓦地意识到一种可能性，就是说不定存在另一个勒格朗丹，一个跟我们所认识的那个全然不同的勒格朗丹。那位夫人请他去给车夫捎个话儿，他朝马车走去的当口，脸上始终保持着方才被引见时羞怯而热忱的表情。他身处梦境那般心醉神迷，嘴角挂着微笑，捎完话急匆匆赶回来告诉夫人，由于走得比平时快，两个肩膀很滑稽地一左一右摇来摇去，他仿佛完全沉浸在这个使命之中，对其他的一切都无动于衷，那模样活像一个听凭幸福操纵播弄的僵硬、机械的玩偶。这会儿，我们刚好走出教堂大门，眼看就要和他擦身而过。以他这么有教养的人，故意掉过脸去的事是做不出的，但他的目光仿佛突然进入了一个深邃的梦境，直勾勾地盯着远方的一样东西，以致没法看见我们，更无从跟我们打招呼。他的脸依然那么天真纯朴，那么憨态可掬，那件没有上浆的单排钮上衣，看上去像是一不小心陷入了可厌的锦衣华服的包围之中。他胸前打大花结的点子花纹领结，被广场上的风吹得高高飘扬，犹如展示他骄人的孤傲和高贵的独立精神的旗帜。我们刚回家，妈妈看见我们忘了买圣奥诺雷甜饼，就让父亲和我往回走，吩咐点心铺马上送来。在教堂边上，我们迎面遇见勒格朗丹，他陪着刚才那位夫人向马车走去。从我们身旁经过时，他嘴里仍和那位夫人说着话，但用那双蓝眼睛的余波朝我们稍作示意，这种类似眨眼的打招呼，丝毫没有影响脸部的表情，所以听他说话的那位夫人浑然不觉；他想表示的情感颇为浓烈，而他所限定的表达空间却过于逼仄，为了对此作出补偿，他让指派给我们的区区一点儿蔚蓝的眼角，焕发出一种兴高采烈的表情，那已经不止是活泼，而是一种近于狡黠的神情；他把这微妙的友谊浓缩在让人意会的眨眼里，让它进入一种相互默契、心照不宣、一切尽在不言中的境界；友情的表露最终臻于含情脉脉，臻于爱的表白，在此时此刻上升为唯有我们得以领受的启示，让我们领略了对于那位夫人隐而不露、使她无从觉察的惆怅，以及从一张冷冰冰的脸上暗送的热恋秋波。

　　恰好头天晚上他和我父母说过，让我今天陪他去吃晚饭。"来跟您的老朋友做回伴吧，"他对我说，"就如一位游客给我送来我不会再去的异国的花束，请您让我从远离青春的地方，再吮吸一下当年也曾拥有过的春天的花香。来吧，带着报春花、龙须菊和金盏花，来吧，带着巴尔扎克笔下作为爱情象征的景天花束[1]，带着复活节的花儿，带着雏菊和花园里的雪球花来吧，趁复活节夹雪的骤雨过后，残留的雪球还没融化的当口，这些雪球花已经开始在您姑婆园子的小径上散发着香味了。来吧，穿上堪与极荣华时的所罗门媲美的印有百合花的丝绸衣服[2]，捧着色彩缤纷的蝴蝶花，拂着春寒料峭中的清新微风来吧，让这清新的风儿为一早就等候在门口的那两只蝴蝶催开第一朵耶路撒冷玫瑰吧。"

大家在家里讨论，到底还有没有必要送我去和勒格朗丹先生共进晚餐。不过外婆说她并不觉得这位先生有任何失礼之处。"你们也都看见了，他上教堂穿得那么朴素，一个爱虚荣的人是不会这样的。"她认为不管情况如何，即便往最坏处想，就算他是个势利之徒，我们最好的做法也是不动声色，只当什么都没看见。说实话，对勒格朗丹的态度最反感的当然是父亲，他对这种态度背后真正的含义也许还存有最后一丝怀疑。这种态度，跟所有那些把某人深藏不露的性格特点暴露出来的态度举止有共通之处：它和此人以前说过的话联系不起来，我们无法根据犯罪嫌疑人的证词来判断它是否可信，因为凡是嫌疑人总是不会承认的；我们只得按自己的感觉来推断所谓的证据，然而单凭这些零星的、孤立的记忆，我们不免会自问，这些记忆难道不会受幻觉的愚弄吗？于是，种种态度举止，唯一有其重要性的线索，留给我们的往往只是一些茫然费解的疑团。

我和勒格朗丹在他家的露台上共进晚餐；月色一片清明。"一种幽静的美，是吗？"他对我说，"一颗像我这样受过创伤的心灵，有位您以后会读到的小说家说过，和它相宜的唯有幽暗和寂静。您要知道，我的孩子，尽管那离您还远着呢，但人的一生中总会有这样的时刻，

---

[1]. 巴尔扎克的小说《幻灭》中，吕西安·律邦普雷去见卡洛·埃雷拉神甫时，手里拿着一束景天，"一种来自葡萄种植地砾石间的黄色的花"。
[2]. 所罗门云云，参见《圣经》中列王纪第7章第19段及马太福音第6章第28、29段。

那时你疲惫的眼睛只能承受一种亮光，就是像今天这么美好的夜晚透过黑暗渗出的月光，在这样的月夜，耳朵所能听见的，也唯有月亮的清辉在静谧这长笛上奏出的天籁之声。"我听着勒格朗丹先生说话，觉得动听极了；可是我不由得又分心想起一位我最近第一次见到的夫人，既然现在我知道勒格朗丹和附近的好些贵族世家都有过从，那说不定这位夫人他也会认识，我何不问问他呢，于是我鼓起勇气问道："先生，您是不是认识那位……那几位盖尔芒特府上的夫人？"这个姓氏说出了口，我感到一阵高兴，就凭把它从我的梦幻中拽出来，赋予它一种客观的、有声音的存在，我终于能对它有所作为了。

可是一听到盖尔芒特这个姓氏，只见我们这位朋友的蓝眼睛中央凹进一个褐色的小孔，仿佛这双眼睛刚被一根看不见的针戳了一下，而周边的眼眸迅即作出反应，大量分泌蓝盈盈的水波。原先就有些发黑的眼皮，变得颜色更深，而且垂了下去。方才掠过一丝苦笑的嘴角，霎时间重又绽出一抹微笑，而目光却依然那么痛苦，仿佛他是个被乱箭穿胸的崇高的殉难者："不，我不认识她们。"他说。可是就为给出这么简单的一个信息，这么毫无惊人之处的一个回答，他却不是用与之相应的语气，很自然、很平常地说出来，而是像念台词那样，一字一顿，说的时候又是弯腰，又是点头，而且就像一个人怕对方不信，故意把话说得很坚决，来说服对方接受一个不像是真话的结论——好像他不认识盖尔芒特府上的夫人们虽说听上去奇怪，却是造化弄人的真事儿——这种强调的语气，往往表明某人面对一个让他难受的情况，已经无法保持沉默，于是他宁可把话干脆挑明，好给人家留下这样的印象，就是他这么坦陈事实，并没有感到一点尴尬，这样做是轻松的、愉快的、由衷的，而且这个情况本身——和盖尔芒特府上没有来往——很可能并非他不得已遭遇，而是有意去造成的，其中原因，可能是某种专门针对盖尔芒特家族，禁止他与该家族来往过从的家族传统、道德准则或秘密誓愿。"不，"他接着说，用自己的话来解释刚才何以要用那样的语调,"不,我不认识她们,我不愿意结识她们,我始终不渝地捍卫着自己完全的独立;您瞧,骨子里我是个极端激进的人。好多人来劝过我,他们说我不该不去盖尔芒特府上,说我看上去就像个粗野的蛮子,像头孤僻的老熊。可是给人留下这样的口碑,我才不怕呢,他们说得没错!说心里话,我对这个世界已经感到厌倦,能让我留恋的,不过就是几座教堂,两三本书,为数不多的几幅画,还有这清朗的月夜,当您青春的微风把老眼昏花的我已经看不真切的花圃的香气吹拂过来的时刻。"我弄不懂,为什么一个人不上自己不认识的人家里去,就非要坚持独立性不可,不上陌生人家里去又为什么会像一个野人或一头熊呢。不过有一点我是明白的,那就是勒格朗丹说他只留恋教堂、月色和青春,并不完全是实话;他挺留恋住在城堡里的那些人,在他们跟前唯恐惹得他们不高兴,所以不敢让他们看出他有布尔乔亚,有公证人或经纪人的儿子这样的朋友,一旦眼看事情就要露馅,他宁愿到时候自己不在场,离得远远的,经传唤未到庭;他是个爱虚荣的人。当然,在我父母和我觉得那么动听的谈话里,他是从来不会提及这种事情的。要是我问:"您认识盖尔芒特家的人吗?"巧于辞令的勒格朗丹会回答说:"不,我根本不想认识他们。"可惜,回答这个问题的他晚了一步,因为另一个勒格朗丹,那个他小心翼翼藏在心底从不示人的勒格朗丹——这个勒格朗丹知道不少事情,其中涉及我们心目中的他,涉及他的虚荣势利等等——早就已经用痛苦的目光,用嘴角的苦笑,用顿挫过分的语调,用我们的勒格朗丹(犹如一个虚荣的圣塞巴斯蒂安)乱箭穿胸、虚弱之极的情状作了回答:"唉!您触到了我心中的隐痛,不,我不认识盖尔芒特家的人,请别再勾起我此生无可弥补的痛苦回忆吧。"这个爱捅娄子的勒格朗丹,这个以讹诈勒索为乐的勒格朗丹,尽管措辞没有另一位那么美妙,但说话要直截了当得多,正所谓口没遮拦,等巧于辞令的勒格朗丹想到叫他别作声时,这一位早就话已出口,我们这位朋友眼看自己的 alter ego[1] 露了底,给人留下坏印象,也已经后悔莫及,最多只能虚应故事,掩饰一番。

当然,这并不等于说勒格朗丹先生在怒斥虚荣势利之时是言不由衷的。他不可能认识到自己就是这样的人,至少无法单靠自己来了解这一点——既然我们每个人所了解的都是人家身上有哪些欲念的激情,至于自己,所知道的无非就是能从别人嘴里听到的那些罢了。在我们身上,这些激情仅仅以一种间接的方式起作用,它们启动我们的想象,以种种更体面、更堂皇的中介动机来取代原始的真实动机。勒格朗丹的势利,决不会直接怂恿他频频上门去看望一位公爵夫人。它会启动勒格朗丹的想象,使这位公爵夫人在他眼里显得处处透着优雅。勒格朗丹趋前结交这位公爵夫人,只道自己是被这种才情令德的魅力所折服,还以为这种魅力是凡庸的势利之徒无法领略的呢。但在旁人眼里,他就是这样的一个势利之徒;因为对这些旁人来说,他们不可能明白他的想象所起的居间作用,他们劈面看见的,就是勒格朗丹趋炎附势的所作所为,以及他的原始动机。

[我一心想成为作家,对贝戈特非常崇拜。]

最初的那些日子里,正如一个人醉心于一首曲调,却又听不出一个个音符究竟是怎样的,我没能看出他的风格里让我如此喜爱的究竟是什么东西。我捧着他的小说不忍释手,但又以为使我这么感兴趣的仅仅是小说的题材,正如在恋爱的初期,一个人天天去参加某个聚会,天天到某个娱乐场所去,总在那儿遇见一位姑娘,却还满心以为吸引他的就是那些声色犬马。随后,我注意到了那些不落窠臼、古风犹存

---

1. 拉丁文:第二个我。

的遣词造句,他有时候喜欢用这类遣词造句的手法,这时会有一股和谐的潜流,一连串发自内心的音符,激扬起他的风格之帆;而正是在这种时候,他往往会谈到"虚幻的人生之梦","永不停息的美丽假象的湍流",谈到"理解和爱慕,那不结果实却又无比美妙的痛苦",以及那些"使教堂庄严、可爱的外观变得如此高贵的,扣人心扉的雕像",他通过一些美妙的意象表达了一种对我来说全新的哲理,也许可以这么说,正是这些意象唤醒了适当其时出现的那些竖琴,让它们奏出这支哲理之歌,而伴着这乐声,那些意象向我们展示了某种崇高的东西。贝戈特有一段文字,那是我摘引下来的第三段还不知第四段,它使我感受到了一种跟读第一段时无法相比的愉悦,那是一种我觉得在用心灵中一个更深邃、更平坦、更开阔的区域去感受的愉悦,在那儿,似乎所有的阻碍和隔阂都不存在了。这是因为,那时我明白了,这种不落窠臼的遣词造句,这种富有音乐韵律的感情抒发,这种唯心主义的哲理观念,其实在我不曾意识到的时候,就早已使我有如坐春风之感了,因而我觉得眼前看到的似乎不仅仅是贝戈特的某一本书里的某一个段落,也不仅仅在我脑海的表面留下一个纯粹平面的形象,而是一种属于贝戈特的,他的所有著作所共有的理想段落,所有其他的那些相似的段落,同这个段落混合在一起,产生出一种厚度感,一种立体感,使我的思想境界也随之升高。

  我并不完全是贝戈特的唯一的崇拜者;他也是我母亲的一位很有文学修养的女友所喜爱的作家;还有那位迪·布尔邦大夫,他为了读贝戈特刚出的新书,宁可让自己的病人等在那儿;对贝戈特偏爱的第一批种子中,有一些就是从大夫的诊所,从贡布雷邻近的一个大花园里飞扬起来的,如今,这些珍贵的种子已经散播全球,欧洲,美洲,就连最不起眼的小村庄里,也随处能见到这种体现人们的理想,为他们所共亨的鲜花。母亲的那位女友,还有那位迪·布尔邦大夫看来也如此,他们都跟我一样,在贝戈特的书里最喜爱的就是那种在字里行间流动着的旋律感,那种古典风格的遣词造句,以及一些看似简单普通,但由于精心安排,仿佛自有一种别样的情趣的词句;此外,还有那些情绪低回的段落中的一种犷悍的格调和近乎粗放的笔触。而且,看来他大概也觉得自己最大的魅力就在于此。因为接着出版的几本书里,凡是提到某件重要的事实或某座著名大教堂的名字,他总要把情节的发展搁置一下,插进一段祈求,一段呼喊,一段长长的祷告,听凭那些在最初的作品中还只是蕴含在字里行间,仅仅通过水面涟漪的荡漾才有所流露的个人气质,充分自由地表现出来;当初那种若隐若现的况味,也许是更柔美、更和谐些,但那时我们毕竟无法确切地说出,那些潺潺的水声究竟来自何方,又将沉寂于何处。他自己感到得意的这些段落,也正是我们最喜爱的段落。就我而言,我对它们都已经熟谙到能够背诵的地步。当他重新拣起话头,继续叙述故事的时候,我反而会有一种失望的感觉。每当他写到一些我那时还不能领略其中美感的事物,比如说写到松林、冰雹,写到巴黎圣母院,写到《阿达莉》或者《菲德尔》[1],往往会在一幅画面里使这种美感迸发出来,使我豁然开朗。我从心底里感到,宇宙间有多少事物,要不是他让它们跟我靠得更近些,就凭我愚钝的感觉,是根本没法看清它们的,因而我但愿时时处处都能知道他是怎样看的,是怎样用隐喻来描写它们的,尤其是对于那些我有机会亲眼见过的事物,更尤其是其中的那些法国古建筑和某些海滨景色,因为他在好几本书里都一再提到过它们,足见他认为这些古迹和风景是含义很丰富,很美的。可惜我几乎事事处处都无从知道他的看法。我从不怀疑,这些看法一定是跟我迥然不同的,既然它们来自那个未知世界的高处,而我却刚试着往上爬。我相信我所有的想法,在这位完美无缺的聪明人看来,都不过是蠢货一堆,所以我就干脆把这些想法全都甩到了一边,结果呢,当我偶尔在他的

---

1. 《阿达莉》和《菲德尔》都是法国古典主义悲剧作家拉辛(Racine, 1639—1699)的剧作。

某本书里，碰巧看到一个我也曾经有过的想法时，我的心里就会洋溢起欢乐，仿佛有位神祇可怜见我，把它归还给我，还宣布了它是正当的、美好的。有时候，他在某一页上写的内容，正好就是我常常在晚上睡不着觉时给外婆，给妈妈写信的内容，贝戈特的这页文字，简直就像加在我的信开头的一段题铭。甚至在更晚些时候，我已经开始写书了，有时突然会觉得对有些句子写得好不好没有把握，以致决定不了是不是要把书写下去，这时我往往又会在贝戈特的书里找到相似的句子。而只有在这时，在我从他的作品中读到这类句子的时候，我才能感受到它们的美；我自己写下这些句子的那会儿，由于一心要让它们准确地反映我心目中看到的形象，又生怕它们落入俗套，所以总是一遍又一遍地问自己，我写的这些句子究竟能不能讨人喜欢！实际上，只有这类句子，这类思想，才是我真正喜爱的。我感到不安，感到不满意，总想再作努力，这本身就是一种爱恋，一种没有欢乐却又那么深沉的爱恋的标记。所以，当我蓦然间在另一个人的作品中见到这些句子，也就是说，当我再也不用踯躅徘徊，不用惨淡经营，不用苦苦寻觅，就又重见它们的时候，我终于如痴如醉地沉浸在我对它们的一片深情之中，就如一位厨师有一回总算不用下厨掌勺，能有时间坐下来品尝佳肴一样。有一天，我在贝戈特的一本书里，看到他描写一位老女仆时说了一句俏皮话，这句俏皮话到了作家风趣幽默、故作正经的笔下，自然更有一种讽刺的意味，但这句话也正是我给外婆写信提到弗朗索瓦兹时经常说的那句话呀。还有一次，我发现在他看来，在他那些作为反映真实的镜子的著作中，绘声绘色地来一段描写，类似于我曾有机会给我们家的朋友勒格朗丹先生所作的素描那样，亦完全无伤大雅（状写弗朗索瓦兹和勒格朗丹先生的素描，自然是我会最不迟疑地献给贝戈特的祭品，可我相信，他对这些东西是不会感兴趣的），这时我似乎突然觉得，我的卑微生活跟真实王国之间，并非像我想象的那样相距遥远，在某些个别的点上它们甚至是重合在一起的，我怀着自信和喜悦的心情，扑在作家的书页上哭了起来，就像是扑在失散多年的父亲的怀抱里一样。

根据贝戈特的作品，我想象贝戈特是一位丧子之痛至今难以平复的孱弱寂寞的老人。因而当我读他的文章，在心里吟哦它们的时候，我用的是一种或许比原作更 dolce[1]，更 lento[2] 的调子，哪怕一个最简单的句子，我在默诵时也总会念出温情脉脉的语调来。最让我倾心的，是他的哲学思想，我对它佩服得五体投地。它弄得我心痒痒的，只盼着早些到上中学的年龄，好进那种叫哲学班的班级去上课。但我所希望的是学校里时时处处都只按贝戈特的思想行事，如果当时有人对我说，后来我服膺的那些哲学家跟他毫无相似之处，那我大概就会像一个坠入爱河矢志对爱人至死不渝的年轻人，听人家对他讲起他将来会有多少情妇那样满心失望之极。

有个星期天，我正在花园里看书，斯万走了过来，他是来拜访爸爸妈妈的。

"您在看什么书呢，能让我瞧瞧吗？嗬，贝戈特？是谁对您讲起他的作品的？"

我回答他说，是布洛克。

"啊！是的，那男孩我在这儿见过一次，长得可真像贝利尼画的穆罕默德二世[3]！哦！真是太妙了，那弯弯的眉毛，鹰钩鼻，高颧骨，全都一模一样。要是再加那么一撮山羊胡子，就活脱活像是那位苏丹了。不管怎么说，他还挺有鉴赏力喔，贝戈特的确是个很可爱的聪明人。"斯万平时从不谈起他认识的那些人，但这会儿看到我对贝戈特心驰神往的模样，居然动了恻隐之心，破例开口对我说：

---

1. 意大利文：甜美温柔。原为音乐术语。
2. 意大利文：缓慢。原为音乐术语。
3. 穆罕默德二世（约1430—1481）：土耳其苏丹，绰号"征服者"，1453年攻陷拜占庭帝国京城君士坦丁堡，改名伊斯坦布尔并迁都于此。意大利画家贝利尼（1429—1507）为穆罕默德二世作的画像现存威尼斯博物馆。

"我跟他很熟,要是您喜欢让他给您在扉页上写几个字的话,我可以替您去跟他说一下。"

我可不敢接受这个提议,但我向斯万问了些有关贝戈特的问题。"您能告诉我他喜欢哪个男演员吗?"

"男演员,这我可说不上来。不过我知道在他眼里,女演员没人比得上拉贝玛[1],他对她的评价是最高的。您看过她的演出吗?"

"没有,先生,我爸爸妈妈不许我上剧院去。"

"真可惜。您得请求他们让您去呀。要说在《菲德尔》和《熙德》[2]里,拉贝玛就不过,怎么说呢,就不过是个女演员吧,可您知道,我并不认为艺术上有什么高低贵贱之分。"(我注意到,正如他跟我那两位姨婆谈话时常让我吃惊的情形一样,每当他谈到严肃的话题,说出某几个字眼,而那几个字眼似乎表示了他对某个重要问题观点的时候,他总是用一种很特别的,平板的,带有嘲讽意味的语调,有意一字一顿地把这几个字念得很慢,仿佛给它们加了引号,表明它们并不是他的本意,所以他刚才的言外之意是:"高低贵贱之分,您知道,这可是那些挺可笑的人说的哟。"可是,既然挺可笑,那他为什么还要说什么高低贵贱之分呢?)稍过片刻,他又补上一句:"您在剧场里看到的高贵典雅的场面,可以跟任何一件杰作相媲美,我不知道跟……噢,"说着他哈哈笑了起来,"就跟夏特勒[3]那精美绝伦的大教堂相媲美吧!"直到那时,我总以为这种唯恐正正经经表态的做派,大概是一种风度,一种巴黎人的派头,是跟我那两位姨婆的外省人的武断作风大相异趣的;而且我还疑心这是斯万生活其中的那个小圈子里一种表示机智的方式,在那个小圈子里,作为对上两代人的抒情风格的矫枉过正,他

---

1. 拉贝玛:小说中多次提到的虚构的人物,研究者认为她的原型很可能是女演员萨拉·伯恩哈特。
2. 《熙德》是法国古典主义戏剧创始人高乃依(1606—1684)的代表作。
3. 位于巴黎西南面的法国城市,厄尔-卢瓦尔省省会,城里的圣母大教堂为建筑极其精美的哥特式建筑。

们一味强调那些被传统说成贫嘴的细枝末节，有意摈弃漂亮话。但现在我觉得，斯万的这种态度里，有一种令人反感的东西。瞧他那模样，仿佛他不敢有自己的观点，必须小心翼翼地提供准确情况才能感到心安理得。可是他却没有想过，要人家相信这些准确细节有其重要性，这本身就是表示一种观点呀。我又想起了那天晚上，我由于妈妈待会儿没法上楼到我房间吻我，在吃饭时一直闷闷不乐，记得当时斯万在饭桌上说，德·莱翁亲王夫人府上的舞会，他是去不去都无所谓的。可是，难道他不就是整天都在诸如此类的娱乐消遣中讨生活吗？我觉得所有这些都是互相矛盾的。莫非他还另有一种生活，在那种生活里还真的就能正正经经地说出他对事物的看法，作出不用加引号的判断，对那些他认为可笑的人和事也不必如此谨小慎微地去迎合了吗？我还注意到，斯万对我说到贝戈特的时候，语气中有一种什么东西，跟他平时说话的口吻不大一样，却跟当时这位作者的崇拜者们，也就是说跟我母亲的那位女友，以及跟迪·布尔邦大夫非常相像。他们说到贝戈特，用的就是斯万的这种语气："他是个可爱的聪明人，很有特点，他的那套描写手法有些与众不同，可是挺让人喜欢。您不用去看署名，一下子就能认出那是他的作品。"可是谁也不会说："他是位大作家，是位天才。"他们甚至都不说他有才气。他们之所以不说，是因为他们不知道他究竟有没有才气。我们总要过好久好久，才会认出一位新作家的脸，原来跟搁在我们的思想观念陈列馆里、名叫天才的那个模型真是长得一样的。正因为这是张陌生的脸，所以我们总觉着它不怎么像我们所谓的天才。我们就尽会说些独创性呀，魅力呀，文笔优雅呀，笔力遒劲呀，直到后来有一天，我们才意识到，所有这一切，不就正是才气吗。

"贝戈特的作品里，有没有提到拉贝玛呀？"我问斯万。

"我想在他那本谈拉辛的小册子里提到过吧，不过那书大概早就卖完了。但也说不定又重印过一次。我再去问问看。反正，不管您想要什么，我都可以去跟贝戈特讲，一年当中从来没有一个星期他不来我家吃饭的。他是我女儿的老朋友。他们常常一起去参观历史古城、大教堂和城堡。"

〔从莱奥妮姑妈家出门，有两条方向相反的路可以散步。一条通往梅泽格利兹，因为途中要经过斯万家，所以叫斯万家那边。另一条是盖尔芒特家那边。

斯万家那边，是一片平原景色。我心爱的山楂树。与斯万小姐的不期而遇。〕

在贡布雷附近有两边可以散步，它们恰好是反向的，所以当我们从家里往这边或那边出去时，实际上走的不是同一扇门：一边是梅泽格利兹-拉维纳兹那边，也叫斯万家那边，因为往那个方向去，要从斯万先生那座有花园的宅邸前面经过，另一边就是盖尔芒特家那边。关于梅泽格利兹-拉维纳兹，说实话，我所知道的就不过是这个那边和那些星期天到贡布雷来散步的陌生人，这一回我们大家，甚至连姑妈，都不认识他们了，而也就凭这一点，我们认为他们多半是打梅泽格利兹来的。要说盖尔芒特家，倒是有那么一天，我会对它了解得更详细的，不过那是很久以后的事了；在我的整个少年时代，如果说梅泽格利兹在我的心目中，就像天边一般遥远，无论我走多远，眼前总有种种外观跟贡布雷迥然不同的地貌挡住我的视线，让我没法看到它，那么盖尔芒特家，在我眼里就是它那条边的终点，一种与其说现实的，毋宁说想象的终点，一种像赤道、南北极、东方那样的抽象的地理概念。所以，说取道盖尔芒特家到梅泽格利兹去，或者反过来说，在我都是像取道东边到西边去那样毫无意义的说法。由于父亲说到梅泽格利兹那边时，总说那是他见过的最美的平原景色，说到盖尔芒特家那边时，又总说那是典型的河畔风光，我就在想象中把它们看成两个实体,赋予它们只有思维的创造才有的那种凝练和划一性;其中的任何一个,哪怕只是小小的一角,在我眼里都很珍贵,都在展现着它们卓异的魅力,相比之下,在我们到达这片或那片神圣的土地之前,它们作为平原景色和河岸风光的典范而置身其间的那些十足世俗的道路,就不值得一看了,好比剧院附近的窄街小巷,醉心于戏剧的观众对它们是不屑一顾的。尤其是,我在它们中间,除了以公里量度的距离之外,还加上了我那始终想着它们的脑子里的距离,这样的存在于脑海中两个不同部位之间的距离,属于一种意念上的距离,它不仅使两样东西离得更远,还使它们彼此分开,并将它们置于不同的平面。由于我们习惯上从来不在同一天里同时去两边散步,而总是某一天去梅泽格利兹那边,另外一天才去盖尔芒特家那边,所以它们之间的这条界线就越发显得泾渭分明,而且,不妨这么说吧,把它们彼此藏得远远的,让它们各守一隅,互不相识,分别置于不同的下午封闭的、互不连通的罐子中。

我们要到梅泽格利兹那边去的时候,出门的当口(通常不太早,即使天不好也这样,因为散步路程并不长,也不会耽搁太久)就像随便去哪儿走走似的,从姑妈家的大门出去,先走上圣灵街,接受兵器铺掌柜的鞠躬致意,把信投进邮箱,路过泰奥多尔店铺时替弗朗索瓦兹捎个口信,说她咖啡或者油用完了,然后沿着斯万先生家花园白色栅栏边上的那条路出城。往往还没走近那花园,就远远闻到了丁香吐出的芳香,仿佛是在迎接我们这些陌生人。这些丁香花,掩映在心形的绿色小嫩叶中间,从花园的栅栏上好奇地探出淡紫、粉白的羽冠,一簇簇羽冠沐浴在阳光中,就连背阴的地方都是亮晃晃的。有几丛丁香树,被那座称作箭楼、现在是看门人住的小小瓦屋遮去了一半,却从哥特式的山墙上方伸出清真寺尖塔似的粉红色花簇。这些《可兰经》里的仙女,赋予这座法兰西花园的情调,有如古波斯人的细密画那般艳丽而又纯净;跟这些仙女相比,连春天里的山林女神都不免显得有些俗气。我多么想搂住她们柔软的腰肢，吻吻她们芳香闪亮的鬈发啊，可是经过她们面前时我们没有停步，原因是爸爸妈妈自从斯万结婚以后没上当松镇来过；为了不想让人家觉着我们是在往花园里探头探脑，我们故意不走围墙边上直通田野的那条路，改道走另一条路，那条路虽然也通往田野，但是斜刺里过去，要多走不少路。有一天，外公对父亲说：

"斯万昨儿说，他老婆和女儿都到兰斯去了，他也要趁这当口到巴黎去两天，这话您是听见的喽？既然那些娘们不在家，咱们何不就沿着花园边上走，好少走些冤枉路呢。"

于是我们在栅栏前面停了一会儿。丁香的花事已经显得有些阑珊；有几株丁香还在高处流光溢彩的淡紫色花云中绽放气泡似的俏丽花簇，但是大部分枝叶，仅仅一星期前花苞还在竞相吐放芬芳的那些枝叶，如今只剩下皱瘪的花瓣，干巴巴的了无香味，兀自凋零萎蔫，发黄变黑。外公指点给父亲看，自从老斯万夫人去世那天，他和老斯万先生一起散步以来，哪些地方景物依然，而哪些地方已经人是物非了，他抓住这个机会，把那次散步的经过原原本本又讲了一遍。

我们面前，一条两旁种着旱金莲的小路，在明媚的阳光中往上延伸通向宅邸。而在右边，花园却随着平坦的地面拓展开去。在匝园而植的高大乔木的浓荫遮蔽下，有斯万的父母着人挖就的一个池塘。但即使在人工痕迹最为明显的创造活动中，人类改造的对象仍然是自然。园里的有些景点，始终在周围保留着自己的独立王国，以此向整座花园炫示旷古已有的标记，它们傲然忍受无法排遣的永恒的孤独，才逃过了人工堆砌布置的劫难。就这样，在那条俯临人工池塘的小路低处，有两排花圃，间种着毋忘我和长春花，交织成一顶精致的天然花冠，蓝莹莹的，箍在池水若明若暗的额际，而剑兰则以一种皇家气派的从容，听凭利剑似的叶片弯下身去，把紫色、黄色的百合花徽伸向浸在水中的泽兰和水毛茛。

斯万小姐的出门——一方面排除了一种令人发憷的可能性，让我不会跟她在一条小路上不期而遇，免去跟这位有幸和贝戈特做朋友、和他一起参观大教堂的小姑娘结识并受她冷落的尴尬——另一方面又使第一回得以静静观赏当松镇这件事，在我眼里变得兴味索然了，但在外公和父亲眼里，这座别墅反而变得和易近人，平添了一种短暂的可爱之处，而且，就像万里无云的好天气对于一次山区游览那样，使得这一天格外适宜于一次往这边的散步：我一心希望他们的如意算盘落空，巴不得发生个奇迹，斯万小姐和她父亲冷不丁出现在我们面前，相距得很近很近，让人来不及避开，不能不去和她相识。所以，当蓦地在草地上瞥见一只没加盖的篓子，放在一根钓竿旁边，钓竿上的浮子还浮在水面上，仿佛是她有可能并没出门的迹象，我就急忙把父亲和外公的视线引到另一边去。不过，斯万事先和我们说起过，他这回还真有些不该出门，因为这阵子有位朋友一家子正住在这儿，那么这根钓竿也说不定就是那位客人的呢。四下里的小路上，到处都听不见一点脚步声。一只看不见的鸟儿，栖息在不知哪棵大树的树干上，也许它想让白天别显得这么漫长，使劲鸣啭着长音来打破四周的寂静，可是寂静回答它的是一片訇然的回响，使周围显得格外静谧、凝滞，简直让人觉得，就在那鸟儿想要把时光快些打发走的当口，它反倒把时光永远给留住了。阳光从静止的天空无情地直射下来，叫人只想找个它顾不到的地方去躲起来，池水沉沉睡去了，尽管有虫子在无休无止地扰乱它的清梦，它大概还是梦见了某个想象中的大漩涡，仿佛要把那只软木浮子全速拉进倒映在水面上的那片静谧无垠的蓝天中去，我刚才瞥见浮子时那不宁的心绪，变得越发纷乱了；眼看那浮子竖了起来，似乎马上要扎进水里去，我不由得撇下了又想又怕认识斯万小姐的思虑，思忖着是不是该去通知她一声鱼儿咬钩了——就在这当口，已经走了一阵的父亲和外公，瞧见我没在那条渐渐升高、通往旷野的小路上跟着他俩，惊讶得连连大声喊我，于是我只得一路小跑赶上前去。我只觉得，小路上到处都是英国山楂的花香，就像在嗡嗡作响似的。一溜树篱，宛如一排小教堂，掩映在大片大片堆簇得有如迎圣体的临时祭坛的山楂花丛里；花丛下面，阳光在地面上投射出四四方方的光影，仿佛是穿过玻璃天棚照下来的；山楂花的香味，显得那么稠腻，就像是成了形，不再往远处飘散似的，我恍惚觉得自己置身于圣母玛利亚的祭台跟前，四下里点缀着精美的鲜花，一派漫不经心的样子，各自捧出一束束灿烂耀眼的雄蕊，纤细的叶脉尽情舒展草莓花般白皙的肉茎，像焰火似的辐射开去，一如教堂祭廊扶手或彩绘玻璃窗中棂间雕镂的花卉图案。再过几个星期，野蔷薇也将身穿一阵清风就能掀开的薄绸红上衣，迎着明媚的阳光攀上这条乡间小路，但相形之下它们显得多么稚憨，多么乡态可掬啊！

我流连在英国山楂树前，嗅着这无形而又不变的香味，想把这时而消失、时而重现的芳香送进茫茫然的脑际，让我跟得上充满青春活力、把山楂花随处点缀的轻快节奏，跟得上如同某些跳跃音程那般出人意料的距离间隔，而这些山楂树也颇为慷慨地把自己的音乐魅力绵绵不断呈现在我面前，但尽管如此，它们依然执意不容我作进一步的探究，就像有些旋律，我们哪怕演奏上一百遍，也仍然无法领会其中的奥妙。我转身离开片刻，想让自己过会儿能带着更新鲜的活力去接近它们。我信步走到了斜坡跟前，绿篱背后的这道斜坡，坡度很陡地通往旷野，一株离群索居的虞美人和几枝矢车菊，犹如那些编织在地毯边缘，日后将大出风头的疏疏朗朗的乡下图案；星星点点的几所房舍，就能让旅人知道村子已近，那些花儿虽然只是寥寥几朵，如同各据一隅的房舍那样相隔甚远，但它们让我知道，前方就是麦浪滚滚、白云翻卷的一望无际的田野，一枝虞美人花，宛如在乌黑油亮的浮标上方似的，挺立在缆索般的茎秆上，听凭火一般红艳的花瓣迎风飘扬，我一见之下，不由得怦然心动，好似那怦然心动的旅客，他远远地瞥见了前方的低地里捻缝工正在嵌抹一艘搁浅的船，没等望见海水就脱口喊道:"大海啊!"

然后我又回到山楂树前,就像一个人站在名画跟前,以为有一会儿转过眼去不看它们,就能更好地看懂它们似的,可是尽管我用双手搭成凉篷遮在眼上,专注地盯着它们看,它们在我身上唤起的情绪依然暧昧而朦胧,无法跳脱出来,附丽在这些花儿上。这些花儿并不来帮我弄清这种情绪,而我又没法去让别的花儿来使它变得豁朗些。于是,当我听到外公一边唤我,一边指着当松镇的绿篱对我说:"你既然这么喜欢山楂树,那就来瞧一眼这棵红色的山楂吧;瞧它有多美!"霎时间我感到一种愉悦的震颤,那是我们蓦然看见自己心爱的画家一幅陌生的杰作,或者被人领到一幅以前只见过铅笔草图的油画跟前,或者听到一首仅听过钢琴演奏的曲子顷刻间被乐队赋以华丽色彩的时候,才会感觉到的那种愉悦。果然,那棵山楂是粉红色的,比白色的更漂亮。它还披着节日的盛装——当然是那种真正的节日,也就是宗教节日,而不是由某人突然心血来潮随便选定的、全无假日气氛的世俗节日——但那是更华丽的盛装,缀满枝头的花朵层层叠叠,不留半点装饰未尽之处,就像一根饰满绒球的洛可可式的牧杖,而且是彩色的,按照贡布雷的审美观点,品位就更高,这不,广场商店和卡米杂货铺里,凡是红颜色的饼干都要卖得贵一些的。我呢,也更喜欢吃那种淡红色的干酪。正因为这些花儿选择了一种可以吃的东西的色彩,或者说一种盛大节日专用服饰的优雅色彩,而这些色彩又是这些花儿卓尔不群的佐证,所以在孩子们眼里,它们毋庸置疑是美的,而且总显得比别的色彩更活泼、更自然,即使后来他们也明白了这些色彩并不能解馋,也没被缝衣女工选作过衣料颜色。确实,我油然而生的感觉和站在白山楂树跟前那会儿很相像,但叫我更为赞叹不已的是,这种节日气氛并不是有人刻意张罗,强加在这些花儿身上,而是大自然通过一个忙着布置临时祭坛的乡下女商贩的天真神态自发流露出来的,此刻她正一个劲儿地把这些粉红的花儿往祭坛上放,堆成一个色调过于鲜嫩的、颇有过时的外省风格的玫瑰花形树丛。这些小树的枝头,如同盛大节日里布置在祭台上、在许许多多裹着锯齿形纸片的花盆里闪耀着柔嫩铃蕾的小株玫瑰,挂满了成千上百色泽更淡雅的小蓓蕾,将绽未绽,让人看得见淡红色的大理石杯钵状的花瓣里那血红血红的颜色,比花儿本身更明显地透露出了这种无论在哪儿绽芽、开花总是粉红色的山楂树确实属于特异品种。这丛富有宗教意味的美妙花树,置身于树篱之中,却又和这片树篱迥然不同,就像一位身穿节日衣裙的姑娘站在没打算出门、衣着很随便的一群人中间,它们裹在清新的红装里,笑吟吟的显得那么灿烂可爱,准备迎接圣母月的庆典,俨然已是其中不可或缺的组成部分。

  穿过树篱望进去,可以看见花园里的小路两旁,种着茉莉花、三色堇和马鞭草,紫罗兰也在它们中间绽开着玫瑰色的鲜嫩花囊,那是一种能让人觉着芳香的,宛如磨勘的科尔多瓦[1]皮革的玫瑰色;一卷漆成绿色的长长的喷水管,沿着砾石伸展开身子,把浸透花香的喷头竖在花丛上方,朝天喷洒出由无数细小的、色彩缤纷的水珠组成的棱锥形水帘。蓦地,我停住脚步,没法移动了;有时我们眼前的景象,不仅要诉诸视觉,而且要诉诸全身心一种更深刻的、精神更集中的感受,我此刻就处于这样的状态。一个金栗色头发的小姑娘,好像刚散步回来,手里拿着园丁小铲,抬起布满玫瑰红雀斑的脸蛋,对准我们望着。她那双黑眼睛闪烁着光芒,而我因为当时不懂,后来也没弄明白,怎样对一个强烈印象进行客观的分析,或者说,由于我缺乏足够的观察力来形成这双眼睛颜色的概念,所以在很长一段时间里,每当我想起她,记忆中的这双眼睛马上会闪现出一种明亮的碧蓝色,那正是她头发是金黄色的缘故:结果呢,要不是她有这么双乌黑的眼睛——每个人第一次见到这双眼睛,都会留下强烈的印象——说不定

---

1. 西班牙南部城市,历史上曾是繁荣的商业文化中心,所产皮革以精美著称。

我当初还不至于那么格外钟情于她的蓝眼睛哩。

我朝她望着，起先我的目光不只是眼睛的代言人，种种不安和愣怔的感觉都迫不及待地想从眼睛的窗户探身出来，那道目光则竭力想去接触，去捕获，去掳走它注视的这个肉体以及其中的灵魂；随后，我生怕外公和父亲说不定什么时候看见了这个小姑娘，会把我叫过去，让我走在他们前面，所以我的第二道目光，不知不觉中有了央求的意味，巴不得能强迫她来注意我，跟我打招呼。她抬头往前，斜着眼打量外公和父亲，大概觉得他们很可笑，转过脸神情冷淡而轻蔑地侧过身去，不让自己的脸留在他们的视野里；而他们一直在往前走，没有看见她，所以走到我的前面去了，于是她让自己的目光一路尾随着我，没有一点表情，看上去就像没有看到我似的，但是这道执着的目光后面，隐匿着一种笑容，就我所接受的有关教养的观念而言，这种笑容只能解释成轻侮的表示；同时她还稍稍做了个猥亵的手势，我对礼节之类的规矩所知不多，但我想，公然向一个不认识的人做这种手势无非只有一种意思，就是不屑跟对方打交道。

"嗨，吉尔贝特，过来；瞧你在做什么呀！"一位夫人尖着嗓子专横地喊道。这位穿白裙的夫人我刚才没看见，离她不远，还有一位我不认识的先生，身穿斜纹便装，眼睛瞪得大大的，直勾勾地盯着我看。那小姑娘蓦地敛起笑意，拿起铲子就走，连头也不朝我这边回一下，那副神情既像很听话，又让人觉着捉摸不透，不知她心里在使什么坏。

就这样，吉尔贝特的名字传到了我的耳畔，它就像一道护符，也许将来有一天，我能凭它找到这个名字所代表的活生生的她，然而在这一刻到来之前，这个她，在我只是一个飘忽不定的形象。就这样，这个名字从茉莉花和紫罗兰丛上方，犹如绿色喷水管的喷水那般急遽、清冽地传了过来；对那些和她一起生活、出游的幸福的人来说，这个名字代表着一个他们所熟悉的姑娘，此刻她正以自己神秘的生活给这个名字一路穿越——并将其隔离起来——的纯净区域注入新鲜的雨露，添上虹彩的颜色;这个名字在红色山楂树丛下面,在齐我肩膀的高度传来,在倍感痛苦的我听来,像是炫耀他们对她的生活,对我无从进入、无法得知的她的生活的熟稔。

[盖尔芒特家那边,是典型的河畔风光。
河流的景色:维沃纳河,金盏花,睡莲。]

往盖尔芒特家那边散步的最迷人之处,就是你往前走的时候,维沃纳河几乎自始至终在你的身旁流淌。离家十分钟以后,我们就从一座叫做老桥的便桥上穿过河去。到贡布雷的第二天,往往就是复活节,赶上天气好,我总是听完布道就跑到这儿来,盛大的节日里,在奢侈排场的相映之下,那些家常的日用器皿越发显得寒酸,我就趁着上午的忙乱跑到河边,望着已经被天空映成蓝色的河水,在依然黑乎乎、光秃秃的田野中间静静地流淌,陪伴它的只有一群早到的布谷鸟和几枝提前开放的报春花,然而不时还能见到一枝两枝紫罗兰,撅起蓝色的小嘴,被花盏里盛满的香汁压弯了腰。过了老桥,就有一条纤道,这地方一到夏天,就被榛树铺上了一层浓荫,而且树下总有一个戴草帽的钓鱼人像生了根似的坐在那儿。我知道在贡布雷,有的铁匠或杂货店伙计的真面目,是藏在教堂门卫的制服或唱诗班穿的宽袖法衣里面的,唯独这个钓鱼人,我始终没有弄清楚他的身份。他想必认识我家里的大人,我们经过的时候,他总要抬一抬帽子;这时候我想问他的名字,可是大人总对我做做手势,意思是别把鱼儿给吓跑了。我们爬上纤道,脚下是几尺高的岸坡和河里的流水;另一边的河岸很低,铺展成一片广袤的草原,一直延伸到村镇和远处的火车站。这片草地上,散布着几代贡布雷伯爵的城堡,如今它们的残迹没入了草丛;中世纪的那些爵爷,当年在这一带曾把维沃纳河当作抵御盖尔芒特领主和马丁镇教士入侵的一道天堑。城楼的断壁残垣起伏在草原上,已经不怎么显眼，城楼上的雉堞还依稀可见，当年的投石手曾从那儿投掷滚石，警戒的兵士亦曾从那儿瞭望过诺夫蓬、克莱丰泰纳、马丁镇和巴约-莱格桑所有这些盖尔芒特家族的领地，这些把贡布雷围在中间的旧日采邑，如今已是杂草丛生的平地，成了教会学校学生的小天地，他们在这儿念书，做游戏——昔日的岁月都已倾圮，犹如歇凉小憩的游人纳头睡倒在了小河边上，但它却让我浮想联翩，使我在贡布雷的这个名头下面，除了今天的这个小城以外，又加上了一个大不相同的城市，用它那半掩在金盏花下面，令人难以捉摸的昔日面貌来勾起我的遐思。这地方有许许多多的金盏花，它们选了这儿作为嬉戏的场所，或孤芳自赏，或成双成对，或三五成群，色泽黄得像蛋黄，而且，似乎正因为观赏的乐趣无法跟品尝沾上边，它们的色泽反而格外显得光彩夺目，我在它们金灿灿的外表里积聚着这种乐趣，让它变得愈来愈强烈，直到最后派生出全无功利目的的美感来；这些金盏花，从我还很小的时候就在那儿了，当我站在纤道上向它们伸出小手去的那会儿，我还念不全这些花儿漂亮的名字呢，它们听起来像是法国童话中王子的名字，这些花儿说不定是好几个世纪以前从亚洲来这儿的，但在乡间它们向来是没有国籍的，它们乐于在这一方土地上安身，钟爱这儿的阳光和河岸，不知疲倦地注视着火车站那幅小小的景象，却依然像我们的有些古画那样，在淳朴和单纯里，保存着一种东方的充满诗意的光芒。

　　我饶有兴趣地看着维沃纳河里的几只玻璃瓶，淘气的孩子把这些瓶子放在河里，想能逮住几条小鱼，瓶里浸满了水，反过来又被河水裹在当中，既是瓶壁透明得有如硬化了的水的容器，同时又是盛在一个更大的液态的、流动的水晶容器里的内容，比起放在餐桌上的玻璃瓶来，这些瓶子以一种更美妙、更诱人的方式体现了清凉的形象，在餐桌上显示的这种形象，总会流逝在凉水和杯子那种永恒的对峙之中，凉水因其全无稳定性而无从为我们的手所捕捞，杯子却又因其全无流动性而无从为我们的软腭所享用。我心想,下回到这儿来一定要把钓鱼竿带上;我讨了点面包,那是带着当点心的;我把面包捏成一个个小团扔进维沃纳河里,谁知这几个小面包团仿佛已足以在水里造成一种奇异的过饱和现象,因为许多急于觅食的小蝌蚪马上呈卵球状簇拥在它们周围,河水仿佛在那儿固化了,先前分散在水中不可见的小不点儿,骤然间凝聚起来,俨然准备完成结晶的过程。

  过了没多久,维沃纳河的水流就被一些水生植物堵塞了。起先只是孤零零一枝可怜巴巴地待在河面上,被河水搅得不得安宁的睡莲;它犹如一只身不由己的渡船,刚到达彼岸就又得返回出发的此岸,永无休止地来回穿梭着。这枝睡莲被推向河岸的时候,它的梗茎舒展、伸长、游移过去,达到它的张力的极限,然后又被岸边的水流裹住,于是绿色的梗茎重又卷曲起来,把那枝可怜的植物带回我们不妨称为它的出发点的那个位置,但旋即又离去,重复那来去匆匆的行程。我一次又一次地在散步时见到它,它总是处于同样的情况,让人想起有些神经衰弱的病人,莱奥妮姑妈在我外公看来也算其中的一个,这些病人可以年复一年毫无变化地把一些稀奇古怪的习惯表现给我们看,自己还每次都以为这些习惯说改就能改,结果却总是故态复萌;一旦被自己的病症和狂躁构成的齿轮系统卷了进去,他们怎么拼命想挣脱都是枉然,愈是挣扎,齿轮就愈是转得欢,那种异乎寻常的、无法抑制的、令人沮丧的饮食系统啮合机件就愈是动个不停。这睡莲就像某个可怜的罪人一样,这样的罪人身受的永无休止、周而复始的奇异的折磨,曾经激起但丁的好奇心,当年要不是维吉尔就像现在外公和父亲对我一样,甩开大步往前走,逼得他非急匆匆往前赶不可,他还会让这些受刑的人更详细地叙说他们的境遇和受苦的缘由[1]。

  但再往前去,水流就变得缓慢下来,因为河水在流经一座有花园

---

1. 参见但丁《神曲·地狱篇》第二十九歌及第三十歌。

的府邸，这座府邸的主人热衷于水生植物的园艺工程，他不仅把花园向公众开放，而且让人把维沃纳河的一个个小池塘装点成名副其实的睡莲园。由于这地方两岸树木繁茂，浓密的树荫赋予河水的基调，通常是暗绿色的，但有时候，在某些风雨交加的下午过后，夜晚显得格外宁静的日子，我在回家的路上望见它呈现出一种很亮的浅蓝色，几乎有点近于紫罗兰色，看上去像嵌着金属丝的花纹似的，有一种日本风味。河面上不时可以看到一朵两朵当中鲜红、边缘雪白的睡莲，红艳艳的像草莓。再往前去，花朵开得更繁密，色泽也显得更素淡，似乎不那么光滑，比较粗糙，皱褶也多些，无意间排成了优雅的漩涡形状，看上去让人想到苍蔷薇编织的花环松散了开来，犹如一次游乐会过后落英缤纷令人惆怅地漂浮在河面上。另外有块地方，仿佛特地留给了那些一般品种的睡莲，它们呈现着花草那般素净的白色和粉红色，淡淡的有如室内珍藏的瓷器，而在稍微更远一些的水面上，一片片睡莲簇拥在一起，宛如一座浮动的花坛，仿佛花园里的那些蝴蝶花搬到了这儿，像蝴蝶那样把它们蓝得透亮的翅膀停歇在这座水上花坛透明的斜面上；这其实也是座天堂的花坛：它提供了一种土壤，使这些花朵具有一种比本身的色泽更珍奇、更动人的色泽；而且，无论是下午当它在田田的睡莲下面，有如万花筒似的闪烁着亲切的、静静的、喜气洋洋的光芒，还是傍晚当它犹如某个遥远的海港，披着夕阳那玫瑰色的、梦幻般的霞光，不停地改变着色彩，以便始终跟色泽比较固定的花冠周围的那种在时光里隐匿得更深的、更奥妙的东西——那种存在于无限之中的东西——显得很和谐的时候，开在这片水面上的睡莲，总像是绽放在天际的花朵。

　　穿出这座花园以后，维沃纳河又流得畅快了。有好多回，我见到一个划船的人，放下桨，头朝后地仰卧在船板上，听凭小船随流飘荡，悠然地望着天上的云彩缓缓地移过去，脸上洋溢着幸福和宁静的表情，我多么希望有一天，当我能无拘无束、自由自在地生活的时候，也能像他一样啊。

我们坐在河边的鸢尾花丛中间。悠悠然的蓝天上,懒散地浮游着一朵白云。不时有条憋得发慌的鲤鱼,倏地打个挺蹿上水面。是吃点心的时候了。重新上路以前,我们在草地上坐了好久,吃着水果、面包和巧克力,听见圣伊莱尔教堂的钟声贴着地面传来,钟声久久地在空气中穿行,却并没有跟空气混合,声音虽然变轻了,但依然音色很好,有一种金属的意味,而且,随着声波在行进中的颤动,钟声拂过我们脚边时,花儿也微微地颤抖起来。

[马丁镇的钟楼。初试写作的喜悦。]

每当沿着盖尔芒特家那边散步的时候,我的心是多么忧伤啊;我更清楚地意识到自己没有文学的才能,这辈子是当不成大作家了。脚步稍一停顿,独自陷入遐想之时,涌上心头的愁绪,马上使我倍感痛苦,为了摆脱这份愁绪,我的脑子索性进入一种麻木的状态,把痛苦撇在一边,压根儿不去想诗和小说,不去想因缺乏才情而无望企及的充满诗意的前景。于是,骤然间一片屋顶,一缕阳光在石墙上的反光,一条小道的芳香,都会游离于有关文学的冥思苦想之外,无所傍地进入我的印象,让我感受到一种特有的快乐,看上去,好像在我见到的表面背后,隐藏着什么东西,力邀我去觅取,而我竭尽全力仍无法找到它。我不由得停住了脚步。我感觉到这东西确实就在那里面,所以我停在那儿,伫立不动,用眼睛看,用鼻子嗅,一心想让自己的思绪深入这图景和气味中去。有时我得去赶上外公,跟他一起往前走,可我仍闭上眼睛,尽量再去感受这图景和气味;我专心致志,力求准确地回忆屋顶的每根线条、石墙微妙的色调变化,我不明白其中的缘故,但总觉得这些石块胀鼓鼓的,仿佛随时会裂出条缝来,让我觑见里面的秘密——它们仅仅是掩饰这些秘密的盖子而已。诚然,类似这样的印象,并不能重新激起我有朝一日成为作家或诗人的希望,因为这些印象往往只跟某个在智力意义上并无价值的特定对象相关联,而与任何抽象的哲理无关。然而,它们毕竟让我无端地感到了一种快乐,一种丰富多彩、美不胜收的幻觉,从而排遣了烦恼,忘却了力绌无能的自卑感——每当我尝试寻觅一个哲学主题来写一部文学巨著的时候,这种自卑感总会油然而生。可是,我所意识到的责任实在过于严峻,那些形态、香味和色彩所造成的印象,迫使我非要去看一眼隐藏在它们背后的东西不可,心生怯意的我,当即给自己找了些借口,来逃避这样的努力,免受这样的劳累。幸好大人在喊我了,我觉得眼下的环境不足以安静到让我好好探究,也许不如等回家以后再去思考,省却这份徒劳。于是我不再过问由某种形状或某种香味裹住的那个未知的东西,由于带它回家而感到心安理得,隔着那层形象的裹膜,我能感觉到它是活生生的,就像大人允许我去钓鱼的日子里,我那盖着一层保鲜青草的鱼篓里鲜蹦活跳的鱼儿。可一到家,我就去想别的事情了,于是我的脑子里塞的都是(犹如每回散步随手摘回来放在卧室里的花儿,或者人家给我的那些杂七杂八的东西)一个闪烁着阳光的石块啊,一片屋顶的板瓦啊,一声教堂的钟响啊,一阵树叶的清香啊,所有这些纷杂的形状和印象,我揣摩着在它们背后另有东西存在,但因我没有足够的毅力去探究揭示这秘密,它早已消遁得不复可寻了。然而,有一次——那天我们散步的时间比平时长得多,向晚时分,在回家路上巧遇乘着马车疾驶而来的佩斯皮耶大夫,他认出是我们,就邀请我们上车——同样的印象又掠过我的脑际,而我没轻易放它溜走。我坐在马车夫旁边,辕马奔驶快得像阵风,因为大夫在回贡布雷之前,还得在马丁镇逗留一下,去看望一个病人,我们约定在病家的门口等他。马车驶到路的转弯处,我蓦地感到一阵从未体验过的不可名状的快乐。远远望见马丁镇的两座钟楼映着夕阳的斜晖,看上去就像随着马车的行驶和道路的弯曲而在变换位置,稍后映入眼帘的是老维克镇的钟楼,它位于远方一座地势更高的平地上,与那两座钟楼之间隔着一座冈峦和一道峡谷,可是看去仿佛与它们比邻而立。

几座钟楼显得那么遥远,看样子我们简直没法靠近它们,所以当片刻过后,我们的马车冷不丁停在马丁镇的教堂跟前时,我不由得感到很惊奇。远远望见这几座钟楼,我心头就充满喜悦,可我并不明白其中的原由,如果非要我找出来,我可能会感到痛苦;我但愿把这些在阳光下变幻着的线条铭记心中,现在不再去想。倘若我那么做了,可能那两座钟楼就永远不会和那么些大树和屋顶,那么些气味和声响融为一体,而我能辨认出这一切,不正是由于那份因它们而在心头暗暗滋生,我却从未深究过的欢乐吗?我下车和大人交谈,一起等大夫。而后我们重新上路,我坐在老位子上,转过脸去再看那几座钟楼,不一会儿,车子驶上弯道,我最后瞥了一眼钟楼。车夫不爱说话,我问得多他答得少,我没有说话的伴儿,只好自己在心里试着回想我的钟楼。过了一会儿,它们的轮廓和映着阳光的墙面,犹如一层坚硬的外壳骤然裂了开来,藏匿在里面的东西,在我面前端倪略显,顷刻之前还不存在的一股思绪,此刻居然在我脑际表达成了一个个词儿,刚才见到它们时感受到的快乐,霎时间变得如此汹涌澎湃,我心醉神迷,无心去想任何别的东西了。这时候,我们已经离马丁镇很远了,我转过脸去再对钟楼望了一眼,景色已经昏暗,太阳下山了。马车驶在弯道上,钟楼不时被遮住,最后露了一下脸,终于隐没不可见了。

我并不以为藏匿在马丁镇钟楼背后的东西,非得像一句漂亮的句子那样,因为使我感到愉悦的是一个个词,它是以词的形式出现在我面前的;我向大夫借了铅笔和纸,随着马车的颠簸写下了一篇短文,以抒发心中的激动,让所思所感一吐为快,下面就是事后我找到的那篇短文,我只作了很少的改动:

在平原上,孤零零地矗立着马丁镇那两座仿佛湮没在旷野之中的钟楼,它俩向着蓝天升起。不一会儿,我们看见了第三座:凭着一个漂亮的大回旋,老维克镇的那座钟楼,转到了它俩面前,三座钟楼会合在一起了。时间一秒一秒地过去,我们的马车驶得飞快,然而这三座钟楼始终远远地停在我们前方,就像栖息在原野上的三只鸟儿,一动不动,在阳光下清晰可见。随即老维克镇的钟楼挪动位置,拉开了距离,马丁镇的那两座孤零零地留在原处,沐浴在夕阳的余晖中,即使隔得那么远,我仍能看见光线在钟楼的坡面上笑吟吟地闪烁跳动。方才驱车向它们驶去,着实费时不少,所以我心里在想,不知还得花多少时间才能到那儿,可就在这时,马车拐了个弯,冷不丁停在了钟楼脚下;钟楼突兀地耸立在我们跟前,马车险些儿一头撞进门廊里去。我们又继续赶路;片刻过后,马车已经驶离马丁镇,这座小镇犹自陪伴了我们一程,旋即消失不见了,远方地平线上只有那三座钟楼瞅着我们夺路而去,颤动着阳光照耀的尖顶向我们示意作别。时而其中一座蓦然隐去,好让我们对另两座多瞧上一阵子;可是道路转向了,它们在阳光下如同三根金色枢轴那般旋转着,渐渐消失在我们的视野之外。但过一会儿,就在我们已经驶近贡布雷,太阳开始落山的当口,我最后一次远远地瞥了它们一眼,它们只不过像画在田野上方低矮的天际的三朵花儿了。它们也让我想到传说中被抛弃在夜色渐浓的荒野里的三位少女;辕马一路飞奔,我们离她们越来越远了,但我还能望见她们怯生生地觅路而行,她们高贵的身影磕磕绊绊地打了几个趔趄,而后相互紧挨在一起,彼此挺身把对方藏在自己背后,在尚剩一抹霞色的天际勾勒出融为一体的一个黑影,风姿绰约,楚楚可怜,随即消失在夜色之中。

写下这段文字以后,我就不去想它了。但当时,我坐在车夫旁边,在他平日把马丁镇上买的家禽装筐放在那儿的位置,匆匆写下了这篇短文，心中充满喜悦，只觉着这些文字让我摆脱了钟楼以及隐藏在它们背后的东西，我简直像个刚下完蛋的母鸡，高兴得直着嗓子唱了起来。

第 2 部　斯万的爱情

［叙事时间回到十五年前，斯万还没有结婚的时候。韦尔迪兰府邸的布尔乔亚沙龙。］

要想加入韦尔迪兰府上的小核心、小集团、小圈子，有一个充分而又必要的条件：心照不宣地服膺一些信条，其中一条，就是默认这一年受韦尔迪兰夫人保护的那位年轻钢琴家，也就是她常爱说"把瓦格纳弹得这么妙不可言，真是绝了！"的那位小伙子，一下子就能让普朗泰[1]和鲁宾斯坦[2]都吃瘪，而那位戈达尔大夫的医术，则比波坦[3]更高明。每个新来的，要是不听韦尔迪兰夫妇的劝说，执意不信没到韦尔迪兰府上来的那些人的晚会就跟下雨天一样讨厌无聊，那么马上就别想站住脚。在这一点上，女人要比男人犟劲更足，更难于摆脱那份世俗的好奇心，心痒痒地总想亲自去打探一下别的沙龙的虚实，而韦尔迪兰夫妇生怕这种好探究的风尚，这股轻浮的邪气，会传染蔓延开来，成为对这个小小圣殿致命的威胁，于是他俩终于一个接一个地把女性信徒给赶了出去。

除了大夫的年轻妻子外，女性信徒在这一年几乎就只剩下——虽说韦尔迪兰夫人本人品德高尚，出身于体面的中产阶级家庭，但是这个极其富有却毫无门第可言的家庭，她也已经有意地渐渐和它断绝了

---

1. 普朗泰（Planté, 1839—1934）：法国钢琴演奏家。
2. 鲁宾斯坦（Rubinstein, 1829—1894）：俄国钢琴演奏家。曾数度赴巴黎演出，取得辉煌成功。
3. 波坦（Potain, 1825—1901）：法国医学教授，心肺外科手术专家。1882 年当选医学科学院院士，1883 年当选法兰西研究院院士。

所有联系——一个差不多算得上名声不佳的女人德·克雷西夫人，韦尔迪兰夫人总用昵称奥黛特称呼她，管她叫可爱的妞儿，另外还有那个钢琴家的姑妈，她以前大概是给人看门的。这两位都对上流社会茫然无知，又天真之极，假如去对她们说，德·萨冈亲王夫人和德·盖尔芒特公爵夫人得花钱给一些可怜家伙让他们到餐桌上来凑数，那轻而易举就能说得她们信以为真，所以，要是真有人邀请她俩到那两位贵妇人的府上去作客的话，当年的看门女人和这位宝贝妞儿还准会鄙夷不屑地拒绝呢。

韦尔迪兰夫妇不用邀请客人来吃饭，这些客人在这儿府上都有各自的常设餐具。晚会么，也没有节目单。年轻钢琴家有时弹弹琴，但仅限于如果他高兴的话，因为谁也不想强迫谁去做什么事情，正如韦尔迪兰先生说的那样："一切为朋友，友情至上！"要是钢琴家想演奏《女武神》里骑马下山的那段或是《特里斯当》[1] 的序曲，韦尔迪兰夫人就会提出异议，倒不是她不喜欢这种音乐，而是正好相反，这种音乐给她的印象过于强烈了。"那么您是非要让我的偏头痛发作不可啰？您明明知道每回弹这曲子总是这样子。我知道我有得苦头吃哩！等明天我想要起床的时候，得，客人都走了！"要是钢琴家不弹琴，大家就聊天，朋友中间有那么一位，通常总是那位当时最得宠的画家，随口，照韦尔迪兰先生的说法，说句无聊的粗话，引得大家哄堂大笑，笑得最厉害的是韦尔迪兰夫人——她有个习惯，碰到人家拿她所感受到的情绪来打个比喻，她总是按字面上的意思照单全收，——有一回她笑得实在太厉害，笑得下巴脱了下来，多亏戈达尔大夫（当时他还刚刚进入社交圈）才把脱了白的下巴托了上去。

晚礼服是不许穿的，因为彼此之间都是哥们儿，不该弄得跟那几

---

1. 《女武神》是瓦格纳连本歌剧《尼伯龙根指环》中的第二部。《特里斯当》也是瓦格纳的歌剧，全名《特里斯当与伊瑟》。

个大家像怕瘟疫似的躲着的讨厌家伙一样,那几个家伙只是在盛大晚会上被邀请过几次,这种晚会一般总是尽可能地少举行,仅在要想让这位画家高兴高兴或是把那位音乐家介绍给大家的当口举行过几次。其余的时间,大家就这么玩玩字谜游戏,穿着化装舞会的奇装异服吃吃夜宵,不过成员只限于自己人,决不让任何一个陌生人混进这个小核心里来。

但是随着这些哥们儿在韦尔迪兰夫人生活中的地位变得日渐重要,所有那些让她的朋友们勾留在外,那些使他们有时不得空的人和事,比如这一位的母亲,那一位的工作,还有另外一位的乡间别墅或者欠佳的身体状况,都成了讨厌家伙,成了天主不能见容的东西。要是戈达尔大夫在餐毕离席的当口,觉得他该告辞再去看看某个病情危重的病人,韦尔迪兰夫人就会对他说:"谁知道呢,说不定您今晚不去打扰他,对他倒要好得多哩;您不去,他就会安安生生睡上一夜;明儿一大早您去看他,敢情他好都好了。"从十二月初开始,她就老想着这些信徒到时候要滑脚去过圣诞节和元旦,变得愁眉苦脸起来。有一次正赶上钢琴家的姑妈一定要钢琴家元旦那天到她母亲家去吃晚饭:

"要是你们不学乡下人的样,元旦那天不去陪她吃晚饭,"韦尔迪兰夫人没好气地嚷道,"难道您以为她就会死了不成!"

到了圣周[1],她又变得心绪不宁了:

"您,大夫,是位学者,是个有头脑的人,耶稣受难日[2]那天,您当然会跟平时一样,仍然来的啰?"第一年,她对戈达尔大夫这么说,用的是一种很自信的口气,仿佛拿得准对方会怎样回答似的。可是在等他作出回答的时候,她不由得浑身打起战来,因为他要是不来的话,

---

1. 复活节前的那个星期。
2. 复活节前的星期五。

她说不定就孤零零的一个人了。

"耶稣受难日那天我会来……向您告别,我们要上奥弗涅去过复活节。"

"上奥弗涅去?敢情您想去喂跳蚤、养虱子呀,那可真选对地方啦!"

接着,沉默片刻过后:

"要是您早点对我们说一声,我们也可以想办法安排一次活动,一块儿舒舒服服地上那儿去旅游嘛。"

同样,要是某位信徒有个朋友,或是某位女性的常客有个调情的对象,他或她有时因此而要滑脚的话,韦尔迪兰夫妇就会说:"嗨!那就把您这位朋友带来吧。"他俩并不怕某位女客有个情人,只要她把他带来,在他们家里跟他谈情说爱,而且对他的感情不超过对他们的就行。他们给他一个试用期,以便观察他能否做到对韦尔迪兰夫人毫无隐瞒,是否可以被接纳加入这个小圈子。如果结论是不行,他们就把引荐此人的那位信徒拉到边上,交代她或他完成跟男友或情妇翻脸的任务。如果情况正相反,那么这个新来的也就可以加入这个小圈子了。所以那一年当这个名声不佳的女人告诉韦尔迪兰先生,她结识了一位可爱的斯万先生,并且暗示说他很想来他们府上时,韦尔迪兰先生当即把这一要求转告给了妻子。(他一向要等妻子发表意见以后才有自己的意见,他这个角色的任务,就是凭着他高度灵巧的本领,把她的愿望以及信徒们的愿望付诸实现。)

"德·克雷西夫人有件事要问你。她想向你引荐她的一位朋友斯万先生。你看怎么样?"

"哎哟,难道我们还能对这么可爱的一个小宝贝说不吗?您别开口,我可没问您是怎么想的,我就是要说您是个宝贝。"

"既然您要这么说,那就好吧,"奥黛特用一种马里沃风格[1]的语调回答说,接着又补上一句,"您知道我可不是 fishing for compliments[2]。"

"嗯!那就把您这位朋友带来吧,要是他挺讨人喜欢的话。"

[到了斯万的年龄,一个男人在爱情中追求的主要是一种主观的乐趣。奥黛特的形象渐渐占据了斯万的脑海。]

斯万可不想在跟他一起消磨时光的女人身上发现她们的漂亮,他宁可跟一眼就觉得漂亮的女人一起消磨时光。而那些女人的美常常是很俗气的,因为他下意识地追求的女性体态美,跟出自他所喜爱的那些大师之手的雕塑或画像中的女性美,是迥然对立的。深沉的表情、忧郁的神态,会让他看得感觉麻木,而只要一见到健康、丰满、红润的肌肤,他就会变得心往神驰。

如果在旅途中遇到一家人,按说一个雅人是不该设法去结交这种人家的,可是这家人中偏偏有位在他眼里具有一种他从未见过的魅力的女性,那么,要他一味自持,要他舍弃她在自己心中激起的欲念,用另一种乐趣来代替他在这个女性身上所能得到的乐趣,比如说写封信叫旧日的情妇来找他,只会让他觉得是面对生活的一种可耻的退缩,一种对新的幸福的愚蠢拒绝,好比放着外乡异邦的风光不去游览,却把自己关在房间里呆望巴黎的街景。他不把自己封闭在现成的社交圈里,而是随身带着一座轻便的拆卸式帐篷,一旦遇上个中意的女人,立马可以当场装配,就地把帐篷支起来,就像探险家随时扎营一样。只要是没法带上的,或者是没法用来换取新的乐趣的劳什子,他一概

---

1. 马里沃(Marivaux, 1688—1763):法国剧作家。他的剧作中人物的对话,多为贵族沙龙式的矫揉造作的风格。
2. 英文:套人家的恭维话。

扔掉，哪怕在别人眼里那都是些宝贝。不止一次，他凭着跟某一位公爵夫人多年交往赢得的信任，让那位夫人动了心，颇想给他个甜头却苦于没有机会，不料他的一封冒冒失失的急信，顿时就坏了好事，原来他是要公爵夫人马上发封电报，把他介绍给手下的一位总管，因为他瞧上了这位总管在乡下的女儿，这种事，简直就像一个饿得发慌的人拿一颗钻石去换片面包！可他事后也会自嘲，笑自己即便练得了非凡的细腻敏感，骨子里却总还有一丝野性未脱。再说，他属于这种类型的聪明人，他们生活悠闲，而且认为这种悠闲为自己的聪明才智提供的种种内容，跟艺术或学术的研究同样值得重视，"生活"本身的内涵，要比所有的小说都更有趣、更浪漫得多，他们在这样的观念里寻求一种安慰，甚至也许是一种借口。他至少自己是这么相信的，而且毫不费力地说服了社交圈朋友中最高雅的那几位，尤其是德·夏尔吕男爵也相信了这一点。他总喜欢说些奇闻趣事来逗男爵开心，或者是说有一回在火车上遇见一位姑娘，后来把她带到了家里，才知道她竟是一国之君的妹妹，而这位君主手里，掌握着当时欧洲政局的所有线索，于是他不费吹灰之力就对整个政局了然于胸，或者是说，由于情况错综复杂，他能不能当一个厨娘的情人，竟然要取决于枢机主教团推选教皇的结果如何。

而且，斯万涎着脸拉来充当中间人角色的，还不光是那群与他时相过从的德高望重的寡妇、将军和院士。他的所有朋友，都已习惯了过一阵就会收到他的一封信，信上用巧妙的外交辞令央求他们写封信或是写张便条，把他介绍给某人；心仪的对象一个换一个，所找的借口也各不相同，而措辞之巧妙却一以贯之，从中明显地——比笨嘴拙舌更明显地——透露出了他性格的固执和目标的专一。好多年以后，当我由于他的性格在所有其他方面都显得跟我挺相像，而开始对他的性格感到兴趣的时候，我常会想到下面这一幕情景：他写信给我外公（当时还没当上外公呢，因为斯万这段重要的恋情，是在我快要出生的当口开始的,此后有很长的一段时间,他没有移情别恋过),外公从信封上认出了他的笔迹,就大声说道:"斯万又有事来找我们了,可得当心哪!"而出于不信任,抑或出于驱使我们把东西拿在手里,要的人不给,偏给不要的人的那种下意识的狠心肠,外公外婆对斯万提出的任何请求,一概断然拒绝,即便那只是举手之劳,比如说把他介绍给一位每个星期天都来吃晚饭的姑娘,以至于每回斯万提起这事儿,他们都只好装出再没见过她的样子,其实呢,他们每个星期都在为邀请谁来给她做伴煞费心思,结果常常一个人也没找到,可就是不肯对心心念念想来的那位透半点口风。

[……]

每一次这般的恋情,或者调情,在某种意义上说都是一种梦想完满的实现,只要斯万见到一张脸蛋或一段身材,情不自禁地、出于本能地觉得它可爱动人时,这种梦想就会油然而生,然而,有一天一位从前的朋友在剧院里把他介绍给奥黛特·德·克雷西时,情况却迥然不同了。这位朋友曾经说起过她,说她是个非常迷人的女人,斯万也许可以和她有点意思,不过他说这话时,却把她说得比实际上的她更难相处,为的是表示自己这样把斯万介绍给她,在他来说已经是很够意思了,结果一见之下,斯万虽然不能说她不美,但觉得那是一种他不感兴趣的美,它不能激起他的丝毫欲念,甚至会引起一种生理上的反感,这种女人,我们都会遇到,尽管各人遇到的各有不同,但总归属于跟我们的感官要求相对立的类型。要说讨他喜欢,她的轮廓线条未免太硬,皮肤未免有欠弹性,颧骨未免太高,脸孔又未免有欠丰腴。她的眼睛很好看,但是大得沉甸甸地往下坠,压住脸上其余部分,所以看上去总像气色不好或情绪不佳。在剧院相识之后不久,她给他写了封信,说自己"虽然无知,但对漂亮的东西极感兴趣",很想去看看他的收藏品,还说她觉得,能在她想象中"茶酽书香、舒适温馨"的"尊府"见到他,她一定会对他更为了解,不过她也并没有隐瞒自己的惊讶，说得知他居然住在这么个称得上寒碜的街区，"对一个像他这么smart[1]的男人来说，未免太不相称了吧"。登门拜访过后，她在分手之际对他说，这次造访使她感到非常高兴，遗憾的是时间太短，口气里仿佛她和他已然有了跟别的熟人所没有的那么一层意思，俨然在他们两人之间已经建立起了一种带有浪漫色彩的联系，斯万听到这儿，不由得莞尔一笑。但对年届不惑的斯万而言，一个人能为爱而爱，在爱的本身的乐趣之外并不想索求太多的回报，就已经足够了，那种心灵的契合，虽说已不像少年时代那样是爱情必定的目标，但反过来依然通过一种观念的联想，跟爱情结合得密不可分，一旦有这种心灵契合先出现，它就会成为爱情的原由。先前，你会渴望占有你所爱的女人的心；到后来，感到自己占有一个女人的心，就足以让你爱上她了。于是，到了一定的年龄，既然男人在爱情中追求的主要是一种主观的乐趣，对女性美的欣赏似乎就理应起到最重要的作用，这时候，爱情——纯粹生理意义上的爱情——说到底无须依靠事先的欲念就能产生。一个人到了人生的这个阶段，已然经历过好几次爱情；它无法再面对我们惊异而盲从的心灵，循着我们既无从知晓、更无从变更的规律，独来独往地演进。我们会参与其间，我们会凭借记忆，凭借联想来帮助它逸出轨道。只消认出其中的一种征兆，我们就会回忆起，就会让它派生出种种其他征兆。由于我们已经掌握了爱情之歌，把曲子从头到尾铭刻在了心间，用不着有个女人来告诉我们曲子的开头——其中充满美貌所激起的赞美之情——我们就知道下面该怎样唱。倘若她从中间——从两个心灵的契合，从诉说彼此离了对方就无法活下去——唱起，我们凭着对这首曲子的熟习，立即可以在这位女伴等待我们的乐段，从容地合上她的节拍。

奥黛特·德·克雷西又来看斯万，而且来访日渐频繁；每次来访，

---

1. smart：英文，意为时髦、潇洒。

无疑都叫他再尝一遍失望的滋味,每回重见眼前这张隔了些时日,他已经有些忘记细部特征的脸,已经记不真切它竟然这么富于表情,或者,尽管她还很年轻,竟然这么憔悴时,他都会体验到这种滋味;她跟他谈话的当口,他心里总感到不胜慨然,她虽说长得挺美,可惜这种美并不是他天性喜欢的那种类型的美。另外还有一点也不得不提一下,因为奥黛特的前额和脸颊上部几乎连成一片,显得分外平坦,上面覆盖着的头发,则按当时流行的款式,梳成前冲的发型,再稍稍往上卷拢,蓬松的发绺贴着耳朵披散下来,结果她就变得特别瘦削、特别凸起;至于那副生就的好身材,则叫人难以看清它的来龙去脉(这得怪那年头的时尚,按说她还算得上是巴黎最会穿衣打扮的女子呢),胸衣那么突兀地隆起,犹如罩在一个假想的肚皮上,然后骤然缩成一个倒三角,再往下就是鼓得像个球的夹层裙子,使这个女人看上去似乎是由一些彼此不相匹配的部件装配而成的;绉领、荷叶边和衬衣背心,因图案各异或质料不同,各不相干地分头顺势而下,延接到缎子的饰结、花边的褶裥以及乌黑发亮的竖条蓬边,或者连绵到鲸须片的裙撑,但对活生生的人体而言,没有一处是合身的,这些劳什子衣饰,不是裹在身上,就是悬空张开,弄得她不是耸肩缩颈,就是像套在个壳子里。

然而,等奥黛特走了,斯万想起她说,每次等他允许她再去造访的这段时间,对她来说有多么漫长,想到这儿不由得微微一笑;他又想起她有一次请他别让她等得太久时,那不安而羞涩的神情,还有那胆怯而恳求地凝视着他的目光,别在配棕绒飘带的圆边白草帽上的那簇人造蝴蝶花,使这道目光显得格外楚楚动人。"那么您呢,"她说,"您就不上我家去喝回茶吗?"他推说手头工作挺忙,正在研究——其实荒疏都有几年了——代尔夫特的弗美尔[1]。"我知道自己是个微不足

---

1. 弗美尔(Johannes Vermeer, 1632—1675):荷兰风俗画家,擅长用色彩来表现空间感和光的效果。代表作有《挤奶女工》、《情书》、《站在维吉那琴前的少妇》等。因毕生居住在代尔夫特,故人称代尔夫特的弗美尔。

道的女人，跟你们这样的大学问家没法相提并论，"她回答说，"就像青蛙没法和大师相比[1]。可是我特爱学习，样样都想了解，样样都想懂行。一头埋进旧书堆里，做个书蠹虫，那该多有趣！"她说话时心满意足的神态，就像一位高雅的夫人在声称自己不怕脏，最乐意干亲自下厨之类的粗活。"说出来您一定会笑话我，这位拦住您不让您来看我的画家（她是想说弗美尔），我可从来都没听说过；他还活着吗？在巴黎能看到他的作品吗？要是这样，我就可以想象您喜欢什么，猜一猜这个不知疲倦的大脑门里，这个让人觉得永远在思考的脑袋瓜里，到底藏着多少东西，对我自己说一声：'喏，他在想的就是这些。'能够参与您的工作，那有多美啊！"他对自己怕结新交表示歉意，不过出于礼貌，他说成是怕感情受挫。"您怕坠入情网吗？真有意思，我可是求之不得，哪怕要以生命为代价我也情愿呢，"她说这话的语气那么自然，那么肯定，他听了不由得很感动，"一定是有个女人让您吃过苦头。您就以为别的女人也都像她一样了。她没有能够理解您；您确实是个与众不同的人。您最吸引我的就是这一点，我感觉到您跟别人都不一样。"——"可您不也是这样吗？"他说，"我了解女人，你们一准也挺忙的，抽不出什么空。"——"我呀，一直闲着没事干！我随时都有空，只要您需要就行。无论白天黑夜，无论什么时候，只要您有空见我，就让人来唤我一声，我会非常高兴地赶来。您会这么做吗？您知道我想做什么吗？我想把您介绍给韦尔迪兰夫人，我可是每天晚上都去她府上的喔。您想想，要是我能在那儿见到您，想到您有一小半是为了我而去的，那该有多美！"

不用说，每当他像这样回忆他俩的谈话，像这样想起她的时候，他只不过是在自己罗曼蒂克遐想里那许许多多别的女人的形象中间，添进了她的形象而已；然而一旦由于某种环境（甚至也许连这一点都

---

1. 此处青蛙一喻，似出于拉封丹寓言中"想跟牛一样大的青蛙"。

不需要,某种一直潜伏着的情绪得以宣泄之际的周边环境,可能对这种情绪并无丝毫影响)的缘故,奥黛特·德·克雷西的形象占据了他的脑海,一旦这种遐想跟对她的回忆已经融合起来,那么她形体上的缺点,以及跟别的女人相比,她的形体是否更合他的口味,就都变得无关紧要了,既然这个形体属于他所爱的女人,从今以后就只有它才能给他带来欢乐和痛苦了。

〔凡特伊的奏鸣曲。斯万在回忆其中的乐句时,重又感受到了奉献出自己生命的那种愿望。〕

前一年,他在一次晚会上听到过一首钢琴和小提琴合奏的曲子。起初,他欣赏到的只是两种乐器发出的富有质感的乐声。当他骤然感到在小提琴纤细、柔韧、致密,而又处于主导地位的乐声下面,钢琴那丰满、浑然、舒展,宛如被月光蒙上迷人清辉、加上降号的碧波荡漾的流水般此起彼伏的声部,挟着汩汩的水声,极力要升腾而起的时候,他不由得感到心旷神怡。然而到了某个时刻,他虽然没法把让他感到那么喜欢的东西明确地勾勒出一个轮廓,给出一个名称,但他突然间像受了一种魔力的诱惑,尽力要想——他自己却并没有意识到这一点——把刚才的那个乐句或和弦记录下来,这个乐句或和弦已经使他的心扉敞得更开,宛如有些弥漫在夜晚湿润空气中的玫瑰花香具有扩张我们鼻孔的效用。也许这是因为他不知道这首让他感受到一种如此复杂印象的曲子,究竟是哪首曲子的缘故,而这种印象也许又正是属于那些纯音乐的、摆脱空间概念的、全然新颖的印象,它们无法归结为任何其他范畴的印象。这样的一种印象,在一刹那间,不妨说是 sine materia[1] 的。可能我们当时听见的那些音符,已经按它们的音高

---

1. sine materia:拉丁文,意为非物质的。

和时值在我们眼前展现了幅度不等的曲面，描绘了富有装饰意味的曲线，给我们以恢弘、纤细、安稳或变幻不定的种种感觉。可是还没等这些感觉真正成形，足以和接踵而来，甚至同时发出的音符业已激起的那些感觉相抗衡，不被它们所吞没，这些音符早就消逝了。而这种印象却继续以其流动和"融合"的形态，把那些不时冒出来，但几乎难以觉察，旋即沉没并消失的音乐动机包孕在里面，我们仅仅从它们所给予的那种特殊的快感中，才能感知那些动机的存在——要不是记忆，就如一个工匠在湍流中间打下牢固的底座那样，在为我们提供那些转瞬即逝的乐句的复制品的同时，也为我们提供了将它们跟相继而来的乐句进行比较和区别的可能，那种快感就简直是无法描述，无从回味和命名，完全不可言喻的。于是，斯万体验到的那种美妙的感觉刚一消逝，他的记忆立即为他提供了一个副本，这个副本尽管是粗疏的、临时的，但它毕竟曾在乐段进行之际经他细细地寓目过，所以等到那个相同的印象蓦然重现时，它已经不再是难以觉察的了。他回忆起与它有关的音域和乐句的衔接，以及一个个音符和富有表现力的强弱变化；他眼前看到的东西，已经不再是纯粹的音乐，而是画面，是建筑，是思想，它们使他有了可能去重新记起那首曲子。这一回，他清楚地辨认出了一个升起在声波之上，延续了一小会儿的乐句。这个乐句即刻使他感受到了精神上的愉悦，这是他在听到乐句之前，从来不曾想到过的，而此刻他却觉得唯有这个乐句，才能让他领略到这些愉悦；这个乐句使他体验到的是一种类似于陌生的爱情的感觉。

这个乐句，以一种缓慢的节奏把他先引到这儿，再引到那儿，随后又引到别的什么地方，就这样，一步步把他引向一种崇高的、难以理解却又很明确的幸福。蓦然间，当它到达某个地点，而他也在一刹那的停顿之后，准备跟随它继续前行时，它骤然改变了方向，以一种新的更快更小的，忧郁的，持续而柔和的动作，引他趋向未知的前景。随后它又消失了。他渴望能第三次再见到它。它果然又出现了，但并没有更明确地告诉他什么东西，甚至带来的愉悦也不如刚才强烈了。可是，等回到家里，他却感到自己很需要它：他就好比是这样一个男子，在路上邂逅的一位姑娘刚使他对形象美有了新的概念，而且切身感受到这种美有一种更重要的价值。可是他没法知道，自己究竟能不能再见到他已经爱上、却连名字也说不上来的那位姑娘。

就是这么一种对某个乐句的爱恋，刹那间仿佛在斯万身上诱发了一种焕发青春活力的可能性。长久以来，他一直无意给自己的生活确定一个理想的目标，而始终只是局限于追求一些日常琐事的满足，尽管他从没对自己明说，其实他心里是相信这种状态到死也不会改变的；而且，正因为他已经无法在心中感受到那些崇高的思想，所以他就不再相信它们是现实存在的——尽管他也还没能完全否定它们。于是他养成了一个习惯，就是让自己躲进一些本身无足轻重，但能让自己对事情的实质不闻不问的想法里去。正如他从没问过自己，是否干脆不去社交场合要更好些，而是一味抱住这么个宗旨，就是如果他接受了邀请，就该去才是，即使不去，也该在名片上写几句话让人带回去，他在谈话中同样也尽量不对一件事情很坦率地发表自己的看法，而只是提供些在一定程度上也有其价值，同时自己又能免得在人前显山显水的具体细节。对于一道菜的烹饪方法，对于一位画家的生卒年月，以及他的全部作品的名称，他都能讲得头头是道。虽说有时候他也会情不自禁地对一件作品、对一种人生哲理，表示一下自己的观点，但这时用的总是一种调侃的口气，倒像他并不完全同意自己的话。然而就像有些体弱多病的人，到了一个新的地方，采用了一种不同的饮食制度，或者由于一种自发而神秘的器质性的变化，病情好像一下子减轻了很多，甚至考虑到了从晚年开始过一种截然不同的生活这样一个原先从未想到的可能性，斯万觉得自己在回忆所听见的那个乐句时，在为了寻觅那个乐句而请人弹奏的一些奏鸣曲里，找到了那些他曾经不再相信的东西，它们是无法看见的，但又是确实存在的，而且，他那颗久已干涸的心灵，仿佛对这音乐起了一种近乎默契的感应，他重又感受到了奉献出自己生命的那种愿望，或者说那种力量。但是，由于没法知道听到的那首曲子是谁写的，他没能弄到它，到后来终于也就把它忘了。在那个星期里，他遇见过几个跟他一起参加那次晚会的朋友，也分别问过他们；可是有好几位不是在弹完以后才来，就是在弹奏以前就走了；有几位当时在那里，不过他们到另外的一个客厅里谈话去了，而留下来听的那几位，也并没比前面这几位听到得更多些。至于宅邸的主人，他们只知道这是他们请来的那几位音乐家提出要演奏的一首新作品；而因为这些人已经巡回演出去了，斯万没法再了解更多的情况。他当然也有一些音乐家朋友，但是尽管这个乐句给他带来的那种无法言传的快感记忆犹新，它所描绘的情景也还历历在目，毕竟他已经没法把它唱给他们听了。后来他也就不再去想到它了。

然而，年轻钢琴家在韦尔迪兰夫人的客厅里刚开始弹了几分钟，斯万就突然在一个持续了两拍之久的高音后面，倏地瞥见他心爱的那个轻盈、芬芳的乐句，正在越过这个嘹亮而紧张的长音（犹如一道遮掩它降临奥秘的音帘）向他趋近过来，他认出了它，那么神秘，那么轻款，那么清晰。它又是那么独特，自有一种富有性格的、任何别的乐句所无法取代的魅力，所以对斯万来说，这就好比在朋友的客厅里碰到了一个他在路上艳羡地见过，以为再也无缘重见的女子。最后，这个乐句又在它一路洒下的芳香中间，认准一条归路悄然而去，只剩下那抹笑容依然留在斯万的脸上。但现在他可以打听他那位陌生女子的名字了（人家告诉他说，那是凡特伊的《钢琴与小提琴奏鸣曲》中的行板乐章），他拥有了她，可以在家里什么时候想要见她就能见她，可以尝试去了解她的语言和秘密了。

[斯万坠入了情网。他觉得奥黛特不是人家所说的那种坏女人。]

在萌生爱情的所有缘由中，在传播这一崇高的烦恼的所有因素中，我们有时曾体验到的那股激动不安的情绪，无疑是最有效的一种。我们在怀有这种情绪时一旦喜欢上某人，那么事情就定了，我们爱的就是他或她。在这以前我们是否有更喜欢或同样喜欢的人儿，那根本不相干。唯一需要的，是我们对他或她的喜爱的排他性。而一旦（在尚未得到他或她时）一种以他或她本身为对象的急不可耐的需要，一种世俗法规使之无法得到满足的荒谬的需要——占有对方的失去理智的、令人痛苦的需要——突然在我们身上取代了对他或她的可爱之处所带来的乐趣的寻觅，这时，排他性的条件也就实现了。

斯万吩咐驱车去还没关门的那几家餐馆；这是他曾经心绪宁静地想象过的那种幸福的最后一个假设了；现在他不再掩饰内心的激动不安，不再讳言这次相遇在他有多么重要，他许诺雷米事成后重重有赏，仿佛在这车夫身上也激起一份期盼成功的愿望，加在自己的那份愿望上面，那么即使奥黛特已经回家睡觉了，她也还是会出现在林荫大道旁的某个餐馆里。他一路赶到金色餐厅，两次踏进托尔托尼餐厅，都没见她的人影，刚从英格兰咖啡馆出来，慌里慌张地迈着大步朝等在意大利林荫道拐角上的马车走去，冷不防撞上迎面而来的一个人：居然就是奥黛特；她后来向他解释说，她在普雷沃咖啡馆没找到位子，就去金色餐厅吃夜宵去了，由于坐在一个凹角里，他准是没看见她，这会儿她正要回到她的马车那儿去。

她没想到会见到他，不由得吓了一跳。他呢，这样跑遍巴黎城也并不是当真以为有可能遇见她，而只是因为就此放弃实在心有不甘。然而这份他在这个晚上始终以为无法得到的快乐，此刻在他看来却显得分外实在；他对这一快乐仅仅考虑过它的可能性而已，所以它对他而言仍然是外在的；他无须凭借想象去感知它的存在，它本身就是实实在在的现实，就是向他喷薄而出的现实，这一现实光芒四射，如梦一般驱散了他为之忧心的孤独，他凭依这一现实，不假思索地张开了幸福的幻想之翼。这就好比一个旅客在阳光明媚之际来到地中海岸边,对他刚离开的那些地方究竟是否存在,心头犹自感到茫然,但他随即收起视线,迎着闪闪发亮、拍岸而来的海水,听任这片蔚蓝色的光芒照花自己的眼睛。

他和她一起乘上她的马车,吩咐自己的马车跟在后面。

她手里拿着一束卡特利兰,在绣着花边的头巾下面,斯万看见她的秀发佩着天鹅羽毛的翎饰,上面也系着这种兰花。纱巾往下,是一袭黑色天鹅绒的长裙,斜襟下露出一大片三角形的白缎衬裙,而在另外插着几朵卡特利兰的袒胸低领的领口,还可以看到一段裙腰,也是白色罗缎的。刚才这么突然遇见斯万,她着实吓了一跳,不料惊魂未定,辕马又碰上障碍猛地打了个趔趄。他俩倏然间给震得挪了开去,她尖叫一声,心头怦怦直跳,一下子喘不过气来。

"没事,"他对她说,"别怕。"

他揽住她的肩膀,让她靠在自己身上,接着说道:

"千万别说话,我问您什么话,请向我示意一下行不行就可以了,要不您会更喘不过气来的。刚才您胸口的花给震歪了,我把它们摆摆正,您不会介意吧?我怕它们会掉出来,想把它们插得牢一点。"

她平时不大看见男人对她这样彬彬有礼地说话,于是笑吟吟地说道:

"哦,我当然不会介意。"

可他听到这个回答却有些不好意思,这或许是由于他意识到自己找这个借口时,做出的是很诚恳的样子,要不就是由于他当真以为自己刚才是很诚恳的了,于是他大声说道:

"喔!不,请千万别说话,不然您又会喘不过气来的,您只要点点头或摇摇头就行了,我会懂您的意思的。您真的不会介意吗?瞧,有点儿……我想是花粉撒在您身上了;我可以用手来掸掉它们吗?也许我弄得您有些痒了?可我是想别碰到您的天鹅绒裙子,免得把它给弄皱了。不过,您瞧,确实得把花儿放放好,不然就要掉下去了;我这就把它们插牢一点……说真的,我没让您不愉快吧?我还想闻闻它们是不是真的没有香味,您也不会生气吧?我从没闻过这种香味,可以吗?请您对我实话实说好了。"

她笑吟吟的,稍稍耸了耸肩膀,好像在说"您真傻,您明明知道我喜欢您这样"。

他举起另一只手,沿着奥黛特的脸颊往上摸去;她定睛望着他,神情忧郁而庄重,一如他觉得她和她们很相像的、佛罗伦萨大师画笔下的那些女性;那双明亮的眼睛,大而细长,一如那些女性的眼睛,好像随时会像两颗泪珠一样滴落下来。她弯下颈脖,在那些宗教画上,甚至在世俗的场景里,你都能看见她们是这样弯着颈脖的。她似乎要使足劲儿才能不让自己的脸往下沉,仿佛有一种无形的力量在把这张脸吸向斯万,这样的姿势,在她想必是一种习惯姿势,她知道这种姿势此刻很合适,小心在意地没忘记把它摆出来。而在她不由自主似的听任自己的脸往下沉,就要碰到他的嘴唇的时候,斯万托住了她的脸,让它在他的双手之间停留了一会儿。他想让自己的思绪有时间跟上,认出这就是在脑海中萦绕已久的梦想,看清它的实现,就好比一个应邀出席她钟爱的孩子的颁奖典礼的亲戚所做的那样。也许,斯万是要向奥黛特这张他还没占有、甚至还没吻过的脸最后再好好看上一眼,就像你在即将离开一个地方、再也不会回来的那会儿,想把这儿的景色好好看上一眼,永远记在心头一样。

可是他在她面前仍然是那么腼腆,在那个以摆弄卡特利兰开始,以占有她的人告终的夜晚以后,也不知是生怕惹她不高兴,还是唯恐事后回想起来显得撒了谎,或者是缺乏提出更进一步的要求的勇气(其实他完全是可以提的,既然第一次奥黛特就没有生气),反正在这以后的一阵子,他用来用去就是同一个借口。要是她胸口插着卡特利兰,他就说:"今晚真遗憾,这些卡特利兰不像那晚那么歪了,用不着重新摆一下;不过这一朵好像不很正。我可以闻闻它们是不是比别的兰花香些吗?"或者,要是她没插兰花:"喔!今晚没有卡特利兰,我可摆弄不成喽。"于是,有一段时间里,他一成不变地沿袭第一次的次序,最先总是用手指和嘴唇触摸奥黛特的胸口,而且每次都是由此开始抚爱和拥抱;直到很久以后,摆弄(或者说,成了惯例的借口摆弄)卡特利兰此调早已不弹,理一下卡特利兰的隐语却俨然还是他俩常用的一个简捷的说法,每当想指占有肉体——其实一个人并不见得就此占有任何东西——的时候,他们就会脱口而出这么说,这个说法成了两人用以纪念那一已被遗忘的做法的隐喻。也许,做爱的这种特殊表达方式与其他同义词所指的意思,确切地说并不是完全一样的。一个人,哪怕他对女人再怎么不感兴趣,哪怕他把占有各式各样的女人看成没什么区别,似乎他早就知道无非是那么回事而已,但若对方是颇不容易到手的女人——或者他自以为如此——那么这种占有就转而成了一种全新的乐趣,以致他非得在跟这种女人的交往中加进某个意外的插曲,就如斯万第一次摆弄卡特利兰那样不可。那天晚上,他悬着颗心(但奥黛特,他心想,如果她没看出他使的这一招,敢情是猜不到这一点的),就指望从那些宽宽的淡紫色花瓣中间,能引出占有这个女人的结局来;而他结果体验到的,奥黛特兴许是(他这么想)由于没有明确意识到才容他得手的这一乐趣,在他看来——在伊甸园的花丛中尝到这一滋味的第一个男人,想必也有同感——是一种迄今从未有过、由他首创的乐趣,一种——在他给它取的名称中已经透露了这一消息——全然特有的、新颖的乐趣。

现在,每晚他陪她到家门口以后,非得进去不可了,出来时她常常穿着室内便袍一直送到他上马车,当着车夫的面跟他吻别,还要说:"人家怎么看,关我什么事?"逢到他不去韦尔迪兰府上(自从在别处也能见到她以后,有时就会出现这种情况),逢到他愈来愈难得地去上层社交圈的晚上,她就请他在回家前,不管时间有多晚,先上她那儿去。当时是春天，一个澄净而料峭的春天。他从社交晚会上出来，登上那辆四轮敞篷马车，把一条毛毯盖在腿上，那些和他一起出来的朋友招呼他跟他们一路回去，他回答说不行，他跟他们不是一个方向，说话间车夫已经扬鞭驱车上路，反正他知道要去哪儿。那些朋友都挺惊讶，真是的，斯万不再是以前的斯万了。他们再也不会收到他请他们介绍结识女性朋友的信了。他对这种女人一个也不感兴趣，不上碰得到她们的那些地方去。在一家乡间的餐馆里，他的举止和头天大家还挺熟悉，而且觉得他该当如此的原先的举止相比，简直是判若两人。激情，居然能像一种暂时却又与原来迥异的性格，一下子就替代了原来的性格，并把它用以表现自己的、迄今一成不变的种种特征清除得如此彻底！而现在，有一件事却是一成不变的，那就是无论斯万到了哪儿，他总要赶去跟奥黛特相会。分隔他俩的那段路程，正是他的必由之路，如同生命历程中非走不可的那道陡坡。

［……］

他都在晚上去她家，对她白天是怎么过的并不了解，对她的从前也一无所知，甚至连一丁点儿的初始信息也不掌握，通常我们靠着这种初始信息来想象自己还有哪些东西不知道，从而想方设法去了解它们。他也不去考虑她可能都干过些什么，或者以前过的是怎样的生活。他有几次暗笑着回想起几年前，还不认识她的那会儿，有人跟他说起过一个女人，如果他没记错的话，那肯定就是她，按那人的说法，她是妓女，交际花，斯万当时几乎还没有出入过这种女人的社交圈子，所以在他眼里，这样的女人就是彻头彻尾、十十足足的坏女人，他对这类女人的想象，在很长时间里来自某些小说家的描写。而现在他心想，要恰如其分地评价一个人，往往得把别人对这个人众口一词的看法颠倒过来，具体到奥黛特这个人，他对人家的说法持否定态度，因为他觉得奥黛特善良，天真，迷恋完美，几乎没法让她憋住不说真话，有一天他想单独和她用晚餐，请她写张便条给韦尔迪兰夫妇，就说身体不好不能去了。第二天，他只见她面对问她身体是否好些的韦尔迪兰夫人，红着个脸，结结巴巴，不由自主地流露出为自己说了谎而苦恼不安的表情，翻来覆去地把那套昨晚怎么不舒服的编好的话说了又说，那央求的目光和歉疚的声音，仿佛在请对方原谅她说的假话。

有时候，不过很难得，下午他正在家里耽于遐想或从事新近重新拾起的弗美尔研究的当口，她突然来了。仆人通报说德·克雷西夫人等在小客厅，他过去找她。门一开，奥黛特刚瞧见斯万，微微泛红的脸上就已经——随着唇角、目光和颧骨位置的改变——漾起一个笑容。他独自一个人时，眼前时常会浮现这个笑容，以及头天晚上她脸上的笑容，某一次她来迎接他时的笑容，还有那次在马车上他想给她摆正卡特利兰问她会不会生气时，她作为回答的笑容；奥黛特在其他时间的生活，他正因为不了解，就觉得那中性的灰色调的背景挺像华托的那些习作，淡黄色画纸上的每个部位，沿着每个角度，随处可见用三种色笔描绘的无数个笑容。

［斯万的嫉妒，就像爱情的幽灵如影随形。他处处留意奥黛特的一举一动。］

第二天晚宴散席时，雨下得很大，斯万只有那辆敞篷马车等在门口；有位朋友提议用轿式马车送他回去，而奥黛特既然说过要他去她家，有一点就可以放心，那就是她不会再等别人，所以他不必冒雨赶到她家，尽可以心安理得地回家睡觉去。可要是让她看出了他并不是天天无例外地非得和她共度深夜那段时光，说不定哪一天他特别想和她在一起的时候，她会对他不予理睬干脆挡驾呢。

他赶到她家，已经过十一点了，他抱歉说没能早点来，她接口抱怨说实在是太晚了，风狂雨骤的，她觉得有些不舒服，头疼，恐怕只能陪他半个钟头，到午夜就得打发他走了；而过了没一会儿，她又觉得疲倦，说是想睡觉了。

"怎么，今晚不理一下卡特利兰？"他问她，"我挺想要一朵漂亮的小花儿。"

她答话的神情里，有几分赌气，又有几分神经质：

"不，亲爱的，今晚不弄卡特利兰，你不是知道我不舒服吗！"

"也许弄一下会好些呢，不过好吧，我听你的。"

她请他出去时把灯关了，他又帮她把床上的帷幔放下合拢以后才告辞。但他回到家里时，突然有了个念头，说不定奥黛特今晚在等一个人呢，她的疲倦是装出来的，要他关灯是让他相信她就要睡了，而等他一走，她马上就去开灯，让那个要在她身旁过夜的男人进来。他瞧瞧钟，离开她家大概有一个半小时了。他重又出门，乘上一辆出租马车，停在离她家很近的一条小街上，她的寓所后面临着的街正好跟那小街垂直，他有时候就跑到这条街上来敲她卧室的窗，让她来给他开门；他走下马车，四周寂寥而黑暗，他才走了没几步，就冷不丁发现几乎到她家门口了。在临街所有那些早已熄灯的黑洞洞的窗户中间，只见有一扇还透出——在宛如榨挤着神秘的金黄色果汁的百叶窗片之间——照亮那个房间的灯光，曾经有多少个夜晚呵，他刚进街口远远地望见这灯光，就感到心头充满欣喜，觉得它在对他说："她在这儿等你呢。"而现在，它使他感到痛苦不堪地对他说："她在这儿，和她等的那个人在一起呢。"他想知道那人是谁；他蹑手蹑脚地沿墙壁走到窗前，可是斜着的百叶窗片挡住了视线，什么也看不见；但他听到在深夜的寂静中有两个人轻轻的说话声。不用说，这灯光和低语声使他感到痛苦；瞧见这灯光，他想象着窗后那两个不见身影但令他厌恶的家伙在它金黄色的光晕中动来动去，而这隐隐约约的对话声，让他知道在他离去后才来的那个人在场，明白了奥黛特的虚情假意，以及她此刻和那人在一起两人有多快活。

然而他还是庆幸自己来了：曾经折磨得他非从家里出来不可的那

种痛苦，在失却暧昧意味的同时，也失却了它的酷烈，既然奥黛特生活的另一面，当时曾让他突然起疑而又无能为力的另一面，此刻被他堵截在这儿，被灯光照得雪亮，在连他自己也不知道的情况下被禁闭在这个房间里，他随时可以进去抓住它、俘虏它；要不，他可以干脆去敲百叶窗，就像他平时来晚了常做的那样；这样起码好让奥黛特明白他已经都知道了，他看见了灯光，听见了声音，而且他，刚才还被他们耻笑蒙在鼓里的他，现在眼看着他们聪明反被聪明误，阴错阳差地着了他的道儿，只以为他还离得远远的，其实他这就要去敲百叶窗了。因而，此刻让他体验到近乎快慰的感觉的，并不是疑窦的消释和痛苦的缓解，而是一种智力上的乐趣。虽然他从恋爱以来，青年时代对各种事物抱有浓厚兴趣的好奇心重又稍有露头，但仅限于和想念奥黛特有关的事物，现在，妒意唤醒了他勤勉的青年时代的另一种心理反应，就是探究真理的热情，但现在的所谓真理，只是他和情妇相关之事的真实情况，这种真实情况没有她就无法探究，它是纯粹个人意义上的，其独一无二的对象价值无限而且几乎具有一种超脱私利之美，那就是奥黛特的一举一动，她的交往过从，她的计划，她的过去。在斯万的各个生活阶段，他一向觉得拿一个人的琐事俗务、日常举止来说长道短是没有意思的，他认为这是无聊，平时人家说给他听，他即使在听，也是兴味索然；他觉得这是最让人感到乏味的时候。但是在这段非同寻常的恋爱时期，个人变得无比重要、不容忽视，他感到好奇心在自己身上苏醒，虽说范围不出一个女人的日常消遣、生活琐事，但它正是当年他对历史所表现出来的那种好奇心。站在窗外探头探脑，在今天之前还是他不齿于做的事情，现在谁知道呢？说不定到了明天，诱使不相干的人提供旁证，买通仆人，躲在门口偷听，都会俨然跟辨读文本、对照见证、阐释文物一样，被他当作具有某种真正学术价值、适用于探求真理的科学研究方法呢。

正要敲窗的当口，他想到奥黛特就此会知道他起过疑心，到过家又回来，还在街头踯躅过，想到这些，一时间他不由得感到了羞愧。她常对他说她最不喜欢妒心重的男人，最讨厌鬼鬼祟祟打探对方行踪的情人。他要做的事情实在笨拙得很，她会记恨他一辈子的，而此刻，只要他还没敲窗，她虽说对他不忠实，但也许还是爱他的。耐不住气，图一时之快，可能到手的幸福就会毁于一旦！可是，了解真相的愿望不仅更强烈，而且他觉得更崇高。他知道，他哪怕牺牲一生的幸福也非看个明白不可的真实情况，就在透出灯光的窗子后面，犹如在一部珍贵手稿的烫金封面下面等着研究者去看，面对艺术资料如此丰赡的文献，查阅它的学者怎么能不怦然心动呢。他感受到一种了解真相的快感，满怀激情地要到这部独一无二、转瞬即逝而又弥足珍贵的文献里去寻觅真相，这部书页近乎透明的文献是那么温暖、那么美丽。再说，他感觉到——他迫切地需要这种感觉——自己和他俩相比所占有的优势，也许就在于他并不特别在乎自己是否知道，他真正在乎的是能够让他们明白他知道了。他踮着脚去敲百叶窗。里面的人没听见，他敲得更响些，屋里的低语声戛然而止。发问的是一个男人的声音，斯万在他认识的奥黛特的朋友的嗓音中间搜索，想辨认这是谁的声音：

"谁啊？"

这声音听上去好像并不耳熟。他又敲了敲窗。先是窗子，然后百叶窗打开了。事到如今，已经没有退路了，既然她马上就什么都明白了，那他还是别显得过于狼狈，别让人看出他醋意和好奇心太重为好，所以他干脆装得若无其事、挺快活地大声说道：

"别费事了，我刚好路过，瞧见灯还亮着，就想看看您是不是还不舒服。"

他抬眼望去，只见两位老先生站在窗口，一位擎着盏灯，所以斯万看清了房间，那是一个陌生的房间。平时他习惯了，上奥黛特家来得很晚时，只要看这排一模一样的窗户中间哪个还亮着灯光，就知道那是奥黛特的房间，这回他可弄错了，敲的是隔壁一座房子的窗户。

他边道歉边往后退，转身叫车回到家里，暗自庆幸既满足了好奇心，又使他俩的爱情安然无恙，好长一段时间以来，他一直对奥黛特故作冷淡，这一下幸亏没有出于妒意把自己对她爱得至深的实情授人以柄，恋人之间一旦出现这种情况，那一方就俨然有权不必爱得太深了。他没把这桩倒霉事告诉她，自己事后也不再去想到它。然而有时候，思绪一不小心，就会与这段回忆不期而遇，由于没在意，思绪一头撞上去，把它扎得更深，这时斯万就会觉得一阵突如其来的剧痛。这就像一种肉体的痛苦，斯万的意念是无法让它减轻的。不过肉体的痛苦由于跟思绪不相干，思绪至少还可以端详它，确认它是否有所缓解或暂时平息。而这种痛苦，思绪对它所能做的只是回想它，让它重现眼前而已。要想不去想它，就是又一次想到了它，就是又一次受它的折磨。斯万和朋友谈天时，有时把它忘了，但往往别人说的一句话就能叫他脸色大变，这就好比一个人受了伤，偏偏有个笨手笨脚的家伙不当心碰在了那条受伤的胳膊上。他离开奥黛特时，感到很幸福，心里很宁静，他回想着她的微笑，这笑容在谈到任何旁人时都是含讥带讽的，唯独对他是含情脉脉的，他回想着她怎样让脑袋偏离轴线往前倾，任凭它缓缓垂下，几乎不由自主地落到他的双唇上，就像她头一回在马车上做的那样，他回想着她怕冷似的把头靠在他肩上，从他怀里向他望去时迷离的目光。

但是他的嫉妒，恰似爱情的幽灵如影随形，立即摹写了一个复本，今晚她给了他个新鲜的笑容——现在反了过来，变成嘲笑斯万而对另一个人表示爱意；她的脸俯了下来，但那是向着另一双嘴唇，带着她曾给他的全部柔情献给另一个人的。他从她家带回的销魂的欢乐回忆，就此成了你的室内装饰师提交给你的草图或效果图，斯万从中可以想象她对别人会怎样热情似火，会怎样心醉神迷。他终于感到了后悔，为每次在她身旁体味到的乐趣，为每次她给他的别出心裁的爱抚（不知谨慎的他，曾告诉她这些爱抚多么甜蜜），为每次在她身上领略的优雅而感到后悔，他知道，这些欢爱和优雅转眼间就会成为对他施刑的新械具。

每当斯万回想起几天前无意间看见的一道匆匆的目光，这种刑罚就变得更残酷了，那道目光持续时间很短，却是他以前从未在奥黛特眼中见过的。事情发生在韦尔迪兰府上，晚餐以后。兴许福什维尔觉得萨尼埃特在沙龙里不受欢迎，想在众人面前拿他开涮，让自己露个脸；兴许他觉得那位连襟刚对他说了句傻话，而在座的其他人听不出其中有什么违背说话人毫无恶意的初衷的弦外之音，所以都没在意，弄得福什维尔肝火上升；兴许福什维尔这阵子正想找个机会，把自己底细被他了解得太清楚而又明知他懦弱可欺的某人赶出这个沙龙，有时只要一见此人在场福什维尔就浑身不自在；反正不管原因如何，福什维尔回答萨尼埃特那句傻话时，口气极其粗鲁，气势汹汹，那位越是害怕、痛心、央求，他骂得越是来劲，临了那可怜虫问韦尔迪兰夫人他是否还该留在这儿，眼见人家不答理他，他只好眼眶里噙着泪水讪讪地退了出去。奥黛特始终毫无表情地看着这幕闹剧，而当大门在萨尼埃特背后砰的一声关上时，她迅即将脸上惯常的表情在某种意义上调低了好几档，以便就卑下的程度而言刚好和福什维尔处于同一水平，她眼睛一亮，露出一个狡黠的笑容，对福什维尔的放肆表示赞许，同时也表示她对成为闹剧牺牲品的那家伙的奚落；她朝福什维尔投去合谋作案者的一道目光，这目光的意思是再清楚不过的："这下可是执行死刑了，要不就算我看走眼。您瞧见他那副虫腔吗？还哭呢。"福什维尔的目光与这道目光交会时，他蓦地回过神来，骤然收敛刚才还在兴头上的怒气或者装出来的愠色，露出笑容回答说：

"他只要学得讨人喜欢些，还是可以回来的，年纪不论大小，有了错帮他改总是对他有好处的嘛。"

有一天斯万下午去看一个朋友，可是那人不在家，他转念一想，何不在这时候去奥黛特家呢，他从没在这时候上她家去过，但他知道这会儿她通常都在家休憩，或者赶在喝下午茶之前写信，他挺高兴能有这机会既去看看她又不打扰她。看门人告诉斯万，他想她一准在家；斯万拉了门铃，觉得听见屋里有声音，听见有人在走动，可是没人来开门。他恼怒之余，跑到寓所后面临着的那条街上，站在奥黛特卧室的窗前；窗帘拉上了，什么也看不见，他使劲敲窗玻璃，大声叫喊；还是没人来开门。他看见邻居都在望着他。他走开了，心想没准他以为有脚步声是听错了；可是心思被这事牵挂住了，根本没法去想别的事情。一小时后，他又回来，见到了她；她说刚才他拉铃时她在睡觉；她给铃声吵醒了，一猜准是斯万，可是等奔过去开门，他已经走了。敲窗她也听见的。斯万立即听出这些话中的确有那么一点实情，猝然间要说出一篇谎话的人，往往会自欺欺人，以为把一小点儿实情掺入编造的谎言，就可以说得真像那么回事了。诚然，奥黛特不想让自己做的事被别人知道，她是打算守口如瓶的。可是一旦跟说谎的对象面对面时，她不由得一阵心慌，思绪软绵绵地乱成一团，说嘴圆谎的本事全不管用了，只觉得脑子里一片空白，然而这时又必须说些什么，她一下子能想到的，恰好是她打算隐瞒的事情，因为它是事实，所以唯有它此刻还留在脑际。她从实际发生的情况中抽取一点本身无关紧要的东西，心想既然这个细节是真事，不会有编造一个细节的风险，把它说出来总归稳妥得多。"至少这是真的，"她暗自思忖，"说出来不会有漏洞，他就是去打听，结果也是一样。总之这么说坏不了事。"她错了，正是这么说坏的事，她没注意到这个真实的细节是有棱角的，只能和它从中抽取的那些毗邻的真情实况相榫合，任凭她把它在编造的细节中横放竖放，总归不是这儿有个棱角戳在外面，就是那儿有个空隙塞不满，最终还是放不服帖。"她承认听到拉铃和敲窗的声音，还说知道是我，挺想见到我，"斯万心想，"可是这些话跟她没来开门的事实对不上号啊。"

可是他并没有把这个破绽向她挑明，他心想，让奥黛特说下去，她编的谎话里没准会露出些蛛丝马迹;她管自往下说;他不去打断她,满怀热望而痛苦的虔诚,一字不漏地听着她说的每句话,觉得这些话(正因为她提及时竭力加以掩饰)如同圣器上的盖布,影影绰绰地保存着圣器的形态,依稀可辨地勾勒出无比珍贵而又,唉,无法参透的真情实况——刚才三点钟他来的那会儿,她到底在做什么——他对此所掌握的只是一堆谎言,既是云山雾罩不着边际,又有神圣的印记藏匿其中,真相从此只存在于这个女人藏藏掖掖的记忆之中,她对它熟视无睹,茫然不知它的珍贵,却不肯把它告诉他。当然他有时也觉着,奥黛特的日常活动本身,不见得有多少趣味,她即使跟其他男人有染,也未必就一定会激发一种病态的痛苦乃至殉情的狂热——以致普天下凡有思维的动物概莫能外,无一幸免。他这时意识到,自己的这种思念,这种忧伤,无非是一种病而已,一旦病愈,奥黛特这样做还是那样做,她吻他还是不吻他,都跟许多别的女人的情况没什么两样,不会引起他的伤感。可是斯万尽管明白,他对奥黛特一举一动的好奇心之所以让他感到痛苦,原因还在他自己,却依然把这种好奇心看得很重要,尽力要使它得到满足,并且不觉得那有什么不合情理之处。这是因为斯万已经处于这样一个年龄段,哲学观念——他不仅受当时哲学思潮的影响,还受他浸润其间的社交圈,尤其是德·洛姆亲王夫人那个小圈子的哲学观念的熏陶,按照这些观念,要看一个人是否聪明,得看他是否怀疑一切,还得看他是否认为唯有每人的个人品味才是真实而无可置疑的——已经不再是年轻时的观念,而是一种近乎医学哲学的实证哲学,持这种哲学观念的人不以外因来说明自己的憧憬对象,而试图从他们历经的岁月中抽取出习惯、情感的一种固定模式,他们不仅可以把这些习惯和情感看作自己身上所具有的永久性特征,而且处心积虑,首先要保证自己的生活方式能让它们得到满足。斯万认为,在生活中要考虑到自己身受的痛苦是由不知道奥黛特做过什么引起的,正如湿疹复发时要考虑到这是由天气潮湿引起的,这样才是明智的;

他还认为，要在预算中拨出一大笔款项，用于获取奥黛特日程安排的有关信息，没有这些信息他简直坐困愁城，其实，至少在他爱上奥黛特以前，对于其他种种他知道能从中得到乐趣的嗜好，诸如收藏艺术品和品尝美味佳肴，他向来也是预拨款项的。

他想和奥黛特告别回家时，她请他再待一会儿，见他过去开门要走，她干脆拉住他的胳膊一个劲儿挽留他。但他对此并没在意，因为，在充斥于一次谈话的众多手势、话语和种种小插曲中，我们不可避免会与一些细节，亦即掩盖着我们凭猜疑乱找一气的实情的那些细节擦肩而过，对此毫无觉察，反而对并没遮蔽任何实情的细节倍加关注。她一遍又一遍不停地对他说："你从不在下午来，偶尔来一次又偏偏没能见上，真是太委屈你了。"他心里清楚，她对他还没爱到这份上，会对错过他的来访如此懊悔不已，不过她心地还是很善良，尽力想让他高兴，惹得他不快往往自己会难过，所以他觉得她这次由于没能让他享受共度一个钟点时光的天大（并非对她，而是对他而言）乐趣而感到遗憾，也是很自然的。然而，这毕竟只是小事一桩，她居然神情一直那么痛苦，他终于觉着有些蹊跷了。她现在这模样，在他眼里比平时更像那幅《春》的作者[1]画笔下的女性形象了。那幅画上的女性，仅仅由于听任幼年耶稣玩耍一只石榴，或者眼看摩西往食槽里倒水，仿佛就会不堪内心悲痛的重负，脸上显出悲痛欲绝的表情，奥黛特此刻有的正是这种表情。他曾经在她脸上见到过一次这种悲恸的神情，但想不起是什么时候了。蓦然间，他想起来了：有一次奥黛特借口病了没去韦尔迪兰府上吃晚饭，其实那晚她和斯万在一起，第二天她跟韦尔迪兰夫人说起此事照旧撒谎时，她脸上就是这种表情。诚然，即使她是所有女人中间最较真的，她也完全不必为了这么一句无伤大雅的谎话而内疚。不过奥黛特平时说谎，情况可没那么简单，她之所以说

---

1. 指意大利佛伦萨画派代表人物波提切利（Botticelli，1444—1510）。

谎，意在阻止人家发现某些事实，一旦让人知道她说谎，她就得在这批人或那批人手里大吃苦头。所以她说谎时，心里怕兮兮的，总觉得自己无勇无拳，吃不准谎话能否奏效，就像有些睡不着的孩子那样，疲倦得直想哭。何况她知道自己的谎言通常会严重伤害说谎的对象，而且万一真相败露，她说不定就只能听凭对方的摆布了。于是她在此人面前感到自己既微不足道又应受谴责。而她在社交场上随便说句谎，往往会联想起那些感觉，勾起种种回忆，觉得累垮了似的不舒服，感到做了坏事而内疚。

她这会儿对斯万说的究竟是怎样的谎话，居然目光如此痛苦，声音如此哀切，仿佛在为某种压力所迫而低声下气乞求宽恕？他有个感觉，她极力向他隐瞒的，不仅仅是下午那件事的真相，而是某件更靠近眼前，说不定还没发生，但马上就要发生，而且能让那件事的真相毕露无遗的事情。正在这时，他听到门铃响了一下。奥黛特照样往下讲，但她的声音像在呻吟：为下午没见斯万、没给他开门而感到的遗憾，变成了一种痛彻心扉的绝望。

可以听见外面的门重又关上，响起辚辚的车轮声，看样子有人走了——多半就是不能让斯万遇见的那人——仆人准是告诉他说奥黛特不在家。这时斯万思忖，在一个平时不来的时候来这儿，想不到竟会撞着这些她不愿意让他知道的事情，他不由得一阵气馁，颇有几分悲凉之感。但因为他爱奥黛特，习惯了处处为她着想，本该怜悯自己才是，他却怜悯起她来，喃喃地说："可怜的宝贝儿！"他告辞时，她从桌上拿起好几封信，问他能不能代她寄一下。他随身带走了这些信，一回到家里，才发现信还没寄。他转身走到邮局，把信从衣袋里掏出来，在投进信筒之前看了看地址。都是给供应商的，只有一封是写给福什维尔。他手里拿着这封信，心想："要是我看一下里面写些什么，我就知道她怎么称呼他，用什么口气对他说话，知道他俩之间有没有事情。甚至要是我不看一看，说不定就是对她失之粗疏，我对她的怀疑没准是空穴来风,而要解开这个疑团,这是唯一的办法,信一寄走,她就注定只能蒙受不白之冤了。"

他离开邮局回家,身上藏着最后的那封信。他点了支蜡烛,把不敢拆开的信封凑近烛光。一开始什么也看不清,但信封很薄,把里面的那张硬卡纸贴紧信封,就能透过信封看出最后几个字。那是信末的客套话,语气挺冷淡。要是换个人,不是他在看一封写给福什维尔的信,而是福什维尔在看一封写给他斯万的信,他看到的话一准温柔得多!他按住信纸,不让它在信封里滑来滑去,然后用拇指把它慢慢往前推,让一行行字相继在信封最薄的位置经过,唯有这个位置是单层的,斯万可以透过这儿辨认里面写的字。

即便这样,辨认起来还是不太容易。不过这也没关系,因为他已经看了好多行,发觉信上写的是件鸡毛蒜皮的事情,跟恋情完全不沾边;这件事儿跟奥黛特的一个舅舅有关系。斯万在信的开头就看到过这样一行字:"我没法不去",可是不明白奥黛特没法不去做什么事情,突然间,他又看到了两个起先没认出的字,整个句子的意思豁然明朗了:"我没法不去开门,那是我舅舅。"开门!这么说,下午斯万拉铃的那会儿,是福什维尔在屋里,她打发他走,所以斯万听到了脚步声。

于是他把整封信读了一遍;她在信末为自己的失礼向福什维尔致歉,还对他说他把烟盒忘在她家了,这句话当初斯万刚去她家时,有一次她也给他写过。不过对斯万她还加了一句:"万一您把您的心也忘在这儿,我可不会让您取回去的哟。"对福什维尔没有类似的话:没有任何能使人联想到男女私情的暗示。况且,说实话,福什维尔在整件事里比他受骗更甚,不然奥黛特也用不着写信让他相信舅舅来访了。总之,她真正看重的是他斯万,为了他,她把那一位给打发走了。然而,如果奥黛特和福什维尔之间真的什么事也没有,她为什么不马上来开门,为什么要说"我没法不去开门,那是我舅舅"呢?如果那会儿她没在干什么见不得人的事情,福什维尔何至于要表明他认为她不必去开门的态度呢？斯万愣在那儿，面对这只信封既难过、羞愧，又感到幸福。奥黛特那么放心地把信交给他，是因为她绝对信任他的人品，可是信封上照得出信纸的薄层，不仅把他自以为不可能知道的有关某件事的秘密泄露给他，而且把奥黛特生活的一角也透露给他，他犹如置身于一条通向未知世界的明亮的窄道上。随之感到心满意足的是他的妒意，它仿佛具有了一种独立的、自私的生命力，贪婪地汲取着能滋养它的一切，即使要让斯万来承担后果也在所不惜。现在它有了这份养料，斯万就有事可做了，他得每天去打听奥黛特在五点钟接待了谁，得设法了解福什维尔那时候在哪里。斯万对奥黛特的爱意，依然保留着一开头就烙上印记的那个特征，当初他对奥黛特的日程安排一无所知，同时又懒得费那份神，因而坐失了靠想象弥补无知的机会。妒意的对象一上来不是奥黛特的全部生活，而是其中的某些时刻，引åœ他猜想奥黛特欺骗了他的情况，当然说不定是误解，往往发生在那些时刻。他的妒意犹如一头章鱼，先甩出第一根触手，而后第二根，然后又是第三根，牢牢地抓住下午五点钟这个时刻，而后另一个，然后再另一个。不过斯万并非自作多情地编织痛苦。这些痛苦来自一种外界给予他的痛苦，只是这种痛苦的回忆和延续而已。

［沙龙中的各式人等。哗众取宠的画家比施——日后在第二卷中他成了真正的大师。］

和他们应奥黛特的要求而邀请的一位新来的相比，斯万和他真有天壤之别，这位新来的，尽管奥黛特本人也只遇见过没几次，他们却一致对他寄予莫大的希望。他就是德·福什维尔伯爵！（后来发现，他原来是萨尼埃特的连襟，这使众信徒们大吃一惊：这个管档案的老头儿样子那么委琐，他们一直以为他所处的阶层比他们低，谁也想不到他竟然属于一个富有的、相对而言颇为贵族化的上层社会。）当然喽，福什维尔的赶时髦显得有些粗俗,和斯万全然不同;当然喽,他绝对不会像斯万这样,把韦尔迪兰府上的沙龙置于一切别的沙龙之上。然而,斯万由于天生敏感而正直,所以在韦尔迪兰夫人发起对他的熟人的无端指责时不会随声附和,福什维尔可不管这一套。至于那位画家有时自负而庸俗地高谈阔论,或者戈达尔壮起胆子说旅行推销员的那个笑话时,斯万尽管和他们两人都挺要好,尽管在心里往往对他俩感到抱歉,可就是鼓不起勇气厚着脸皮为他们叫好,福什维尔则不然,其中一位的高论他尽管没听懂,但凭自己的智力水平刚好够得上对这位艺术家惊为天人、赞叹不已,而另一位的妙语连珠也让他乐开了怀。福什维尔光临韦尔迪兰府上的第一次晚宴,他的性格魅力就大放异彩,而斯万的地位则一落千丈。

在这次晚宴上,除了那些常客外,还有一位巴黎大学的教授布里肖先生,他是在温泉结识韦尔迪兰夫妇的,要不是大学的职务和课程过于繁忙,实在难得有空,他是很愿意常来府上作客的。其中的原因,在于他有一种好奇心,一种对生活的迷信;这种好奇和迷信,加上对自己的研究对象的某种怀疑主义态度,不论在哪个行当,总会使某些聪明人,比如不信医学的医生、不信拉丁文翻译练习的中学教师,赢得见解通达、思想敏锐,甚至才具卓越的令誉。他装出一副在韦尔迪兰夫人府上搜集可资对照的实例,为在课堂上讲授哲学和历史作准备的样子,首先因为他认为哲学和历史无非是人生的预习而已,而他自以为在这个小圈子里具体而微地看到了他迄今为止仅在书本上读过的东西,其次,也许还由于他一向被灌输这样的观念,久而久之,无形中对某些话题抱有一种敬畏的心态,所以和大家一起放肆地谈论这些话题,就感到自己是放下了大学教授的架子,其实,他之所以会觉着话语孟浪,还是端着个架子的缘故。

晚宴上,德·福什维尔先生被安排坐在韦尔迪兰夫人右首,为了这位新来的,韦尔迪兰夫人在衣饰打扮上可着实花了番工夫,所以晚宴一开始,德·福什维尔先生就恭维女主人说:"这条白长裙别致得很。"大夫本来就目不转睛地瞅着他,满心想弄明白有了个"德"到底管什么用,而且挺想有机会吸引对方的注意,好跟他多亲近亲近,这会儿耳边冷不丁飘来个"白"字,他刚好抓个正着,头也来不及从餐盆上抬起来,赶紧接嘴说:"布朗什[1]?布朗什·德·卡斯蒂利亚[2]?"然后脑袋保持不动,从眼角里向两边投去含着笑意、怯生生的目光。这时斯万想挤出个笑容可就是没法挤出来,那副苦恼的表情,让人一瞧就明白他觉得这个笑话很无聊;福什维尔却恰如其分地流露出一种高兴的心情,既表示他能够欣赏笑话的妙处,又表明他懂得社交场面上的规矩,韦尔迪兰夫人觉得这种坦率的做派挺有风度。

"您对这样一位医学专家作何感想?"她问福什维尔。"跟他简直没法严肃地谈两分钟话。敢情您在医院里对病人也这么说话?"后面那句话,她是转过脸去对大夫说的,"这样好呀,没人会整天闷得慌了。我看我得申请住到你们医院去。"

"我想刚才是听到了大夫说起,恕我措辞不雅,那个老泼妇布朗什·德·卡斯蒂利亚。是这样吗,夫人?"布里肖问韦尔迪兰夫人,这位夫人已经乐不可支,闭住眼睛,猛地把脸埋进两只手中间,从捂得紧紧的指缝里传出窒息的尖叫声。"天哪,夫人,我可没想吓着晚宴的贵宾,此刻很可能有他们在座,sub rosa[3]……而且我承认,我们这个不可言喻的雅典——喔,多像雅典啊!——这个雅典共和国不妨把巴黎警察局长第一人的美名加在卡佩家族这个信奉蒙昧主义的女人头上。是这样,亲爱的东道主,错不了,就是这样,"他亮开嗓子一字一顿地

---

1. 法语中阴性形容词"白"(blanche)字的发音,跟姓氏中的"布朗什"(Blanche)相同。戈达尔想拿这两个同音异义词开玩笑。
2. 布朗什·德·卡斯蒂利亚(Blanche de Castille, 1188—1252):法国路易八世的王后,路易九世之母,曾两度摄政。路易八世和九世都是卡佩王朝的国王,故后文称布朗什是卡佩家族的女人。路易九世在西方基督教世界极有威望,人称圣路易,故后文有圣徒之母云云。
3. 拉丁文,意为"不为人知地"。

说，不容韦尔迪兰先生提出异议,"《圣德尼编年史》的权威性是无可置疑的,其中对这一点记载得很清楚。对身份卑贱的在俗教徒来说,没人能比这位圣徒之母更适合选为他们的保护主了,何况照絮热和圣贝尔纳之流[1]的说法,这个儿子她看在眼里还觉得不怎么样呢;任谁和她在一起,都得挨她训斥。"

"这位先生是谁啊?"福什维尔问韦尔迪兰夫人,"看他那样子可是一流的角色。"

"怎么,您居然不认识大名鼎鼎的布里肖?他在整个欧洲都很著名呢。"

"噢!这位就是布雷肖,"福什维尔大声说,他没听清那名字,"以前经常听您说起他,"他说着,瞪大眼睛瞅着这位著名人物,"能和一位知名人士共进晚餐,的确很有意思。噢,您邀来和我们同桌进餐的宾客,都是精心挑选过的吧。怪不得在您府上永远不会感到乏味。"

"喔!您知道吗,"韦尔迪兰夫人谦逊地说,"尤其重要的,是大家觉得可以相互信赖。大家想说什么就说什么,热热闹闹,从来不会冷场。所以呀,今儿晚上布里肖还不算什么哪;您知道吗,有一回也在我家里,他真是妙语连珠,叫大家佩服得五体投地。嘿!到了别人家里,他就像换了个人,没有半点风趣可言,你不逗他,他就不吭声,简直讨厌。"

"真有意思!"福什维尔惊讶地说。

布里肖的这种机敏风趣,在斯万年轻时的朋友圈子里是被看作十足愚蠢的,尽管它可以跟真正的聪明智慧并存。至于教授的风趣,语出惊人而又旁征博引,要是让斯万觉得很聪明的好些社交圈朋友听见了,他们说不定还会感到妒羡呢。不过这些朋友毕竟早已在潜移默化

---

1. 絮热(Suger, 1081—1151):圣德尼修道院院长,曾主持编纂《圣德尼编年史》。圣贝尔纳(Saint Bernard, 1090—1153):克莱尔沃修道院创办人。布朗什·德·卡斯蒂利亚在他们死后三十多年才出生,所以他们根本不可能知道布朗什其人。

之中影响着斯万,把他们喜好什么、厌恶什么的品味灌输给了斯万,事关社交生活的方方面面自不待说,就连跟这种生活只有附带关系,按说应属于智力范畴的内容也包括在内:比如说,谈吐。这种影响已经根深蒂固,所以布里肖开的玩笑在斯万听来,只觉得是在卖弄学问,既庸俗又粗鄙,简直令人作呕。再说,他自己向来举止文雅得体,瞧着这位尚武的大学教员对每个人说话都爱用那种军人的粗鲁语气,他也颇为反感。最后,终于让他失却平素的宽容气度的,也许还是韦尔迪兰夫人对福什维尔的那股亲热劲儿,奥黛特这晚上不知哪儿来的怪念头,居然把这个福什维尔给带了过来。她在斯万面前也有些不好意思,刚进门那会儿她问过他:

"您对我带来的客人印象如何?"

斯万呢,认识福什维尔这么久,还是第一次知道他也能博得女人的青睐,而且他还是个挺帅的男人,脱口回答说:"叫人恶心!"诚然,他并没妒忌奥黛特的意思,可是他的心情是比往常坏一些。布里肖正说起布朗什·德·卡斯蒂利亚的母亲[1]和金雀花王朝的亨利先在一起过了几年才结婚,他想让斯万怂恿他把故事说下去,就用一种很有军人风度的口气问他:"是这样吧,斯万先生?"平时一个人用到这种口气,不是要让乡下人能听懂,就是想给当兵的打打气,不料斯万置女主人的恼火于不顾,干脆截住布里肖的话头,回答说希望在座诸位原谅,他对布朗什·德·卡斯蒂利亚不感兴趣,倒是有几个问题想请教画家先生。原来,画家先生下午去看过一个画展,展品是韦尔迪兰夫人一位刚去世的朋友的遗作,斯万希望从他(斯万欣赏他的品味)那儿知道,在这些遗作中,除了先前作品中那种令人叹服的娴熟技巧之外,是否确实还有些别的东西。

"仅就这一点而言,他的确很了不起,不过恐怕并不如有些人说的

---

1. 据七星文库本注,按照史实此处应为布朗什·德·卡斯蒂利亚的外祖母,而不是母亲。

那么高雅吧。"斯万含笑说。

"高雅……高雅得开风气之先喽。"戈达尔插嘴说,煞有介事地举起双手。

举座一片哗然。

"您看我说得没错吧,和他在一起就没法说正经事儿,"韦尔迪兰夫人对福什维尔说,"他会在您毫无准备的当口,冷不丁给您来开个玩笑。"

可她注意到,唯独斯万脸上没有一丝笑容。说实话,戈达尔当着福什维尔的面开他的玩笑,他是不大痛快。而那位画家,要是单独和他在一起的话,本来大概会用一种斯万感兴趣的方式回答的,这会儿却宁可对已故大师的技巧说上一个段子,以博得宾客们的赞许。

"我走近过去,"他说,"想看看那是怎么画的,我把整张脸都凑在了画布上。嘿!真是绝了!你压根儿就没法说出究竟用的是什么东西,是胶水、红宝石、肥皂、青铜、阳光还是屎!"

"添一作十二喽。"大夫喊道,可是已经太晚了,没人理会他这莫名其妙的打岔。

"瞧上去就像什么也没用,"画家接着说,"就跟你没法参透《夜巡》或《女施主》[1] 的奥妙一样,至于手法,简直比伦勃朗和哈尔斯还棒。你们还别说,我敢发誓,那里面什么都有。"

说到这儿,就像歌唱演员唱到他所能唱的最高音以后,接着用头声唱弱音那样,画家放低嗓门轻声往下说,边说边笑,仿佛其实那幅画唯其美才显得可笑似的:

"它闻上去挺有味儿,能叫你上头,能叫你屏息,能叫你心痒痒的,可你就是不能猜透它是怎么画的,那是耍花招,是使巫术,是奇

---

[1] 《夜巡》是荷兰画家伦勃朗(Rembrandt, 1606—1669)的名画。《女施主》即《哈勒姆养老院的女施主》,荷兰画家哈尔斯(Frans Hals, 1580—1666)的名画。

迹（说到这儿他放声大笑）：那是瞒天过海！"他倏地打住，神情严肃地抬起头来，用一种想让它显得很悦耳的深沉低音说出煞尾一句，"可那货色真叫地道！"

他刚才说到"比《夜巡》还棒"时，犯了忌讳，韦尔迪兰夫人当即表示抗议，因为她是把《夜巡》和《第九》、《萨莫色雷斯》[1] 并列为举世无匹的三大杰作的，另外，听到那句"用屄屄画的"，福什维尔的目光不由得在所有宾客脸上扫了一遍，看看反应如何，然后在嘴角一本正经地露出一个通融随和的微笑，除了这两个小插曲之外，在座的宾客——不包括斯万——自始至终以钦佩得着迷的目光凝视着画家。

"我就爱瞧他这副慷慨激昂的样子。"韦尔迪兰夫人等他一说完，就大声说道，这天是德·福什维尔先生首次光临，席间刚好气氛这么活跃，她真是喜出望外。"哎，你那么待着干吗，嘴张得像头笨熊？"她对丈夫说，"他口才好你又不是不知道。瞧他那模样，人家还以为他是第一回听您说话呢。您要能瞧瞧刚才他听得有多专心就好了。赶明儿，他要把您说过的话一字不漏地背给我们听呢。"

"哦不，我可不是在开玩笑，"画家说，如此大获成功使他很高兴，"瞧您的样子，您敢情是以为我在吹牛，在装腔作势；我可以带您去看，到时候您再说我有没有夸大其词吧，我敢打包票，您看完以后比我还激动！"

"我可并不认为您夸大其词，我只是要您别忘了吃东西，要我丈夫也别忘了。请给先生换一份诺曼底箬鳎鱼，您没瞧见他那份已经凉了吗。我们又不赶时间，您上菜干吗这么心急火燎呀，色拉就待会儿再上吧。"

---

1. 《第九》指贝多芬的《第九交响曲》。《萨莫色雷斯》指著名的古希腊雕像《萨莫色雷斯的胜利女神》，萨莫色雷斯是希腊的一个岛屿，1863年在该岛发现这尊雕像。

〔斯万在韦尔迪兰府上越来越觉得乏味，而且没能把这一点瞒过韦尔迪兰夫妇。他俩从此把他撇在圈子外面，同时又缠住奥黛特不放。斯万感到痛苦，但很清醒，他问自己究竟是不是真的爱奥黛特。〕

他在别的情况下对她说过，在所有的事情中间，有一件最容易让他终止对她的爱，那就是她不愿意抛弃说谎的习惯。"哪怕单从让你显得妩媚动人这个角度来说，"他对她说，"难道你不明白你堕落到说谎的地步，就不可能再那么迷人了吗？你只要说句实话，又能赎回多少过错啊！你实在是比不上我想的那么聪明！"可是任凭斯万怎么把她不该说谎的理由一条一条的解释给她听，一切都是白费劲；照说这些理由是足以摧毁奥黛特身上的一整套说谎理论的；可是奥黛特压根儿就没有这么套理论；她只不过是每次碰到有什么事情不想让斯万知道的时候，就把这件事瞒住他罢了。所以说谎在她只是一种具体的权宜之计；唯一能决定她到底是采用这一权宜之计还是说实话的，也是一种具体的原由，那就是看斯万发现她没说实话的可能性到底大不大。

从体态上说，她正经历一个情况不妙的时期，她的身段变粗了；以前有过的那种眉目传神、楚楚动人的风韵，那种微含惊讶、若有所思的眼神，似乎都随着青春一去不复返了。因而当斯万，不妨这么说吧，当他发现她确实没有从前漂亮，她对他就变得更加珍贵了。他久久地凝视着她，一心想重新捕捉他曾经见到过的那种风韵，却没能找到。可是他知道在这新的蛹壳下面，依然是奥黛特在那儿，依然是那转瞬即逝、无法把握的，若隐若现的同样的心思，这就足够让斯万继续以同样的热情去试图征服她了。而后他注视着两年前的那些照片，回想起她当时是多么可爱动人。这么一来，他为她所受的那么些痛苦也就得到了一点安慰。

韦尔迪兰夫妇带她到圣日耳曼、夏图或牟朗去，遇上气候宜人的时令，他们常常会提议就在当地住一晚，第二天再回巴黎。钢琴家的姑妈留在巴黎，于是韦尔迪兰夫人设法打消钢琴家的顾虑。

"您不在，正好让她清静一天，她会高兴的。她知道您和我们在一起，还有什么不放心的呢？再说，天大的事自有我撑着呢。"

要是劝说无效，韦尔迪兰先生就立即行动，找个电报局或是捎信的人，问信徒中有谁要发个电报或捎个信。可是奥黛特总是谢谢他说自己没什么人要通知，因为她曾经很干脆地对斯万说过，在众目睽睽之下给他发电报，会有损她的名誉。有时她一去就是好几天，韦尔迪兰夫妇带她去参观德勒的墓区，或者按照画家的建议，到贡比涅去看森林里的日落，一路直到皮埃尔丰的城堡[1]。

"想想看吧，她本来完全可以跟我一起去参观一些真正的名胜古迹，我学过十年建筑学，经常有出类拔萃的人士请我带他们去博韦或圣卢德诺[2]，而我若非为了她，一概不去，可现在她倒好，居然跟着那些最没有教养的家伙，逐一逐二地跑到路易-菲利普和维奥莱-勒迪克的粪堆跟前去赞叹不已！我看这里根本用不着艺术家的敏感，一个人就算嗅觉不怎么灵，也不至于选这些臭茅坑去度假，好就近闻闻大粪的味道吧。"

可是当她动身去德勒或皮埃尔丰时——唉，她不许他显得碰巧似的也去那儿，原因是"那会造成很坏的影响"——他就埋头看最缠绵悱恻的爱情小说：火车时刻表。火车时刻表能教他种种办法去跟她会合，当天晚上，当天下午，哪怕当天上午都行！办法？恐怕还不止于此吧：那是一种许可。因为火车时刻表和火车毕竟不是为狗设置的嘛。人家既然通过印刷的渠道告诉公众，有一辆火车早晨八点开出，十点抵达皮埃尔丰，那就是说上皮埃尔丰去是一种合法的行动，是无需奥

---

1. 法国国王路易-菲利普曾在德勒兴修豪华的新哥特式教堂，安置亲人的灵柩。皮埃尔丰有一些中世纪前期的城堡，多为维奥莱-勒迪克主持修缮。
2. 博韦的大教堂和圣卢德诺的罗马式教堂均为中世纪建筑，以宏伟精美著称。

黛特批准的；而这种跟奥黛特相会的意愿，也可以成为一种动机迥然不同的行为，既然那些和她并不相识的人每天都在那么做，而且由于他们为数众多，以致有必要把机车升起火来。

总之，倘若他真想去皮埃尔丰，她毕竟是没法不让他去的！而他也恰恰感到自己很想上那儿去，要不是因为他认识奥黛特的缘故，他肯定就去了。他早就想对维奥莱-勒迪克的修复工程有个确切的了解。而天气又这么好，他不由得有一种迫切的愿望，想去漫步在贡比涅的森林里。

真不走运，她不许他去的地方恰恰是他今天特别想去的地方。今天！要是他不顾她的禁令上那儿去，那他今天就能见到她！可是到时候，尽管她在皮埃尔丰遇见一个不相干的人，会快活地冲着他说："嗨，您也来啦！"还会邀请他上她和韦尔迪兰夫妇下榻的旅馆去看她，可要是她在那儿遇见他斯万，没准会勃然变色，说她让人盯梢了，她对他的爱会有所减弱，说不定一见到他就会气呼呼地掉头而去。"怎么，我连旅游的权利都没有啦！"她回来以后准会对他这么说，其实，没有旅游权利的不正是他吗！

他忽然想到一个主意，可以上贡比涅和皮埃尔丰去，而又不显得是要去和奥黛特会面，那就是让他的一位朋友德·福雷斯泰尔侯爵陪他同去，因为这位侯爵在那附近有座城堡。他把这个打算告诉对方时，没有说明原委，对方也并未表示很高兴，看到斯万十五年来第一次答应去看他的产业，尽管斯万说过不在那儿长住，但还是同意和他一起待上几天，散散步，游览游览，他的感觉毋宁说是惊奇。斯万已经在想象自己和德·福雷斯泰尔先生在那儿的情景了。即使在那儿见到奥黛特之前，甚至即使没能在那儿见到她，他能够踏上那片土地已经是何等的幸福啊。诚然，到那时他也还是不知道她确切的行止，但他能在那片土地上感觉到处处都搏动着她蓦然出现在眼前的可能性，时而在城堡的宫殿里，由于他是为了她特地来参观的，这城堡顿时变得壮观了；时而在那座仿佛充满浪漫情调的城市的条条街道上；时而在被一轮遥远而温柔的落日染成玫瑰色的森林的条条小径上——这无数个交替使用的庇护所，让他那颗充满幸福而又飘忽不定、不断分蘖开来的心，得以在虽然看不清楚希望的所在、却知道它无所不在的期盼中，来到那儿寻觅安息。"咱们特别得当心，"他会对德·福雷斯泰尔先生说，"可别碰到奥黛特和韦尔迪兰夫妇；我刚听说他们也是今天到皮埃尔丰的。要见面在巴黎有的是时间，何必到了外头还这么形影不离呢。"那位朋友肯定还会弄不明白，为什么一到那儿斯万就要十次二十次地改变计划，就要到贡比涅每家旅馆的餐厅去张望一番，而且明明没瞧见韦尔迪兰的影子，却又哪儿也不肯好好坐下来就餐，他那时候的神色，看上去准像是要找到他口口声声说要回避的那几位，不过他要是真找到的话，还是会躲开他们的，因为他倘若遇见这个小集团，那么只要他看到奥黛特，而奥黛特也看到他，尤其是看到他并没把她放在心上，他也就会心满意足，装模作样地避开他们了。可是且慢，她会猜到他是为了她才上那儿去的呀。于是当德·福雷斯泰尔先生来找他准备一起动身的时候，他对他说了："唉！不行，我今天不能上皮埃尔丰去，奥黛特刚好在那儿。"不过尽管如此，他心里还是乐滋滋的，觉得天底下这么多人，偏偏就是他一个人在这一天没有权利上皮埃尔丰去，还不就是因为在奥黛特眼里，他确实是个跟别人不一样的人，是她的情人，他在人皆有之的旅行自由上所受到的这种限制，无非是一种受束缚的状态，一种对他如此珍贵的爱情表达罢了。事情明摆着，他还是不要贸然去跟她闹翻，乖乖地等她回来为好。一连几个白天，他俯身在一张贡比涅森林的地图上细细察看，仿佛那就是温柔乡的地图似的，身边到处是皮埃尔丰城堡的照片。好不容易挨到了她可能要回来的日子，他重又翻开火车时刻表，估计她大概会乘哪一班火车，要是错过了这一班，还有哪几班可以乘。他不敢出门，生怕会有电报来；他也不敢睡觉，生怕万一她乘末班车来，而又想在深夜来访，让他意外地高兴一下。正在这时只听得大门口有人按铃，他觉得好像没听到有人去开门，想去唤醒看门人，同时就走到窗子跟前，准备看到来人是奥黛特时招呼她，因为尽管他亲自下楼去关照过不止十次了，他们说不定还是会对她说他不在家的。结果那是仆人回来。他注意到街上的马车不停地飞驰而过，这是他以前从没留意到的。他倾听着一辆辆马车自远而来，渐渐驶近，又从门前飞快地掠过，载着不是给他的音信奔向远方。他等了整整一夜，什么也没等到。原来韦尔迪兰夫妇提前回来，奥黛特中午就到巴黎了，可她没想到要通知斯万；由于没事好干，她就上剧场去消磨了一个晚上。这会儿她早就回家睡觉，进入梦乡了。

她压根儿就没想到过他。而这种干脆连斯万的存在都忘在脑后的时候，对奥黛特来说正是最有利的时候，它比千娇百媚的卖弄风情更能拴住斯万的心。因为这样一来，斯万就始终生活在痛苦的骚动之中，当初他在韦尔迪兰府上没能看到奥黛特，整整找了她一宿的那个晚上，这种内心的骚动就已经强烈到让他萌发出爱情来了。而他又不像我在贡布雷的童年时代那样，有那么些幸福的白天，可以让人忘却夜晚降临的痛苦。白天奥黛特总不在斯万身边；他不时会心想，让一个这么漂亮的女人在巴黎独自出门，不就跟把装满珠宝的首饰盒撂在大街上一样的不谨慎吗。于是满街的行人在他眼里都成了小偷，他看着只觉得悻悻然的。但是所有这些脸一齐在眼前掠过，并没能在他的脑海里留下任何印象，因而妒意也无从滋长。这么许多张脸，徒然把斯万的神思搅得昏昏沉沉的，他不由得举起一只手捂在眼睛上喊道："听天由命吧！"就像那些热衷于探究外部世界的现实性，或者灵魂的不灭性这类问题的人，弄得筋疲力尽，脑子不听使唤以后，也只能靠信仰使疲劳的大脑松弛一下。然而对不在眼前的心上人的思念，依然苦苦地缠住斯万生活中那些最简单的活动不放——吃饭，收信，上街，睡觉——他一想起所有这些事情都得在没有她的情况下去做，就悲从中来，再也摆脱不开思念的缠绕，就像奥地利的玛格丽特[1]为悼念美男子菲利贝尔，而在布鲁的教堂里到处把两人姓名的缩写字母交叠刻在一道那样。有些天，他不在家里用餐，到附近的一家餐馆去吃午饭。他喜欢上这家餐馆，以前确实是由于那里的美味佳肴，现在却只有这样一个所谓浪漫，实则神秘而荒唐的原因，那就是这家餐馆（它至今还在）和奥黛特住的那条街正好同名，都叫拉佩鲁兹。有几次，她短途旅行回来，总要好几天以后，才想到告诉他一声她已经回巴黎了。而且她干脆就对他说她是乘早班火车刚到，不再像以往那样为防万一，总要在假话里夹进一点儿真话，以便于自圆其说。这些话是骗人的鬼话，至少在奥黛特是站不住脚的骗人鬼话，是无法像真话那样，在她回忆得起来的抵达火车站的情景中找到支撑点的；她说这些话的时候，甚至都没费神好好想一下在她声称下火车的当口，其实是在做什么全然不相干的事情。不过，这些话在斯万的头脑里却没有遇到任何障碍，顺顺当当安顿下来，取得了无可置疑的真话所有的牢固地位。倘若有哪位朋友告诉他说，他就是坐那班火车回来的，可没见到过奥黛特，斯万心想那个朋友一定记错了日期或是时间，既然他说的跟奥黛特说的不一样。奥黛特说的话，除非他事先就疑心那是谎话，要不他怎么也不会觉得那是谎话。要让他相信她在说谎，猜疑是个必要条件，而且也是个充分条件。这时候奥黛特说的每句话，在他听来都很可疑。他听到她提起一个名字，就以为那肯定是她的一个情人的名字；而一旦这么想了，他就会几个星期忧心如焚，不得安宁；有一回他甚至去和一家侦探所接洽，请他们帮助调查这个搅得他只有在外出旅行时才能松一口气的陌生人的地址和日常活动，结果总算弄明白，此人是奥黛特的一个已经死了二十年的叔叔。

---

1. 奥地利的玛格丽特（1480—1530）：哈布斯堡王朝统治者，曾任尼德兰女摄政。她于1501年与萨伏依公爵菲利贝尔第二（绰号美男子）结婚，三年后丈夫病殁，她下令在布鲁修建教堂，让丈夫的亡灵"得以安息"。

〔斯万重又回到贵族阶层的沙龙,在这以前他把心思都放在了奥黛特和韦尔迪兰夫妇身上,跟上层社交圈有些疏远。这一晚,他去了圣厄韦尔特侯爵夫人府上。〕

斯万一下车,最先映入眼帘的就是府邸女主人一心想在接待宾客的日子让他们见到的一幅虚假的、但又尽力保留服饰和装潢的原来面目的日常生活图景,斯万饶有兴味地看着巴尔扎克笔下的老虎[1]的后代,年轻的马夫和平时外出的随从仆人,这些仆人全都戴帽穿靴,或站在府邸门前的林荫大道上,或守候在马厩跟前,那模样就好比花匠列队伫立在花圃的入口处。斯万本来就有一种在活生生的人和博物馆的肖像画之间发现相似之处的特殊才能,现在这种才能又有了用武之地,而且用得更经常、更广泛了:犹如一幅画卷那般展现在他眼前的,正是此刻于他已经变得很疏远的整个上流社会的生活。这个前厅,在他时常出入社交场合的那会儿,走近这个前厅脱下外套,露出晚礼服的时候,对这儿的情形根本是视而不见的,因为在他逗留的这几分钟里,满脑子不是还在想着刚才离开的那个宴会,就是已经在想仆人就要引他进去的这个晚会了,此刻他才第一次注意到,那些横七竖八睡在长凳、衣箱上的身材高大的听差,犹如一群仪态漂亮而无所事事、四散蜷伏的猎犬,被一个到得特别晚的客人的突然来临惊醒以后,怎样竖起它们那些魁伟却猎兔犬般矫健的身躯,挺直腰板走过来,在他身旁围成了一圈。

其中有一个,样子特别猛厉,颇像文艺复兴时期某些描绘受刑场面的油画上的行刑人,带着一种冷漠无情的神气向他迎上前来,接过他的衣帽。不过他那纱线手套看上去很柔软,把那道冷酷目光中的生

---

1. 法国王朝复辟时期,对贵族府邸中一类年轻侍从的称呼。这些年轻侍从在马车行进时站在车厢后面,以保持车辆平衡。

硬表情冲淡了一些,以致当他走近斯万的时候,他似乎表现得对斯万这个人藐然视之,而对他的帽子却恭敬有加。他很当心地接过帽子,那种双手量准帽子尺寸端个正着的姿势里,透出一种小心翼翼的意味,显得极为优雅,而且因为那姿势看上去挺费力的缘故,这几乎是一种令人感动的优雅。然后他把帽子递给一个下手,那是个怯生生的新仆人,滴溜溜乱转的眼睛里流露出内心的惊惶,在开始仆役生涯之初表现得有如关在笼中的野兽那般烦躁不安。

几步开外,一个身穿号衣的魁梧的汉子站在那儿出神。他像尊雕像似的,一动不动,什么事也不干,仿佛是我们在曼坦那[1]的场景最纷乱的画面中见到的那个纯粹起装饰作用的武士,当旁人在他身边左冲右突,格斗厮杀之时,他兀自倚着盾牌在沉思;尽管那群同伴都在斯万身边忙乎着,他却只管冷眼旁观,用峻厉的蓝眼睛的梢角把周围的场景睃在眼里,仿佛打定了主意对它不加过问,有如那是屠杀无辜婴孩或圣雅各殉难[2]的场景似的。他活像属于那个业已消亡的种族——或许它们仅仅在圣芝诺教堂祭坛的装饰屏和埃雷米塔尼大教堂的壁画上存在,斯万曾去过那儿,它们至今还在屏风或墙壁上作冥想状呢——曼托瓦的大师的某个帕多瓦人模特儿或是阿贝尔特·丢勒[3]的某个萨克逊人模特儿,给一尊古代雕像授了胎,才使这个魁梧的汉子重新有了生命。生来卷曲,但被美发油粘成一绺一绺的红棕色头发,就像被那位曼托瓦大师孜孜不倦研究过的希腊雕刻,是经过精心处理的,希腊雕刻虽然只创作人体的雕像,但至少希腊人已经知道怎样在

---

1. 曼坦那(Mantegna,1431—1506):意大利文艺复兴时期帕多瓦派画家。曾为曼托瓦大公作宫廷壁画。他出生于曼托瓦城,下文中"曼托瓦的大师"亦即指他。
2. 据《圣经·新约·马太福音》,希律王曾下令将伯利恒城内外两岁以下的婴孩全部杀死,圣雅各是《圣经》中十二使徒之一,被亚基帕一世下令用刀戳死。见《圣经·新约·使徒行传》第十二章。
3. 阿贝尔特·丢勒(Albert Dürer,1471—1528):德国宗教改革运动时期画家、建筑师。曼坦那的弟子。

人体简单的形态中，发掘出千变万化的、从充满活力的大自然借鉴来的丰富内涵，所以一尊雕像的头发，或是光滑地蜷伏着，而不时又有一个个小圈圈簇起在那儿，或是打成发辫，叠成冠冕的发式，看上去就像一团海藻，一窝白鸽，一蓬风信子花，一条盘着的蛇。

　　另外还有些身材魁伟的仆人站在宽敞高大的楼梯上，它们像大理石似的寂然不动，犹如一些装饰的雕像，就凭他们，这座楼梯满可以冠以总督府[1]那座楼梯的名字：巨人之梯，斯万走在楼梯上，心绪黯然地想着，这楼梯奥黛特还从来没有上去过呢。[……]斯万在一个脸色苍白，像戈雅笔下的教堂圣器管理人或是古典戏剧中的公证文书誊写员那样，脑后用缎带扎成一条小辫的仆人陪送下登上楼梯，来到一张办公桌跟前，桌上摊着几本硕大的登记簿，几个如同公证人一般端坐桌前的仆人当即立起身来，把他的名字登记上去。随后他穿过一间小小的前厅——这个前厅就像有些被它们的主人专为某一件艺术珍品而设置，并以这件作品命名的房间一样，有意布置得空落落的，除了那一件作品外别无他物——前厅的进口处，一如陈列本韦努托·切利尼表现警戒的士兵的珍贵雕像，伫立着一个年轻的仆人，身体微微前倾，红色的颈甲上面竖起一张色泽更红的脸膛，焕发着激情、腼腆和热忱的光芒，在用热切、警惕、炽烈的目光穿透悬在音乐厅前面的奥比松挂毯的同时，凭着一种军人风度的沉着或是超自然的信念，保持着一种醒目的姿态——那是警觉的象征，等待的化身，准备战斗的标志——像岗哨在城堡塔楼上，又像天使在大教堂钟楼上，瞭望着远方的来敌或是等待着最后审判时刻的来临。斯万正要走进音乐厅的当口，一个随身带着钥匙圈的掌门人躬身为他开门，有如向他献上一座城池的钥匙。[……]

---

1. 即威尼斯总督府。府内宽大的楼梯两旁分列希腊神话中战神与海神等塑像，人称"巨人之梯"。

斯万穿过挂毯的帷幔，仆人的场景让位于宾客的场景，他即刻又体味到了凡男人都丑陋的那种感觉。可是他所熟悉的这种丑陋的脸，自从他发现他们的相貌——对他来说不再是一些实用的标志，让他可以辨认先前在他眼里代表着一堆要追求的欢乐，要避免的烦恼，或是要回报的礼节的某人——取决于相对独立的五官轮廓线，仅仅是根据一些美学上的关系定的位，打这以后，这种丑陋在他又有了一种新的意义。在这些簇拥着斯万的男人身上，即便是其中好些人都戴着的单片眼镜（要在以前，斯万见了至多说一句他们都戴着单片眼镜），如今在他看来也已经不再是一种大家共有的习惯，而是每片眼镜有每片的个性。德·弗罗贝维尔将军和德·布雷奥泰侯爵正在门口谈话，这两位长期以来一直是他用得着的朋友，他们介绍他加入了骑师俱乐部，还给他当过几次决斗的副手，而也许斯万现在只是把他俩看作一幅画里的两个人物，所以将军的两片眼皮中间，像一颗炮弹弹片似的嵌在那张有疤瘢的、洋洋得意而俗不可耐的脸盘上，犹如独眼巨人的那只独眼一般的单片眼镜，在斯万眼里就是一块极其怕人的伤疤，当初落下这个伤疤也许是个光荣，现在拿来炫耀未免就不像话了；至于德·布雷奥泰先生为了表示看重这个宴会而换下平时出入社交场合常戴的（斯万亦然如此）夹鼻眼镜，特地跟珠灰色手套、跟弹簧礼帽[1]和白色绉䌷领巾配套的单片眼镜，犹如显微镜下的博物学标本切片那样紧贴住眼睛，镜片后面的一道道细小如豆、乱蹿乱动的亲切目光，则在不住地赞美天花板的高敞、筵席的精美、节目的有趣和冷饮的爽口。

"嘿，您在这儿哪，有好长一阵子没见到您啦。"将军对斯万说，他注意到对方脸带倦容，心想他大概是生了场重病才离开社交圈子的，于是又补上一句，"我说呀，您气色不错嘛！"而这当口，德·布雷奥泰先生正在问一位经常出入社交场合的小说家："怎么样，

---

1. 一种装有弹簧可折叠的男式高顶礼帽。

老兄,到这儿来有何贵干哪?"刚把单片眼镜,那进行心理研究和无情分析的唯一工具,举到眼角边上的小说家,表情严肃而神秘,用舌尖颤动发 r 音回答说:

"我在观察。"

德·福雷斯泰尔侯爵的单片眼镜非常小,四周没有边框,宛如一块样子怪诞、质地考究的多余软骨嵌在眼睛前面,弄得这只眼睛不住痛苦地抽搐着,给侯爵的脸平添了一种忧郁的细腻表情,使他在女士心目中被认为是能够经受住爱情的忧伤的。德·圣康代先生的单片眼镜,则团团围在一个挺大的圆环中间,就像颗土星,它是整张脸的重心所在,脸上的其他部位无时无刻不在根据它的位置重新排列,不住翕动着的红鼻子和含有嘲讽表情的厚嘴唇,一个劲儿地做着怪腔,想跟圆圆的玻璃片里迸射出来的机智光芒相媲美;有些个追求时髦、心理异常的年轻女子,被这副眼镜弄得想入非非,一心想领略刻意显示的魅力和令人销魂的快感,在她们心目中它简直比社交场上最迷人的眼波还要可爱。而长着个鲤鱼大脑袋、鼓着一双眼睛的德·帕朗西先生,端着他那副单片眼镜,慢吞吞地在宾客中间踱来踱去,不时松开一下牙床骨,像是在寻思该走哪个方向似的,看他那模样,仿佛从敲碎的玻璃鱼缸的碎片里,完全偶然地,说不定还纯粹是象征性地,单单捡起一块带到了这儿,对乔托在帕多瓦教堂里画的罪孽与美德极为赞赏的斯万,从这片颇有见微知著意味的玻璃,联想到不公边上那枝长满绿叶的小树枝,正是它暗示了隐匿不公巢穴的<u>丛林</u>。

斯万在德·圣厄韦尔特夫人的敦请下往前走去,拣了个位子坐下听一位长笛手演奏俄耳甫斯的那支曲调[1]。不巧的是,从这个位置看去,只能看见并排坐在一起的两位已经不算年轻的女士,德·康布尔

---

1. 指德国作曲家格鲁克(1714—1787)取材于希腊神话的歌剧《俄耳甫斯》中俄耳甫斯唱的那首咏叹调《我失去了欧律狄刻》。

梅侯爵夫人和德·弗朗克托子爵夫人，这两位表姐妹，每次在晚会上总是手里拎着提包，身后跟着女儿，急巴巴地你找我、我找你，就像在火车站似的，而且在两人用扇子或手帕指点两个相邻的位子之前，决计不会安静下来；德·康布尔梅夫人由于很少与人交往，能有一位女伴自然是求之不得，德·弗朗克托夫人则颇有名望，但她觉得让所有这些打扮得漂漂亮亮的熟人看见她宁跟一位毫不引人注目的夫人，一位与她有着共同的青春回忆的夫人待在一起，真是既风雅又与众不同。斯万憋着一肚子的挖苦话，闷闷不乐地瞧着她俩在听长笛后面的钢琴插曲（李斯特的《圣方济各对鸟儿说话》[1]），德·弗朗克托夫人随着钢琴家令人眼花缭乱的演奏，变得激动异常，眼神狂乱，仿佛他用手指在上面敏捷地掠过的那些琴键，就是一副悬空的高秋千，他一不小心就会从八十米的高空直跌下来，她还不时朝邻座的女友投去不敢相信似的、惊愕的目光，那意思是说："真是叫人没法相信，我从没想到竟然有人会弹得这么出神入化。"德·康布尔梅夫人摆出一副受过良好音乐教育的架势，拿自己的脑袋权充节拍器的摆杆打着拍子，不停地从这个肩膀晃到那个肩膀，摆动的幅度和速度都愈来愈大（而目光中自暴自弃的神情，完全就像那些已经无法控制自己，而且也不想去这么做的受尽痛苦的人在说："我又有什么办法呢！"），以至于项链上的钻石每每要钩住上衣的扣襻，插在头上的那枚黑玉葡萄发簪也老是翘起来，但动作的节奏丝毫没有因此而放慢。在德·弗朗克托夫人的另一边，稍稍再靠前些，坐着德·加拉尔冬侯爵夫人，她脑子里想的尽是她最爱想的那个话头，就是她跟盖尔芒特家族的姻亲关系，其中自有许多可以向别人炫耀、可以引以为荣的东西，但其中也掺杂着些许羞愧，那个家族中最显赫的门第都对她有些冷落，也许是因为她不大讨人喜欢，也许是因为她不大听话，也许是因为她出身于一个地

---

[1] 指李斯特《两首传奇》（Deux Legendes）中的《对鸟儿布道的圣方济各》。

位较低的旁支，也许什么理由也没有。她碰到身边有不认识的生人，就像这会儿身边坐着德·弗朗克托夫人时，总会因为自己跟盖尔芒特家族的亲戚关系没法让对方知道而心里好生不自在，恨不得能用人人看得懂的文字把它明明白白标出来，就像拜占庭教堂里那样，在每位圣人塑像的边上，把据说是这位圣人说过的话一短行一短行地排成一列，镌刻在墙壁上。此刻她正想到，德·洛姆亲王夫人结婚以后，这六年来既没邀请她去作过客，也没来拜访过她。想着想着，她不由得憋了一肚子闷火，但同时也憋了一肚子傲气；原来，平时也常有人觉得纳闷，为什么在德·洛姆亲王夫人府上见不到她，而她总是回答说，因为她不想在那儿遇到玛蒂尔德公主——那是她的极端正统派的家庭所绝对不能允许的——说多了，她就以为自己当真是为这个缘故才不上那位年轻表妹家去的了。她依稀还记得问过好几次德·洛姆亲王夫人，怎样才能跟她见面，不过这个印象已经有些模糊了。况且，嘟嘟哝哝对自己说上一句"不管怎么说，这第一步总不该是我来走吧，我比她大二十岁呢"，也就足够把这个稍稍有些羞辱的回忆抵消干净了。亏得这些内心独白的效力，她骄傲地挺起胸脯，把两个肩膀使劲往后扳，扳得像要跟胸部脱开似的，加在上面的那颗差不多快要仰平的脑袋，让人想起连着浑身羽毛一起上桌的野鸡拼装上去的头。这并非因为她没有生就一副男人般短矬粗壮的身材，而是因为所受的侮辱使她拔起了身子，就像那些没拣个好地方，长在了悬崖边上的大树，为了保持平衡，非得往后长不可。要想不再为自己没法真正跟盖尔芒特家族的其他成员平起平坐而感到痛苦，她就得不断地对自己说，她是因为在原则问题上不肯让步，因为骄傲才不去看他们的，这种想法到头来居然把她的形体塑造得另有一种仪态，让一般中产阶级妇女看在眼里觉得那是出身名门的标志，有时还能撩拨得晚会上那些眼睛看乏了的男士投去含着欲念的匆匆一瞥。倘若有人在德·加拉尔冬夫人谈话时做个统计，根据每个词出现频率的高低进行分析，以便找出破译一种密码语言的关键,那他就会发现,无论什么话,哪怕是最习见的常用语,都没有像"在我盖尔芒特表兄弟家""在我盖尔芒特姑妈家""艾尔泽亚·德·盖尔芒特的健康""我盖尔芒特表妹的包厢"出现得那么频繁。每当有人对她提起一位名人时,她总是回答说,她本人并不认识这位先生或夫人,但她在她盖尔芒特姑妈家里经常见到他或她,不过她这么回答的当口,语气是冷冰冰的,嗓音也很低沉,所以很清楚,她本人之所以不认识那位名人,完全是那些无法动摇的坚定原则的关系,她的肩膀就是依靠这些原则在支撑着,正如体操运动员被教练按在梯架上扩张胸部。

德·洛姆亲王夫人,大家原以为这晚上在德·圣厄韦尔特夫人府上见不到她的,这会儿却驾临了。为了表示不想在一个降尊纡贵而光临的客厅里让人感觉到自己身份的至尊至贵,尽管没人聚在门口,也没人要让道,可她还是缩起肩膀侧身而入,进门后有意待在客厅的尽里头,觉得挺自在的样子,就像一个国王亲自在剧院门口排队买票,而院方因为没接到通知,根本不知道他驾幸那样;她目不斜视——以免显得是在提醒人家自己的在场,吸引人家的注意——只管瞧着地毯上的图案或是自己的长裙,就那么站在一个自以为最不显眼的地方(她知道,德·圣厄韦尔特夫人只要一瞧见她,就会喜出望外地一路咋呼把她拉过去的),就在那位她不认识的德·康布尔梅夫人旁边。她注视着这位酷爱音乐的邻座表情丰富的动作,但没学她的样。德·洛姆亲王夫人既然已经来到了德·圣厄韦尔特夫人府上,不会不想尽量地和蔼可亲,以便让她对这位夫人的礼遇显得加倍优渥。然而她生性害怕她所谓的夸张,一心想显得无须放任自己作出有损她那个小圈子的气派的举止,可是接触到一个新的环境,尽管那儿的人层次要低些,即便最有自信的人也还是难免会受那里气氛的感染,不由得生出一种近乎自惭的模仿别人的意愿,所以那些动作实在又使她没法无动于衷。她开始暗地里思忖起来,对这支也许跟曾经听到过的音乐大相异趣的曲子，会不会真有必要这么手舞足蹈呢，要是毫无表示的话，会不会让人觉得自己是不懂，又会不会显得失礼呢；结果这种矛盾的心情被折衷地表达了出来，她要不就是一边好奇地冷眼看着那位疯疯癫癫的邻座，一边把内衣的肩带一个劲儿往上拉，不时去摸摸金发上那些既简洁又迷人的头饰，那些镶嵌着钻石的粉红色的珊瑚或珐琅珠子，要不就是用扇子打一会儿拍子，不过为了保持自己的独立精神，她打的拍子没按节奏打在点子上。这会儿钢琴家一曲李斯特刚弹完，正开始弹肖邦的一首前奏曲，德·康布尔梅夫人朝着德·弗朗克托夫人莞尔一笑，这道充满柔情的笑容，既透露了她作为内行的满足心情，也暗示着对往昔岁月的怀恋。她在很年轻的时候就不胜爱慕地欣赏肖邦的这些蜿蜒逶迤、洋洋洒洒的乐句，它们是那么流畅，那么自如，那么感人，一开始它们像是游离在初衷之外，远远地尝试着寻找自己的天地，所到之处要比你所能想象的还要远得多，但它们在这种匪夷所思的跨度上弹奏，又正是为了最后能更断然地回来——以一种事先更仔细地考虑过的、更为精确的方式回来，犹如回到一片水晶块上，使它发出清脆的鸣响，直到让你发出赞美的惊叹——击中你的心灵。

〔然而，一切东西都会使斯万回想起他对奥黛特的爱情，以及他所体验过的妒忌心情：他听到身旁的人偶然提起她所在的那条街的名字时是这样，听到乐队演奏凡特伊的那个"小乐句"时更是如此。〕

那些乐师仿佛压根儿就不是在演奏那个小小的乐句，而是在举行迎接她出现的仪式，念动那些专门用来招魂的咒语，召唤它降临并祈求将这奇迹延长些许时间。斯万无法看见它，仿佛它属于一个紫外线的世界，但他在它接近时猛然感到一阵暂时的失明，与此同时他感受到了一种沁人心脾的变化，他觉得它来了，就像他爱情的一位知心的保护女神那样来了,它为了能当着众人的面来到他跟前,把他带到一旁去说悄悄话,特地乔装改扮成这种音响的模样。当它犹如一阵馨香那般轻盈、舒缓地喃喃絮语着拂过他面前,把它想要对他说的话告诉他,惹动他去细细思量它说的每一句话,惋惜它们转眼间就飘走不见的时候,他的嘴唇不由自主地做了个动作,像是要在那个优美和谐而又悄然离去的身影经过的时候去吻它。他不再有那种流落异乡的孤独感了,既然它已经对他说了话,对他悄悄地说到了奥黛特。过去觉得这个乐句仿佛对奥黛特和他都不怎么理会的印象不复存在了。它曾经多么经常地充当过他俩欢乐时光的见证啊!诚然,它也同样经常地提醒过他,这种欢乐是不牢靠的。尽管在那时他就已经猜到了它的微笑和它那清澈明净、发人深省的声调,里面都包孕着痛苦,但他今天却觉得,顺从忍让的美德里自有一种近于快乐的意味。它也曾对他说起过忧伤,当初他眼看它笑吟吟地把这些忧伤纳入蜿蜒而下的湍流,不让它们来靠近他,如今尽管他已然陷入这些忧伤无法自拔,但它依旧像以往说到幸福时那样地对他说:"这又怎么呢?这些都算不了什么呀。"斯万的思绪中第一次升起了对这位想必也受过许多痛苦的凡特伊,对这位他所不认识的卓越的兄长满怀怜惜的柔情:他的一生会是怎么样的一生呢?他是在怎样的痛苦中汲取了这种神祇的力量,这种无限的创造力的呢?当这个小小的乐句在告诉他痛苦无不空幻的时候,斯万总觉得这种明哲冷静的声音很甜美悦耳,可是就在一会儿以前,当他在那些把他的爱情看成无谓谵语的冷漠家伙脸上,也看到这种貌似明哲冷静的表情时,他觉得那简直是无法容忍的。这时因为这个小小的乐句,不管它对这种无法持久的心灵感受怎样想,它毕竟从中看到了一件东西,一件并非像那些人所认为的不如实际生活重要,而是远远高出于生活之上,因此才是唯一值得去表现的东西。这个小小的乐句,它所要模仿,所要再现的,正是一种内心的忧伤所具有的魅力,这种魅力的精华所在,不曾亲身感受过它们的人是不能体会,甚至会视作无聊的，但这个小乐句抓住了它们，使它们变成了感觉得到的东西。它甚至做到了让所有在场的听众——只要稍有一点音乐修养——都能承认它们的价值，并且欣赏它们神奇美妙的意境，但过后这些人回到生活中，眼见发生在自己身边的一桩桩爱情时，却又都辨认不出它们的身影来了。想必这个乐句把它们纳入的那种形态是无法转换成推理论证的。这一年多来，音乐的爱好向斯万揭示了他心灵的丰富内涵，因而至少有一段时间里，这种爱好在他身上滋长了起来，他把乐曲的动机看作来自另一个世界、属于另一个范畴的真实的思想，这些思想笼罩在黑暗中，我们无法凭理解力去认识和辨别它们，但是它们的意义和内涵又都是各不相同的，所以彼此完全可以区分开来。在韦尔迪兰家的那次晚会以后，他又请人重新弹奏这个小乐句，想要弄清楚它是怎样化作馨香，化作轻抚来迷惑他，引他入觳的。他意识到，那种仿佛感到冷而往后缩去似的甜蜜柔美的印象，就来自组成这个乐句的五个音符之间细微的间距，以及其中两个音符经常的重复；但其实他也知道，他作出这样的推理的基础并不是这个乐句本身，而是为便于理解用以代替那种神秘实质的一些简单的实质，那种神秘的实质，他还是在认识韦尔迪兰夫妇之前，在他第一回听到这首奏鸣曲的那次晚会上就感觉到的。他知道，正是头脑里有关钢琴的概念，使他观察音乐作品的角度出现了偏差，音乐家的用武之地并不就是一张由七个音符组成的键盘。而是一张几乎还全然未知的、无边无垠的键盘。在组成这张键盘的包含温柔、激情、勇气、宁静，每一个都跟其他的不同，犹如一个宇宙不同于别的宇宙那般的数百万个琴键中，只是在若干被深不可测的浓厚的黑雾彼此隔断的地方，才有一些琴键为几位伟大的艺术家所发现，他们在我们身上唤起对他们所找到的音乐主题的共鸣，从而帮助我们看到了在被我们视为空虚、一无所有的心灵中，那片令人气馁、不曾被穿越过的茫茫黑夜，在我们不知不觉之中隐藏着多少弥足珍贵的、千变万化的东西。凡特伊就是这样的一位音乐家。

他的那个小小的乐句,尽管它在理性面前张起了一层障眼的薄幕,但是人们还是能够感觉到它的内容极其确切、异常鲜明,而且被它赋予一种全新的、从未有过的力量,以致听见过它的人都会把它如同理性观念一样保存在记忆之中。斯万回忆起它,就如回忆起一个有关爱情和幸福的概念,对这个概念,他就像对《克莱芙王妃》或《勒内》[1] 一样熟悉它的特点;只要一听到那两本小说的名字,它们的特点马上就会在记忆中浮现出来。即便他没在想这个小乐句时,它也潜伏在他的意识之中,正像某些找不到同义词的概念,诸如光线、声音、立体感、肉体的快感之类已经成为使我们的内心世界变得富有的概念一样。有一天我们回到那个虚无世界去的时候,也许我们会失去它们,也许它们会消逝。但只要我们还活着,我们就没法不尽我们所能把它们认定为某些实实在在的东西,好比有人在房间里点上灯,使摆在里面的东西都变了样,直至连对黑暗的回忆都不复存在时,我们是无法再怀疑灯光的存在的。就这样,凡特伊的那个乐句,就好比《特里斯当》中某个亦然表现了一种感伤情怀的音乐主题那样,极其贴近我们这些终有一死的凡人的心态,记录下了某些相当动人的人间感情。它的命运是跟未来、跟我们的精神世界联系在一起的,它就是这个精神世界中一个最独特、最与众不同的装饰音。也许只有虚无才是真实的,我们所有的想象都是不存在的。如果真是这样的话,那我们就会感到这些唯有相对于我们的想象才存在的乐句和概念,也都应该归于虚无才是。我们将会死去,但是我们有这些奇妙的俘虏作为人质,他们的生死就取决于我们的命运。能与这个乐句同生共死,那么死也就不至于那么凄楚、那么窝囊,而且或许不那么必定了。

所以,斯万相信奏鸣曲中那个乐句确实存在是没错的。诚然,从

---

1. 《克莱芙王妃》是法国小说家拉法耶特夫人(La Fayette, 1634—1693)的代表作,以心理描写细腻著称。《勒内》是法国作家夏多布里昂(Chateaubriand, 1768—1848)的著名小说。

这一角度来看,小乐句是富有人情味的,不过它还是属于一类我们从未见过的超自然的创造物,但尽管如此,一旦有哪个前往那渺不可见的去处探险的勇士,从他到达的神奇世界掳住了这样的一件创造物,把它带回来,让它在我们这个世界的上空闪耀出光芒,那我们还是会认出它。而凡特伊之于那个小乐句,正是这样做的。斯万觉得这位作曲家就是想用那些乐器来揭示这样的一件创造物,使它变得可以感觉得到,他在靠一只无比温柔、小心、敏感而又自信的手来精心描摹它,准确地再现它,因而乐声每时每刻都起着变化,时而变得朦朦胧胧以表现一种虚无缥缈的意境,时而又变得充满生气,用遒劲的笔触勾勒粗犷的轮廓。而有一件事可以证明斯万相信这个乐句确实存在是不错的,那就是倘若凡特伊在观察和表现方面功力不逮,因而凭臆想在这儿或那儿补上几笔,借此来掩饰自己的缺陷的话,那么任何一个音乐爱好者,只要是稍有几分敏感的,都一眼就会看出他在耍花招。

  这个乐句消失了。斯万知道在相隔很长的一段乐曲以后,它还会在最后一个乐章里重新出现,而中间的那段乐曲,韦尔迪兰夫人的那位钢琴家每回都是跳过去不弹的。其中有一些很美妙的乐思,斯万第一回听的时候没有注意到,但现在他觉察到了,就好比它们已经在他记忆的前厅脱去了外面的新衣服。斯万倾听着那些分散的音乐主题,它们最终组成了这个乐句,一如从一些前提最终导出必然的结论,他当场看到了它的诞生。"哦,"他暗自思忖,"凡特伊的胆略,也许跟拉瓦锡[1],跟安培[2]一样,都来自天分。他经过试验,发现了一种未知力量的奥秘和规律,驾驭着他从未见过,但坚信它存在的那辆无形的长车,穿过未经勘探的地带,驶向那唯一可能的目标!"在最后那个乐段的开始部分,斯万听到的钢琴与小提琴之间的对话是多么美妙啊!取

---

1. 拉瓦锡(Lavoisier, 1743—1794):法国化学家。他所阐明的氧化作用原理,标志着旧燃素说的终结和近代化学的建立。
2. 安培(Ampère, 1775—1836):法国物理学家。1820年发现电磁学基本定律,即安培定律。

消人类的语言，决不会像有些人想象的那样任凭胡言乱语恣意泛滥，而恰恰是杜绝了胡言乱语；从来没有一种对话的语言，像现在这样无可置疑地绝对必要，也从来没有一种对话的语言，能把问题提得如此中肯，能把回答作得如此明晰。起先是孤独的钢琴在哀矜地低吟，宛如一只被同伴遗弃的鸟儿在抱怨；小提琴听见了，犹如在邻近的一棵树上那样应答起来。仿佛那是在创世纪的初期，仿佛整个大地上就刚刚还只有它们俩，或者不如说是在依照一位造物主的逻辑构造的、对所有其他生物都封闭的、永远只有它们俩存在的那个世界上：那个世界就是这首奏鸣曲；钢琴随即低婉地对之哀诉的那个呻吟着的、看不见的小生命，究竟是一只鸟儿，还是这个小乐句尚未完善的灵魂，抑或竟是一位仙女呢？它的鸣叫来得那么突然，以致那个小提琴手猝不及防地赶紧举起弓来应答。神奇的鸟儿啊！那小提琴手仿佛是想诱惑它、驯服它、捕获它。它已经钻进了他的灵魂，被召来的那个小乐句，叫提琴手已然神灵附体的身子，犹如关亡人那样颤动了起来。斯万知道这个小乐句还会再一次吟诉。他仿佛分身成了两个人，时时等待着重又聆听到它的那个时刻来到，激动得浑身打战，喉头哽咽；有时我们听到一首美丽的诗篇或一个悲伤的消息，而当时又不是独自一人，我们把心中的感受去向周围的朋友倾诉，会觉得自己就像是另外一个人，是他的情感赢得了朋友们的同情，于是喉头就会像这样哽咽起来。这个乐句又出现了，但这一次它悬在空中，仿佛寂然不动似的仅仅持续了一小会儿，随后就消失了。然而，尽管它延续的时间极其短促，斯万还是抓住了它。它依然像个完好的、映射着虹彩的气泡。这些虹彩在光线变弱时，会黯淡下来，而后却会变得更美，在熄灭前的顷刻间放射出前所未有的异彩；在到此刻为止它所显出的两种色彩上，它又加进了其他绚丽多彩的弦乐器，加进了棱镜折射出来的所有色彩，并且让它们都歌唱起来。斯万不敢稍动一下，而且希望其他的人也能静坐不动，似乎只要有人稍稍动弹一下，这个超自然的、美妙的幻景就会消逝不见。说实在的,也没人想要说话。那位唯一不在场的人,也许还是位死者(斯万不知道凡特伊是否还健在)。让人无法形容的话语,萦回在这些祭司参加的仪式的上空,足以吸引住三百个人的注意力,使这座召唤灵魂的演奏台,变成了可供完成一桩超自然的宗教仪式的庄严祭坛。因而当这乐句终于结束,余音袅袅地回荡在接踵而来的音乐动机之中,而那位以天真出名的德·蒙泰里安代侯爵夫人没等奏鸣曲全部演奏完,就凑身过去告诉他自己的印象时,虽说斯万一开始有些来火,但转眼间也就禁不住笑了起来,而且说不定还在她所说的话里发现了一种她并没有意识到的深刻含义。侯爵夫人对演奏家们精湛的技巧大为赞叹,大声对斯万说:"真是妙不可言,这是我见过的最棒的……"但她又怕这话说得太绝了,于是赶紧修正,加上一句留有余地的补白:"最棒的……要是不把灵动桌[1]也算上!"

从这个晚上起,斯万明白奥黛特对他的感情已经一去不复返,他对幸福的期望也无法实现了。有些日子她偶尔又会待他既客气又温柔,在这些日子里,只要她稍有某些亲切的表示,他就会把这些看似对他有点回心转意的表面文章,连同那种温柔而可疑的关心,连同那种照料临终朋友无奈的欣喜,一齐记录在心间;病榻前的这班人,会絮絮叨叨、郑重其事地告诉你:"昨天他自己算账了,还查出我们加错了一个地方;他挺有兴致地吃了个鸡蛋,要是能消化的话,明天还准备给他吃块排骨呢。"尽管他们很清楚对一个行将死去的人来说,这些事情都是全无意义的。想必斯万拿准了,要是现在他在一个远离奥黛特的地方生活,她最终会在他眼里变得无足轻重,所以要是奥黛特就此离开巴黎不再回来,他会感到高兴;到那时他是会有勇气在巴黎待下去的;但是,他毕竟没有勇气自己先离开巴黎。

---

1. 据迷信的说法,这种桌子的移动能传递灵魂的信息,有点类似于我国的扶乩。

第3部　地方与地名：地名

[小说又回到第一部的叙事时间。这一部的篇名，与全书第二卷的第二部"地方与地名：地方"遥相呼应。

我向往巴尔贝克的海滩。一连串的地名激起绚丽的想象。]

但是跟这个真实的巴尔贝克最不相像的，却是我在一些风狂雨骤的日子里经常想起的巴尔贝克。在这种天气的日子里，风刮得一阵紧似一阵，弗朗索瓦兹领着我走在香榭丽舍大街上，一边招呼我别跟墙壁靠得太近，免得屋顶砖瓦刮下来打在头上，一边声音发颤地给我讲些报上刊登的灾祸和海难事故。我最大的心愿就是看一看海上的暴风雨，不是作为一种壮丽的景观加以炫示，而是作为大自然真实面目毫无掩饰地暴露出来的那个瞬间；或者不如说在我心目中，只有那种我知道不是有意造出来让我开心，而是势所必然的、无可改变的东西——那种自然景色或杰出艺术品的美，才称得上壮丽的景观。我感到好奇，渴望去了解的，正是那些我觉得比我自己更真实的东西，它们在我眼里具有特殊的价值，能让我窥见一位伟大天才的思想，或是大自然不受人类干扰，率性表现出来的力量或风致。就好比倘若把母亲的声音孤零零地从留声机上放出来，并不能慰藉我们的丧亲之痛，同样我对一场机械模仿出来的暴风雨，只能像对万国博览会上的灯光喷泉一样地无动于衷。为了让那暴风雨是绝对真实的，我也希望那海岸本身就是天然的海岸，而不是新近由市政府兴修的一条什么堤岸。其实，大自然凭着它在我身上唤起的所有那些情感，已经使我觉着它是跟人类机械的产品截然对立的一种存在。它身上带有的人工印记愈少,可供我的心自由翱翔的空间就愈广阔。然而我记得勒格朗丹早就对我们说起过巴尔贝克这个名字,按他的说法那儿是一片海滩,就紧靠着那座"以海难事故频繁著称,一年里有半年阴雾沉沉、浪涛滚滚的不祥的海岸"。

"你踩在那儿,"他说,"甚至会比在菲尼斯泰尔[1](尽管那儿现在高楼林立,却并没有改变它远古的地质框架的结构)更清晰地感觉到脚下就是法国、欧洲,乃至古代世界疆土的尽头。这儿是以打鱼为生的古代人最后的集居地,他们跟那些从世界开创之际就繁衍生存的同类一样,面对着那个海雾和黑影的永恒王国。"有一天在贡布雷,我跟斯万先生谈起巴尔贝克的海滩,目的是从他嘴里知道,那儿是不是观看最猛烈的暴风雨的最佳地点,他回答我说:"我想我对巴尔贝克是挺了解的!巴尔贝克那些建于十二、十三世纪的教堂,一半还是罗马式[2]的,它们也许是诺曼底的哥特式[3]建筑最奇特的样本,真可谓是匠心独运!简直就像是波斯艺术。"在这以前,这些地区在我头脑里只不过是些年岁已湮没不可考,庶几跟那些重大地质变迁同时代的地块——就像大西洋或大熊星座一样先于人类历史,而那些未开化的渔人,也不见得比鲸鱼更强些,怕是压根儿就不知晓什么是中世纪——这会儿看到他们竟然经历过罗马式时期,于是一下子把他们纳入了时代的序列,我又知道了哥特式的三叶饰亦曾及时地镌刻在那些原始石块上,犹如春天来临时那些柔弱而生命顽强的花草星星点点缀满极地的雪原一般,真是欣喜异常。哥特式建筑,为这些地区和这些人提供了测定年代的依据,反过来这些地区和这些人也为它给出了一个依据。我想象着这些渔民怯生生、战兢兢地尝试着建立起群居的关系以

---

1. 法国西北部布列塔尼大区的一个省份。西临大西洋,北临英吉利海峡。
2. 九世纪至十二世纪风靡西欧的一种建筑风格。因采用古罗马式的排卷,故名。
3. 十二世纪至十六世纪末在西欧流行的建筑风格,其主要特征为有尖角的拱门、肋形拱顶及彩绘大玻璃窗。巴黎圣母院即为典型的哥特式建筑。

后,在漫长的中世纪里,聚居在这死亡之崖的脚边,地狱之岸的一隅,他们究竟是怎样生活的;哥特式建筑在我眼里变得更充满生气了,因为我可以看到,除了我常想到它们存在的那些城市以外,它是怎样在一种特定的场合,在一些原始的石块上绽芽、开花并变成一座可爱的钟楼的。大人领我去看巴尔贝克最有名的雕像的复制品——鬈发塌鼻的众使徒,门廊里的圣母——当我想到有一天我将会看见它们栩栩如生地耸立在终年不散、带着咸味的阴雾上方,我高兴得几乎透不过气来了。从此之后,逢到二月里风雨交加而又暖意荡漾的夜晚,当劲风拂过我的心田,让它跟我卧室里的壁炉烟囱一样颤动不已的时候,也把去巴尔贝克旅行的念头吹进了我的心扉,把我一睹哥特式建筑丰采的意愿和领略海上暴风雨的初衷搅和在一起了。

  我巴不得第二天就跳上一点二十二分的那班特别够意思的列车,这班列车的发车时刻,我每回在铁路公司的时刻表、在环程旅行的广告牌上看到的当口,都禁不住会怦然心动;它就像在下午一个确定的点上,切了一道绝妙的槽口,作为一个神秘的标记,从这点往前,岔了道的时间虽说照样流逝,过了夜晚,就是翌日的早晨,但是你已经不是在巴黎,而是在列车沿途听由我们选择的某个城市;列车沿途靠站的城市有贝叶、库唐斯、维特雷、凯斯唐贝尔、蓬托尔松、巴尔贝克、拉尼翁、朗巴尔、贝诺代、阿旺桥、坎佩莱,它满载这许多地名扬长而去,我却在这些地名中间哪一个也不舍得丢掉,以致都弄不清自己究竟最喜欢哪一个。但是,倘若父母亲答应的话,我会毫不耽搁地立即穿上衣服,当天晚上就动身去巴尔贝克,当第一道曙光从波涛汹涌的海面升起的时候,我已经可以到达巴尔贝克,浑身溅满海水,躲进那座波斯风格的教堂了。快到复活节的那会儿,父母亲答应我到意大利北方去过一次节,这一来,对色彩绚丽的春天的憧憬,顿时取代了充满在心头的对暴风雨的向往,先前我一心想着的是波涛澎湃而来,卷起巨浪拍击原始的海滩,海滩边上如同悬崖绝壁那般兀立着陡峭嶙峋的教堂，教堂的塔楼上还有海鸟在鸣叫；现在，这些遐想一下子就烟消云散了，春天的憧憬使它们失去了魅力，它们由于跟这憧憬相对立，而且只会削弱它，因此就被完全排除了。我所憧憬的春天，并不是挂着霜花、寒意料峭的贡布雷的春天，而是百合花和银莲花铺满菲耶索莱[1]的田野，明媚的阳光把佛罗伦萨照耀得如同安杰利科[2]的油画里金光灿烂的底色一般的春天。从那以后，对我来说似乎只有光线、香味和色彩才是有价值的；景象的更迭于我会直接引起意愿的改变，而且——正如有时候乐曲中的调式变换来得很突然一样——会在我的感觉上引起整个色调的转变。到后来，甚至根本用不到等季节时令更换，而只要气候有些变化，就会在我脑海中引起这种色调的转变。我们常常可以在某个季节里冷不丁地遇上一个本该属于另一个季节的天气，在这种天气里我们就像生活在那另一个季节里，它把这页从另一个节令撕下的日历提前或挪后，插进那个叫做运气的日历本里，就这样，它使我们回忆起那个季节种种特有的乐趣，一心想去享受那些乐趣，同时也就中断了我们本来沉浸其间的梦想。我们的生活或健康如此这般地得益于自然现象，毕竟是带有偶然性，并不足道的，除非将来有一天，科学完全掌握了这些自然现象，能够操纵自如地再现它们，从而使这些自然现象摆脱偶然性，不再听凭造化的播弄，甚至连这些大西洋和意大利之梦也能不受季节、时令变换的影响。总之，过了没多久，我只要念叨着这些名字就能重温旧梦了：巴尔贝克、威尼斯、佛罗伦萨，在这些名字里，业已积聚起了它们所代表的地方在我身上激起的愿望。即使在春天，只要在哪本书里看到巴尔贝克的名字，对暴风雨和诺曼底哥特式建筑的向往，马上就会被唤醒；即使在风狂雨骤的日子里，一听到佛罗伦萨或威尼斯的名字，我心头就会充满对

---

1. 意大利托斯卡纳大区的一座小城。城里的圣方济各教堂和隐修院均为著名的中世纪建筑。
2. 安杰利科（Angelico, 1387—1455）：文艺复兴前期佛罗伦萨画派画家。曾任菲耶索莱的圣多明我隐修院副院长。

阳光、对百合花、对总督府和百花圣母院[1]的憧憬。

　　这些名字时时刻刻蕴蓄着我心中那些城市的形象，但那毕竟是经过了装饰，是置于这些音节的影响下而再现在我眼前的形象；因而，那些城市的形象变得更美，但同时也变得跟这些诺曼底或托斯卡纳城市的本来面目大相径庭了，它们在激扬想象天马行空让我兴奋不已的同时，也孕育着我日后旅行中的失望。它们使地球上的有些地方变得更独特，因而也就更真实。这时我并不把这些城市、风景、建筑想象成从一幅大画上剪裁下来的，或好看或不怎么好看的画面，而是把其中每一个都想象成未知的、本质上与众不同的、我的心渴望去了解并从中得益的对象。它们一旦有了名字，像人一样有了特地为它们起的名字以后，又增添了多少个性色彩呵！语词为我们提供的是事物的一幅清楚、常用的图像，就像挂在小学校墙上的那些图画，它们作为图例，让孩子们明白什么叫钳桌，什么叫鸟儿，什么叫蚁穴，同一类事物都被看作同样的。然而人的名字，以及我们习惯于看作跟人的名字一样具有个性的、各不相同的城市的名字，提供的却是一幅很模糊的画面，它根据这些名字发音的响亮与否，从中抽象出一种色调来，一股脑儿涂抹在画面上，犹如一幅全是蓝色或全是红色的招贴画，在这种招贴画上，由于作画条件的限制，或是由于画家的兴之所至，不仅天空和大海，就连小船、教堂、行人也全都是蓝色或红色的。我读了《巴马修道院》[2] 以后，巴马就成了我最想去的城市之一，它的名字在我心目中是紧致、光滑、柔美的，而且是浅紫色的，要是有谁对我讲起巴马里某座将要接纳我的房屋，他就会引得我满心欢喜地想象一座光滑、紧致、浅紫色的柔美的住所，它跟意大利任何一座城市里的住所都不相干，因为我只是借助于巴马这个发音低沉、密不透风的名

---

1. 即佛罗伦萨的大教堂。
2. 法国作家斯当达尔（Stendhal, 1783—1842）的长篇小说。巴马是意大利中部的城市。

字,借助于我赋予它的斯当达尔情调和紫罗兰色泽而把它想象出来的。我想到佛罗伦萨,这座城市神奇地散发着馨香,就像一个花冠,因为它又叫百合花城,而它的教堂就叫百花圣母院。至于巴尔贝克,它是这样的一种名字,就像一件诺曼底的古陶器上还保留着它出土所在地的泥土颜色一样,我们从这种名字上可以体会到某种已经废除的习俗,某种封建的特权,以及一种地域的历史状况和形成这两个怪诞的音节的古拙的读音方式,我毫不怀疑,那位将在我到达之际给我斟牛奶咖啡的旅店主人就是用那种方式说话的,在我的想象中,那位带我去看教堂前面呼啸的大海的旅店主人,就像中世纪韵文故事里的人物那样好跟人争论,那样不苟言笑,那样古意盎然。

要是我的身体情况好些,父母亲即使不让我上巴尔贝克去小住一阵,至少也会同意让我坐一回我已经在想象中乘过好多次的那列一点二十二分的火车,去领略一番诺曼底、布列塔尼的建筑和景色,到那时我当然要在一些最美丽的城市下车喽;可是我纵然比来比去,又怎么能够挑出哪些城市是最美的呢,这简直要比从一群各领风骚的佳丽中间挑选一个绝色美女还困难。贝耶高高地耸立于精致典雅的淡红色城堞之上,顶端沐浴在后一个音节放出的亘古金光中;维特雷的那个闭口音符,犹如用黑木把古色古香的玻璃隔板分成了许多菱形小格;轻柔的朗巴尔,在那片乳白色的基调中,包含着从蛋壳黄到珍珠灰的各种色调;库唐斯这诺曼底的大教堂,它后面的那个二合元音沉甸甸、黄澄澄的,宛如把一座黄油的塔楼安在了教堂的顶上;拉尼翁,那是在乡村的宁谧中响起的马车和尾随其后的蜜蜂的声音;凯斯唐贝尔,蓬托尔松,既可笑又天真,让人想起沿着两个河网交错、诗意盎然的地带一路散布鹅群鸭群的白羽毛和黄扁嘴;贝诺代这个名字,仿佛用缆绳都快要系不住了,河水一个劲地要把它曳进水草丛中去;蓬达韦纳,那是一朵薛帽的翼瓣,颤巍巍地在绿莹莹的运河水面映出轻盈的身影,然后闪着粉白粉红的光斑飞飚而去;坎佩莱,则从中世纪以来就沉潜于那些溪流之中,淙淙作声地溅起珍珠似的水点,组成一幅生动的单色画,犹如灿然的阳光透过彩绘玻璃窗上的蜘蛛网,减弱成缕缕银光勾勒出的图景。这么多城市,让我怎么选呢?[1]

这些图景之所以失真,另外还有个缘故,那就是它们势必都是些大大简化了的图景。也许,那些为我的想象所召来,而我眼下还不能完全感知它们、品尝其中乐趣的东西,被我统统关进了名字这座收容所;也许,正因为我已经在那里面积聚了许多憧憬和向往,这些名字就使我的种种愿望都磁化了;然而这个收容所并不很宽敞,我至多只能在其中放进一个城市的两到三个主要名胜,它们就这么很突兀地并列在那儿;在巴尔贝克这个名字里,如同在海滨浴场买来的蘸水笔笔杆上的放大镜里,我看到的是波斯风格教堂周围汹涌澎湃的浪涛。说不定这些图景的简单化,还正是它们能对我施加影响的一个原因呢。有一年,父亲决定我们一起到佛罗伦萨和威尼斯去过复活节,我因为没法在佛罗伦萨这个名字里找出空间,来装下通常构成城市的那些要素,所以只能依靠一种揣摩本质上能算是乔托天才的东西,再跟某些春天的芳香结合在一起,孕育出一个超自然的城市来。至多——因为一个名字里所能容有的时间长度,并不比空间情况好些——我也只能像乔托的有些油画那样,把佛罗伦萨这个名字分成两个画面,乔托在那些画面上,表现了同一个人物在两个不同时刻的情状,这一半里他还睡在床上,那一半里他已经在蹬鞍上马了。在一个画面上,我正在一座建筑的穹顶下,凝神观看一幅壁画,清晨布满尘埃的阳光,斜斜的,不停地往前移动,仿佛给这幅壁画渐渐蒙上一层帷幕;在另一个画面上(由于我想到这些城市的名字时,并没有把它们当作一种可望

---

[1] 作者对地名的瑰奇联想,译文中难以曲尽其妙。译者只得在脚注中附上这些地名的原文,以期有心的读者能撇开无奈的译者,设法直接与作者沟通。这些地名分别是贝耶(Bayeux)、维特雷(Vitré)、朗巴尔(Lamballe)、库唐斯(Coutances)、拉尼翁(Lannion)、凯斯唐贝尔(Questambert)、蓬托尔松(Pontorson)、贝诺代(Benodet)、蓬达韦纳(Pont-Aven)、坎佩莱(Quimperlé)。

而不可即的理想,而是看作一种我将要投身其中的现实环境,于是乎这种我还不曾经历过的生活,这种我所赋予环境的纯洁无瑕的生活,使最世俗的娱乐、最简单的场景具有了文艺复兴前期杰作的那种迷人的魅力),我正急速地穿过——为了尽快享用那顿等着我去的早餐,餐桌上摆着水果和西昂莱红葡萄酒——开满黄的、白的水仙花和银莲花的 ponte vecchio [1]。

〔由于健康情况我没法去旅行。我在香榭丽舍大街的公园里结识了吉尔贝特——斯万先生和奥黛特的女儿。〕

有一天,我在旋转木马旁边的老地方待腻了,弗朗索瓦兹就带着我——越过卖麦芽糖的女商贩几步一岗守卫着的边境线——到邻近的陌生地区去玩儿,那儿见到的尽是些陌生的脸,还有山羊拉的小车经过;随后她又回去取她的东西,刚才她把它们搁在那张背靠着月桂树丛的椅子上了;等她的这会儿工夫,我在大草坪上往前走去,这草坪稀稀拉拉的,刚轧短过,被太阳晒得都泛黄了,草坪尽头有个喷水池,池子边上耸立着一尊雕像,只见在一条小径上,有个小姑娘一边套上外衣、装好球拍,一边朝着另一个正在水池跟前玩羽毛球的红棕色头发的小姑娘,脆声脆气地喊道:"再见,吉尔贝特,我回去了,别忘了今儿晚上我们吃过晚饭要上你家去呢。"吉尔贝特这个名字从我的耳边掠过,因为它不是说一个不在场的人,而是直接招呼对方,所以更清楚地使我意识到了这个名字所代表的那个姑娘;它带着一种,不妨这么说吧,随着声波曲线延伸和目标趋近而变得更为强劲的力量,贴近我的耳边掠过——我觉得它挟带着正在喊它的那位女友(而不是我)对它所指的姑娘的熟识和了解在飞行,其中有她呼喊这个名字时在眼

---

[1] 意大利文:老桥。佛罗伦萨位于总督府附近的一座桥的桥名。

前看到的，或者至少是记忆中保留着的，她俩日常亲密交往、平时彼此串门的情景，有那一切于我是那么难以了解、那么令人痛苦，而在这位幸运的小姑娘却是那么熟悉、那么唾手可得的全部印象，这位幸运的小姑娘让这名字掠过了我的耳际，但我却没能参透它的含义，听任她的那声喊叫把它送上了半空——这个名字已经准确地命中了斯万小姐的某些外人无法看见的生活细节，包括晚饭后将在她家如期举行的晚会，让它们款款地散逸出来，荡漾在空中——它们形成了一朵色泽绚丽的云彩，在孩子和女仆们的头顶上空飘过，犹如普桑[1]的油画里一座花园上方鼓鼓囊囊的云彩，这朵满载骏马华车的绛红色的云彩，精细地反映了神祇们的某种生活场景——最后，它们在这片凋谢的草坪上，在这位金发小姑娘下午打过羽毛球的草地上（她不停地把球打出去又捡回来，直到一个帽子上插着蓝色翎毛的家庭女教师喊她时才歇手）投下了细细的一条碧绿底色上有着红色纹理的神奇的带子，犹如一道反光那样触不到摸不着，又如一块地毯那样叠放在草地上，我拖着沉重、忧伤而又渎神的脚步，在那上面不知疲倦地踱来踱去，直到弗朗索瓦兹冲我喊道："嗨，您还不上紧把短大衣给扣上，咱们开路啦。"我第一次悻悻然地注意到，弗朗索瓦兹的语言居然这么粗俗，而且，唉！帽子上也没有蓝翎毛。

她会不会再上香榭丽舍公园来呢？第二天她没上那儿去，可是随后几天我都在那儿见着她了；我就那么一刻不停地围着她和伙伴们玩耍的地方转悠，结果终于有一次她们玩捉人游戏时缺个人，她就问我愿不愿意参加凑个数，从此以后，每回只要她在那儿，我总跟她一起玩。可是也并非天天都能如此；有时候她有课不能来，有时候是教理问答，或者是吃点心，所有这些生活仿佛都离我挺远的，只有两次我

---

1. 普桑（Poussin, 1594—1665）：法国古典主义绘画的奠基人。他的画风对大卫、德拉克洛瓦、安格尔、塞尚等人都有很大影响。

感觉到了她的整个生活好像浓缩在吉尔贝特这个名字里面,令人痛苦地从我身边掠过,一次是在贡布雷的斜坡上,另一次是在香榭丽舍的草坪上。碰到这些日子,她事先就告诉我们她到时候来不了;如果是读书的缘故,她就说:"真没劲,明天我不能来了;你们自己玩吧。"说话的样子灰溜溜的,多少让我感到些许安慰;但如果那是因为有人邀请她下午去作客,而我不知道,还在问她来不来玩,那她就会回答我说:"我就希望我来不了!我就希望妈妈能让我上我那位女朋友的家去。"碰到这种日子,我至少还能事先知道她不来,而有几次是她母亲临时决定带她去买东西,到第二天她就说:"哎!可不是,我跟妈妈一起出去了。"仿佛那是一件再自然不过的事情,根本不是某个别人天大的不幸。也有时候是因为天气不好,她的家庭女教师怕淋着雨,所以就不带她上香榭丽舍来。

于是,遇到天气看上去不怎么好的日子,我从一大早起就老是朝天空看,注意着每一丝迹象。要是我瞧见对面的那位夫人在窗前戴帽子,我就在心里想:"这位夫人要出门了,这就是说今天的天气是可以出门的;那吉尔贝特干吗不像这位夫人一样呢?"过一会儿,天色变得阴霾下来。妈妈说,只要一线阳光露出脸来,天色还是会放亮的,不过看上去多半是要下雨了;要真是下雨的话,上香榭丽舍去又有什么用呢?所以从午饭过后,我焦急的目光始终没离开这变幻叵测、云层低垂的天空。它始终是那么阴沉沉的。窗子跟前,阳台是灰蒙蒙的颜色。骤然间,在那片晦暗的磨石地面上,我虽然没有看见,却感觉到了一丝亮色在努力着要浮现出来,那是一缕犹豫的阳光在搏动,要想放出自己的光亮。片刻过后,整个阳台变得白蒙蒙、亮闪闪的,宛如清晨的河面,栏杆的铁饰投下了星星点点的影子。一阵风吹过,这些影子就随风消散,磨石地面又晦暗起来,但稍过一会儿它们又像驯养的小动物似的,重又钻了出来;磨石的地面不知不觉地又开始泛出白蒙蒙的亮光,而且这亮光在渐渐地不断增强,就像音乐中在一首序曲的结尾，一连串渐强奏出的经过乐句，带着一个音符迅速地掠过所有过渡的音区，一直到达最强的音位，我眼见这磨石地面终于洒满了大晴天才有的持久不变的金色阳光，精雕细镂的栏杆扶手的影子，黑黢黢的，在地面上清晰地显现，犹如一层匪夷所思的植被，就连最精微的细部，轮廓也勾勒得纤毫毕现，让人仿佛能想见艺术家孜孜矻矻的匠心和志满意得的神气；而整个栏杆幽暗、祥和的影子静卧在阳台地面上，呈现出一种鲜明的立体感，又仿佛天鹅绒那般柔软，是啊，这些宽绰浑厚、棱角有如枝叶般伸展的倒影，看上去就像知道自己是宁静和幸福的保证。

　　这瞬间的常春藤，这短暂的墙草类植物呵！在许多人眼里，它在所有可以用来攀缘墙壁、装点窗台的植物中间是最平淡、最不起眼的；而对我来说，自从那天它如同吉尔贝特的影子出现在阳台上，让我知道她也许已经到了香榭丽舍大街，一等我到那儿就要对我说"咱们这就玩捉人游戏啦，您归我这边。"我就觉着尽管它柔弱，一阵风就能把它吹跑，但它同样不受季节影响，只和时间相干；它是允许得到那即刻的幸福的承诺，它是拒绝这幸福的谶语，而在那即刻的幸福之中，甚至有着爱情的幸福；它那么柔软，那么温暖地覆盖在石头的地面上，就连苔藓也没有如许的柔软和温暖；它充满着生机，即便是在严寒的冬天，只消有一缕阳光就能让它绽出欢乐之芽，开出欢乐之花。

　　后来就到了那样的日子，所有其他的植被都销匿了，苍老的树身上那层新绿的树皮，被积雪遮住了，这雪虽然消停了，但是天色还是阴沉沉的，这种天气甭指望吉尔贝特会出门。正在这时，太阳倏忽露出脸来，在披满阳台的积雪上，编织起万道金光，绣出无数黑黢黢的阴影，连母亲都不由得说了句："瞧，天气都放晴了，你说不定还是可以上香榭丽舍去。"这种日子，我碰不到一个同伴，也没有一个准备回家的女孩能肯定地告诉我说吉尔贝特不来了。往日被神情凛然但又特别怕冷的家庭女教师们坐得满满的椅子，这会儿都空荡荡的。只有在草坪旁边还坐着一位上了点年岁的夫人,她每天都来,而且总穿同一套衣裳,款式挺好,颜色很深。在那段时间里,为了能跟她相识,倘若真能用什么东西来交换的话,我会愿意把未来所有最重要的利益全部奉献出来,因为吉尔贝特每天都去跟她问好;她向吉尔贝特打听她可爱的母亲的消息;我好像觉得,要是我跟她认识了,我在吉尔贝特眼里就会成为另一个不同的人,另一个认识她父母的亲戚的人。当这位夫人的外孙、外孙女远远地在玩耍的时候,她一直在读《论坛报》。她管这报纸叫我的老论坛报,而且在提到警察或租椅子的女人时,挺有贵族气派地说:"我那位警察老朋友""那位租椅子的女人,她和我是老朋友啦"。

弗朗索瓦兹老这么待着不动,冷得都受不住了,于是我们一起往前走,一直走到了协和广场桥上去看结冻的塞纳河,这会儿随便哪个人,就连孩子也一样,走近它时一点都不害怕,好像那是一条搁了浅的、任人宰割的大鲸鱼。然后我们又回到香榭丽舍大街,我在寂然不动的旋转木马和白皑皑的草坪中间,忍受着痛苦的煎熬,纵横阡陌的小径已经扫除了积雪,黑黝黝地镶嵌在冰冻的草地上,草坪的那尊雕像,手指上挂着一条冰凌,这条冰凌仿佛解释了它之所以保持这个姿势的原因。那位老妇人折好《论坛报》,问旁边经过的一个保姆几点钟了,然后向她道谢说:"您可真好!"接着她又请那个养路工去叫她的孩子们回来,告诉他们说她冷了,她对他说:"您实在是太好了。您知道我可真有点不好意思呢!"倏地,天空坼裂开来了:在木偶剧场和马戏场中间,在远处变得分外美丽的地平线上,在那有了条罅缝的天际,我竟然瞥见了那位小姐的蓝羽翎,这可真是个神话故事般的标记哟。正当此时,吉尔贝特飞快地朝我奔了过来,方顶的皮软帽下面,红扑扑的脸蛋放着光,因为冷,因为来晚了,因为盼着玩儿而非常兴奋;在离我还有一段路的地方,她纵身在冰上滑了起来,而且,也不知她是为了保持平衡,还是觉着那样更优美动人,或是在模仿哪一位滑冰好手的姿势，总之她是张大了双臂，笑吟吟地往前飞，仿佛是想来拥抱我似的。"好啊！好啊！真是太好了，我要不是跟你们隔了一个时代，脑子里还尽是些老规矩，也真要像你们那样说一声这棒，真带劲啦。"老妇人这么喊道，她是在代表寂静的香榭丽舍感谢吉尔贝特在这种天气还跑来。"您也跟我一样，对咱们的老香榭丽舍忠贞不渝；咱们俩都是好样儿的。我多想告诉您呵，我爱香榭丽舍，就现在这样子也爱。这雪呵，您大概要笑我了，它让我想起了白鼬皮呐！"说着她自己哈哈大笑起来。

　　这些日子的第一天——这些日子里，作为一种阻止我看见吉尔贝特的力量象征的雪，使人感到一个分离乃至诀别的日子的那种伤感，我们平时唯一的见面地点变了模样，仿佛罩上了一个套子，不能用作见面地点了——这一天却让我的爱情有了进展，因为这是她和我第一次分享忧愁。咱们那伙玩伴里就只来了我们俩，像这样单独和她在一起，不仅意味着一种亲近的开始，而且从她那方面来说——仿佛她在这么个天气赶来，就单单是为了我似的——这就像哪天有人邀请她下午去作客，她却为了到香榭丽舍跟我碰头而放弃那个机会一样叫我感动；我对我俩友谊的生命力和美好前景更充满了信心，即使在这萧条、孤寂、一片颓唐的环境中，我俩的友谊依然是生气勃勃的。当她把雪球塞到我脖子里去的时候，我心中充满温情地笑了，既感激她允许我做她在这么个崭新的冬天王国的游伴，也敬重她在逆境中始终对我保持忠诚。不一会儿，她的那些女友就像一群犹犹豫豫的麻雀似的，一个接一个地来了，雪地上黑压压的都是她们的身影。我们又玩了起来，这个开头开得那么郁闷的一天，就像注定要在欢乐中结束似的。我在捉人游戏分队的当儿，朝着我在第一天听见她喊吉尔贝特名字的那位说话利索的女伴走去，她对我说："不，不，我们知道您喜欢跟吉尔贝特在一队里，这不，您瞧她在对您做手势呢。"她果然在喊我上那片积雪的草坪去加入她的阵营，阳光给这营地染上玫瑰色，照得它古锦似的熠熠生辉,使它变成了一座金线锦缎之营[1]。

这个让我那么担心的一天,原来却是我难得才有的不算太不幸的一天。

因为,我一心只盼着天天都能见到吉尔贝特(以致有一次到吃晚饭的时候外婆还没回来,我忍不住会在心里对自己说,要是她给车子碾着了,我就得有好一阵不能上香榭丽舍去了;一个人只要有了爱情,就再也不爱任何别人了),然而我和她待在一起的这些时刻,尽管是我从前一晚起就焦急地期盼,让我担了那么些心,我甘愿为之牺牲一切的时刻,却全然并非是幸福的时刻;而且这一点我是清楚的,因为我有生以来,唯有对这些时刻完全投入地给予了细致而热切的关注,而这种关注并没有从中找到一丁半点的快乐。

只要是没跟吉尔贝特在一起,我就感到需要看到她,因为我老是不停地想要让她的形象浮现在我眼前,弄到后来干脆就不知道我这爱情的对象到底是怎么个模样了。何况,她还从来没对我说过她爱我呢。她反而时常说什么有好些男孩都是她的朋友,他们跟我比起来,她还是更喜欢他们,说什么我是个好伙伴,她挺愿意和我一起玩儿,可是我太心不在焉,玩起来不在行;她还时常很明显地对我流露出冷淡的神色,我原先以为我对她来说是跟旁人不一样的,这个信念当初要是来自吉尔贝特对我的爱,而不是像实际上那样来自我对她的爱,那它早就该动摇了,但现在既然这种信念来自我对她的爱,从而仅仅取决于我想念吉尔贝特的方式,而这种想念在我有时是一种发自内心的需要,因此这一信念也就变得很牢固了。不过,我对她怀有的这些感情,我自己也还没有向她表白过。诚然,在我那些练习本的每一页上,我都没完没了地写着她的名字、她的地址,可是瞧着这些潦草的字迹,

---

[1] 1520年,法王法兰西斯一世与英王亨利八世在布洛涅会晤。双方极尽奢靡之能事,以金线锦缎装饰营帐,故有此称。

这些我再怎么写她也不会因此想我,这些让她在我身旁占据了那么明显的位置而她却并没因此进一步介入我生活的名字,我感到很泄气,因为从中可以看到的并不是吉尔贝特,她甚至根本不会见到它们,从中可以看到的只是我自己的想望,它们仿佛在向我显示,这种想望纯粹是些主观的、不现实的、很乏味的、一无所用的东西。当务之急是吉尔贝特和我,得让我们见着面,彼此能倾诉我们的爱情,可是那会儿呐,这爱情可以说还没开始呢。不用说,这些把我弄得心急火燎的各种各样的理由,在一个成熟的男子眼里,大概不至于会是这样紧迫的。过一段时间,我们就会对培养我们的乐趣达到得心应手的地步,到那时候我们会满足于想念一个女人,就像我想念吉尔贝特那样的乐趣,而根本无需费心知道这个女人的形象是否跟现实中的形象吻合,我们还会满足于只管我爱她,而无需管她是否爱我的那种乐趣;或者,我们甚至会放弃向她倾诉爱恋之情的乐趣,来让她对我们的爱恋永葆活力,这样做是在模仿那些日本的园艺匠,他们是牺牲了好多别的花儿,才得到最美的那朵花儿的。可是在我爱着吉尔贝特的那个时候,我还以为爱情真的存在于我们自身之外,以为至多只要我们去排除那些障碍,爱情就会按照一种由不得我们去作任何改变的顺序,把它的幸福逐一地给予我们;我似乎觉得,倘若我有意用假装的冷漠取代充满柔情的表白,我不仅要失去一种梦寐以求的快乐,而且还会很轻率地为自己炮制一种矫揉造作、毫无价值的爱情,它跟真正的爱情是无缘的,这条神秘的、早就存在着的路,我可不愿意去走。

然而等我到了香榭丽舍——这会儿,首先我可以把我的爱情跟它那活生生的、不依赖于我存在的对象作一番对照,对它作出必要的校正——当面看到了这个吉尔贝特·斯万,尽管我原指望一见到她,就能使我那麻木的记忆无法找到的种种形象重又变得鲜活,尽管我昨天才和她玩过,而且刚刚就有一种盲目的本能使我招呼了她、认出了她(我们走路的时候,正是这种本能使我们在连想都来不及想的一刹那,把一只脚先于另一只脚跨出去的),但是看到了这个吉尔贝特·斯万以后,顷刻间一切的一切都不复存在了,仿佛她和作为我梦想的对象的那个姑娘,本来就是不相同的两个人。举个例子来说吧,如果说从头天晚上起我记忆中的那张丰满红润的脸上安着一双炯炯发光的眼睛的话,那么此刻的吉尔贝特的脸,却非要把某种我恰好想不起来的东西呈现在我眼前,那是一个渐渐削尖的鼻子,这么个鼻子,一下子就和脸上其他的线条结合在一起,形成了一些鲜明的特征,这些特征在生物学里定义了一个种族,如今则把她变成了一个属于尖嘴猴腮那种类型的小姑娘。我打算利用这个我所想望的时刻,对我上这儿来以前在脑子里想好、这会儿却怎么也想不起来的那个吉尔贝特的形象,仔仔细细地作一番修正,好让我在一人独处的漫漫时光中确信自己思念的就是她本人,而我有如写一本书那样一点一点积聚起来的,也正是我对她的爱情,就在这时,冷不防她把一个球传给了我;就如一个理智上不承认外部世界现实性的唯心主义哲学家,其身体还是意识到了这个外部世界那样,我,正是方才在认出她以前就先跟她打招呼的那个我,这会儿连忙接住她递给我的球(仿佛她就是个我来跟她一起玩儿的同伴,而不是我来和她相聚的心灵中的姐妹),而且出于礼貌,直到她离开之前对她说了许许多多毫无意义的客气话,硬是不让自己有个安安静静的时间来考虑我急于修正而又老是抓不住的那个形象,也不让自己有机会对她说些能使我俩的爱情取得决定性进展的话儿,对于这种进展,我每次都只能指望下一天的下午。

但毕竟还是有所进展的。有一天我们和吉尔贝特一起走到一个女商贩的木棚那儿,这个女商贩对我们特别和善——因为斯万先生总让人到她的铺子来买香料蜜糖面包,他患有一种异族人的湿疹和先知们的便秘,出于保健的考虑,这种面包他吃得很多——吉尔贝特边笑边指给我看两个小男孩,他俩活像儿童读物里的小看色画师和小博物学家。这么说的原因是,其中一个不肯要一块红颜色的麦芽糖,因为他喜欢紫颜色的,而另一个眼泪汪汪地不肯拿女仆给他买的那个李子,临末了他才抽抽噎噎地说:"我要另外的那个李子,因为它上面有条虫!"我买了两颗一个苏[1]的弹子。我满心羡慕地望着仿玛瑙的弹子,这些亮晶晶的、被囚禁在一只木碗里的弹子,在我眼里是挺珍贵的,因为它们看上去就像笑吟吟的金黄头发的姑娘,还因为它们开价是五十生丁一颗。吉尔贝特家里给她的钱要比我的多得多,她问我觉得哪一颗最好看。它们都有如人生那样是半透明的,里面融合着淡淡的色彩。我不想叫她放弃其中的任何一颗。我巴不得她能全买下,让它们都保释出去。可我还是朝一颗颜色跟她的眼睛一样的弹子指了指。吉尔贝特拿起这颗弹子,欣赏着它那金色的亮光,用手指摸摸它,付了它的赎金,但她很快又把她解救出来的这个俘虏交给我,说了句:"拿着吧,它归您了,我把它送给您,留着作个纪念吧。"

---

1. 法国旧辅币名。一个苏相当于一法郎的二十分之一,即五生丁。

A l'ombre des jeunes filles en fleurs | 02 |

第二卷
在少女花影下

第 1 部　在斯万夫人身旁

［去剧场看拉贝玛的演出。］

　　站在剧场前的小广场上，我乐滋滋地心想，两个小时后煤气路灯点起，把每根枝桠都照亮，那些光秃的栗树就会泛出金属般的光泽；检票员站在剧场门口，他们的遴选、升迁，他们的命运，都取决于那位伟大的女演员——剧院上下，真正掌权的就她一人，那些任期短暂、有名无实的经理们像走马灯似的换来换去，只是虚应故事而已。检票员接过我们的票子，瞧也不瞧我们一眼，心里担忧的是不知拉贝玛夫人的盼咐是否告诉了那些新来的，他们是否明白她在台上时千万不能让雇来的观众鼓掌捧场，她不上场时所有的窗都得打开，而等她一上场就连门也得关好，还得在她旁边观众看不见的地方放一壶热水，让台上的灰尘不会朝上扬。这不，当她那辆套着两匹长鬃辕马的马车停在剧院门前，她裹在裘皮大衣里下得车来，懒洋洋地朝迎候的人们挥挥手，然后差遣随从去过问一下前台包厢的位子是否已给朋友留好，正厅里的温度是否合适，楼厅包厢里坐的是些什么人物，女引座员的服饰是否妥帖；对她而言，剧院和观众只是她将要穿上的另一件大衣，只是她的才华将要在其中通过、传导性能或好或差的介质而已。我坐在剧场里也感到很开心；原先我心想，既然——跟我长久以来天真幼稚的想象全然不同——所有观众看的是同一个舞台，那大概就像游乐场里一样人头攒动，没法看清舞台上的表演了；但现在我明白情况并非如此，剧场设计的格局，一如全知全觉的象征，让每个观众都觉着自己是剧场的中心。我想起有一次妈妈给弗朗索瓦兹买了顶层楼座的票，让她去看一出情节剧，她看完戏回来说，她的座位是剧场里最好的位子，离舞台一点不远，她反而觉着舞台的帷幕离得那么近，神秘而清晰，让她心生怯意呢。我听到低垂的帷幕后面传来嗡嗡的声音，就像鸡雏即将破壳而出似的，这时我心里更是充满了欢乐。声音渐渐变响，突然间，从那个我们的视线无法穿透、它却能看见我们的世界，传来三下响声，这无比威严的响声无疑是冲着我们来的，犹如火星传来的信号那般振奋人心。舞台上——大幕升起以后——呈现一张书桌和一个壁炉，都挺不起眼，暗示即将上场的人物并非要来朗诵台词，就像我有一回在晚会上见过的那种演员，而是在自己家里平平常常过着日子的普通人，他们看不见我，我却闯进了他们的生活。这时候，我的心里依然是愉悦的。一阵短暂的不安，搅扰了一下愉悦的心情：就在我侧耳静听，等着演出开始的当口，两个男人走上台去。他俩看上去很光火，说话声音很响，坐得下一千多人的剧院里，每人都能听清他俩的话（要是有两个人在小咖啡馆里吵架，那可得问侍应生才能知道他们吵些什么了）；此时，我惊讶地看到观众中居然没有一个人出头叫他俩住嘴，大家都安安静静地坐在位子上听他俩吵，这儿那儿还会响起几下笑声。我恍然大悟，那两个放肆的家伙原来是演员，那出小戏（所谓的开场戏）这就已经开始了。这场戏演完，接下去的幕间休息时间很长，回到座位上的观众等得不耐烦，跺起脚来。这让我很担心；平时在一份庭审公告上看到某人仗义执言，挺身而出为无辜的被告作证，我就会担心人家待他不够亲切，没有表示足够的谢忱，没有好好地酬答他，以致他在心灰意冷之余，转向不义的一方；同样，天才演技和高尚品格相比之下，我担心这些没有教养的观众——我想，要是情况相反，拉贝玛能欣慰地看到观众中不乏她颇为看重他们观感的知名人士，那有多好——无礼的举动会使拉贝玛感到气恼，自暴自弃不好好演戏来发泄对他们的愤懑和蔑视。我用央求的目光望着这些跺脚的粗人，我来这儿孜孜以求的那种脆弱而珍贵的印象，眼看要被他们的放肆毁于一旦了。幸好，我的好心情总算持续到了《菲德尔》的前面几场。菲德尔的角色直到第二幕开头还没出场；可是大幕升起不久，通常有名角上场才用的红色丝绒二道幕也拉了开来，现出舞台深处的场景。一位女演员从里面出来，她的容貌和嗓音都和我听人说的拉贝玛很相像。想必今天她换了个角色，我花了那么多心思琢磨忒赛妻子的角色，算是白费劲了。但这时另一位女演员开了口。我把前一位当作拉贝玛，大概是认错了，因为这第二位的外貌，尤其是念台词的声调，更像拉贝玛。她们俩朗诵台词都伴以高贵的姿势——她们把优雅的系肩扣无袖长裙稍稍提起之时，我看得很清楚，而且明白这些姿势和台词的关系——以及抑扬顿挫的声调，时而激昂，时而揶揄，让我体察到台词中蕴含的微言大义，那是我在家里念这些诗体韵文时不曾意识到的。突然间，门框般的圣殿帷幕拉开，一个女人出现在红色帷幕开启处，我马上变得比拉贝玛本人更担心，生怕有人开窗惹恼她，生怕有人搓弄节目单干扰她的朗诵，生怕观众对别人拼命鼓掌，对她却鼓掌不热烈，让她感到不高兴；我的注意力也变得比拉贝玛更专注，从此刻起，剧场、观众、演员、台上演的戏和我自己的身体，在我心目中都只不过是一种声音介质而已，它的意义仅仅在于有助于传播她的声音，我知道，我先前欣赏的两位演员不能跟我即将聆听她的声音的拉贝玛相比。然而就在此时，我的心一下子凉了下来；我竖起耳朵，凝神定睛望着拉贝玛，唯恐漏掉一丁点儿精彩之处，可是一无所得。在她的对白和表演中，甚至没有那两位演员舒扬的声调和美妙的姿势。听她朗诵台词，有如我自己在念《菲德尔》，或者说，我此刻听到的仿佛就是菲德尔本人在说话，拉贝玛并没有以她出色的演技为这些台词增添任何光彩。我但愿她的每句台词都能在我耳畔停住，每个表情都能在我眼前定格，好让我细细琢磨，体会它们的妙处。至少，我想凭借活跃的思维，调动感官的功能，把注意力集中在每句台词、每个姿势上，一点一滴也不放过，当点点滴滴汇聚起来，全神贯注的我就有了充裕的时间来研究它们。可惜这一点一滴的时间真是转瞬即逝！一个音节刚进入耳朵，另一个音节接踵而至。有一场戏里，背景是大海，拉贝玛举手齐额凝立在舞台上，由于灯光的缘故，全身披着绿莹莹的光，此时全场掌声雷动，我正想好好琢磨这个画面，可是她却已经不在刚才的位置了。我对外婆说我看不清楚，她把手里的观剧望远镜递给我。但是，当你相信事物的真实性时，借助人为的方式来看清它们，跟你感觉到自己就在它们近旁并不完全是一回事。我心想我看到的已不是拉贝玛，而是她在镜头里的影像。我放下了望远镜，可是说不定肉眼看见的，因距离而变小了的影像，也未必真确。这两个拉贝玛，究竟哪一个是真实的呢？至于她对伊波利特说的那段话，那是我一直寄予很大希望的，既然其他那些女演员连挺平常的对白都能念得那么出色，时时让我对剧作的意义有所领悟，那么这段精彩的对白一定会让人听得回肠荡气，拉贝玛朗诵这段台词的语调，想必是我在家里念剧本时根本想象不到的。可是，拉贝玛还不如演厄诺娜和阿丽丝的那两个演员呢，她就那么平铺直叙地念着台词，按说其中强烈的对比，即使不很聪明的演员，甚至普通的中学生，也不会感觉不到的呀。而且她念得那么快，我直到听她念完最后一句，才意识到这种单调的节奏是她一开始就有意采用的。

　　终于，我的赞佩之情油然而生：是全场观众的狂热掌声激发的。我使劲拍手，想让这掌声持续得更久，但愿拉贝玛出于感激而演得更出色，这样我就能肯定自己看的是她最精彩的一次演出。奇怪的是，赢得观众一片掌声的——我事后知道——恰恰是拉贝玛表演新意迭出的地方。仿佛有某些超验的现实，在这些出彩的表演周围发送着射线，观众感受到了它们。举个例子，就好比发生了一个重大事件，一支军队在边境不知是处于困境，还是遭受败绩，或是全线告捷，传来的消息含糊不清，有识之士无法从中作出判断，对民众的群情激奋颇为惊讶，一旦从专家那儿得知了确切的军事情报，他们又不能不承认民众对重大事件周围的光晕特别敏感,哪怕远在数百公里之外,也能感觉得到。前线是否打胜仗,当然不妨等到战事结束以后去了解,但从看门人的笑脸其实马上可以知道。要知道拉贝玛哪儿演得最精妙,固然可以等看完戏一个星期再看评论,但当场听听正厅后排观众的喝彩也就有数了。不过这种直接来自民众的认识,常常和许多错误的判断混在一起,掌声往往是盲目的,何况鼓掌会形成一种惯性,前面鼓了掌,后面也就跟着了,好比暴风雨中波涛汹涌的海面,不见风势变猛,浪头却依然愈掀愈高。不过你还别说,我不停地拍手,当真觉得拉贝玛演得更棒了。"瞧,"邻座一个举止有些粗俗的女观众说道,"她这下可卖力啦,拍打自己使的劲够猛,又是满场那个跑呀,这才叫演戏哪。"我庆幸自己找到了拉贝玛胜人一筹的理由,可心里不免犯疑,这岂不就像一个农夫瞅着《蒙娜丽莎》和本韦努托的《珀耳修斯》称赞说:"真不赖!有两下子!瞧画得多细!"我沉湎于俗趣盎然的粗酒了。大幕一落下,想到我梦寐以求的欢乐就不过这么一点,心头依旧一片怅然,但同时又渴望这点欢乐能持续下去。我毕竟在剧场的氛围中待了几个钟头,出了剧场大厅,我就得告别这个氛围,我不想那样。

[听斯万夫人弹奏凡特伊的奏鸣曲。
艺术珍品是不会一下子让人记住的。作品应该为自己创造后世。]

有时斯万夫人在换装出门前先弹会儿钢琴。那双纤美的手,从双绉晨衣粉红或白色,通常色泽明亮的袖口里伸出,抚过琴键的手指间流淌出的,正是平时目光中(而不是心间)流露出的那种忧郁。有一天,她给我弹了一段凡特伊的奏鸣曲,就是有斯万最喜欢的小乐句的那段。可是,第一次听一首较为复杂的曲子,我们往往并没听到什么东西。我也是在后来,第二遍第三遍听人弹奏这首奏鸣曲时,才意识到它原来是我所熟悉的。所以，说"第一次听到"并没错。要是一个人在听第一遍时真如他所觉得的那样，什么也没听出来，那么第二遍、第三遍不就成了第一次吗？没有理由非要到第十次才听出点名堂来呀？第一遍听的时候，问题可能并不在于理解，而在于记忆。我们的记忆，相对于我们聆听时纷至沓来的印象而言，是非常不管用的，就好比一个人在睡梦中想到许多事情，醒来却什么也想不起来，或者说就像一个前听后忘记的老糊涂那么健忘。面对头绪繁多的印象，我们的记忆力无法立刻把它们储存下来。记忆是对于听过两遍或三遍的作品，渐渐地形成的，这就好比中学生把课文念了好几遍，临上床时还觉着没记住，可第二天醒来却全都背了下来。而这首让斯万和他妻子倾心于其中一个乐句的奏鸣曲，在这一天以前我始终没能清晰地感觉它，就像一个名字，你拼命在想，可就是想不起来，脑子里是空白的，一小时过后，你已经不在想了，这个刚才怎么也想不起的名字，却倏地一下跳了出来。真正的艺术珍品，都是不会一下子让人记住的，而且这些作品最先触动我们的——凡特伊的奏鸣曲最先触动我的亦然如此——并不是作品最可贵的部分。斯万夫人为我弹奏那个有名的乐句时，我不仅以为这部作品对我来说也就是这样了（于是有很长一段时间，我没用心去听它）——在这一点上我跟有些人一样愚蠢，他们看过威尼斯圣马可教堂穹顶的照片，就以为身临其境也没有什么可以惊叹的了，——而且，当我从头至尾再听一遍这首奏鸣曲时，我仍感到眼前几乎一片茫然，犹如一座远处或雾中的建筑那般朦胧。因而，对这类作品的了解，是个令人伤感的过程——凡须在时光中展现的事物无不如此。凡特伊奏鸣曲中最隐蔽的东西展现在我眼前的那一刻，我最初懂得并喜欢的东西就开始在不知不觉中被习惯所裹挟，撇下我逃遁而去了。这首奏鸣曲给我带来的东西，我只能在一个又一个相继的时段去爱抚，因而我无法整个儿占有它：它就像生活一样。然而，这些杰作毕竟不像生活那么令人失望，它们并不一上来就把最美的东西展现给你。在凡特伊的奏鸣曲中，我们最先感受的美，也是我们会最快感到厌倦的美，而且由于同样的原因，它往往是与我们已知的美最接近的。而当这样的美离我们而去时，某个短句阒然在向我们迎来，但它的构思过于新颖而奇特，恍惚间我们一时没法把它看真切，没法靠近它爱抚它；然而此时，它终于过来了——我们天天在它跟前经过而浑然不觉它的存在，它仅凭自身的美不足以为人所见、为人所知，兀自等待了那么多时日的这个短句，终于姗姗地来了。它最后来临，也将最后离去。我们会对它爱得最久，因为我们是过了那么久才爱上它的。一个人要想稍稍深入地理解一部作品——比如我要理解这首奏鸣曲——所需的时间，比之于一部真正创新的杰作从问世到得到公认，其间所历经的那些年头、那些世纪，仅仅是一个缩影，一个象征。天才不愿看到周围的人群无视他的杰作，也许会对自己说，同时代的人缺乏必要的审美距离，为后世而写的作品理当留待后人去读，有些画站得太近没法欣赏，不就是这个道理吗？其实，他何必这么软弱，唯恐人家对他评价不公呢，评价不公是不可避免的。天才的作品之所以难以立即为人所推崇，就因为写出这样作品的人是特立独行，和常人不一样的。这样的作品，总是先培育出为数极少的知音，然后才拥有一个人数较众的读者群。贝多芬的四重奏（第十二号、十三号、十四号和十五号[1]）历时五十年才孕育、造就了一批贝多芬四重奏听众，从而（跟所有杰作的情形相似）取得一种突破，即便不说让作曲家的价值为世人所公认，至少形成了一支有欣赏水平，亦即真正喜爱它们的听众队伍——而在作品问世之际，这样的听众是寥若晨星的。所谓后世，就是作品的后世。作品（为简单起见，那些不仅能为自己，而且还能同时为其他天才培养未来的高水平受众的天才，不在考虑之列）

---

[1] 贝多芬写了十八首弦乐四重奏，后人按创作时间先后编为第一号至第十六号。其中最后五首都写于《第九交响曲》之后，以深刻、内省著称。

应该为自己创造后世。倘若把作品封存起来，直到后世才公之于众，那么就这部作品而言，这样的后世就不是后世，而是同时代的一群人，只不过是生活在五十年以后罢了。所以，艺术家若要让自己的作品走上自身的轨道，就不能把它藏之名山，而必须让它行之于市，直至遥远的将来。这个将来，才是杰作真正的归宿。不高明的评论家，差就差在想不到这个将来，高明的评论家时时把将来放在心上，但有时又因顾虑太多而误事。类比平行线会聚到视平线的透视原则，我们不难想象，绘画、音乐领域迄今为止所有的革命，毕竟都还是有某些规律要遵循的。相继呈现在我们眼前的种种艺术形态，不协和音曲式、中国水墨画法、印象主义、立体主义、未来主义，之所以都显得是对先前形态的颠覆，只是因为我们在看那一形态时，没有意识到时光流逝会产生一种同化作用，一种使雨果和莫里哀变得很接近的同化作用。不妨设想一下，一个对未来、对岁月带来的变化全无概念的年轻人，听到占星家预卜他的中年际遇时会觉得多么荒唐，多么不可思议。当然占卜不一定准，而正如天才未必能促成或阻止可能性变为现实，预言未能实现并不说明预言者智力平庸；同样，对一部艺术作品来说，如果在审美标准中加入时光的因素，我们对它的评价势必会掺进某些带有随机性、因而不再那么真有兴味的东西。一个人可以是天才，却不相信真会有铁路、有飞机，一个人可以是杰出的心理学家，却识别不了情妇或朋友的虚情假意——而最平庸的人也看得出他们在骗人。

虽然我并没有领悟这首奏鸣曲的妙处，但斯万夫人的演奏叫我听得出了神。她的触键，如同她的晨衣，如同那楼梯的芳香，如同她的短大衣和菊花，属于一个独特而神秘的世界，那是我们这个世界，这个可以靠理性来分析才华的世界所远远不能企及的。

［与贝戈特共进午餐。对这位大作家的印象。］

斯万夫人几天前在信上只说请我和几位熟朋友共进午餐。不想来了十六位，而这时我还没知道贝戈特也来了。斯万夫人替我，按她的说法，向几位来客通名，突然，紧接在我的名字后面，就跟刚才说我的名字时一般无二（仿佛午宴就请了我们两个客人，我们愿意彼此认识一下是理所当然的事情），她说出了那位一代宗师的名字。骤然听到贝戈特这个名字，犹如听见一响冲我而来的枪声，我吓了一大跳，但出于本能，马上强自镇定躬身作礼；只见面前站着一个人，犹如枪声响起、枪口飞出鸽子过后，烟雾中显出身穿常礼服而且毫发无损的魔术师。此人向我欠身作答。他看上去一点不老，粗壮、矮小、敦实，眼睛近视，长着一个蜗牛壳似的红鼻子，留着一撮黑黑的小山羊胡子。我沮丧之极，方才刹那间化为一缕轻烟的，不仅是我心目中忧郁善感的长者的形象，而且是他的作品闳中肆外的至美，我特地为这至美构筑了一副羸弱而神奇的机体——如同神庙那般，让这至美寓于其中；而此刻站在我面前的这个塌鼻梁，留着黑黑的山羊胡子的矮胖子，他那血管、骨骼、淋巴结到处都是的身躯，哪像至美的栖身之所呢。我费心尽力慢慢塑造起来的，犹如钟乳石那般一滴一滴凝结而成的贝戈特形象，自有他作品中的那种晶莹剔透的美，可是这个贝戈特忽然间变得毫无意思了，因为我必须保留那个蜗牛壳似的鼻子，还有那撮黑黑的山羊胡子；这就好比刚求出一道数学题的答案，却发现漏看了一个已知条件，没注意到各项之和必须是某个已知数，于是那个答案也就变得毫无意思了。这鼻子和胡子，绕不开躲不过，让人觉得心烦，在我决意重塑贝戈特形象时，它们仿佛在源源不断地孕育、滋生、分泌一种既躁动不宁又洋洋自得的意趣，这可真有点胡来，因为这种意趣跟充盈那些作品字里行间的智慧是风马牛不相及的，而那种智慧才是我所熟稔的，渗透着平和、至圣的哲理的智慧。从这些作品出发，我永远也到不了这个蜗牛壳的鼻子，而从这个看上去全无愧色，自我陶醉到了匪夷所思地步的鼻子出发，则会和贝戈特的作品南辕北辙，说不定就会像哪个步履匆匆的工程师一样，碰到有人跟他打招呼，不等人家问他近况如何，便自以为理所当然地说："很好，谢谢，您呢？"要是对方说很高兴认识他，他便直统统地回答："彼此彼此。"在他看来，这样回答现成、聪明而且时髦，犯不着浪费宝贵的时间去寒暄。名字这东西好比是个任性的画家，率性涂抹的人物、地方根本不是那么回事，一旦我们面对的不是想象的世界，而是可见的世界（不过，可见的世界并不就是真实的世界，就描绘得像不像而言，感官和想象同样不经用，眼睛看见的世界，完全可能比想象出来的世界更离谱，跟真实的世界离得更远）。然而，让我感到为难的其实并非贝戈特这个名字，而是我所熟悉的那些作品，我不得不把一个留着山羊胡子的男人系在那些作品上，犹如系在一只气球上，悬着心生怕它承受不了这分量，升不到半空中去。诚然，令我倾心的那些书，看来确实出自他的笔下，因为当时斯万夫人觉得有责任告诉他，我很喜欢其中的某一本，而他听她这么说一点也不惊讶，好像她特地对他，而不是对别的客人这么说，是再自然不过的事；但是，裹在赴宴礼服里的这身胖肉是冲着美味佳肴来的，此刻他脑子里想的是别的更重要的事情，他笑吟吟地回想起那些书，就好比回想起往昔的一个生活片断，仿佛人家提起的是他当年在化装舞会上打扮成德·吉斯公爵的往事。就在这一刻，我心目中的那些作品（连同我对美，对宇宙、生命的信念）一起往下坠，沦落为某个留着山羊胡子的男人平庸的消遣。我心想，他大概也曾真把它当回事，但是，倘若他生活在一座盛产珠蚌的小岛上，他一准是生财有道的珍珠商。我不再觉得他是为写作而生的了。于是我在心中发问，原创性真能证明大作家就是他那个王国中的神祇吗，或者这压根儿就是无稽之谈？不同作品之间的差异，又是否并非写作风格不同所致，而是不同个性之间的本质差异的表现呢？

主客纷纷入席了。我的餐盘旁边放着一枝康乃馨，茎干用锡纸裹着。它使我想起前厅的那个信封，不过这回我没怎么发窘。虽说是第一次遇见这场面，但我瞟见其他男客的餐具边上都有这么一枝花，他们拿起来插在了礼服的扣眼里，于是我心里明白了八九分。我神态自若地学着他们的样，犹如一个无神论者到了教堂，浑然不知弥撒是怎么回事，但瞧见大家起立，他也起立，大家跪下，他略一迟疑也跪下。另外一个陌生的、历时较长的情况却让我颇不自在：我餐盘的另一边，有一碟黑乎乎的东西，当时我不识这是鱼子酱。我不知道该怎么做才好，但打定主意不去吃它。

贝戈特坐得离我不远，他说话我听得很清楚。这时我明白德·诺布瓦先生何以会有那种印象了。贝戈特的嗓子确实很奇怪；嗓音的物理属性会随思维而变，转换极为自如：二合元音的轻响、唇音的力度对此有影响，语调也有。我觉得不仅他的语调和他的笔调完全不同，而且他说话的内容也和作品的内容迥然有异。他的面部表情犹如一层面罩，话音从那后面发出，让人一时间认不出下面的那张脸，那张曾在他笔下与我们坦诚相见的脸。在谈话中，贝戈特有时会不由自主地融入一种让德·诺布瓦先生（仅仅是他）觉着矫揉造作、令人不快的语调，从中我能慢慢地体会到，他的这些话与作品中的某些诗意盎然、富于音乐感的段落是完全相对应的。这时他在自己的说话中看到的，是一种独立于话语含义而存在的造型美，然而话语虽然也与心灵相通，表达毕竟不如文字自如，所以贝戈特看上去好像有点词不达意，有时他仿佛要捕捉话语背后的那个意象，不停顿地一口气往下说，没有抑扬顿挫，没有声调变化，听上去就像一串冗长的拖音。结果，一种矫饰、夸张而又单调的表达方式，似乎成了他的谈话在审美意义上的特征。他在写作中展示一连串意象，让音调显得和谐的才能，也就这样地反映在了他的谈吐中。我之所以一开头没能看出这一点，原因就在于他此时的谈吐——恰恰由于当真出自贝戈特之口——乍一听不像是贝戈特的。如此丰赡而精确的思想，在许多自诩贝戈特风格的专栏作家身上是见不到的；这种不同，也许从另一个角度——在谈话中可以隐隐约约感觉到这一点,那况味有点像戴着墨镜看东西——印证了一个事实,就是只要读上一页贝戈特的文章,就会发现那些平庸的模仿者是根本写不出这样的文字的,尽管他们在报上、在书中为自己的文章点缀了那么多贝戈特式的意象和观点。文风上的这种差异,根源在于贝戈特美文首先是某种珍贵而真实的东西,它本来藏匿在每个对象的深处,这位才气纵横的大作家把它们开掘了出来。大师的目标,是向深处开掘,而不是做得像贝戈特。但既然他是贝戈特,那么无论他怎么做,他都是贝戈特,从这个意义上说,他的作品中每一点具有新意的美,就是蕴藏在某个对象中而由他开掘出来的那一点贝戈特。虽然每一点美都与其他的美有共通之处,从而是可以辨认的,但它正如这一特定的开掘过程一样,有其特殊性;它新颖,因而不同于人们所说的贝戈特风格,那其实只是贝戈特本人已然开掘出来并见诸文字的点点滴滴的贝戈特浮泛的综合体,资质平平的读者是无法据此预料他还会有什么发现的。但凡大作家,他们笔下的文句之美都是不可预料的,这就好比一个美人到底有多美,在见面之前是无法预料的;作家的身心沉潜于外界对象——而非本人——之中,而后才表达出这种美,因而美是创造。换了今天的作者来写《回忆录》,倘若他想暗下模仿圣西门,他自然能够写出描绘维拉尔[1]肖像的第一行文字,"他个头高高的,棕色头发……脸上的神情活泼、开朗而友好。"但何以见得他一定也能找到以"骨子里有点痴头怪脑"开头的第二行呢?真正意义上的文体的多样性,寓于大量真实而意想不到的要素之中,寓于从春意闹猛的树篱冷不丁蹿将出来的缀满蓝花的枝条之上,而对文体的多样性(推而广之,对文体的其他特性亦然如此)纯粹形式上的模仿,必然空洞无物而又千篇一律,因而是与多样性背道而驰的,只有看不出大师

---

1. 德·维拉尔公爵(duc de Villars, 1653—1734):法国元帅。圣西门在《回忆录》(1702)中是这样写的:"他棕色头发,个子高高的,身材匀称,有点发福,但还是挺灵活,脸上的表情活泼、开朗而友好,骨子里有点痴头怪脑,于举手投足间可见……"

作品妙处的人，才会以为这种模仿就是文体的变化，佩服得不得了。

于是——正如语调的情况一样，倘若贝戈特仅仅是做出一副所谓贝戈特的模样，而不是边思索边斟酌措辞，让听者觉得一下子难以适应，那么他的语调大概也会很让人着迷——由于他尽力使自己的所思所感准确地贴合他所感兴趣的现实，他的语言就自有一种讲究实际、质胜于文的意味，让那些企盼他只说些"现象的永恒湍流""美的神秘颤栗"之类清词丽句的读者感到失望了。文字上这种不同凡响、富有新意的特点，在谈吐中的表现就是不顾众所周知的常识，以一种非常微妙的方式切入问题，看上去就像是在钻牛角尖，在步入歧途，在让自己处于两难的境地，整个思维状态往往也就显得很混乱——须知我们每个人都是只把混乱程度与自己思维相当的混乱思维称作清晰思维的。再说，充满新意有个先决条件，即摒弃我们所习惯而且以为那就是现实世界的老一套的东西；富有新意的谈吐正如富于独创性的绘画、音乐作品，往往会显得晦涩而难懂。新意之新，就在于我们所不习惯的那些意象，说话者似乎总是在说些隐喻，让人听得很厌烦，而且有一种不真实的感觉。（实际上，旧时的语言，当听者还没认识它所描绘的世界之时，也曾是一些难以捉摸的意象。但久而久之，大家就觉得这是真实世界了，相信它了。）所以当贝戈特说戈达尔是个——这个比喻在今天看来是再简单不过的——随时保持平衡的浮沉子[1]，而布里肖"在发式上花的工夫比斯万夫人还多，因为他有形象和声誉的双重考虑，发式必须看上去既像雄狮，又像哲学家"，听的人听着这样的语言，很快就会感到累，只想能听些所谓更实在，其实也就是听起来比较习惯的东西。从我眼前这面罩下面发出的令人费解的话音，毫无疑问就出自我仰慕的这位作家之口，但我无法像做拼图游戏那样，把它

---

[1]. 浮沉子：在一种演示气体可压缩性的物理仪器中，置于贮水筒内的小瓶体。随着筒内空气体积的变化，这个瓶体或浮或沉。

们镶嵌到他的作品中去；两者处于不同的层面，必须通过一种转换，才有可能在某一天，当我回想起听贝戈特说过的这些话时，骤然领悟到它们的基调是与其文体一致的，从而在原以为跟他的文字全然不同的话语形式中，不仅认出而且说出与文体相通的那些特点。

有一个附带的情况，那就是他在谈话中偏爱某些字眼、某些形容词，而且往往在发音上有意强调，以一种很特别的，显得过于刻意、着力也略嫌太过的方式，把每一个音节读得很清楚，最末的音节则拖得很长（比如不说 figure，总用 visage[1] 来代替，v、s 和 g 都发音特别有力，仿佛是从他此刻张开的手心中迸发出来的），这种发音方式，恰恰对应着他在散文中遣词造句的方式，他爱把喜欢的词放在突出的位置，前面有所谓的空白，而这些按文句总体韵律精心安排的词，读者必须注意到它们的时值，才能感受到它们的节奏。在贝戈特的说话中，我们却觉察不到他本人和别的作家作品中的那种闪光点，那种每每使这些词在文句中变得熠熠生辉的闪光点。这大概是因为它来自极为幽深的所在，当我们在谈话中向别人开放，从而在某种程度上向自我关闭之时，它无法把光亮带到我们的话语上来。就这一点而言，他的文章比他的说话更顿挫有致，更有语调感：这种无关文体美的语调，与最隐秘的自我密不可分，因而作者本人也未必意识得到。当贝戈特在写作中进入自由挥洒的境界时，正是这种语调使他笔下那些看似毫无意义的词句有了节奏的律动。这种语调在文章中并未特地注明，全无标记可寻，然而它是词句所固有的，你不能换一种方式去读这些词句，这是作家身上稍纵即逝却又最深刻的东西，它印证了他的真性情，我们能透过峻刻的笔触看到内心的温柔，透过佻薄的行文看到细腻的情感。

---

1. figure 和 visage 都有脸、面孔的含义。

第2部　地方与地名：地方

［两年以后，我和外婆一起去巴尔贝克度假。
火车上的观感。卖牛奶咖啡的少女。］

　　日出陪伴着我们的旅途，就像煮鸡蛋、带插图的报纸、纸牌以及那些河流一样——船在河里使劲往前却始终不动。我想把刚才脑子里转过的念头理一下，弄明白那会儿到底有没有睡着（不过，我因为弄不清而要提出这么个问题，这本身就已经给出了一个肯定的答案）。而就在这时，我从车窗看出去，只见黑黝黝的小树林上方，有几片凹形的云朵，柔和的云絮是粉红色的，那是一种凝定的、沉寂的粉红色，仿佛鸟翼羽毛的颜色，或者画家即兴涂在画布上的一抹色彩那样，就此不变了。但是我却感觉到，这片色彩既不呆滞，也不随意，它是势所必然的、充满生机的。不一会儿，只见云彩背后聚集起了大团的光亮。云彩变得鲜艳了，天空呈现出一种浅浅的肉红色，我把脸贴在车窗玻璃上，想看得更清楚些，因为我觉得它和大自然深邃的存在有着一种联系。但是铁路轨道转向了，列车拐了个弯，车窗中的拂晓景色不见了，取而代之的是月光下的村庄蓝蒙蒙的屋顶。在仍然缀满繁星的夜空下，污浊的洗衣池泛着乳白的珠光。我正为那片玫瑰色天空的隐没感到惋惜，却在铁路拐第二个弯，那片天空离弃对面车窗之际，蓦然又见到了它，不过这回是鲜红色的；这景色真是太美了，我禁不住从一边车窗奔到另一边车窗，想把这彤红而多变的清晨一幅又一幅相向而现的图景连缀起来，拼接成一幅完整的连续的图景。

　　景色变得地势起伏而险峻，列车停在两座山之间的小站上。峡谷底部，湍流边上，只见道口看守人的那座小屋浸在水中，河水齐到了窗下。如果说一个人可以是土地的产物，我们能从他或她身上领略到土地的独特魅力——当初我独自在梅泽格利兹那边游荡，在鲁森镇的树林里心心念念想见到的那位村姑，也未必会让我有这样的感受——那么，我看到的从小屋里出来的高个子姑娘，想必就是这样的一个人。她提着一罐牛奶，在朝阳斜斜地照亮的小路上，向车站走来。在山岭遮蔽了世界其余部分的这座峡谷里，她见到过的人，大概就是这些只停一小会儿的列车上的乘客。她沿着车厢往前走，给几位已经醒来的旅客倒上加奶的咖啡。朝霞映红了她的脸，看上去比玫瑰色的天空更娇艳。面对着她，我再次感受到生活的欲望，每当我们重又意识到美和幸福的时候，这种生活欲望就会再次在心中萌生。我们经常会忘记，这些美和幸福，它们是各不相同的。我们会在脑子里用一个通用的形象，用我们所喜爱的脸、我们所熟悉的愉悦的所谓均值来代替它们。留在脑际的，仅仅是一些抽象的东西，苍白无力，了无生气，因为它们缺乏的恰恰是一个不同于我们所熟悉的东西的全新对象的特性——那正是美与幸福所具有的特性哟。我们对生活作出悲观的判断，还因为自以为把幸福和美都考虑在内了，只觉得自己的判断很有道理。其实我们还是遗漏了它们，换上了一些与它们没有任何一点相通之处的综合性概念。正因如此，一位饱学之士听到人家说起一本新出的好书，马上会打起哈欠来，原来他想到的是他所读过的所有那些好书的一种合成物，而一本真正的好书，应该是独特的、无从预见的，它不是已曾有过的那些杰作的总和，而是另外的一样东西，即便有一本书真能包容这一总和，也还是跟它不相干，因为，它恰好是在这一总和之外的。刚才满脸倦容的那位饱学之士，一旦看了那本新书，还是会被书中写的现实所吸引的。同样，这位跟我独自一人时所想象的美的形象完全不同的美丽少女，立刻让我领略到了某种形态的幸福（唯有在这种始终独一无二的形态下，我们才能品尝到幸福的滋味），那就是留下来生活在她身边时将会变成现实的幸福。不过，习惯的暂时中止，还是在其中起了很大的作用。我为这位卖牛奶姑娘提供了一个有利条件，就是此刻面对着她的，是一个完完整整的、随时准备去品尝激动人心的欢愉的我。平日里，我们总把自身的存在压缩到一种最低的限度；我们的绝大部分功能都处于休眠状态，因为这些功能是依赖于习惯的，而习惯知道自己该干什么，根本用不着它们。在旅途的早晨，我的生命离开了常规，地点、时间都有了改变，那些功能也就有了用武之地。我的习惯是待在家里，早上起得挺晚，现在情况变了，所有那些功能就都争先恐后地——犹如浪涛，齐刷刷地涌到一个异乎寻常的高度——赶来顶习惯的缺，从最低级的直到最高贵的，从呼吸、胃纳、血液循环直到感知、想象的功能。

我不知道，在我让自己相信这个姑娘跟其他女性都不一样的时候，是不是这个地方粗犷的景色为她增添了魅力，但我知道，她确实是为这个地方增添了魅力。我想，倘若我真能时时刻刻和她在一起，肩并肩地走向湍流、走向奶牛、走向火车，永远在她身边，感觉得到她了解我，在她心里有我的位置，那样的生活该是多么甜蜜啊。我盼着她来解开其中奥秘，带我领略乡村生活和晨曦的魅力。我对她招手，让她过来给我一杯牛奶咖啡。我要她注意我。她没看见，我就喊她。在她高大的身躯上，那张脸膛闪着金光和鲜艳的玫瑰色，像是透过灯光照亮的彩绘玻璃看见似的。她快步走来，我目不转睛地望着她那愈来愈大的脸庞，它就像一轮容你直视的太阳，正在朝你趋近，你愈来愈近地注视着它，红彤彤的金色光芒照得你头晕目眩。她那炯炯的目光向我投来，可就在这时列车员关上了车门，列车启动了；我目送她离开车站，返回那条小路，现在天完全亮了：我正远离黎明而去。我不知道我这么兴奋激动是由她引起的，抑或我因在她身边感到的愉悦大半来自我的这种激动，反正她与我的快乐已然交融在一起，再次见到她的欲望，首先就是别让这种兴奋的状态完全消失，别让曾经（即便是在她不知情时）和这种状态密切关联的这位姑娘就此与我分离的一种精神上的欲望。这并不仅仅因为这种状态是令人愉快的。更重要的是（如同琴弦绷得更紧或缀线振动得更快时，音响或颜色会有所改变）它赋予了我所见到的事物一种全新的色调，引领我作为其中的一个角色，进入一个陌生的、奇妙无比的天地。火车愈开愈快，依稀还能看见那美丽少女的身影，她俨然是另一种生活的组成部分，那种生活由一条窄窄的地带跟我所熟悉的生活隔开了。在这种生活中，周围事物所唤起的感觉，和往常完全不同；而现在从中出来，我觉得心在死去一般。要想感受到这种生活的温馨，我只要住得离这个小站近一些，能每天早晨到姑娘这儿来买一杯牛奶咖啡就可以了。可是，唉！我正在愈来愈快地奔它而去的那种生活，她是不会出现在其中了，而我之所以能接受那种生活，正是因为我设想有一天我还会乘坐同一辆火车，停在这同一个车站。这个设想还有一个好处。要从一个带有普遍意义的、不计利害关系的角度出发，去分析、深化一种曾经有过的愉快的印象，是必须作出努力的，为了回避这种努力，我们心里原来就有着利己的、主动的、实用的、无所谓的、懒惰的、离心的倾向，这一设想，恰恰为精神状态的这种倾向提供了养分。而另一方面，我们还是愿意让这一印象继续留存的，所以我们喜欢想象它在未来会是怎样的，巧妙地为它的再现作好准备。这样做，于了解它的本质并无丝毫裨益，却使我们无须费神在头脑中复制，就有可能从外界重新感受这一印象。

[罗贝尔·德·圣卢]

一个酷热的下午，我待在酒店的餐厅里，晒成金黄色的窗帘拉了起来遮挡阳光，厅里显得很暗，而透过窗帘的缝隙，可以瞥见阳光照耀在蓝蓝的海面上，闪烁不定。正在这时，只见海滩通往大路的小道上，走过来一个身材高挑的年轻人，露着脖子，高傲地仰着头，眼睛炯炯有神,皮肤和头发都是金灿灿的,仿佛吸饱了阳光似的。他身上的衣服,料子很柔软,而且是近乎白色的,我从没想过一个男人敢穿这样的颜色,衣料之薄,更让人想到餐厅的荫凉和室外的炎热;他走得很快,单片眼镜不时从一只眼睛上往下掉,眼睛的颜色像大海一样。每个人都好奇地瞧着他从身边走过,大家知道,这位年轻的圣卢-昂-布雷侯爵向以打扮优雅而闻名。他给年轻的于塞斯公爵当决斗证人时穿的那身衣服,各家报纸都有详细的描写。他的头发、眼睛、皮肤以及举止,都透着一股优雅劲儿,使他在人群中,犹如蓝莹莹的珍稀乳白石矿脉在杂质很多的岩石中一样,与之相应的生活,想必也是和其他男人有所不同的。所以,在德·维尔巴里西斯夫人跟我们提起的那段恋情之前,上层社会最漂亮的美人对他真所谓是你争我夺,他跟某个受他青睐的绝色佳人双双出现,比如说,在海滩上,那么不仅她会就此成为明星,他也会像她一样吸引公众的眼球。由于他的帅气,他那时尚人士的放浪不羁,更由于他那超常的优雅,有人甚至觉得他有点阳刚不足,但也只是心里想想而已,因为他的男子气概,他对女性狂热的追求,是尽人皆知的。

这就是德·维尔巴里西斯夫人对我们说起的那个侄孙。我满心欢喜地想着就要和他结识,一起相处好几个星期,我确信他一定会真心待我好的。他迅速地穿过酒店,仿佛追逐蝴蝶似的飞舞着单片眼镜。他从海滩来,整个身影清晰地呈现在与餐厅窗玻璃齐腰高的大海的背景上,就好比在某些肖像画中,画家声称自己画的是对真实生活最精确的观察所得,却又给画中的人物挑选了一个适当的环境:马球草坪啊,高尔夫球场啊,赛马场啊,游艇甲板啊,以为这样就提供了早期艺术家画作的现代表现形式,那些画家往往让人物出现在风景画的前景上。

一辆两匹马拉的马车,在门口等他;一路上,单片眼镜在洒满阳光的车道上翻飞嬉戏,其优雅娴熟,有如一位出色的钢琴家把一个看似无法显示技艺的经过乐句弹得惟妙惟肖，显示出二流钢琴家无从企及的深厚功力。就在此时，德·维尔巴里西斯夫人的这位侄孙接过车夫递来的缰绳，坐在车夫旁边，一边拆开酒店经理交给他的信，一边策马往前驶去。

往后的几天，每当我在酒店里或酒店外遇见他——昂着头，整个身子始终以不停往下掉、飞舞跳跃的单片眼镜为重心，手脚并用地保持平衡——我总意识到，他根本不想接近我们，看他连招呼也不跟我们打一个（他不可能不知道我们是他姑婆的朋友），我心里失望极了。我想起德·维尔巴里西斯夫人，还有在她以前的德·诺布瓦先生，他俩待我是那么和蔼可亲；我心想，他们也许是两个让人取笑的贵族吧，说不定在贵族阶层的典章中，有这么一条秘密的规定，容许妇女和某些外交官在与人交往时，出于某个我不知晓的原因，不必表现出傲慢的态度，而一个年轻的侯爵，却必须态度傲慢，没有半点通融的余地。

［……］

有一天我在一条小路上迎面碰到他们俩，德·维尔巴里西斯夫人只好给我介绍了她的侄孙，她再一次让我（虽然是间接地）领教了他性格上的一些我早已确信无疑的特点。他似乎根本没听见人家在对他说起某人，脸上的肌肉纹丝不动；眼睛里没有一点人类情感的光芒闪过，冷漠、空虚的目光显示的是一种夸张的表情——要是没有这点表情，这双眼睛就和冷冰冰的镜子一般无二了。而后，他那冷峻的目光盯在我脸上，仿佛要在回我的礼，给我打个招呼之前，先了解清楚我是怎么个人，接着，他在与我保持尽可能大距离的前提下，突如其来地伸出胳臂——仿佛并非他有意这么做，而只是一种肌肉的本能反应似的——胳臂拉得笔直，远远地把手伸过来。

第二天他让人送来一张名片，当时我还以为是要和我决斗呢。结果他和我大谈其文学，最后对我说，他竭诚希望每天和我见面谈几个小时。这次来访中，他不仅让我看到了他对精神方面问题的热衷，而且对我明显地表示了一种好感,跟昨天的他简直判若两人。后来我看到每回人家向他介绍别人,他都是那副模样,我便明白了,这只不过是他家族某些成员的一种特殊社交习惯,他母亲从小教育他举止要合乎身份,这就是教育的结果;他这么跟人打招呼时,并没对体面的着装、漂亮的发型予以更多的注意;这种做派,并不涉及我起先所认为的品德问题,他只是习惯成自然而已。与之相应的另一个习惯,则是认识一个人以后,马上要把自己介绍给这个人的亲属,这个习惯在他已经成了本能,我们相识的第二天,他一见到我就赶紧走上前来,连招呼也来不及跟我打,就要我把他介绍给我身旁的外婆,那副急不可耐的兴奋劲儿,就好比出于防卫的本能,看见有东西袭来马上闪避,看见热水喷溅赶紧闭上眼睛一样——因为本能告诉他,如果稍有迟疑,没有及时采取预防措施,就可能会酿成大祸。

最初的驱魔仪式一结束,犹如一个坏脾气的仙女脱下起先穿的外衣,显出优雅的本色,我眼看这个傲慢的人一下子变成了我所见过的最和蔼、最殷勤的人。"好吧,"我对自己说,"对他,我已经看错了一回,上了假象的当,可我现在虽说看明白了这一点,却说不定又在上第二次当呢,因为他明明是个心地高尚的世家子弟,却偏要把它隐瞒起来。"果然,没过多久,圣卢的良好教养,以及他的种种可爱之处,都让我看到了一个跟我的猜想很不相同的年轻人。

这个看上去像倨傲的贵族和运动员的年轻人,只看重精神世界的内容,只对这些内容感兴趣,尤其喜欢探讨为他姑婆所嗤笑的现代主义文艺思潮;另一方面,他热衷于(如他姑婆所说的)社会主义高论,内心深处充满对自己所处阶层的蔑视,经常一连几小时埋头研究尼采和普鲁东。他属于那种醉心于书本的知识分子,脑子里尽是些不着边际的念头。圣卢身上的这种崇尚抽象的倾向,跟我平常的思考习惯相去甚远,他对我说的话,让我在感动的同时,又觉得有些厌倦。比如说,知道他父亲是谁以后,当我碰巧读到一本回忆录,里面写了不少这位大名鼎鼎的德·马桑特伯爵的趣闻轶事（在他身上浓缩了一个已经远去的时代极为独特的风雅韵致和充满幻想的精神世界），我就会想对德·马桑特先生生活的细节了解得更详细些，这时，看到罗贝尔·德·圣卢非但不喜欢自己有这么个老子，因为不可能把我引进他父亲用一生写就的那部过时的小说中去，反而纵情去爱什么尼采和普鲁东，我真是又气又恼。他父亲倒恐怕未必会像我这样。他是个聪明人，在当时就越过了社交圈生活的界线。他几乎没有时间去了解儿子，但希望儿子比自己有成就。我相信，他不同于家族的其他成员，他会为儿子感到骄傲，为他舍弃自己沉溺其中的种种消遣活动、专心从事严肃的思考而感到欣慰。他这个父亲毕竟是个谦虚的智者，他会不露半点声色，悄悄地阅读罗贝尔最喜欢的作品，想看看儿子究竟比自己强多少。

[……]

我们刚结识的那几天，圣卢就征服了我外婆。让外婆着迷的，不仅是他想方设法对我俩表示的百般殷勤，更是从中让人看到的一以贯之的极其自然的态度，而自然——大概是因为人类的这种生活艺术让人联想起了大自然吧——正是外婆最看重的优点，就花园而言，她不喜欢贡布雷花园那样过分规整的花坛；就烹饪而言，她讨厌那种连里面有哪些作料都看不清楚的摆造型的菜肴；至于钢琴演奏，她不喜欢精心修饰、过于雕凿的风格，鲁宾斯坦尽管有些地方弹得不是很到位，甚至弹错音符，她却对他赞不绝口。这种自然的态度，她甚至能从圣卢的衣着上体味到，那是一种游刃有余的高雅，不装腔作势，不一本正经，不上浆的衣服，显得特别灵便。她尤其赞赏的是，这个富有的年轻人置身于奢华的环境之中，却能淡然处之，不为金钱所左右，身上没有铜臭味儿，没有自以为是的做派；她甚至从一个小地方也感觉到圣卢的自然可爱之处，那就是他往往无法抑制自己的情绪，脸上会情不自禁地流露出激动的神情——通常，这种流露感情的方式，是会随着童年时代的逝去而和某些生理特征一起消失的。比如说，看到或听到一件他乐于看到或听到而事先又并没想到的事情，哪怕那只是一句恭维话，他就会显露出一种突如其来、激情洋溢、不能自已而又转瞬即逝的欢乐神情，这是他无法克制，也无法掩饰的；这时，一阵红晕会透过细腻的皮肤从脸颊泛起，眼神显得既羞怯又欢快；这种坦率而单纯的优雅表情，让外婆感慨无限——至少在我和圣卢相交的那个年代，他脸上的这种表情是很真诚的。

[……]

我和他很快就说定了，我俩永远是好朋友，他说"我俩的友谊"的口气，就像在说存于我俩之外的某件重要而美妙的东西，而且他很快就宣称，这种友谊是他——除了他对情妇的爱情之外——平生最大的快乐。这些话让我感到一种忧伤，我很为难，不知道怎么回答他，因为和他在一起，和他谈话——和别人大概也一样——我感觉不到独自一人时的那种快乐。独自一人的时候，有时会从内心深处涌起一些美好的印象，感到一种甜蜜的幸福感。可是，当我和别人在一起，当我开口对朋友说话的时候，整个思绪就转了个向，不是向着我自己，而是向着谈话对方去展开了，而这样逆向展开的思绪，是无法使我得到任何快感的。我一离开圣卢，就会借助于文字思维的方式，把刚才和他在一起的那段混乱的时间梳理一下；我对自己说，我有了个好朋友，好朋友是非常难得的，但我觉得最自然的快乐，毕竟是从我自身提炼出来、照亮隐匿在暗处的某样东西的那种快乐，而此刻我却感到，周围那些能给我带来快乐的东西，都是我很难得到的，我内心的感受恰恰是跟那种最自然的快乐截然相反的。如果我一连和罗贝尔·德·圣卢谈上两三个小时，我便会有一种内疚、后悔、厌倦的感觉，觉得自己原该一个人待着，准备开始工作才是。可是我心想，一个人的聪明才智不是用来孤芳自赏的，即便是伟人，也总是希望受人称赞的；那几个小时里我在朋友心中竖起了一个高大的形象，我不能把这看作浪费时间。我没费多大劲儿就想明白了,我应该为此感到庆幸才是,而且,正因为从未体味到过这种幸福,我就更热切地希望永远不要失去这份幸福。对于我们身外那些美好、有用的东西,我们总是格外担心失去它们,因为,我们的心不曾占有它们。

〔圣卢的舅舅德·夏尔吕男爵。他矜夸而不自然的做派。〕

第二天,我回酒店路过游乐场的时候,觉得背后有人在不远的地方注视着我。我回过头去,看见一个四十来岁的男子,身材高高的,体态有些发胖,唇髭很黑,他手执一根细细的手杖神经质地拍打着裤腿,专注地睁大眼睛看着我。他的眼珠不停地转来转去,目光向四面八方射去,这种灵动的眼神是某些人所特有的,这些人看见一个不认识的人,由于某种原因被此人激发起旁人无从想象的种种念头时,眼神就是这样的——比如说疯子或者侦探。他最后看了我一眼,那目光就像临逃跑时的最后一瞥,既大胆又谨慎,既迅捷又深沉。他朝四下里望了望,突然换上一副漫不经心的高傲神情,整个人猛地转过身去,专心致志地看着一张海报,一边哼着曲子,整理别在纽扣上的苔蔷薇。他从衣袋里掏出一个小本子,好像在往上面抄剧目的名称。他掏了两三次怀表,把黑色的窄边草帽往下拉到眼睛上面,用手放在帽檐上作张望状,好像在看是否有人来。他做了个表示不满的姿势,像是在告诉别人,他已经等了好一会儿了——不过,要是真在等人,是绝对不会做出这种样子的。然后他把帽子往后一推,露出中间剪得短短的平头,不过两边的头发还是挺长的,波纹起伏地梳向脑后。他大声地呼着气,一个人并不太热,却想让人觉得他太热的时候,便会这样呼气。我脑子里转过一个念头:此人只怕是到旅馆来行骗的家伙,他大概前两天已经盯上外婆和我,正打算伺机下手,却在窥视我的当口让我给撞见了。他可能是为了迷惑我,所以故意装出这种心不在焉的漠然的神情，不过他做得太夸张了，看上去倒不像是要打消我说不定会有的疑虑，报复我无意间可能让他受到的侮辱，而是要让我明白，他不仅没有看见我，而且以我这么个不起眼的小东西，根本休想引起他的注意。他虚张声势地挺直腰板，撇了撇嘴，翘起唇髭，目光中配上了某种冷漠、生硬、几近凌辱人的神情。结果，他这奇异的表情，让我一会儿把他当作小偷，一会儿又以为他神经有毛病。不过他的衣着极其讲究，跟我在巴尔贝克见到的那些游客相比，他的服饰严肃得多，朴素得多，也让我那件屡因刺眼、俗气的浅色沙滩装而生出屈辱感的上装舒了口气。

外婆来迎我，我俩一起转了一圈。一小时后，她回酒店去一小会儿，我在酒店门前等她。这时我瞧见德·维尔巴里西斯夫人和罗贝尔·德·圣卢，还有在游乐场前盯着我看的那个陌生人，一起走了出来。他的目光闪电般地从我身上扫过，随后，就像没看见我似的，他把这目光收回到眼睛下方，凝滞着，这是那种装作对外界一无所见，对内心也一无所知的不带表情的目光，是那种仅仅表示睁圆了眼睛，为感觉到眼眶周围的睫毛而高兴的目光，是某些伪善者过分乃至做作的虔诚目光，是某些傻瓜自命不凡的目光。我注意到他换了一身衣服。现在这身衣服色泽更暗，想必这是由于真优雅总比假优雅离简朴更近些的缘故吧。但事情还不止于此；稍走近些，你就会发现，虽然这身衣服给人的感觉，是它几乎没有颜色，但其中的原因却并非此人不喜欢颜色，而是由于某种缘故，他不允许自己有颜色。他所表现出来的这种节制，似乎来自恪守成规的信条，而并非由于对色彩缺乏兴趣。长裤上有暗绿色的细线，跟袜子上的条纹相呼应，精致的搭配透露出一种色彩趣味的萌动，衣着的主人在其他所有地方都把这种趣味克制了下去，仅仅在这儿，出于宽容作了让步，至于领带上几乎觉察不到的 个红点，则有一种想出格而又不敢出格的意味。

"您好，我给您介绍我的侄子德·盖尔芒特男爵。"德·维尔巴里西斯夫人对我说。而那个陌生人眼睛不看我，嘴里含混不清地说了句"幸会"，接着就"嗯，嗯，嗯"地让人觉出他的客气是勉强的，同时屈起小指、食指和大拇指，伸出中指和无名指（上面都没有戒指），我隔着他的翻毛皮手套握了握这两根手指；然后他仍然不抬眼看我，朝德·维尔巴里西斯夫人转过脸去。

"天哪，瞧我都昏了头了！"德·维尔巴里西斯夫人说，"我怎么管你叫德·盖尔芒特男爵。请让我介绍一下，这位是德·夏尔吕男爵。好在这也算不得大错，"她紧接这么一句，"你是盖尔芒特家的人嘛。"

这时外婆出来了，我们便一起散步。圣卢的舅舅一点不给我面子，非但不搭理我，连正眼也不看我一下。虽说他还肯赏脸看看路上陌生的行人（短短的一段散步路程上，他曾两三次向一些最不足道、身份最低微的路人投去吓人的深沉目光），但是，就我的感觉而言，对认识的人他是不屑一顾的——就像负有特殊使命的警探总把朋友置于监视范围之外一样。我趁外婆、德·维尔巴里西斯夫人和他在说话的当口，把圣卢拉到后面：

"哎，我没听错吧？德·维尔巴里西斯夫人刚才说您舅舅是盖尔芒特家的人？"

"那当然，他是巴拉梅德·德·盖尔芒特嘛。"

"就是在贡布雷附近有座城堡，据说是热纳维埃芙·德·布拉邦后裔的那个盖尔芒特家吗？"

"一点不错。没人比我舅舅更热衷于纹章学了，他会告诉您我们的喊声，战场上的喊声，起先是为了贡布雷，后来才变成了冲啊。"他说这话时呵呵笑着，以免让我觉着他矜夸，因为在战场上发这声喊，是亲近王室的贵胄子弟，或战功赫赫的各路诸侯的特权。"城堡现在的主人，是他的哥哥。"

就这样，这位多年来在我心目中一直是我小时候送我盒子上装饰着小鸭子的巧克力，住得比梅泽格利兹离盖尔芒特家那边还要远的德·维尔巴里西斯夫人,一下子跟盖尔芒特家联姻成了近亲,这位在我看来默默无闻、地位还不如贡布雷镇上眼镜商的德·维尔巴里西斯夫人,如今骤然间身价猛增,与此同时我们所拥有的其他东西,则出乎意料地大为贬值。增值也好,贬值也好,都在我们的少年时代,以及留存有少年时代印痕的各个人生阶段,引起奥维德[1]笔下那般繁多的变形。[……]

外婆早就示意我上楼睡觉了。圣卢竭力挽留,竟当着德·夏尔吕先生的面,说了我常在入睡前感到忧郁之类的话,让我大丢面子——他舅舅肯定觉得这是很没有男子气概的。我磨磨蹭蹭的,最后还是上楼去了。让我吃惊的是,过了一会儿,有人敲房间的门,我问是谁,传来德·夏尔吕先生的声音,他语气生硬地说:

"是夏尔吕。我可以进来吗,先生?"房门在他身后关上以后,他接着说,"先生,我外甥刚才说,您入睡以前总有些郁闷,而且您又很喜欢读贝戈特的书。我箱子里有一本贝戈特的书,可能您没看过,现在我给您带来了,希望它能帮助您度过这段您觉得不太开心的时光。"

我激动地谢谢德·夏尔吕先生,对他说其实我很怕圣卢对他说了我在临近夜晚的时候感到心情不太好,会让我在他眼里显得格外愚蠢。

"没有的事,"他的语气放得温和了些,"也许您是没有什么值得称道的地方,可是又有几个人不是这样呢!至少在这一段时间里,您有青春,这本身就是很有吸引力的。况且,先生,最愚蠢的事情,便是把自己没有体验过的情感一律看作是可笑或者应受指责的。我喜欢夜晚,而您告诉我,您害怕夜晚;我爱闻玫瑰的香味,而我的一位朋友闻到这香味就受不了。难道我会因此就觉得他不如我吗?我尽力去理解一切,对任何事情都不加指责。总之,请您不要过分抱怨,我并不是说这种忧愁不让人难受,我知道一个人有时会为某些事情感到非常

---

1. 奥维德(公元前43—公元18):古罗马诗人,代表作为十五卷叙事长诗《变形记》。

痛苦，而别人却不理解。但至少您的感情已经在您外婆身上有所寄托了。您经常能见到她。何况这是一种被认可的温情——我的意思是说，一种能得到回报的温情。有许多温情可不是这样的哦！"

他在房间里踱来踱去，瞅瞅这样东西，拿拿那样东西。我有种感觉，似乎他有什么话要对我说，可又找不到适当的措词。

"我还有一本贝戈特的书，我让人去给您拿来。"他说着，拉了拉铃。一个年轻侍者应声推门进来。

"去把你们领班给我找来。这儿也只有他办事机灵点儿。"德·夏尔吕先生态度倨傲地说。

"您是说埃梅先生吗，先生？"年轻侍者问。

"我不知道他叫什么，噢，我想起来了，是听人叫他埃梅来着。快去，我有急事。"

"他马上就会来的，先生，我刚在楼下看见他。"年轻侍者显得很机灵地回答说。

过了一会儿，年轻侍者回来了。

"先生，埃梅先生已经睡了。您有什么事，我可以效劳。"

"不，您只管把他叫起来就行。"

"先生，这我无能为力，他不睡在这儿。"

"那就算了，你走吧。"

"不过，先生，"待那侍者走了，我说，"您太客气了，我有一本贝戈特就足够了。"

"我看也只能这样了。"德·夏尔吕先生又踱起步来。

就这样过了几分钟，然后，他犹豫片刻，几次欲行又止，最后在原地转了个圈，嗓音重又变得尖厉地冲我甩出一句："晚安，先生"，就出门而去。

这天晚上听德·夏尔吕先生表露了这么些高雅的情感以后，第二天早上我又在海滩遇见他。那天是他离开巴尔贝克的日子。我正要去洗海水浴,只见他朝我走来,通知我外婆在等我,让我洗好海水浴就去找她,这当口,令我大吃一惊的是,他突然伸手掐着我的脖子,带着粗俗的笑容,很放肆地对我说:

"不过你这个小滑头,外婆才不放在你心上呢,是吗!"

"先生,您说什么呀,我爱她!"

"先生,您还年轻,"他松手退后一步,冷冰冰地对我说,"您应该趁年轻学会两件事。第一,要避免表露自然得不言而喻的情感。第二,别人对您说话,您在完全弄明白其中意思之前,不要急吼吼地忙于回答。您要是这么谨慎从事的话,刚才就不会像个聋子那样信口开河,也不至于在穿绣船锚的泳装之外再干蠢事了。我借给您的那本贝戈特,我现在要用。请您叫那个名字可笑而不雅的酒店领班,过一小时给我送来。我想,这会儿他总不至于还在睡觉吧。您使我感到,昨晚对您讲什么青春朝气的吸引力,真是为时太早了。我该跟您说说年轻人的少不更事,说说他们怎么毛手毛脚,怎么轻率冒失。我希望给您泼这点冷水,会比洗个海水浴对您更有好处。可您别这么站着不动啊,您会着凉的。再见,先生。"

后来他大概对自己说的话感到后悔了,过了一段时间,我收到他寄来的一本书,就是他上次借给我,我让开电梯的人(而不是埃梅,他碰巧外出了)还给他的那本书。他寄来的是皮面的精装本,摩洛哥皮的封面上还镶着一块皮雕,雕刻成一朵勿忘草的形状。

[从大堤上走来的少女们。]

只见几乎远在大堤的那头,犹如一个黑点缓缓移近,五六个少女正在走过来,她们的外貌举止,都跟巴尔贝克平时见到的姑娘不一样。一群不知从何而来的海鸥,在海滩上悠闲地踱步——迟到的鸟儿振翅追赶着同伴——对鸟儿们仿佛视而不见的洗海水浴的游客来说,这群鸟儿要去向何方根本无从知晓，而在鸟儿的头脑里，这目的地却是非常明晰的，这中间的差异，就好比那几个少女与其他姑娘的差异。

这几个我不认识的少女中，有一个推着辆自行车，另两个手里握着高尔夫球棒，她们的穿着和巴尔贝克别的姑娘们迥然不同，尽管那些姑娘中间有几位从事的正是体育这行当，但她们从没有特殊的着装。

每天这时候，一批女士先生们要到大堤上来转上一圈，把自己暴露在首席法官夫人那架长柄眼镜的无情火力之下，倨傲地坐在音乐凉亭前那排令人生畏的长椅中间，定睛瞧着这些人，仿佛他们身上都有某些瑕疵，非得细细端详，弄个明白不可，而这些女士先生们也纷纷走来落座，身份顷刻间从演员变成了看客，现在轮到他们对眼前走过的人们评头品足了。走在大堤上的人脚步摇摇晃晃，就像是在船的甲板上（他们不懂得，在迈出一条腿的同时，应该摆动胳臂，眼睛平视，肩头下沉，以相反方向的适当动作来平衡刚才做的那个动作，让脸上泛出红晕），他们装作没瞧见那几个少女，想让人相信他们根本没把这几个女孩放在心上，可是他们时时偷眼张望走在身旁或逆向而来的行人，生怕撞着他们，结果偏偏碰在那几个女孩身上，跟她们撞了个满怀。其实，这些人和那几个女孩一样，在表面的轻蔑后面，各自都暗暗地关注着对方；对人群的爱——以及由爱而生的恨——是每个人心中最强大的原动力，他不是想方设法让别人快乐或吃惊，就是向他们表明他蔑视他们。对一个孤独的人来说，绝对的自闭，甚至持续直至生命终结的幽居，其起因往往是对人群的一种失控的爱，这种过于放纵的爱，淹没了所有其他的情感，以致一旦他在外出时无法赢得看门人、过往行人乃至路旁车夫的赞赏，他就宁可永远不再见到他们，并为此放弃了一切必须外出的活动。

大堤上的行人，有的想着心事，颠动的步态、飘忽的眼神，则透露出思绪的变幻不定，跟旁边小心翼翼摇晃着身子的行人显得很不协调。我刚才瞧见的那几个少女，旁若无人地走在这些人中间，她们的自如,来自身体的极度放松和对旁人发自内心的睥睨,她们径直往前走来,既不葸缩,也不绷着,完全是想怎么动就怎么动,四肢中每一部分都不受其他部分的影响,整个躯体的绝大部分保持不动,有如出色的华尔兹舞者那般引人瞩目。她们离我不远了。虽然她们每人所属的类型都跟旁人截然不同,但她们都长得很美;不过说实话,我见到她们的时间很短,又不敢盯着她们看,所以我还没能分别看清她们的特点。只有一个,笔挺的鼻梁、棕色的皮肤与其他少女完全不一样,我觉得她就像文艺复兴时期一幅壁画上那个阿拉伯人模样的博士[1]。我对其他几个少女的了解,仅限于其中一个长着双爱笑的眼睛,但目光严峻而固执,另一个脸上的古铜色红晕让人想起天竺葵;但即使知道这些脸部特征,我也没能把它们跟这些少女一一对应起来。当我有如循着调色板上的色彩顺序(这些脸部特征,因其色泽各异、并列一处而令人惊异,却又如同一段嘈杂的音乐,我没法把一个个乐句从中辨析出来——尽管每个乐句都能听清,但转眼就已忘却)先后看见一张白皙的鹅蛋脸、一双乌黑的眼睛、一双碧绿的眼睛跃入眼帘时,我不知道方才令我惊艳不已的,是否就是这些特征,我无法从这些少女中间指认出某一个来,把某个特征归于她。稍后我才能渐渐分清她们谁是谁,当时在我的印象中,这群少女有如一团谐美的浮云,透过她们身上,散发出一种变幻不居的、浑然一体的、持续往前移动的美。

  在生活中要聚拢一批朋友,个个都挑选得这么漂亮,恐怕光凭偶然是不行的;也许,正因为这几个少女(从她们的举止态度,可以看出她们放肆、轻浮、无情的性格特征)对一切可笑、丑陋的事物极度敏感,无法感受一种来自智力或道德方面的诱惑,所以在同龄的同学中间,她们很自然地对那些在腼腆、拘谨、笨拙,在种种被她们称为

---

[1]. 博士典出《圣经·新约》。普鲁斯特在这里所指的,可能就是文艺复兴时期意大利画家卢伊尼(Bernardino Luini, 1480?—1532)所作壁画《东方三博士》(Les Rois Mages)上的那个"金发钩鼻的东方博士"。

不合口味的做派中流露出沉思或易感秉性的同学有一种反感，有意地疏远这些同学；她们保持往来的，是另一些集雅致、灵巧和体态优美于一身的同伴，只有对这些同伴，她们才会显露天性中最富有魅力的一面——坦率，才会愿意与之共度美好的时光。我不是很清楚她们属于哪个阶级，说不定这个阶级正处于这样一个发展阶段，或由于富有和闲暇，或由于新养成的运动习惯（这些习惯，目前甚至传播到了某些平民阶层，但这种可以归于体育的文化习惯中，还没有加入智育的内容），一个社会阶层就好似某个和谐、多产而且尚未流于过分雕琢的雕塑学派，自然而然地产生出大量优美的躯体，腿部和髋部都那么优美，健康的脸上容光焕发，神情中透着机灵和狡黠。我在这儿，面对着大海看见的，难道不正是高贵、安详的人体美的模特儿，有如希腊海岸上那些沐浴着阳光的雕像吗？

这群少女，犹如一团发光的彗星，沿着大堤向前推进。在她们眼里，周围的人群俨然就是另一种族的生灵，这些人即使有痛苦，也无法唤起这些少女的怜悯心，她们就像看不见这些人似的，径直往前走去，堤上的行人只觉得一架失控的机器全然不顾前面有没有人，轰然迎面而来，只得停住脚步，让出一条路来；而她们，即使看见某个她们既不屑一顾也不屑一碰的老先生或大惊失色，或怒气冲天地夺路狼狈而逃，也只是相视一笑而已。她们无须对她们之外的人或事表示轻蔑，有内心的轻蔑就已经够了。但她们每看到一处障碍，总忍不住兴冲冲地迎上前去，或冲过去，或原地跳过去，因为她们正处在感情充溢、精力充沛的青春期，即使在忧伤、痛苦之时，也必须把过剩的精力和情感宣泄出来，某一天心情的好坏，跟这样的年龄特点相比是算不得什么的，因而她们不肯错过任何一个跳跃或滑步的机会，她们中断前行的步子这样做，完全是下意识的，却又在这缓步的行进中——有如肖邦最忧郁的乐句那样——加入了优美的回旋，其中交融着即兴的情绪和精湛的技艺。[……]

现在，她们那一张张迷人的脸变得清晰可辨了。我在头脑中把她们挨个排了下队（名字我还不知道，没法排上去）：一个姑娘个子矮小，长着绿眼睛，红扑扑的娃娃脸映衬在远处的海面上；一个姑娘皮肤黧黑，鼻梁挺直，显得与其他姑娘很不一样；另一个，肤色白得像鸡蛋，小巧的鼻子像鸡雏的嘴那般拱成弧形，整个脸庞让人想起某些少男；还有一个，身材高大，裹着短披肩（这使她看上去有股子穷酸相，跟她优雅的举止很不相称，我对此作出的假设是，这个姑娘的父母想必不同凡俗，根本没将巴尔贝克这些洗海水浴的家伙放在眼里，自己的孩子该怎么打扮才高雅，他们自有一番见解，至于女儿如此着装走在大堤上，那帮小市民会不会笑她寒酸，他们是全然不在乎的）；有一个少女眼眸明亮而含笑，胖乎乎的腮帮子没有什么光泽，头戴一顶黑色马球帽，帽檐压得很低，她推着辆自行车，髋部一摇一摆的，样子很笨拙，嘴里不干不净地说着粗口，声音还挺响，我从她身边走过时（正好听到她在说一句很不雅的话："不就是吊膀子呗。"），否决了方才对她女伴的短披肩所作的假设，心想这几个少女无非就是经常出入自行车赛车场的角色而已，没准还是赛车手的小情妇呢。反正，我的种种假设中，没有一个是假定她们纯洁无瑕的。从看到她们的第一眼——从她们相视而笑的样子，从脸颊没有光泽的那个少女不依不饶的目光中——我就明白她们不会是纯洁无瑕的。何况，外婆一向把我照看得无微不至，甚至到了谨小慎微的地步，所以我没法不相信，所有不该做的事情是一个密不可分的整体，这几个少女既然不尊重老人，那么碰到比跳过一个八十岁老人头上更有趣、更有诱惑力的事情，她们是不会因为有所顾忌而突然歇手不干的。

她们现在分别有了自己的特征，然而彼此间交流的眼神却还是一模一样的，目光中闪烁着自豪和友谊的光芒，时而流露对朋友的关切之情，时而显示对路人的傲慢和冷漠，从中还可以看出，她们为相互间同气相求、同进同出，俨然拉帮结派而感到骄傲。正是这样的眼神，在她们的缓步行进中，把这些彼此独立、相互分开的个体联系在了一起，这是一种无形而协调的联系，她们就像行走在同一个温热的阴影、同一种氛围中，她们之间的相像，恰好跟她们与周围人群的不同形成了对比。

我从腮帮子胖乎乎、推着自行车的棕发少女身旁经过时，有一瞬间，我的目光和她那含着笑意的斜睨的目光交汇了；这目光来自将这个小小部落的生活封闭其间的另一个世界，那是一个无法接近的未知世界，我是谁的这个问题，是肯定无法到达那儿，也无法在那儿容身的。这个把马球帽低低地压在额头上的少女，正全神贯注地听着同伴说话，她的黑眼睛里射出的目光与我相遇的那会儿，她究竟有没有看见我？如果她看见了我，我在她眼里是怎样的呢？她认出了我是来自哪个世界的吗？这些问题我都难以回答，就好比当我们从望远镜里看见邻近的星球上有某些异象出现时，我们很难就此下结论说，有人居住在那个星球上，他们看得见我们，更无法知道他们看见我们后，会有怎样的想法。

〔和圣卢在餐馆里结识了大画家埃尔斯蒂尔。他邀请我去他的画室。〕

在里弗贝尔的餐馆里，我和圣卢已经有两三次看见，所有的客人开始离座的时候，总有一位个子高高、肌肉发达、五官端正、胡子花白的客人来到一张餐桌旁坐下，目光专注地凝望着半空，像是想什么事情想得出了神。有一天晚上我们问老板，这个身份不明，总是等到大家都吃好了才独自姗姗来迟的客人，到底是什么人。

"怎么，你们不认识大名鼎鼎的画家埃尔斯蒂尔？"老板对我们说。

斯万有一次对我说起过这个名字，他当时说些什么我全都忘了；不过，记忆的省略就如看书时略去某些句子成分一样，有时造成的后果并非无法肯定，而是过早的肯定。"他是斯万的朋友，一位很有名气，身价很高的艺术家。"我对圣卢说。顿时，圣卢和我脑海里闪电般地冒出同一个念头：埃尔斯蒂尔是个大画家，是位名人，在他眼里我俩跟别的用餐客人没什么两样，他根本不会知道我们看到他有多激动，对他的才华有多仰慕。当然，倘若我们没来海滨度假，那么他不知道我们崇拜他也好，不知道我们认识斯万也好，都没什么要紧。可是，我们还处在无法让热情保持沉默的那个年龄段，想到他竟然对我们的渴慕一无所知，我们就受不了，于是我们给他写了张便条，签上我俩的名字，告诉他有两个非常仰慕他才能的绘画爱好者，他的好友斯万的两个朋友，此刻正坐在离他两步开外的桌旁，请他接受我们的敬意。一个侍者受命将便条送给这位名人。

埃尔斯蒂尔当时已经有了名气，但恐怕还没像餐馆老板说的那么有名，还得等上几年他才有那么大的名声。不过，当年这家餐馆还是一副农家景象的时候，可是他率先带着一帮艺术家入住这个地区的（等大家在披檐下吃饭的农庄变成气派的餐厅，那些艺术家就另择去处了；埃尔斯蒂尔和妻子住得离餐厅不远，但要不是妻子不在家，他今天是不会来这儿吃饭的）。不过，一位天才，即使还没有名扬天下，也必然会引来一批崇拜者，农家餐馆的老板从不止一个英国女游客热切企盼了解埃尔斯蒂尔近况的提问，以及这位画家收到的许多来自国外的信件之中，嗅出了这位天才的气息。这时他又注意到，埃尔斯蒂尔作画时不喜欢有人打扰，还有，在月色皎洁的夜晚，他会悄悄起床，把一个小模特带到海边，让她摆出姿势来作画。当这个老板在埃尔斯蒂尔的一幅画上认出立在里弗贝尔镇口的大十字架的时候，他更觉得那么些心血都没白花，那些女游客的赞美也不是瞎说。"就是里弗贝尔镇口的大十字架呗，"他一遍又一遍惊讶万分地说，"那可是四段大木头拼起来的！哦！他可费了不少劲儿呐！"

可他不知道埃尔斯蒂尔送他的那幅小小的《海上日出》是不是能

值大价钱。

我们看见埃尔斯蒂尔读了我们的便条，放在衣袋里，继续吃饭，然后吩咐把他的衣帽拿来，站起身来往外走去。我们心想我们那么做肯定是惹他不高兴了，现在巴不得（我们太怕他了）能不引起他注意，悄悄地溜走。有一件事，本来对我们来说应该是最要紧的一件事，我们却压根儿没想到，那就是，我们对埃尔斯蒂尔的热情，并不是我们自己想象的那种倾慕。我们从来没见过他的画，要说倾慕委实太空泛了些；这种热情的对象，只是"大画家"这个空洞的概念，而并非某幅我们根本没见过的画作。这种热情，充其量只是一种悬空的仰慕，一种全无内容的空疏、浮泛的仰慕，换句话说，它就如某些成年后不复存在的器官一样，是跟童年时代联系在一起的；我们依然还是孩子。这时埃尔斯蒂尔已经走到门口，却突然转过身，朝我们走来。一种美妙的惊恐使我激动万分，这种感觉我在几年以后大概就再也不能感受到了，因为在年龄消减能力的同时，对社交圈的习焉不察也消磨了激情，使人无意再去寻觅这种不寻常的际遇，感受这样的激动。

埃尔斯蒂尔坐到我们桌前来，跟我们交谈了几句。我屡次提到斯万，他总不接茬。我心想，莫非他根本不认识斯万？不过他还是邀请我去参观他在巴尔贝克的画室（他没邀请圣卢），原因是我说了一些话，让他觉得我挺喜欢艺术的——要不然，即使他跟斯万有交情，光靠斯万的推荐我恐怕也未必能得到这样的邀请（在人际关系中，情感漠然的情形远比我们所想的常见得多）。他待我态度的亲切，是圣卢所不能比的，正像圣卢的亲切是一个小市民所不能比的。跟一个大艺术家相比，一个大贵族的态度再怎么和蔼可亲，总显得像演员在演戏，有点假装的意味。圣卢意在取悦对方，埃尔斯蒂尔则喜欢给予，喜欢互相给予。他所拥有的一切，思想、作品，以及其他那些他并不怎么看重的东西，他都很乐于给予一个能理解他的人。但是他找不到合得来的伴儿，所以就离群索居，处于一种很孤独的生活状态。社交界的人士说他摆架子、少教养，有权势者说他思想有问题，邻居说他神经病，家里人说他自私、傲慢。

最初的那些日子里，孤独中的他大概（甚至颇为欣慰地）是这么想的：他在用自己的作品和那些不了解他、伤害过他感情的人沟通，改善他们对他的看法。那时他孤独地生活，也许不是出于冷漠，而是出于对他人的爱，正如我放弃吉尔贝特，是为了有一天更可爱地出现在她眼前。他的作品是为心目中的某些人而画的，他仿佛是在寻求跟他们和解，让他们在看不到他的情形下，也能喜欢他、钦佩他、谈论他；我们放弃一样东西，一开始总不是那么决绝的，让我们作出这个决定的，是旧日的我们，那时我们还不曾体验到放弃对我们的影响——无论那是一个病人的放弃，一个修道士的放弃，还是一个艺术家或英雄人物的放弃。虽然他是为心目中的某些人作画，但作画时他远离已经变得跟他不相干的社会，为自己而活着；孤独的实践使他爱上了孤独，这种情形我们在面临一桩大事时都会遇到，一开始我们会有一种畏惧感，因为我们知道，它是跟我们平时很在意的种种小事无法相容的，它不仅要把这些小事从我们身边夺走，而且会使我们不再把它们放在心上。所以我们着手去做这件大事以前，心心念念想知道，对于那些一旦着手做大事就无法再享受的某些乐趣而言，这件大事（我们一旦经历了这件大事，那些乐趣就不成为乐趣了）能在多大程度上与它们和平共处。

埃尔斯蒂尔跟我们谈了没多久。我原来打算过两三天再去看他的画室，可是第二天我陪外婆从海堤尽头往卡纳镇悬崖的方向散步，回来的路上，在一条直通海滩的小街的拐角处，我们遇见一个少女低着头迎面走来，神情活像一头很不情愿地被人赶回圈的牲口。她手里拿着高尔夫球杆，身后跟着一个盛气凌人的人物，俨然就是一副英国家庭女教师（或者是她某位女友的英国女教师）的模样，她长得很像贺加斯画笔下杰弗雷家的人，脸色红彤彤的，让人想见她平时爱喝的不是茶,而是杜松子酒,没嚼完的嚼烟往上翘着,让花白而浓密的唇髭看上去又长了一截。走在前面的姑娘,长得很像那帮少女中戴黑色马球帽、胖胖的脸蛋不大转动而眼睛含着笑意的那个姑娘。此刻正在回家的这个姑娘,也戴着黑色马球帽,不过我觉得她比那个姑娘更漂亮,鼻子线条更挺,下端的鼻翼更宽,更肉感。还有,那个姑娘在我看来像个脸色苍白、傲气十足的少女,而这一位却像个被驯服的孩子,脸色也很红润。不过,她俩推着一样的自行车,戴着一样的鹿皮手套,所以我心想,刚才的差别很可能是由我所处位置和周围环境的不同造成的,否则在巴尔贝克怎么会有这么两个脸蛋长得如此相像、打扮更是一般无二的姑娘呢。她朝我的方向投来迅速的一瞥。在我接下去的几天想起海滩上这帮少女的时候,甚至在我后来认识所有这些少女以后,我还是没有绝对的把握说她们中间有哪一个——即使是其中最像她的,也就是推自行车的那个姑娘——就是那晚我在海堤那头的街角看见的姑娘,她跟我当初在队列中注意到的那个少女几乎没有差别,但毕竟又有点差别。

前些日子我一心想着那个高个子少女,可是那个下午以后,这个手握高尔夫球杆,听说名叫西莫内的少女,却弄得我心神不定了。她走在其他少女中间时,常常停下脚步,那些看上去挺尊重她的女友们也就只好中止前进。现在浮现在我眼前的,就是她站在那儿,两眼在马球帽下闪闪发光的模样,远处的大海映衬着她的身影,她和我之间,隔着一个蔚蓝色的透明的空间,以及从那以后流逝的时光,对这张脸的初次印象,在我的记忆中占着一个小小的位置,惹我想望,让我追寻,而后被我忘却,而后重又寻回。此后我常把这张脸投映到过去,好让自己在心里说,和我一起在房间里的某个少女,"就是她!"

不过我最想结识的,也许还是那个脸蛋红扑扑、眼眸碧绿的少女。某一天我也许会格外想见她们中间的某一个,但是除了她,其他的少女也足以让我心神激荡。尽管我的情谊这一次系在这一个身上,那一次系在那一个身上,可是在我心目中,她们仍然——就如我第一天远远望见她们时那样——是一个整体,一个别有一番景象的小世界,而且她们大概有意要过这种特立独行的生活;我若能成为其中一人的朋友,我就能进入——犹如一个细心的异教徒或审慎的基督徒进入蛮荒之地——一个让人焕发青春朝气的圈子,其中洋溢着健壮、没心没肺、感官享受、暴戾、非理性,以及欢乐。

外婆听我说了和埃尔斯蒂尔见面的事,挺高兴的,认为和他交往能使我在学识上有所裨益,觉得我还没去拜访他真是不可思议,有点不近人情。可是我满心想的都是那群少女,我确不准她们什么时候会从大堤上经过,所以不敢走远。外婆对我的讲究衣着也感到挺吃惊,因为我突然想起了一直压在箱底的那些衣服。我每天都要换一套衣服,甚至还写信到巴黎,让他们给我寄来新款的帽子和领带。

[……]

我最后还是听外婆的话去拜访埃尔斯蒂尔了。可他住在巴尔贝克的一条新街上,离海堤挺远,我觉得去那儿真麻烦。天实在太热,我去海滨街乘电车时,只好一个劲地对自己说,我这是在辛梅里安人的古王国,是在马克王当年可能统治过的地区,或者是在勃罗塞利昂德森林的遗址中穿行呢,尽量不去看那些在我面前伸展开去的假充高档的建筑。而埃尔斯蒂尔家的小楼,也许称得上是其中最难看的豪华建筑了。他之所以租下这座小楼,是因为在巴尔贝克恐怕再也找不到一幢房子,里面能有这么宽敞的画室。

我穿过花园时,也掉转目光不往前看;花园里有一片草坪——就像巴黎郊区的每个布尔乔亚家庭都有的那样,只是稍小些——还有一尊风流花匠的小雕像、一些让人照见自己的玻璃球、种在边上的秋海棠和一个小小的棚架,棚架下的铁桌跟前,并排摆着几张摇椅。看多了周围这些烙着城市丑陋印记的东西,我走进画室时,已经对踢脚板的咖啡色线脚视若无睹了。我觉得兴奋无比,因为环顾四周的画作,我感到自己的认识有了提升的可能，对至今为止我一直未能从现实世界的总场景中分离出来的许多形态，可能会有一种充满诗意、兴味无穷的认识。埃尔斯蒂尔的画室，在我看来像个重新创造世界的实验室，他从我们见到的杂乱无章的世界中提取新意，画在横七竖八放在画室里的大大小小的矩形画布上，这儿是惊涛拍岸、淡紫色的浪花四处飞溅的大海，那儿是一个穿着白色斜纹布上装的年轻人臂肘支在甲板上。小伙子的衣装和飞溅的浪涛，虽然失却了通常的意味，浪涛不会打湿看画人的身子，衣服也不能再穿，但它们将就此永存，从而获得了一种新的尊严。

我进去的当口，这位创造者正手持画笔，在完成一幅落日景象的油画。

屋里的百叶窗差不多全都放下了，画室里相当凉爽，光线很暗，偶尔有一缕阳光透进来，刹那间把一块墙壁镶嵌得亮晃晃的；只有一扇小窗开着，四周忍冬环绕的长方形小窗临着一条街道，窗下是花园的一角。画室的大部分空间处于半明半暗的氛围中，空气既透明又致密，而阳光镶嵌的那一小方墙壁，显得湿润而光彩夺目，好似水晶石已经裁割、打磨的一个切面，不时像镜面那样闪烁着虹光。应我的要求，埃尔斯蒂尔继续作画，而我在这半明半暗的画室里转来转去，在这幅画前看一会儿，又在那幅画前看一会儿。

周围的这些画，大部分都并不是我最想欣赏的他的画作。这些画，按照酒店客厅桌上一本英国艺术杂志的说法，属于他的第一和第二时期，也就是神话风格时期和受日本影响时期的画作，据说这两种风格的作品，德·盖尔芒特夫人府上都收藏很完备。诚然，他的画室里放着的画，大都是在巴尔贝克就地取材的海景，但是我能从中感觉到，每幅画面的魅力都来自对所表现事物的变形处理，类似于诗歌中的所谓隐喻，如果说天主创造万物并为它们命了名，那么埃尔斯蒂尔重新创造了它们，取消了它们的名称，或者说给了它们新的名称。指代事物的名称，通常是一种理性的概念，与我们的实际印象并不相符，因而凡是与这一概念相左的印象，理性都迫使我们去除。

在巴尔贝克酒店里，有些早晨弗朗索瓦兹掀开遮住光线的毯子，或者有些傍晚我等圣卢一起出发的时候，我从窗口望出去，会受阳光的播弄，错把一块颜色深暗的海面当成远处的海岸，或者欣喜地望着一片蓝色流动的区域，不知道那是大海还是蓝天。但很快，我的意识帮我重新在这片景象中作出了为印象所忽略的区分。在巴黎的卧室里，情况也是如此，我会仔细倾听街上的喧闹声、争吵声，最后听明白到底是怎么回事，例如一辆马车辚辚驶近时，尽管我确确实实听到了尖厉刺耳的叱骂声，但起先我并没把这些声音跟车轮声分清楚，后来才意识到车轮是不会发出这种声音的。有时人们会诗意地发现大自然的本来面貌，但这样的时刻很罕见；埃尔斯蒂尔的作品就是在这种时刻诞生的。此刻在他身边的那些海景画作中，出现得最多的一种隐喻，就是在陆地和大海的对比中取消两者间的分界线。在同一幅油画中悄悄地反复使用的这种对比，使画面显得多姿多彩而又极其协调。埃尔斯蒂尔的作品时常会赢得一些绘画爱好者的喜爱，原因就在于此——尽管观众有时并没有清楚地意识到这一点。

例如，在埃尔斯蒂尔几天前刚画好、我驻足看了很久的一幅描绘卡克迪伊港景色的油画上，就可以看到这种隐喻技巧。他在表现小城时用的全然是海洋的语汇，而表现大海则用城镇的语汇，以此来让观众作好接受隐喻的思想准备。时而房屋遮蔽了一角海港，时而船坞的锚地，甚至大海本身，深入陆地形成海湾，正如在巴尔贝克这一带时常见到的那样，在已经兴建起小城的海角的另一边，屋顶上露出桅杆（犹如烟囱或教堂钟楼），仿佛它们就是一艘艘船的组成部分，沿海堤停泊的其他船只，更让人对这种富有城市和陆地建筑特色的景观留下深刻的印象。在麇集的船队中，一条船跟另一条船上的人聊天时，你根本看不出他们是在不同的船上，中间还隔着海水；就这样，这支打鱼的船队看上去并不怎么像——甚至不比，举例来说，克里克贝克镇的那些教堂更像大海的一部分。远处的那些教堂四面环海（因为我们只见着它们，而看不见城市），在阳光照耀的浮尘和浪花中，犹如洁白的大理石或晶莹的飞沫，裹着七彩霓虹的腰带，从大海中喷薄而出，构成一幅非现实的、带有神秘色彩的画面。而当看画者的目光落在前景的海滩上时，他会不由自主地习惯于不在陆地与海洋之间去分辨固定的界限或绝对的分野。水手们在沙滩上，又在海浪中奔跑着，把渔船推向海中，湿漉漉的沙滩照得出船身，仿佛已是海水一般。海水不是齐刷刷地上涨，而是随着海岸的地形起伏，蜿蜒曲折地溢上来，远远看去海岸线时断时续，一艘行驶在大海中、被关栈的户外工程遮掩了一半的船只，看上去好像在城市的建筑中间航行。在岩礁间捕虾的女人，由于周围都是海水，也由于圈在岩礁里的这片海滩（在最接近陆地的两端）凹陷下去，与海平面齐平了，所以看上去像待在一个海中洞穴里，四围上面是船只和波浪，而这洞穴奇迹般地安然偃于海浪之间。虽然整个画面给人一种印象，似乎大海深入了海港的腹地，陆地成了海洋的一个部分，人成了两栖动物，但是，大海的威力依然从画面随处迸发出来。岩礁边的防波堤入口处，海浪翻卷着，我们从水手用力的姿势，从侧成锐角斜卧在小城静静耸立的货栈、教堂、房屋（有人回到这儿，也有人从这儿出发去捕鱼）跟前的船只，我们都能感觉到他们在海面上猛烈地颠簸，犹如骑在一头性子暴烈、乱冲乱撞的牲畜背上，只要稍不当心，它就会把他们颠翻在地。

　　一群游人兴冲冲地乘船出海，小船犹如乡村小推车那般摇来晃去；一个神情快活而又专注的水手，操纵着鼓得满满的风帆，像勒着缰绳一样驾船前行，船上的人都乖乖地坐在自己的位子上，生怕一边过重会引起侧翻。就这样，他们一路穿越阳光明媚的田野、浓荫覆盖的景点，沿着斜坡直冲而下。尽管昨夜风狂雨骤，今儿上午却是风和日丽。你甚至可以感觉到，这些一动不动地沐浴在阳光和清风中的船只，为达到这样的平衡，得付出多大的努力。这一片海域风平浪静，粼粼的波光几乎显得比鳞次栉比伸向远方、被阳光蒙上一层薄雾的船队更厚实，也更真实；或者应该这么说，这片海域跟大海的其他部分全然不同。不同海域之间的差异，就犹如一片海域跟冒出水面的教堂，或者跟城市后面的船只之间的差异。但我们的理智还是会找出它们的共同点，尽管这边是暴风雨，黑压压的，稍远的前方却已水天一色，天光映在水面上；那边的阳光、薄雾和水沫则使海面一碧如洗，显得格外紧致，格外像陆地，给人以屋宇的错觉，让人想到堤道或雪原，而当我们瞧见在这堤道或雪原上面，有条渔船从陡峭的斜坡上冒出头来，犹如一辆刚涉水而过的马车，湿漉漉地悬在那儿，我们更会惊愕不已，但稍后当我们看见一望无际、绵延起伏的高原上行驶着船只，我们终于明白，这些层出不穷的不同景象，说到底都还是大海哼。

有人说，艺术上是无所谓进步，也无所谓发现的，只有科学上才有进步和发现，对每个作出个人努力的艺术家，任何别人的努力都帮不了他的忙，也拽不了他的后腿。这种说法自有它的道理，但是我们还是应该看到，就艺术所揭示的某些规律而言，一旦某种技巧普及了这些规律，那么回过头去看在这以前的艺术，它们也就丧失了些许新颖独特的意味。埃尔斯蒂尔创作伊始，我们已经看到了描绘自然风光和城市景观的所谓"奇妙"的照片。如果一定要让那些摄影爱好者明确说出，这个形容词到底是指什么，那我们就会看到，它通常用来指一个熟悉的事物的某种奇特形象，这种形象不同于我们通常所见到的形象，奇特而又真实，因而给我们的印象格外强烈，它不仅让我们惊异，让我们跳出习惯的窠臼，而且通过唤醒一种印象而使我们进入自己的心灵。举例来说，这些"技艺高超"的照片中，有一幅表现的是一种透视规律，画面上的那座教堂，我们平时都是习惯于看见它处于城市中央的，摄影师却用了一种特殊的视角，所以看上去它比普通的房屋高三十倍，而且往前伸到了江边，而实际上它离江边还很远呢。

对眼前的事物，埃尔斯蒂尔不是按照自己对它们的了解，而是按照为我们提供最初视像的光学错觉来表现它们，这种努力使他得以精确地揭示透视的某些规律，这在当时就更令人感到震撼了，因为这些规律居然是艺术首先发现的。一条江河由于流向蜿蜒曲折，一个海湾由于看似邻近峭壁，看上去就像在平原或山崖上挖出了一潭被团团围住的湖泊。在一幅描绘巴尔贝克暑天景色的油画上，一块凹进来的海域仿佛被围在粉红色的花岗岩壁中间，不再是海，而要从稍远一些的地方开始才是海呢。海洋的连绵性，我们是从海鸥身上才联想到的，这些海鸥在我们原以为是石头的东西上方回旋着，吮吸着波涛湿润的气息。

[埃尔斯蒂尔认识阿尔贝蒂娜和她的那些女友。

如今的这位大师，就是当年沙龙中浮夸的比施。]

我随意地望着窗外的乡间小路，这条小路跟画室挨得很近，但不在埃尔斯蒂尔的宅子里。蓦然间，小路上出现了少女帮中推自行车的那个姑娘，她踩着快捷的步子往前走来，黑色的秀发上，马球帽压得低低的，腮帮胖乎乎的，眼神快活而有点执拗；我瞧着她在这条满含甘美的许诺、奇迹般幸运的小路上，在树下笑盈盈地向埃尔斯蒂尔点头致意，这笑容于我不啻一道彩虹，连接了我们的地球和我至今以为无法到达的那些地区。她还走近来，把手伸给画家，但没有停下脚步，我瞧见她下巴上有一颗小小的美人痣。

"您认识这个姑娘吗，先生？"我问埃尔斯蒂尔，心里明白他能把我介绍给她，能邀请她到他家来。这间看得见乡村景色的宁静的画室，变得越来越迷人了，就像一座房子，有个孩子待在里面本来已经挺开心了，但人家却告诉他，比起那些美丽的东西，那些心地高尚的人们还要更美丽、更高尚，还有许许多多礼物要给他，还要为他准备一席精美的点心。

埃尔斯蒂尔告诉我，她叫阿尔贝蒂娜·西莫内，还把她那些女友的名字也都告诉了我——我对她们的描绘具体而微，他一听就明白我在说谁了。关于她们的社会地位，我可想错了，但跟平常在巴尔贝克犯的错却很不一样。我在巴尔贝克往往把骑在马上的店铺小开当作王子。这一次，这些出身于富有的小布尔乔亚、工商业界家庭的少女，却让我给归进了社会地位令人生疑的阶层。一开始，这是一个我最不感兴趣的阶层，对我来说，它既不像平民阶层，也不像德·盖尔芒特家族那样神秘。要不是海滨空虚而浮华的生活给了她们一种先决的魅力（而且就此在我眼中再也没有丧失过这种魅力），我也许怎么也摆脱不了她们是某个大批发商女儿的成见。我不禁由衷地赞叹起布尔乔亚这个神奇的雕塑家来了。这个最慷慨大度、最善于变化的雕塑家，创作了多么奇妙的作品啊。那些线条多么果敢大胆，多么别出心裁，多么童趣盎然！悭吝的老布尔乔亚既然生出了这些狄安娜和林中仙女，在我眼中自然就成了最伟大的雕塑家。[……]

我问埃尔斯蒂尔这些姑娘是不是住在巴尔贝克，他回答我说，其中有几个是的。有一个姑娘家的花园住宅，就在海滩的那头，再过去就是卡纳镇的悬崖了。[……]

"每天不是这个姑娘，就是那个姑娘，总有人会路过画室，进来坐一会儿。"埃尔斯蒂尔对我说，听了这话我挺伤心，心想要是外婆叫我来看他那会儿，我立即就来，说不定我早就认识阿尔贝蒂娜了。

她走远了，从画室里已经望不见她了。我心想，她准是到大堤上去找那些女友了，要是我和埃尔斯蒂尔也去大堤，我就能认识她们了。我找了一大堆借口，要他答应陪我到海滩去转一圈。那扇小窗先前围着忍冬，显得那么迷人，现在却空落落的，窗里的姑娘不见以后，我心头的平静就不复存在了。埃尔斯蒂尔说他可以和我去走一走，但他得先把正在画的这部分画完，听他这么说，我的高兴中间夹杂着几分痛苦。他在画花儿，但不是白山楂、红山楂、矢车菊和苹果花，要是我来请他画画，我不会请他画肖像画，而会请他画这些花儿，因为我看到这些花儿，总想从中寻觅着什么却又不可得，我希望他凭借他的才气将这东西向我揭示出来。埃尔斯蒂尔一边画，一边跟我谈论植物，但我根本听不进去；对我来说，他已经不算什么了，他只是我和这些少女中间必不可少的中介而已，他的才华在不多一会儿以前对我具有的魅力，说不定很快就会变得毫无意义——除非他能把它们给我一点，让我在他要给我介绍的这帮少女眼里，也有一点这样的魅力。

我在画室里走来走去，不耐烦地等他把画画完。有好些画面朝墙壁堆放在那儿，我把它们一张张地翻转过来看。我就这样偶然找到了一幅水彩画，它想必和埃尔斯蒂尔早年的某段生活联系在一起，这样的作品让我见了心头就会涌上一阵喜悦，因为它们不仅技艺精湛，而且主题非常特别，非常迷人；我们会情不自禁地把作品的魅力部分归因于主题，仿佛这种魅力本来就在大自然中有其物质存在形式，画家只要去发现，去观察，去把它再现出来就行了。这样的东西甚至在画家表现它之前就已经存在，就已经那么美，这跟我们天生就有（后来屡屡败在理性手下）的唯物论非常合拍，堪为美学的抽象充当砝码。

这幅水彩画，是一位少妇的肖像画，她并不漂亮，装束挺奇怪，头上戴的发箍，活像一顶裹着鲜红缎带的小圆帽；戴着露指手套，一只手夹着点燃的烟卷，另一只手捏着一顶宽边帽，完全就是遮阳的那种草帽，放在齐膝的位置。一只插满玫瑰的花瓶，放在她身旁的桌子上。常有这样的情形（现在就是这样），有些作品之所以与众不同，就是因为它们是在某些特定的情况下完成的，而我们起先是对此并不清楚的，比如说，我们不知道一个女模特穿的奇装异服，是不是化装舞会上的装扮，又比如，一个老人身穿红色外套，看上去像是画家忽发奇想让他穿上的，但我们不清楚这究竟是他的教授长袍、议员长袍，还是他的红衣主教披肩。眼前这幅画上的人物让人有些看不懂，原因在于（可当时我并不明白）那是一个有几分女扮男装的旧日的年轻女演员。那顶露出短而蓬松的头发的小圆帽,还有敞着白色硬胸的丝绒上衣,都让我有些踟蹰,确不准这身行头是哪个年代的,这个模特又究竟是男是女,所以我看着眼前的画幅,什么也说不上来,只是觉得这想必是画家的得意之作。

这幅画给我的喜悦,又让担心给搅乱了,我生怕埃尔斯蒂尔磨磨蹭蹭,到头来我们会见不到那些少女,因为,日头已经斜下去,沉到小窗下面去了。这幅水彩画上,没有一样东西是就这么随手画的,每件东西都是由于表现情景的需要而画的,画衣服是因为这个女人总得穿衣服,画花瓶是为了花儿。花瓶的玻璃本身就招人喜爱,康乃馨的茎秆浸在水里,而这盛水的容器如水一般清澈,仿佛也是液态似的。这个女人的服饰有一种特立独行而又异常亲切的意味,显得很妩媚,仿佛人工的杰作也可以跟大自然的美好事物相媲美,一样的精致,一样的养眼,如同柔亮的猫毛皮、康乃馨的花瓣、鸽子的羽毛一样画得栩栩如生。衬衣的硬胸,有如雪霰一般细洁,轻盈的褶皱呈钟形小花状,宛若铃兰的花蕾,在房间明亮的反光中闪烁,室内的光线本身很亮,但像行将绣到织物上去的花束那样,显出精细的层次。上装的丝绒闪着珠光,茸茸的饿毛让人想到瓶子里散乱的康乃馨。但看着这幅画,你会更自然地感觉到,埃尔斯蒂尔对一个年轻女演员如此装扮会不会显得有伤风化是不在乎的,对这个演员来说,她能给某些观众已经麻木的、低级趣味的神经带来多少刺激,大概要比出演一个角色的成功与否更加重要,而画家所着重描绘的,正是这些看似暧昧的特征,在他眼里这才是值得他强调、他必须倾全力去表现的美学意趣。

循着脸部的线条细看画中人的性别,先是觉得很明显这就是一个有几分男孩气的姑娘,随即这种性别的感觉消失了,然后出现的,或者说使人联想起的,是一个有点娘娘腔的、放荡的、耽于幻想的小伙子,随后感觉重又消失,变得不可捉摸了。日光中耽于幻想的忧郁意味,与戏剧界逢场作戏的生活细节形成强烈的对比,这一点也同样是令人怦然心动的。不过我们会想,这大概是装出来的,似乎有意穿这么一身挑逗的服饰去讨人爱怜的年轻人,也许觉得再来点秘不示人的情感、不可言明的忧伤,加上些浪漫的表情,更能撩拨人家的心弦。画的下方写着一行字:"萨克丽邦小姐,1872 年 10 月"。

看了这画,我不由得大声称赞。

"哦!这不算什么,年轻时随便画的,是给杂耍剧院画的服装效果图。陈年往事喽。"

"画上的女人后来怎么样了?"

埃尔斯蒂尔听了我的问话,脸上先是露出惊愕的表情,随即又显出冷淡的、无所谓的样子。

[……]

"我对您说起过卡克迪伊,"我俩从海滩往回走到他家门口,就要分手的时候,他对我说,"我画过一张速写,上面海滩的轮廓可以看得很清楚。这张画画得还不算太坏,不过我现在要说的不是这个。我想请您允许我把这张速写送给您,为你我的友谊留个纪念。"他这么说,印证了我的一个想法,就是人们往往不肯把你真正想要的东西给你,给你的总是别的东西。

"我很想要一张萨克丽邦小姐肖像的照片——如果您有的话。可她怎么会叫这个名字的呢?"

"这是这个模特儿在一部傻乎乎的轻歌剧里扮演的角色。"

"我对您说过我不认识她,先生,不过您看上去好像并不相信。"

埃尔斯蒂尔沉默。

"可她不会就是结婚以前的斯万夫人吧?"我突然脑子里灵光一现,脱口而出说了出来,这么冷不丁猜个正着的情形,可以说是很罕见的,但它已足以为预感理论提供某种依据了(倘若我们把所有那些猜想出错、依据无效的情形都忽略不计的话)。

埃尔斯蒂尔没有回答。画上的女人确实就是奥黛特·德·克雷西。

她不愿保存这幅画有很多原因，但其中有一些很明显，另一些则不那么明显。这幅画是很早以前画的，奥黛特还是在那以后，才精心设计，把自己的容貌和身段打造成这么一个形象，从此以后，年复一年，她的发型师，她的裁缝，她自己——包括怎么站立，怎么说话，怎么微笑，手怎么放，眼神怎么流转，甚至怎么思考——都得以此形象为准，至少八九不离十。斯万在 ne varietur[1] 的奥黛特，这个迷人的情妇的众多照片中，偏偏看中了他放在卧室里的那张小照片，那只能说明他作为一个欲望得到满足的情人，口味有些异常，因为照片上的奥黛特戴着一顶饰有三色堇的草帽，头发蓬松，脸长长的，是个相当难看的瘦削的少妇。

不过，即使这幅画并非像斯万喜欢的小照片那样，是在奥黛特的容貌体态以一种庄严而又优雅的全新形象定型下来以前，而是在那以后画的，凭着埃尔斯蒂尔的眼光，他也完全能把这个形象重新解构。极高的温度能使一种物质的原子结构分解，按一种截然不同的顺序重新组合成另一种物质，艺术上的天才也正是这么做的。一个女人刻意要求自己的容貌体态保持一种人为的协调，每天出门前都要在镜前细加审视，把帽子压得稍稍斜一些，把头发理得更滑一些，把目光调整得更活泼一些，唯恐有个闪失破坏这协调，而一个大画家，只消看上一眼，就能把这种协调在一秒钟内捣毁殆尽，取而代之的是这个女人经过重组的形象，也就是他心目中的女性美、绘画美得以充分体现的那个形象。一个真正具有探索精神的大家，上了一点年纪以后，也同样会有这的眼力，他到处都能发现必要的材料，来建立他兴趣唯一所在的事物间的关联。这就好比功夫了得的工匠和赌徒，他们从不犯难，甭管手上拿到的是什么活计、什么牌，他们都能说：行，这就行。

[……]

---

1. 拉丁文：一成不变。

我们在这个形象中加入的内容，不仅是这么一个奥黛特的美貌，而且包括她的个性、身份，因此当我们站在这一形象荡然无存的画像面前，我们会情不自禁喊道："画得太丑了！"会大声说："一点也不像！"我们难以相信这就是她。我们认不出她了。画上的人，我们觉着的确曾经见过。不过那个人并不是奥黛特；那个人的脸容、体态、神情，我们都很熟悉。这一切让我们想起的，并不是奥黛特，她从来不摆这样的姿势，她通常的姿态里，决不会含有这种奇怪的、挑逗人的舞姿意味，我们想起的是别的女人，是埃尔斯蒂尔曾经画过的女人，尽管这些女人各不相同，埃尔斯蒂尔却总喜欢让她们摆出正面的姿势，弓起的足背露出裙子，手里那顶宽大的圆帽遮在膝上，与上面的圆脸蛋相呼应。说到底，一幅才情横溢的肖像画，不仅将一个女子的娇媚之态，将体现她对美貌的自私观念的形象消解殆尽，而且，如果那是一个往昔的形象，他决不会像摄影时那样，让她身穿当年的装扮，毫无新意地把它画出来。这样的肖像画，时代的痕迹不仅表现在女子怎样着装上，而且表现在画家怎样作画上。这种作画方式，也就是埃尔斯蒂尔早年的作画方式，抓住了最让奥黛特感到难堪的出身这一特征，因为这个特征不仅有如当年的照片那样，表现了她与观众心目中那些著名的风尘女子的渊源，而且使这幅画跟马奈或惠斯勒笔下众多的肖像画成了同时代的作品，尽管那些大师当年的模特儿早已风流云散，沉入忘川，成了历史。

我一边送埃尔斯蒂尔回家，一边在他身旁默默地咀嚼这些想法，引起我思考的是刚才有关她这个模特儿身份的发现，这个发现又带来了另一个更让我感到困惑的发现，那是有关画家本人身份的。他给奥黛特·德·克雷西画过肖像。莫非这位了不起的天才，这位孤独的智者，这位谈吐不凡、世事洞明的哲人，就是当初出入韦尔迪兰沙龙的那个滑稽可笑、行为反常的画家？我问他是不是认识韦尔迪兰夫妇，当初他们是不是叫他比施先生。他神情坦然地回答说是的，似乎那已是一段有些遥远的往事，并没料到这声回答会使我那么失望，但他随即抬起头来，看到了我脸上失望的神情。他的脸上露出不快的神色。我们已经快走到他的家门口了，换了不那么善解人意、不那么宅心仁厚的别人，很可能会冷冷地跟我告个别，就此以后不想再见到我了。埃尔斯蒂尔没这么做；作为一个真正的大师——从纯艺术创作的观点来看，这（就大师这个词的本义而言）也许是他唯一的缺点，一个艺术家为了固守精神生活中的那份至真，就应该是独自一人，别把精力和时间花费在别人身上，即使那是自己的学生——遇到任何事情，无论那是涉及他还是涉及别人的事情，他都会尽力找出这件事情中所包含的哲理，讲给年轻人听，让他们真正从中得到教益。所以，他并不想说些什么来挽回自己的面子，他说的话是我终身受用的。

"一个人再谨慎，"他对我说，"年轻时也难免会说过一些话，甚至做过一些事，后来想起来觉得心里不是滋味，恨不得当初没说那些话、没做那些事。但他完全没有必要去后悔，因为他必须经过人生的各个阶段，在达到最终阶段之前历经种种可笑甚至可憎的阶段，才有可能在一定程度上成为一个智者。我认识一些年轻人，他们的先人都曾显赫一时，他们从中学开始，接受的教育就是做人要精神崇高、道德高尚。他们的一生中也许并没有什么可以指摘的地方，他们说过的每句话，都可以写下来，署上名字公之于众，可是他们只是些才智平庸、满脑子教条的没用的人，智慧的种子在他们身上没结出果实。智慧不能靠传授，每个人都得自己去发现它，这段发现的行程是没人能代劳，没人能帮你去走的。说到底，智慧就是看待事物的一种观点。你所羡慕的生活，在你眼里觉得高贵的举止，都不是家长或家庭教师安排或教会的，它们是以很不相同的另一种生活作为开端，是在周围粗俗平庸的举止的影响下脱胎而来的。它们意味着斗争和胜利。我知道，我们在早期某个阶段的形象，尽管已经不那么清晰可辨，但说到底总归是不讨人喜欢的。但是我们不应该否认这个形象，因为它见证了我们曾经真正地生活过，曾经按照生活和精神世界的法则，从生活中具有共性的内容——如果是画家，就还从画室生活和艺术家小圈子中——提炼出了超越于它们之上的某些东西。"

〔经不住我的撺掇，埃尔斯蒂尔举办了一次小型聚会。我终于认识了阿尔贝蒂娜。〕

埃尔斯蒂尔要我过去，想把我介绍给坐在稍远处的阿尔贝蒂娜，可我先吃下了一块咖啡蛋糕，还饶有兴味地请一位刚认识的老先生给我仔细讲讲诺曼底某些集市的情形，这位老先生称赞我插在纽孔里的玫瑰花漂亮，我正想取下送他来着。这并不是说，接下去和阿尔贝蒂娜的认识没让我感到快乐，或者在我眼里没什么要紧。这种快乐是回到酒店，独自待在房间里，重又变回原来的我以后，才体味到的。快乐，就好比拍照，心爱的人在场时，你得到的仅仅是一张底片，要等回到自己的住处，进入内心的暗房，把底片冲印出来以后，看到的才是照片。而这暗房的门，有外人在场时永远是禁止开启的。

虽然认识阿尔贝蒂娜的喜悦如此这般地推迟了几个小时，这次介绍的重要性，我却是立即就感觉到的。被介绍给别人的当口，尽管我们感到自己就像一下子中了头彩，拥有了一张已经寻觅了几个星期的、日后可以兑现快乐的凭单，但是我们心里很清楚，得到这张凭单意味着一些事情的终结：不仅那艰难的寻觅——这样的寻觅反而让我们充满喜悦——就此结束，而且某个在我们的想象中变了形，我们惴惴不安地生怕没法结识他，他也就因此变得非常高大的那个人，也就此不再存在了。一旦我们的名字从介绍人口中说出，尤其是（像埃尔斯蒂尔这样）加上了好些赞美之词——这一庄严的时刻，好似童话故事中巫师念咒把一个人变掉的那一刹那——我们心心念念想去接近的那个姑娘就消失了，先不先，她怎么还可能是原来的样子呢？既然——这位陌生的姑娘总得注意一下我们的名字，而且对我们看上一眼——在昨天还位于无穷远处的双眸（我们以为自己那游移不定、无望而散乱的目光永远也不会和她的目光交会）中，我们所寻找的意识清晰的目光、莫测高深的思绪，已经神奇而又自然地被我们犹如在一面冷笑着的镜子里看到的自己的形象取代了？虽说我们转化为原先好像不可能的另一个人，这件事本身就在最大程度上改变了我们刚被介绍给她的那位姑娘，但是她的整个形态还是相当模糊的；我们不禁会思忖，她究竟是神像、桌子还是脸盆。然而，这位陌生的姑娘就像吹制蜡像的匠人（他们在五分钟里就能当场吹出一个半身像）一样灵巧，她只要过来对我们说几句话，刚才那个形态就会清晰起来，具有一种很明确的意味，将我们的欲念和想象在前一天作出的种种假设排除殆尽。也许，还在她来参加聚会之前，阿尔贝蒂娜就已经如同一个我们既不认识，也没有看清容貌的过路的姑娘那样，不再完全是我们值得在自己的生活中时时刻刻萦绕于怀的那个唯一的人儿了。她和蓬当夫人的亲戚关系，限制了许多美妙的假设，这些假设所能伸及的通道中，有一条已经给堵住了。随我和她的接近，我俩渐渐熟悉起来，我对她的了解却做起了减法，想象和欲念的每个细节，都被一种价值远远小得多的概念所取代了，这种用于人际关系的概念，有点类似于金融机构赎回原始股份以后所发放的，被称作红利的那个东西。她的名字，她的亲戚关系，为我的想象设置了第一层限制。当我在她身旁，看着她脸上长在眼睛下面的那颗小小的美人痣的当口，她和蔼的态度又成了第二道界线；临了，我听见她把"完全"说成"端的"，不由得感到吃了一惊，她是在谈论两个人时这么说的，对其中一个，她说："她端的是个疯丫头，不过人倒是挺好的。"对另一个则说："那位先生端的乏味。"虽说"端的"这个说法听上去不大舒服，但它毕竟表明一种文化程度，一种修养，我原来还想不到骑自行车、拿高尔夫球杆的狂欢女神有这点修养呢。不过这只是阿尔贝蒂娜的第一变，她在我眼里还得有好多变呢。我们在某人脸部近景中所看到的优点和缺点,倘若我们换另一个角度去看,它们就会呈现另一种形态——正像一座城市的历史建筑,你若沿着一条轴线去看,可能觉得很凌乱,但从另一种角度去看,就会感到错落有致、相映成趣。起先,我觉着阿尔贝蒂娜的神情怯生生的,毫无咄咄逼人的意味;我对她说起别的姑娘时,她不是说"她没什么派头",就是说"她样子挺怪的",我听着就心想,她不见得就那么没教养,好像还是挺斯文的;后来她脸上有个地方引起我的注意,那就是红得出奇,叫人看着挺不舒服的太阳穴(而不再是在那之前我常常想起的奇特的眼神)。不过我这还只是看了第二眼,接下去想必还有得要看的呢。事情就是这样,我们只有一边往前一边回头,认清刚开始时哪儿看走了眼,才会对一个人有准确的认识——如果这样的认识有可能的话。但是那是不可能的,因为一个人并不是静止不变的物体,就在我们校正对他的观点的当口,他本身也在改变,我们想要赶上他的变化,他却又换了地方,最后我们以为终于把他看清楚的时候,其实我们好不容易捕捉到的,只是他先前的形象而已,那已经不是现在的他了。

[……]

不久以后的一个早晨,天刚下过雨,带着几分凉意,只见海堤上有个少女向我走来,头戴小圆帽,袖着手笼,与我在埃尔斯蒂尔家聚会上见到那个少女判若两人,要让脑筋转过弯来,认出那原来是同一个人,似乎是不可能的;我的脑筋总算还是转过来了,不过中间等了一分钟,这一分钟里我那副惊愕的神态,想必没能逃过阿尔贝蒂娜的眼睛。由于我对她的斯文感到的惊讶记忆犹新,所以接下去她那种粗鄙的语调和少女帮的做派,着实又让我大吃一惊。再说,这时候太阳穴也不再是她脸上的视觉中心,看上去好像已经没事了,也不知是因为我站在了另一侧,还是那顶帽子遮住了太阳穴,抑或是那太阳穴并非天天都在发炎。

"什么鬼天气！"她冲着我说，"还说巴尔贝克永远是夏天呢，吹牛皮！您在这儿敢情什么事也不做呀！从没见您打过高尔夫，也没见您去游乐场跳过舞；您也不骑马，您不觉得闷得慌吗？您不觉得一天到晚待在海滩上，人都变傻了吗？嘻！您就喜欢叉手叉脚晒太阳？您又不是没时间。我看哪，您可一点不像我，我样样运动都喜欢！您没去索涅看过赛马？我们是坐呜呜车去的，我知道这种破车您是不肯坐的！一路上开了两个钟头！我要是骑车的话，都打三个来回了。"

由于本地的小火车要转数不清的弯儿，圣卢顺口把它说成"扭扭车"，我当时听了好不佩服，如今听阿尔贝蒂娜轻描淡写地管它叫"呜呜车"和"破车"，我更是肃然起敬。我感到她对某一种指称方式已经达到运用自如的地步，很怕她发现我在这方面的无能并因此看不起我。至于这帮少女用以指称这条铁路的同义词有多么丰富，我当时还没机会领教呢。阿尔贝蒂娜说起话来，头部不动，鼻翼夹紧，只有唇端在一开一合。所以她的嗓音总带着拖腔，鼻音很重，其中也许包含了外省人的遗传、年轻人对英国人冷漠的模仿、外国家庭女教师的影响，以及鼻黏膜充血性肥大等多方面的因素。这么拿腔拿调，按说会让人听着挺不舒服的，不过当她跟人家熟悉起来，顽皮的孩子气自然而然流露出来以后，这种腔调很快就不见了。对我而言，这种腔调既特别，又让人着迷。只要一连几天没遇见她，我就挺直身子，头部不动，学着她那鼻音很重的音调不停地说："从没见您打过高尔夫"，给自己提提兴致。这时，我觉得她就是我最想望的人了。

这天早上，大堤上人们在散步，不时有人停住脚步，一对一对地站在这儿或那儿，彼此交谈几句，然后又分开，各走各的路，我和阿尔贝蒂娜就是其中的一对。我趁着她立定不动的机会细细观察她，终于弄清楚了她那颗美人痣到底长在哪儿。凡特伊那首奏鸣曲里有一个乐句让我听了着迷，可是它始终在我的记忆中游荡不定，时而在行板那儿，时而又在曲终处，直到有一天我有了乐谱在手，才找到这个乐句,并在记忆中将它固定,放在了谐谑曲的位置上;那颗美人痣也是这样,我凭空回忆时,它一会儿在脸颊上,一会儿在下巴上,可这会儿它好端端的长在鼻子下面,上嘴唇上面。这又好比我们在看戏时,出其不意地听到了自己背得挺熟的诗句,不由得感到很惊讶。

正在这时,仿佛为了在大海的背景上自由自在地变化形态,尽情展示少女的美丽队列沐浴在阳光和海风中,身披金黄和粉红色彩的绚丽的整体装饰效果,阿尔贝蒂娜这群双腿修美、身肢柔软,却又彼此各不相同的女友,排成一条直线,在离海更近的地方,向我们的方向走来。我请求阿尔贝蒂娜允许我陪她一起走走。可惜她只是挥挥手朝她们打了个招呼。

[我心头充满对阿尔贝蒂娜的爱意。被拒绝的吻。]

这些少女在我心中漾起各不相同的情感波,其中每一种都对其他波的传播进行抵制,这些不同的波在一段时间以来相互抵消,达成了一种胶着的平衡,而当有一天下午大家玩传戒指游戏[1]的时候,平衡终于打破,向阿尔贝蒂娜倾斜了过去。那天是在悬崖上的一片小树林里玩游戏,玩这个游戏需要人多一些,于是这帮少女又叫上了几个不属于她们这帮的人,我站的位置正好在两个外来的姑娘中间。我妒羡地看着阿尔贝蒂娜旁边的那个小伙子,心想我要是站在他的位置,就可以趁这机会碰碰她的手,这样说不定可以让我走得很远的机会,是可遇而不可求的。即便也许什么结果也没有,光碰碰阿尔贝蒂娜的手,已经让我感到甘美无比。并不是我从没见过比阿尔贝蒂娜更美的手,就在她的这帮女友中间,安德蕾的手修长而细腻得多,而且仿佛自有

---

1. 玩传戒指游戏(furet)时,一人站在中央,其他人围成圆圈站立或转圈,手里同执一根细绳,将串在细绳上的一枚戒指依次传递而尽量不让中间那人知晓。中间那人称为"白鼬"(furet),他若在戒指停留在某人面前时逮住此人,此人得替换他继续充当"白鼬"。

一种特殊的生命,既听命于少女,又是相对独立的,这双手常会如同高贵的猎兔犬那样,懒洋洋地置身于她跟前,做着漫长的梦,手指节一伸,它们就会猛地伸展开身躯,就为这个缘故,埃尔斯蒂尔画了好几张这双手的习作。在一张习作上,安德蕾正凑在炉火跟前暖这双手,它们在炉火的亮光中,如同两片秋叶那般有着半透明的金黄色。阿尔贝蒂娜的手稍稍胖一些,跟她握手时,她会先松着手让人握,而后猛地顶住对方的握力,给人一种很奇特的感觉。阿尔贝蒂娜的手按在我手上时,我会有一种近乎性感的甜蜜感觉。这种按压会让我觉得仿佛融入了她的身体,进入了她的感官最隐秘的部位;她粗嘎的笑声也给我同样的感觉,这种笑声有如嗓音沙哑的私语或某些喊声,充满挑逗的意味。她属于这样的女性,跟她们握手是一种巨大的乐趣,会让你感激社会文明将 shake-hand [1] 纳入青年男女初次相见时允许采用的礼仪规范。倘若有什么别的不近人情的礼仪,用其他动作来代替握手,那我大概就只能成天心痒痒地看着阿尔贝蒂娜这双不可触摸的手无可奈何了——这种想知道握手是什么滋味的好奇心,是跟想知道她的脸颊是什么滋味的好奇心一样强烈的。不过,倘若在做游戏时我就站在她旁边,能把她的手久久地握住的话,我想到的并不仅仅是这样的快乐本身:我想到的是,许久以来一直不好意思说出口的爱意的表白,终于可以在捏紧她的手时吐露出来了;而她也更容易回应我,只要也捏一下我的手,就可以表明她接受这爱意了;多么美妙的默契,多么带有感官刺激快感的开端呵!像这样在她身边待上几分钟,我的爱情就能取得自从认识她以来的空前的进展。我意识到这样的时刻不会长久,很快就要结束,因为我们当然不会老是玩这种小小的游戏,那么等这游戏一结束,一切就都晚了,我再也没法去捏她的手了。

我故意让戒指停在我手里。我站到圈子中央,戒指继续传递时,

---

[1] 英文:握手。

我装出不在意的样子,暗中用眼角盯着这枚戒指,就等它传到那个小伙子手上。阿尔贝蒂娜站在他旁边,拼命地大声笑着,游戏的激动和欢乐,使她满脸升起红晕。

"我们不正是在美丽的树林里吗?"安德蕾指着周围的小树对我说,笑盈盈的目光正对着我,似乎超越在这些做游戏的伙伴之上,仿佛这儿只有我们俩很默契地分身于游戏之外,饶有诗意地评论着它。心思细腻的她甚至还唱起了歌(尽管她看上去并不很想这么做):

> 树林里的白鼬从这儿穿过,女士们,
> 美丽树林里的白鼬啊,从这儿穿过。

正如去特里亚农的游人非得举办一个路易十六式的庆典,或者到了作曲家写出一首歌的地方,非得让人唱一下这首歌才觉得过瘾一样。

倘若我有闲工夫来想一下的话,我一定会发现她这么做的优雅之处。可是当时我的心思不在这上面。参加游戏的男孩女孩都挺惊讶,我居然这么笨,一直截不住戒指。我望着阿尔贝蒂娜,她是那么美,那么毫不在意,那么兴高采烈,我使的这个小小的伎俩,她是猜也猜不到的(要不然她一定会生气),只等我在算计好的那人手里截住戒指,我就会出其不意地站在她的边上了。大家都玩得很起劲,阿尔贝蒂娜的长发散了开来,一绺一绺地搭在脸颊上,暗褐色的鬈发衬托得脸色更加红润。

"您的秀发可以和劳拉·狄安娜、艾莱诺尔·德·居叶纳,还有她那位让夏多布里昂倾心的后裔媲美。您要经常让头发披下来一点。"我常这么凑在她耳边说,这样我就可以跟她挨得近一些。

说时迟,那时快,只见戒指传到了阿尔贝蒂娜旁边的那个小伙子手里。我纵身扑过去,一下掰开他的手,把戒指抓在手里;他被罚换下我,站到圈子中央,我替换他的位置,站在阿尔贝蒂娜旁边。不多几分钟之前，我看着那个小伙子的手在细绳上滑动，时时触到阿尔贝蒂娜的手，心里对他很嫉妒。现在轮到我了，我却腼腆得不敢去尝试，也激动得无法去品味这种接触，我只觉得心跳得很快，心头充满痛苦。

有一会儿，阿尔贝蒂娜带着一种心照不宣的神情，把胖乎乎、红扑扑的脸向我凑过来，装出好像戒指在她手里的样子，想骗过那个白鼬，让他不去注意戒指正在传递的那一边。我马上明白了，阿尔贝蒂娜这种心照不宣的眼神是冲着这个花招而来的，可是当我瞧见她的眼睛里闪过这种全然由玩游戏的需要而激起的秘密的、心照不宣的目光时，我的心不由得怦然而动，这种我俩之间从未有过，而此刻让我感到有了盼头的目光，我实在觉得它太甜美了。这个想法使我很激动，我觉得阿尔贝蒂娜的手轻轻按了我一下，她的手指温柔地抚摩着我的手指，与此同时我还看见她对我眨眨眼睛，但很当心地不让别人觉察。

[……]

我独自留下和阿尔贝蒂娜在一起。"您瞧，"她对我说，"我按您喜欢的样子做了头发，瞧我这绺头发。没人知道我这是为了谁。姨妈准要取笑我，可我也不会把原因告诉她。"

我从侧面望着阿尔贝蒂娜的双颊，它们通常都有些苍白，但现在望去，血色很好的脸颊显得容光焕发，让我想起某些冬日早晨的光彩，阳光照在半壁岩石上，染成玫瑰色的花岗岩散发着欢悦的气息。阿尔贝蒂娜的脸颊此刻让我感受到的欢悦，强烈得无以复加，但它唤起的并不是散步的欲望，而是接吻的欲望。我问她，听说她要在酒店住一晚，是不是真有此事。

"对，"她对我说，"我今晚住您那个酒店，因为有些感冒，我在开晚饭以前就会上床。您可以到我床边来看我吃晚饭，然后您爱玩什么，我们就玩什么。倘若您明天早上到火车站去送我，我当然也会很高兴，不过我怕人家会觉得很可笑，我不是说安德蕾，她是聪明人，叫别的去送我的姑娘会笑话我们的。要是有人告诉了我姨妈，那就麻烦了。

不过今儿傍晚我们可以在一起。这个嘛，姨妈不会知道的。我去跟安德蕾说声再见。待会儿见。您早点来，我们可以多玩一会儿。"她笑盈盈地这么说。

［……］

我按铃唤来电梯，上楼去阿尔贝蒂娜住的靠山谷一侧的房间。就连坐到电梯里的凳子上去这样细小的动作，都让我感到心里甜滋滋的，因为现在的每件小事，都跟我内心的爱情息息相关；电梯靠它上升的缆绳，出电梯后还要走的几级台阶，在我眼中成了欢悦物化而成的轮系和阶梯。我只要在过道上再走两三步，就到里面有着那无比珍贵而又实实在在的粉色胴体的房间了——这个即将发生一些美妙的事情的房间，过后仍会保持常态，在一个不晓内情的人眼里就跟别的房间没什么两样；对里面发生的事情，它是三缄其口的见证，是审慎精细的知情者，是誓死捍卫我的欢乐的忠诚卫士。从楼梯平台到阿尔贝蒂娜房间的这几步路，任何人都不能阻止我走的这几步路，我走得快乐而谨慎，我犹如进入了一个全新的环境，在我边上缓缓移动让我通过的仿佛就是幸福本身，与此同时，心头涌起一种很陌生的、手握至高无上权力的感觉，似乎一份理应由我继承的产业终于要到手了。

随即我突然想到，我何必心存疑虑呢，她不是让我在她上床以后去吗？事情很明白，我高兴得直想跳起来，半道碰上弗朗索瓦兹，差点儿没撞到她身上去。我两眼放光，朝阿尔贝蒂娜的房间跑去。

只见阿尔贝蒂娜躺在床上，颈脖露在外面，白色的衬衣改变了脸部的比例，由于躺着，或者由于感冒，由于刚吃晚饭，脸上血色很好，看上去又红又嫩；我心想，这张几小时前跟我并排挨在大堤上的娇嫩的脸蛋，我终于要尝到它的滋味了。她为让我高兴，把那两条乌黑、鬈曲的长辫松开了，其中一条从上到下垂在脸颊上。她笑盈盈地望着我。在她边上的窗子里，山谷映辉着清亮的月光。瞧见阿尔贝蒂娜裸露的颈脖、红嫣嫣的双颊，我真的是如痴如醉（也就是说，现实世界在我眼里不是存在于自然界,而是存在于我几乎无法控制的感情湍流之中了),这一瞧,把我内心翻腾的浩茫无际、强健无比的生命力,与相比之下脆弱而微不足道的宇宙生命力之间的平衡给打破了。从窗前望见的傍着山谷的大海、梅恩镇最近几座悬崖上如乳峰般隆起的峰巅、月亮尚未升至天顶的夜空,这一切都仿佛变得比羽毛还轻,我感觉到在上下眼睑间变大变坚实,准备在它柔嫩的表面上承受别的负担、准备举起世界上所有崇山峻岭的眼球,把这一切都轻轻地托了起来。眼球一如星球,远处地平线上的苍穹也不足以装满它。大自然所能带给我的生命显得那么渺小,海风与鼓荡在胸间的深长的呼吸相比,显得那么短促。我朝阿尔贝蒂娜俯下身去想吻她。倘若死神选在此刻向我袭来,我会毫不在意,或者更确切地说,我觉得它不可能奈何得了我,因为我的生命并不在我自身之外,而在我自身之中;倘若有个哲学家发表宏论,断言有一天,即便是很遥远的某一天,我将会死去,而大自然永恒的力量将会在我死后继续存在,我在大自然神力的脚下只是一粒芥子而已,在我身后还会有这些圆圆隆起的悬崖,还会有这大海,有这月光,有这夜空,那我准会朝他投去怜悯的一笑!这怎么可能呢,这个世界怎么会比我存在得更长久呢?要知道我并没有迷失在它之中,而是它被紧闭在我心中,紧闭在我这颗远远没有被装满的心中,而当我感觉到有些地方已经挤满了别的珍宝的时候,我就不屑一顾地将天空、大海和悬崖甩到一个角落里去了。

"住手,我要拉铃了!"阿尔贝蒂娜见我要扑上去吻她,大声喊道。但我心想,一个姑娘叫一个小伙子悄悄来看她,还安排得不让她姨妈知道,不会是无缘无故的,再说,对一个懂得抓住机会的人来说,放开胆子就意味着成功。在处于亢奋状态的我的眼里,阿尔贝蒂娜被内心热情点燃,犹如被彻夜长明的小灯照亮的圆圆的脸,就像一个亮晶晶旋转着的球,充满了立体感,仿佛有一场令人头晕目眩的旋风在原地打转,把米开朗琪罗的那些雕像都转动了起来。这个从未品尝过的红红的果子,我马上就要闻到它的芳香,尝到它的滋味了。我听到一个急促、持续而刺耳的声音。阿尔贝蒂娜使足了劲在拉铃。

〔和这些女友的友情中,始终有一股馨香。
夏日的回忆。〕

在我和阿尔贝蒂娜及其女友的交往中,作为友情基础的发自内心的愉快,始终有着一股馨香,这种馨香是无论你怎么折腾,也无法让硬生生摘下的水果、尚未在阳光下成熟的葡萄拥有的。她们一度曾是我眼中妙不可言的尤物,这就在不知不觉中使我和她们之间极为普通的关系有了某些神奇的因素,或者更确切地说,使这种关系就此变得不普通了。我的欲念如饥似渴地寻找她们目光中的含义,如今这些目光熟悉了我,对我在微笑,但是在第一天,当它们和我的目光相遇时,它们有如来自另一个世界的光芒;我的欲念无所不在而又无微不至地将色彩和芳香撒向那些仰卧在悬崖上的少女肉色的肌肤,她们毫不拘礼地把三明治递给我,或者一起玩猜谜游戏。当我在下午时分躺在那儿,就像要从现实生活中追寻古代高古余韵的画家那样,把一个正在剪趾甲的女人画成气度高贵的《拔刺者》,或者像鲁本斯那样,把他认识的女人画成女神,来构思古代神话场景的时候,我望着这些散布在周围草地上,类型各不相同的棕发和金发少女美丽的肢体,日常生活给这些躯体装满的平庸内容,或许并不会就此清空,我也并没有着意去想她们仙女般的出身,然而我却像赫拉克勒斯或忒勒玛科斯一样,仿佛正在水中仙女之间嬉戏。

随后举行音乐会的日子结束了,天气转坏了,我的这些女友都离开了巴尔贝克,她们并不像燕子那样是在同一天,但都是在同一个星期里走的。最先走的是阿尔贝蒂娜,她说走就走,当时也好,过后也好,她的女友们谁也不明白她为什么要那样仓促地回巴黎,那儿既没有功课，也没有消遣在等着她。"她什么也没说，就那么走了。"弗朗索瓦兹抱怨说，其实她心里巴不得我们早点离开这儿。她嫌我们在酒店雇员和经理面前嘴不够紧。酒店雇员人数已经减少，但还是留下了一些伺候寥寥无几的少许客人，那个经理照她的说法是个"亏空经理"。确实，酒店很快就会关门，里面的客人早就走得差不多了。酒店里从没这么舒服过。

[……]

是得离开巴尔贝克了，在这个没有壁炉和取暖设备的酒店里，寒风淫雨让人有了萧瑟之感。再说，最后这几个星期差不多已经被我置之脑后了。当我想起巴尔贝克时，眼前浮现的几乎永远是那些晴朗的夏日，我因为下午要跟阿尔贝蒂娜和她的女友一起出去，外婆遵照医嘱，非要我早上在拉上窗帘的房间里躺着不可。经理特地关照，在我这一层楼不许弄出声响，并亲自督察命令是否执行。光线太强，我吩咐把房间里那幅第一晚对我满怀敌意的紫色窗帘尽量拉上。为了不让光线透进来，弗朗索瓦兹每晚都把毯子、印花红桌布和杂七杂八拼凑起来的布料用别针别在窗帘上，可还是没法遮得严严实实，仍然会有光线透进来，在地毯上洒下银莲花花瓣似的红红的光影，我有时会情不自禁地把赤裸的脚踩在这光影上。[……]

我看不见那些少女，但我知道她们在大堤上，在翻卷而上的海浪跟前行进，逢到天气暂时放晴，可以在大海远处蓝莹莹的浪尖之间望见里弗贝尔小城，这座小城矗立在波涛之上，犹如一座意大利小镇，每个细部都在阳光下勾勒得很清楚。我没看见这些女友们，但是（当报贩，也就是弗朗索瓦兹所说的那些"吃报纸饭的主儿"的叫卖声，洗海水浴的游客和孩子们玩耍时发出的叫喊声，如同海鸟的鸣叫那般，为轻轻碎成浪花的波涛打着节拍，一齐向着我的房间而来的时候）我悬想着她们的倩影，谛听着她们的笑声——它们犹如涅瑞伊得斯的笑声，被柔和的浪涛裹着，传到我的耳畔。

"我们来过，"那天晚上阿尔贝蒂娜对我说，"想看看您是不是会下来。可是您的窗板一直关着，音乐会的时候也没打开。"

确实，十点钟那会儿，乐声在我窗下轰然响起。在海水涨潮时，海水会趁着乐器演奏的间隙源源不断地涌来，席卷而上的海浪仿佛在把小提琴的乐声裹进它晶莹的浪头，把泡沫溅在某种海底音乐时断时续的回声之上。

我不耐烦地等着给我把衣服送来，好让我穿起来。正午的钟声响起，弗朗索瓦兹总算来了。一连几个月，在我原来想象成暴雨不断、浓雾弥漫，因而令我心向往之的这个巴尔贝克，晴朗的天空明亮清澈，从不变色，所以弗朗索瓦兹来开窗的时候，我总是十拿九稳地等着瞧见折射到外墙上的一方阳光，它那恒定的颜色并不像一个夏日标志那么令人感动，倒像一件匠气很重的彩釉工艺品，色泽有些黯淡。弗朗索瓦兹取下窗帘上的别针，去掉布料，拉开窗帘，露出夏日犹如一尊华丽的千年木乃伊，死寂而邈远，我家这位老女仆只是小心翼翼地除去了裹在它身上的衣料，让它在显身前，沉浸在金色袍子馥郁的香气之中。

Le Côté de Guermantes

03

第三卷
盖尔芒特家那边

第 1 部

〔搬入新居与盖尔芒特夫妇为邻。就近见到的盖尔芒特公爵和公爵夫人。公爵夫人举办的聚会。

盖尔芒特府上的一举一动,都在弗朗索瓦兹的眼皮底下。住在院子里的裁缝絮比安和他的侄女——在第五卷《女囚》中夏尔吕男爵认絮比安的侄女为养女,她成了有贵族封号的小姐,并在第六卷《失踪的阿尔贝蒂娜》中嫁给康布尔梅夫人的儿子康布尔梅侯爵。〕

清晨小鸟的啾鸣,在弗朗索瓦兹听来乏味极了。那些女仆每说一句话,她都会吓一跳;她们的脚步声,她听着也不舒服,心里暗问那究竟是谁;这都是由于我们刚搬了新家的缘故。诚然,在旧宅的七楼上,仆人弄出的声响未见得就轻些;但她熟悉他们,听着他们来回走动,她感到亲切。而现在即便四周一片寂静,她也会觉得心惊肉跳。我们的旧居面朝一条热闹的林荫大道,而新居所在的街区却很幽静,所以路上行人的唱歌声(如同交响乐中的动机那般幽微,却远远地就能听出)就会让流徙中的弗朗索瓦兹热泪盈眶。搬离一座她感到处处受人尊重的大楼,曾让她那么伤心,按照贡布雷的老规矩,她边哭边理箱子,声称任凭什么宅子,也不会有我们的旧宅好;当时那会儿,我虽然取笑她来着,但心里知道,我尽管不恋旧,却也不容易接受新的东西,所以当我看见这个老女仆垂头丧气,由于看门人(他还不认识我们)没向她表示在她有如不可或缺的精神养料的尊敬态度,而陷于一种近于萎蔫的状态时,我朝她走了过去。只有她能理解我;这当然是替她跑腿的年轻男仆做不到的。那个小伙子身上没有半点贡布雷传统,对他来说,搬个家,住进另一个街区,就好比度假,那股新鲜劲儿就像外出旅游一样舒心。他觉得自己置身在乡间;他得了感冒,而这居然就像窗没关上的车厢里的穿堂风,让他有了一种美妙的印象,仿佛他当真见到了沿途的景色。每打一个喷嚏,他就庆幸自己找到了个称心的差事——他一直盼望能遇上个爱旅游的东家。因此,我没把那个年轻男仆放在心上,径自走到弗朗索瓦兹面前。可我先前曾拿搬家的事儿打趣过她,笑她为了这么桩我觉得根本无所谓的事儿掉眼泪,所以这会儿她对我的伤感冷眼以对——这份伤感有她在分担着呢。神经质的人愈是敏感,就愈是自私。他们自己心里稍有点事,就会左思右想,却不许别人在他们面前表露不快的情绪。弗朗索瓦兹容不得自己受半点委屈,但见我难受,她却掉过头去不理我,让我甭想看到自己的痛苦受到同情,让我知道它压根儿就没人注意。我想开口跟她谈谈我们的新居,她却仍是这么着。不过,两天以后情况就有了变化,我刚换了个地方,一时气还顺不过来,就像蟒蛇刚吞下一头牛,我被一张视觉难以消化的长长的餐边柜折腾得苦不堪言,不料就在这时,弗朗索瓦兹从旧居取几件落下的衣服回来,显出了女人善变的本色,说我们那条林荫大道吵得叫她受不了,说她转了老大一圈才转进屋子,又说她从没见过那么难走的楼梯,她无论如何也不会再回去住在那儿,哪怕给她几百万——反正她是空口说白话,不说白不说——也不干,还说新居的每样东西(也就是说厨房和走廊里的那些东西)都比老宅里摆放得有味道。说到这儿,我得交代一下,这新居——我们搬到这儿来住,是因为我外婆健康情况不大好,需要有个空气洁净的环境,这个原因我们瞒着没告诉外婆——是附属于盖尔芒特府邸的一套房间。

当初有段时间,地名——我们给不可知的事物安上名字,这些名字就为我们提供了它们的形象——在向我指明一个实在的地方的同时,让我非得把地名和地方对上号,甚至非得到一座城市去寻觅所谓的城之魂不可，但其实一座城市本没有魂，只是我们安了个名儿，它就附在那上面，再也甩不掉了。名字，不仅像寓意画那样使城市和河流具有个性，不仅让物质世界变得琳琅满目、美不胜收，而且对社会生活也有这般影响：这不，每座城堡，每个有名的府邸或宅第，都有它的女主人或者说仙女，犹如森林有林神，河泽有水仙一样。有时候，生活在我们的想象中的这位仙女，会隐藏在名字背后，按我们的想象变换形态：德·盖尔芒特夫人在我心目中的形象就是如此，有好多年，她只是幻灯片和彩绘玻璃上的映像[1]而已，而当全然不同的遐想有如湍流溅起水花，打湿了它们，她的形象也就变得黯然失色了。

然而，一旦我们走近名字所对应的真实人物，仙女就消失了，因为，这时名字会照亮这个人，而他身上并没有那个仙女。要是我们离开这个人，仙女就又会重现；可要是我们一直留在他身边，那仙女肯定得完蛋，就像吕齐尼昂家族[2]在梅吕齐娜仙女消失之日注定得完蛋一样。在这种时候，名字沦为带照片的身份证，尽管经过修整润饰，追根溯源，我们仍能寻回它原初的主人的模样。而当年的一种感觉——有如那些既能记录不同艺术家演奏的声音，又能保存他们演奏风格的录音器械——却会唤醒我们的记忆，我们不仅听见了这个名字，而且听出了它当初传到耳畔时的特有音色，这个名字看上去没变，但那些相同的音节，在相继唤起我们对那些遐思的回忆时，仍然使我们感觉到了那一个个绮梦之间的时间间隔。有时，我们自以为回忆起了往昔的时日，就像蹩脚的画家那样，把往日的感受，按自主回忆惯用的、千篇一律的调子，一股脑儿涂抹在同一块画布上，但忽然间，曾在早先某个春天听到过的一阵鸟鸣，会让我们怦然心动地准确辨认出，

---

1 参见第一卷《夫斯万家那边》。幻灯片上的热纳维埃芙·德·布拉邦，是德·盖尔芒特夫人声称的盖尔特特家族的祖先。
2. 十世纪统治法国西普瓦图地区的著名家族。仙女梅吕齐娜是这个家族传说中的先祖。后文中会提到，德·盖尔芒特公爵声称盖尔芒特家族也是这位仙女的后裔。

有如从一支支色彩各异的颜料管中拣出，那些因时日久远而被遗忘的、神秘而鲜亮的色彩。往日的每个时刻，又都会在一种和谐的基调上标新立异，采用我们如今已不熟悉的色调使我感到惊喜，比如说，当盖尔芒特的名字在好多年后的某个时刻，碰巧又以当初佩斯皮耶小姐婚礼上我听到的那种语调，在我耳畔响起时，我顿时感到一阵狂喜，眼前浮现出年轻的公爵夫人，她那条淡紫色的、柔滑而蓬松的皱裥领巾又新又亮，她的眼睛发出雪青色的光，犹如一朵无法采撷的长春花。当年的盖尔芒特的名字，好比一只充了氢气或别的气体的小气球：一旦把它戳破，我就能从逸出的气体中闻到某年某日贡布雷的气息，其中夹杂着广场一角的风拂过山楂树丛飘散的香味，而那风正是下雨的预兆，乌云遮蔽了太阳，圣器室的红地毯蒙上天竺葵的色调，平添了一层粉红色柔和的光影，这种温柔的色调，俨然是瓦格纳风格的欢乐色调，其中充盈着节日的高贵气质。虽然在日常生活令人目眩的漩涡中，名字沦为实用的工具，色彩已经消失殆尽，正如飞快旋转的陀螺看不出颜色一般，但是即便不算上述那种难得的时刻，不算那种我们蓦然间会感受到本真的实体在业已消亡的音节中颤动着、重新展现它们的形态和质感的时刻，也仍然会有这样的时刻，当我们在冥想中苦苦思索，为了回到过去而一心想让自己置身其中的永恒的运行变得慢一些，甚至稍稍停顿一下，此时我们就会渐渐看见在我们的生命历程中，同一个名字相继呈现在我们面前的种种色彩，它们并列在那儿，却又全是迥然不同的。

当年我的乳母——她想必也像今天的我一样，并不知道那是歌颂谁的——轻轻摇着我，给我哼唱那首古老的歌谣《光荣归于德·盖尔芒特侯爵夫人》，或者在若干年过后，年迈的德·盖尔芒特元帅在香榭丽舍大街上停住脚步，令我奶奶大为自豪地夸我"好个漂亮小子！"从衣袋里掏出银制糖匣，取出一颗巧克力给我的那会儿，盖尔芒特这个名字想必会以某种形态出现在我的眼前，但那是怎样的形态，我就说不上来了。童年时代的头几年,并不属我所有,它们跟我是不相干的,那时候的事情,我都得靠别人讲给我听才知道,这就正像出生前发生的事情,我们自己没法知晓一样。但往后的日子里,这个停留在我脑海里的名字,却前后换了七八个模样,愈靠前,模样愈俊:渐渐地,我的绮思遐想抵不住现实的冲击,只得放弃已守不住的阵地,稍往后退,重新构筑工事固守,然后被迫再次退却。和德·盖尔芒特夫人同时变化的,还有她的住所;这些年来陆续听到的种种话语,不仅让我的遐想起了变化,也丰富了盖尔芒特这个名字的内涵,而由这个名字派生的住所,又把我的绮思遐想一一映在了变得有如云朵或湖面那般光可鉴人的石墙上。

先是一束橘黄色的光柱打在上面,显出一座没有厚度的城堡主塔,领主和夫人在塔顶上决定臣仆的生死;而后城堡让位于这片有湍流穿越的土地——这儿是盖尔芒特家那边的尽头,在好些个阳光和煦的下午,我和大人曾顺着维沃纳河往前散步——公爵夫人曾在这儿教我钓鳟鱼,告诉我邻近墙缘上那一丛丛紫色、粉红色的花儿的名称;然后,这片世袭的、充满诗意的领地上,高傲的盖尔芒特家族犹如一座橙黄色的、饰有花叶的高塔,穿越一个个时代,屹立在法兰西的大地上。那时巴黎圣母院和夏特勒圣母院还没建成,稍后才会在天空上看见它们的身影;那时,朗城[1]山顶的大教堂也还没建成,而如今,那高高耸立的中殿,犹如停在亚拉腊山上的诺亚方舟[2],族长和他的妻儿焦虑地从窗口往下张望,想知道天主的震怒是否已经平息,他们随身带着各种各样的植物,准备种植在洪水退去后的土地上,而那些牲畜,仿佛要从钟楼四处逃散似的,只有牛儿在穹顶上悠闲地散步,从高处眺

---

1. 朗城(Laon)是法国北部埃纳省的省会,旧城建在俯瞰香槟平原(plaine de Champagne)的小山上。山顶的圣母大教堂以精美著称。
2. 亚拉腊山是土耳其东北部的一座山脉。《圣经·创世记》:"七月十七日,方舟停在亚拉腊山上。"

望着香槟平原;那时,游客在向晚时分离开博韦时,还看不到大教堂分叉的黑色侧翼在金色的天幕上展翅盘旋,一路尾随着他。盖尔芒特家族有如一部小说的背景,虚构的景色让人难以捉摸,但唯其如此,我就更想把它看个明白,它被真实的土地和道路围在中间,而这些土地、道路,就在一个火车站两里开外的地方,一下子充满了纹章图集的意味;我想起了邻近几个地方的名称,仿佛它们就在帕耳那索斯或赫利孔山[1]的山脚下似的,在我就像引发一种神秘现象的物质环境——就地形学的意义而言——那样可贵。我眼前又浮现出画在贡布雷教堂彩绘玻璃底座上的那些盾形纹徽,划成四格的盾面缀满各种各样的纹章图案;这个显赫的家族几个世纪以来或靠联姻,或靠收购,从德国、意大利和法国各地领主那儿巧取豪夺,兼并他们的领地:北方大片的土地,南方富庶的城市,都被合并进来,附属于盖尔芒特家族,领主权名存实亡,只是象征性地让那些绿色主塔或银色城堡的图案镌刻在了盖尔芒特家族蓝底的盾面上。我早就听说过盖尔芒特家族有名的挂毯,此刻我仿佛见到这些中世纪风格的、略有些粗糙的蓝色挂毯,以古树参天的山麓为背景映现在眼前,有如这紫红色的、充满传奇色彩的家族名字上方的云朵;而这片古树林,正是西尔德贝尔[2]当年常来狩猎的去处。我依稀觉得,这片神秘而深邃的土地,这些距今几个世纪的遥远的年代,我无须亲临亲历,只要在巴黎和德·盖尔芒特夫人一起待上一会儿,就都能洞悉它们的秘密,仿佛这位君临山川湖泽的女主人,仅凭她的脸庞和话语,就足以让我领略当地森林河流的魅力,以及家族档案室里古旧的习俗汇编的沧桑感。但后来我认识了圣卢;他告诉我,直到十七世纪这个家族拥有这座宅邸之后,它方始有了盖尔芒特府邸的名头。在此以前,这个家族居住在邻近的地

---

1. 这两座山,分别是希腊神话中太阳神阿波罗和缪斯女神居住的地方。
2. 西尔德贝尔(Childebert,约495—558):弗兰克王国国王。

区，家族的封号并非来自这个采邑。而后又建起了村镇，并按府邸的名称命名了村镇，为了不影响景观，援用了一部尚未失效的地役法规，对街道的走向和房屋的高度都作了限定。至于挂毯，那都是以布歇的画作为蓝本的，十九世纪时盖尔芒特家族一位热衷于绘画的成员买下这些油画，放在一间蒙着土耳其红棉布和长毛绒的极其难看的客厅里，跟他本人画的平庸的狩猎图并排挂在一起。圣卢这番话，向我揭示了这座府邸中与盖尔芒特的名字不相干的东西，这样一来，我就无法再像以前那样，一味从这个名字响亮的音节中看到巍峨的古堡了。于是在这个名字的背景上，映在湖面上的城堡倒影淡去了，显现在德·盖尔芒特夫人周围的，一如在她的住所周围那样，是她在巴黎的宅邸，这座盖尔芒特府邸有如她的名字一样清澈，其中没有半点功利、浑浊的污渍，通体都那么晶莹剔透。正如教堂不仅意味着礼拜的场所，而且意味着虔诚的信徒，我们说的盖尔芒特府邸，其实包含着所有与公爵夫人一起分享她的生活的密友在内，但我从未谋面的这些密友，对我而言只是些显赫的、诗意的名字，而他们所认识的人物，在我也只是些名字，因此他们仅仅是对公爵夫人的秘密起了放大、保护的作用，在她的周围加了一圈硕大的光晕，而光晕愈大，色泽就愈黯淡。

在公爵夫人府邸的聚会上，因为我没想到宾客们居然都有模有样，留着唇髭，穿着高帮皮鞋，说的尽管是些平常的话，有时却显得挺有人情味，甚至不乏理性的思考，所以这股名字的漩涡对我来说，并不会比这个人称德·盖尔芒特夫人的萨克森瓷偶举办的一次幽灵宴会或鬼魂舞会带给我更多的信息，这个漩涡始终使她的玻璃宅邸保持着一种橱窗般的透明性。后来，圣卢对我讲了这位姨妈家小教堂神甫和园丁的一些趣事，于是盖尔芒特府邸简直就成了——从前某个时期的卢浮宫[1]大概就是这样的——一座位处巴黎，四周却被家族世袭封地团

---

1. 始建于1204年的卢浮宫原是一座城堡，十四世纪才由查理五世扩建改造成王室宅邸。

团围住的城堡,尽管这种自古就有的权利今天看来挺奇怪的,但是公爵夫人至今仍在对这些领地行使种种封建特权。但当我们搬到这座府邸侧翼的一套房间,与德·维尔巴里西斯夫人为邻,紧挨着德·盖尔芒特夫人的套间安顿下来的那会儿,城堡云云已经消失得无影无踪了。这是一座也许现在还能看到的那种旧宅子,这种宅子里主要的院子——不知那是民主浪潮留下的积淀,还是早年各式工匠围领主宅第聚居的传统的余绪——两旁都是些店铺后间、工场,甚至有鞋匠或裁缝的棚铺(那景象跟某些教堂两侧鳞次栉比的店铺堪有一比,那些维修教堂的建筑师眼光不济,留下了这些有碍观瞻的铺子),另有一个兼作修鞋匠的看门人,捎带着在院子里养鸡种花——院子深处,正式的府邸里面,没准住着一位伯爵夫人,当她乘坐那辆两匹马拉的旧马车出行时,只见帽子上插着些旱金莲,看上去像是在门房的小花园里采的(车夫身边有个跟班,他不时跳下车去往本地区的每个贵族宅邸投送名片),她对着门房的孩子和此刻正巧从屋子里出来的布尔乔亚房客们,一视同仁地领首微笑,挥手致意,和蔼中透着轻蔑,平等里显出高傲。

我们刚刚搬进去住的这座宅子里,院子深处的贵妇是位公爵夫人,举止优雅,年纪还轻。她就是德·盖尔芒特夫人,多亏弗朗索瓦兹,我很快就对这座府邸的情况有了个大致的了解。这是因为,盖尔芒特府上(弗朗索瓦兹常常管它叫楼下或下面)的一举一动,从一大早起就处于弗朗索瓦兹的眼皮底下,她早晨给妈妈梳头时,尽管妈妈不喜欢她这样做,可她不时忍不住要偷偷看一眼院子,然后说:"瞧,两个嬷嬷,肯定是去楼下的",或者"哦!厨房窗口那两只野鸡可真漂亮,不用问,准是公爵打猎打来的",到了晚上,她给我准备睡衣的当口,要是听见有人弹钢琴或唱小调,她就该说:"下面又请客了,他们可真会找乐子";她如今已是满头白发,但在那张一本正经的脸上,刹那间会绽出一个年轻时的谦恭而活泼的笑容,把脸上的每根线条调整到位,犹如就要跳四组舞时那般矜持而机灵。

而盖尔芒特府上最使弗朗索瓦兹感兴趣,给她带来极大的满足,同时也使她感到极其苦恼的时刻,正是府邸大门打开,公爵夫人乘坐她的敞篷马车外出的时刻。那通常是在仆人们用餐过后,这次名曰午餐的进食,对他们而言不啻是逾越节的庄严庆典,任何人不得打扰,在此期间,他们是不可触犯的,就连我父亲也不敢按铃唤人——况且他明白,就是按五回铃,也休想让他们过来——他不想白费力气、自讨没趣,但心里难免有点不自在。再说,弗朗索瓦兹(她步入老境后,更喜欢摆出一副望之俨然的尊容)整天都对他板着脸,那张红扑扑的、布满楔形细小皱纹的脸,仿佛在以一种使人费解的方式,诉说由来已久的积怨,表白自己的满腹牢骚大有道理。她自管自地说个没完,我们既不知道她是冲着谁在说,也听不清楚她究竟在说什么。她管这叫——她相信她这是在折磨我们,会使我们既难受,又难堪——全天候的小弥撒。

最终的仪式结束后,弗朗索瓦兹(她就像那些简陋的教堂里的神甫一样,既是主祭,又是信众的一员)给自己斟上最后一杯酒,拉下脖子上的餐巾,折叠起来擦了擦沾着兑水红酒和咖啡污渍的嘴唇,然后把它塞进餐巾环里,以忧伤的眼神看了看她的年轻跟班,以示感谢——那个年轻仆人正殷勤地对她说:"来,夫人,再吃点葡萄,味儿不错呢。"她随即走过去开窗,只说是这个该死的厨房里太热了。就在转动窗把手,推开窗子的当口,她不动声色地朝院子那头迅速地瞥了一眼,心里有了数,知道公爵夫人还没准备动身,她那既不屑又热切的目光,盯住套好辕马的马车瞧了一会儿,随后,专注的目光在地面的俗物上凝视已毕,往上转向天空,她早就感到空气挺爽,阳光挺暖,猜也猜得到天空一碧如洗;她瞧着屋顶上的一个角落,那是我屋里壁炉的上方,每年春天,都会有鸽子飞来这个地方来筑窝,当年在页布雷那会儿,也有这种鸽子在她的厨房里咕咕叫个不停。

"哦！贡布雷啊，贡布雷！"她大声说。（这种带有祈祷意味的感叹，用的是近乎唱歌的声调，配上弗朗索瓦兹那张正宗的阿尔勒人[1]脸容，不禁让人要疑心，莫非她是南方人，她所感叹的故乡莫非是她被人收养时居住的所谓第二故乡？但也许我们这是想错了，可不是，哪个省没有自己的"南方"呢，我们不是常会遇到有些萨瓦人或布列塔尼人[2]，说起话来也很可爱地把长元音读得挺短，把短元音读得挺长，就像南方人一样吗！）"哦！贡布雷，我可怜的家乡，啥时候我才能再见到你喔！啥时候我才能整天价待在你的山楂树丛中间，待在那些可怜的丁香树下面，听着燕雀唱歌，听着维沃纳河流过，就像有个人在轻轻地说着话儿，再也听不见小少爷那讨厌的铃声，他呀，等不上半个钟头，就要让我在该死的过道上跑一趟。可他还要嫌我跑得不够快，也不想想他按铃，我总得听到了才能跑啊，你要是到得晚了一分钟，他就当场开销，大发雷霆。唉！可怜的贡布雷啊！说不定我要到死才能跟你重见喽，到那时，他们会把我像块石头那样，扔进坟坑拉倒。那时候，你那些白得耀眼的美丽的山楂花，我可就闻不到它们的香味儿喽。可是即便躺在坟里，只怕我还会听见搅得我永世不得安生的那三下铃声呢。"

这当口，院子里那个做背心的裁缝招呼她，打断了她的絮叨。当年我外婆来看望德·维尔巴里西斯夫人时，曾对这位裁缝青睐有加，现在弗朗索瓦兹对他也颇有好感。他刚才听到这边的开窗声，已经抬头望了一会儿，想等这位女邻居的目光转过去时，跟她打个招呼。弗朗索瓦兹少女时代娇媚的模样，想必在絮比安先生的脑海中是有过想象的，因此我们这位年迈的厨娘被岁月流逝、任性使气和灶火熏烤弄得粗粝板滞的脸，此刻在他看来仍有可爱之处。弗朗索瓦兹向裁缝亲

---

1. 阿尔勒（Arles）是法国南部城市，而贡布雷在法国北部，故有疑心她是南方人、贡布雷是她第二故乡云云。
2. 萨瓦和布列塔尼，分别在法国的东部和西北部，当然都不在法国南方。

切地打了个招呼,其中巧妙地兼有矜持、熟稔和害羞的意味,但她并没出声回答他,因为妈妈立过规矩,不许她朝院子里张望,这会儿她虽说坏了这个规矩,但毕竟还不敢公然隔着窗户跟外面说话,她知道那样会招来夫人的——按弗朗索瓦兹的说法——"一通训斥"。她朝絮比安先生指指套好辕马的敞篷四轮马车,意思是说:"套的马真俊,嗯!"但心里却在嘀咕:"什么破女人!"她知道他会回答她的,果然,他把手掩在嘴前,好让压低嗓门说的话,能让她听见:"你们想要,也能有,还能比这更好呢,可你们不稀罕这些东西。"

弗朗索瓦兹含糊地做了个既谦虚又兴奋的表情,意思大致是说:"各有所好呗,我们这儿可不爱张扬。"随后她怕妈妈会过来,就关上了窗子。絮比安说"你们"可以有比盖尔芒特家更多的辕马,本意是说我们,但是他说成"你们",也不无道理,因为,如果不把某些纯粹的自我放纵(举例来说,在她咳个不停,全家都怕被她传染感冒的当口,惹人讨厌地冷笑说她可没得感冒)考虑在内的话,她和我们的关系,就好比有些植物跟某种与它们共生的动物那样密不可分,这种动物为这些植物捕捉、咬嚼、消化食物,然后把自己易于吸收的排泄物供给它们,同样,弗朗索瓦兹和我们之间也是这样一种相依相存的关系;我们靠门第、财产、生活方式、社会地位,来保证她那点小小的虚荣心得到满足,这点虚荣心已经成为她人生中必不可少的享受的一部分——此外就是一些得到承认的特权,诸如按老规矩用餐时自由举行宗教仪式,用餐后开窗透透空气,有时上街逛一圈买买东西,星期天外出看望侄女,等等。

所以我们就不难理解,刚搬来的时候——那会儿,整幢房子里,上上下下没人知道我父亲那些让人肃然起敬的头衔——弗朗索瓦兹何以会那么蔫头耷脑,就像(按她自己的说法)得了忧郁症似的。这种忧郁,就是高乃依剧本中那种浓烈的情绪,也是那些最终自杀了此一生的老兵的症状,他们受不了结婚、居家过日子的生活,那样的生活让他们忧郁得不想活下去。而弗朗索瓦兹的忧郁，正是絮比安很快就给治愈的，因为他马上就使她感到了一种高雅的大喜悦，就仿佛我们决定要买一辆新车似的。"好人哪，这些絮利安（弗朗索瓦兹爱用已经熟悉的名字，来称呼新近认识的人），一眼就看得出，他们都是些说话占理的好人。"的确，我们没有豪华马车，絮比安不仅理解那是因为我们不想有，而且能让别人也明白这道理。

弗朗索瓦兹的这位朋友，在某个部里谋了个雇员的位子，所以平时很少待在家里。这位专做背心的裁缝，原先身边有个女孩，当初我外婆来拜访德·维尔巴里西斯夫人时，她还是个小不点儿（外婆以为她是他的女儿），但已经会熟练地拆开裙子重新缝缀了。后来她改做女装，成了专做裙子的女裁缝，这时絮比安再干老本行就没多大意思了。这女孩起先在一个女裁缝当家的铺子里打下手，缝个针脚，缲个边儿，钉个纽子或揿钮，用别针别住裙片试腰身，但她很快就当了老板娘的助手，随后就当了上手。她自己有了一批上流社会的女顾客，就自己在家里，也就是说在我们的大院里，开了个铺子，有一两个当初一起干活的小姐妹，经常过来帮她打下手。从此以后，絮比安在不在，就变得无关紧要了。当然，女孩（现在已经是大姑娘了）仍然常会接到背心的活儿。但有了小姐妹帮忙，她不再需要别的人手。所以絮比安——他是她的叔叔——就托人找了份差事。一开始没多少事，中午就能回家，后来，正式顶了缺，就要晚饭前才能到家了。絮比安的正式履职，幸好是在我们迁入新居几星期过后的事，所以他还有大把的时间可以献殷勤，帮助弗朗索瓦兹渡过最初阶段的难关，不至于太痛苦。不过，尽管我知道他这种所谓的"过渡时期疗法"，对弗朗索瓦兹的确挺管用的，可我还是得承认，我一开始并不怎么喜欢絮比安。远远看去，他脸颊胖乎乎的，肤色挺红润；但走近一看则不然，只见他的目光中满是怜悯、忧愁、迷惘的神情，让人不禁要想，莫非他已经病得很重，或者刚受过亲人离去的重大刺激。然而只要他一开口说话——他其实很能说——你就会觉得他只是有些冷漠，有些爱嘲讽人罢了。他的目光和说话之间的这种不协调，显得很不自然，不仅让别人看着不舒服，也常使他自己感到挺尴尬，他那样子，仿佛一个随便穿了件上装的宾客，来到了一个人人都身穿礼服的宴会厅，又像一个人见到王室成员问他话，不知道该怎么回答才好，窘迫之下，只能支吾几声就不开口了。当然我只是打个比方，絮比安其实口才便给，挺能说的。也许正如他的眼神（跟他熟悉以后，你就不会注意这种眼神）抢了你的视线，让你一时难以注意他的整张脸一样，我很快发现他其实绝顶聪明，是我所见过的那种天生具有文学天赋的人，也就是说，虽然可能没有受过多少教育，但他凭着随手翻看过的那几本书，就无师自通地掌握（或者说吸收）了这门语言最微妙的表达方式。我所知道的那些天资卓异的人，都很年轻就去世了。所以我心想，絮比安的寿命也长不了。他善良，有同情心，感情充沛而细腻。他在弗朗索瓦兹的生活中所起的作用，很快就变得不是那么不可或缺。她学会了自己来扮演这个角色。

即便只是某个供货商或仆人送来一盒东西，弗朗索瓦兹也会做出全然不把对方放在心里的样子，神情冷漠地指指一张椅子让他坐下，自己照旧干着活儿。就这样，她巧妙地利用了来人在厨房里坐等我妈妈回话的这段时间，让人在离去后脑子里深深地刻下这么一个印象：要是我们没有某样东西的话，那是因为我们不想有。不过，她执意要让人家知道我们"钱有来着"（她可不知道圣卢所说的部分冠词的用法，所以常说"钱有来着""水拿来着"[1]），知道我们很富有，并不意味着她觉得光是富有——光是富有而没有美德——就很好了，但是有美德而不富有，那在她看来也是不行的。对她而言，富有是美德的必

---

[1] 部分冠词的用法，是法语语法中比较难以掌握的一个内容。此处原文中是说弗朗索瓦兹常说 avoir d'argent 和 apporter d'eau。这种说法是错误的，错就错在没用部分冠词。正确的说法是 avoir de l'argent（有钱）和 apporter de l'eau（拿点水）。

要条件,不符合这个条件,美德就既无价值更无魅力可言。她几乎从不把两者分割开来,所以往往会把其中一方的长处,搬用到另一方身上,要求美德给人带来舒适的生活,要求富有包含启迪人心的智慧。

窗一关上,弗朗索瓦兹就相当迅捷地转过身来(要不然,在她想来,妈妈"什么样的话都骂得出口"),叹口气,开始收拾厨房的桌子。

"盖尔芒特家族哪,有些人还留在拉谢兹街呢,"贴身男仆说,"我有个朋友在那里干事儿,给他们的车夫当副手。我还认识一个人,是这哥们儿的表弟,他和德·盖尔芒特男爵的马童在一个团队里当过兵。'不过管它呢,反正不是我的老爸!'[1]"男仆加上这么一句,是因为他习惯了要在说完一段话以后,就像唱歌唱叠句那样,加一两句新鲜的玩笑话。

弗朗索瓦兹上了年纪,眼力已然不济,再说她看什么东西都是从贡布雷的眼光出发,远远地看不真切,所以她没看出男仆是在玩笑,但她觉着,那应该是句玩笑话,因为它后面没有了下文,况且把话说得那么使劲的男仆,又是她知道爱开玩笑的主儿。于是她露出宽容、赞赏的神情笑了笑,仿佛是说:"瞧这维克多,总是这样儿!"而且,她心里也是乐滋滋的,因为她知道,跟听这种俏皮话遥相呼应的,是各阶层人士忙于梳妆打扮,不惧严寒前往社交场合寻求的上档次的乐趣。说到底,她认准这男仆是个朋友,因为他经常用愤慨的语气告诉她,共和国当局又要对神职人员采用哪些卑鄙的手段。弗朗索瓦兹还不明白,我们的对手中间,最可怕的并不是那些反驳我们并试图说服我们的对手,而是另一种对手,他们专门渲染或编造一些能让我们伤心的消息,而且唯恐我们觉着他们是在用这些东西为自己辩护——

---

1. "哦!算了吧,他又不是我老爸!"是剧作家乔治·费多的一部三幕剧中很有名的台词。本书第二卷《在少女花影下》中,布洛克也说过:"那个扭扭捏捏的家伙是谁呀?反正不是我老爸!"

那样我们会减轻一些痛苦,甚至会对他们有意做给我们看的某种姿态,表示最起码的尊重,他们满脑子想的就是把我们往死里整,非把我们置于死地而后快。

"敢情公爵夫人和他们都是儿女亲家呗,"弗朗索瓦兹重新拾起拉谢兹街盖尔芒特那家子人的话头,犹如在一首行板中重新奏出一个乐段。"我不记得是谁告诉我的了,反正那家子人里,有人娶了公爵的一个侄女。这一来,他们就是一个圈圈里的人了。这些盖尔芒特可真是一个了不起的家族!"她满怀敬意地这么说,依据的是这个家族不仅有众多的成员,而且有显赫的声名,二者都了不起,就如帕斯卡依据理性和圣经的权威在论证宗教的价值。而既然这两桩事情她却只会用"了不起"一个词,在她看来它们就成了一件事儿,弗朗索瓦兹的语汇像某些宝石那样出现了瑕疵,暗昧之光投射到了她的思维深处。

"我在寻思,离贡布雷十里开外的盖尔芒特城堡,会不会就是她们的?那样的话,她们就跟盖尔芒特家在阿尔及尔的那位表妹也是亲戚喽。"妈妈和我想了好久都没明白,阿尔及尔的那位表妹是何许人,最后才弄清楚,原来弗朗索瓦兹说的阿尔及尔,其实是昂热[1]。有时候,我们会舍近取远,近的地方不知道,远的地方反而挺熟悉。弗朗索瓦兹因为我们在元旦那天收到过一袋样子难看的蜜枣,所以知道了阿尔及尔的地名,但她不知道有昂热那么个地方。她的语言(正如法语本身一样),尤其是与地名有关的语汇,充斥着舛误。"本来我想跟他们的膳食总管聊聊天——他们叫他什么来着?"她顿了顿,仿佛向自己问了个礼仪方面的问题;随后她自己作答:"噢,对了!他们叫他安托万,"仿佛安托万是个爵位或头衔似的。"本来他自己就可以告诉我,可他偏偏摆架子,像个书呆子那样不吭声,倒像舌头让人给割了,或

---

[1] 昂热(Angers)是法国西部的城市。这个地名在法语中的读音与 Alger(阿尔及尔)有些相近。

是忘了怎么说话似的。人家跟他聊天，他却根本不答你。"弗朗索瓦兹也像塞维涅夫人一样，喜欢说"答"你[1]。"不过，"她有些言不由衷地接着说，"我只要自己锅里有东西炖着，也就不去管人家锅里怎么样了。反正，这人确实是不怎么样。再说他也不是个有股劲儿的爷们（从这个评价听得出来，弗朗索瓦兹在贡布雷那会儿对有股劲儿的看法，已经有了改变，当初她是把莠夫跟凶兽相提并论的。现在则不然。有股劲儿仅仅意味着干活勤奋）。人家还说他偷东西都上了瘾，不过这些流言蜚语可当不得真。那儿上上下下的仆人都做不长，为的就是门房爱嫉妒，老是在公爵夫人面前打小报告。不过有句话是我得说的，这个安托万实实在在是个懒虫，他那位安托万奈丝一准也好不到哪儿去。"在弗朗索瓦兹想来，既然这位总管叫安托万，他老婆的名字当然是个阴性名词，那就该在他的名字后面加个"奈丝"，她这想必是受"议事司铎"加"奈丝"后变成阴性名词的启发，无师自通地创造了一种新的语法[2]。她那么说也不能错到哪儿去。时至今日，在巴黎圣母院旁边还有一条街叫修女街，这个名字是当年的那些法国人给它取的（因为街上住的都是些议事司铎），而弗朗索瓦兹正是他们的同龄人。再说，下面马上就有一个如此构成阴性名词的新例子了——只听得弗朗索瓦兹说道："没得说，那城堡准是公爵夫人的。她在那儿就是个女镇长哦[3]。这可不简单哪。"

"我明白，这很不简单，"那跟班煞有介事地说，其中毫无调侃之意。

---

1. 此处原文是 faire réponse。塞维涅夫人在她有名的书信集中，确实有好几处用这个说法表示"回答"之意。其实，"回答"规范的说法，是 faire une réponse 或 faire la réponse，也就是说，中间需要有个冠词（不定冠词或定冠词）。
2. 弗朗索瓦兹的这种语法"观念"，只能说是无稽之谈。"议事司铎"的法文是 chanoine，这个词加"奈丝"后变成 chanoinesse，意思并非女性的议事司铎，而是"修女"。至于安托万（Antoine），他的老婆自有名字，根本不会叫什么"安托万奈丝"（Antoinesse）。
3. 法文中"镇长"是 maire，"女镇长"是 mairesse，这种构成阴性名词的方式，"奈丝"云云倒真是与之如出一辙。

"很不简单,小伙子,你是这么想吧?可在像她们那样的人眼里,当个镇长什么的,根本就算不得一回事。喔!要是盖尔芒特家那座城堡是我的,你们就甭想在巴黎常见着我喽。我真不明白,像咱们家先生、夫人这么有钱的人,怎么会一心待在这憋气的城里,不想着得空就回贡布雷去,又没人拦住他们不让去嘛。他们还在等什么,干吗不早点退休赋闲呢,他们什么都不缺,难道一直要等到死的那一天吗?哦,我只要有面包吃,有冬天取暖的柴火,就宁愿回贡布雷我老弟的破屋去过日子。那儿好歹还有个过日子的样儿,眼前没有那么些房子挡着,入夜了就没什么声响,你听得见青蛙在两里开外的地方唱歌。"

"那可真是太美了,夫人,"年轻的跟班大声赞叹说,仿佛她说的这些事儿就是贡布雷的特色,犹如贡多拉是威尼斯的特色一样。

这个跟班进府时间不长,他和弗朗索瓦兹聊天,不拣自己喜欢的事情,而专挑对方感兴趣的话题说。弗朗索瓦兹,平时人家要是把她当厨娘对待,她都会做鬼脸,而对口口声声称她"女管家"的这个跟班,她总是和颜悦色,就好比二等亲的王室成员听见热心的年轻人称他殿下时那般谦和。

"至少你知道这是什么时令,自己该做什么了。不像在这儿,到了复活节还甭想见到哪怕一小朵毛茛花,倒像还是在圣诞节似的。我撑着这把老骨头爬起床的当口,连声早祷钟也听不见。在那儿,每小时都会敲钟,那钟是旧了点儿,可你会说:'这会儿我兄弟该从田里回来了,'你瞧着日头沉了下去,听着教堂敲钟祈祷好收成,你不慌不忙,天黑点灯前你准能回到家里。哪像这儿,一会儿是白天,一会儿又是夜里了,你上床睡觉那会儿,就像不会说话的牲口那样,根本说不出自己到底干了些什么。"

"好像梅泽格利兹也挺漂亮是吗,夫人,"年轻跟班截住她的话头说,对他来说,刚才聊天的内容有点抽象,他突然想起听我们在饭桌上说起过梅泽格利兹。

"哦，梅泽格利兹！"弗朗索瓦兹咧开嘴笑着说，每当有人说起梅泽格利兹、贡布雷、当松镇，她的脸上总会有这样的笑容。这些地方已是她生命中不可或缺的组成部分，一旦在别处遇见它们，在谈话中听到它们的名字，她心里就会充满欣喜；当一个教授在讲课中影射某位当代的名人，让根本想不到这位名人的名字会从天而降、落到讲台上来的学生们大感意外之际，这位教授激起的正是这种欣喜之情。她之所以高兴，还因为她感觉到那片土地对她来说，自有一种别人无从感知的魅力，它们就像她当年一起嬉戏游玩的伙伴；它们让她发出会心的微笑，仿佛她看出了它们的情趣所在——她在它们的许多地方看到了自己的影子。

"对，小伙子，你说得没错，梅泽格利兹相当漂亮，"她机灵地笑着说，"可你是从哪儿听说梅泽格利兹的呢？"

"我从哪儿听说梅泽格利兹？这地方可有名呐，是有人跟我说起过，说过不止一次呢。"他回答时闪烁其词的语气，很像有些案件中目击者模棱两可的证词，每当你想客观地判断一下，某件跟你有关的事情对其他的事情影响到底有多大的时候，你总会被弄得一头雾水，全然没有方向。

"哦！要我说啊，坐在那儿的樱桃树下，可比待在这儿的炉灶旁边强多了。"

她甚至跟他们聊起欧拉莉来，而且完全把她说成一个好人。因为打从欧拉莉去世以后，弗朗索瓦兹就全然忘记了，欧拉莉生前可没让她有什么好感——她不喜欢这种在自己家里什么也没得吃，饿得发慌，全靠有钱人家发善心，才能跑来装模作样地蹭饭吃。当年欧拉莉每个星期变着法儿从我姑妈那儿讨赏钱的做派，已经不会再使弗朗索瓦兹感到苦恼了。至于我姑妈，弗朗索瓦兹更是对她极尽赞美之词。

"那会儿在贡布雷，您是在咱们夫人的一位小姑家吧？"年轻跟班问。

"没错,是在奥克塔夫夫人家。哦!她真是个圣人,孩子们,在她家里可是什么都有,全是好东西哟,你们信我的没错,她可真是个好心肠的女人,从不怜惜山鹑、野鸡,什么都不怜惜,你们尽管五个一群、六个一群地去吃饭,肉尽管吃,都是上等的,还有白葡萄酒、红葡萄酒,要啥有啥。"(弗朗索瓦兹说的"怜惜",其实和布吕耶尔说的"吝惜"是一个意思。[1])"所有的费用都由她承担,哪怕来了一大家子人,一个月一个月地住下去,要待到猴年马月才走。"(这个说法并不会开罪我们,因为在弗朗索瓦兹年轻那会儿,"费用由……承担"里的费用,指的并不一定是诉讼费,而就不过是普通的花费。[2])"哦!听我的没错,从她府上出来的客人,没有一个不是肚子吃得饱饱的。神甫先生有好几次这么说:要是你指望有个女人能坦然地走到仁慈的天主跟前,那没得说,就是她了。可怜的夫人哦,我至今也忘不了她细声细气对我说的话:'弗朗索瓦兹,您是知道的,我不吃什么东西,可我希望您能把菜烧得可口,让大家都吃好,就像我也在吃一样。'当然,把菜烧得可口不是为了她。你们看到了就会明白,她只怕还没一袋樱桃重呢,再没比她更轻的人了。她不肯听我的话,从来不去看医生。哦!在那儿,你吃东西不用性急慌忙,夫人希望每个仆人都能吃饱吃好。瞧瞧这儿,今儿个我们根本就来得及吃早饭。做什么事都是慌慌张张的。"

最让她看不惯的,是父亲吃的面包居然都要在炉灶上烤过。她对自己说,那是摆派头,是消遣她。"可不是,"年轻跟班附和说,"我从没见过这种事儿!"他说这话的口气,仿佛他行遍天下,见多识广,各地风俗习惯无所不知、无所不晓,而就是没见过要把面包片放在炉灶

---

[1]. 这一句中的"怜惜"、"吝惜",原文中是 plaindre 一个词。此词有怜惜、吝惜两个不同的释义。按弗朗索瓦兹的表述方式,这个词通常会被理解成"怜惜"。作者煞有介事地为她"引经据典",从布吕耶尔那儿找"出处",当然是一种幽默。
[2]. "费用由……承担"原文是 aux dépens de... 。而其中的 dépens 一词又作"诉讼费"讲,故有"并不一定是诉讼费"云云。弗朗索瓦兹似乎有些喜欢说大字眼,而且常会弄巧成拙。

上烤的。"对，你没错，"老管家嘟嘟哝哝地说，"不过所有这些个事情，没准都要改变喽，听说加拿大的工人在闹罢工，前两天，有天晚上部长对咱们家先生说，他从中捞了二十万法郎好处呢。"老管家绝无指责之意，他并非不喜欢在背后说人坏话，而是觉得政客都是奸猾之徒，贪污受贿在他看来，就像小偷小摸一样稀松平常。他甚至也没好好想一想，部长说的那句非同小可的话，他有没有真的听到；一个受贿的官员亲口对我父亲说这话，而我父亲居然没把他赶出门去，这事到底有多蹊跷，这位管家也没细细掂量过。然而弗朗索瓦兹凭着她朴素的贡布雷哲学，并不认为加拿大工人的罢工，会对烤面包干的吃法有什么影响："只要这世界还是这样儿，那您就瞧着吧，"她说，"总会有差遣得我们一路小跑的主人，也总会有投其所好的仆人。"但她这个有关仆人免不了要小跑的说法，看来并不灵验，这不，我母亲（在弗朗索瓦兹用餐时间以多长为宜这一点上，她和弗朗索瓦兹本人好像采用的不是同一个准则）这一刻钟来心里在纳闷："他们到底在干什么呢？一顿饭吃了两个多钟头都不止了。"她怯生生地拉了三四下铃。弗朗索瓦兹，她的跟班，还有那管家，听着这铃声根本没当它是在唤人，全然没想着要过去，而是把它当作下半场音乐会开始前乐队的调弦声，它提醒观众，幕间休息只有最后几分钟了。因而当铃声再次响起，而且变得更为坚决之时，这几位下人开始上心，觉得所剩时间无多，眼看又得去干活了，于是，听着一下比先前略响的铃声，他们叹口气，死了心，年轻跟班下到门前抽根烟，弗朗索瓦兹脑子里转过几个关于我们的念头，诸如"他们准是得了多动症"之后，上她的七楼去收拾东西，而那个管家，从我的房间里找了张信笺，匆匆写了封私信让人送走。

尽管盖尔芒特府上的管家终日摆出一副冷若冰霜的模样，但弗朗索瓦兹还是不多几天就摸清了底细。她告诉我说，盖尔芒特家住的府邸，并不是世袭的领地，而是不久前才租赁的宅邸，挨着我看不见的那个立面的小花园，也相当小，跟邻近住宅的花园并无二致；我最终还得知，那儿既没有领主私设的绞刑架、筑有防御工事的磨坊，也没有鱼塘、安柱子的鸽棚、带甬道的谷仓和小城堡，既没有石桥，也没有吊桥，连浮桥和征收过桥税的人全都没有，没有道岔，没有张贴在墙上的特许证书，也没有用作路标的高墩。可是情况就如埃尔斯蒂尔的画，当巴尔贝克的海滩在我眼里失却它的神秘，变成地球上浩瀚的海面中一个普普通通的、跟其他的水域没有什么两样的组成部分之时，埃尔斯蒂尔骤然间赋予了它一种个性，让我意识到，这就是惠斯勒在《蓝色和银色的和谐》中展现的那个乳白色的海湾；同样，当我父亲的一个老朋友有一天这么说起公爵夫人之时，由这个名字派生的最后一座宅邸，在弗朗索瓦兹的猛击下，终于毁于一旦："她在圣日耳曼区名声显赫，她在圣日耳曼区的住所是首屈一指的。"唉！首屈一指的沙龙，圣日耳曼区首屈一指的住所，跟我曾在遐想中见过的一座又一座宅邸相比起来，又算得了什么呢。然而这个住所（它想必是最后一个了）虽说并不起眼，却还是显示出了超越于砖瓦之上的某种神秘的不同之处。

在盖尔芒特夫人早上徒步外出或下午乘车出行时，我无法从她身上发现这个家族的名字的秘密，唯其如此，我就更须到她的沙龙中去探寻这个秘密。诚然，在贡布雷的教堂里她曾经灵光一闪地出现在我面前，俨然是整个家族的化身，双颊自始至终红通通的，盖尔芒特这个名字的色彩和维沃纳河畔午后的阳光，都没能影响她双颊的颜色，在我的遐想破灭之际，她犹如一位神祇或林中仙女化身的天鹅或柳树，毅然听命于大自然的法则，或从容划过水面，或随风摇曳飘舞。然而这些倒影刚从我眼前消失，就又在摇碎它们的船桨后面，重新聚成落日玫瑰和黛青色的倒影，盖尔芒特的名字，在我脑海的僻静处迅即唤醒了有关面容的记忆。但现在，我看见的这张脸往往是在窗前，在院子里，在街上；我虽然仍然没法把它和盖尔芒特的名字匹配在一起，没法让自己确信她就是盖尔芒特夫人,但我至少会知道,这得怪我自己的脑袋不好使,没能按我的要求把活儿干利落;而我的这位高贵的邻居,她似乎犯的是同样的错误,更有甚者,她犯了错还满不在乎,完全不像我那么忧心忡忡,甚至根本没意识到自己犯了错误。这不,盖尔芒特夫人对长裙的款式思来想去,唯恐它们不够时髦,倒像她以为自己就像别人一样,只是个普通女人,在憧憬穿着入时这一点上,跟那些女人只能说是彼此彼此,说不定还比不上人家呢;我在街上瞧见过她钦羡地望着一个穿着考究的女演员;而每天早上她出门散步之前,仿佛那些路人(在她亲切地晒出的令他们无法企及的生活的映衬下,他们越发显得庸俗粗鄙)的看法对她犹如法庭判词那般至关重要似的,我看见她在镜子跟前梳妆打扮,就像一个王后答应了在一出宫廷喜剧中出演侍女,带着不含半点虚饰和调侃的严肃劲儿,满怀热情,却又仿佛自尊心受挫那样窝着火,认真地扮演这个身份远比自己低得多的俏丫头;她令人不可思议地全然忘却了自己高贵的出身,只顾着短面纱有没有拉好,袖口有没有压平,外套有没有打理好,犹如天神变的天鹅做着种种禽类的动作,长喙两侧的深眼圈的眼睛几乎一动不动,只是偶尔瞥一下纽扣或阳伞,用的是天鹅的眼神,完全忘了自己是天神。而我就像一个游客,对第一眼看见的城市颇为失望,心想自己也许得去参观一下博物馆、结识一下当地的居民,或者到图书馆去看看,才能了解这座城市的魅力,我暗自思忖,要是我能受邀去盖尔芒特府上做客,要是我能成为他们的朋友,要是我能就近观察他们是怎样生活的,那我就能知道,她的名字在闪亮的橘黄色的外表下到底包含着什么内容,客观地了解它在其他人心目中的印象——父亲的那位朋友说过,盖尔芒特所处的社交圈,在圣日耳曼区是与众不同的。

我设想这个社交圈里的生活,是跟我所熟悉的生活完全不同的,在我想来,那种生活一定是非常特别的,所以我简直无法想象,在公爵夫人的晚会上,怎么竟然会有那么些我平时经常遇到的、真真实实的人。这些人不可能突然间来个脱胎换骨,所以他们在晚会上说的话,仍是我先前听惯的那些话;谈话的对方,恐怕也只能放低身段,用凡夫俗子的谈吐来应答;在圣日耳曼区的第一沙龙里,竟然有那么多场景,是跟我曾经身处的场景一模一样的:这怎么可能呢!说实话,我的脑筋转动起来有些失灵,耶稣基督在圣体饼上显圣,也未必会比我在卧室能听到他们早晨拍打擦脚垫的声音的、坐落在右岸[1]的圣日耳曼区第一沙龙更使我觉得神秘而难以理解。但是把我和圣日耳曼区分开的那条界线,正因为是想象的,反而使我觉得更真实;我真切地感到,界线那一边盖尔芒特府邸的门毡所放之处,已然是圣日耳曼区——那天他们大门敞开,母亲和我都瞧见了那块门毡,母亲居然还说它很旧了。再说,他们挂着红色长毛绒壁毯的餐厅和幽暗的柱廊(我有时从厨房的窗口能望见它们),在我心目中怎么可能不具有圣日耳曼区的神秘魅力,怎么可能不真正成为它的一部分,从地理位置上就属于那个街区呢?要知道,受邀前来这个餐厅用餐,就等于前去圣日耳曼区,感受那儿的氛围哦,这不,那些就餐前和盖尔芒特夫人并排坐在走廊的皮沙发上的宾客,不正是圣日耳曼区的常客吗?当然,在这个街区以外的某些晚会上,我们有时也能看到某个这样的人物煞有介事地端坐在一群穿着时尚的俗人中间,这种人除了名字以外,什么也不是,我们回想他们的模样时,浮现在眼前的不是中世纪骑士比武的场面,就是一片公有的森林。然而在这儿,在圣日耳曼区的第一沙龙里,在幽暗的走廊上,来客全是这样的人物。他们是以珍贵材料制成的支撑圣殿的柱子。[2] 即便是平常的聚会,盖尔芒特夫人也必得在他们中间挑选来客,十二个人围坐在丰盛的餐桌旁,宛似圣礼拜堂

---

1. 通常把巴黎塞纳河以北地区称为右岸,以南地区称为左岸,且左岸常与浪漫气息、文化氛围联系在一起。圣日耳曼区是左岸的典型街区。号称"圣日耳曼区第一沙龙"的盖尔芒特府邸,其实坐落在右岸,其中当然包含幽默的意味。
2. 《圣经·旧约·列王记上》第七章中载,所罗门令人为圣殿铸造铜柱。

中的十二使徒金像，圣餐台前那十二根具有象征意义的祝圣立柱。[1]至于府邸后院，夹在高墙之间的那个小小的花园，到了夏天，盖尔芒特夫人会在晚餐过后让人在这儿准备好餐后酒和橘子水，试想一下，夜晚九点到十一点间，坐在花园里的铁椅上——它们亦如那张长沙发，具有一种神奇的魔力——倘若说呼吸的不是圣日耳曼区拂过的清风，那岂非有如在菲吉格[2]的绿洲上小憩，却说自己并不在非洲一样匪夷所思吗？唯有想象和信念，才能使某些物、某些人有别于其他的物和人，从而营造一种氛围。唉！圣日耳曼那些引人入胜的景观、自然起伏的地貌、别有风情的珍玩、工艺精湛的制品，也许我永远也无法在它们中间驻足流连了。但只要能远远地瞥见那个旧门毡，我会像茫茫大海上的旅人远远望见（并没指望有一天能抵达）前方清真寺的尖塔、岸上最先扑入眼帘的棕榈树、异域风情的厂房或植被，欣喜得浑身发抖。

对我而言，盖尔芒特府邸始于它的前厅正门，但在公爵眼前，它的属地要延伸得很远很远，他把所有的房客都视作佃户、村夫、全民福利的受用者，这些人的意见，他从不放在心上；每天早上，他身穿长睡衣在窗口刮胡子，下到院子里时的穿着，视天气冷热而定，或光穿衬衫，或穿一袭睡袍，或穿一件颜色很罕见的长毛苏格兰格子呢上装，外罩比上装短一截的浅色短大衣，在院子里，他让马夫牵住一匹他刚买来的新马，在他面前碎步小跑兜圈子。新马不止一次撞到絮比安的店铺门面，絮比安要求赔偿损失，公爵不由得大动肝火。"鉴于公爵夫人在府邸内外乃至整个教区处处行善，某人居然还要我们赔钱，真是太不要脸了。"可是絮比安坚持要赔，似乎根本不知道公爵夫人行

---

1. 圣礼拜堂位于巴黎塞纳河的西岱岛上。教堂内有十二根支柱为镀金的使徒雕像，使徒手中执有祝圣十字架。
2. 菲吉格是摩洛哥的一个城镇，位于撒哈拉沙漠的绿洲地区。

过什么善事。要说呢，她可是当真行善来着，只不过，行善没法给每个人都行，一个人记得你的好，感激不尽，另一个人却因此记恨在心，觉得你仿佛欠他似的。倘若不局限于行善，把话题再扯开一些，那么我们可以看到，这一带——直到很远很远的地方——在公爵眼里，无非是他的庭院的延伸，无非是他那些马加长了的跑道而已。看过一匹新马碎步小跑以后，他吩咐给马套上车辕，让它拉着去邻近街道走一趟，车夫手执缰绳跟车小跑，让马车一遍又一遍地从站定在旁道上的公爵面前经过，公爵立在那儿，高大，肥胖，穿浅色衣服，叼着雪茄昂着头，单片眼镜后目光充满好奇，看着看着，忍不住纵身跳上驭座，亲自驾着新套的马车，一路往香榭丽舍大街情妇家驶去。出院子时，盖尔芒特先生向两对夫妇打了招呼，他们好歹算是他的社交圈里的人：一对是他的表弟和表弟媳，他们就像工人家的夫妇一样，从来不在家里照料孩子，因为妻子一早就要去圣乐学校[1]学对位和赋格，丈夫则要去工场用木头和压花皮革做雕塑制品；另一对是诺布瓦男爵和男爵夫人，他俩向来都穿黑衣服，妻子像出租椅子的女人，丈夫像殡仪馆的殓葬师，每天出门好几次去教堂。他俩是我们熟悉的那位前大使的侄子和侄媳妇，也就是当初我父亲在楼梯拱顶下碰到他那会儿，一时没明白他从哪儿冒出来的那位诺布瓦先生；那时我父亲心想，像他这样一位跟全欧洲的权贵显要时相过从的大人物，想必对贵族头衔的虚名是看不上眼的，根本没想到他竟然会来结交这些支持教权主义、胸襟狭窄的末流贵族。这对夫妇刚住进这座大宅不久。絮比安走到院子里来和做丈夫的说话（他正在和盖尔芒特先生打招呼），因为不清楚他的头衔，只好称呼他"诺布瓦先生"。

"嘿！好一个诺布瓦先生！等着瞧吧，这个家伙马上就要叫您诺布瓦公民啦！"盖尔芒特先生转身朝男爵大声说。絮比安平日里叫他"先

---

[1] 附属于教堂或修道院的唱诗班学校。

生",而不叫他"公爵先生",他早就憋着一肚子气,趁这机会终于可以发泄一下了。

有一天,盖尔芒特先生要来咨询某个跟我父亲职业有关的问题,特地上我家来,态度非常谦和。从此以后,公爵经常要找我父亲帮点小忙,刚看见他从楼梯上下来(其实我父亲正在考虑工作上的事,不想有人打扰他),就撂下辔马仆从,在院子迎住我父亲,给他理理大衣的领子,手法中透出祖先当御前贴身男仆时的那种娴熟劲儿,他拉住我父亲的一只手,放在自己的手心上,轻轻地抚摸它,仿佛要以此表明——其厚颜无耻堪比高等妓女——他甘愿为他奉献宝贵的肌肤之亲,他执着父亲的手一直走到大门口,父亲心里很讨厌,却又没法挣脱。有一天他和妻子一起乘车外出,正好遇见我们,他热情地和我们打招呼,还把我介绍给妻子,可是,我怎么能指望她会就此记住我的名字、记住我的脸呢?况且我只是作为他们的一个房客被介绍给她的,这样的介绍别提有多寒碜了!倘若我是在德·维尔巴里西斯夫人府上遇见公爵夫人并被介绍给她,那情况就不一样了,而德·维尔巴里西斯夫人前不久正好托我外婆捎话,要我去看她;知道我有意从事文学写作,她还特地让外婆告诉我,在她那儿我会遇见一些作家。可是父亲觉得我还太小,去社交场合为时过早,再说我的健康情况一直使他担心,所以若不是非去不可的话,一般不赞成我外出。

盖尔芒特夫人家有个跟班爱和弗朗索瓦兹聊天,我从他嘴里听到了几个她常去的沙龙的名字,不过我想象不出这些沙龙究竟是怎么个样子:既然它们是她的生活的一个组成部分,而她的生活我只能通过她的名字去窥见,那么这些沙龙岂不是难以想象了吗?

"今儿晚上在帕尔马公主府上有个盛大的晚会,演皮影戏,"那个跟班说,"可我们去不了,因为我们夫人五点钟要乘火车去尚蒂利,到奥马尔公爵家去住两天,夫人的贴身女仆和贴身男仆跟着一起去。我留在这儿。这下帕尔马公主一准会不高兴,她都给公爵夫人写过四次信了。"

"那么今年,你们不到盖尔芒特城堡去啦?"

"这是我们第一次不去那儿:考虑到公爵先生的风湿病,医生关照,那儿没安装好取暖设备,我们就不能去那儿,而以前我们每年都去,总要住到一月才回来。这回要是取暖设备没装好,我们夫人也许会去戛纳的吉斯公爵夫人家待上几天,不过这事还没定下来呢。"

"那么剧院呢,你们常去看演出吗?"

"我们有时去歌剧院,去看帕尔马公主预订座位的晚场演出;节目倍儿棒:有话剧,有歌剧,什么都有。公爵夫人不想费事去预订,我们有一回去了夫人一位女友的包厢,另一回去了另一位女友的包厢,不过大多是去盖尔芒特亲王夫人的楼下包厢,这位亲王夫人的丈夫是我们公爵先生的堂兄,她自己的弟弟是巴伐利亚公爵——哦,您这就要上楼了吧。"跟班说,他虽然觉得自己是盖尔芒特家的人,但一般而言,他还是把主子看作一种政治资本的,所以他对弗朗索瓦兹颇为尊敬,仿佛她也在某位公爵夫人府上待过似的。"您看上去身体不错,夫人。"

"哦!要没有这该死的腿就好喽!在平原上还行(平原,意思是她还愿意去走动走动的院子和街道,总之,就是平地),最讨厌的是楼梯。回见,先生,没准今晚咱俩还会见面。"

她确实挺想跟这跟班多聊聊——这不,前不久她听他说了才知道,公爵的儿子通常都称亲王,父亲去世前他们一直可以保有这个头衔。世世代代在法兰西土地上沿袭而来的贵族崇拜(其中或多或少又掺杂着某种反抗精神)想必在法兰西民众中是根深蒂固的。因为,倘若有人跟弗朗索瓦兹说起拿破仑的天才,或者说到无线电报,她会无动于衷,做出清壁炉灰烬或摆放桌上餐具的动作,可以丝毫不受影响,但只要听到刚才说过的那种情况,或者听说盖尔芒特公爵的长子按惯例要称为奥莱隆亲王,她就会大声喊道:"这才叫好呢!"仿佛被彩绘玻璃看花了眼，心醉神迷地站在那儿。

弗朗索瓦兹还从阿格里让特亲王的贴身男仆（他常到公爵夫人府上来送信，跟弗朗索瓦兹已经很熟）那儿听说，原来圣卢侯爵和昂布雷萨克小姐的婚事，早就在社交圈里传得沸沸扬扬，差不多已经定下来了。

这座豪华宅子，这个楼下包厢，这些让盖尔芒特夫人把她的整个儿生命倾注进去的去处，在我眼中是有如她的住所一样迷人的地方。吉斯，帕尔马，巴伐利亚的盖尔芒特，这些名字使公爵夫人前去的度假胜地不同于其他的度假胜地，使她的马车每天驶往的晚会不同于其他的晚会。可是，虽然这些名字告诉了我，这些度假胜地，这些晚会，日复一日地组成了盖尔芒特夫人的生活，它们却并没有向我透露有关这种生活的任何信息。去哪个地方，参加哪个晚会，无一不须决断，但那只是让它换了一副神秘的面纱，那后面的模样我依然无从知晓，它由舱壁护着，由瓶子装着，顺着众人生活的波涛从一处挪到另一处。公爵夫人会在嘉年华会期间，面对着地中海悠然用餐，但那是在吉斯夫人的豪宅，在这儿众多的亲王夫人中间，身穿白色凸纹布长裙的巴黎社交界女王，只不过是个普通的宾客，跟其他来宾一模一样，而由此，我愈是被她感动，就愈是觉着她面目一新，犹如一位舞星，凭着一段充满想象力的舞蹈，盖过了每一个女舞伴的风头；她也会观看皮影戏演出，但那是在帕尔马公主举办的一场晚会上；至于看话剧或歌剧，那不用说是在盖尔芒特亲王夫人的楼下包厢里。

我们往往会把一个人生活中的各种可能性，把对他刚分手或就要去碰头的熟人的回忆，全都集中在他身上。所以，当我从弗朗索瓦兹那儿听说，盖尔芒特夫人要步行去帕尔马公主府上吃饭，又在中午时分看见她身穿浅黄带红的缎裙从楼上下来，脸上也是这种有如晚霞般的颜色时，我只觉得圣日耳曼区的全部欢乐一下子涌现在眼前，就在这娇小的身影里，有如在贝壳淡黄带红、闪着珠光的壳瓣之中。

〔第二次去歌剧院观看拉贝玛演出《菲德尔》。我们欣赏艺术作品时，最先使我们失望的往往是真正优美的杰作。拉贝玛的才华终于攫住了我的身心。

剧场包厢里的盖尔芒特亲王夫人。日后在第七卷《寻回的时光》中，这位美丽而高贵的夫人去世后，出身布尔乔亚的韦尔迪兰夫人取代她成为亲王夫人。〕

我父亲在部里有个朋友，名叫A. J·莫罗，他为了避免人家把他跟别的莫罗混淆，每次都不厌其烦地在报名字时，加上前面的两个字母，日子一久，人家干脆就叫他"A. J"了。不知道这个"A. J"用什么办法在歌剧院举办一次盛大演出前弄到了一张票子；他把票子送给了我父亲，由于这次拉贝玛要演《菲德尔》中的一幕，而我自从上次看她演出大为失望之后，不曾再看过她的演出，外婆执意要我父亲把这张票给我。

说实话，若干年前曾撩拨得我心痒痒的拉贝玛的演出，这会儿对我已经没有什么吸引力了。眼见当年让我不顾身体虚弱、宁可放弃休息的演出，如今变得对我这么无足轻重，我心里不免也有几分伤感。平时仅仅在想象中觑见的现实生活的珍贵片段，我当然希望能就近细细观看品赏，这份热情跟当年相比，并不曾有所减退。可是这些珍贵的片段，我的想象已经不再把它们寄托在一个优秀女演员的台词之中；自从见到埃尔斯蒂尔以后，我当初对拉贝玛的台词、表演功力的一往情深，转移到了某些壁毯和现代油画上面；我的信念，我的向往，不复停留在对拉贝玛的台词、台风的顶礼膜拜之上，她的表演在我心中的魂之所系，就如古埃及死者的那些灵魂一样，渐渐地消散了，因为，那些灵魂是要不断地得到给养，才能维持生命的。她的表演，变得那么不足道，那么差劲儿。任何深刻的灵魂都不会寓于其间。

父亲把票子给了我。我进了歌剧院，沿着宽大的楼梯往上走的当口，看见前面有个背影好像很熟悉，看他的举止步态，我起先以为他就是夏尔吕先生；但当他转过脸来问一个剧场职员什么事时，我发现自己弄错了，但我仍然毫不怀疑这位陌生人跟夏尔吕先生是同属一个社会阶层的，这一点不仅从他的衣着，而且从他对检票员和女引座员（他们都让他等了一会儿）说话的态度可以看出。因为，尽管可能存在个体差异，但那个年代，在衣着鲜亮的富有的贵族子弟，与同样衣着鲜亮而年轻富有的金融界或实业界巨子之间，还是有着非常明显的差别。后者要显得有派头，往往会用一种斩钉截铁、居高临下的口气对身份比他低的人说话，世家子弟则不然，他们语气软款，脸带笑容，对谦逊、耐心的处世之道尊敬有加、身体力行。让自己看上去就像个最普通的观众，对他们来说，这正是教养的体现。在这种笑容可掬的和善敦厚背后，我们也许可以看到隐藏着一道他人无法逾越的门槛，过了这道槛，才是他们身处其中的那个特殊的小天地，不止一个此刻走进剧场、老爸是银行家的富家子弟，要不是看出对方长得酷肖报上刊登的照片上的奥地利皇帝的某个侄子，一准会把这位贵人视若草芥，根本想不到他就是近日造访巴黎的萨克森亲王。这位先生，我认出了他是盖尔芒特家的老朋友。我走到检票员跟前时，听见萨克森亲王（假定他真是那位亲王的话）笑吟吟地说："我不知道是几号包厢，我表姐告诉我，只要问一下就行。"

他也许就是萨克森亲王；他说"我表姐告诉我，只要问一下就行"的时候，眼前浮现的身影也许就是盖尔芒特公爵夫人（要真是这样，她那种让我无法想象的生活，我就可以从她表弟的包厢里看到一个片段了），我这么想着，只觉得他那含着笑意的、颇为特别的目光，那两句极其普通的话语，交替着用可能的幸福和朦胧的幻景这两个触须，撩拨着我的心（比抽象的遐想着力得多）。他在向检票员说那两句话时，至少已经为我平庸的生活中的一次晚会，连接上了一条通往一个新世界的通道；检票员对他说了句"楼下包厢"后，指了指一条过道，他便沿着过道往前走去，这条过道很潮湿，墙壁起着裂缝，仿佛要通往海底洞穴，通往水中仙女的神秘王国。我的前面，只是一位穿着正装的先生在渐行渐远；但我的思绪却随着他的身影在起伏，就像一具不大灵便的反射镜没法把光线聚焦在他身上那样，我不停地想：他就是萨克森亲王，他是去看盖尔芒特公爵夫人。他虽然是孤零零的一个人，但我的这个念头，这个外在于他的、无法触摸的、颠簸起伏的念头，却像一个巨大的投影在他前面引导他，犹如始终伴随在希腊战士身边，却不为他人所见的雅典娜女神在引领他们前进。

我在座位上坐下时，脑子里在回忆《菲德尔》中的一句台词，可是记不清这个诗句究竟是怎么说的。我想起的句子，音步数总是不准，我想干脆不去管它了，我想起的诗句，怎么也没法跟古典诗律合上拍。如果有人对我说，这句冗长的台词得去掉六个以上音节，才能凑成一个十二音步的诗句，我一定不会感到惊讶。但突然间，我记起了那句台词，来自一个不近人情的世界的诘屈聱牙，神奇地消失得无影无踪；诗句的音节，顷刻间合上了亚历山大体的韵律，多余的音节犹如浮上水面就破裂的气泡，被轻松而灵巧地搞定了。其实，我原以为冗长不堪的、让我苦苦想了老半天的那个诗句，就不过多了一个音步而已。

池座的一部分票子，是放在售票窗口卖的，来买票的观众大多出于赶时髦或看热闹的心态，对平时没有机会近看的那些人们，他们想好好地看个仔细。可也是，那些平日里被遮盖得严严实实的真实生活，在这儿不妨说是露出了罅隙让他们细看——帕尔马公主把她的朋友们安置在了楼厅和二楼、大厅的包厢之中，整个剧场俨然是个沙龙，大家在里面换着位子，这儿坐坐那儿坐坐，找朋友谈上几句。

我旁边坐着一群平民观众，他们不认得那些预先订座的剧院常客，却做出熟识的样子，大声说着那些常客的名字。他们爱说，人家到了剧院好比到了自家沙龙，意思是说他们并不关心舞台上在演些什么。可是，实际上情况并非如此。一个很有才华的大学生买了张池座的票子来看拉贝玛,他一心想的只是别弄脏手套,别妨碍旁边的观众,跟有缘并肩而坐的邻座小小地套个近乎,时而浅笑盈盈地追随一道飘来的目光,时而不揣失礼地避开一个熟人不期而遇的目光——刚才在剧场里见到这个熟人后,他一时有些不知所措,考虑再三,才决定过去和他打个招呼,可还没等他走到那人跟前,台上传来三下响声,他只得返身穿过乱哄哄的人群,犹如希伯来人从红海穿过一般;为挤进自己的座位,只得让已经就座的观众欠起身来,不是勾住这位女士的长裙,就是踩了那位先生的皮鞋。那些社交界人士则不然,这是因为他们身处包厢(位于层列式的楼座之后),宛若置身于一个个小小的、悬空的、撤去四壁的沙龙或随时可以喝上一杯的咖啡馆之中,这座那不勒斯风格的建筑,其中镶着金框的镜子和红色绒面的座椅,都是他们司空见惯的,他们不会对此大惊小怪;这是因为,尽管支撑着这座艺术殿堂的廊柱金碧辉煌,但他们照样可以漫不经心地把手搭在上面;这是因为那两尊雕像把棕榈和月桂枝叶捧向包厢,寓意荣耀归于他们的礼遇,已经不会让他们受宠若惊;正由于这些原因,唯有他们才会有闲情逸致来从容地欣赏演出——假若他们真有所谓情致的话。

起先,看出去是一片昏暗,什么都是模模糊糊的,骤然间,仿佛有颗我没看见的钻石在闪亮,一双著名的眼睛发出的磷光映入我的眼帘,随即看到的,是黑漆漆的背景上勾勒出的犹如亨利十四浮雕像那般的一个剪影,那是奥马尔公爵俯身向前的身影,一位见不到人影的女士向他大声说:"请亲王殿下允许我给您脱大衣。"可是亲王回答说:"哦,不敢当,怎么能劳您大驾呢,昂布尔萨克夫人。"但她不顾亲王的婉谢,坚持给他脱下大衣,而她的这份殊荣也赢得了众人的艳羡。

在其他的包厢里,几乎到处都有白衣神祇藏身于幽冥之中,但没人能看见她们。而随着演出的进行,她们影影绰绰的身影一个接一个从夜色中（她们方才如同夜色的点缀）徐徐显现，迎着亮光升起，露出半裸的肌体，到竖直的边缘跟前停住。她们的脸在半明半暗的水面上熠熠发光，手中的羽毛扇轻快地摇着，像泡沫在飞溅，头上缀有珍珠的绛红色秀发，则像翻滚起伏的海浪。再往前，就是池座了，这个凡人出没的所在，始终是跟那个幽暗的、半透明的王国彼此相隔的，在那个王国中，海中女神清澈发亮的眼睛在平缓的水面上随处可见，起着边界的作用。因为，海岸线上那些可折叠的加座，以及池座里那些形如怪物的身影，都依据恒定的光学法则，按照它们的入射角的大小不等，在她们的眼中（由于知晓它们不可能具有，哪怕只是稍稍具有，跟她们相类似的心智）——显现为不值一笑或一瞥的两样东西：矿物，与她们不相干的人。而在她们的疆域之内，这些容光焕发的海的女儿不时笑盈盈地朝着那些悬在海底岩洞壁上、满脸胡子的特里同[1]，或某个水栖的半人半神转过身去。那个半人半神的角色，头顶像颗光滑的卵石，水流为它带来一些飘动的藻类，目光则像岩晶的圆盘。这些海的女儿向他们俯过身去，把糖果分给他们；有时候，海流微微开启，涌出一个新的仙女，这位姗姗来迟的海的女儿脸带羞涩的笑意，在幽暗的背景上有如一朵绽放的花朵。随后，一幕终了，这些仙女姐妹知道刚才把她们吸引到海面上来的世间悦耳之声不复可闻，顷刻间潜入水中，消失在夜色中。这些被一睹人间杰作的好奇心撩拨着的女神的栖身之地，这些不让人们接近的去处，其中最著名的，当数人称盖尔芒特亲王夫人包厢的那个若明若暗的所在。

亲王夫人俨然是位君临嬉戏笑闹众神祇的威严的女神，她有意坐在稍深处一张侧放的长沙发上，红艳得像一株珊瑚礁，傍着一具硕大的玻璃反射装置——那很可能是一面镜子，但让人想到一缕光线在令

---

[1]. 在希腊神话中，特里同是海神之子，海神和妻子乘坐海豚和海马拉的贝壳出巡时，他通常跟着巡游。此处的"那些……特里同"，当指身份较低的海神。

人炫目的海中水晶上形成的一个切面,这个竖直的切面是液态的,看上去有些朦胧。一朵大大的白花,如同某些海生植物,既像羽毛又像花冠,翅翼那般覆满绒毛,从亲王夫人的额头往下,爱怜地、活泼地勾勒出脸颊的曲线;风情万千的脸蛋,有如藏在温柔的窝里的一枚粉红色的翠鸟[1]蛋。发网从亲王夫人的发际垂至眉眼,从喉咙开始向下延伸,上面缀饰着某些南方海域特有的白色小贝壳,以及一颗颗珍珠,宛如一幅刚从波涛中涌出的海景镶嵌画,它随时会潜回昏暗之中,但即便此时,在暗处依然可见有人影在,因为亲王夫人那双明眸在幽暗中闪闪发亮。这位夫人的美,在昏暗幽冥中显得卓尔不群,让其他那些仙境中的少女都无法企及,这种美不只是肉体上的,不只是镌刻在她的颈项、肩膀、手臂和腰肢上。尚未完成的优雅的轮廓曲线,只是一个出发点,只是另一段看不见的曲线的必不可少的起始部分,凡是投向这段曲线的目光,势必会将其延伸,在她周围生成种种美妙无比的曲线,犹如一具完美的躯体沉入昏暗后的幽灵。

"她就是盖尔芒特亲王夫人,"我邻座的女士对陪她来的男士说,有意把亲王夫人的"亲"字说得很着力,表示这是个挺逗人笑的称呼,"她身上珍珠可真多。我想啊,要是我有那么多珍珠,我可不会像她这么显摆;我觉着这有点过分。"

认出了亲王夫人以后,一心想要弄清楚剧场里到底有些谁的观众们,心中升起了公认的美的宝座。可不是,卢森堡公爵夫人也好,德·莫里昂瓦尔夫人也好,德·圣厄韦尔特夫人也好,好些别的夫人也好,她们的脸与众不同之处,不是一个红红的大鼻子配一双兔唇,就是两爿起皱的腮颊配一抹淡淡的唇髭。而这些特征已经足以让人着迷了,因为,就如一个签名有着约定俗成的价值那样,它们让人看到的是一个赫赫有名、令人肃然起敬的名字。不过,它们最后也让人形

---

1. 希腊神话中,风神埃洛斯的女儿在丈夫溺死后投海自尽,遂化为翠鸟。

成了这么一个概念：丑，自有某种贵族意味；一位贵妇人，只要门第显赫，脸蛋美不美是无所在乎的。然而，正如有的画家在画布下方不是写上自己的名字，而是画上一个美丽的图案，诸如一只蝴蝶，一只蜥蜴，一朵花儿等等，亲王夫人安在包厢一角的，是一段优雅的身材和一张俏丽的脸蛋，她以此表明，美可以是最高贵的署名标记。盖尔芒特亲王夫人带到剧场来的，都是平日里的密友，在崇拜贵族的人眼里，亲王夫人的到场，就是最好的证明，让人相信这个包厢所呈现的画面是真实可信的——它是亲王夫人在慕尼黑和巴黎的府邸中的、常人难得一见的日常生活的一个侧影。

我们的想象好比一个出了毛病的手摇风琴，演奏的曲子老要跑调，每当我听人说起拜恩的盖尔芒特亲王夫人，十六世纪的某些音乐杰作就会在我的脑海中开始回旋。我应该摆脱这些联想，因为此刻我正看着她把糖果递给一个穿燕尾服的胖男人。当然，我绝不可能就此得出结论，说她和她邀请的这些客人都是些跟别的观众一样的男男女女。我明白，他们是在那儿玩游戏呢，为了拉开他们的真实生活（他们在这儿的种种做派，想必并不是其中重要的内容）的序幕，他们约好了按某些我不懂的规矩行事，装出递送和谢绝糖果的样子，这些毫无意义的动作，都是事先规定好的，就像芭蕾舞者按设定的舞步，或竖起脚尖，或绕着一条披巾转圈。谁知道呢？说不定就在她把糖果递过去的当口，这位女神以揶揄的口吻（因为我见她含着笑意）说的是："来点水果糖吗？"这于我何干？我应该从一位女神有意对一个半神半人的先生说得这般冷淡的话语中，听出一种梅里美或梅拉克风格的优雅精致。这不，那位先生心中有数，知道他与女神在这即将重现他们真实生活的当口，一笑一颦都自有见识卓异的深意在，于是他从容应对这场游戏，以同样神秘的狡黠神气回答说："好呀，来个樱桃的吧。"我应该像观看《初出茅庐少女的丈夫》演出那样热切地聆听他们的对话。那出戏缺乏我所熟悉的诗意和深意，而在我看来，这种才情梅拉克原是绰绰有余的。不过,那出戏确实自有一种韵味,一种传统的韵味,并因此显得更为神秘,更有教益。

"那个胖子就是德·加南塞侯爵哦。"我的邻座恍然大悟地说,坐在后面一排的观众低声说出的名字,被他听拧了。

德·帕朗西侯爵[1]伸长脖子,歪斜着头,鼓得圆圆的大眼睛紧贴在单片眼镜的镜片上,慢悠悠地在幽明的光线中移动,活像一条对好奇的参观人群视而不见、自顾自在鱼缸里游动的金鱼,正厅前座的这些观众,根本就没进入他的眼帘。他有时停住不动,重重地呼气,犹如身上覆满了苔藓,见到他的人没法说清,他到底是不舒服,是睡着了,是在游水,还是正在产卵,抑或仅仅是在呼气吸气。谁也不如他那样叫我眼红,因为他那样子,一看就是这个包厢的常客,还因为他对递糖给他的亲王夫人居然那么冷淡。此刻亲王夫人那双钻石琢成般的美丽的眼睛,正朝侯爵瞥去,每当她这么看人时,睿智和情谊仿佛会把这双眼睛化作流动的秋波,但当这双眸子凝定时,剩下的就只是形质之美、宝石之光,只要有一丁点儿反射作用影响到它们,哪怕只是稍稍让它们动了一下,无情的烈焰就会喷向正厅后排深处,红彤彤的火光会扫遍那儿的观众。然而,由于拉贝玛的《菲德尔》马上要开场了,亲王夫人立起身来款款走向包厢前部,她这就好比是在台上亮相,在我眼里,她所到之处随着四周光影变化,她那华丽的服饰不仅颜色在变,而且质地也在变。在这个干涸而显露、不复属于水底世界的包厢里,亲王夫人不再像裹着蓝白相间的头帕的海中仙女,不再

---

1. 本书第一卷《去斯万家那边》第二部"斯万的爱情"中,提到过这位侯爵:"长着个鲤鱼的大脑袋,鼓着一双眼睛的德·帕朗西先生,端着他那副单片眼镜,慢吞吞地在宾客中间踱来踱去,不时松开一下牙床骨,像是在寻思该走哪个方向似的,看他那模样,仿佛从敲碎的玻璃鱼缸的碎片里,完全偶然地,说不定还纯粹是象征性地,单单捡起一块带到了这儿,对乔托在帕多瓦教堂里画的'罪孽与美德'极为赞赏的斯万,从这片颇有见微知著意味的玻璃,联想到'不公'边上那枝长满绿叶的小树枝,正是它暗示了隐匿'不公'巢穴的丛林。"

以饰演扎依尔或奥罗斯马纳[1]的某个最出色的悲剧演员的形象出现在我们眼前。她在前排坐了下来,我看见那个温柔地呵护着她粉红脸颊的翠鸟窝,犹如一个硕大的极乐鸟,绵软,闪亮,覆着一层绒毛似的。

就在这时,我的目光从盖尔芒特亲王夫人的包厢收了回来,转向一个身材矮小的女人,她穿着很糟糕,人也长得很丑,双眼喷着怒火。只见她身后跟着两个年轻人,走过来在离我不远处落座。随即大幕升起。我伤感地看到,旧日愉快的心情已不复存在。从前,我唯恐错过这位我宁愿走遍天涯海角去观赏的天才演员的一颦一笑,全神贯注地看着她的一举手一投足,我的脑子就好比天文学家即将安装在非洲和安的列斯群岛、以便精确观察彗星或日食现象的感光玻璃片;我担心某种阴影(比如演员心情不佳,或者观众席中出了什么事情)会影响演出质量,使之无法达到最佳状态;要是我所在的不是一个犹如祭坛那般把她供奉起来的剧场,无法让我感觉到所有那一切——那些戴着白石竹花、由她指定的检票员,那些比坐满穿着寒酸的观众的正厅后排略高一些的边座,那些兜售印有她的照片的节目单的姑娘,还有剧院广场上的那些栗树——所有那些跟我当时的印象如此亲近、如此合拍,仿佛与我密不可分的一切的一切,都是与她在小小的红色帷幕下的奇妙现身相关联的(哪怕那只是一种附带的关联),要是那样的话,我就会觉得自己没能在最好的环境里看戏。《菲德尔》,爱情表白的场景[2],拉贝玛——它们当时对我来说都是一种绝对的存在。它们隐匿在日常的经验世界后面,无所依傍地存在着,我必须接近它们,尽我所能了解它们,而尽管我张大眼睛、敞开心扉,所能吸收的东西仍然

---

1. 扎依尔和奥罗斯马纳,都是伏尔泰的悲剧《扎依尔》(1872年)中的人物。土耳其苏丹奥罗斯马纳爱上女俘扎依尔后,因妒火中烧杀死了她,然后自尽。1873年萨拉·伯恩哈特饰演扎依尔大获成功。据七星文库本的编者注,"最出色的悲剧演员"即指萨拉·伯恩哈特——小说中名演员拉贝玛的原型人物。
2. 此处指《菲德尔》第二幕菲德尔对她暗恋的王子表白爱情的场景。

微乎其微。可生活是多么美好啊：我个人的生活，就如那些穿衣准备出门的时刻一样，其实不值一提，但这并没有关系，因为在它之上，以一种绝对的形式存在着更有分量的现实，那就是《菲德尔》和拉贝玛吟诵的台词，它们无比美妙，它们可望而不可即，我永远都无法全部占有它们。整天耽于对尽善尽美的悲剧艺术的遐想之中（在那段时期，要是有人在白天，甚至夜里的某一时刻——随便什么时候都行——对我的思想进行分析的话，从中一定可以抓出大把大把的遐想碎片），我就像一节正在充电的电池。

曾几何时，即使有那么一天我不大舒服，甚至觉得自己就要死了，我也会不惜一切代价，非要去看拉贝玛的演出不可。但是现在，这一切犹如一座远看青翠欲滴，近看却再普通不过的山岗，远离绝对的理想世界，泯同于我因置身其间而异常熟悉的其他事物，艺术家跟我所认识的那些人，本质上并没有什么不同，他们使出浑身解数念诵的《菲德尔》的诗句，不再是那么崇高、富有个性，那么孤高脱俗，而只是好歹还算写得成功，有望厕身浩瀚的法兰西诗歌长廊，并就此湮没其中的诗句而已。我感到格外沮丧的是，虽然让我魂牵梦绕的想望，其对象已不复存在，然而那种耽于幻想的心境却依然如故——心境年年有所变化，但我依然是那么容易冲动，那么莽撞而不计后果。有一天，我不大舒服，但还是前往一座城堡，去看埃尔斯蒂尔的一幅油画和几块哥特式的壁毯，而这一天跟当初我打算去威尼斯，还有去看拉贝玛演出和出发去巴尔贝克的那些天惊人地相似，所以我事先就感觉到了，我祭献的对象不一会儿就会使我厌倦，我会和它擦肩而过却不去望一眼油画和壁毯，尽管为了站在它们面前，我曾有过许多个不眠之夜，备尝思念的痛苦。自己作出的努力，其目标竟然如此脆弱；我感到这些努力是徒劳的，同时也意识到，这些努力要比预想的艰辛得多，这好有一比：当你去提醒一个神经衰弱患者他也许有些累了的时候，他会比实际的情况感到加倍地累。而与此同时，我的幻想却又使一切与它有关的事物都显得很有魅力。即便在我的那些始终指向某一个方向、萦绕在同一个迷人的对象周围的、最有肉欲色彩的想望之中，我也能辨认出一种类似于主导动机的观念，一种我甘愿为之献身的观念，其中最核心的内容——正如我在贡布雷花园看书的那些下午的种种遐想一样——就是完美的观念。

当初我在阿丽丝、伊斯曼娜和伊波利特[1]的念白和动作中注意到或温柔、或愤怒的表演痕迹时，都是很宽容的，如今却不是这样了。倒不是因为那些演员——他们还是同样的演员——没有使出浑身解数，在某个地方让嗓音变得特别圆润，或者故意把它弄得含糊不清，在另一个地方让手势显得很有悲剧的夸张意味，或者把缠绵悱恻的哀怨表现得淋漓尽致。他们的语调俨然在命令嗓音："温柔一些，像夜莺歌唱那般，撩动人的心弦，"或者相反："要做出发火的样子来。"这时，这些语调狂乱地扑向嗓音，要它听命于它们。然而嗓音不愿顺从，它依然故我，顽强地坚持原有的音色，天生的缺点或魅力，日常的鄙俗或做作，全都保留了下来，生理或社会的背景也因此全都展露无遗——吟诵的诗句中蕴含的情感，改变不了这种背景。

这几位演员一举手一投足，同样也在关照自己的胳臂和罗马式无袖长衣："要庄严。"但不听话的肢体，却在肩肘之间莫名其妙地隆起了一块二头肌；他们兀自在舞台上显示日复一日的生活的无聊，向观众展现肌肉群的结构（而不是拉辛戏剧的精微之处）；打着褶裥的衣袖竖直垂下时，仅有轻柔的衣料依稀在挑战自由落体定律。这当口，坐在我旁边的小个子女士高声喊道："谁也别鼓掌！瞧她穿的那样子！她太老了，不能演了，早就该歇菜了。"

在邻座的一片嘘声中，陪她来的两个年轻人让她安静了下来，但

---

1. 均为《菲德尔》中人物。阿丽丝是雅典王族血统的公主，伊斯曼娜是阿丽丝的心腹，伊波利特是雅典王和阿玛宗族王后的儿子。

她的双眼仍迸发着怒火。这股怒火只能是冲着成功和荣耀而发，因为拉贝玛尽管挣过好多钱，如今却是背着一身债。她有许多商谈和应酬没能赴约，在街上有穿制服的人赶着让她取消订货，在旅店有预订后从没住过的套房，有海量的香水要用来给狗洗澡，有无数的经理等着要她结账。纵然不如克莱奥佩特拉骄奢淫逸，她却自有办法靠电报和租用的马车，挥金如土地游遍外省和外国。那位小个子女士是个背运的女演员，对拉贝玛恨之入骨。

　　拉贝玛上场了。哦，真是奇妙，就像我们晚上背得头昏脑涨也没记住的课文，睡了一觉起来却全记在脑子里了，又像那些逝者的脸容，我们尽心竭力去回忆，怎么也想不起来，而当我们不再想着它们了，它们却栩栩如生地浮现在眼前，拉贝玛的才华，我曾苦苦寻觅而无从领略其精髓，现在，在忘却多年以后，在我无所用心的此刻，它却一下子攫住了我的整个身心，让我由衷地赞叹不已。以前，为了设法看清她的才华，我总想从所听到的念白中扣除角色本身——那是所有饰演菲德尔的女演员所共有的，也是我事先研究过，以便能使其游离出来的那一部分。但是，我想在角色之外领略的这种才华，却是和角色融为一体、密不可分的。这就好比一位出色的作曲家（凡特伊弹奏钢琴时，好像就是这样的情况），他的弹奏俨然出自一位极其出色的钢琴家之手，听众甚至根本不知道他到底是作曲家，还是钢琴家，因为（这样的演奏跟那些炫技的演奏不同，后者不时会以华丽的音色、倾泻飞溅的琶音，让那些没有了方向的听众本着眼见为实的想法，以为自己目睹了演奏者的才华）他的演奏变得清澈而透明，充溢着他对作品的感受，他本人我们已经不再看见，他已然成为一扇开向一部杰作的窗户。阿丽丝、伊斯曼娜、伊波利特的声音和姿势，都有我能看清的种种表演痕迹，它们有如庄严或雅致的框饰，把演员镶嵌在中间。但菲德尔的表演完全是内在的，我没有从她的吟诵和举手投足，从那些看似规整划一的、简约至极的表演中，看出任何表演痕迹；这种不着痕迹的表演，其效果是内敛的，是被角色本身所充分吸收的。在拉贝玛的嗓音中，找不到丝毫迟钝呆滞的、与观众的心智活动扞格不入的东西，伴随着嗓音的不是无节制的泪水——而在阿丽丝或伊斯曼娜大理石般冷峻的嗓音周围，却始终流淌着尚未浸透到嗓音中去的泪水。拉贝玛的声音，融入每个最小的细胞，变得那么优雅自如，就像一位出色的小提琴家手中的那把琴，当你称赞这把琴声音美妙时，你赞美的不是乐器之美，而是心灵之美。又像在一幅古典风景画中，水中仙女消失之处，有一潭静静的溪水，画家具体的、可以辨识的创作意图，转化成一种清澈得出奇的基调，恰如其分却又异常冷冽。拉贝玛的胳臂，仿佛被从她唇间送出声音的那些诗句托至胸前，宛似溪水流去载着的叶片；她在舞台上缓缓形成、还在变动中的造型，自有其内在的逻辑，我们在台上其他演员的举手投足中依稀可以想见的内心活动，在深度上是不能与这种内在逻辑同日而语的。但这种内在的逻辑，已经失去本初的自省精神，熔进一种光辉之中，菲德尔这个人物身上因而始终有令人目迷的亮点在闪烁。入神的观众不知道这是演员的功力，而以为这就不过是生活的还原。白色的面纱宛若有了生命，尽管筋疲力尽，仍然忠贞不渝，它仿佛由半带异教色彩、半含冉森教意味的痛苦吐丝织成的一个脆弱的蚕茧。所有这一切，嗓音，台风，造型，面纱，无一不是缠裹诗句这个意念之体（它不像人的躯体那样拦在心灵前面，成为阻挡我们看见心灵的障碍，它有如一件纯净的、有生命的衣服，心灵四散其间，让我们得以看见）的薄壳，但它们并没有遮蔽心灵，心灵在其中同化并散布，越发变得绚丽壮观，犹如不同物质构成的半透明的熔岩流，虽然层层叠叠，却折射进了更多的穿透外层聚往中心的光线，使被外层光焰浸透的物质扩散得更广，变得更珍贵、更美丽。拉贝玛的表演，就是这样围裹在作品四周，成为另一部作品的；由于她的天才，这部作品也被赋予了生命。

我的印象虽然比上次好了些，但说实话，本质上并没有什么不同。然而我不再搬出一种先入为主的关于天才悲剧演员的抽象的、谬误的观念，拿当下的印象去跟它比较了；我明白，在我眼前的这位，正是天才的悲剧演员。刚才我还在想，如果说我无法感受到第一次看拉贝玛演出时的愉悦，那是因为——一如当初在香榭丽舍公园见到吉尔贝特的情景——我来看她，怀着过于强烈的欲望。这两种失望之间，也许相似之处不止于此，另外还有一个更深层次的相似之处。一个人，一部作品（或者一次演出），只要本身具有强烈的个性，留给我们的印象必定是特殊的。我们去剧场看戏，通常带着诸如美、悲壮、风格超逸之类的观念以备不时之需——见到一个差强人意的演员的平庸表演、一张还算端正的脸的平庸表情，我们往往会想当然地觉得自己从中看到了美、超逸和悲壮，然而我们的思想在不停地运转，面对一种始终呈现在眼前，而又无法在自身之中找到对等之物的形式，它非得辨认出其中未知的东西不可。听到尖声说话或用奇怪的语调发问，我们的思想会问自己："这很美吗？在下的这种感觉，就是所谓的仰慕吗？这就是表演的层次感，就是高贵和所谓的力度吗？"而回应它的，是又一个尖厉的声音，又一声奇特的询问，那是某个你不认识的人给你留下的纯物质的专横的印象，其中没有半点"超逸的表演"的余地。而正是由于这个缘故，我们诚心诚意去欣赏艺术作品之时，最使我们感到失望的往往是那些真正优美的杰作，因为，在我们所有的现成观念中，没有一种观念能跟个性如此鲜明的印象相匹配。

拉贝玛的表演使我明白了这一点。这正是炉火纯青的台词技巧。这会儿，我领略到了浑厚的、充满诗意和力度的表演有多美妙。或者说，我从中明白了我们何以要把这些赞美的词赋予这样的表演，正如把玛斯、维纳斯、萨图恩这样的名字，加在一些本身并无神话意味的星球上面[1]。我们的感觉属于一个世界；而思想和命名事物的方式，属于另一个世界。我们可以在两者之间建立一种协调关系，但无法填满两者的间距。我第一次去看拉贝玛演出、亲耳聆听她的声音的那会儿，我所要跨越的恐怕正是这一间距、这一断层，因为当时我觉得难以把自己的印象，跟脑子里的演技炉火纯青、独树一帜之类的概念联系起来，所以当周围掌声响起之时，我稍稍等了一会儿才鼓掌，就像这掌声并非出自我的印象，仿佛我是由于兴奋地想到"我终于见到拉贝玛演出了"，才把这掌声和先入为主的那些观念挂上钩的。一个极有个性的人或一部极有特色的作品与美的概念之间的差异，同样无法回避地存在于它们与爱慕、崇仰的概念之间。因此，我们对这样的人或作品，既不会爱慕，也不会崇仰。我当初看拉贝玛演出时，并不感到愉悦（见到吉尔贝特也不见得更愉悦）。我心想："我真的不爱她。"然而就在那时，我心心念念要在拉贝玛的表演中一探究竟，这个念头始终萦绕不去，我一心想让自己的思路开阔到足以接纳她的表演的全部内涵：现在我明白了，那不是别的，那就是爱。

在拉贝玛的表演中显露出来的才华，会不会就只是拉辛的才华呢？

我起先以为就是这样。但当《菲德尔》演毕、演员在观众的掌声中谢幕过后，我明白了那样想是不对的。在全场鼓掌的当口，邻座那位怒气冲冲的老妇人挺直瘦削的腰板，身子扭向一侧，脸部肌肉绷紧，双臂交叉抱在胸前，显出一副不屑于跟大家一起鼓掌的神情，以此表明她对这种荒唐之举的愤慨，可是谁也没有朝她瞥上一眼。接下去的剧目是一出新戏，在我先前的印象中，这种没有名气的新戏是微不足道、成不了气候、至多只配捎带着演演的。可是这一回我却没有感到观看有些古典剧目时的那种失望情绪——那些古典剧作的生命力，就

---

[1]. 在罗马神话中，玛斯是战神，维纳斯是爱和美的女神，萨图恩是农神。法语中分别用这三个神话人物命名火星、金星和土星。

像一部情景短剧那样，只不过如同舞台上成排的脚灯那般长，演出结束，它也就到头了。一个又一个大段独白（我感觉到观众喜爱这些台词，它们会赢得口碑的），尽管过去并不为人所知，但我相信凭借优秀演员的努力，将来有一天它们会变得很有名的——但前提是不要在一部杰作刚刚嫩芽露尖，无人知晓的剧名还不宜过早亮相之时，便把它和剧作家的其他作品放在一起，以为那样就能取得同样的成功。拉贝玛在新戏中饰演的角色，有一天会加入她演得最出色的剧中人物名单，和菲德尔这个角色并列在一起。倒不是说这个人物一定有多少文学价值，而是因为拉贝玛在这部剧作中的表演，跟她在《菲德尔》中一样卓尔不群。这时我明白了，剧作家的作品只是为这位了不起的演员提供了素材，素材本身的好坏几乎是无所谓的，演员用这素材来创造自己的表演杰作，就如我在巴尔贝克认识的埃尔斯蒂尔那样的大画家，他画的两幅画，虽然一幅画的是不起眼的学校，另一幅是本身就是建筑杰作的大教堂，但是两幅画的价值是同等的。画家把房屋、大车、人物都融入某种光线的整体效果之中，它们因此显得非常协调一致。而拉贝玛吟诵的台词，或舒缓，或昂扬，仿佛全都融进了莽莽苍苍的一片恐惧或温柔之中，要是换了一个平庸的演员，这些台词就会变得断断续续，全无内在的张力。当然，每个词的音调自有一定的高低，但拉贝玛的吟诵让观众听到的，是那个抑扬有致的诗句。当我们听到某一韵调时，难道首先感觉到的不正是寓复杂于整齐之中的所谓韵律之美吗？这种韵律之美，表现为某种与前一韵调既相同又不相同的东西，这种东西由前一韵调触发，但起了变化，其中已然有了新的思想，所以，我们不是会感到有两个体系重叠在一起，一个是思想体系，另一个是格律体系吗？但拉贝玛把词、诗句，甚至大段独白，都纳入了比它们自身大得多的经纬之中，而在畛域之处，眼见它们也得略费踌躇、稍作停顿，我们自有一种会心的乐趣。这好比诗人在循着韵脚推敲炼字时的踟蹰，又好比作曲家在把歌剧脚本中不同的词纳入一个险中求稳的韵律时的惨淡经营。所以，即便是现代剧作家的作品，拉贝玛也能像在拉辛的诗剧中一样，赋予剧本的语言富有感染力的形象，痛苦、高贵、激情都被表现得淋漓尽致，这就是她的杰作，从中可以辨认出她的风格，正如根据不同模特儿创造的几幅肖像画中，可以辨认出同一位画家的手笔。

我不会再像以前那样，一心盼着拉贝玛能让她那些雕塑般的姿势，那些在瞬间亮起（后来不复再现）的灯光下惊鸿一瞥般的色彩效果，全都保持不动；我也不会巴望她把一个诗句念上一百遍了。我明白自己以前的那种要求，无论是对剧作家、演员，还是对营造那么如梦如幻的舞台气氛的布景师来说，都是强人所难的，一个诗句给我带来的刹那间的惊喜，那些永远在变换形态的姿势，那些相继呈现在我们眼前的画面，无一不是舞台艺术提供的短暂的印象、瞬间的造型和流动的画作，但凡有哪个痴迷的观众，要想把注意力凝定在一个点上，它们就全毁了。我甚至不再那么急切地要在下回来看拉贝玛的演出了，她使我感到满足了。只有当我心中载满爱慕，唯恐爱慕的对象会使我失望之际（无论这个对象是吉尔贝特还是拉贝玛），我才会早早地指望下一天能感受到头天的印象吝于给我的愉悦。对这份我刚感受到，或许还能派生出许多其他乐趣的欢愉，我还没来得及去细想，就模仿过去一位同学的说法，在心里对自己说："我认准拉贝玛就是最棒的。"尽管我也觉着，这么一句表明我的喜好、把她排在最棒的位置的称赞，也许还不足以表达拉贝玛的才华，但不管怎样，它们给我的心带来了些许宁静。

第二出戏开始时，我朝盖尔芒特亲王夫人的包厢瞧了瞧。亲王夫人正向包厢后部转过脸去，她在空中划出的那道优美的弧线，牵引着我的心。此时包厢里的客人全都立起身来，一齐往后转过脸去；只见全身裹在白色薄纱中的盖尔芒特公爵夫人，在两侧各有两排客人的夹道中，款款走进包厢，脸上着女神自信、高贵的意味，但同时又有一丝装出来的不好意思的笑容，使她显出平时难得一见的温柔，她这是为自己姗姗来迟，惊动大家在演出进行过程中立起身来表示歉意呢。

第 2 部

第 1 章

［外婆突发心脏病。亲朋好友前来看望，其中包括贝戈特。他的作品对我来说已不再有新鲜感。

敢于创新的艺术家，在成名以前所做的努力，堪比眼科医生做手术。］

贝戈特现在每天都来我们家，我却觉得这样的来访晚到了几年，因为我已经不像从前那么崇拜他了。这一点，跟他的名声之大并不相悖。一个作家，通常只有当另一个还并不知名的作家崭露头角，在一些最挑剔的读者中间赢得口碑，开始要取代这位威望已有所下降的作家之时，他的作品才会完全被读者所理解，真正放射出它的光芒。我经常重读贝戈特的作品，书中的句子，在我眼里有如我自己的念头、有如卧室的家具和街上的车辆那样清清楚楚。里面说的事情都是很容易明白的，即便不是我们平时经常见到的，至少也是我们现在已经习惯见到的。而一位新作家出的新书中，事物之间的关系，跟我所知道的情形大相径庭，结果我就几乎没法看懂他在写什么。比如说，他写道："洒水管对道路的养护颇为赞赏，"（这还容易，我沿着这些道路往前走就是了）"它们每隔五分钟从布里昂和克洛代尔出发。"这我就看不懂了，因为我等的是一个城市的名字，而他给我的却是一个人的名字。[1] 不过我心想，这不是句子写得不好，而是我自己既蠢又笨，所以会读不下去。我重新抖擞精神，一遍一遍仔细看，想在事物之间看出点新的关系来。可是每次差不多看到句子一半的地方，我就撑不住了——就像后来在部队里做一种叫横架的训练时一样。我对这位新作家的崇拜，跟一个体操课得零分的笨拙的孩子对动作灵巧的同伴的崇拜是差不多的。从这时候起，我对贝戈特就不像以前那么崇拜了，他的文字明白如话，在我眼里成了不足之处。我们都会经历这样一个时期，在这段日子里，弗罗芒丹画的东西，我们一看就明白，而雷诺阿，看来看去就是不明白。

如今，那些高雅的人士对我们说，雷诺阿是十八世纪的大画家。可他们说这话时，忘记了时间这一要素，即便在十九世纪，雷诺阿被公认为大画家，也是需要经历很长的一段时间的。敢于创新的画家，敢于创新的艺术家，在成名以前所做的努力，堪比眼科医生做手术。他们作画、写书，好比医生给病人治疗，这个过程未必赏心悦目。等一切都结束了，他们对我们说："现在请看吧。"我们看到的世界（它不是一次就创造出来的，每当一个富有独创精神的艺术家冒出头来，它就会经历再一次的创造）会让我们觉得它跟以前的世界全然不同，但又完全是清晰明白的。一些女人在街上走过，看上去跟以前的女人不一样，那是因为她们是雷诺阿们画笔下的女人——这些雷诺阿们，以前我们是不屑于看他们画的女人的。画上的马车、大海和蓝天，也都是这些雷诺阿笔下所特有的：现在我们向往到画中的森林里去散步，而当初第一眼看见这些画时，我们觉得说它们像什么都行，比如可以说它们像一幅色彩斑斓的挂毯，但唯独没法说它们像森林，因为那上

---

1. 据七星文库本的注释，"新作家"是影射让·吉罗杜（Jean Giraudoux），他写过"大路从福煕和贝当出发"之类的文字。普鲁斯特把福煕和贝当换成了布里昂和克洛代尔，后面两人是吉罗杜崇拜的对象，并都对吉罗杜的外交生涯有过影响。

面缺的恰恰是森林本身的色彩。最后也终将要消失的那片新天地，就是这样创造出来的。在某位富有创新精神的新画家或新作家引起的地质突变到来之前，它一直展现在那儿。

在我心目中取代了贝戈特的那位作家，他的作品让我感到气馁之处，并不是事物之间的关系不协调，而是这种（极为协调的）关系的新颖性，我不习惯循着这样的关系阅读作品。我往往卡在同一个地方，这表明我每回都该再多使一把劲。而每当我很难得地跟上这位作家的思绪读完他的句子的时候，我总会感受到一种风趣的意味，一种真实的力量，一种我曾在阅读贝戈特的作品时感受过的魅力，但这次的感受更加美妙。我意识到，此刻我寄希望于贝戈特的继承人更新这个世界，而不多几年前贝戈特给我带来的正是与此类似的一次更新。我不禁暗自在想，我们总是把艺术和科学割裂开来，认为艺术仍然停留在荷马时代，而科学始终在不停地发展，这样的区分究竟有没有道理？也许情况正相反，艺术在这一点上跟科学并没有什么两样：每个独树一帜的新作家，我觉得都比前人有所进步；谁敢说二十年后，等我能够毫不费力地阅读今天这位新作家的时候，不会有另一位新作家脱颖而出，跟他相比之下，今天的那位又只能去和贝戈特为伍了呢？

我和贝戈特谈起这位新作家，结果弄得我对这位作家倒了胃口，倒不是因为贝戈特把他的作品说得有多么粗糙、肤浅、空洞，而是因为他告诉我，他见过这位作家，此人长得很像布洛克，简直可以以假乱真。从此以后，翻开他的书，布洛克的模样就会栩栩如生地浮现在眼前，我再也打不起精神去仔细阅读了。虽然贝戈特在我面前说坏他，但我觉得他并不是嫉妒他的成功，而是因为不了解他的作品。贝戈特几乎什么书也不看了。他的思想中最主要的那个部分，已经从他的大脑转移到他的书里去了。他就像动过一次手术，把那个部分切除了似的，整个人都变得消瘦了。他的创作本能丧失了活力，他的脑力几乎已经在以往的创作中用尽了。

[外婆临终的时刻。她仿佛在向我们倾诉她的全部心曲。]

迪欧拉富瓦大夫已经掉头往外走去,那姿态简直优美到无以复加的地步。我们给他的酬金,一转眼到了他的袋里。但瞧他那样子,仿佛他根本没见过这酬金;我们瞅着他像魔术师那般灵巧地把酬金变没了,一时不禁也有些怀疑,我们到底有没有给过他酬金。这一幕,非但无损于他的庄严形象,反而使这位身穿丝绸翻领长礼服、儒雅的脸上流露出高贵的怜悯表情的名医,更让人心生敬畏之感。他的动作之徐缓,身手之敏捷,都在向我们表明,即使有一百个病人在等着他出诊,他也不想露出些许匆促之色。要知道,他就是干练、睿智、善良的化身。这位杰出的人物已经不在了。其他的医生,其他的教授,也许能赶上甚至超过他,然而那种范儿,那种由他的学识,他的天赋,他的教养所造就的大腕范儿,已然成了绝响,后来者对此是望尘莫及的。

妈妈根本没瞧见迪欧拉富瓦先生,对她来说,我外婆以外的一切,都已不复存在。我还记得(我把此事提前来说)在墓地上,她有如一个幽灵那般,怯怯地走到墓前,仿佛在注视一个已经消失在远方的人儿,我父亲对她说:"诺布瓦老爹去了我们家,去了教堂,还来了墓地,他还特地推掉了一个很重要的活动,你应该去跟他说几句话,他会很感动的。"但当大使先生向她欠身致意之时,妈妈没法开口说话,只是柔婉地低下头,把那张没有泪水的脸垂了下去。两天前——在回头去讲外婆临终前的时刻以前,我还得把后面的事先讲一下——为逝世的外婆守灵之时,笃信死者会显灵的弗朗索瓦兹听见一点声音,就害怕地说:"我想那就是她。"而这句话在我母亲身上激起的,却不是害怕,而是无限的宽慰,她多么希望死者真能回来,让她有时能跟她母亲再相聚相聚。

现在回过头来说外婆临终的时刻。

"您知道她那两个妹妹在电报上跟我们怎么说吗?"外公问表舅。

"知道,是为贝多芬[1],我听说了,真是匪夷所思,不过我也不感到吃惊。"

"我可怜的妻子,她是那么爱两个妹妹,"外公抹着眼泪说,"可也不能怨她们。她们是疯了,我一直这么说来着。怎么回事,停止输氧了?"

母亲说:

"这样不行啊,妈妈呼吸又要困难了。"

医生回答说:

"噢!不会的,氧气的作用还会持续好长一段时间呢,我们一会儿就会继续输氧。"

我觉得医生这样说,似乎没有把外婆当作一个行将死亡的病人,仿佛只要氧气的作用还能持续,她的生命就还有办法延续似的。输氧管的咝咝声中断了一段时间。而那给人以希望的喘气声,轻轻的,痛苦的,断断续续的,始终没停。时而仿佛一切都结束了:呼吸停止了,这或许是像一个人睡着时那样,呼吸骤降了一个八度音程的缘故,也或许是感觉缺失导致的一种自然间歇,是心力衰竭引起的窒息的表现。医生想给外婆数脉搏,而脉刚按下去,就仿佛有一股支流欢快地涌入干涸的河床,给中断的乐句续接上一个新的乐句。新乐句在另一个音域上进行,充满无穷的活力。即使外婆已经意识不到这一点,但谁能说那么些平时被痛苦所抑制的欢愉和柔情,现在就不会逸出,有如储存太久的气体会变得稀薄那样呢?她仿佛在向我们倾诉她的全部心曲,说得如此絮叨,如此急切,如此动情。外婆临死前的每一声喘息,都使妈妈周身痉挛,她没有哭出声来,但仍会情不自禁地泪流满面。她

---

1. 前面提到,外婆的两个妹妹在电报中说,她们发现有位钢琴家演奏贝多芬的作品极有光彩。看来,她俩宁可欣赏贝多芬,也不愿赶来和临终的姐姐告别。

悲伤地站在床脚旁边,脑子里什么也不想,犹如一片任凭骤雨扑打、劲风翻卷的树叶。我上前去拥吻外婆时,医生叫我先把眼泪擦了。

"我还以为她看不见了呢。"父亲说。

"这很难说。"医生回答说。

我的嘴唇吻到外婆的脸时,她的手动了一下,浑身起了一阵长时间的颤栗,这可能是生理的反射作用,也可能是由某种柔情引起的感觉过敏反应,它可以让人穿过无意识的层面,几乎无需感官的帮助,直接感受到柔情中所包含的爱意。突然间外婆半竖起身子,用足力气,仿佛在为捍卫生命作最后一搏。弗朗索瓦兹见到此情此景,不禁悲从中来,抽噎不止。我想起医生的嘱咐,想叫弗朗索瓦兹到房间外面去哭。正在这时,外婆睁开了双眼。我赶紧上去挡在弗朗索瓦兹前面,好让爸爸妈妈跟外婆说话时,不让她看见弗朗索瓦兹在哭。输氧管的声音停歇了,医生离开了病床。外婆死了。

几小时过后,弗朗索瓦兹最后一次为外婆梳头,她已经不用担心梳子会弄痛外婆了,一头美丽的长发,仅仅有些花白而已,在这以前,一直显得比她本人年轻。而现在情况正相反,这张重又变得年轻的脸,唯有头发为它戴上了年老的冠冕,脸上曾经有过的皱纹,以及挛缩、臃肿、紧绷、松弛的痕迹,这么多年来生活的磨难和疾病给它添加的种种印记,全都消失不见了。她仿佛回到了父母为她择婿的那个遥远的年代,清纯和柔顺描画出姣好的面容,容光焕发的脸颊重又让人看到一种纯洁善良的憧憬,一种对幸福的向往,乃至一种天真无邪的欢乐,而这一切,此前都被岁月逐渐磨灭了。生命在退出前的那一刻,把人生的幻灭也带走了。一丝笑容依稀浮现在外婆的唇边。死神就像中世纪的雕塑家,让她安睡在这张灵床上,有如一个少女。

第 2 章

〔我从失去外婆的悲痛中走了出来。阿尔贝蒂娜突然来访。她有了变化，智力有了长进。]

要是有人来看我就好了，那样时间就会过得很快。当你在跟别人聊天的时候，你不会注意（甚至不会觉察）过去了多少时间，时光流逝，等到悄悄溜走的时间突然引起你注意的那会儿，离它开溜的时刻已经很远了。然而，如果我们是独自一人，心事重重地听着时钟均匀不断的滴答声，眼巴巴地等着那个离得很远的时刻到来，这段时间的小时数，就会被除以，或者不如说乘以，我们和朋友聊天时从不计数的那些分钟数。欲念不停地涌上心头，跟将要（唉，可惜还得等上几天！）品尝到的那份撩人心弦的欢乐相比，这个我眼看要独自度过的下午，显得空落落的，分外愁人。

不时传来电梯上升的声音，可是接下去的第二下响声，总不是我所盼望的停在这一层的声音，而是电梯径直往更高的楼层升去的迥然不同的声响，当我等待有人来看我的时候，那种声响往往意味着对我这一楼层的背弃，久而久之，即便我对来访已经不抱希望，那种声响在我听来仍然很令人痛苦，就像是一种弃之不顾的宣判。阴霾的白昼，厌倦但又顺从地编织着亮灰色的绦带，这亘古不变的活计，它还得赶上好几个小时，我伤心地想，我这就得单独跟它相处了，而它根本不会在意我，就如一个女工为了看得清楚些，坐在窗前干活，根本不会注意屋里还有什么人。突然间，弗朗索瓦兹推开门，把阿尔贝蒂娜引到房门口，可我刚才连门铃声也没听见。阿尔贝蒂娜一声不响，笑吟吟地走了进来，她看上去胖乎乎的，仿佛把当初在巴尔贝克（我后来再也没有去过）的那些时日全都裹在了身体里面——那些期盼我去重温的时日，此刻正款款向我走来。倘若你和一个人的关系（即便这关系无足轻重）发生了变化，那么重新见到他或她，你就会有两个时代同时涌到眼前的感觉。要有这种感觉，无须来的是我们旧日的情人（这会儿作为朋友来看我们），只消到巴黎来造访的是我们曾经在某种生活状态（这种生活状态即使一星期前还在维持，现在却已不复存在）下天天相见的某个人就行。从阿尔贝蒂娜脸上微笑的、探询的、略带犹豫的表情，我可以读出这些问题："德·维尔巴里西斯夫人好吗？那位舞蹈老师好吗？那位糕点师傅呢？"她坐下时，后背仿佛在说："敢情这儿没有悬崖，您就不能像在巴尔贝克那样，让我挨着您坐在一起吗？"她犹如一个给我看时间之镜的魔法师。在这一点上，她就像所有那些我们曾经和他们亲密相处，而现在难得一见的朋友一样。但阿尔贝蒂娜的情况，还不止于此。诚然，即便在巴尔贝克，我们天天见面的时候，我每次见到也会暗自感到吃惊，因为她简直一天一个模样。可是现在，我几乎认不出她了。她沐浴在玫瑰色的雾气之中，脸上的线条犹如雕像那般有模有样。她有了另一张脸，或者更确切地说，她终于有了一张她自己真正的脸；她也长高长壮了。在巴尔贝克那会儿裹住她的身体，让人看不出她未来会出落成什么模样的那层躯壳，几乎不见痕迹了。

阿尔贝蒂娜这次回巴黎，比往常早了些。通常她要到春天才来，而我，由于几星期来一直被打在最早开放的花朵上的暴风雨弄得心烦意乱，所以看到阿尔贝蒂娜来巴黎，总会满心喜悦地把她的归来和美好季节的归来联系在一起。只要有人告诉我，她在巴黎，会到我家来看我，就足以让我把她想象成海边的一朵玫瑰。我说不清楚，当时涌上我心头的到底是对巴尔贝克的渴念，还是对她的渴念，也许，对她的渴念本身就是以一种怠惰、松懈、不完整的形式，去占有巴尔贝克。这就好比从物质上占有一样东西、住到一座城市里去，等于从精神上占有了它。何况，即使从物质的角度看，一旦在我的想象中见不到她在海天一色的背景下晃动的身影，她当真就那么一动不动地待在我身边，我就会觉得她好似一朵惹人怜爱的玫瑰，我宁愿闭上眼睛，不去看那凋零的花瓣，保留那种置身于海滩上的遐想。

现在我能说了，可在当时我并不知道接下去会发生什么事情。当然，把自己的一生精力倾注在女人身上，要比倾注在收集邮票、古董鼻烟壶乃至油画、雕塑上，更合乎人情些。只不过，其他收藏的例子提醒我们，一定要更换，不能只有一个，而要有很多女人。一个少女的倩影，会和沙滩，和教堂里一尊雕像结辫的头发，和一幅铜版画，和所有使你爱上她的东西，美妙地结合在一起。而当她犹如一幅可爱的画那般走进来时，这些结合就会变得很不稳定。整天都和这个女人在一起生活，你会心生疑惑，不明白她有哪些地方让你那么爱她；但当然，两个脱开的环节，猜忌会使它们重又结合起来。如果在共同生活很长一段时间以后，我终于觉得阿尔贝蒂娜不过就是个普普通通的女人而已，那么，也许只要有人让我猜疑她和当年她在巴尔贝克爱过的某人私通，就足以使我把海滩、浪花重新和她的形象结合在一起。然而这再次的结合，并不会使我们的视觉得到享受，它们直接诉诸我们的心灵，使我们感到伤心和绝望。我们不会期望用如此危险的方式来使奇迹重现。不过，这些都是后话，事情要多年以后才发生呢。现在我只是想说，我应该感到遗憾的是自己不够明智，没有像人家收集古董观剧望远镜那样来收集女人；放在橱窗里的观剧镜从来不嫌多，那儿永远会空出一个位置，等着摆放一架更稀罕的、新到手的观剧镜。

她一反往常的度假习惯，今年直接从巴尔贝克来巴黎，而且在巴尔贝克待的时间比往年短得多。我已经很久没见她了。她在巴黎的熟人，我都不认识，甚至连名字都不知道，所以对她没来看我的那些时间里的情况，我一无所知。这些时间往往相当长。然后，在一个阳光明媚的日子，阿尔贝蒂娜突然出现在眼前，她这么像朵玫瑰似的静悄悄地来访，几乎没有向我透露任何信息，她在那些时间里究竟在干什么，我仍然无从知晓，她的这段经历，隐没在她的生活的黑洞里，我懒得费劲去张望。

然而这一次，有些迹象似乎表明，她的生活中可能发生了某些新的情况。但这也许仅仅是阿尔贝蒂娜这个年龄的少女变化特别快的缘故。举例来说,她的智力有了长进,有一次我旧事重提,说到她兴冲冲地主张索福克勒斯在信上写"亲爱的拉辛"的那回事,她听着先自笑了起来。

"还是安德蕾有道理,我真蠢。"她说,"索福克勒斯应该写:'先生'。"

我回答她说,不管安德蕾说写"先生"也好,写"亲爱的先生"也好,都不比她说的"亲爱的拉辛"和吉赛尔写的"亲爱的朋友"高明多少,不过说到底,最蠢的要数出题让索福克勒斯给拉辛写信的老师。[1]

听我这么说,阿尔贝蒂娜没有反应。她看不出那样写有什么不好;她的智力刚开窍,还有待完善。

在她身上有一种更吸引人的新的东西;我感觉到,就在这个刚才过来坐在我床边的漂亮姑娘的脸上,有一种异样的表情,尽管目光和脸部表情依然流露出往常的任性,但前额有了变化,有了些许顺从的意味,我在巴尔贝克那会儿没能攻破的防线,此刻仿佛瓦解了——在那个遥远的夜晚,画面的构图跟今天下午很相像,只不过我和阿尔贝蒂娜的位置倒了个个儿,那时她躺着,我坐在她床边。我很想(却又不敢)弄清楚她现在是不是肯让我吻她了,所以每次她起身要走,我都请她再待一会儿。挽留她并不是很容易的,因为虽说没什么事等她去做(要不然她早就拔腿就走了),但她是个很守时的人,况且她对我已经不怎么在意,看上去好像不太乐意让我作伴似的。不过每次她都瞧了瞧表,又应我的请求重新坐了下来,就这样她和我一起度过了好几个小时,而我对她却什么要求也没提;我对她说的话,不过是把前几个小时说过的话再说一遍罢了,我心想的、我渴望的那些事儿,我一句都没说出口,她听来听去都是些被我说烂的话。没有任何东西,

---

1. 参见第二卷《在少女花影下》第二部"地方与地名:地方"。

会比欲念更叫人心口不一，嘴上说的跟心里想的，完全不是一回事。时间紧迫，可我倒像非要抓紧这点时间，说些跟我俩的心思完全不相干的事情似的。[……]

要是有人问我凭什么——在这么絮絮叨叨说个没完，可就是对阿尔贝蒂娜闭口不提我心中所想的那件事儿的整个过程中——作出如此乐观的假设，认为她会顺从我的心意，我也许会回答说，这个假设的出发点在于（仿佛阿尔贝蒂娜的说话声中某些被遗忘的特征，重新为我勾勒出了她个性的轮廓）她的谈吐有了不同于以往的某些变化，她的说话中出现了一些不属于（至少就她现在赋予他们的意义而言）她的用语范围的词语。比如有一次，她对我说埃尔斯蒂尔很笨，我大声表示反对。她笑盈盈地对我说：

"您没明白我的意思，我是说他在那个场合很笨，可我当然知道他绝不是等闲之辈。"

还有，她想说枫丹白露高尔夫球赛很有品位，来了这么一句：

"那完全是一种选择[1]。"

说到我以前的一次决斗时，她说我的证人是"最佳证人"，还瞧着我的脸说她喜欢看到我"蓄唇髭"。我甚至还听她说，上次见到吉赛尔以来，已经过了一段"时日"——我敢说，这话她去年还根本说不来呢；看来，这回我成功的希望很大了[2]。我这么说，并不是想否认我在巴尔贝克那会儿，阿尔贝蒂娜的谈吐用语已经算得上差强人意了，从那些用语立即可以看出她出身于一个颇为殷实的人家，做母亲的年复一年把那些语汇传给女儿，正如在女儿长大成人的一些重要日子里，

---

1. "选择"原文为 sélection，这是一个从英文引进的法文词。1859 年达尔文的《物种起源》等著作被译成法文，以自然选择为基础的进化论学说在法国迅速传播，1866 年法译本换用书名时，法文新词 sélection 应运而生。阿尔贝蒂娜说高尔夫球赛是一种"选择"，尽管有些牵强，但表明（或至少她想表明）她对新潮的学术词汇还是有所了解的。
2. "我"的想法大概是这样的：阿尔贝蒂娜说话的口吻、用词发生了变化，心态自然也变了，这样也就可能不会像上回在巴尔贝克那样拒绝我的吻了。

把自己的首饰传给她一样。有一天,一位陌生的女士送了件礼物给阿尔贝蒂娜,她表示谢意的那句"真是不好意思",让人觉着她已经不是小孩子了。蓬当夫人不由得瞥了丈夫一眼,做丈夫的回答说:

"可不,她快十四啦。"

阿尔贝蒂娜对一个仪表不佳的姑娘的评论,更让人觉着她真的长大了,她说:"你根本看不出她好看不好看,她脸上抹的粉有一尺厚。"最后,虽说还是个少女,她说话的腔调,已经跟她那个阶层、那个圈子里的女士很相像了。倘若某人在扮鬼脸,她会说:"我不能看人家做鬼脸,看见了我就想学样。"或者,看见有人在模仿一个女士逗乐,她会说:"您模仿她的时候,最可笑的事,是您真的就像她一样了。"所有这些话,都是从社会这部百科全书中学来的。但我总觉得,就凭阿尔贝蒂娜出身的阶层,她说某人"不是等闲之辈",其中的意味,是无法跟我父亲说这话相提并论的——要是有位同事我父亲还不认识,但听人说起此人如何睿敏过人,我父亲也会说:"看来他不是等闲之辈。"至于"选择",即便说的是高尔夫球赛,我也觉得跟西莫内家对不上号,就好比"自然选择"(这儿加上了"自然"这个定语)跟早于达尔文著作几个世纪的文章扞格不入一样。"时日",在我看来倒是个好征兆。最后,她有一句话着实令我对她刮目相看,让我心中生出种种希望,因为她居然满脸得意(一个人知道自己的意见不无分量时,往往会露出这种得意之色)地对我说:

"在我看来,这是再好不过的事……我认为这是最好的解决办法,是个明智的决定。"

这话由她说出来是多么新鲜,多么像一个河流的冲积层,让我从中想见,曾有过许多任性的河湾流经这片从前不为人知的土地;于是在阿尔贝蒂娜说"在我看来"的当口,我把她拽到了自己身旁,而"我认为"一说出口,我就让她坐在了我床上。

[盖尔芒特公爵夫人邀请我参加周五小型聚会。我看到了盖尔芒特夫妇收藏的埃尔斯蒂尔画作。

以让我们感到陌生的色彩呈现的种种细部，无一不是这位大画家观察事物的独特方式的投影。]

和盖尔芒特先生一起离开前厅时，我对他说我很想看看他收藏的埃尔斯蒂尔的画作。"敢不从命。这么说，埃尔斯蒂尔先生是您的朋友？我遗憾我这会儿才刚知道，其实我跟他也有点认识，他是个挺可爱的人，用我们父辈的话说，是位很有教养的绅士。要是早知道的话，我可以请他也赏光来吃晚饭。今晚有您作伴，他一定会很高兴的。"公爵说这些话的时候，一心想显出旧王朝时代[1]的做派，但收效甚微；接下来他没想那么多了，却举手投足间都是旧王朝的气息。他问我，要不要他陪我去看埃尔斯蒂尔的画，没等我回答，他就陪着我往前走，每经过一扇门，他都彬彬有礼地给我让路，每当为给我领路，不得不走在我前面的时候，他总要说声对不起；这幕小小的场景（自从圣西门记述盖尔芒特家族的某位祖先，为履行那点所谓的贵族世家的职责，如何以同样一丝不苟的做派对他极尽地主之谊的那个时代以来）想必于发生在我俩身上之前，已经在众多别的盖尔芒特家族成员接待众多别的来客时，都曾经上演过。我对公爵说他不妨让我单独在这些画作跟前待一会儿，他马上抽身离去，还不忘告诉我，到时去客厅找他就行。

单独面对埃尔斯蒂尔的画作，一下子就让我忘记了晚餐的时间。又如在巴尔贝克时那样，我眼前看到的是周围世界以种种陌生的色彩呈现的细部，这些细部无一不是这位大画家观察事物的独特方式的投影，而这种方式是他用言语所无法表达的。墙上挂的他那些画，显得

---

1. 指法国1789年大革命前的王朝时代。

极为协调,犹如一架幻灯机投射的影像——这架幻灯机,就此刻而言正是画家的全部身心,倘若你只是认识画家这个人而已,换句话说,倘若你仅仅看到这架幻灯机亮着灯,而幻灯片都还没插进去的话,那你是想象不出这架幻灯机有什么奇妙之处的。在这些画作中间,我最感兴趣的,恰恰是被社交圈人士视为可笑的那几幅油画,它们再现了光学错觉的现象,证明了我们只有在理性思考介入的情况下,才能指出事物的名称。我们坐在车子上,往往会看到眼前几米开外,有一条明亮的街道伸向远方,而其实那只是一堵亮晃晃的墙面使我们产生的纵深感的错觉,这种情况不是常有发生吗?因此,对一个事物,不是依照人为的符号化的方式,而是本着坦诚的心态,回到本初的印象上,按照我们曾经(在最初的那种错觉中)把它看成的另一个事物来表现它,岂不是很合乎逻辑的吗?我们所观察的对象,它们的块面、形体,在现实世界中都是跟我们认出它们时,凭记忆给出的名称并不相干的。埃尔斯蒂尔致力于从他刚感觉到的东西中,摒弃他凭智力所知道的东西。他所作的努力,经常是打散我们称之为视觉的那一理性思考集合体,使之解体。

对这些惊世骇俗之作极为反感的社交界人士,发现埃尔斯蒂尔居然也像他们一样喜欢夏尔丹、佩罗诺[1]这些画家,不禁大为惊讶。他们不会意识到,埃尔斯蒂尔出于自己的需要,曾经跟夏尔丹或佩罗诺作出过同样的努力,所以当他停下自己的创作歇口气时,面对他们所作的同样的尝试,以及堪称他自己的作品的先声的某些类似的细部,他自然会赞赏不已。那些社交界人士不可能想到在埃尔斯蒂尔的作品中加入这种时间观点——这种观点,其实是有助于他们热爱(或至少是并不费力地欣赏)夏尔丹的画作的。但是其中最年长的那些人,应该

---

1. 夏尔丹(1699—1779):法国画家,风格近于普鲁斯特喜爱的荷兰画家弗美尔。佩罗诺(1715—1783):法国画家,擅长色粉画和镂版画。

还记得在自己的人生经历中，曾经亲眼见到随着岁月的流逝，存在于一幅公认为安格尔杰作的油画，与被他们断然视为惊世骇俗之作的另一幅油画（比如说，马奈的《奥林比亚》）之间的那道鸿沟，渐渐弥合起来，直到两幅画看上去像是孪生兄弟一样。然而，我们由于不谙从特殊到一般之道，总以为眼下正在进行的实验性的探索是前无古人的。

有两幅画（现实主义手法比其他作品更明显，看上去是早期作品）中，画了同一个男子，让我很感兴趣。这位先生，在自家客厅的那幅画里穿着长礼服，而另一幅画中他身穿短上衣，头戴礼帽，在河边的很平民化的庆典上显得很落寞，跟周围的环境和人格格不入。从这两幅画可以推断，对埃尔斯蒂尔而言，这位男士不仅是个常用的模特儿，而且是位朋友，说不定是他喜欢的赞助人，就像当年卡尔帕乔[1]把那些威尼斯显贵们画进——画得跟真人像极了——他的画中。贝多芬也是如此，他曾在自己钟爱的作品的谱纸上题写鲁道尔夫大公这个为他所珍爱的名字[2]。河边的这场庆典，有一种令人怦然心动的意味。河水，女客的长裙，小船的风帆，数不清的闪光挤挤挨挨地缀满画面——埃尔斯蒂尔在一个美好的下午截取的这方图景。有个女子跳舞跳热了，气喘吁吁地停下来歇一歇，而她的长裙上闪亮的绚丽色斑，以同样的方式在停泊河中的小船风帆上，在小港的水面上，在木头的浮桥上，在树丛和天空上，闪耀着。当初我在巴尔贝克见过的一幅画上，一座医院，在青碧的天空下美得如同大教堂，跟作为艺术理论家的埃尔斯蒂尔和迷恋中世纪趣味的埃尔斯蒂尔相比，这座医院仿佛更大胆不羁，它高声宣称："无所谓哥特式建筑，无所谓大师杰作，不起

---

1. 卡尔帕乔（Carpaccio, 1455–1525）：意大利文艺复兴早期威尼斯画派画家。所作多为所谓叙事体绘画。本书第一卷《去斯万家那边》中提到过他。
2. 贝多芬曾将《钢琴、小提琴和大提琴三重奏作品97》题献给他的钢琴和作曲学生、奥地利哈布斯堡王朝的王储鲁道尔夫大公。所以这首乐曲又称"大公三重奏"。

眼的医院也能和巍峨壮观的教堂正门媲美。"同样,此刻我仿佛听到:"这位女士有点俗气,一个路过的业余画家,未必肯正眼看她,唯恐她会玷污大自然呈现在自己眼前的充满诗意的画面,但其实这位女士也很美,她的长裙和船帆沐浴在相同的光线中,谁也分不清哪个更珍贵,普普通通的长裙和崭新漂亮的船帆,是同一映像的两面镜子。全部价值都在画家的眼光里。"而这位画家,他懂得怎样从流动的时光中捕捉这个明亮的瞬间,让它凝定在那儿——在这一瞬间,那位女士因为太热而停了下来,大树的轮廓镶上了一圈光晕,船帆仿佛在金色的水面上滑行。正因为这一瞬间以其饱满的力量征服了我们,这个固定的画面给人以稍纵即逝的印象,我们会感觉到那位女士就要回家,船帆就要消失,光影就要移位,夜晚就要降临,欢乐就要结束,我们会感觉到生命正在流逝,而同时被无数光线聚拢照亮的那些瞬间,也终将一去不复返。有几幅埃尔斯蒂尔早期创作的水彩画,也陈列在这儿,我在这些画上又看到了瞬间的一种(确实很不一样的)形态。新潮的社交界人士的欣赏趣味止步于此。当然,这些并非埃尔斯蒂尔最好的作品,但题材的构思中已经有了那种诚恳的意味,这就赋予了画作一种温情。例如,画面上的缪斯女神虽然画得仿佛属于某个带有化石意味的种族,但是在那个神话年代里,不难看到她们晚间三三两两地行走在山路上。有时候,某个同样会被动物学家认为属于罕见人种(因其具有某种无性特征)的诗人,会和诗歌女神一起散步,正如在自然界中,物种不同但友好相处的生物经常结伴而行一样。在一幅水彩画上,只见一个诗人在山上走了长路,疲乏不堪,一个半人半马的动物遇见他,起了怜悯之心,让他骑在背上驮他回去。别的好几幅画上,一望无际的景色(神话故事中的场景和英雄人物只在其中占据极不起眼的位置,几乎消失不见了),从群山之巅到大海,全都展现在观众眼前,时间的概念不是精确到小时,而是精确到分钟,落日下沉的倾角,光影流逝的迹象,无不表现得精细入微。就这样,画家在捕捉瞬间的同时，把一种带有寓言印记的历史生活场景呈现出来，用确指过去时[1]描述这个场景。

在我看画的这段时间里，宾客到达的门铃声络绎不绝，伴我沉浸在遐想之中。随后那段已经持续多时的寂静，终于——比之铃声送我入忘我之境，确实慢了不少——把我从遐想中惊醒，正如兰道尔歌声停住后，巴托洛反被寂静惊醒一般[2]。我唯恐他们把我给忘在这儿，宾主都已入席了，我赶紧朝客厅走去。刚走到这间埃尔斯蒂尔画作收藏室门口，看见有个仆人站在那儿等着我。这仆人说不上是年纪老了，还是头上扑了粉，看上去就像个西班牙大臣，可他毕恭毕敬地站在我跟前，仿佛我是个国王似的。瞧他这模样，我意识到他即便再等上一个小时也不会在乎，我不由得惶恐起来，生怕自己耽误了晚宴，更何况，我还答应了十一点钟去夏尔吕先生家呢。

[两个月后，我在公爵夫妇府邸遇到前来拜访的斯万，他已经病得很重。]

"哎，您就直截了当说吧，到底为什么不能去意大利？"公爵夫人一面问斯万，一面立起身来准备离开。

"噢，我亲爱的朋友，因为到那时候，我已经死了几个月了。给我看病的几位医生都说，我的病即使不马上要了我的命（这也是有可能的），到今年年底，我也只有三四个月好活了，这已经是极限了。"斯万带着笑意回答说。这时男仆正打开前厅带玻璃的门，让公爵夫人过去。

---

1. 即简单过去时，法语中的一种时态。通常用于叙述故事的书面语言，所以又称过去的"叙事时态"。
2. 法国剧作家博马舍的著名喜剧《塞维利亚的理发师》（1775）中，阿玛维瓦化装成乐师，以兰道尔的名义，当着罗西妮的保护人、令人生厌的老头巴托洛的面，向罗西妮小姐唱情歌。听着歌声，老头昏昏欲睡，歌声一停，他猛然惊醒。

"瞧您在说些什么呀?"正向马车走去的公爵夫人嚷道,在台阶上停了一下脚步,抬起那双美丽而忧郁的蓝眼睛,眼神中充满着犹豫。她有生以来第一次面临如此两难的选择,摆在面前的是两种迥然不同的责任,其一是登上马车去赴晚宴,其二是留下来安慰一个快要死去的人,在她的礼仪法典上没有可供遵循的条例,她一时不知如何选择为好,心想不如干脆做出不知有后面那回事的样子,这样就理所当然地可以选择前一种做法,也就是此时最不费力的做法。就这样,她拿定了主意:解决矛盾的最好的办法,就是不承认它。"您是在开玩笑吧?"她对斯万说。

"那这个玩笑就开得太有意思了,"斯万调侃地说,"我不知道我干吗要对您说这些,以前我没对您说过我的病。可您刚才问起这事,而我又随时都可能死……可我真的不想耽搁您的时间,您有饭局。"他这么说,是因为他明白,对旁人来说,他们应尽的社交责任要比一个朋友的死更要紧,以他的修养,他是设身处地为他们着想的。而以公爵夫人的修养,她也模模糊糊地看出,她去赴的饭局,对斯万而言是不如他的死重要的。于是,她一面继续向马车走去,一面松下肩来说道:"您甭管这个饭局。那无关紧要!"不料这句话却激怒了公爵,他大声嚷道:"行啦,奥丽阿娜,别在那儿跟斯万说个没完,大叹苦经了!您明明知道,圣厄韦尔特夫人府上是一到八点准要开饭的。您该明白自己要做什么,马车在那儿都等了有五分钟啦。噢,对不起,夏尔,"他转身对斯万说,"都已经七点五十了,奥丽阿娜老是迟到,到圣厄韦尔特大妈家五分钟可不够哦。"

盖尔芒特夫人决然朝马车走去,最后一次向斯万告别。"行,这事以后再说,您的话我一个字也不信,不过我们还是得好好谈谈。我想您是让他们给吓着了,哪天您方便,来这儿吃午饭吧(对盖尔芒特夫人来说,一切问题都可以在饭桌上解决),您来定日期和时间好了。"说罢,她撩起红裙,一脚踩在踏板上。她正要登上马车,公爵瞧见她的脚,顿时大吼一声:"奥丽阿娜,您要干什么呢,您犯傻呀。穿红裙怎么好配黑鞋!还不快上去换双红鞋!要不这样,"他对男仆说,"快去叫公爵夫人的贴身女仆把红鞋拿下来。"

"哦,亲爱的,"公爵夫人柔声回答说,她瞧见斯万和我一起出府,这会儿正停下让马车经过,觉得让他听见公爵的话很不好意思,"我们已经要迟到了……"

"不,还来得及,八点还差十分,到蒙梭公园用不了十分钟。再说有什么办法呢,就算已经八点半了,他们也还得耐着性子等我们不是,反正您总不能穿着红裙黑鞋去那儿。何况我们不会是到得最晚的,这不,还有萨斯纳日夫妇呢,您也知道,他们在八点四十分以前是到不了那儿的。"

公爵夫人上楼回屋去。

"嘿,"盖尔芒特先生对我们说,"做丈夫的就这么受累,人家总爱笑话他们,可他们毕竟还是有点用处的哟。要不是我,奥丽阿娜就穿着黑鞋子去赴晚宴喽。"

"这也不难看呀,"斯万说,"我瞧见这双黑鞋子了,一点没觉得不舒服。"

"我没说难看,"公爵回答说,"可是鞋子跟裙子配同样的颜色,会更雅致一些。再说,您瞧着吧,即便我不说,她在半路上自己也会发现穿错了鞋,到那时我就只好替她回来取鞋,不到九点我就甭想吃到晚饭喽。再见了,年轻人,"他说着,轻轻地推了一下我俩,"趁奥丽阿娜下来以前快走吧。这可不是因为她不喜欢见到您二位,而恰恰是因为她太喜欢见到你们了。她要是看见你们还在,一定会又跟你们说个没完,她已经很累了,到了饭桌上准会上气不接下气。我也实话告诉您二位,我现在饿得要死。上午刚下火车,午饭没吃好。没错,黄油嫩葱调味汁的味道好极了,可我还是巴不得,极其巴不得马上再好好吃一顿。八点差五分了!嗨!女人就爱磨蹭!她非得把我们俩的胃都折腾坏了不可。她的身体可没看上去那么棒。"

公爵心安理得地当着一个快死的人的面，大谈他夫人和他本人的小毛小病；这些小毛小病他更为在意，在他眼里更为重要。所以，在客客气气地把我俩打发走以后，也许仅仅是平日的教养和此刻的愉悦心情使然，他站在门口，声音洪亮地冲已经走进庭院的斯万喊道：

"我说您哪，可千万别让那些医生的鬼话给唬住喽！他们都是些蠢驴。您身板硬朗着呢。您会活得比我们都长久的！"

Sodome et Gomorrhe | 04

第四卷
所多玛与蛾摩拉

第 1 部

[不经意间,我窥见夏尔吕男爵在府邸的院子里与絮比安相遇的情景。由此我知晓了夏尔吕是男同性恋者,以往的种种疑惑都随之消释了。]

男爵突然把半闭的眼睛睁得大大的,神情专注地望着这位以前做背心的裁缝,而这位絮比安,在自家店铺门口瞧见德·夏尔吕先生站在面前,也骤然立定,犹如一株生了根的植物,凝视着上了点年纪的男爵微微发福的身材,脸露惊叹之色。而更让人吃惊的是,德·夏尔吕先生的姿势稍有改变,絮比安的姿势立即随之改变,仿佛是在按照某种神秘艺术的规律,与男爵的姿势保持协调。现在男爵想掩饰自己的感受,可是尽管他装出不在意的样子,走开时看上去还是满脸的不情愿。他走过去,走过来,两眼凝望着半空中的什么地方,心想这样能让眼睛显得更美些,这样一来,他的整个神态显得自负、随便而可笑。而絮比安,他一扫平日里我常见的谦卑、和气的态度,此刻——与男爵真可谓亦步亦趋——昂起头,挺着胸,滑稽而放肆地双手叉腰,撅起屁股,这种卖弄风情的姿势好有一比,那就是兰花招引碰巧飞过的熊蜂时的娇态。我不知道他竟会有如此令人作呕的腔调。不过我也没想到,他竟会在这样一幕双人哑剧的场景中,出人意料地饰演这么个角色,这幕场景(尽管他只是第一次见到德·夏尔吕先生)仿佛早就排练过似的——只有当你身处异国,骤然遇到一个同胞,虽说是萍水相逢,却仿佛心存默契,觉得言谈举止处处合拍的时候,你才会有这种出自本能的完美表现。

不过这幕场景,并不真的那么可笑,其中自有一种很奇特的,或者不妨说很质朴的东西,这种东西的美,是渐渐从中显现出来的。德·夏尔吕先生虽然装出冷淡的模样,漫不经心地垂下眼帘,却忍不住隔会儿就抬起眼帘,向絮比安投去关心的目光。但是(想必因为他心想这样的场景,不可能在此时此地无休无止地延续下去,这或许出于我们稍后就会明白的原因,或许就不过基于某种人生感悟,即人间万物转瞬即逝,所以凡事务求一步到位,免得坐失良机,而且这种感悟也使一切与爱有关的情景,都显得分外动人),德·夏尔吕先生每次注视絮比安时,他的目光中都会蕴含着一句话,这就使他的目光迥然有异于通常那些注视一个认识或不认识的人的目光,他注视絮比安的目光极其专注,仿佛是有人在对你说:"恕我冒昧,您背后挂着根挺长的白线呢,"或者:"我想我不会记错,您大概也是苏黎世人吧,我好像在那家古玩店经常看见您。"于是,每隔两分钟,从德·夏尔吕先生送出的秋波中,似乎总有同一个亟待对方回答的问题,犹如贝多芬作品中那些探询的乐句,按相同的时间间隔,不断地重复出现,旨在——在如许近乎奢侈的铺垫之后——引出一个新的动机,一个调式的转换,一个"主题的再现"。然而,德·夏尔吕先生和絮比安所交流的目光,它们之所以美,恰恰是由于(至少暂时如此)它们似乎并无引出某个结果的用意。这种美,我在男爵和絮比安身上还是第一次发现。在两人的眼睛里,天幕冉冉升起的地方,并不是苏黎世,而是我还猜不出它的名称的某个东方情调的城市。无论是什么情况拦住了德·夏尔吕先生和背心裁缝,他们之间似乎早有默契,那种其实并无必要的对视,只是按照常规的预备程序,就像在一桩业已敲定的婚事前总还得张罗一番那样。更接近本质的说法是——唯其同一个人(倘若你仔细观察他几分钟的话)会相继现出一个人、一只人鸟或一条人虫等等的本相,所以这些比喻的多重性,本身就更接近本真——我看见的是两只鸟,一雌一雄,雄鸟在往前凑,雌鸟(絮比安)却不为所动，瞧着这个新伙伴的木然的目光中，全无惊讶之色，它想必是觉得，在雄鸟刚有所动作之时，自己的这种目光更撩人，而且是唯一有效的，所以它自顾自地捋着身上的羽毛。但最后，絮比安还是觉得一味冷淡不够味儿；从确信对方已心旌飘摇，到让它来追求、膜拜，其中只有一步之遥，絮比安决定说干就干，当即走出大门往外而去。但他在走上街道之前，回过头来看了两三次。男爵眼看他在街上走远，大为惊惶不安，夺门而出，前去追赶絮比安（但嘴里仍大刺刺地吹着口哨，甚至也没忘朝看门人喊一声"再见"，那看门人正在厨房后间招待客人，喝得醉醺醺的，根本没听到他在打招呼）。就在德·夏尔吕先生像只肥硕的熊蜂，嘘嘘作响地穿过大门的当口，有一只熊蜂（这可是只真的熊蜂）飞进了院子。谁知道这是否就是兰花苦苦等待为它带来珍贵花粉（否则可就没人给兰花授粉喽）的那只熊蜂呢？不过我没能好好欣赏熊蜂传授花粉，因为没过几分钟，絮比安又回来了，后面跟着德·夏尔吕先生（絮比安说不定是想回来取包东西，刚才看见男爵，一个激动，他把这包东西给落下了，待会儿他得把它带走，但也说不定仅仅是由于一个更加自然的原因），我的注意力被他俩吸引住了。男爵决定来个速战速决，他开口向裁缝借火，但马上又说："我向您借火，可我忘了带烟了。"于是调情卖俏让位于殷勤待客。"请进来吧，您要的东西里面都有，"裁缝说，脸上的鄙夷之色已被欣喜取代。他俩一进屋，店铺的门就关上了，里面的声音我没法听见。刚才那只熊蜂也不见了，我不知道它是否就是兰花在等的那只熊蜂，不过有一点我不再怀疑，那就是一只难得飞来的昆虫与一朵心旌飘摇的花儿之间，终会有相互结合的奇妙可能。德·夏尔吕先生（上述比较，无论从哪个角度说，都只是事有凑巧而已，我们绝无假借科学名义，将植物学的某些法则与有时被人很不负责任地称为同性恋的现象两相对照的意思）多少年来总在絮比安外出时来这儿，而这次碰巧德·维尔巴里西斯夫人身体不适，他无意中撞见了絮比安，于是也就撞上了老天爷保留给男爵这类男人的好运气,那就是专为这些老男人享受尘世间那份淫逸之乐而生的男人:专爱老先生的男人。这份运气,本来是该由一个完全可能(我们后面会看到)比絮比安年轻得多也英俊得多的后生带给男爵的,但此刻它坐实在了裁缝身上。

第 2 部

第 1 章

［我第二次去巴尔贝克度假。在巴尔贝克大酒店的房间里解鞋扣时，我突然意识到我真正失去了外婆。］

我整个人处于慌乱不安的状态。第一晚就出现了心脏间歇，我想控制阵发的疼痛，小心翼翼地慢慢弯下腰去脱鞋子。可是刚碰到第一颗扣子，就感到胸口发胀，里面充满一种无以名之的、不可思议的东西，我浑身震颤地抽泣起来，泪水止不住地往下淌。前来救助我，让我的心灵从冷漠中摆脱出来的，正是几年前在我处于同样的孤苦无望的境地，在我完全丧失自我的情况下前来的那个人，他使我回归了自我，因为他既是我，又比我更强（容器不仅大于内容，而且给我带来新的内容）。就在刚才的那一瞬间，我在记忆中看见了，外婆俯身望着疲惫痛苦的我，脸容温柔、忧虑而失望，就像在刚到巴尔贝克第一天的晚上那样；这不是那个我因几乎从不怀念她而感到吃惊、自责的外婆，不是那个徒有其名的外婆，而是那个真正的外婆，那个自从她在香榭丽舍大街发病以来，我第一次在一种不由自主的、完整的回忆中看见的活生生的、现实中的外婆。这种现实，只有通过我们思维的再创造，才有可能存在（要不然，岂不是每个参加过重大战役的人，都成了谱写英雄史诗的伟大诗人了）；这时，我是多么渴望扑进她的怀抱去啊，而正是在这一刻——已经是外婆落葬一年以后了，对过去发生的事情，事情发生的真实日期无法和我们的情感所认定的日期相符，是常有的事——我才真正意识到，外婆死了。从那时以来，我常说起她，有时也想起她，但以我么一个不知感恩的、自私寡情的年轻人，无论说话还是思想，其中都没有半点跟我外婆相像的地方，因为，以我的轻浮和纵情声色，以我对他人病痛的习以为常，我心里对外婆以往的经历所保存的记忆，仅仅处于潜在的状态。无论我们在什么时候审视自己的心灵，这整个心灵都只有一种近于虚拟的价值，尽管心灵拥有的财富可以列出一张相当可观的资产清单，但由于其中或是这一部分，或是那一部分，属于不可动用的资产；不仅实在的财富如此，想象的财富亦然如此，以我为例，不仅盖尔芒特家族的古老姓氏如此，关于我外婆的真实记忆（这在我是更为重要的财富）亦然如此。因为，记忆的混乱是跟心脏的间歇联系在一起的。我们往往把身体看成一个罐子，好像精神世界就装在里面，这种观念自然会使我们这样想，就是我们所有的内在财富，我们以往的欢乐，我们所有的痛苦，都是永远属于我们所有的。而如果认为它们会离我们而去，或去而复返，那也许同样是不确切的。无论如何，即使它们保留在我们身上，在绝大部分时间里，它们都位于一个不为我们所知的区域里，对我们不起任何作用，甚至那些最实用的财富，也会被形形色色的记忆所排斥，无法与这些记忆共存于意识之中。但是，一旦储存这些财富的感觉区域被激活，它们也会具有同样的能耐，把所有与它们不相容的东西全都排除在外，唯独在我们身上留下那个感受到它们存在的自我。然而由于我适才骤然间重新变回的这个自我，自从外婆在我到达巴尔贝克那天为我脱衣服的那个遥远的夜晚以来，始终没有存在过，所以很自然地，我并没有把外婆俯身向着我的那一刻，放在这个自我所不知晓的那个真确的日子之后，而是——仿佛在时间中有着各各不同而又相互平行的序列似的——为了不让时间序列中断，把它放在了当初那第一晚以后紧接着的时刻。当时我曾经是的、后来消失了那么久的这个自我，重又离我如此之近，我仿佛还能听到刚说过的那些话，而其实那只是梦中的情景，就好比一个似醒非醒的人会觉得耳边回旋着逝去的梦中的声音。我只是那个想躲进外婆的怀抱，想用吻抚平她的忧伤之痕的孩子；这段时间以来，有好些形象相继出现在我心中，而当我觉得自己就是其中某一个的时候，我却很难想象自己的模样，因为，要重新感受我（至少眼前）已不再是的那个自我的欲望和欢愉，真是谈何容易。我回想，在外婆穿着晨衣朝我的皮鞋俯下身去的一小时前，我在闷热的大街上闲逛，走到糕点铺跟前时，心头涌上一阵渴念，想要抱住外婆吻她，那时我觉得，还要过好久才能待在她身边，我无论如何等不了。现在，心头涌上同样的渴念，但我知道我可以几小时几小时地等下去，也知道她永远不会在我身边了，这些我都是刚刚才明白的，因为就在刚才，当我第一次感觉到她那么鲜活，那么真切，让我的心胀到都要裂开了，当我终于重又见到她的时候，我意识到我已经永远失去她了。

［大酒店的环境和侍者，让我想起拉辛的《阿达莉》。］

我很明白，巴尔贝克大酒店令不少人心驰神往。它有如一座剧院那般耸立在那儿，为数众多的大小角色活跃其间，连悬吊舞台布景的区域都有他们的身影。尽管旅馆的顾客只是进入剧院的观众，他们也跟剧院上演的活剧脱不了干系，这并不是说这儿会像有些剧院那样，演员下台到前厅来表演，而是说观众的生活仿佛被置于这豪华的场景之中了。打好网球回旅馆的客人，尽可以穿着白色法兰绒的运动上衣，门厅的侍者却必定身穿镶银饰带的蓝色号服，把客人的信件交给他。要是这位客人不想走楼梯，他少不得也要和这个大剧场的演员打交道，服饰同样奢华的侍者会挨在他身旁，为他开电梯。各个楼层的走廊上，到处有通道可供收拾客房或迎送客人的侍女逃遁，这些年轻侍女映衬在碧蓝似海的走廊背景上，美得如同雅典娜女神节游行队列中的少女，她们的小房间虽隐藏深处，以追逐俊俏侍女为乐的好事者，却自有办法转弯抹角地找到那儿。底楼则充满阳刚之气，侍者一色是气定神闲的美少年，有了他们，这座旅馆好似天天都在上演一出久经排练的犹太基督教戏剧。看见如此场景，我情不自禁默念起拉辛的台词，自然，不是在盖尔芒特亲王夫人府上看见德·福古贝尔先生瞅着年轻的使馆秘书朝德·夏尔吕先生鞠躬那会儿浮上脑际的《以斯帖》，而是拉辛别的台词，这回是《阿达莉》的：因为，一进大厅——十七世纪的说法叫柱廊——尤其是在下午茶时分，总能见到"一大群"[1] 年轻侍者凝神伫立，好似拉辛剧中合唱队的年轻犹太人。不过，剧中阿达莉问年幼的王子"您到底在做什么？"时，若阿斯虽说含糊其辞，毕竟还是作了回答，这会儿我可不相信他们之中有谁也能如此，说实在的，他们还真回答不上来。至多，倘若有人拿年迈的王后的台词来问他们中间的随便哪个人：

"挤在这儿的这些人，
他们在忙些什么？"

此人可能回答说：

"我在看典礼的豪华场面，
我也参与其中。"

有时候，其中的一个美少年会前去接待某个稍重要些的角色，然

---

1. 引号中的词语引自拉辛的悲剧《阿达莉》。下同。

后回归队列，而除了那种稍事休息、陷于冥想的时刻之外，他们整天都保持态度恭敬、容止俊雅的状态，干着无事忙的活儿。他们除"假日"外"远离外界"，从不跨越圣殿广场的范围，像《阿达莉》中的利未人[1]那样，过着教士般的生活。看看"这群年轻的信徒"在铺着华丽地毯的梯级上迎上送下，我不由得有些纳闷，心想我这到底是进了巴尔贝克大酒店，还是到了所罗门的圣殿[2]。

〔回忆外婆临终前的情景令我痛苦。
弗朗索瓦兹告诉我圣卢给外婆拍照那天的情形。酒店经理告诉我外婆曾在酒店里昏厥过。〕

我径自上楼回到房间。萦绕在我脑际的，仍然是外婆临终前那些日子的情景，那些因不断积淀而变得比当事人本身的痛苦更难以承受、那些被我们的怜悯无情地加重了的痛苦，我在一而再再而三地重新体验。我们以为自己仅仅是再现某个亲爱的人的痛苦，其实我们的怜悯却放大了这些痛苦；但也说不定，那正是比承受这些痛苦的人的感觉更真实的情况，他们没能看见的生活的苦难，怜悯看见了，并因此而绝望了。我在想，倘若我当时就知道那个长期以来一直没人告诉我的秘密，知道外婆去世前夜，她趁自己神志清醒，而且确认我不在场的时候，握住妈妈的手，把自己滚烫的嘴唇紧贴上去，然后对她说："别了，我的女儿，永别了。"倘若我当时就知道这事的话，我的怜悯一定会超过外婆的痛苦，迸发一种新的冲动。始终凝定在我母亲的记忆之中，无时无刻不出现在她眼前的，或许也正是这个场景。

想着想着，充满温情的回忆油然而生。她是我的外婆，我是她的

---

1. 利未人：以色列人的一个支族。在犹太教宗教活动中，他们一般在圣殿从事为宣读律法书的祭司洗手等服务工作。
2. 所罗门是公元前968—前928年的以色列王。他下令建造的圣殿墙面贴金，装饰富丽堂皇。

外孙呀。她脸上的表情，仿佛是在用一种唯有我能读懂的语言在向我诉说：她就是我生活的全部，其他所有的一切，无一不是因她而存在，无一不是因她告诉我的对他们或它们的评价而存在；可是，不对呀，我和她这样的关系实在过于短暂，不可能不是一种偶然。她不再认得出我，我也永远不会再见到她了。我俩并非彼此专一为对方而来到这个世界上的，她是一个陌路人。这个陌路人，此刻我正在看圣卢给她拍的照片。妈妈遇到阿尔贝蒂娜后，执意要我和她见面，因为她对妈妈说了外婆和我的不少好话。于是我就约了她来看我。我事先关照过经理，让他请阿尔贝蒂娜在厅里等我。经理对我说，他早就认识她了，那时候她和她那些女友，还远没到"接吻年龄"呢，不过他抱怨说，她们说过大酒店的坏话。"她们一定是'倒听图说'，才会说那种话。要不就是她们觉着人家说坏她们了。"我一听就明白了，他说的"接吻"是指"结婚"。在等着去见阿尔贝蒂娜的时间里，我的目光始终不离圣卢拍的照片，但越来越模糊，就像我们一直盯着一幅画看，看到后来会觉得没法再看清那样。骤然间，我又想起："这是外婆呀，我是她的外孙。"就如一个失忆者记起了自己的名字，或者一个病人改变了性格。

弗朗索瓦兹进来说阿尔贝蒂娜到了，她瞧见照片，就说："可怜的夫人，没错，这是她，就连脸颊上那颗痣也在；侯爵给她拍照那天，她病得挺重，有两次疼得很厉害。'弗朗索瓦兹，'她对我说，'您可千万别让我外孙知道哟。'她把病情瞒着，当着大家的面总是做出挺高兴的样子。可我还是，比如说吧，发现她有时候看上去反应有些迟钝。可那只是一会儿工夫的事情。后来她又对我这么说：'万一我出了什么事，总得让他有张我的照片才好。可我连一张照片也没拍过呢。'于是她叫我去问侯爵先生，能不能为她拍张照片，但不能告诉先生您是她要他拍的。可等我回来告诉她说侯爵先生答应了，她却不想拍了，因为她觉得自己脸色太差了。'与其这样，'她对我说，'还不如不拍。'

可是她不是糊涂人哪，最后还是想了个办法，戴上一顶宽边的大帽子，平日里不到出大太阳的天气，她是不戴这顶帽子的。结果照片让她很满意，因为那会儿，她已经以为自己不会再从巴尔贝克回去了。我对她说：'夫人，别说这样的话，我不爱听夫人这么说。'可我说了也是白说，她就是那么想。唉，有好些日子她根本吃不下东西。就为这缘故，她才催先生您跑得远远的去跟侯爵先生一起用餐。侯爵先生来的时候，她推说在看书，没上餐桌，而等侯爵的车一走，她就上楼睡下了。那些天里，她心里挺想让夫人来看她。可她又怕夫人会感到意外，因为她从没对她说过自己的病情。'还是让她待在丈夫身边好，您说呢，弗朗索瓦兹？'"

弗朗索瓦兹，她此刻瞧着我，突然间问我是不是"有点不舒服"。我说没有啊；她就说："您瞧，您把我拴在这儿跟您聊个没完。您的客人已经到了。我得下楼去了。她可不像咱们这儿的人。像她那么风风火火的一个人，说不定都已经走掉了呢。她没耐性等的。哦！现在人家阿尔贝蒂娜小姐可是个人物喽。"

"您错了，弗朗索瓦兹；她其实是因为太好了，所以才不像咱们这儿的人。不过还是请您去通知她，今天我不能见她。"

[……]

是的，我天天面对着外婆的照片，时时感到悲从中来。照片在折磨我。但是更让我受折磨的，却是经理的夜访。就在我对他说起外婆，而他一再向我表示慰问的当口，只听得他说（他就喜欢用那些他肯定要读错的词）："老夫人昏缺的那天，我是想过来警告你们的，因为考虑到酒店里的这些顾客，那毕竟会影响酒店的声誉不是？她要能当晚就离开酒店，那是再好不过了。可是她请我别声张，答应我说一定不会再昏缺了，不然立马离开。不过据楼层主管说，她后来又昏缺过一次。当然啰，你们是老客人，理应加以照顾才是，况且也没听到有人抱怨……"

这么说，外婆昏厥过好几次，却一直瞒着我。也许就在我对她使性子的那会儿，她忍受着病痛的折磨，却还得处处小心，生怕说话稍有不慎会惹我生气，还得做出身体挺好的样子，免得被赶出酒店的大门。我根本想不到，居然可以把昏厥说成昏缺，如果这是在说其他人的事，我也许会觉得滑稽可笑，但因为说的是我外婆，这个奇怪的读音，犹如一个别出心裁的不协和和弦那般新颖，使我经久难忘，不时会唤起我内心深处最悲怆的情感。

［早春繁花满枝的苹果树，美得令人感动。］

我独自向大路信步走去，当初和外婆一起乘德·维尔巴里西斯夫人的马车兜风时，走的就是这条大路。尽管阳光灿烂，水洼却仍积水未干，路面俨然就是一片泥塘，我不由得想起那会儿的外婆，她每走两步路，身上就会溅满泥浆。但是今天，我刚走上大路，眼前的景色就美得令我目眩。当年是八月里，我和外婆看到的苹果树还没有开花，树上只见枝叶。而此刻，弥望的是无边的花海，一排排苹果树立定在污泥里，身穿舞会的盛装，全然不在意是否会弄脏粉红绸缎的华服，这片我见所未见的花海，在阳光的照耀下熠熠生辉；远方的海平面，犹如日本木版画上为这些苹果树添加的背景；我举头仰望花枝间的天空时，只觉得在繁花的映衬下，天空蓝得出奇，颜色变得很浓烈，而花海也仿佛特地闪让出了空隙，让我看这天堂有多么深远。蓝天下拂过一阵轻盈而料峭的微风，红嫣嫣的花朵在风中颤动。一群蓝色的山雀飞落枝头，在繁花间跳来跳去，而花簇听任它跳跃，仿佛正是拜这些爱好异国情调和鲜艳色彩的鸟儿所赐，才有了这片充满生机的美丽景象。

这种美，令人感动到流泪，因为，它虽有很多人工打造的印迹，但仍让你感到一切都是那么自然浑成，这些苹果树伫立在原野上，犹如农夫行走在法兰西的大路上。接着,阳光收起,骤雨不期而至;密集的雨丝在天幕上划出一道道条纹,整排整排的苹果树被裹紧在灰蒙蒙的雨网之中。大雨中的风带着寒意,而苹果树依然昂首挺立,展示它们繁花满枝、嫣红一片的美:这是早春的一天。

第 2 章

[我渐渐从对外婆的伤感记忆中走了出来。阿尔贝蒂娜和女友们也纷纷来到巴尔贝克附近度假。有一次,戈达尔大夫在游乐场里告诉我,他看出了阿尔贝蒂娜和安德蕾是同性恋者。

我觉得阿尔贝蒂娜不是从前的那个阿尔贝蒂娜了。]

我和戈达尔一起走进小游乐场。我第一次来的那天晚上,曾觉得这些游乐场了无生气,而现在,里面非常嘈杂,到处是少女们的喧闹声,由于缺少男舞伴,姑娘们自己结对跳舞。安德蕾以滑步的姿势向我而来,我本打算稍待一会就跟戈达尔去韦尔迪兰家的,但我正要开口跟安德蕾这么说时,突然涌上一种极为强烈的欲望,想留下来和阿尔贝蒂娜待在一起。这是因为我刚才听见了她的笑声。这笑声顿时使我想起嫩红的双颊和芳香的唇齿,笑声仿佛是从唇颚之间摩擦发出的,它似乎从那儿带来了些许几乎可以称重的、撩拨心弦的、神秘莫测的微粒,有如天竺葵的香味那般浓烈、性感而又直截。

一个我不认识的少女弹起钢琴来,安德蕾请阿尔贝蒂娜和她跳舞。我想到就要和这些少女一起待在巴尔贝克,心里挺高兴,我要戈达尔看她们跳华尔兹跳得有多好。但是这一位,他刚才看见我跟这些少女打招呼,应该知道我认识她们,可他还是以他那不怎么样的教养,执意从医生的专业角度看问题,这样回答我说:

"是跳得不错,可是那些做父母的,居然让女儿染上这种习惯,实在是太不检点。我是绝不会允许自己的女儿上这种地方来的。她们怎么样,长得总还漂亮吧?我看不清她们的脸。喔,您瞧,"他指着阿尔贝蒂娜和安德蕾对我说,她俩彼此搂得紧紧的,缓步跳着华尔兹舞,"我忘了戴单片眼镜,看不大清楚,不过我可以肯定地说,她们俩此刻正在享受性感高潮的乐趣。一般人不很了解的是,女人往往是靠乳房来感受这种乐趣的。您瞧,两个人的乳房都贴在一起了。"

没错,安德蕾和阿尔贝蒂娜的胸脯一直紧紧贴着。但此刻,不知是听到还是猜到了戈达尔的想法,她俩舞步不停,身子却稍稍分开了一些。安德蕾对阿尔贝蒂娜说了句什么话,阿尔贝蒂娜大声笑起来,这种具有穿透力的、令人心颤的笑声,正是我刚才听到的笑声。但这一次它在我心间引起的感受,已非冷酷二字所能概括;阿尔贝蒂娜这笑声,仿佛在向安德蕾表明,在提醒她察觉某种充满肉欲快感的、不能为外人言的、使她激动到浑身战栗的情绪。这笑声,有如一场我无从知晓的节日狂欢的前奏或尾声。

我和戈达尔走出游乐场。一路和他说着话,我没去多想别的事情,但偶尔还是会想起刚才看到的那幕情景。[……]

几天以后,在巴尔贝克,我们正在游乐场的舞厅里玩,只见布洛克的妹妹和表妹走了进来,两人现在都出落得很漂亮,但我为了身边这几位女友的缘故,不跟她俩打招呼,因为,大家都知道那个年纪更小的,也就是那个表妹,正跟我第一次来巴尔贝克时认识的那个女演员同居。安德蕾对我说(通常,说这类语含讥讽的话的人都会压低嗓音):

"哦!在这一点上我跟阿尔贝蒂娜一样,再没有比这更叫我们俩恶心的事了。"

说到阿尔贝蒂娜,她正和我一起坐在长沙发上聊天,这会儿转过身去,背朝这两个名声不佳的姑娘。可是我注意到,在做这个动作之前,在布洛克小姐和她表妹进门的那一刻,我这位女友的眼中掠过一道骤然间变得异常专注的目光,这种目光往往会给调皮的少女脸上平添一抹严肃甚至庄重的表情,留下几许忧郁的神色。不过阿尔贝蒂娜马上就转脸望着我,目光中有种凝定、梦幻的神气。布洛克小姐和她表妹先是咯咯大笑,然后又很不得体地嚷了一阵,最后终于走了。我问阿尔贝蒂娜那个金发姑娘(就是那个女演员的女朋友)是否就是前一天在花车比赛中得奖的女孩。

"喔!我不知道哎,"阿尔贝蒂娜说,"她俩当中有个金发姑娘吗?我告诉您吧,我对她俩可不怎么感兴趣,连正眼也没瞧过她们。她俩当中真有个金发姑娘吗?"她以淡然的探询口吻向那三个女友问道。阿尔贝蒂娜平日里在大堤上不管遇到什么人,都要细细打量一番,现在居然对她俩连正眼也不瞧,这实在太离谱了,不可能不是装的。

"她们好像也没怎么瞧过我们。"我对阿尔贝蒂娜说,也许我潜意识里是这么想的,假设(我并没很有意识地正视这一假设)阿尔贝蒂娜心里爱着这两个姑娘,那我就要让她明白她并没有引起人家注意,她不如死了这条心,而且就一般情况而言,即使最放荡的女人,通常也不会在她们不认识的姑娘身上打主意。

"您说她们没瞧我们?"阿尔贝蒂娜轻率地冲我回答说,"可她们从头到尾就没干别的事呀。"

"这您不可能知道,"我对她说,"您背朝着她们。"

"哦,是吗?"她说着,朝我指指镶在我们面前墙上的一面大镜子,先前我没注意到它。现在我明白了,刚才阿尔贝蒂娜为什么一面跟我说话,一面睁着美丽的大眼睛望着前方,目光中充满关注的神情。

从戈达尔和我一起走进安加镇的小游乐场那天起,尽管我并不认同他发表的观点,但我还是觉得阿尔贝蒂娜不是从前的那个姑娘了;看见她我心里就来火。而正如她在我心目中像换了个人一样,我自己也变了。我不再像以前那样一心想为她好了;凡是有她在,或者她虽然不在,但有人会把话传给她听的场合,我说到她时用的都是最伤人的语气。不过也有休战的时候。有一天我听说阿尔贝蒂娜和安德蕾都接受了去埃尔斯蒂尔家做客的邀请。我心里认定她俩打的主意是在返回的路上好好乐上一乐，就好比寄宿学校的女生想学名声不好的女孩的样儿，去尝试纯情少女所不可能知晓的乐趣（会使我感到揪心的乐趣），为了不让阿尔贝蒂娜的主意得逞，阻止她去尝试那种乐趣，我做了回不速之客，事先谁也没告诉，突然来到埃尔斯蒂尔家。可是我在那儿只见到了安德蕾。阿尔贝蒂娜选了另一天，那天她姨妈可能也会去。这时，我暗自思忖，戈达尔大概是弄错了；安德蕾来了而阿尔贝蒂娜没来，这一点使我如释重负，我对阿尔贝蒂娜重新萌生的情意持续了一段时间。可是它没能一直持续下去，就像体质虚弱的人，虽然暂时没什么毛病，但因过于敏感，一有风吹草动就会马上病倒。阿尔贝蒂娜鼓动安德蕾去参加一些娱乐活动，这类活动虽说并不见得很出格，但恐怕也说不上是完全健康的；这种猜疑使我感到痛苦，但我好歹总算把它放下了。可是这儿才刚放下，它又在那儿换个形式冒了头。或是我正好看到安德蕾以一种唯她所有的优雅姿态，亲热地把头靠在阿尔贝蒂娜的肩上，微闭着眼睛吻她的颈脖；或是她俩交换了一个眼色；或是某人看见她俩单独去洗海水浴后说了句什么话；总之都是些微不足道的小事，就像平时飘散在周围空气中的微尘，绝大多数人天天都吸入它们，身体并没受影响，心情也并没变坏，可是它们毕竟是有害健康的，对于一个易受感染的人来说，更是致病的元凶。有时甚至会这样，我并没见到阿尔贝蒂娜，也没人对我说起她，但有些场景却会在记忆中浮现出来，比如说，我仿佛又看见了阿尔贝蒂娜依偎在吉赛尔身旁的模样（当时我觉得这个姿势是天真无邪的）；现在单单这个姿势，就足以让我好不容易恢复过来的心头的宁静毁于一旦，我甚至无需到户外去吸入有害的病菌，就已经（戈达尔想必会这么说）自己中毒了。于是，以前听说过的有关斯万对奥黛特的爱情，以及斯万如何终其一生为情所愚弄的种种传闻，也在脑海中浮现了出来。其实，我之所以会回想这些事情，是由于我据以逐渐构建起阿尔贝蒂娜的整个性格，并用以痛苦地阐释一个无法由我全部掌控的人生的各个时刻的那个假设，正是这种基于传闻的回忆，这种关于斯万夫人性格的既定概念。这些传闻帮助了我，使我日后能凭想象猜度阿尔贝蒂娜并不是一个好姑娘，而是如同那位当年的交际花一样品行不端，一样以欺骗为能事的女人，我心想，倘若我非得爱她不可，等着我的就会是所有的这些痛苦。

〔爱情的二拍子节奏。第一拍是激情和欲望，第二拍是担心和羞怯。〕

我俩刚走进旁边没人的过道，阿尔贝蒂娜就对我说："我到底哪儿惹您不高兴了？"

我对她的生硬的态度，到底有没有使我自己难受？我莫不是要使她在我面前做出害怕、央求的姿态，好让我诘问她，也许就此可以弄清楚长久以来盘桓在我脑际的关于她的两种假设中，究竟哪一种是真确的吗？莫非这点小小的伎俩还真的奏效了？总之，听到她这么问，我突然感到一阵欣喜，就像一个人好不容易，总算达到期待已久的目标了。我先不答话，把她领到我的房间门口。门一开，过道上的光线涌进屋去，整个房间蒙上一层玫瑰红的色彩，晚间拉上的白色细布窗帘，变成了金黄色的锦缎窗帘。我走到窗前；海鸥重又聚集在波浪上方；但此刻的它们，成了粉红色的。我让阿尔贝蒂娜来看。

"别转移话题，"她对我说，"请像我一样真诚，有什么说什么。"

我开始说谎。我对她说，我得先对她坦白一件事，就是最近一段时间来，我狂热地爱着安德蕾，而这种感情我是用一种颇为戏剧化的简捷而坦诚的方式向她表达的，我们在生活中，除非对自己没有感觉到的爱情，否则是不会以这种方式来示爱的。如此说谎，我是故伎重演，第一次来巴尔贝克之前，我就对吉尔贝特这么做过，但这次我换了一点内容，为了让阿尔贝蒂娜对我的话深信不疑，我对她说我爱她时，有意透露说我曾经差点爱上她，但那已过去了，她现在对我来说只是一个好伙伴而已，即便我愿意，我也不可能再感受到那种对她的炽热情感了。

其实，我当着阿尔贝蒂娜的面如此强调对她的冷漠，无非是——由于一种特定的情况，出于一种特定的目的——加强力度，将所谓的二拍子节奏表达得更显豁罢了。凡是对自己充满疑虑，不相信有女人会爱上他们，也不相信自己会真正爱上对方的男人，面临爱情都会采用这种二拍子的节奏。他们对自己有足够的了解，知道在他们身边的女人哪怕再怎么不同，他们都会有同样的希望、同样的焦虑，都会杜撰同样的故事，说出同样的话语，藉此来表明，他们的情感、行为，跟他们所爱的那个女人并没有密切的、必然的联系，而只是从她身边擦过，犹如拍击峭壁的潮水那般溅湿了她，使她感到了困惑，他们本身动摇不定的情感，则使他们对自己渴望被她所爱的那个女人更添疑窦，不相信她会爱自己。既然她纯粹只是偶然地位于我们喷涌的欲念面前，老天何以会偏偏让我们成为她的欲念的目标呢？所以，我们一方面感到需要向她倾诉那些情感（它们迥然不同于周围的人在我们身上所激起的那些常人的情感），那些唯有爱情往前跨出一步后方能感受到的情感，向我们所爱的人表白对她的深情，吐露我们的希望，另一方面又生怕她会不高兴，茫茫然地感觉到自己对她所说的话，并非专门为她而准备，而是以前对别人用过、将来还要对别人用的，如果她不爱我们，她根本不会明白我们的心迹，而且我们说这些话的时候，毫无情趣可言，就像个书呆子，不看对象地把烦言碎语说个不停，弄得对方一头雾水，这种担心，这种羞怯，把我们带入对等的另一拍，引起回流，使我们感到需要（即使要先退一步）否认先前承认过的好感，重新摆出咄咄逼人的架势，以求重获对方的尊重，取回控制权；

双拍型的节奏,在同一次爱情的各个不同阶段,在相类似的爱情的各个相对应的阶段,以及在所有那些严于责己、自视不高的男人身上,都是可以看到的。如果说在我刚才跟阿尔贝蒂娜的谈话中,这种节奏比通常的情形显得更为明显的话,那我只是为了可以更快、更决然地转到温情所对应的另一拍上去。

〔圣卢的部队驻扎在巴尔贝克附近的冬西埃尔。有一次我带阿尔贝蒂娜乘当地的小火车去看望圣卢,准备返回时,意外地在火车站上遇到前来看望外甥圣卢的夏尔吕。

夏尔吕与莫雷尔初次相遇。〕

这时候,我看见一个人从我们所在的候车室那一头,慢慢地往外走,后面相隔一段距离有个员工提着他的旅行箱,此人正是德·夏尔吕先生。

在巴黎我只有在晚会上才见到他,他穿一身紧身黑色晚礼服,安然不动,高傲地挺着胸,热情奔放地赢得听众,滔滔不绝地引领谈话,我真的想不到他会老到这个地步。此刻,他身穿浅色旅行套装,身材越发显得臃肿,一路蹒跚走来,腆着肥胖的肚子,几乎带有象征意义的臀部跟着摇来晃去;他嘴上涂着唇膏,鼻尖抹着冷霜打底的香粉,染得黑黑的唇髭与花白的头发形成对比,这些装扮,在灯光下想必会使一个并不太老的人显得生气勃勃、容光焕发,但是在火辣的阳光里一晒,它们就全都走了样。

由于他就要上车,我和他聊了没几句,而且边聊边瞧着阿尔贝蒂娜的车厢,让她知道我马上就会过去。我向德·夏尔吕先生转过脸去的当口,他请我帮个忙,去把道轨那边的一个军人喊过来,那人是他的亲戚,站在那边站台上,看样子也是乘同一条线路的火车,但是跟我们反向而行,去远离巴尔贝克的方向。

"他是军乐队的,"德·夏尔吕先生对我说,"您瞧您多年轻,我呢,老了,腿脚不利索了,您要是能帮我跑一趟,省得我穿过道轨……"

我义不容辞,拔腿往他指的那个军人跑去,果然,我瞧见他的领章上绣着竖琴的标志,他真是军乐队的。就在快要完成任务的当口,我不胜惊讶,甚至可以说不胜欣喜地发现,他原来是莫雷尔,我叔公贴身男仆的儿子,看到他,使我想起了许多往事!我把德·夏尔吕先生交付的任务忘在了脑后。

"怎么,您在冬西埃尔?"

"是啊,他们把我招进了军乐队,弄打击乐器。"不过他这么回答时,语气生硬而傲慢。此人想必喜欢装腔作势,而且很显然,看见我使他想起了父亲的职业,这在他是并不愉快的。突然,我瞧见德·夏尔吕先生朝我们飞奔而来。我的迟迟不归,显然使他不耐烦了。

"今晚我想听点音乐,"他没头没脑地对莫雷尔说,"我为晚会出资五百法郎,要是您在乐队有朋友,这恐怕对他不无好处吧。"我对德·夏尔吕先生的傲慢无礼早有所耳闻,但看到他对他的年轻朋友如此说话,甚至连招呼也不打一个,我还是惊愕得很。男爵也不让我有时间多想。他亲热地伸出手来对我说:"再见,小伙子",意思是说我可以走了。不过,我确实也让亲爱的阿尔贝蒂娜等得太久了。

"您瞧,"我回车厢后对阿尔贝蒂娜说,"洗海水浴和到处旅游的生活,让我明白了,在人生舞台上,布景比演员少,而演员又比'情景'少。"

"您对我说这话,是什么意思呀?"

"因为德·夏尔吕先生刚才要我代他去送一位朋友,那位朋友此刻正好在车站的站台上,我又碰巧认出了他是我的一个熟人。"可是我一面这么说,一面却在寻思男爵怎么会认识莫雷尔。我起先没在意,可现在细细一想,他俩的社会地位相差太悬殊了。我先想到的是絮比安拉的线，读者想必还记得，他的女儿好像爱上过小提琴手。但让我百思不得其解的是，男爵再过五分钟就要去巴黎了，却在这时候提出要在冬西埃尔听音乐。而絮比安女儿的形象在我记忆中浮现出来的那一刻，我突然醒悟到，所谓"认出了熟人"，其实只是一种托词，一种别有所图的变通的说法，但倘若我们能够触及生活中真正的浪漫内核，那么这种说法倒也表现了人生的一个重要侧面，当我一下子想清楚了这一点时，我意识到自己以前有多天真。德·夏尔吕先生根本就不认识莫雷尔，莫雷尔也不认识德·夏尔吕先生，后者对这个只是领章上有枚竖琴而已的军人着了迷，却又心存几分胆怯，情急之下就要我去把他带过来，压根儿没想到我会认识他。不管怎么说，即便莫雷尔与他从无交往，五百法郎的大方出手也弥补了这一缺憾，我从窗口看见他俩全然不顾就站在我们的火车边上，继续在相互交谈。回想方才德·夏尔吕先生朝莫雷尔和我奔来的情景，我突然想到，这跟他的某些先人在街上追逐引诱女人的行径，确实非常相似。所不同的，只是追逐对象的性别变了。

[康布尔梅侯爵夫妇在离巴尔贝克不远的拉斯普利埃尔有座城堡，韦尔迪兰夫人租下城堡，在那里举办星期三晚间聚会。她邀请在巴尔贝克度假的友人前去参加聚会，我也在受邀之列。
埃尔斯蒂尔的水彩画，玫瑰的精魂。]

韦尔迪兰夫人过来，带我去看埃尔斯蒂尔画的玫瑰。虽说长久以来，我已经对进城赴晚宴这件事兴味索然，但这次情况却很不一样，一路驱车沿着地势渐渐升高的海岸往前，行进在海拔两百米的高地上，真是一种全新的体验，那种微醺般的兴奋情绪，直到拉斯普利埃尔城堡还没消退。

"来，请看这儿。"女主人说着，指给我看埃尔斯蒂尔画的饱满艳丽的玫瑰花，不过画面上放置这些玫瑰的花箱，被抹上了一层厚厚的粉色，显得很醒目，浓艳的猩红色也好，掺有杂色细纹的白色也好，相形之下都变得黯然失色了。"他画花卉也能画得这么又灵动又巧妙，这您能想到吗？很棒，是吗！而且，这个题材特别有意思，让人真想伸手去摸一下画上的花儿。我简直没法告诉您，瞧着他画这些花儿有多带劲。你会觉得他那么投入，为的就是寻找这样的效果。"

女主人的目光茫然地停留在画家送她的这幅画上，画上所凝聚的，不仅是艺术家卓越的天赋，而且是他俩之间长期的友谊，虽说这份友谊如今除了画家留给她的这些回忆，已然难觅踪影了；在这些当年由他为她采撷的花朵后面，她仿佛重又见到了那只漂亮的手，正是这只手，在一个上午，把刚采下的花儿画到了纸上，一时间，桌上的花儿，背靠餐厅扶手椅的人儿，双双成了女主人便宴上的一个象征，代表着依然鲜艳的玫瑰和它们在似与不似之间的画像。之所以说在似与不似之间，是因为埃尔斯蒂尔所能看到的花儿，自然是事先搬进这个我们非得待在里面不可的室内花园，而他的这幅水彩画让我们看到的，却是他曾经见到过的许许多多玫瑰的精魂，这种花之魂的魅力，要是没有他，我们是永远无法领略的；所以不妨说，这是一个新的品种，画家就像富有创造精神的园艺师，以这个新品种丰富了玫瑰的家族。

第3章

［睡眠之车。入睡不是预设的程序。］

对睡眠者来说，在这样的睡眠中所流去的时间，和醒着的人在生活中所用去的时间，是截然不同的。有时候这种时间会流得特别快，睡一刻钟就像过了一整天；有时候又会特别长，你以为就不过打了个盹，其实已经睡了一天。于是，我们就乘着睡眠之坠下了深渊，在深渊中，记忆无法再跟上快速下坠的睡眠之车；而心智早在面临深渊时已不得不折返了。

睡眠之车的辕马，犹如太阳神战车的辕马那般，步态极其匀称，却自有一股所向披靡的气势，要不是有一粒我们不明来处的小石子（莫非是某个我们所不知晓的生物从太空投掷的？）止住稳步推进的睡眠的势头（要没有这粒小石子，它绝无止步之理，如此的进程将会延续到地老天荒），让它猛地打个回头，它是根本止不住的，而一旦重又向着现实世界而行，它就会一口气穿越生活中一个又一个毗邻的区域，睡眠者很快会在那儿听到来自生活的嘈杂声响——虽然相当模糊，而且岔了声，但已依稀可辨——并突然一下子醒过来。这时，从沉睡中醒来的我们，沐浴在晨光中，不知自己是谁（只觉得自己谁也不是），焕然一新地准备好去迎接一切，至今为止的生活所构成的过去，已全然从脑海中排空。另一种状态也许更为美妙，那就是我们突然醒来时，睡眠中的种种念头，还蒙在遗忘的外衣里，来不及在睡眠结束前渐次打住。就这样，当我们（但我们甚至不会说那就是"我们"）从自以为曾经穿越过的黑沉沉的暴风雨中出来时，是平躺着的，了无思想的：若说那就是我们，只能说那是个没有内容的"我们"。一个人，一件事，要经受怎样的打击，才会变得如此懵然、愕然，非得等记忆赶来帮忙，方能重获意识或个性哟？

不过，要想让自己醒来时处于这样的两种状态，就不能在睡觉时——即便是睡得很熟的时候——听任习惯支使。凡是被习惯之网粘住的东西，习惯都会严密看管；所以必须挣脱这张网，才能在你并没觉得自己是在睡觉的当口入睡，总之，入睡这事既不是一种预设的程序，也跟相应的思考（即便是在潜意识中）无关。至少就我刚才所描写的醒来的状态而言——每次我在拉斯普利埃尔城堡用过晚餐，第二天醒来时通常都是这样的状态——情况都是这样的，我这么一个等着死亡来帮我解脱一切的怪人，可以为此作证，尽管我生活在百叶窗紧闭的屋子里,对周围的世界无知无觉,犹如猫头鹰那般一动不动,但我也正如它那样,只有在黑暗中才能稍稍看得清楚一些。

[阿尔贝蒂娜画小教堂。]

我在凯特奥尔姆下车,沿着陡峭的洼路往前跑,从一块架着的木板上越过溪流,终于望见了阿尔贝蒂娜。她在一座教堂跟前作画,有好些小尖塔的教堂红彤彤的,宛如一朵盛开的带刺的玫瑰。只有那块三角楣是不带纹饰的;光滑悦目的门楣石块两侧,是天使的雕像,在我们这两个二十世纪年轻人面前,他们仍然手秉烛台,继续着十八世纪的庆典仪式。阿尔贝蒂娜在画布上要画的,就是这些天使的模样,她模仿埃尔斯蒂尔的画风,试图用粗大的笔触画出这些天使高贵的气质,这位大画家曾对她说过,这些天使正是由于有了这种气质,才不同于他见过的别的天使。稍后,她收拾好画具,我俩依偎着走上洼路,小教堂留在我们身后,仿佛就没见过我俩似的,兀自倾听着溪流永不停歇的潺潺水声。不一会儿,汽车往前驶去,我们没有走原路返回,改走了另一条道。车子驶经马古维尔-奥格约兹镇。镇上半是新建、半经修复的教堂,被斜阳染上古色古香的光泽,散发出历经岁月沧桑的美。高大的浮雕沐浴在这光泽之中,犹如蒙上一层既像水波又像光波的、流动着的晕雾;圣母玛利亚、圣以利沙伯和圣若阿甘[1]几乎衣衫不湿地漂游在触摸不到的旋流中,从阳光闪烁的水面上浮现出来。

[莫雷尔成了韦尔迪兰夫人宠爱的小提琴手。夏尔吕为了能经常与莫雷尔会面,尾随他出入韦尔迪兰夫人的沙龙,成了沙龙的常客。]

---

1. 据《圣经》记载,圣以利沙伯是圣母玛利亚的表姐,圣若阿甘是圣母玛利亚的父亲。

韦尔迪兰夫人的小圈子里，近几个星期来多了一位表现忠诚的常客，就是德·夏尔吕先生。通常，每星期三次，在冬西埃尔西站的候车厅或站台上等车的旅客，都会见到这个头发已白、髭须却很黑的胖男人，他嘴唇上抹的唇膏，在这个季节的末梢不像夏天时那样容易觉察，大热天里这抹唇膏不仅显得刺眼，而且会融化开来。他径直朝小火车走去，但仍禁不住（仅仅处于行家的习惯，因为现在他已有了一种感情，使自己变得纯洁，或者至少在大多数时间可以说，变得忠诚了）看上几眼身旁的搬运工、士兵和穿网球衫的年轻人，这种偷偷摸摸的目光，既急切蛮横又谨慎小心，然后他迅即垂下眼睑，眼睛几乎闭上，让人看到的是一个教士数念珠祈祷时的热忱，是一个对爱情忠贞不二的妻子或素有教养的姑娘的矜持。韦尔迪兰夫人家的常客见他没上他们的车厢，而是登上另一节车厢（舍巴托夫亲王常来这一手），更确信他是没看见他们。要知道，男爵是这么个人，他不知道人家究竟是高兴见到他，还是不高兴见到他，所以他不会先跟你打照面，你如果真有见他的意愿，你尽可以去跟他打照面。这种意愿，起先戈达尔大夫并没有感觉到，他对我们说，就让男爵一个人待在那节车厢里好了。戈达尔在医学界声誉日隆，他优柔寡断的性格变得越来越明显。他笑嘻嘻地往后仰过身子去，从单片眼镜上方瞅着茨基（不是恶作剧，就是转弯抹角嘲弄同伴的观点）低声说：

"您明白，我要是还单着，还是一个人……可是有了妻子，我就得好好想想您对我说的事儿，考虑一下能不能让他和我们一起去旅行喽。"

"你在说什么？"戈达尔夫人问。

"没什么，跟你没关系，不关女人的事。"大夫眨眨眼睛，暗自得意却故作严肃地回答说，这种神态，正好介于两种表情之间，一种是他在学生和病人面前以冷面滑稽形象示人时的表情，另一种是当初在韦尔迪兰夫妇家说俏皮话时那种畏葸的表情。

他继续低声说着什么。戈达尔夫人只听出"社团"和"舌头"两个词,她知道在丈夫的词汇中,前一个词指的是犹太人的宗教团体,后一个词则是喋喋不休的意思,所以她得出的结论是,德·夏尔吕先生十有八九是个说话唠叨的犹太人。她不明白大家为什么就这点原因把男爵晾在一边,心想作为小圈子的老资格成员,她有责任要求我们别让男爵一人向隅,于是我们一行人向着德·夏尔吕先生的车厢而去,始终面带困惑之色的戈达尔走在头里。德·夏尔吕先生正在读一本巴尔扎克的小说,他从眼梢里瞥见了这张犹豫茫然的脸,他没有抬起眼睛。但正如聋哑人能凭一阵常人觉察不到的微风,感觉到有人走到他身后一样,男爵对别人看他时的冷漠神情,自有一种真正意义上的敏感。这种敏感,已经到了积重难返、无往不在的地步,致使德·夏尔吕先生常常陷于想象的痛苦中无法自拔。就像那些神经病患者稍感到有些凉意,就会认定楼上有人开窗了,进门时怒气冲冲,马上打起喷嚏来,德·夏尔吕先生也是这样,要是有人在他面前看上去心事重重的,他就会认定人家把他议论此人的话传给他听了。而且对方甚至不用露出心不在焉,或沮丧阴郁,或兴高采烈的神情,他也照样会臆想出来。不过,一旦对方装出一副真诚的模样,背后的恶意中伤反而又很容易骗过他的眼睛。他一开始就瞥见了戈达尔游移不定的神情,所以,在那些常客以为他没从书上抬起眼睛,不可能看见他们,朝前走得离他很近的时候,只见他突然向他们伸出手去,大家都大吃一惊,然而对戈达尔,他只是稍稍欠了欠身,很快就又挺直腰板,没有用戴仿麂皮手套的手去握大夫伸过来的手。

第 4 章

〔面对日出的景色,我想到阿尔贝蒂娜的癖习,内心深感痛楚。

妈妈来到我的房间,她变得越来越像外婆了。]

视觉是一种多么容易骗人的感觉啊!一个人的身体,即便那是阿尔贝蒂娜这样我所爱的人的,也会在几米、几厘米开外就使我们觉得离得远远的。她的心,也同样如此。但是,一旦某件事情不容分说地改变了这颗心与我们的位置关系,让我们明白她所爱的是别人,而不是我们,那么此时此刻,我们会揣着一颗破碎的心,感觉到我们心爱的这个女人,并不是在离我们几步之遥的地方,而是在我们心间。在我们心间,在一个多少有些接近表层的部位。然而,"那位朋友就是凡特伊小姐"这句话,犹如"芝麻开门"的暗语,凭我自己是怎么也想不到这句话的,而正是这句话,让阿尔贝蒂娜进入了我那颗破碎的心的深处。门,在她身后重又关上了,我纵使花上几百年时间,也无法知道这个开门的暗语。

刚才阿尔贝蒂娜在我身旁时,这句话暂时没有在我耳边回响。我像在贡布雷吻母亲那样吻阿尔贝蒂娜,藉此缓解我的焦虑,这时我几乎相信阿尔贝蒂娜是无辜的,至少不再老是想着我发现她的癖习这件事了。可是现在我是独自一个人,这句话重又在耳际响起,就像人家对你说完话以后,你听见耳朵里仍有声音在回荡一样。她的癖习,现在对我来说已经是毋庸置疑的。太阳即将升起,阳光使周围的事物发生了变化,一时间,我相对于她的位置仿佛有了改变,我重又意识到了内心的痛楚,那是一种锥心刺骨的痛楚。一个早晨可以来得如此美好,而又如此凄苦,我这是第一次见到。想到那些看似漠然却行将熠熠生辉的景色,那些我昨天还心心念念想尽收眼底的景色,我不由得潸然泪下。我知道,直至我生命终结的那一天,每天早晨当我下意识地做出一个祭献的动作,觉得那象征着为得到欢乐所必须付出的血淋淋的牺牲之际,在预示着每日的忧伤、由创口的血洗礼过的晨曦中,会庄严地升起金色的太阳,它仿佛是在凝血的那一刻,因稠度骤变而迸裂出来的,有如油画上那样带着火焰的红轮——你早就能感觉到它在天幕后跃跃欲试,准备作横空出世的一搏,终于它喷薄而出,汩汩涌动的光线把神秘而凝滞的紫红色一扫而空。

正在这时,房门冷不丁地打开了,我心头怦怦直跳,觉得看见了外婆站在我面前,跟我见过的幻影一样——但那是在梦里呀。莫非这也只是一场梦?可惜,我明明是醒着。

"你是觉得我像外婆了,"妈妈——进来的是妈妈——对我这么说时,语气很温柔,像是要安慰我,让我别受惊吓,不过同时也笑吟吟地承认了她和外婆的相像,妈妈这种谦虚中透着骄傲的美丽的笑容中,丝毫没有半点娇媚的影子。她的头发有些凌乱,露出灰白的发绺,虬曲地围住神色不安的眼睛和已显苍老的双颊,她穿着和外婆一模一样的睡袍,这一切都使我在最初那一瞬间没能认出她,弄不清是自己在梦里呢,还是外婆死而复生了。已经有很长一段时间了,母亲变得越来越像外婆,而跟我小时候的那个年轻、爱笑的妈妈不一样了。不过以前我没去想它。

La Prisonnière 05

第五卷
女囚

〔与阿尔贝蒂娜的共同生活。

街上的喧闹声。在音乐声中醒来。〕

每天清早,我脸对着墙,还没转过身去看一眼窗帘顶上那条阳光的颜色深浅,就已经知道当天的天气如何了。街上初起的喧闹,有时越过潮湿凝重的空气传来,变得喑哑而岔了声,有时又如响箭在寥廓、料峭、澄净的清晨掠过空旷的林场,显得激越而嘹亮;正是这些声音,给我带来了天气的讯息。第一辆电车驶过,我就听得出车轮的隆隆声是滞涩在淅沥的细雨中了,还是行将驰向湛蓝的晴空。但也许还在我听到这些声音之前,已经有一种更敏捷、更强烈的,不断弥漫开来的东西,悄悄地从我的睡梦中掠过,或是给朦胧的睡意罩上一层忧郁的色彩,预兆冬雪的即将来临,或是让某个时隐时现的小精灵一首接一首唱起礼赞太阳光辉的颂歌,直到我开始在睡梦中绽出笑脸,闭紧眼睑准备承受耀眼的光亮,终于在一片热闹的音乐声中醒来。说起来,我在这段时期里简直是足不出户,只在这间卧室里感受着外界的生活。我知道布洛克曾经说过,他在傍晚来看我时,总听见有说话的声音;既然我母亲远在贡布雷,而他在我房间里又从没发现有旁人,所以他认定我是在自言自语。过了好久,等他知道阿尔贝蒂娜当时跟我住在一起,而且我把她藏起来,不让她见任何人以后,他就声称他总算明白了,我在那段时间里为什么从来不肯出门。他错了。但他又是情有可原的,因为每件事情,即便从情理上来说是势所必然的,我们也没法在一开始就把它的本来面目看得一清二楚;而有些人,往往爱抓住别人生活中某个确有其事的细节，就忙不迭地引出全然不是那么回事的结论，或者根据刚刚发现的一丁点儿事实，就立时作出风马牛不相及的解释。

此刻我在想着，我这位女友跟我从巴尔贝克回来以后，就丢开了乘船旅行的念头，在巴黎和我住在同一幢房子里，她的房间跟我相隔不过二十步路，就在走廊尽头，在父亲的那间装饰着挂毯的书房里。每当夜深我俩分手的时候，她总要把舌头伸进我的嘴里，仿佛这就是我每天的食粮和营养品；世上有着那么些肉体，我们为之所受的痛苦，最终会使我们享受到一种精神上的愉悦，她的舌头就有这么一种近乎神圣的品质。作为比较，我马上联想起的并不是承蒙博罗迪诺队长允许让我在兵营度过的那个夜晚，他的好意所能治愈的毕竟只是一种短暂的苦恼，我想起的是父亲让妈妈来睡在我旁边的小床上的那个夜晚。每当生活又一次要将我们从看来无法逃避的痛苦中解脱出来的时候，它往往是在种种不同的，甚至完全相反的情况下这么做的，以致我们在看清它所赐予的恩宠的那会儿，不免感到其中似乎有一种渎圣的意味！

［……］她跟那些女友们的分手，使我的心得以免受新的痛苦，让它能在一种假寐中得到休憩，来愈合它的创伤。然而，她带给我的这种宁静，却并不是欢乐，而只是一种减轻痛苦的抚慰。这样说，并不意味着我没有从这宁静中重尝我曾因过于强烈的悲痛而与之绝缘的许多欢乐，但那决非阿尔贝蒂娜给我带来的，而且，我不再觉得她有什么漂亮可言，我对她已经感到厌烦了，我清楚地感觉到我并不爱她；那些欢乐，恰恰是阿尔贝蒂娜不在我身边时我才尝到的。所以，一早醒来，尤其是在天好的日子，我并不马上让人去把她叫来。我觉得前面说起过的那个在身体里面唱歌的小精灵，比她更让我高兴，我就先那么待着，再躺上一会儿，听它独个儿对我唱那礼赞太阳的颂歌。我们每个人都是由一些小精灵组成的，其中最重要的并不就是那些最外

露的。在我，等它们一个接一个地被病魔击倒以后，大概还会剩下两三个生命力特别顽强的精灵，其中少不了有那么个哲学家，他只有在两件艺术品、在两种感觉之间找出共同之处以后，才会感到快乐。不过，这最后的一位，我有时暗自在想，不知是否很像贡布雷的眼镜商放在橱窗里预报天气的那个小矮人儿，每逢晴天他就掀开风帽，碰上雨天就又戴上。这个小矮人儿，我是领教过他的自私的：天快下雨时我总会闷得透不过气来，这阵发作要等雨下来了才会缓解，而这个小矮人儿根本不管这些，当我渴盼已久的雨点终于落下来的时候，他就收起了那副快活的模样，怒气冲冲地把帽兜砰地盖上。反过来说，我相信在我弥留之际，当我身上所有其他的那些"我"都已经结束生命，我也只存最后一息的那会儿，倘若有一缕阳光从天际洒下，这个气压计小人儿也准会怡然自得地掀开风帽欢唱："哦！终于放晴喽。"

［幽居的阿尔贝蒂娜和海滩上的阿尔贝蒂娜。
阿尔贝蒂娜的睡意像风光旖旎的沃土。］

有些晚上，阿尔贝蒂娜不想给我念书，便给我弹点琴或者和我玩几盘跳棋，要不就陪我聊天，无论哪种情形，都会因为我吻她而被打断。我们之间的关系非常单纯，因而也就使我感到非常恬适。正因为她的生活很无聊，她对我要求她做的事便分外热心而且百依百顺。在这个姑娘后面，正如在巴尔贝克从我屋里窗帘下面透进来的红彤彤的光影（其时乐师们吹奏正酣）后面，摇曳着大海蓝莹莹的波光。难道她（她在心里习惯了把我看作非常亲近的人，以致除了她姨妈以外，我也许就是她认为最不必分彼此的人了）不就是我在巴尔贝克初次遇见时那个戴着马球帽，眼睛含着执拗的笑意，倩影映衬在大海的背景上显得那么轻盈的陌生姑娘吗？往日的影像清晰地留存在记忆里，每当我们想起它们时，总会为它们跟我们所认识的人如此不同而感到诧异;我们开始懂得了,日复一日的生活竟能如此奇妙地重塑一个人的形象。阿尔贝蒂娜在巴黎,在我屋里的壁炉边上,会让我看得那么心旌飘摇,是因为海滩上的那群心高气傲、光彩照人的姑娘在我心间激起的欲念还在那儿荡漾,正像拉谢尔在圣卢眼里,即使在他让她离开舞台以后,永远保留着舞台生涯的魅力一样,在远离我带着她匆匆而别的巴尔贝克、幽居在我家中的阿尔贝蒂娜身上,我依然可以看到她在海滨生活的那种既兴奋又激动、与人交往显得慌乱不安的模样,依然可以觉到她那种永无餍足的虚荣心和变动不居的欲念。如今她深居简出,有些个晚上我甚至都不让人去唤她离开自己的房间来我屋里;而当初的她,是人人追逐的对象,那回她骑着自行车疾驶而过,我跟在后面赶得上气不接下气的也没跟上她,就连开电梯的小伙子也没法帮我追上她,我心想这下子甭指望她能来了,可还是整夜都在等她。她在旅馆门前的那片灼热的海滩上走过,犹如一位大明星在这大自然的舞台上亮个相,甚至不用开口说一句话,就把这大自然的剧场中的常客们弄得神魂颠倒,就让其他的姑娘们显得相形见绌,凡她所到之处,总有妒羡的目光跟在后面。如今这位令人垂涎的明星,叫我给从舞台上弄了下来,关在家里,让那些徒然寻踪芳迹的家伙离得远远的,每天她不是在我的房间里,就是在她自己的房间里描画镂纸,我有时不免要寻思,这个阿尔贝蒂娜,真就是那个阿尔贝蒂娜吗?

[……]

跟我心目中的阿尔贝蒂娜联系在一起的,并不只是薄暮时分的大海,有时,那是在皎洁月光下梦幻般地流连在沙滩上的大海。可不是吗,有时候我起身到父亲的书房里去找本书,阿尔贝蒂娜便要我让她趁这会儿躺一下;她整个上午和下午都在外面游玩,实在是累了,虽说我离开才一会儿工夫,但回屋一看,她已经睡着了,这时我也就不去叫醒她。她从头到脚舒展开来,躺在我的床上,那姿势真是浑然天成,任哪个画家都想象不出来的,我觉得她就像是一株绽着蓓蕾的修长的树苗,让谁给摆在了那儿;事情也确实如此:那种只有她不在时我才会有的幻想的能力,在她身边的这一瞬间,重新又回到了我的身上,仿佛她在这样睡着的时候,变成了一株植物。这样,她的睡眠在某种程度上使恋爱的可能性得到了实现;独自一人时,我可以想着她,但她不在眼前,我没有占有她;有她在场时,我跟她说着话儿,但真正的自我已所剩无几,失去了思想的能力。而她睡着的时候,我用不着说话,我知道她不再看着我,我也不需要再生活在自我的表层上了。

  合上眼睛,意识朦胧之际,阿尔贝蒂娜一层又一层地蜕去了人类性格的外衣,这些性格,从我跟她认识之时起,便已使我感到失望。她身上只剩下了植物的、树木的无意识生命,这是一种跟我的生命大为不同的陌生的生命,但它却是更实在地属于我的。她的自我,不再像跟我聊天时那样,随时通过隐蔽的思想和眼神散逸出去。她把散逸出去的一切,都召回到了自身里面;她把自己隐藏、封闭、凝聚在肉体之中。当我端详、抚摸这肉体的时候,我觉得自己占有了在她醒着时从没得到过的整个儿的她。她的生命已经交付给我,正在向我呼出它轻盈的气息呢。

  我倾听着这神秘而轻柔的声音,温馨如海上的和风,缥缈如月光的清辉——那就是她朦胧的睡意。只要这睡意还在持续,我就可以在心里尽情地想她,同时凝视着她,而当这睡意变得愈来愈深沉时,我就抚摸她,吻她。我此时感受到的,是一种纯洁的、超物质的、神秘的爱,一如我面对的是体现大自然的美的那些没有生命的造物。其实,当她睡得更熟一些以后,她就不再只是先前的那棵植物了,我在她睡意的边缘,怀着一种清新的快感陷入了沉想,这种快感我永远也不会厌倦,但愿能无穷无尽地享受下去;她的睡意,对我来说是一片风光旖旎的沃土。她的睡意在我身边留下了一些那么宁静悠远、那么肉感怡人的东西,就像巴尔贝克那些月光如水的夜晚,那时树枝几乎停止了摇曳,仰卧在沙滩上时时可以听见落潮碎成点点浪花的声音。

我回屋时，先是站在门口，生怕弄出半点响声，屏息静听均匀连绵从嘴唇间呼出的气息，它像海边的落潮，但更安谧，更柔和。聆听着这美妙的声息，我觉得眼前躺着的可爱的女囚，她整个儿人，整个儿生命，都凝聚在这声息中了。街上来往的车辆传来嘈杂的声响，但她的前额依然是这般舒展、这般纯净，她的呼吸依然是这般轻柔，轻柔到了仿佛只存一丝脉息。我看到自己并不会打扰她的睡眠，就小心翼翼地走进房间，先坐在床边的椅子上，再坐在床上。

我跟阿尔贝蒂娜一起聊天、玩牌，共度过不少美好的夜晚，但从没哪个夜晚，有像我瞧着她睡觉这般温馨可爱的。她在聊天、玩牌时纵有演员模仿不像的洒脱自然的神气，但她在睡梦中这种更为深沉的、更高层次上的洒脱自然的意味，却更令我神往。长长的秀发沿娇艳的脸庞垂下，洒在床上，不时有一绺头发直直地竖在那儿，使人想起埃尔斯蒂尔那些拉斐尔风格的油画，画面深处那些亭亭玉立在朦胧月光下的纤细苍白的小树。虽然阿尔贝蒂娜闭着嘴，但她的眼睑，从我的位置望去，仿佛并没有合拢，我几乎要疑心她是不是真睡着了。不过，下垂的眼睑已经给这张脸定下了一个和谐的基调，即使眼睛没合拢，也不致破坏这种和谐的完美。有些人的脸，只要稍稍把目光一收敛，就自有一种不同寻常的丰美和威仪。

我细细端详躺在我脚跟前的阿尔贝蒂娜。不时，她会突如其来地轻轻动弹一下，就像一阵不期而至的微风拂过林梢，一时间把树叶吹得簌簌颤动起来。她伸手掠了掠头发，然后，由于没能称自己的心意理好头发，又一次伸起手来，动作那么连贯而从容，我心想她这是要醒了。然而没有；她睡意正浓，又安静下来不动了。而且此后她一直没再动弹。她那只手搁在胸前，胳臂孩子气地垂在肋间，瞧着这模样，我差点儿笑出声来，这种一本正经的、天真无邪的可爱神气，是我们在年幼的孩子身上常能见到的。

我在一个阿尔贝蒂娜身上可以同时看到好几个阿尔贝蒂娜，所以此时仿佛觉得看到其他那些阿尔贝蒂娜也睡在我身旁。这眉毛弯弯的样子，我却似乎从没见过，只见这两条眉毛把半球形的眼睑围在中间，看上去像两只柔软的翠鸟窝。她的脸庞上，留下了种族和返祖性的印记，也留下了行为不检的痕迹。她每回把头移动一下位置，就变成了一个新的，往往颇使我意想不到的姑娘。我觉着自己占有的不是这么一个，而是许许多多个年轻姑娘。她的呼吸渐渐变得更深沉了，胸脯很有节奏地起伏着，交叉搁在胸前的双手和那串珍珠项链，也随着这同一节奏以不同的方式律动着，宛如在波涛涌动拍击下晃动着的小船和缆绳。这会儿，我知道她睡意正酣，我不会碰到此刻淹没在酣睡的海水下面的意识的暗礁上，于是放开胆子悄没声儿地爬上床去，挨着她躺下，一手搂住她的腰，吻她的脸和心口，然后又吻遍全身的每个地方，空着的那只手跟那串珍珠一样，随着熟睡的姑娘的呼吸一起一伏；我和着她那均匀的节奏轻轻地晃动：我的小舟颠簸在阿尔贝蒂娜的睡意上。

有时候，我也从中品味到一种不如这么清纯的乐趣。这在我真是举腿之劳，我把一条腿轻轻搁在她的腿上，就像听任一支船桨浮荡在水面上，不时感觉到从它传来轻微的晃动，宛如天际飞过一行恍如入睡的鸟儿，停停歇歇地拍打着翅膀。我选了这个角度来观察她，看到的这张脸是从未有人见过的，美极了。我想有件事还是不难理解的，就是同一个人写给你的信总是大致相仿的，它们勾勒出一个跟你认识的此人大不相同的形象，以致让你看到了此人的第二天性。但是，一个女人居然会——如同罗西达和多迪加[1]那样——和另一个女人（她的另一种美暗示着另一种个性）如此弥合无间地连结在一起，为了看清其中的这一位，你得从侧面去看，对另一位就得从正面去看，这可有多奇怪啊。阿尔贝蒂娜的呼吸声变得更重了，听上去使人觉得像是

---

1. 当时逼罗一对著名的姐妹歌舞演员。

快乐达到高潮时气喘吁吁的声响,当我的呼吸也变得愈来愈短促时,我抱她吻她都没有弄醒她。我觉得,在这一时刻我终于更完全地占有了她,一如占有了沉默的大自然中一件无知无觉、任人摆布的东西。我并不在意她有时在睡梦中喊出声来的那些话,因为我根本不懂其中的意思,何况,就算那是在喊某个我不认识的人,那又怎么样呢?当她的手时而掠过一阵微颤,下意识地搐动时,不还是按在我的手上和脸颊上吗?我怀着一种超然、恬静的爱,兴味盎然地欣赏着她的睡眠,犹如久久流连在海边倾听汹涌澎湃的波涛声。

〔我在不同的时刻醒来,天气也变了。我的懒散依然故我。〕

我答应阿尔贝蒂娜,要是不出门一定好好工作。可是第二天,仿佛这屋子趁我睡熟时,奇迹般地飘浮了开去,我一觉醒来,天气变了,时令也不对头了。一个人在出于无奈的情况下登上一片陌生的国土,这时他是不会有心思着手工作的。然而每个新的一天,对我都是一个新的国度。就说我的懒散吧,它一旦换了新的花样,你说叫我怎么还认得出它呢?有些日子,人人都说天气糟透了,逢到这种时候,静静地待在家里,听到屋外淅淅沥沥下个没完的雨声,才能体会航行在海上的那种平静滑行的况味,感受到那种宁谧的乐趣;有时天空响晴,这时候一动不动地待在床上,瞧着光影绕着自己慢慢地转过去,就像瞧着一株大树的影子在转动。也有时候,邻近的修道院刚敲响稀落如同清晨去祈祷的信徒的头遍钟声,半天里纷纷扬扬洒下的雪花,在熏风吹拂下融化、飘散,而天空依然灰蒙蒙的不见透出亮色,但我已经能够辨认出这一天是会风雨交加,还是变幻不定,抑或是个晴朗的好天气。屋顶被骤雨打湿过后,阵阵和风拂过,缕缕阳光照临,它就又在收干,只听得屋檐滴滴答答地在滴水,仿佛这屋顶是趁风儿重新刮起之前,让自己尽情地承受不时从云层探出脸来的太阳的抚爱,青灰色的石板瓦闪耀着美丽的虹彩；这样的日子，风风雨雨的，一天里充满着天气、氛围的变化，懒人因此倒也自得其乐，不觉得这一天是白过了，因为他正兴味盎然地关注着在他不介入的情形下，周围的环境从某种意义上说代他作出的种种表现；这样的日子好比那些发生动乱或者革命的日子，那些日子对于不再去上学的小学生并不是毫无意义的，因为当他在司法大厦四周转悠或是念着报纸的时候，虽说他没做自己的功课，他却会觉着从正在发生的事件中发现了一种对他确有教益，同时也使他对自己的闲散感到心安理得的东西；这样的日子，还好比我们一生中碰上某些特殊的危急关头的日子，这时候，一个向来无所事事的人会这么想，只要这个难关能顺利地渡过，他就会从此养成勤勉的习惯，比如说，那是在一天早晨他出门去赴一场条件特别苛刻的决斗的时候，于是，在这个生命也许行将逝去的当口，他仿佛骤然意识到了生命的价值，这生命他本来是可以用来做一番事业，或者至少好好享受一下人生乐趣的，而他却什么也没干。"要是我能活着回来，"他对自己说，"我一定要马上坐下来工作，还要玩个痛快！"原来，生活突然在他眼里变得那么珍贵了，因为他看到的已经是他以为生活所能给予他的一切美好的东西，而不是日复一日从生活中真正得到的那点可怜的东西。他是按照自己的愿望，而不是根据生活经验所能告诉他的模样，也就是说那种平庸无聊的模样，来看待生活的。此刻，生活中充满着工作、旅行、登山和一切美好的事物，而所有这一切，他对自己说，都将随着这场决斗的悲惨结局化为乌有，他没有想到其实早在有这场决斗以前，由于那种即便没有决斗也会长此以往的坏习惯，它们就已经是这样了。他安然无恙地从决斗场回了家。但是他重又觉得阻碍重重，没法去玩儿，去兜风，去旅行，去做那些他一度认为可能将被死亡剥夺的事情；单单生活本身，就已经足以剥夺这些可能了。至于工作——特殊的环境会在一个人身上激发出先前已存在于他身上的秉性，在勤勉的人身上激发出勤勉，在懒散的人身上激发出懒散——他给自己放了假。

我就像这人一样,自从下决心从事写作以来始终依然故我,下这决心已是很久以前的事,但又好像才是昨日的事,因为我把一天天都放了过去,仿佛它们并不曾存在过似的。上面提到的这一天,我也是这么给打发掉的,我无所事事地瞧着它风疏雨骤,瞧着它雨过天晴,心想明天再开始工作吧。可是当湛蓝的天空上没有一丝云彩的时候,我已不复是昨天的我了;教堂大钟金光灿灿的音色里,不仅像蜂蜜一样有着光亮,而且有这光亮的感觉(还有果酱的味道,因为在贡布雷时,这钟声经常在我们刚吃好饭要吃甜食的当口,像只胡蜂似的姗姗来迟)。在这么个阳光耀眼的日子里,整天都那么闭上眼睛躺着,真可以说是桩可以允许的、已成习惯的、有益于健康的、合乎时令特点的赏心乐事,这就跟放下百叶窗挡住强烈的阳光是一个道理。我第二回去巴尔贝克时,头几天就是在这种天气里,听见乐队的提琴声伴着涨潮时蓝盈盈的海水飘卷而来的。然而今天,我是多么完全地占有了阿尔贝蒂娜啊!那些日子里,有时教堂报时的钟声,会让那不断扩散的声波捎来具体入微的潮湿或明亮的感觉,仿佛它是在把美妙的雨水或阳光转译成盲人的语言,或者不如说,转译成音乐的语言。这时,闭着双眼躺在床上的我,不由得在心里对自己说,瞧,一切都是可以转换的,一个仅靠听觉的世界也是可以跟另一个世界同样地丰富多彩的。日复一日,仿佛乘着一叶小舟缓缓地溯流而上,但见眼前闪过一幅幅不停变换着的欢乐往事的图景,这些图景不是由我挑选的,片刻之前它们都还是无法看见的,现在它们接二连三地、不容我选择地呈现在我的记忆里,我在这片匀和的空间上方,悠悠然地徜徉在阳光之中。

[市声是宗教仪式世俗的翻版。]

阿尔贝蒂娜头天晚上说她可能要去韦尔迪兰夫妇家，但后来没去，第二天我醒得很早，还在睡眼惺忪的当口，喜悦的心情就告诉我，冬季里插进了一个春日。[1] 屋外，回响着为各种乐器精心谱写的市井主题的旋律，瓷器铺掌柜的圆号，修椅子伙计的小号，还有牧羊人（在这晴朗的日子里，他就像西西里岛上的一个羊倌）的长笛，把清晨的曲调轻快地交织成一首《节日序曲》。听觉，这一令人愉快的感觉，把我们带到了街上，唤起我们对周围环境的记忆，向我们描述熙熙攘攘的街景，勾勒它的线条，渲染它的色彩。肉店和乳品店的卷帘铁门，昨晚拉得低低的，遮蔽了所有那些女性的憧憬，如今它们高高卷起，犹如即将启航的船上轻盈的滑轮，随时准备放开缆绳，扬帆穿越透明的大海，驶入年轻女店员的梦境。倘若我住在另一个街区，倾听这卷帘铁门的声音或许就是我唯一的乐趣。但在这个街区，还有许许多多别的乐趣，让我不想睡过头而错失其中任何一种乐趣。在我所在的街区边上，年代悠久的贵族街区如今充满了平民色彩，这就是这些街区的魅力所在。不仅大教堂门口不远处就有商贩摆摊（教堂门口因此——就像鲁昂大教堂的门口一样——有了个书市的雅号），形形色色做小生意的流动商贩，还在高贵的盖尔芒特府邸跟前走来走去，让人禁不住想起往昔教会统治下的法兰西。他们朝邻近那些低矮小屋大声嚷嚷的有趣的吆喝声，除了少数例外，都称不上是歌声。这正如《鲍里斯·戈东诺夫》和《佩利亚斯》[2] 里的吟诵——仅仅点缀着几乎难以觉察的旋律变化——很难说得上是歌唱一样；从另一方面说，这些声音却使人想起神甫做弥撒时唱圣诗的声调，喧闹的市声恰恰是圣事仪式的一种世俗的，富有集市色彩，而又多少带点宗教气息的翻版。阿

---

1. 据七星文库版"梗概"的提示，这一天应是"我"与阿尔贝蒂娜共同生活的第三天。
2. 穆索尔斯基的歌剧《鲍里斯·戈东诺夫》和德彪西的歌剧（据梅特林克的诗剧谱曲创作）《佩利亚斯与梅丽桑德》，分别于1908年和1902年在巴黎首演，但普鲁斯特在1911—1913年间，也就是写作《女囚》的期间，才观看了这两部歌剧。这两部歌剧都不遵守古典歌剧中区分宣叙调和咏叹调的传统，台词多以旋律变化很小的形式直接吟诵。

尔贝蒂娜和我住在一起以后，我体验到了从未有过的种种快乐；这些街景和市声，在我眼里犹如她即将醒来的一个欢快的信号，它们在提醒我关注屋外生活场景的同时，让我越发感觉到，身边有个我愿意她待多久她就能待多久的亲爱的人儿，才是最能让我的心获得宁静的幸福。街上传来那些卖吃食的叫卖声，虽然我不喜欢吃这些东西，但是它们却正中阿尔贝蒂娜的下怀，于是弗朗索瓦兹就差手下的小厮上街去买，而那小厮说不定还觉得去跟那群平头百姓混在一起有点辱没自己呢。各种不同调门的喊声，在安静的街区里显得格外清晰（它们不再让弗朗索瓦兹心烦，给我则带来了愉悦），组成群唱的宣叙调传到我耳边，有如《鲍里斯》中那段著名的唱段，起始的音调几乎始终保持不变，一段旋律却转成了另一段像说话而不像歌唱的群唱。听到这"哎！买滨螺啰，两个苏就买滨螺啰"的叫卖声，集市上的人都朝圆号的方向涌去，这些模样难看的小贝壳动物，就在那儿有卖，要不是因为阿尔贝蒂娜，我对滨螺也好，对同时在卖的蜗牛也好，都会感到很厌恶。这叫卖声又让人想起穆索尔斯基那些没有多少歌唱性的吟诵，而且还不止于此。这不，在几乎像说话那样吆喝了几声"蜗牛蜗牛，又新鲜又漂亮"以后，卖蜗牛的摊贩怀抱梅特林克的忧愁和悯然（当然，被德彪西赋予了音乐语言），用一种如歌的忧郁声调唱道："六个苏就买一打嘞……"让人想起《佩利亚斯》作者在悲伤的结尾处模仿拉莫[1]的那个唱段（"假如我注定要战败，难道打败我的竟然是你吗？"）。

我始终觉得难以理解，为什么意思如此明白的两句话，要用如此不恰当、如此神秘的语调如怨如诉地吟咏，仿佛它就是使古老城堡里（梅丽桑德没能给城堡带来欢乐）人人都愁容满面的那个秘密，深邃得

---

1. 拉莫（Jean-Philippe Rameau, 1683—1764）：法国作曲家、音乐理论家。但据七星文库本编者注，这两句唱词并非引自拉莫的歌剧，而是引自德国作曲家格鲁克（Christoph Gluck, 1714—1787）谱曲的歌剧《阿尔米德》，并略有改动。

有如那位想用简单语言道尽智慧和命运的老阿凯尔的思想[1]。在一首首旋律中，响起阿尔蒙德老国王或戈洛越来越柔和的嗓音，或是说："没人知道这儿会发生什么事情。说不定看来有些奇怪，但也许每件事都是有因由的"，或是说："你不用怕……她是个可怜的、神秘的小东西，就像我们大家一样"，而卖蜗牛的摊贩用的正是这些曲调，只不过在他的叫卖声中，这些旋律成了自由发挥的 cantilena[2]："六个苏就买一打嘞……"不过这些形而上的轻柔的声气，还没来得及发挥到极致，就被一阵嘹亮的小号声打断了。这回事关狗啊猫啊，可说的不是吃的了，那唱词是："剪狗毛嘞，剪猫毛，割尾巴嘞，修耳朵。"

男男女女的商贩兴之所至，常会给我在床上听到的这些旋律引进各种各样的变调。然而，当一个词（尤其当它重复两遍时）念到一半稍作停顿时，照例会有一个休止符，让我情不自禁地想起古老的教堂。收旧衣服的小贩赶着驴子拉的小车，挨家挨户停在人家屋前，执鞭走进院子，口中念念有词："旧衣服，收旧衣服，旧衣——服"最后的"衣服"两个字中间，总会有个停顿，听上去就像在唱素歌[3]："Per omnia saecula saeculo... rum[4]"，或者："Requieseat in pa... ce[5]"，尽管他未必相信这些旧衣服会流芳千古，也不会奉献它们做天国长眠的殓衣。在清晨开始就此起彼伏的这些旋律中，还能听到一个卖时令蔬果的女商贩推着小车，用格列高里圣咏体[6]吟诵她的连祷文：

---

1. 阿凯尔是《佩利亚斯与梅丽桑德》剧中阿尔蒙德王国的国王，他有两个孙子：戈洛和佩利亚斯。戈洛在森林中打猎遇见梅丽桑德后，娶她为妻并带回城堡。但梅丽桑德却爱上了佩利亚斯，戈洛知情后杀死佩利亚斯，梅丽桑德随即自尽。
2. cantilena：意大利文，音乐术语，意为多次重复的单一旋律。
3. 素歌：指一种不分小节的无伴奏宗教歌曲。
4. 拉丁文：生生不息。祈祷时常用的结束语，通常吟诵时最后一个音节要降低一个小三度，然后说"阿门"。
5. 拉丁文：愿他（或她）安息。为死者祈祷时常用的结束谱，同样最后那个音节要降低一个小三度，接着说"阿门"。
6. 天主教会单声部或齐唱的礼拜仪式音乐，用作弥撒经文和宗教祈祷或礼拜仪式时的伴唱。名称来自罗马教皇圣格列高里一世（590—604），这种圣咏是他在位时收集和汇编整理的。

>鲜嫩鲜嫩,碧绿生青
>
>朝鲜蓟又嫩又好哎
>
>朝鲜——蓟。

尽管她对圣歌唱本很可能一无所知,并不知道七种音调都有其象征意义,四种代表 quadrivium[1] 中的四艺,三种代表 trivium[2] 中的三艺。

一个穿罩衣的男子,头戴巴斯克软帽,一手拎牛筋鞭子,一手拿芦笛或风笛,吹奏着南方家乡的曲调——家乡的阳光和晴朗的天气和谐极了;他时时停在人家的屋子跟前。这是个牧羊人,带着两条牧羊犬,羊群走在他的前面。他来自远方,所以要到很晚的时候才路过我们街区;婆娘们端着碗跑来接羊奶,据说小孩吃了羊奶会长力气。不过此刻,在给孩子带来健康的牧人的比利牛斯曲调中,已经融入了磨刀人的铃声,还有吆喝声:"戗刀磨剪子,磨剃刀来。"磨锯条的人没有乐器,只能甘拜下风,可怜巴巴地喊道:"有没有锯条要磨啰,要磨就来喔。"补锅匠可比他乐天得多,他先把自己能补的锅子,小锅啊,平底锅啊,通通报了一遍,然后唱起叠句:

>叮当,叮当,叮当,
>
>大锅小锅烧汤,
>
>有缝我用焊锡烫。
>
>走街串巷我补洞,
>
>补尽大洞小洞,
>
>叮咚,叮咚,叮咚。

---

1. 拉丁文,指中世纪欧洲大学中算数、几何、音乐、天文等四门学科,亦即四艺。
2. 拉丁文,指中世纪欧洲大学中语法、修辞、逻辑等三门学科,亦即三艺。这七门学科统称七艺。

还有一些意大利孩子,手捧漆成红色的大铁罐,里面装着摇奖的签子——有的数字有奖,有的数字没奖——一边转着嘎嘎作响的木铃,央求着:"玩一玩吧,夫人,可好玩呢。"

[阿尔贝蒂娜对商贩叫卖的美食情有独钟。]

"外面的声音没烦着您吧?"她问我,"我喜欢这些声音。不过您一向睡得很浅,恐怕不想有声音吧?"其实,我有时候睡得很沉(这在前面已经说过,不过因为跟下面的事情有关,我非得再提一下不可),尤其是夜里没睡时,早上往往会睡得很沉。这样的睡眠——平均来说——可以有四倍的休息效果,所以尽管它其实比刚入睡时的浅睡时间短了四倍,感觉上却好像长了四倍。这样一进一出,居然就相差了十六倍,这种错觉赋予了醒来诸多美感,为生活平添了一种真正的新意,这就好比音乐节奏的大幅改变,会使 andante[1] 中一个八分音符的时值,听上去像 prestissimo[2] 中的一个二分音符,而这种情形在清醒时是感觉不到的。在清醒的状态下,生活几乎是一成不变的——因而旅行总让人感到失望。梦,有时确实就像是由生活中最粗鄙的材料构成的,但是这种材料在梦中被反复加工、揉拌,又由于没有了清醒状态下的时间限制,它就可以充分拉伸变细,达到一种异乎寻常的程度,让人简直就认不出它。这些幸福突然降临的早晨,睡意已然在脑海中抹去了日常活动的标记,如同海绵擦去了黑板上的痕迹一般,这时,我必须让记忆苏醒过来;凭我们的意志,我们可以重新记起因睡眠或发病而遗忘的事情,眼睛张开、麻木消失之时,这些事情会渐渐地回到记忆中来。我在几分钟里经历了许许多多小时的事情,因而,我唤

---

1. 音乐术语,行板。
2. 音乐术语,最急板。

来弗朗索瓦兹,想要用一种符合当时情景、时间观念不显谬误的语气来和她说话的当口,我使足劲儿控制住自己,才从梦境中回过神来,没把下面这句话说出口:"哎,弗朗索瓦兹,现在是下午五点,我从昨天下午起就没见着您了。"我自欺欺人地想尽可能地把事情瞒到底,梦里是五点就偏不说五点,于是厚着脸皮说:"弗朗索瓦兹,都十点啦!"我并不指明早上十点,只说十点,就是想让这些不可思议的十点显得是非常自然地说出来的。然而,要让似醒非醒的我非得说这些话,而不能说脑子里还在想着的那些话,我必须努力达到一种平衡,就好比一个人从行进的列车上往下跳,必得沿着路基奔上一会儿,才能不摔倒一样。他要奔跑一会儿,是因为他刚离开的环境是一个高速运行的环境,跟静止的路面反差实在太大,所以他一时难以站稳。

　　睡梦的世界不同于清醒的世界,但不能因此得出结论,说清醒的世界不如睡梦的世界真实,情况正相反。在睡梦的世界中,各种感觉都处于超负荷状态,层层叠叠,重复乃至堵塞,变得滞厚迟钝,所以我们甚至都分不清,在我们似醒非醒的状态下,有些事情究竟有没有发生过;究竟是弗朗索瓦兹来过,还是我懒得唤她,自己去找她来着?在这种时候,沉默是保护自己的唯一办法,这就好比某人被捕了,知道法官手里掌握着他的一些证据,但又不清楚到底是哪些证据的时候,此人最高明的做法就是不开口。弗朗索瓦兹究竟有没有来过,我究竟有没有唤过她?或者,究竟是不是弗朗索瓦兹在睡觉,而我刚把她叫醒呢?甚而至于,既然在昏暗的夜色中,周围的事物有如一头豪猪体内的脏腑那般迷蒙,几近麻木的感知或许有如某些动物那般鲁钝,这个人与那个人的区别,以及人与人之间的关系,几乎都已不复存在,那么弗朗索瓦兹会不会就只是我心中的一个影像呢?而且,即使在进入沉睡前的清醒亢奋状态下,虽然智慧的碎屑在闪闪发亮地漂荡,虽然泰纳和乔治·艾略特的名字还没忘却,清醒世界的优势毋宁说还是在于它每天早晨都可以继续,而不像梦那样每晚都会变样。不过,说不定还有比清醒的世界更为现实的世界。我们难道没有看到，非但每一次艺术革命都在改变这个清醒的世界，而且，那些用以区分艺术家和一无所知的笨蛋的才能或教养的标准，也在改变这个世界吗？

多睡一个小时，往往会使人变得瘫软麻痹，你得重新学会挪动四肢，得重新学会怎么说话。这时管用的并非意志。一旦睡得太久，你就已经不再是原先的你了。醒来的过程是下意识的，是朦朦胧胧地感觉到的，就像水龙头关了，水管终究会感觉到一样。接下去是一种异常慵懒的状态，比看上去始终不动的水母还要沉寂，你会觉着自己在刚从海底浮上来，或者刚从服苦役的地方放回来的——假如你还能让脑子转得起来的话。然而这时女神摩涅莫绪涅[1]从高高的云端俯下身来，把重生的希望以照例吩咐端来牛奶咖啡的形式赋予我们。而我们收到记忆这份突如其来的礼物，却也不是那么简单的。你不由自主醒来的最初几分钟里，往往会觉得周围有形形色色、各不相同的生活场景，你就像在打牌时那样，可以从中选择一个场景。这会儿是星期五上午，我刚散步回来，或者这会儿是在海边喝下午茶的时间。想到这是在睡觉，自己还穿着睡衣躺在床上——这往往是最后才浮现在你脑海中的场景。复原不是一蹴而就的，你以为摁了铃，其实你没摁，种种荒唐的话语只是在心里打转而已。唯有行动才能让思想复原，当你终于按了床头铃钮，你才能缓慢但清楚地说出："都十点了。弗朗索瓦兹，请把咖啡给我端来吧。"

哦，真是奇迹！弗朗索瓦兹根本没猜到有那么一片虚拟的海洋，我直到此刻仍然整个儿沉溺其中，用尽力气才让那两句奇怪的话穿透海水说了出来。她果然回答我说："都十点十分了。"这样一来，我的一举一动就都显得很正常，我入睡前翻来覆去念叨个没完的（每当生活没有被一座虚无的大山压垮的日子，都是如此）奇怪的对话，也就

---

1. 摩涅莫绪涅：希腊神话中的记忆女神。宙斯化作牧人和她生了缪斯。

没人会发现了。我凭着意志,重新回到现实中来。我兀自玩味着睡眠的碎片,亦即我在对自己讲述的方式中所仅有的那点新意,仅有的那点新鲜劲儿,在清醒状态下的任何叙述,无论多有文采,总是少了这么一点神秘的东西——而美感正是从中而来的。要说药品能创造美感,这么说说是容易的。但是对一个长年都得靠鸦片才能入眠的人来说,事出意外的一小时自然睡眠,定然会使他发现,一种如此神秘而清新的清晨景色,是多么令人心旷神怡。一个人靠变换睡觉的时间、地点,靠用人为的方式来制造睡意,或者有一天居然就靠自然入睡——对一个习惯了靠安眠药入睡的人来说,这是最奇怪的一招——可以拥有品种繁多的睡眠方式,就数量而言,比园艺师培育的形形色色石竹或玫瑰品种还多上千百倍。园艺师在培育美梦似的花儿的同时,也会种出梦魇般的花来。当我以某种方式入睡时,醒来时我会浑身发抖,以为自己在出麻疹,或者——那要让我痛苦得多——觉得外婆(我很久没想到过她了)为我在巴尔贝克那会儿揶揄她而伤心不已,以为自己就要死了,想让我保留一张她的照片。突然间,虽然我醒着,我一心想去对她解释,告诉她说她没明白我的意思。不过,这时我已经振作了起来。麻疹的预兆不见了踪影,外婆已经离得我远远的,我的心不再为她而作痛了。

有时候,会有一个突如其来的巨大黑影向这形形色色的睡眠袭来。我正在一条黑黢黢的林荫大道上散步,但听见了几个不三不四的人的脚步声,就吓得不敢再往前走了。骤然间,一个警察和一个女人吵了起来,这些女人往往以驾车为业,远远看去就像年轻的男车夫。她的驭座笼罩在黑暗中,我没法看清她,可是她在说话,从她声音里我能感觉到她的脸长得很美,婀娜的身姿充满青春的活力。我在夜色中朝她走去,想赶在她离去之前乘上她的马车。这段路挺长。幸好她跟那警察还没吵完。我赶到了还停在原地的马车跟前。这个路段亮着街灯。我看清了车夫的模样。那的确是个女人,但是个老妇人,长得人高马大的，大盖帽下露出银白的头发，脸上满是斑斑点点的红瘢。这时我会走开去，心想："难道女人的青春就是这样的吗？我们遇见了她们，而后，当我们突然又想见见她们了，她们总会就这么变老的吗？让我们心仪的年轻姑娘，莫非就像舞台上的一个角色，当初饰演她的那个演员一旦上了年纪，就必须把它让给那些新的明星来演吗？可是那样一来，这个角色就变了样了。"

一阵忧愁随即袭上我的心头。就这样，我们在睡梦中尝到了种种怜悯的滋味，它们有如文艺复兴时期的那些 Pietà[1]，但当然不是凿刻在大理石上的，而是柔情似水的怜悯。这样的怜悯自有它们的用处，那就是提醒我们记得，要用一种更温情的观点去看待某些事物，看出其中的人情味来，而在清醒的状态下，我们往往为冷峻的，有时甚至充满敌意的所谓常识所局限，会尽力去忘掉这种人情味。于是我记起了在巴尔贝克作出的承诺，当时我对自己说过，对弗朗索瓦兹我永远都要原谅她。至少整整一个上午，我尽量不为弗朗索瓦兹和膳食总管的争吵而恼火，尽量和颜悦色地对待从别人那儿都得不到好感的弗朗索瓦兹。但这仅仅限于这个上午；我得设法为自己制订一套内容更翔实一点的法典才行；要知道，正如一个民族不能长期依靠一种感情色彩过于浓烈的政策来统治和管理，一个人也没法老是靠梦境的回忆来管好自己。这种梦境的回忆已渐渐淡去了。我拼命去想，要把它们描述出来，结果它们反而消失得更快。眼皮已经不像先前那样沉甸甸地搭在眼睛上了。尽管我一心想重新回到梦境中去，眼皮却陡地睁开了。我随时都面临一个抉择，是明智地选择有益于健康的做法呢，还是继续沉溺于心灵的愉悦？我一直鼓不起勇气去选择前者。然而，我所放弃的这种能力的危险性，其实要比我所能意识到的更大。怜悯和梦境，并不是单独消失的。一旦有意改变一下睡眠环境，那就不光梦境会逃

---

1. 意大利文，原意为"怜悯"，后特指圣母玛利亚哀痛地抱着基督尸体的雕像或画作。

之夭夭,而且会一连好多日子,有时甚至一连好几年,非但做不成梦,还睡不成觉。睡眠是神圣的,但又是不稳定的,稍稍一碰,它就会散逸。习惯与睡眠为友,较它稳定,每晚将它留在该留之地,不让它受到任何撞击。但若习惯改了,睡眠不再被留住,它就会像一缕轻烟那般飘散而去。睡眠有如青春和爱情,一去就不复返。

在形形色色的睡眠中,生成美感的是间距的或增或减,有如音乐中的音程变化。在清晨的睡眠中,我玩味着这种美感,但尽管睡眠时间很短促,还是漏过了那些市声,那些让我们感受到巴黎商铺、菜贩流动不居的生活的叫卖声。所以,平时(唉,可惜我没能预料到,不久以后,由于我醒得太迟,拉辛笔下的亚哈随鲁[1]严酷的波斯法律会把那悲剧性的一幕带进我的生活)我总是尽量早早就醒来,以免错过这些叫卖声。我欣悦地知道阿尔贝蒂娜喜欢听这些声音,自己也很享受这种躺在床上就能心驰屋外的乐趣,而且我把这些声音当作外部环境的象征,当作那种喧闹的生活的象征,对阿尔贝蒂娜,只有在我监护的情况下,我才会让她进入那种生活环境,对她来说,那是她幽居生活向外的一种延伸,我只要想让她回到我的身旁,随时可以把她唤回来。

所以我回答阿尔贝蒂娜下面的话时,是再真诚不过的[2]:"哪儿的话,我听着挺喜欢的,因为我知道您爱听这些声音。"

"卖牡蛎啦,船上刚到的新鲜牡蛎啦。"

"噢,牡蛎!我真想吃牡蛎!"

幸好阿尔贝蒂娜既有点多变,又有点顺服,所以很快就把她想要的东西给忘了,而还没等我来得及告诉她普吕尼埃餐馆有最好的牡蛎,下面传来鱼贩子的叫卖声,她听到叫什么就要什么:"卖虾嘞,只只活

---

1. 亚哈随鲁:圣经中的波斯王,册立以斯帖为后。拉辛在《以斯帖》一剧中写到这个人物。
2. 阿尔贝蒂娜的问话,指前文的那句"外面的声音没烦着您吧?"

的虾嘞，还有新鲜的鳐鱼，新鲜的鳐鱼哎。"——"鳕鱼鳕鱼，油煎一级嘞。"——"鲭鱼到了，新鲜的鲭鱼，刚到的鲭鱼。太太们来瞧瞧嘞，多好的鲭鱼。"——"新鲜的上等贻贝，卖贻贝嘞！"

听到"鲭鱼到了"的提醒，我不由自主地打了个哆嗦[1]。但我心想这个提醒对我的司机未必会有影响，于是就集中心思只想这种我讨厌的鱼，不再感到不安了。

"哦！贻贝，"阿尔贝蒂娜说，"我可喜欢吃贻贝啦。"

"亲爱的！那是在巴尔贝克吃的，这儿的根本不能吃；再说，请允许我提醒您，当初说到贻贝那会儿，戈达尔是怎么说来着？"

可是我的提醒非常不合时宜，因为卖蔬果的女商贩喊的东西，恰恰是戈达尔严令不许吃的：

卖莴笋，卖莴笋！
不买没关系，过来瞧瞧啦。

不过阿尔贝蒂娜同意牺牲莴笋，条件是我得答应她，过两天女商贩来喊"上好的阿让特伊芦笋，特棒的芦笋嘞"的时候，要去买芦笋。一个神秘的声音影影绰绰地传来，让人侧耳等待其中的奥妙之处："桶喔，桶喔！"但最终大家还是失望了，等来等去只是木桶而已，而且这轻吟几乎淹没在了另一个格列高里体的单旋律咏诵之中："玻璃，修玻璃嘞，玻璃，玻璃，修门窗玻璃嘞！"而更使我想起礼拜仪式的，还是收旧货的吆喝声，它无意间重现了祈祷中音量陡起变化乃至中断的情景，这种情形在教堂仪式中是常常可以见到的，比如在咏诵"Praeceptis salutaribus moniti et divina institutione formati audemus

---

1. 鲭鱼的原文是 maquereau，它又可作"皮条客"讲。

dicere"[1] 时，神甫常会在 dicere[2] 上急促地打住。这声 dicere，有如中世纪虔诚的民众在教堂前广场上表演的闹剧和滑稽剧，让人想起收旧货的小贩——我这么说并无不敬之意，他先是拖着长音吆喝，然后突然在最后一个音节上刹住，活像七世纪那位尊贵的教皇[3]的语气："阿有破布卖，阿有废铁卖（这些都是缓慢地吟诵的，就连接下去的"兔"字也拉着长腔，但煞尾的"子皮"两字却比 dicere 还急促），兔——子皮。""巴伦西亚橙子嘞，只只新鲜的无核橙嘞"，还有不登大雅之堂的韭葱："卖鲜嫩的韭葱了"，以及洋葱："洋葱只卖八个苏啦"，涌来的声浪在我听来，犹如波涛的回声，倘若阿尔贝蒂娜是独自一个人在那儿，她想必会被这波涛席卷而去，享受一种 Suave mari magno[4] 的恬适。

卖胡萝卜呵
两个铜板买一捆。

"噢！"阿尔贝蒂娜嚷了起来，"卷心菜，胡萝卜，橙子。都是我喜欢吃的东西。叫弗朗索瓦兹去买。她可以做奶油胡萝卜。要是全都一起吃，那有多棒。咱们听到的这些声音，这就不变成一餐美食了吗。哦！求求您，还是让弗朗索瓦兹做个黑黄油[5]鳐鱼吧。那太好吃了！"

"那就这么说定了，亲爱的。但您不能待在这儿；要不然您会把推车上的东西全都买下来的。"

---

1. 拉丁文：蒙救世主耶稣基督训诫教诲，我等冒昧陈诉。
2. 拉丁文：陈诉。
3. 指格列高里一世。
4. 拉丁诗人卢克莱修（约公元前 93—约公元前 50）的诗句，意为："多么恬适啊，广阔的大海"。
5. 黑黄油（beurre noir）指在锅中熬得发黑的黄油。加醋、葱的黄油调味汁称为白黄油（beurrre blanc）。

"行，我这就走，可是从今以后，我希望每顿晚饭都吃我们听到叫卖的东西。真是太有趣了。想想看，我们还得等上两个月才会听见'碧绿的扁豆，鲜嫩的扁豆嘞'。说得一点没错：鲜嫩的扁豆！您知道，我就爱吃极嫩极嫩的小扁豆，拿酸醋沙司一拌，你看着都舍不得吃哟，就像娇滴滴的露水。哎！就跟新鲜奶酪一样，还得等好久呢：'鲜奶酪哎，鲜奶酪哎，刮刮叫的奶酪嘞！'还有枫丹白露的夏斯拉白葡萄：'又大又甜的夏斯拉葡萄。'"（我忐忑不安地想着，我还得和她一起待多久，才能等到夏斯拉白葡萄上市呢。）"您听我说，我说了每顿都要吃我们听到叫卖的东西，可是当然总有例外喽。所以完全有可能我会上勒巴代的店里去给咱俩订一份冰淇淋。您准要说现在不是吃冰淇淋的时令，可我就是想吃！"

〔我请安德蕾陪阿尔贝蒂娜外出，因为我对司机的信任度降低了。〕

无论如何，安德蕾能陪阿尔贝蒂娜去特罗卡代罗，还是让我很高兴的，因为最近发生的几桩小事让我感到我这位司机——当然，对他的忠诚我一如既往深信不疑——在警觉程度，或者至少在警觉的敏锐程度上，好像稍微有些不如以前了。前不久，我有一次让阿尔贝蒂娜单独和他去凡尔赛，阿尔贝蒂娜对我说午饭是在雷泽弗瓦餐厅吃的。后来有一天司机告诉我午饭是在瓦泰尔餐馆吃的，我觉得事情不对，就趁阿尔贝蒂娜换衣服的时候，找个借口下楼去跟司机理论（这个司机就是我们在巴尔贝克见到过的那位）。"您告诉我说您是在瓦泰尔餐馆吃的午饭，可阿尔贝蒂娜小姐告诉我是在雷泽弗瓦餐厅。这是怎么回事？"司机回答我说："噢！我说我是在瓦泰尔餐馆吃的午饭，可我没法知道小姐是在哪儿吃的午饭。她一到凡尔赛就跟我分手去乘出租马车了，只要不是赶路，她就喜欢乘马车。"想到她是独自一个人，我已经很不高兴；现在知道还不光是吃饭那会儿这样，我心里更是生气。

"那您总可以，"我做出很客气的样子对他说（我不想让他看出我当真在监视阿尔贝蒂娜，那样未免太没面子了，何况，那样一来等于告诉他，有些事阿尔贝蒂娜是瞒着我做的），"和她一起，我不是说和她坐在一起，而是说和她在同一个餐厅里吃饭的吧？"——"可是她关照我下午六点到兵器广场接她。我总不能在她刚吃好午饭的时候就去接她吧。"——"哦！"我想掩饰自己的沮丧，转身上楼而去。这么说，阿尔贝蒂娜独自在外七小时之久，居然谁也没在照看她。我知道，乘出租马车确实不是为了摆脱司机的监视才想出来的应急办法。在城里，阿尔贝蒂娜喜欢乘出租马车四处闲逛，她说这样看得舒服，空气也好。话虽这么说，她毕竟独自一个人待了七个小时，而我对她在这七个小时里做了些什么一无所知。我不敢想象她是用何种方式度过这些时光的。我觉得这个司机真够笨的，不过从此我对他也就完全信得过了。因为他要是跟阿尔贝蒂娜有哪怕一丁点儿串通，他就不会承认他让她独自一人从上午十一点待到下午六点。这位司机之所以说了出来，还有另外一种听上去有些荒唐的解释。那就是他和阿尔贝蒂娜之间闹了矛盾，他想就这么点她一下，让她明白他是说得上话的人，要是这杯敬酒她不吃，仍然不肯就范，那他就要把事情兜底说出来，给她吃杯罚酒了。不过这种解释确实很荒唐；首先，得假设阿尔贝蒂娜和他之间发生过莫须有的龃龉，其次还得让这位向来笑容可掬的帅哥司机落下个讹人成性的骂名。何况，两天过后，我就发现他对阿尔贝蒂娜进行的监视确实又审慎又到位，我即便在妒火中烧之际也不曾想到他竟有这般能耐可以给我解恨。事情是这样的，那天我瞅个空子把他拉到一边，跟他提起他上次说的凡尔赛的那档子事，我故意轻描淡写地对他说："您前天跟我说了去凡尔赛兜风的事儿，这样做很好，您跟平时一样，做得非常好。不过有件事情我得跟您说一下，其实也是小事一桩，就是打从蓬当夫人托我关照这位外甥女以后，我总是生怕她出事，总是怪自己没能陪伴她,现在看到您这么可靠,这么精明能干,我觉得让您开车陪阿尔贝蒂娜小姐出去,是什么事也出不了的。这样我也就放心了。"可爱的、天使般的司机非常得体地微笑着,一只手搭在状如祝圣十字架[1]的方向盘上。他随后对我讲了下面这番话(驱散了我心中的不安,让它顿时充满欢欣),教我真想扑上去搂住他的脖子。"别担心,"他对我说,"她不会有事的,即使我没有开车陪着她,我的眼睛仍会跟着她。在凡尔赛,我装作若无其事的样子,跟着她,不妨这么说吧,和她一起参观了这座城市。她从雷泽弗瓦餐厅到城堡,从城堡到特里亚农,我自始至终跟着她,做得没瞧见她似的,妙就妙在她没看见我。噢!就算看见,也没关系。我整整一天空着没事干,去参观一下城堡不是很自然吗。况且小姐肯定不会不知道,我喜欢看书,对古玩之类的东西都很感兴趣(此话不假,我知道他是莫雷尔的朋友,看到他风度、品位都比提琴师高出一筹,心里曾暗暗吃惊)。不过她到底还是没看见我。"——"她大概遇到朋友了吧,她有好几位女友就在凡尔赛。"——"没有,她一直都是一个人。"——"那总有人在看她吧,像她这么个靓丽的姑娘,又是独自一人!"——"当然会有人看咯,可她好像根本就没注意;她的眼睛不是在看导游图,就是盯在那些油画上。"可也是,去凡尔赛的那天,阿尔贝蒂娜给我寄过两张明信片,一张印有凡尔赛的景致,一张是特里亚农风光,所以司机的这番话听上去就更加严丝密缝了。

[吉尔贝特以前的女仆告诉我一些隐情。]

后来我又碰巧遇见吉尔贝特以前的贴身女仆,她告诉了我一些很出乎我意外的隐情,于是我内心的情感终于跟阿尔贝蒂娜脱离干系,

---

[1] 当时的汽车方向盘上有四根支撑杆,故云。

要不是见到她的人，我就根本不会再去想到她了。这个女仆告诉我，我天天都到吉尔贝特家里去的那会儿，她爱着另外一个小伙子，跟他见面要比跟我见面勤快得多。其实当时我也有过怀疑，甚至还问过这个女仆。可是她知道我正在热恋吉尔贝特，就否认了我的怀疑，赌咒发誓说斯万小姐从没见过那个小伙子。而现在，她知道我早就不爱吉尔贝特，有好几年干脆不回她的信了——也可能是因为她已经不当吉尔贝特的贴身女仆了——就主动把我全然不知情的有关我的那段爱情故事，原原本本地讲给了我听。这对她来说，似乎是很自然的。可我想起当时她赌咒发誓的情景，还真以为她那时候什么也不知道呢。殊不知那时正是她，奉了斯万夫人之命，每当我的心上人单独自处之时，就跑去通知那个小伙子。我当时爱得多深呵……但我不由得又问自己，我当年的爱情是不是真的像我所想的那样烟消云散了，为什么我这会儿听到这段故事，心里还会难过呢？我不相信嫉妒能唤回一段已经消逝的爱情，所以我就想，我之所以感到痛苦，是由于，或者至少在某种程度上是由于自尊心受了伤害，因为在当时，甚至在稍后一段时间里——尔后情况就完全变了——有好几个我不喜欢的家伙对我表现出一种轻蔑的态度，而他们，在我热恋吉尔贝特期间，一定是知道我上当的。我甚至认真回想，当时我对吉尔贝特的爱情中，是否包含着自尊的成分，要不然现在发现那些曾使我感到无比幸福的充满柔情的时光，原来在我所不喜欢的那些人眼里，只是我的女友为我设的一场骗局，我为什么会心里这么难受呢。不管怎样，爱情也好，自尊心也好，反正吉尔贝特在我心中虽说已经几乎死了，却还没有完全死掉，这层关系阻碍着我去充分关心阿尔贝蒂娜，她在我心中只占一个很小的位置。

　　［趁着等阿尔贝蒂娜回来的工夫，我在钢琴上弹奏凡特伊的奏鸣曲。他的奏鸣曲有如瓦格纳的作品，帮助我进入自己的内心。

十九世纪的伟大作品往往有一种本质的，却又是最后才完成的整体性。文学作品如此，音乐作品亦如此。]

我趁这会儿还是一个人的工夫，半掩上窗帘免得阳光妨碍我看谱，坐在钢琴跟前，随手翻开放在那儿的凡特伊的奏鸣曲，弹了起来；阿尔贝蒂娜还要有一会儿才会回来，然而她要回来又是完全肯定的，所以我既有宽裕的时间，又有宽松的心境。等她和弗朗索瓦兹一起回来，是可以放宽心的等待，对她的温顺驯服，则可以充分信任，沐浴在这种等待和信任的温馨氛围中，就像沐浴在如屋外的阳光一般温暖的发自内心的光线中，周身浸透了幸福；这时我可以支配自己的思绪，让它暂时离开阿尔贝蒂娜，专注在奏鸣曲上。但即使这样，我也没法集中心思去注意其中两个主题的交织，享受的动机和焦虑的动机的组合，此时此刻跟我对阿尔贝蒂娜的爱情是多么吻合，这种爱情中曾经有很长时间没有出现过嫉妒，以致我在私下里对斯万说过，我不知道什么叫嫉妒。不，我没有注意这些，我是从另一个角度来看这首奏鸣曲，是把它作为一个伟大的艺术家的作品来看待的，流淌的音符把我带回到贡布雷的时日——我不是指蒙舒凡和梅泽格利兹那边，而是指当年在盖尔芒特家那边散步的时日——那时我自己也想成为一个艺术家。放弃了这个远大志向，我是否就真的有所失了呢？生活能用艺术来安慰我吗？在艺术中是否有一种更深刻的现实，让我们在日常生活中无从表现的真实个性，得以表现出来呢？可也是，每个大艺术家都是跟其他人不一样的，他们会使我们感觉到，我们在日常生活中去寻找个性，只能是徒劳的。就在我这么想的当口，奏鸣曲中的一个小节让我心头一震，其实这个小节是我很熟悉的，但有时候当我们全神贯注的那一刹那，会突然灵光一现，有些我们熟悉已久的事物变得跟以前不一样了，我们从中看到了以前从未注意到的东西。在弹奏这一小节时，尽管凡特伊在其中表达的是一个与瓦格纳全然不相干的梦境，我却情不自禁地喃喃自语:"《特里斯当》!"脸上漾起的笑意,正是某个家族的老朋友在做孙子的某个音调、某个手势里看到他祖父母的影子(尽管小孙子从没见过爷爷奶奶)那会儿绽出的笑意。我把《特里斯当》的总谱放到乐谱架上,搁在凡特伊的奏鸣曲上面,这意思就好比拿一张照片出来,看看到底跟某人像不像,我知道当天下午在拉穆勒音乐会上正好要演出《特里斯当》的选段。我由衷仰慕拜罗伊特的大师[1],不像有些人(尼采的追随者)那样顾虑重重,这些人觉得不仅在生活中,而且在艺术中,责任都在策使他们逃避美的诱惑,他们置《特里斯当》于不顾,正如他们抛弃《帕西法尔》,他们奉行精神上的禁欲主义,沿着那条血迹斑斑的十字架之路,苦修复苦修,终于达到了对《隆瑞莫的驿车夫》精粹理解、顶礼膜拜的高度[2]。我意识到瓦格纳的作品是充满现实精神的,我回想起那些执着而短暂的主题依次出现在一幕歌剧中,渐渐远去却又注定再要回来,它们有时是那么遥远、微弱、不绝如缕,但在另外的时刻,尽管依然影影绰绰,却是那么急切、那么迫近、那么满含内在的激情,这些作为一个有机整体的、发自肺腑的乐声,与其说是一个动机的重复出现,不如说是一种神经痛毛病的反复发作[3]。

就这一点而言,音乐是和阿尔贝蒂娜的那些女友迥然不同的,音乐帮助我进入自己的内心,在那儿有新的发现:那正是我在日常生活中,在旅途中徒然寻觅的多样性,而这音响之流溅起阳光闪烁的浪花

---

1. 指德国歌剧大师瓦格纳。1868年瓦格纳在拜罗伊特建造一座特殊的音乐节剧院,专演他的歌剧。
2. 《隆瑞莫的驿车夫》是法国作家阿道夫·亚当写于1836年的轻歌剧。1915年,有个叫马松的评论家撰文攻击瓦格纳的歌剧,说他宁可看《隆瑞莫的驿车夫》,也不愿看《纽伦堡名歌手》。
3. 神经痛,原文是névralgie。有法国研究者认为,此词是Wagner(瓦格纳)的anagramme(由另一个词改变字母位置或改变音素位置构成的词),而这种修辞手段,正相当于瓦格纳经常采用的主导动机反复出现的创作手法。从这个意义上说,névralgie似乎可以看作Wagner的一种"变体"。

拍击到我的脚下，勾起了我的怀念之情。那是双重的多样性。一如光谱向我们展示光是如何组成的，瓦格纳的和弦，埃尔斯蒂尔的色彩，都使我们得以了解一个人全部情感的本质属性，而单凭我们对另一个人的爱，是做不到这一点的。另外就是作品本身所蕴含的多样性，作品之所以多姿多彩，用的就是一种手段：把丰富多姿的个性集中起来。一个平庸的作曲家声称自己是在描绘一个骑士和他的扈从的形象，却让他俩唱同样的曲调，瓦格纳则不然，他把每个人物都放在不同的现实背景上；一个骑士扈从每次出现时，都是一个既头脑简单，又喜欢把事物搞得复杂化的特定的形象，兴高采烈和因循守旧这两条声线的交织碰撞，让这个角色在宏大壮阔的音响世界中有了一席之地。为数众多的音乐形象每一个都是独立的存在，而正是它们，使一部音乐作品变得充实而饱满。这种独立的存在，也就是大自然的某个瞬间形象留给我们的印象。即便是跟大自然让我们体验到的情感最不相干的事物，也都有其外在的现实意义，都是完全确定的；鸟儿的鸣啭，猎人的号角声，牧人在芦笛上吹出的曲调，都在天幕上勾勒出了它们的音乐形象。是的，瓦格纳走近它们，握牢它们，把它们放进一个管弦乐队，让它们服从于最高的音乐理念，但他又时时处处尊重它们原生态的独创性，一如一个中世纪的细木工匠之于纹理——正在加工的木制品独有的标记。

然而，尽管在很多十九世纪作品中，我们可以看到作者在叙事状物，在描绘不仅仅是一些人物名字的鲜活个体的同时，还陷于对大自然的沉思，但我在想，这些作品都具有一个共同的特征——真是不可思议——那就是它们都是不完整的，这是十九世纪所有伟大作品的特征，这个世纪最伟大的作家没有把作品写全，但是他们在注视着自己的工作，仿佛他们既是干活的工人，又是检验产品质量的检验员，他们通过这种自我观照，提取出一种外在于作品而又高于作品的新颖的美，回过头去赋予作品一种它原先所没有的和谐统一和宏伟气势。我们且不多说在写完小说后从中看见了人间喜剧的那位[1],也不多说把诗或散文硬生生叫成历代传奇或人类圣经的那二位[2],但难道我们就不能说,最后这部作品精彩地反映了十九世纪的时代精神,难道我们就不能说,米什莱最令人心醉的美,无须从他的作品本身,而不妨在他面对作品的态度中去找寻,无须从他的《法国史》或《法国大革命史》,而不妨在他为这些书撰写的序言中去找寻吗?所谓序言,就是作者在作品完成后写下的文字,他在其中审视自己的作品,觉得该加上通常都以"也许不妨这么说"[3]之类的语气开头的一些内容,它们并非学者的婉转陈词,而是音乐家的华彩乐段。而另一位音乐家,此刻令我感到心头狂喜的瓦格纳,他在记忆的抽屉里抽出一个美妙的片段,把它作为回想起来果然必要的主题,加入一部他当时并没有意识到自己正在创作的作品中去,然后写出了第一部神话题材的歌剧,然后是第二部,然后又有了另外两部,而在最后突然发现自己完成了一部四联剧的当口,他想必有如巴尔扎克那样感到了些许微醺般的陶醉,那是巴尔扎克在写完那些小说之后,以一种既是陌生人又是父亲的眼光去看它们时的感觉,他觉得这本中有拉斐尔的纯洁,那本中有福音书的淳朴,当他回过头去审视这些小说时,他骤然意识到,倘若把它们处理成主要人物贯穿始终的系列小说,整体结构会更完整,于是,为了完成这一衔接,他给整部作品添上了最后的,也是最精彩的一笔。这种整体效果是后来形成的,但绝非不自然的,否则整部作品就会沦为毫无价值的垃圾货色;有许多平庸作家热衷于写大部头作品,在书名和卷名上用足功夫,让人觉得作者自有一种一以贯之的、卓越超群的构思,其实那种作品都是这类货色。这种整体和谐的效果并没有任

---

1. 指巴尔扎克和他的小说集《人间喜剧》。
2. 分别指雨果和他的叙事诗集《历代传奇》,以及米什莱和他的历史巨著《人类圣经》。
3. 米什莱在《法国史》序言中提到另一位法国历史学家蒂埃里时,以"也许不妨这么说"开头写了一段评论。

何不自然之处，甚至或许正因为它是后来形成的，是在作者意识到各个局部独缺整合这样一个充满激情的时刻诞生的，所以它可以说是水到渠成的。这种和谐的整体性是事先不为人所知的，因而它是本原的、非逻辑的，它既不摒弃内容的多样性，也不压抑表现这些内容的热情。整体性是作为一个单独创作的作品（但这一次是在总体的规模上）出现的，它是由灵感激发，而不是由某个主题人为地发展而成的，因而是和其他部分有机地融合在一起的。在伊瑟到来前的那段很长的乐队前奏中，作品给自己引来了牧人几被遗忘的芦笛旋律。随着海船的驶近，音乐在向前推进，当乐队把握住牧笛的曲调，把它加以转换，融入自身激昂的旋律，打散它的节奏，丰富它的音色，加快它的速度，添加它的配器之时，瓦格纳大概在为自己从记忆中找到牧笛的曲调，把它加入自己的作品，赋予它全新的意义而感到欣喜。这种欣喜，可以说始终伴随着他。尽管他有诗人的忧郁气质，但在身为创造者的欢快情绪的抚慰之下，忧郁很快就被欢快所盖过——也就是说，令人遗憾地就此消散了。而这时，正如方才在凡特伊的乐句和瓦格纳的乐句之间注意到的相同之处让我心头激起涟漪一样，这种饱含火山喷涌般力度的技巧，使我感到心绪有些纷乱。我们之所以会有错觉，以为我们在那些艺术大师身上看到了一种固有的、执着的独创性，一种看似反映超自然的现实，实则是精心制作的产物的独创性，难道就是由于这种火山式技巧的缘故吗？倘若艺术就是这么回事，那么它就并不比生活更真实，我也就无须有那么多的遗憾了。我继续弹奏《特里斯当》。透过跟瓦格纳之间的声幕之隔，我听见了他欣喜若狂、邀请我分享他的欢乐的声音，我听见这永葆青春的笑声和齐格弗里德的锤击声重叠在一起；乐句的演奏越来越辉煌，创作者的技巧也就越来越灵动自如，托着这些乐句像鸟儿般地离开地面，它们并不像《罗恩格林》中的天鹅，却有点像我在巴尔贝克见过的那架飞机，我见过它把动能转换成升力，飞过波涛上方，消失在蓝天中。

[我听说那一天贝戈特死了;治疗人为地延长了他的病程。

  参观荷兰画展时,他在弗美尔的《德尔夫特小景》前倒地而死。画作中那一小块珍贵的黄色墙面,让他在临终时刻对创作有了新的感悟。]

  我听说那一天贝戈特死了,这让我非常难过。我们知道,他的病程持续了很久。当然不是起初得的那种自然的疾病。大自然使人生的病,似乎都病程比较短。可是医疗起了延长病程的作用。用药和用药后病症的缓解,以及停药后症状的反弹,构成一种影子疾病,而病人的习惯最终把这种徒有其表的疾病固定下来,加以程式化,这就好比小孩在百日咳痊愈以后的很长一段时间里,还会时时阵咳不止。然后,药效减退了,于是增加用药的剂量,结果仍然不管用,但这种持续不适的后果开始显现出来了。大自然是不可能让病程持续这么久的。最令人不可思议的是,几近扮演大自然角色的医疗,居然能让病人非得躺在床上继续用药不可,否则他就会死去。这样一来,人为引进的疾病扎下了根,成为一种处于从属地位、但已经是真实的疾病,它与自然疾病的唯一区别,在于自然疾病能够痊愈,而这种由医疗创造的疾病则不可能痊愈,因为医疗不懂如何治愈它创造的这种疾病。

  贝戈特足不出户,已经有好些年头了。再说,他向来不喜欢社交圈,或者说只喜欢过一天,为的是像藐视其他那些东西一样,以他自己的方式来藐视它,也就是说,并不是因为无法得到才藐视它,而是在得到它以后马上藐视它。他的生活非常简朴,人家很难猜到他多有钱,就是知道了,也没法理解他,总以为他很吝啬,其实谁也没有他那么慷慨。对女性,确切地说对少女,他尤其慷慨,她们往往会为自己没做什么事却得到那么多,感到不好意思。他觉得自己这么做是应该的,因为他知道,要是没有这样一个让他感觉到自己在爱的氛围,他是不可能饱含创作激情的。用爱情这个词可能太过了,那就说多少带有几分沦肌浃髓意味的那种愉悦感吧，这种感觉有助于文学写作，跟它相比，任何其他的愉悦感——例如社交带来的愉悦感，这种对所有的人一视同仁的愉悦感——都会显得黯然失色。而且，即使这种爱会带来幻灭，至少它也用这种方式触动了一下心灵，以免它变得了无生气。所以对作家而言，欲念这东西是不无裨益的，它首先让作家与其他人保持一段距离，使他不致类同于他们，然后给一架具有心智的机器重新注入活力，否则，到了一定年限，这架机器就会渐渐地转不动了。我们无法得到幸福，但可以了解之所以得不到幸福的原因，而要不是突然露出了失望这类的缺口，我们是不会注意到这些原因的。梦想当然是无法实现的，这我们知道；要是没有欲念，我们也许就不会有梦想，而梦想是有用的——有了梦想，我们就可以看到它的破灭，并从中获取教益。所以，贝戈特或许会这么想："我在少女身上的花费，比百万富翁还多，可是她们给我带来的快乐和失望，使我写出了书，拿到了钱。"从经济学的角度来看，这种推理是荒谬的，但是他眼看金钱这样转化成爱抚，爱抚又转化成金钱，大概会感到颇有些乐趣。我外婆去世那会儿，我们已经看到疲惫的老年人是多么需要休息。然而充斥社交圈的，除了谈话还是谈话。谈话虽愚蠢，却起了让女人不复存在的作用，她们不再是女人，而只是一堆问题和回答。出了社交圈，这些女人重又变得对疲惫的老人来说很养眼，成为凝视的对象。

总而言之，现在这一切都已经不是问题。我刚才说了，贝戈特已经足不出户，在卧室里坐上一个小时，就得裹上披巾、毛毯，像别人大冷天在室外或坐火车时那样，浑身上下裹得严严实实。他只让很少几个朋友进他的房间，他会指着身上的花格披巾和毯子，开心地对他们说："有什么办法呢，亲爱的，阿那克萨戈拉[1]早就说了，人生是一次旅行。"他就这样一点点变冷下去，犹如小行星为日后大行星的归宿

---

1. 阿那克萨戈拉（约公元前500—前428）：古希腊哲学家。

预先描绘的一幅图景,先是热量渐渐离开地球,然后生命也就消逝了。到那时,人类不再有可能因作品而得以复活,因为,若要让人类的作品光照后世,先决条件是要有人类存在。倘若有某些物种的生物,能在大举来袭的寒流中存活,人类不存在以后,它们依然存在,那么,即便假设贝戈特的名声一直能流传到那时,这种名声也会一下子消失殆尽。最终存活的这些生物不会阅读他的作品,因为无法想象他们居然会像五旬节的门徒那样,无师自通学会各种不同的人类语言[1]。

贝戈特在去世前的几个月里,饱受失眠之苦,更糟的是,刚一睡着,就做噩梦,惊醒以后,因为不想再做这样的噩梦,就害怕自己再入睡。长期以来,他一直喜欢做梦,即便那是不祥的梦,因为有了这些梦,有了梦中跟平日醒着时见到的现实世界相矛盾的内容,我们至迟一醒来就会真切地感觉到,我们刚才睡着过了。可是贝戈特的噩梦并非如此。当他说到噩梦这两个字时,以前他指的是那些在脑海中掠过的不愉快的内容。现在,他却仿佛瞥见有只手从外面伸将过来,那是一个凶巴巴的女人,手里拿着湿抹布在擦他的脸,使劲要弄醒他;髋部奇痒难忍;一个发狂的车夫——因为贝戈特在睡梦中喃喃抱怨他车子驾得不稳——朝作家扑过来,咬他的手指,要把它们啃下来。最后,等到他的睡眠经常沉入一片黑暗之后,造化终于登场,为日后使他致命的中风作了一次不带彩的预演:贝戈特的车子驶入斯万家新宅邸的门廊,他刚想下车,突然感到一阵眩晕,在车座上动弹不得,看门人上前想帮他下车,他仍然坐着不动,没法起身,抬不起腿。他想去扶眼前的那根石柱,可就是使不上劲,立不起身来。

他请了医生来看病,受请的医生们引以为荣,认为他的病因在于长期以来全身心投入工作(他不工作已经有二十年了),劳累过度。他

---

1. 典出《圣经·新约·使徒行传》:"五旬节到了,门徒都聚集在一处。忽然,从天上有响声下来,好像一阵大风吹过,充满了他们所坐的屋子;又有舌头如火焰显现出来,分开落在他们各人头上。他们就都被圣灵充满,按着圣灵所赐的口才说起别国的话来。"

们建议他不要看恐怖故事（他从来不看），多晒太阳，那是生命中不可或缺的（他有几年觉得稍稍好些，得归因于待在家里从不外出），多吃点东西（他越吃越瘦，营养都补充到噩梦那儿去了）。其中有位医生向来善于辩驳、好逗弄人，贝戈特趁别人都不在的当口，把人家的意见转告他，而且为了顾及他的面子，只说那是自己的一些想法，这个医生一边反驳，一边心想贝戈特大概是想让他开某种自己喜欢吃的药，于是马上就说这种药不能用，而且往往还为此当场编出些理由来，结果面对贝戈特有理有据的反对意见，这位好辩驳的医生不得不马上改口，但随即又提出一些新的理由，坚持原来的禁令。贝戈特回过头去请教原先看过的一位医生，此人颇以头脑灵活，尤其是在文人面前善于应对而自鸣得意，如果贝戈特委婉地表示说："我记得某某医生好像对我说过——当然是以前喽——用这种药可能会使肾脏和大脑充血……"他就会狡黠地笑笑，竖起一根指头正色说道："我是说使用，不是说滥用。当然喽，每一种药物，说得夸张一些，都是一柄双刃剑。"我们身上自有一种有益于身心健康的本能，就好比心里自有道德的责任感，那是任何医学博士或神学博士的准许与否所不能替代的。我们知道洗冷水澡对身体不好，可还是喜欢洗冷水澡；我们总能找到一个建议我们洗冷水澡，而不是告诫我们洗冷水澡如何有害健康的医生。对每位医生，贝戈特都审慎地选出多年来这位医生一直禁用的某种药物，然后服用这种药物。几个星期以后，以前的症状重又出现，而且新的问题加剧了症状。持续的疼痛，加上不时被噩梦惊醒的睡眠问题，使贝戈特感到恐慌。他不再请医生上门了。他尝试着按照说明书服用各种麻醉剂，起先效果不错，但随后就过量了，这些伴同每款麻醉剂装盒的说明书，都在强调睡眠必要性的同时，暗示所有催人入眠的药品（盒内的那种药剂除外，此药剂不会产生任何毒副作用）都具有毒性，由此产生的副作用，往往比病症本身问题更严重。贝戈特把这些麻醉剂试了个遍。其中有些是跟我们平时熟悉的药物种类，比如说戊基和乙基的衍生剂，颇为不同的。我们吞下一种成分全然不同的新药品时，总会怀着一种对未知事物的美好期望。心头，就像第一次去赴约会那样怦怦直跳。这种新药，会把我们带进哪种我们尚不知晓的睡眠和梦境呢？它现在进入了我们的肌体，控制了我们的思想。我们将以怎样的方式入睡？一旦睡着了，这位全能的主宰又会引领我们走过哪些陌生的途径，登上怎样的峰顶，沉入怎样深不可测的深渊？我们在这次旅途中会获得哪些全新的体验？它会给我们带来病痛？至福？死亡？贝戈特之死，就是在他把自己交付给这样一位无所不能的朋友（朋友？敌人？）以后的下一天突然来临的。

　　他去世时的情况是这样的：一次尿毒症轻微发作后，医生嘱咐他要卧床休息，可是看到一位评论家的文章，他禁不住还是出了一次门。原来这位评论家提到的那幅画作，弗美尔的《德尔夫特小景》（这次为举办荷兰画展，特地从海牙博物馆借来的），贝戈特一向非常喜欢，而且觉得自己对这幅画作已经相当熟悉，但文章中写道，画上的一小块黄色的墙面（贝戈特记不起来这块墙面了）画得极其出色，如果把它单独拿出来看，它就像一件珍贵的中国艺术品，本身就具有一种完备的美，看到这儿，贝戈特决定去看一下。他吃了几个煮土豆，就去了。到了那儿，刚走上台阶，他就感到头晕。看了几幅画，只觉得这些矫揉造作的画幅枯燥乏味，实在是辜负了威尼斯宫殿或海边简朴小屋的清新空气和阳光。终于来到了弗美尔的油画跟前，这幅画似乎不如他记忆中的那么明亮，跟他见过的其他画作的区别似乎也不那么显而易见，但这回由于读过那篇评论文章，他第一次注意到了那几个蓝色的小人儿和玫瑰色的沙子，还有，那一小块异常珍贵的黄色墙面。眩晕加剧了；他的目光直勾勾地盯在这一小块珍贵的墙面上，就像一个孩子盯住一只黄色的蝴蝶，想要抓住它一样。"我应该像这样来写，"他心想，"前几本书写得太枯燥了，其实应该多涂上几层颜色，让笔下的句子变得本身就很珍贵，有如这一小块黄色的墙面。"然而他的头晕得愈来愈厉害。他仿佛看见一具天国的天平，一端的秤盘上，放着自己的一生，而另一端则是那块用黄色画得如此美妙的墙面。他觉得自己刚才过于仓促地把前者献给了后者。"我可不想让那些晚报记者，"他心想，"把我写成这次画展的花边新闻。"

他不停地念叨着："带披檐的那块墙面，那小块黄色的墙面。"他突然倒在了一张环形沙发上；也是骤然间，他不再去想这是生死攸关的当口，重又变得乐观地对自己说："是刚才的土豆没煮熟，影响消化了，没事儿。"他又一下子从沙发上滚下来，摔在地上，在场的参观者和保安都跑了过来。他死了。就此永远死了？谁能说得清呢？诚然，通灵实验并不比宗教教义更强，它也并不能证明灵魂是存在的。我们所能说的是，今世发生的一切，都仿佛是在兑现前世承诺的责任；我们在这个世界上的生存状态，没有任何理由让我们相信自己非得行善积德，非得温文尔雅，非得彬彬有礼不可，对一个无神论者的画家来说，也没有任何理由，让他非得把一幅画作的局部反复画上二十遍，就如一个名不见经传，几乎没人知道弗美尔这个名字的画家，凭借精湛绝伦的技巧，反复推敲打磨画成这块黄色的墙面一样，作品所赢得的赞美，跟日后被蛆虫啮噬的躯体相比，又能算得了什么呢。所有这些在当下生活中无法得到认同的责任，仿佛属于另一个世界，那是建立在德性、觉悟、牺牲的基础上，跟这个世界全然不同的另一个世界，我们离开那儿，为的就是降生在这个世界，然后有一天，我们也许还会回到那儿，重新生活在这些陌生的法则的权威之下，我们至今遵循着这些法则，是因为我们尽管不知道它们由谁制订，但受其熏陶已年深日久——深入思考的智力活动无时无刻不在使我们接近它们，对它们视而不见的唯有——说不定还不止呢！——傻子。因而，认为贝戈特并没有就此永远死去，也是不无道理的。

落葬仪式结束了，但出殡后的整个夜晚，灯火明亮的窗户里，他的书三本一叠地摆放着，犹如展翼的天使守护在那儿，对逝者来说，那仿佛就是他复活的象征。

〔我在路上遇到韦尔迪兰夫人沙龙的常客布里肖教授,和他说起斯万。斯万之死曾使我非常震惊。我把他作为主要人物写进小说,他会因此活在人们心中。〕

这一天的白天,我有两方面的收获。一方面,阿尔贝蒂娜的听话,给我带来了宁静,使我有了可能,并因而下了决心跟她分道扬镳。另一方面,我在等她的那段时间里,坐在钢琴前思索的结果是,我打算把重获的自由奉献给它的艺术,并不值得一个人为之做出牺牲,它并非人生之外的东西,并非与人生的虚妄和空幻毫不相干,我们从艺术作品中看到的所谓真实的个性,其实只是由技巧作成的一种假象。虽然下午还在我心中留下了其他的,也许更为深刻的内容,但我是很久以后才意识到这一点的。至于那两方面我想得挺明白的内容,它们也行之不远;因为就在当晚,我的艺术观就又从下午那种低迷的状态中振作起来,而那种宁静,连同让我得以献身艺术的自由,重新弃我而去。

汽车沿河堤驶近韦尔迪兰府邸时,我吩咐司机停车,因为我刚看见布里肖在波拿巴街拐角从公共马车上下来,用旧报纸擦了擦皮鞋,戴上珠灰色的手套。前一阵他眼疾加剧,于是配备了——一如实验室那样阔气——一副像天文望远镜那样功能强大、结构复杂的新眼镜,看上去仿佛用螺丝拧在了眼睛上。他把焦点对准过来,认出了我。这副眼镜确实棒极了。可是在功能强大的装备后面,我瞥见的是一道微弱、黯淡、痉挛的冷漠的目光,就好比在实验项目得到慷慨资助的实验室里,研究人员硬把一只毫无研究价值的濒死的小动物放在最精密的仪器下面,冷冷地看着。我把胳膊伸给这个半瞎的朋友,让他挽着走上台阶。"这回咱俩可不是在大歇尔堡见面,"他对我说,"而是在小敦刻尔克¹这边碰头喽。"这话让我觉得很无聊,因为我不懂它到底是什么意思。不过我不敢问布里肖,倒不是怕他看不起我,而是怕他的解释叫我不胜其烦。我回答他说,我出于好奇,挺想去看看当初斯万每晚跟奥黛特会面的那个客厅。"怎么,您也知道这桩陈年往事?"他说。

当时,斯万之死使我感到非常震惊。斯万之死!斯万在这个短语中不仅仅是一个表示所有格的名字。我从中看到的是一种特定的死亡,即命运指派给斯万的那种死亡。我们说死亡,是个笼统的说法,其实,有多少人,几乎就有多少种不同的死亡。我们不具有那种本领,可以沿着四面八方全速疾驰,去看清那些死神,那些受命运驱使赶往这个或那个人身边的死神。这些死神往往要等上两三年,才最终完成它们的使命。它们速速赶来,在某个叫斯万的人的胁部安上一个癌变病灶,然后又去执行别的任务,直到医生动过手术,得重新安上一个癌变病灶的当口,才又匆匆赶回来。接下去,就到了人们在高卢人报上读到斯万偶有微恙,但不久即可康复云云的时候。而这时,就在你临终前的几分钟,死神就像一个并非让你致命,而是帮你痊愈的修女,前来见证你最后的时刻,给心脏停止跳动、周身已经冰凉的人儿戴上荣耀的光环。正是死亡的这种多样性,这种去而复来的神秘性,这种给人带来厄运的绶带的色彩,赋予报上以下文字以某种令人印象深刻的意味:

> 本报惊悉夏尔·斯万先生昨日于巴黎寓所病逝。这位聪明才智为人交口赞誉、择友审慎而忠于友情的巴黎人,贵族社会和文学艺术界人士,对其谢世无不扼腕痛惜,其沉稳而敏锐的艺术趣

---

1. 小敦刻尔克,是巴黎一家卖小玩意儿的店铺的店名,铺面离此时的韦尔迪兰府邸不远。歇尔堡则是指韦尔迪兰夫妇当初在巴尔贝克附近的宅邸。布里肖好转文,故意把这两个地方说成一大一小。

味,素来备受各界推重,同样,有其作为最受尊重的资深会员的骑师俱乐部亦为之不胜悲悼。他还是合盟联谊会和农业联谊会的成员,并于不久前刚向王室街联谊会递交退会申请。其睿智之神采,一如其隆重之声望,向来在音乐界与美术界的 great event [1] 中为公众所仰慕,直至最后深居简出的那几年,他仍是画展开幕式逢请必到的常客。葬礼不日即将举行,等等等等。

按照这个观点,倘若一个人不是重要人物,那他就会因为没有显赫的头衔,而注定要在死后速朽。当然,一个人死了也仍然可以是德·于泽斯公爵,但这时多少已带有声名不显的味道,失却了个性色彩。不过公爵的冠冕依然可以让他的名头维系一段时间,就像阿尔贝蒂娜喜欢的冰淇淋在融化前还能保持一种很优美的状态。然而那些热衷上流社会生活的布尔乔亚,他们一死,名字马上会散架、融化、脱模。我们前面见过,德·盖尔芒特夫人提起加蒂埃[2]时,把他说成拉特雷穆依尔公爵的至交好友,贵族社交圈里非常受人欢迎的人物。对于下一代人来说,加蒂埃成了个难以名状的东西,仿佛非得把他跟那个珠宝商加蒂埃挂上钩,才算让他有了面子,殊不知,要是他听到有人将他和那个珠宝商混为一谈,准会嗤笑那些人的愚昧无知!而斯万则不同,他是知识界和艺术界的杰出人物;虽然他没有作品,他的名字却能留存得稍稍久远一些。可是,亲爱的夏尔·斯万,当时我年纪还小,对您不大了解,您却已经渐入老境,而如今却正是这个当年您眼中的小傻瓜,把您作为主要人物写进了他的一部小说,人们才又开始谈论您,也许,您会因此活在人们心间。蒂索画王室街俱乐部阳台的那幅油画里,您站在加利费、埃德蒙·德·波利尼亚克和圣-莫里斯中

---

1. 英文:重大事件。
2. 前文曾这样提到此人:"这位加蒂埃是德·维尔福朗什夫人的弟弟,跟同名的那位珠宝商并无丝毫关系。"

间,如果说观众看这幅画时议论您最多,那也是因为他们在画中斯万这个人物身上,看到了您的影子。

其实回想起来,斯万这种预料之中,但又来得很突然的死亡,早在德·盖尔芒特夫人表姐家的那次晚宴上,我就听斯万本人对公爵夫人说起过。[1] 但那天晚上在报上看到斯万的讣告时,我还是不由得愣在那儿,这段似乎颇不合时宜地插将进来的神秘兮兮的文字,让我觉得有一种特殊的、令人吃惊的怪异的意味。这几行文字,居然就使一个活生生的人,变成了一个只能用名字——一个写在纸上的,一下子从现实世界沦入死寂王国的名字——来对别人说的话作出回应的人。现在,也正是这几行文字使我产生一种愿望,想要好好了解一下先前韦尔迪兰府上的这个客厅,如今成了报上几个字母的斯万,当年常在这儿和奥黛特一起进餐。我在这儿得补充说的是(这些事情使我在很长一段时间里,觉得斯万之死比别人的死更让人悲痛,虽然它们跟他的死的怪异性并没有关系),我在德·盖尔芒特亲王夫人府上答应过他去看吉尔贝特,但我后来并没去看她;斯万那天晚上表露过这样的意思,他和亲王谈话时,之所以邀我在旁边听,是另有原因的,但他并没告诉我究竟是什么原因;许许多多的问题,此刻在我脑海中涌现(犹如水泡从水底往上冒),我想问他的事情五花八门:关于弗美尔,关于德·穆希先生,关于他自己,关于布歇的一幅挂毯,关于贡布雷,当然,我并不急于知道这些问题的答案——既然我已经把它们存在心里这么久了,但现在他的嘴唇就此再也无法开启,他再也无法回答这些问题了,我却格外感到它们是那么重要。

[韦尔迪兰府邸的晚会上演奏了凡特伊留下的一部作品;它让

---

[1]. 参见本书第三卷《盖尔芒特家那边》末尾部分。当时德·盖尔芒特夫人问斯万为何不去意大利,斯万回答说,医生告诉他,他只能活三四个月了。

我想起那首奏鸣曲,但面目焕然一新。

凡特伊特有的音调。每个音乐家都来自一个被他忘却的国度。艺术也许并不像生命一样虚幻。

凡特伊小姐的那位女友,解读了作曲家谱纸上的配器记号,使他的作品重见天日。它给我带来一种神奇的召唤。]

莫雷尔已站在台上,乐师们也已就座,谈话声却仍不绝于耳,甚至还能听到笑声和"恐怕只有内行才听得懂哦"之类的评论。蓦然间,德·夏尔吕先生挺直腰板,仰起脖子,跟适才我见到他走进韦尔迪兰夫人客厅时那副疲沓的模样换了个人似的,他一脸先知的表情,环顾四周时的严肃神态,似乎是在告诉大家,此刻不是嬉笑的时候,顿时不止一个客人的脸在他的注视下涨红起来,就像小学生在课堂上当场挨了老师训斥一样。在我看来,德·夏尔吕先生的神态虽说高贵,却难免有几分滑稽的意味;只见他时而目光炯炯地逼视来客,把他们镇住,时而把戴着白手套的手举到俊秀的额前,意在像 vade mecum[1] 那般提示众人,什么是此时应该保持的宗教肃静,什么是超脱于世俗杂念之上的虔敬,为他们树立一个全身心投入,近乎心醉神迷的榜样;迟到的来客跟他打招呼,他一概不予理睬,这些人实在太失礼了,居然不明白,此时此刻可是属于伟大的艺术的。在场的人就像被催眠了似的;没人敢发出一点声响,挪动一下椅子;一群穿着高雅、举止缺乏修养的人,骤然间——拜巴拉梅德的魔力所赐——变得对音乐肃然起敬了。

瞧见小小的舞台上不仅有莫雷尔和一位钢琴家,还有其他乐师,我心想,他们先演奏的准是别的作曲家的作品,而不是凡特伊的作品。我还以为他就只写了那首奏鸣曲呢。

---

1. 拉丁文:袖珍手册。

韦尔迪兰夫人坐在一旁，白皙而略施脂粉的前额，饱满地向前鼓起，头发朝两边分开，这既是对十八世纪一幅肖像画的模仿，也出于一个不愿让人知道她正在发烧的病人对凉爽空气的需要，这位独坐一隅的主持音乐盛会的神祇、专司瓦格纳音乐和偏头痛的仙女，这位置身于乏味的听众之中的音乐守护神，让人想起有点忧郁的诺纳女神[1]，在这些听众面前谛听一种她远比他们熟悉得多的音乐，她自然更不屑于表露自己对音乐的感受。音乐会开始了，我不知道在演奏什么曲目，只觉得自己置身于一片陌生的疆土。这是在哪儿？这是哪位作曲家的作品？我真想有人能告诉我，但身旁没人可问，我但愿自己能化身为《一千零一夜》中的人物，这本书我读了好多遍，每当书里的人物不知怎么办的时候，总会有一个精灵或者一位美貌无比的少女突然现身，这个少女别人看不见，但身陷困境的主人公却看得见她，她悄悄告诉他的，正是他想要知道的情况。而此刻，我突然遇到的正是这种魔幻的时刻。我好比到了一个我以为不认识的地方，没想到其实我只是换了一条新的小路进来，绕过了一条陌生小路，眼前突然见到一条熟悉的小路，这里的一草一木我都熟稔于胸，只是平时不从那条路进来，我蓦地想到："这不就是通到我某某朋友家花园门的小道吗？我离他们家才两分钟路。"果不其然，他们的女儿正从那儿过来，顺道向我打招呼呢；就这样，我骤然间认出了这对我来说全新的音乐，原来还是凡特伊的奏鸣曲；比小说中的少女更奇妙的是，那个小乐句，裹着银装，通体焕发着辉煌的音色，有如披巾那般轻盈柔美，款款向我走来，尽管换了华丽的新装，我还是认出了她。她对我诉说时温婉而熟悉的语调，更让我增添了重逢的喜悦，这种语调那么具有说服力，那么淳朴率真，却又不时闪耀着光彩，有一种令人心动的美。然而，这次它的目的，仅仅是给我指路，而且不是先前那首奏鸣曲里的那条路，这是

---

1. 北欧神话中的命运女神，其形象曾在瓦格纳的歌剧《众神的黄昏》中出现过。

凡特伊尚未公开演奏过的作品,在这部新作中,他只是一时兴之所至(事先发给每个听众的节目单上,有个词暗示了这一点),让那个小乐句出现了一下。转眼间,它又消失了,我发现自己是在一个陌生的世界里,但我现在知道,一切的一切也都在向我证实,这是一个我甚至意想不到凡特伊能够创造的世界——当我厌倦了先前那首奏鸣曲,觉得对我来说,它就像一片熟悉得不能再熟悉的空间之后,我尝试过想象一些同样美妙,却有所不同的空间,但我无非像那些诗人一样,把他们所谓的天堂里塞满草地、花朵、河流,使之成为地球的翻版而已。假如当初我不曾听到过那首奏鸣曲,那么眼前这首作品让我感受到的,将会是同样的欣喜;这就是说,它具有同样的美,但又是不同的。那首奏鸣曲开场时,我们依稀看到的是百合般洁白、散发着田野芬芳的黎明,单纯的气息悬浮在稍显紊乱的背景上,组成一片乡间忍冬和白色天竺葵的绿廊;而这首新奏鸣曲展现在我们眼前的,仿佛是一片浩瀚的大海,那是暴风雨还未降临的清晨,天空已是紫红色的,乐曲就在一片冷峻的寂静和无垠的虚茫之中开场,而后,伴随着玫瑰色的曙光,未知的世界从静谧和黑夜中脱颖而出。这种红色非常特别,在那首充满柔情和田园气息的、天真单纯的奏鸣曲中是根本无法见到的,它有如朝霞,给整个天空抹上了带有某种神秘希望的色彩。一个优美的旋律腾空而起,它也由七个音符组成,却是我从未听到过,跟我所能想象的曲调迥然不同的旋律,它简直妙不可言,却又那么尖锐刺耳,不再像那首奏鸣曲中鸽子的咕咕叫声,而是划破长空的嘶鸣,有如方才染红天空的红色那般鲜亮,仿佛公鸡神秘的报晓,俨如永恒的早晨令人不明其意,却又尖利无比的召唤。刚被雨水洗过,还带着电荷的冷冽的空气——跟那首奏鸣曲相比,这种空气具有全然不同的质感,气压也迥然相异,它所在的世界跟那首奏鸣曲中纯洁天真、草木茂盛的世界相去甚远——每时每刻都在变化,渐渐收起了晨曦红嫣嫣的希望之光。然而到了中午,在短暂而灼热的阳光照射下,空气好似沉甸甸地蕴含着一种乡村风味的，几乎是土气可掬的幸福，教堂的大钟晃晃悠悠，钟声嘹亮而亢奋（就像贡布雷教堂热辣辣地倾泻到广场上去的排钟声，凡特伊想必经常听到，此刻也许在记忆中找到了这钟声，正如画家很趁手地在画板上找到了一种颜色），仿佛把最厚实的欢乐全都表现了出来。说实话，从审美的角度看，我并不喜欢这个欢乐动机：我甚至觉得它有点难听，整个节奏像是在步履艰难地行走，你只要用两根小棒，按某种方式敲击桌子，就可以把这种节奏模仿得挺像。我觉得凡特伊到这会儿已经没有了灵感，于是，我的注意力这会儿也开始分散了。

我向女主人瞧去，只见她令人望而生畏地独自端坐在那儿，仿佛是对圣日耳曼区那些贵妇人跟着节拍摇头晃脑的傻样表示抗议。诚然，韦尔迪兰夫人并没有说："你们要明白，这音乐我可熟悉，熟悉得很呢！我要是把自己的感受全都说出来，你们就是听一个晚上也听不完！"但是她正襟危坐的姿势，毫无表情的眼神，还有那几绺披下的头发，都代她把这话说了。这种姿势和眼神，也表明了她的勇气，仿佛在说，乐师们只管往下演奏就是，她的神经不劳他们来照顾，甭说行板她能挺得住，就是快板也休想叫她讨饶。我转脸去瞧那些乐师。大提琴手双膝夹紧他的琴，头往下冲，刻意做作的时候，那张粗俗的脸会不自觉地摆出一副厌恶的表情；他俯身去按低音时，那份耐心就像仆人在拣菜。在他旁边弹竖琴的姑娘，几乎还是个孩子，穿着短裙，被四边形的琴框金光灿灿地围在中央，犹如一个女预言者置身于有魔力的小屋里，那些光线习惯上象征着太空，姑娘的手上下挪动，在一些确定的点上拨出曼妙的乐音，就好比寓意画中的小女神站在天穹的金栅前，一颗一颗地采摘着星星。至于莫雷尔，一绺原先夹在头发中间的鬈发，刚才掉了下来，卷曲地挂在额头上。

我稍稍向听众的方向转过脸去，想了解德·夏尔吕先生对这绺头发作何感想。可是我的目光落在了韦尔迪兰夫人的脸上——确切地说是手上,因为她的脸完全埋在了手里。女主人保持这种冥想的姿势,究竟是要表明,她犹如置身于教堂,觉得这音乐跟神圣的祈祷并无两样,还是如同有些人在教堂里那样,想要避开旁人不知趣的目光——或是出于羞耻心,不想让人家看到她假装的虔诚,或是出于对他人的尊重,不想让人家看到她无可宽恕的走神或无法克制的睡意?起先,我由于听到一种有别于乐音的很有规律的声响,以为后一种假设是对的,但后来我发现,这打呼噜的声音并非来自韦尔迪兰夫人,而是她那条狗的鼾声。

钟声齐鸣的辉煌动机,很快就被其他动机所驱散,我的注意力又回到了乐曲上来;我意识到在这首七重奏中,不同的乐思相继出现,而最终全都汇聚在一起,这样一来,先前的那首奏鸣曲,以及我事后知道的凡特伊的其他作品,跟这首七重奏相比,都只能算是青涩的习作,在此刻我听到的这首恢弘大气的作品面前,显得柔美有余,刚强不足。作为对照,我不由得想起了,以前我总认为凡特伊所能创造的别样的世界,都是些封闭的天地,就像我的前几次恋爱一样;而其实,我应该承认,最后这次恋爱——跟阿尔贝蒂娜的恋爱——才让我尝到了爱的冲动(最先是在巴尔贝克,接着是传戒指游戏,然后是她睡在酒店里的那个夜晚,然后是巴黎有雾的星期天,然后是盖尔芒特府的晚会,然后又回到巴尔贝克,最后又是在巴黎,这时我和她的生活已经密不可分了);同样,如果现在考虑的不仅仅是对阿尔贝蒂娜的爱情,而是我的整个一生,那么跟这次恋爱相比,其他的恋爱都只是单薄的、怯生生的尝试,只是对一种更为壮阔的爱情的准备和召唤……召唤对阿尔贝蒂娜的爱情。我的思绪又从音乐中游离开来,暗自在想,不知道这些天来阿尔贝蒂娜有没有见过凡特伊小姐,就像一个人重新在探究一种内心的创痛,刚才由于分心,他暂时忘记了这种痛苦。说到底,阿尔贝蒂娜可能做哪些事,都只是由我的心象所生。凡是我们认识的人,我们都会有一个和他一模一样的副本。不过,这个副本平时存在于我们的想象和记忆的边缘,相对而言,它还是处于我们外部,它做什么或者能做什么,对我们来说都无关痛痒,正如一个放在一定距离以外的物体,我们看见了并不会引起疼痛的感觉。使这些人感到痛苦不安的事情,我们用一种旁观的态度在感知它们,我们也许会颇为得体地说一些表示遗憾的话,让别人觉得我们很有同情心,但其实我们并不能真正感觉到它们。然而自从我的心在巴尔贝克被刺痛以后,阿尔贝蒂娜的副本就留在了我的心里,埋得很深很深,根本没法去除。她做的事情,我看在眼里,痛在心里,就好比一个人得了一种莫名其妙的毛病,感官功能发生了改变,明明看到的只是一种颜色,却会感觉到皮开肉绽般的疼痛。幸好,与阿尔贝蒂娜再次分手的念头只是一闪而过;待会儿回到家里,就又会见到她,就像她真是我深爱的女人似的,这当然有些令人烦恼,不过,相比于另一种忧虑,就是一旦真的就在这么一个时刻,在这么一个我虽说对她心存疑虑,她却还没来得及让我对她完全忘情的时刻跟她分手的忧虑,那点烦恼就算不得什么了。正当我这么在想象中仿佛看到她在家里等我,觉得时间长得难以打发,说不定还在卧室里睡了一会儿,突然间这首七重奏的一个熟悉而亲昵的乐句仿佛过来温柔地抚摸了我一下。也许——在我们的内心生活中,不正是所有的东西都交织、叠合在一起的吗——凡特伊写出这个乐句的灵感,就来自他女儿——如今我所有这些烦恼的源头——的睡眠,当作曲家在宁静的夜晚创作时,女儿的睡眠营造了一种温馨的氛围,这个乐句,以弥漫于舒曼某些梦幻曲中的静谧柔美的意蕴,使我的心平静了下来,在这样的梦幻曲里,即使"诗人如是说",你也能猜到"孩子入睡了"[1]。只要我愿意回家,今晚我就能见到我的阿尔贝蒂娜,无论她是睡着了,还是醒着。

---

1. 舒曼的钢琴组曲《童年情景》中,最后两首曲子的名称就是"诗人如是说"和"孩子入睡了"。

然而，我心想，七重奏开头那黎明的呼唤中，有一种神秘的意味，一种比我从阿尔贝蒂娜的爱情中所能得到的许诺更缥缈的东西。我尽力不让自己去想这位女友，以便只想着作曲家。他俨然就和我们在一起。看来，说作曲家会在他的作品中得到永生，此言不虚；我感觉到了他在挑选某种音色，让它跟其他音色相配的时候那种发自内心的喜悦。凡特伊除了得天独厚的天赋以外，还有一种音乐家中几乎没人，画家中也极少有人能有的天赋，能让所用音符的色彩不仅稳定，而且富有个性，这种鲜明的个性，不会随时间的消逝而变得黯淡，而且，模仿这位色彩大师的学生也好，音乐成就比他更高的名家也好，都无法让这种色彩上的独创性收敛它的光芒。富有个性的音色的出现，引起了一场革命，而且其成果并没有湮没在滚滚向前的时代潮流之中；只要人们重新演奏这位永恒的创新者的作品，革命就会再次爆发，重现它的光彩。凡特伊笔下的每个音色，都被赋予一种鲜明的色彩，这世上最博学的作曲家，即便精通了所有的作曲规律，也无从模仿这样的音色，因此，他尽管只属于某个特定的时代，在音乐史上只具有某个相应的位置，但每当人们演奏他的一首曲子时，他总会离开这个位置，出现在潮流的前头，因为他的曲子听上去总给人一种印象，觉得它的写作年代晚于那些更时新的作曲家们，其中自有一种看似矛盾、实则迷人的常听常新的魅力。凡特伊的交响曲中的一些段落，当初我们听过它们的钢琴曲雏形，如今听到的配器后由整个乐队演奏的乐声，犹如夏日的阳光，经过窗玻璃的折射后，照进幽暗的餐室，让我们出乎意料地仿佛看到了一座《一千零一夜》中光彩夺目的宝库。但是，这种一成不变的、令人目眩的流光溢彩，如何能与生命本身，与永远在变动而又充满欢乐的生命进程相比呢？我认识的那个羞涩、忧郁的凡特伊，当他必须挑选一种音色，让它跟另一种音色匹配的时候，他变得勇气十足，浑身充满一种幸福——就这个词的全部意义而言——之感，只要听过他的作品，就不会对他的这种幸福感有丝毫怀疑。由某些乐音引起的愉悦,以及这种愉悦感所唤起的、不断激励他去发现其他乐音的精神力量,也带给听众一个又一个发现的惊喜,更确切地说,是这位创造者在亲自引领着听众,从他找到的音色中感受强烈的欢愉,而这种欢愉又给了他新的力量,去奋力寻找它们仿佛正在召唤的新音色,灵感犹如火光迸溅那般闪现,他欣喜若狂,浑身颤抖,当铜管乐器一齐奏出崇高庄严的音响之时,激动得透不过气来的作曲家,兴奋眩晕几近疯狂,描绘了一幅气势恢宏的音乐壁画,正如米开朗琪罗把身子绑在梯子上,头冲下地用满含激情的画笔在西斯廷教堂的穹顶上挥洒涂抹。

  凡特伊已经去世多年;但在他当年心爱的那些乐器中间,他的生命至少有一部分仍在继续,不因时光流逝而终止。那仅仅是他作为一个个人的生命吗?如果说艺术其实只是生命的一种延续而已,那么为艺术奉献出一切还值得吗,艺术岂不就跟生命本身一样虚幻吗?越是往下听这首七重奏,我越是感到这样想是不对的。诚然,粉红色的七重奏全然不同于那首纯白色的奏鸣曲;小乐句所回应的那声羞怯的询问,全然不同于那种企求兑现许诺的热切恳求,我们在七重奏里听到的这声奇特的许诺,尖利、短促而不可思议,使大海上方粉红、沉寂的晨空震颤了起来。然而,如此不同的这两个乐句,却是由同样的要素构成的,因为,正如有的世界——那正是埃尔斯蒂尔看到并生活其中的世界——我们是通过随处散布的细部、碎片,诸如博物馆和私人宅邸的藏品,来感知它的,同样,凡特伊以一个又一个音符、一次又一次的触键,把种种我们所陌生的、无比珍贵的色彩,赋予另一个世界,那是一个我们意想不到的世界,由于我们在不同的时段聆听他的作品,他的这个世界也就间隔成了许多片段,而他先前的那个奏鸣曲和此刻的这个七重奏,既然所发出的询问全然不同,从而乐曲的行进速度差别就很大,一个把一条绵延、纯净的声线截成短促的呼唤,另一个则把许多散乱的碎片拼合成一个牢不可分的构架,一个是安静的,怯生生的,有点像断弓的演奏,带有哲理的意味,另一个则是急迫、不安的恳求,但它们所要表达的,是同一个请求,同一个祈愿,只不过它们是心中的太阳上升到不同高度时,经由不同的介质折射出来的光线,这些不同介质反映了他在追求创新的心路历程中的思想演变,以及艺术探索的不同阶段。那是实质上相同的请求和祈愿,尽管在凡特伊不同的作品中,它们被赋予不同的面貌,但还是认得出,而且是唯有在凡特伊的作品中才能找得到的。诚然,音乐评论家可以在别的音乐大家的作品中,找到与这些乐句相似乃至渊源有自的乐句,但那只是皮相之谈,他们看到的只是外表的相似,那是由精巧的推演得出的结论,而并非直接感受到的印象。凡特伊的乐句给人的印象,不同于其他任何作曲家,这就好比,尽管科学对某些规律已有定论,但是与众不同的个体现象仍然会存在。而恰恰在他一心想要标新立异之际,我们自会在一部作品当中,在不同的表象下面,认出哪些是深层次的相似,哪些是故意做出来的相似之处,当凡特伊翻来覆去地把一个乐句用来用去,自得其乐地把节奏变来变去,最后又回到最初的形态,其中的相似性是刻意为之的,是耍聪明的结果,所以注定是肤浅的,不可能像那些深藏不露、出于无心的相似性——我们在两部杰作不同的色彩中,会同样感受到这种相似性令人眼前一亮的光芒——那样给人以深刻印象;因为这时,一心想要出新的凡特伊,始终在向自己发问,他凭借全部的创造力,触及了灵魂的深处,所以任凭别人问他什么问题,他的灵魂总会以同样的音调——他特有的音调——作出应答。是的,那是一种音调,凡特伊的音调,它有别于其他作曲家的音调,其间的差别,比我们听两个人说话或两头不同种的动物嘶叫,所能感觉到的差别更为明显;这种实质性的差别,正是那些作曲家的创作思想与凡特伊永恒的探问之间的差别,他以种种形式向自己提问,他习惯于抽象的思辨,然而这种思辨犹如在天使的国度中进行,摆脱了推演的分析形式,让我们可以测量它的深度,却无法把它转译成人类的语言，这就好比灵魂脱离躯壳以后，即使通灵者再把它召来，询问死亡的秘密，它也无法用人类的语言说出这个秘密；是的，那是一种音调，因为即便这个下午如此打动我的独创性是后天获得的，即便音乐评论家可以在作曲家之间找出渊源关系，但是我知道，富有创新精神的作曲家就像伟大的歌唱家，他常会不自觉地追求音色独特的音调，那是富有个性的心灵存在的一种证明。凡特伊本可以尝试写得更庄严，更宏伟，或者写得更轻快，更活泼，让他感受到的东西在听众心里留下美好的印象，然而凡特伊不由自主地让所有这一切都沉在了涌浪巨涛之下，而正是这涌浪巨涛，成就了他的歌声，使它成了一听就能辨认出来的永恒的歌声。这种歌声，这种有别于其他作曲家、却跟他自己在别处的歌声都那么相像的歌声，凡特伊究竟是从哪儿学来，从哪儿听到的呢？这么看来，每个艺术家都像一个来自陌生国度的住民，那是一个他自己也已忘却的，与另一个将要登岸的大艺术家的出处并不相同的国度。这个国度，凡特伊至多只是在最后几部作品中，似乎才靠得近了一些。这些作品里的气氛，已非那首奏鸣曲所能比拟，叩问的乐句变得更为急迫，更为不安，应答也变得更深奥莫测；清晨和傍晚潮湿的空气，仿佛浸透了乐器的琴弦。纵然莫雷尔演奏得很出色，他的乐声还是让我感到格外尖锐，甚至刺耳。这种粗粝的乐声，反而使人听了很舒服，就像你听某些演唱时，感觉到其中有一种人文的情怀，一种充满理性的亲切感。当然，也有人会感觉到不舒服。当艺术家对周围世界的印象起了变化，变得更纯净，更适宜于回忆内心的那片故土时，它往往会很自然地流露出来，对作曲家而言，它体现在音乐总体风格的改变上，而对画家来说，则反映在色彩的变化上。诚然，最聪明的那些听众到头来识破了其中的奥秘，他们后来坚称，凡特伊最后那几部作品才是最深刻的作品。然而没有一份节目单，没有一个标题，可供人们作出明晰的判断。所以我们只能猜想，这想必是思想深度在音响领域的转调吧。

这片被遗忘的故土，作曲家可能会想不起它，但在无意识中始终跟它保持着某种共鸣；唱起故乡的歌，他会心中充满喜悦，但有时他也会为追求虚荣而背弃它。追逐荣誉，他便会远离它；只有厌弃荣誉，他才能找到它。这时作曲家（无论他写的是什么题材）总会唱起这支独特的歌，其中的重复和相似——因为无论他写什么题材，他总是他自己——证明了在作曲家心中，有些情结是根深蒂固的。这些情愫，这些我们非得为自己保留不可的内心的积淀，即使在朋友之间、师生之间、情人之间都是无法言传的，它们能使每个人的感受产生质的差异，却被挡在了言语的门外，言语的交流只能局限于人所共有、并无实质意义的外在层次，而凡特伊和埃尔斯蒂尔这样的艺术家，他们的艺术凭借乐音和画面的色彩，将我们内心世界的构造外化了，对这些被我们称为个体感受的内心世界，要是没有这样的艺术，我们难道还能有所了解吗？翅膀，这另一个能让我们自由呼吸的器官，即便能带着我们穿越茫茫太空，对此也无能为力。只要感觉方式依旧，我们即使到了火星和金星，所能看到的东西，也仍然和地球上的东西是一个模样的。唯一真正的旅行，唯一的青春泉[1]之浴，并不是去往新奇的地方，而是拥有另一双眼睛，以别人、成百上千个别人的眼光，来观察这许许多多人看见的成百上千个世界，所谓一人一世界，有多少人就有多少世界；埃尔斯蒂尔这样的画家，凡特伊这样的音乐家，使我们这样做到了，借助于他们的器官，我们真正做到了从一个星球飞往另一个星球。

行板结束时的那个乐句充满柔情，我听得出了神；接下来，在下一乐章开始前，有一段休息时间。乐师搁下乐器，听众交流着各自的印象。有位公爵想表明自己是内行，煞有介事地说："这曲子挺难拉的。"有些人比较随和，来跟我聊了一会儿。可是他们究竟说了些什

---

1. 传说中能使人重返青春的泉水。

么，我根本就没听进去，刚在心里跟来自天堂的乐句作过交谈，这些人间徒具外壳的话语，算得了什么呢？我俨然就是个被逐出天国的天使，从充满欢乐的天堂，坠落到了最无趣的尘世。我心想，倘若没有发明语言、形成文字，也没有对思想的分析，音乐说不定就是所谓心灵交流的唯一实例，就像某些生物是大自然所淘汰的某种生命形式的最后见证一样。音乐有如一种没能实现的可能性，人类实际上走的是其他的路，是口头和书面语言之路。音乐向非分析状态的回归实在令人如痴如醉，所以一旦从这样的天堂出来，跟一班应该说还算聪明的人接触，让我觉得兴味索然。在音乐进行的过程中，我想起了一些人，把他们和音乐糅合在一起；确切地说，我是把对某一个人的思念，亦即对阿尔贝蒂娜的思念，融合在了音乐之中。行板临结束时的那个乐句，在我听来美妙无比，我心想，可惜阿尔贝蒂娜不知道——即使知道了也不会真正懂得——自己被融合在了如此崇高的东西之中，那是多么值得庆幸的事啊，不仅我俩在一起拜它所赐，而且那感人至深的乐声仿佛就出自她之口。音乐一停，周围那些人顿时显得乏味极了。仆人端来了饮料。德·夏尔吕先生不时会招呼一个仆人："您好吗？我给您的气压快信[1]收到了吗？您来不来？"如此打招呼，似乎显示了一位贵族老爷的随和通达，他觉得自己是在抬举那个仆人，觉得自己比布尔乔亚更平易近人，不过，这也透露出他颇有些心怀鬼胎，以为这么大大方方讲出来，人家就不会觉得其中有猫腻。他又加了一句，用的是德·维尔巴里西斯夫人那种盖尔芒特家族的语气："他是个棒小伙子，心眼儿好，我在家里就爱使唤他。"不过男爵的乖巧却害了他自己，人家都觉得他跟仆人关系这么亲密，给仆人发气压快信，实在有点蹊跷。而收到他信的仆人，在同伴眼里非但没有因此脸上贴金，反而显得很丢脸。

---

1. 旧时的一种邮政快件，由邮局通过专设的地下压缩空气管道，将信件发送到对方邮局，发送速度为每秒五至十米。对方邮局收到信件后，由专人投送给收信人。巴黎和法国的其他一些大城市都用过这种邮递方式，巴黎直至二十世纪七十年代才停用。

演奏重又开始，七重奏朝着曲终的方向进行；那首奏鸣曲中的这个或那个乐句，重复出现了好多次，但每次都有所变化，不是节奏不同，就是配器不一样，听上去既是奏鸣曲中的乐句，又不完全就是原来的乐句，就好比生活中重复发生的事情一样。我们听某个作曲家的作品，有时会听到一些乐句，不明白这位作曲家的过去，到底跟这些乐句有怎样的渊源关系，以至于必须把这些乐句当作唯一的寄寓之处，而这样的乐句，只在这位作曲家的作品中才有，它们不断地出现在他的作品中，时而是仙女或林中女神，时而是我们熟悉的神祇。我在这首七重奏里，先是辨认出了在那首奏鸣曲里听到过的两三个乐句。不一会儿——乐曲沐浴在凡特伊作品最末乐段中惯有的紫色雾霭之中，尽管有个地方引进了一段舞曲，整个乐段还是沉浸在乳白色的氛围之中——我依稀认出了奏鸣曲中的另一个乐句，由于距离还很远，我没法听得很真切；它犹豫着，缓缓往前而来，随即受了惊吓似的骤然消失，然后重又返回，跟别的乐句交织在一起（我后来才知道，那些乐句来自他别的作品），召唤其他的乐句，而其他的乐句被驯服以后，也立即变得无比动人，一起投入那首轮舞曲，那首有如天籁般的、大部分听众却还无法认出的轮舞曲；这些听众蒙着一层翳蔽，所以什么也看不出，只是胡乱地不时发出些表示赞叹的声响，其实心里腻味得要死。随后，这些乐句纷纷远去，只有其中的一个又反复出现了五六次，我看不清她的容貌，但能感觉到她极其温柔，而又——大概这正是斯万对奏鸣曲中那个小乐句的感觉——跟任何女性在我身上激起过的欲念迥然不同，这个乐句以充满温情的声音赋予我一种幸福感，那是一种真正值得你去追求的幸福，也许，这个乐句——我不懂她的语言，却能对她如此了解的这个看不见的尤物——正是此生中幸福应允我有缘相遇的那位唯一的不知其名的姑娘。然后这个乐句散开，变形，正如奏鸣曲中的小乐句所做的那样，最后变成了乐曲开头那神秘的召唤。跟她相对应的，是个满含痛苦意味的乐句，痛苦深沉却又模糊，极其内敛，几近器官、脏腑之痛，它每次出现时，你弄不明白这究竟是音乐动机的重现，还是神经痛的发作。很快，这两个动机相互争斗起来，这种肉搏也似的恶斗，其结果是一方就此消遁，而随后另一方也只剩下些许残片。说实话，那只是精气神的搏斗；因为双方交锋时，都已摆脱了自己的肉体、容貌和名字，找到了我这样一个不重外表的听众——我也同样不在乎名字和外貌——为双方非物质的、生气勃勃的搏斗暗暗叫好，满含激情地关注着音乐的跌宕起伏。最后欢乐的动机得胜了，那不再是从空旷的天空后面发出的近乎焦虑的召唤，而是一种仿佛来自天堂的无法形容的欢愉；这种欢乐与那首奏鸣曲中的欢愉迥然不同，就如贝利尼[1]笔下一位温柔庄重、拨奏着鲁特琴的天使，我们无法想象她披上猩红色的裙袍，就能变成曼特尼亚[2]画中吹着号角的天使长一样。

我知道，这种全新的欢愉体验，这种对超凡脱俗的欢愉的召唤，我是永远不会忘记的。可是这种欢愉，我果真能得到吗？这个问题之所以对我显得这么重要，是有缘故的，在我的生活中，曾经有过一些带有坐标意义的时刻，虽然这些时刻之间相隔很远，但我在这些时刻获得的印象，是构建一种真实生活的关键材质，而这个乐句，恰好完美地把这些印象——它们与其余的生活场景，与肉眼看见的周围世界形成了鲜明对照——展现在我的眼前：马丁镇的钟楼[3]，巴尔贝克附近的那几棵树[4]。这个乐句独特的音调，使我有一个非常奇特的发现，就是我们对不同于平淡的世俗生活的另一种生活的预感，对彼世的欢乐

---

1. 乔瓦尼·贝利尼（1429—1516）：意大利画家，威尼斯画派奠基人。
2. 曼特尼亚（约1431—1506）：意大利帕多瓦画派重要画家，贝利尼的姐夫。相对于贝利尼而言，画风较为粗犷。帕多瓦埃雷米塔教堂中有他所作的许多壁画（本卷前文曾提到他画的《圣塞巴斯蒂安》），1900年普鲁斯特去意大利时，曾参观此教堂。但这些壁画几乎全部毁于第二次世界大战战火。
3. 参见第一卷《去斯万家那边》第一部"贡布雷"。
4. 参见第二卷《在少女花影下》第二部"地方与地名：地方"中有关于迪梅尼尔的三棵树的描写。

最大胆的设想,恰恰体现在贡布雷的圣母月里常会遇到的拘礼而猥琐的小布尔乔亚身上!更让我觉得不可思议的是,如此发现一种完全陌生的欢愉,这样一种有生以来最为奇特的体验,怎么居然会是拜已经去世的他所赐?据说,他身后留下的作品中,起先只有那首奏鸣曲是完整的,其余的都不过是一些无法辨认的记号而已。说无法辨认,当然有一个人得除外,此人在凡特伊身边生活过不少时日,对他的工作方式有充分了解,并凭着自己的耐心、聪明和对逝者的敬意,终于解读出了他的配器记号:此人就是凡特伊小姐的那位女友。在这位大作曲家生前,她就深受他女儿对父亲不胜崇拜的影响。正是由于这种崇拜,这两个姑娘有一段时间产生了一种逆反心理,拼命抑制内心的真实情感,自欺欺人地以亵渎这种情感为快事,其间种种情事,我们前面已经说过[1]。对父亲的崇拜,成了女儿作践父亲的动因。的确,这种由亵渎逝者来获得某种快感的事情,她们本是不应该做的,但是她俩又决不是亵渎逝者这四个字所能论定的。何况,两人之间这种肉体上的、病态的关系,这种暧昧不清的骚乱的情感,渐渐让位于高尚、纯洁的友情,亵渎逝者的行为也随之收敛而终至绝迹。凡特伊小姐的女友有时会心中纠结不安,觉得自己对凡特伊之死恐怕难辞其咎。其实,她花费了这么些年来辨认凡特伊留下的没人能懂的记号,逐一解读这些天书般的谱纸,如今完全有资格说,对她曾在他的晚年使他伤心的这位作曲家,她用自己的行动为他赢得了不朽的荣耀,从中她也得到了救赎。

[韦尔迪兰夫人不能容忍夏尔吕抢她的风头,更不能容忍他请来的宾客对她失礼。她挑唆莫雷尔与夏尔吕男爵断交,男爵一蹶不振。]

---

1. 参见第一卷《去斯万家那边》第一部"贡布雷"。

有人可能会想,以德·夏尔吕先生六亲不认的火暴脾气,这次晚会以后,他一定会怒火中烧,对韦尔迪兰夫妇肆意报复。他并没有这样做,主要原因当然是他没过几天就着了凉,感染了一种当时很常见的肺炎,有很长一段时间医生和他自己都以为他快不行了,后来就那么生死未卜地拖了好几个月。在这以前他一直患有神经官能症,火气一大就会忘乎所以,没法控制自己,这次他一声不响,是否仅仅是一种疾病转移,由另一种疾病取代了神经官能症呢?因为从社会学的角度来看,虽说德·夏尔吕先生从没把韦尔迪兰夫妇真正放在眼里,但要说他是不跟他俩一般见识,所以不去责怪他们,那未免把事情想得太简单了;同样,诚然有些动辄对无伤大雅的假想敌大动肝火的神经质的人,一旦人家真的对他们发起攻击,他们就会变得毫无招架之力,而且,当这种人发脾气时,光靠给他们讲道理,告诉他们抱怨无济于事,是不管用的,非得劈头盖脸地浇一盆冷水才能使他们安静下来,然而要说就是这么回事,只怕也还是太简单了。男爵之所以没有报仇雪恨,恐怕不能用所谓的疾病转移来解释,而要从疾病本身中找原因。疾病使男爵极度疲惫,他已经没有精力顾及韦尔迪兰夫妇。他已经是半死的人了。我们刚才说到攻击,即使是身后才起作用的攻击,倘若你想让它"上劲"的话,你也必须付出耗费精力的代价。德·夏尔吕先生实在是心有余而力不足。有人说两个宿敌即使同归于尽,临终前也要睁眼看一下对方濒死的模样,才会安然闭上眼睛。这种事情大概极为罕见,除非死亡是趁我们身体健康时突然降临的。实际情况正相反,一个人到了已经没有什么东西可以失去的时候,是不会有心思去面对任何危险的,哪怕那是他身体健康时觉得不值一哂的危险。复仇心是人生的一部分;常见的情形是——尽管有例外,我们下面会看到,在同一个人身上,性格中也往往充满矛盾——当我们站在死亡的门槛上时,复仇心会弃我们而去。且说德·夏尔吕先生想了一会儿韦尔迪兰夫妇,感到非常累,转身向着墙壁,什么也不再去想。打那以后,虽说他依然能口若悬河，但风格起了变化。没有了那种狂热和亢奋，话语间多了一种近乎神秘的意味；福音书式的细声细语，为这种口才蒙上了一层对死亡逆来顺受的色彩。在觉得自己身体有救的时日，他话特别多；身体情况不佳时，他一言不发。这种由慷慨激昂转换而来的基督徒式温情（两者之间大不相同，正如《安德罗玛克》中流露的才气有别于日后的《以斯帖》[1]）令他周围的人赞叹不已。这种赞叹中也有韦尔迪兰夫妇的份，对这样一个浑身缺点曾让他们极其厌恶的人，他们也禁不住刮目相看。当然，有许多仅仅看上去有点基督徒精神的想法，有时还是会在德·夏尔吕先生脑子里冒出头来。他祈求天使长加百列像对那位先知一样，飞来通知他要等多少时间救世主才会降临。他带着温柔而忧郁的笑容，打断自己的思绪说："但愿天使长别像对但以理那样，要我耐心等待'七个七和六十二个七'[2]，到那时我早就死喽。"让他这般苦苦等待的人，就是莫雷尔。所以他请求天使长拉斐尔给他把莫雷尔带来，就像把年轻的托比阿斯带到他父亲面前一样[3]。他心里还多了份俗人的心机（就像患病的教皇在让人给他做弥撒的同时，不忘叫人去请医生），对前去看望他的人暗示说，要是布里肖赶快把他的托比阿斯给带过来，说不定天使长拉斐尔会答应让他复明（就像对托比阿斯的父亲那样），或者让他在毕士大的池子里躺一下[4]。但尽管有这些人性弱点导致的反复，德·夏尔吕先生谈话中的道德纯洁

---

1. 《安德罗玛克》和《以斯帖》都是拉辛（1639—1699）的剧作。前者是早期作品（1667），《以斯帖》是后期作品（1689）。
2. "那位先知"指但以理。《圣经·旧约·但以理书》第九章："我（但以理）正祷告的时候，先前在异象中所见的那位加百列，奉命迅速飞来，约在献晚祭的时候，按手在我身上。他指教我说：'……你当知道、当明白，从出令重新建造耶路撒冷，直到有受膏君的时候，必有七个七和六十二个七。'"七个七，六十二个七，分别指七个星期和六十二个星期。
3. 《次经·托比传》第十一章：年轻的托比阿斯的父亲托比因患眼疾，双目失明，天使长拉斐尔幻作人形，陪伴外出要账的托比阿斯回到家中，用鱼肝、鱼胆治好了托比的眼疾。
4. 《圣经·新约·约翰福音》第五章："在耶路撒冷，靠近羊门有一个池子，希伯来话叫作毕士大，旁边有五个廊子。里面躺着瞎眼的、瘸腿的、血气枯干的许多病人等候水动，因为有天使按时下池子搅动那水，水动之后，谁先下去，无论害什么病就痊愈了。"

性还是让人感到很有趣味的。吹牛、诽谤、狂妄、污言秽语,全都消失得无影无踪。就道德而言,德·夏尔吕先生已经大大超越了先前所在的水平。然而这种道德的完善——他凭着自己的好口才,一度让那些易动感情的听众相信,这种完善业已实现——这种道德的完善,却随着成就了它的疾病的痊愈而消失了。我们下面会看到,德·夏尔吕先生的道德水平在不断滑坡,而且愈滑愈快。韦尔迪兰夫妇对待他的态度,则已成为有些遥远的回忆,一旦有了新起的怨怒,这段回忆就淡去了。

[我渐渐失去了阿尔贝蒂娜。寓意死亡的形体。]

虽然这场小小的闹剧没有被我弄到假戏真做的地步,但我倘若为此感到庆幸,那就错了。尽管我俩就不过说了几句要分手的话,势态已经够严重了。我们说这种话,原以为它们不仅是当不得真的(这是实情),而且是不妨随便说的。然而往往在我们并不知晓的情况下,它们已然是远处隐隐的雷声,已然是一场意想不到的暴风雨的先声。其实,我们当时所说的话,是跟我们的心意(那就是和我们心爱的人长相厮守)相反的,但也正是这种共同生活的不可能性,造成了我们日复一日的痛苦,尽管与分离的痛苦相比,我们宁愿承受这样的痛苦,但最后事情会不可避免地以我们的分离而告终。而通常,结局并不是突如其来的。最常见的情形是(读者下面会看到,我和阿尔贝蒂娜的情形不在此例)我们说了那些自以为并不当真的话,过不多久就着手摸索一种既是有意分手又不怎么痛苦的、暂时的相处模式。我们要求女方——为了让她以后更愿意和我们一起生活,也为了我们能暂时摆脱无尽的忧伤和疲惫——在没有我们的情形下,或者我们在没有她们的情形下,独自出游几天,以此作为长期共同生活以来,另一种没有她在一起的生活的开端。很快她就会重新回归我们的家。但这次分离,虽说短暂却是真正兑现了的，它既不是如我们所想的那样随意决定的，也不是如我们所想的那么唯一确定、别无选择的。同样的忧愁会重新回来，当初无法共同生活下去的境况，会越来越让人难以忍受，而分手却成了一件并不那么难以措手的事情；我们开始谈论它，随后以一种相当可爱的方式实施它。而这些都只是我们没有意识到的预兆。很快，在暂时的、含笑的分离过后，我们亲手酝酿却并不知晓的、永久的、残酷的分离，就要登场了。

"过五分钟去我卧室，让我看您一眼好吗，我的小乖乖。您会去的是吗，您真好。可我一会儿就要睡着了，我已经困得像个死人了。"我稍后走进她卧室时，看见她果然就像个死人。她刚躺下就睡着了；被单像裹尸布似的包住她的身子，精致的皱褶赋予它一种石雕的硬度。就像在某些中世纪艺术家表现最后审判的作品中那样，只有头露在坟墓外面，在睡梦中等待大天使吹响号角。她一下子被睡神袭倒时，头往后仰，头发蓬乱。望着这个微不足道的身躯躺在那儿，我心想，它到底算是哪路对数表[1]，居然能让跟它有关的一举一动，从轻触胳膊肘到拂动长裙，都引起我如此痛苦的焦虑？这些焦虑从它在空间和时间中所占据的每个点，一直延伸到无限，而且不时在我的记忆中被骤然激活；我知道，这些焦虑都是由她的情绪、意愿所引发的，要是换成另一个人，或者仍是她，但换成五年前或五年后，那就跟我没什么相干了。这是一个假象，但我没有勇气去探究其中的真相——除非我死去。就这样，我穿着从韦尔迪兰家回来以后，还没来得及脱下的毛皮大衣，凝视着这个变形的躯体——这个形体是有寓意的吧，寓意是什么呢？是我的死亡？还是我的爱情？不多一会儿，我听到她发出了均匀的呼吸声。我坐到床沿上，接受这静修方式的镇静治疗。然后，

---

1. 原文为 table de logarithmes，作者也许是借用这个数学名词来表示有关的对应关系较为复杂。

我生怕吵醒她，轻手轻脚地离开了卧室。

［阿尔贝蒂娜醉心于福迪尼长裙。
她成了我想摆脱的奴隶。］

说到服饰，凡是福迪尼制作的款式，这会儿都让她心醉神迷。福迪尼的这些长裙，我看见德·盖尔芒特夫人穿过一件，埃尔斯蒂尔曾对我们说起卡尔帕乔和提香时代的衣着如何华美，当时他声称，下一轮时尚将在那个时代的遗迹上再生，因为一切都会去而复返，正如圣马可教堂的拱门上的格言所示，也正如代表着死亡和复活的圣鸟，从拜占庭廊柱顶饰的大理石和碧玉水盂中饮水时作出的预言所示。刚见有人穿上这种长裙，阿尔贝蒂娜就想起了埃尔斯蒂尔的话，她也要穿这样的长裙，我们得去挑一条。然而这种长裙，虽说未必像真正的古代服饰那样，套在今日女性身上多少有点戏装的味道，还是当作一件收藏品保存为好（我也另外给阿尔贝蒂娜买过一些类似的服饰），但是它们绝不像仿制的假货那样索然无味。它们很像塞尔、巴克斯特和伯努瓦[1]所绘制的舞台布景，当时在俄罗斯芭蕾舞剧中，这些布景凭借它们充满不同时期的时代精神，而又富有创作个性的艺术内涵，把艺术史上最令人心仪的那些时期的风貌，展现在了观众眼前；福迪尼的长裙亦然如此，它们古风犹存，却又标新立异，犹如一台布景（引人浮想的效能，甚至比布景有过之无不及，因为布景毕竟还要靠想象，它们却是活生生地就在眼前），让人仿佛看见一座充斥着东方情调的威尼斯城，那儿的妇女身穿的长裙，比圣马可教堂圣龛中的圣物更容易引发联想，使人想到阳光下集聚的彩色头帕，细碎、神秘的互补色绚丽夺目。一切都随着时代而消逝，但一切又都在重生，它们在壮丽的

---

1. 这三个画家，都是俄罗斯芭蕾舞剧布景设计师中的佼佼者。

景观和熙攘的人群中,在总督夫人古意盎然的服饰的一个又一个细节上复苏、重生。

有几次,她定制的裙子还没完工,我就给她先借几件,有时甚至就拿些衣料来披在她身上试试样子,她在我的房间里踱步,雍容华贵堪比总督夫人和时装模特。不过,我看见这些裙子就想起威尼斯,蜗居巴黎变得更难以让我忍受。当然,阿尔贝蒂娜比我更像囚犯。有件事很奇怪,变换着人生境况的命运之神,竟然能穿过牢房的墙壁,让她来个脱胎换骨,将巴尔贝克的那个少女,变成一个驯顺的、令人生厌的女囚。是的,牢房的墙壁阻挡不了这种穿透力;甚至,这种穿透力说不定就来自这墙壁。她已经不再是当初的阿尔贝蒂娜,因为,她不再像在巴尔贝克那样,动不动就骑上自行车逃之夭夭,到那些小片的海滩上去和女友们一起过夜,这种小海滩为数众多,要想找到她们谈何容易,何况她还对我说了谎,让我更难找到她的去处;因为,她一直被关在我家里,听话而孤独,跟巴尔贝克的那个少女已经判若两人,当时即便我能找到她,在海滩上的这个难以捉摸的、谨慎而狡猾的少女身上,也仿佛延伸出去好些被她巧妙隐瞒着的约会,我为此感到痛苦,却又因此而爱她;她对其他人的冷淡以及答话的枯涩,都让人从中感觉到她昨晚已赴的约会和明天将赴的约会,对我来说那都意味着轻蔑和欺骗。因为,海风不再鼓起她的衣裙,因为,这是最要紧的,我折断了她的翅膀,她不再是一位胜利女神,而只是一个我想要摆脱的惹人嫌的奴隶。

[我跟阿尔贝蒂娜谈论音乐和文学。我给她列举奥韦伊、哈代和陀思妥耶夫斯基作品中的例子。"新颖的美"。

艺术家所展示的那个陌生、独特的世界的特性,比作品本身更有力地证明了天才之所以为天才,音乐如此,文学亦如此。]

[……]在韦尔迪兰夫人府上听到的音乐,其中没有被我注意到的、当时还如看不分明的蛹那般待在暗处的乐句,后来成了气势恢宏的大厦;有些起先我几乎没去理会,至多只是觉着它们难听的乐句,后来成了我的朋友,我从没想到一旦熟悉以后,我居然会发现它们(就像那些起初让你讨厌的人一样)那么可爱。在这两种状态之间,有一个实质性的嬗变。换一个角度看,有些第一遍听就很清晰的乐句,其实我当时并没真的认出它们,现在,我认出了它们就是别的作品中的某些乐句,正如我在韦尔迪兰夫人府上听七重奏时,没有认出宗教题材管风琴变奏中的那个乐句,而它却有如圣女那般步下神殿,与作曲家笔下已为我们所熟悉的仙女们融为一体了。再比如说,表现中午排钟齐鸣欢腾景象的那个乐句,我当时觉得旋律不美,节奏也呆板,现在它却是我最钟爱的乐句——其中的原因,我想,不是我习惯了这种丑,就是我发现了它的美。杰作一开始引起的失望情绪,之所以会发生转变,究其原因,无非是最初的印象渐渐淡忘了,或者我们为探索人生真谛付出了努力。这两种假设,适用于一切重要的问题,诸如有关艺术的真实、真实性本身以及灵魂的永恒性的问题:在这两种假设中作选择,始终是必需的;就凡特伊的音乐而言,我每时每刻都面临以不同形式出现的这一选择。举例来说,他的音乐让我感到比所有我所熟悉的书籍都更为真实。有时我想,原因就在于我们平时在生活中感觉到的东西,并不是以观念的形态呈现的,它们要通过文学意义上,或者说智力意义上的转译,才能被意识到,才能被解释、被分析,而这种转译并不能像音乐那样将这些感受重组——在音乐中,乐音仿佛体现了这些感受的变化,再现了内心那种最强烈的感觉,使我们不时处于一种特定的陶醉的状态,当我们说"天气多好啊!阳光多明媚啊!"的时候,别人是无法和我们分享这种陶醉的快感的,同样的阳光,同样的天气,在他们身上唤起的,是全然不同的感受。在凡特伊的音乐中,就有这样一些意象,它们是你无法言传,甚至不容你凝视

的，我们入睡之际，它们会以这种非现实的魅力安抚我们，此时，理性已然遁去，眼睛已然闭上，我们还来不及认识这不可言喻，甚至无法看见的东西，就睡着了。我觉得，当我毅然决然地选择艺术是真实的这一假设时，音乐能为我提供的，并非好天气或鸦片之夜所唤起的、相当简单的精神愉悦，而是一种更真实、更充沛的陶醉——至少我有这样的预感。一尊雕塑，一首乐曲，凡是能激发起一种更崇高、更纯粹、更真实的感情的，不可能没有某种精神上的现实性与之相应，否则生活就没有什么意义了。我在生活中一度感受过的某种特定的愉悦情绪，凡特伊的一个优美乐句，就能让它惟妙惟肖地重现出来，例如当我看到马丁镇的钟楼、巴尔贝克一条小路旁的几棵树，或者就只是像本书开头那样喝一杯茶的时候，我都有过那种体验。就拿那杯茶来说吧，凡特伊给我带来了充满阳光的感觉，明亮的市声，喧腾的色彩，都来自他作曲的世界，凡特伊把它们展现在我的想象中，执着而又迅捷得让我无法抓住这有如隐隐散发着天竺葵香气的丝绸一般的东西。虽然记忆中的这种含糊不清的东西，可以凭借测定环境（某种气味之所以会唤起我们充满阳光的感觉，就是因为有这样的环境的缘故），不说是深化吧，至少是使之精确，但是凡特伊带给我的朦胧的感觉，并非来自回忆，而是来自一种印象（比如对马丁镇钟楼的印象），从他的音乐所散发的天竺葵芳香中，我们应该寻找的不是物质上的解释，而是更深层次的对等物——那是一个未知的、欢闹的庆典（他的作品，都仿佛是这个庆典的不连贯的片段，是一些裂口呈猩红色的碎片），是他聆听天地万物并将它们投射到自身之外去的方式。别的音乐家都不曾向我们展示过这个独特的世界，它的特性让我们感到很陌生，而这种特性，我对阿尔贝蒂娜说，也许比作品本身更有说服力，证明了天才之所以为天才。"文学也是这样吗？"阿尔贝蒂娜问我。"文学也是这样。"我想起凡特伊作品中同一乐思反复出现的特点，对阿尔贝蒂娜解释说，伟大的文学作品其实写的都是同一部作品，或者更确切地说，都是把他们带给这个世界的同一种美,通过各种不同的介质折射出去。

"时间太晚了,小乖乖,"我对她说,"下回我来给您讲讲您趁我睡觉的工夫读过的那些作家吧,我会让您看到他们身上都跟凡特伊有相同之处。现在您也像我一样,开始注意那些重复句型了,亲爱的阿尔贝蒂娜,他的奏鸣曲也好,七重奏也好,别的作品也好,都出现过同样的句型,而文学作品,比如说巴尔贝·德·奥韦伊[1]吧,他的作品中那种隐藏在深处的现实性,从种种具体的细节中透露出来,着魔的女人、埃梅·德·斯邦和克洛特的脸红、《深红的窗帘》中的那只手,那些古老的传统、习俗,那些古朴的词语,那些作为过去的象征的古老而奇特的职业,拿着魔镜的牧人讲述的传说,那些散发着英格兰的芳香、美如苏格兰乡村的高贵的诺曼底城镇,韦利尼、牧羊人和人力无法挽回的魔咒,还有那种仿佛弥漫在一幅风景画中的不安情绪——无论是《老情妇》中寻找丈夫的女人,还是《着魔的女人》中在荒原奔跑的丈夫,或是做完弥撒走出教堂的着魔的女人,都让人感受到同样的不安情绪,这些细节无一不在透露这种隐藏的现实性。托马斯·哈代[2]小说中那个石匠凿出的石块的几何形状,不也就是凡特伊的重复句型吗?"

凡特伊的乐句,使我想起了那个小乐句,我对阿尔贝蒂娜说,那曾经是斯万和奥黛特爱情的国歌,"他们是吉尔贝特的父母,吉尔贝特我想您是认识的。您对我说过她没有品位。她没跟您套过近乎吗?她可是对我说起过您的。"

---

1. 巴尔贝·德·奥韦伊(1808—1889):法国作家(本书第二卷中提到过他)。《着魔的女人》(1854)、《深红的窗帘》(1874)、《老情妇》(1851)等小说都是他的代表作品。小说多以作者的故乡瓦罗涅为背景,而且作者常以英国的城镇与之作比较,"散发着英格兰的芳香"云云,当与此有关。《深红的窗帘》中,有一个情节是女主人公阿尔伯特小姐在餐桌上偷偷抓住邻座年轻军官的手。《着魔的女人》中的牧羊人则是个坐帅,于持魔镜作预言。
2. 托马斯·哈代(1840—1928):英国作家。下文提到的《无名的裘德》《一双湛蓝的眼睛》《心爱的人儿》,都是他的重要作品。

她顿了顿，回答说："是啊，碰到天气很坏，她父母会派车来学校接她，我想她有一回捎过我，还吻了我。"她边说边笑，仿佛这是个挺有趣的秘密似的，"她冷不丁地问我是不是喜欢女人。"（既然她好像只记得吉尔贝特顺路捎她回家，那她又怎么能如此确切地说吉尔贝特问过她这么一个奇怪的问题呢？）"当时我也不知为什么，突然起了个怪念头想要骗骗她，就回答她说是的。"（看来阿尔贝蒂娜生怕吉尔贝特告诉过我这事，不想让我发现她在撒谎。）"不过我们什么也没干。"（这就奇怪了，她们明明连这样的体己话都说了，而且照阿尔贝蒂娜的说法，在这以前，她俩已经在车上拥吻过了，怎么还叫什么也没干呢。）"她就这么顺路捎过我四五次，说不定还多些，没有别的了。"

我好不容易才克制住自己，不再向她提问，装出对这些事情都很无所谓的样子。我重新拾起托马斯·哈代小说中的石匠的话题。"您当然还记得《无名的裘德》，您有没有注意到，在《心爱的人儿》中，父亲从岛上采下的石头，先运到儿子的工作室堆放起来，后来也成了雕像；在《一双湛蓝的眼睛》中，墓和船的写法都是相似的，两个年轻人和他们所爱的姑娘的尸体，位于相邻的车厢里，[1]《心爱的人儿》中一个男人爱上三个女人，这跟《一双湛蓝的眼睛》中一个女人爱上三个男人也很相似，等等等等；总之，您注意到了吗，所有这些小说是可以相互叠合的，就像在小岛采石场上竖直堆叠的石屋。我现在不可能跟您详细评说那些最伟大的作家，但您在斯当达尔的作品中可以看到，有一种高度感是和精神生活联系在一起的，于连·索雷尔被关在高处，法布里斯被囚禁在塔楼顶上，布拉内斯神甫在钟楼上研究星相，

---

1. 《一双湛蓝的眼睛》中，史密斯和奈特都爱着有一双湛蓝眼睛的少女爱尔弗莱德，有一次两人在火车上相遇，并意外地发现，爱尔弗莱德死了，而且尸体就在隔壁的车厢里。

而法布里斯从那上面眺望美丽的景色[1]。您说您看过弗美尔的一些画，那您一定会注意到，它们都是同一个世界的一些碎片，无论那是凭着何等的天才画出来的，那总是同一张桌子，同一块挂毯，同一个女人，同样全新的、独特的美，如果人们不从题材上去寻找相似性，单单着眼于色彩所产生的印象，那么，由于在当时既没有跟这种全新的美相像的东西，也没有可以用来解释这种美的东西，这种美就只能是个谜。嗳，这种全新的美，在陀思妥耶夫斯基的作品中具有同一的特征：陀思妥耶夫斯基笔下的女性（如同伦勃朗画中的女性一样独特），神秘的脸上令人愉悦的美，转瞬间会——仿佛那种美她是装出来似的——变成一种令人惊骇的傲慢无礼（尽管她骨子里还是个善良的人），无论是纳斯塔西娅·菲利波芙娜给阿格拉娅写表达爱意的信、向她承认自己恨她，还是在一次与此极为相似的造访的场景中——跟纳斯塔西娅·菲利波芙娜辱骂加尼亚父母的场景也很相似——格鲁申卡（卡特琳娜·伊瓦诺夫娜原以为她性情乖戾，结果却发现她来造访时非常客气）突然露出凶狠的模样，对卡特琳娜·伊瓦诺夫娜横加辱骂（尽管格鲁申卡骨子里还是善良的），不都是这样的吗？格鲁申卡，纳斯塔西娅，她们的形象不仅有如卡尔帕乔笔下的交际花，而且有如伦勃朗笔下的拔示巴[2]一样独特，一样神秘。请注意，陀思妥耶夫斯基并没有明确地意识到，这样一张光彩照人却又说变就变的脸，这样一种刹那间让她们变得叫人认不出的傲慢无礼（"您不是这样的"，梅什金在加尼亚父母家对纳斯塔西娅这么说，而在卡特琳娜·伊瓦诺夫娜家，阿廖沙也可以对格鲁申卡这么说）意味着什么。与之相反的是，当他追求"画

---

1. 法布里斯和布拉内斯，都是《巴马修道院》中的人物。于连·索雷尔是《红与黑》的主人公，他枪击德·雷纳尔夫人后，被关进监狱。书中这么写道："早上他到了贝藏松的监狱，受到宫气的对待，被安置在一座哥特式卡塔楼的楼上。他判断这是十四世纪初期的建筑；他非常欣赏它的优美和令人心醉的轻盈。在很深的院子的那一边，从两堵墙之间的狭窄的间隙望出去，他可以看到一片美丽无比的景致。"（按郝运译本）
2. 圣经人物，美艳的以色列女子。见圣经《旧约·撒母耳记（下）》第十一章。

面感"的时候,那些场景往往是愚蠢的,至多就是蒙卡奇[1]想要表现某时某刻的一个死囚,或者某时某刻的圣母的那样一种场景。陀思妥耶夫斯基带给这个世界的是一种新颖的美,正如弗美尔在他的画中创造了犹如我们心灵一般的东西,让我们看到了衣料和场所的某种色彩,陀思妥耶夫斯基的作品中,不仅出现了前所未有的人物,而且出现了前人不曾这样写过的住宅,《罪与罚》中的凶屋和它的看门人,难道不是写得跟罗果静杀死纳斯塔西娅·菲利波芙娜时的那座又长又高又空旷的阴暗的老宅,那座陀思妥耶夫斯基笔下经典的凶屋,同样的精彩吗?一座住宅的这种令人心悸的新颖的美,这种跟女性脸庞混合在一起的新颖的美,正是陀思妥耶夫斯基带给这个世界的独一无二的东西,文学评论家倘若把它跟果戈理,跟保尔·德·科克[2]相提并论,那是毫无意义的,只能说明他们还没有领略这种神秘的美的堂奥。而且,虽然我对你[3]说的是同一个作家在不同的小说中,写的往往是同样的场景,其实,当一部小说篇幅很长时,在同一部小说中也会反复出现同样的场景、同样的人物。我可以很容易地在《战争与和平》里找一些例子,给你说明这一点,马车上的某个场景……"

"我并不是想打断您,不过我看您这就不往下说陀思妥耶夫斯基了,生怕自己会忘记。亲爱的,有一天您对我说'这是塞维涅夫人的陀思妥耶夫斯基意趣',您究竟是想说什么意思呢?我承认我没听懂。我觉得他们两个是完全不同的作家。"

"过来,宝贝,让我亲亲您,您把我说过的话记得这么牢,真该好好谢谢您,您先过来,待会儿再去弹琴吧。我承认,我那么说有点傻。不过,我那么说也有两个原因。第一个原因很特别。塞维涅夫人有时会

---

1. 蒙卡奇(1844—1900):匈牙利画家。1872 至 1896 年间都在巴黎生活。
2. 科克(1793—1871):法国一个并不怎么重要的作家。
3. 在这一句和下一句中,叙述者"我"破例用昵称"你"称呼阿尔贝蒂娜。而阿尔贝蒂娜仍用"您"称呼他。

像埃尔斯蒂尔,或者像陀思妥耶夫斯基一样,不是按照逻辑顺序进行陈述,也就是说不是先说原因,而是一上来就先交代结果,而那结果往往又是一种让我们感到震撼的错觉。陀思妥耶夫斯基正是这样表现人物的。这些人物的行为,给我们一种很假的感觉,跟埃尔斯蒂尔绘画的效果很相像,在他的画里,大海仿佛悬挂在了天空上。当我们得知一个阴险的家伙原来是个非常好的男人,或者一个好人其实很坏的时候,我们会非常惊讶。"

"对啊,可是塞维涅夫人有这样的例子吗?"

"我承认,"我笑着回答她说,"要从她那儿举例,有些牵强附会,不过例子还是有的。请看这段描写。[1]"

"可是陀思妥耶夫斯基,他有没有杀过人呀?我读过的他那些小说,都可以叫凶杀故事。凶杀这个念头始终萦绕在他脑子里,他老是提到它,这不正常。"

"我不这么认为,我的小阿尔贝蒂娜,我不大了解他的生平,但他肯定像所有的人一样,也有过这样或那样的罪孽,有的可能还是法律所不容的罪孽。从这个意义上说,他和小说中的人物一样,多多少少是个罪人,然而他又不完全是罪人,原因是有可以减轻罪责的案情。甚至也许不必判他有罪。我不是小说家,可能小说的作者在创作中会受到某些生活方式的诱惑,想要表现它们,但自己未必去身体力行。要是我们能按计划去凡尔赛的话,我可以让您看看肖代洛·德·拉克洛的肖像,这位典型的正人君子、模范丈夫,却是那本伤风败俗的小说的作者;而这幅肖像对面,就是德·让莉丝夫人的肖像,她写了好

---

1. 普鲁斯特的手稿中此处留有空白,准备举例之用。但这个例子后来没有用在这里,而是用在第二卷里了。第二卷《在少女花影下》第二部开头,"我"在塞维涅夫人的书信集中看到下面这段文字,惊喜地发现其中有一种"陀思妥耶夫斯基意趣":"我无法抵御月光的诱惑,穿戴整齐,出门来到屋外的林荫道。其实我没必要穿那么多,街上气温宜人,一如卧室里那么舒适。但眼前却是一派光怪陆离的景象,修道士们身穿白袍黑衫,几个修女或灰或白,东一件西一件短衫,还有那些直挺挺的隐没在树木间的身影,等等等等。"

些道德故事,但不仅欺骗了奥尔良公爵夫人,还让她的孩子离开她,使她备受折磨。[1] 不过我也注意到,陀思妥耶夫斯基对凶杀的专注包含着一种很不寻常的意味,我因此感到和他之间有一种隔膜。波德莱尔的下面这些诗句,已经把我惊呆了:

> 如果说奸淫、毒药、匕首和火焰……
> 唉!那是我们的灵魂不够大胆。[2]

不过我至少还可以相信,波德莱尔不是真心这么想的。而陀思妥耶夫斯基……所有那一切,都让我觉得离我遥远极了——除非我身上有些东西现在自己还不知道(我们的自我认识都是逐渐完成的)。在陀思妥耶夫斯基的作品中,我发现有些深不可测的井,而那些井都打在人类灵魂的几个孤立的点上。但他是位伟大的创造者。首先,他所描绘的世界确实就像为他而创造的。所有那些小丑般的人物,他们不断地出现在小说中,列别杰夫、卡拉马佐夫、伊沃尔金、谢格列夫,这一系列令人难以置信的人物,比伦勃朗《夜巡》中的那群人更怪异。而他们的怪异,也许是用同一种方式,也就是通过光线和服装表现出来的,其实他们原本只是很普通的人。这些人物形象真实、饱满,同时又深刻、独特,他们是陀思妥耶夫斯基独创的。这些丑角般的人物,几乎就像古代戏剧中某些类型的角色(今天的舞台上已经没有这些类型的角色了),他们把人类灵魂的某些侧面表现得多么淋漓尽致啊!有些人

---

1. 拉克洛(1741—1803):法国作家,代表作书信体小说《危险的关系》(1782)一度被视为伤风败俗之作。从他的书信可以看出,他在生活中是一个好丈夫。德·让莉丝夫人(1746—1830):《道德故事》(1802)作者。她是幼年路易-菲利普的家庭教师,同时也是其父奥尔良公爵的情妇。
2. 引自波德莱尔《恶之花》"致读者"。整个小节为:"如果说奸淫、毒药、匕首和火焰/尚未把它们可笑滑稽的图样/绣在我们的可悲的命运之上,/唉!那是我们的灵魂不够大胆。"(按郭宏安译本)

说起陀思妥耶夫斯基,或者评论他的作品时,那种一本正经的样子,真让我受不了。您有没有注意到自尊和骄傲在这些人物身上所起的作用?您不觉得吗,对他来说,爱与狂乱的恨,善良与背叛,羞怯腼腆与傲慢无礼,无非是同一个性格的两种状态而已,阿格拉娅、纳斯塔西娅、被米佳揪住胡子的中校、跟阿廖沙亦敌亦友的克拉索特金,他们本性中的那个"自我"都被自尊和骄傲所遮蔽了。可是毕竟还有许多闪光的地方。我对他的作品了解很少。但老卡拉马佐夫把可怜的疯女人搞大肚子,而做母亲的在自己并不知晓的情况下当了命运之神的工具,令人难以理解地听从母亲的本能,怀着对施暴者的心理怨恨和肉体承认这双重情感,到老卡拉马佐夫家去分娩,老卡拉马佐夫的暴行和疯女人这种神秘的、属于动物本能的、无法解释清楚的举动,难道不是一个堪与古代艺术媲美的质朴的雕塑题材,不是一种中断后重加修饰、展现复仇与赎罪主题的檐壁雕塑吗?这是第一个片段,神秘,崇高,令人敬畏,犹如奥尔维耶托[1]大教堂雕塑群像中新添的一组女人雕像。与之呼应的是第二个片段,那是二十多年以后,老卡拉马佐夫被疯女人的儿子斯麦尔佳科夫杀死,卡拉马佐夫家族名誉扫地,接下来马上又是一个同样无法解释清楚而又堪作雕塑题材的场景,在斯麦尔佳科夫自缢身亡、了结复仇的举动中,有一种如同疯女人在老卡拉马佐夫的花园里分娩一样令人费解却又极为自然的美。我刚才说到托尔斯泰,并没如您所想的那样撇开陀思妥耶夫斯基,托尔斯泰在很多地方是模仿陀思妥耶夫斯基的。陀思妥耶夫斯基作品中那些压抑的、带有紧张感的描写,有许多到了托尔斯泰笔下都舒展了开来。陀思妥耶夫斯基身上那种文艺复兴前的艺术家的阴郁气质,在他的追随者身上消散了。"

---

1. 奥尔维耶托是意大利的一个以教堂、宫殿雕塑精美著称的城镇。

[睡前阿尔贝蒂娜不肯吻我。夜里她开窗的声音。死亡的预感。

我醒来时,决意和她分手。但弗朗索瓦兹告诉我,阿尔贝蒂娜已经走了。]

我见她不来吻我,明白这些时间都是在虚耗,使我宁静的、真真确确的时间只可能从亲吻开始,我对她说:"晚安,已经很晚了。"我心想,她听了这话应该会来吻我,然后一切就可以继续下去。可是,她跟前两次一样,对我说了句"晚安,好好睡觉吧",只在我脸颊上亲了一下。这一回我没再敢喊住她。我心头怦怦直跳,无法再睡了。就像一只小鸟不停地从笼子一头跳到另一头,我的思绪不停地跳来跳去,一会儿担心阿尔贝蒂娜要离开,一会儿又归于相对而言的平静。这份平静,来自每分钟都会重复好几遍的如下的推理:"不管怎么说,她是不会对我不告而别的,可她还没对我说过她要走呢。"这么一想,就差不多平静下来了。但我马上又对自己说:"可万一明天起来一看,她已经走了呢!我的担心是事出有因的;她为什么不好好吻我呢?"于是我心痛不止。而后重新开始上述推理,痛苦又稍稍减轻一些,可是弄到最后,由于脑子一刻不停、非常单调地如此运动,头疼了起来。有些心理状态,尤其是焦虑不安,只给我们提供两个可能的选择,这些状态中有一种如同单纯的肉体痛苦那样极其受限的东西。我一遍遍重复那番推理,时而找理由肯定自己的不安,时而又找理由否定它,好比一个病人以内心想象的动作,不停地抚摸使他疼痛的器官,暂时减轻一下疼痛(尽管片刻过后它又会加剧),我就在那么一个狭窄的空间里,力图使自己放下那颗悬着的心。蓦然间,夜的寂静中响起一下响声,这个响声也许没什么特别之处,但它让我心头充满惊恐之感——那是阿尔贝蒂娜猛然推开窗户的声响。恢复寂静之后,我心想,这个响声为什么会使我如此害怕呢?它本身并没有异常的地方;但我可能赋予了它两种使我感到惊恐的意义。首先那是我和阿尔贝蒂娜共同生活的一个约定，我怕穿堂风，所以要求夜里谁都不打开窗子。她刚住进来时，我给她解释过这事，她虽然觉得这是我的怪癖，而且不利于健康，但还是答应一定不违犯禁令。凡是她知道合我心意的事情，即便她很不喜欢，她也会小心翼翼地唯恐出岔子，所以我知道，她宁可在壁炉烟熏火燎的气味中睡觉，也不会打开卧室的窗子，正如哪怕出了天大的事情，她也不会让人一早就来叫醒我一样。这只是我俩生活中一个小小的约定，可是她在这个时候，不跟我讲一声就违背这一约定，岂不表明她已经豁出去，什么约定都不去管它了？再则，开窗声音这么响，简直可以说是粗暴，让人不难想见她推窗时满脸通红，怒气冲冲，嘴里说道："再这么过下去，我简直要闷死了，管他呢，我得透透气！"我说不准它到底预示什么，但我总觉得阿尔贝蒂娜的这下开窗声，比猫头鹰的叫声更神秘，更不祥。我心情烦躁不安（自从那次在贡布雷，斯万去我们家吃晚饭以后，我也许就再没有这么烦躁不安过），整个晚上在走廊上走来走去，指望弄出的声响会引起阿尔贝蒂娜的注意，指望她也许会可怜我，会来叫我，可是我没听见她的卧室有任何动静。在贡布雷，我曾要求母亲去我的卧室。和母亲在一起，我就怕她生气，我知道只有让她看到我爱她，才能使她保持对我的爱。这就是我迟迟没去唤阿尔贝蒂娜的缘故。我渐渐地感觉到夜深了。她大概早就睡着了。我回进卧室躺在床上。

  第二天一醒来，我就按铃叫弗朗索瓦兹（否则无论出了多大的事，也没人会进我的卧室）。我一边按铃一边想："我得告诉阿尔贝蒂娜，我要给她订造一艘游艇。"接过弗朗索瓦兹送来的信件，我目光并不转向她，问道："待会儿我有件事要告诉阿尔贝蒂娜小姐；她起来了吗？"——"对，她早早就起来了。"我顿时感到，仿佛一阵狂风卷起了千层焦虑之浪，先前我竟不知道有偌多的焦虑郁积在胸中呢。这阵喧嚣纷乱，让我觉得透不过气来，犹如置身暴风骤雨之中。"哦？那她此刻在哪儿?"——"大概在她自己屋里。"——"哦!那好,我待会儿去见她。"我松出一口气,她在那儿,我的烦躁消释了,阿尔贝蒂娜在这儿,可我几乎对她在哪儿变得漠然了。刚才还以为她可能不在了,这岂不好笑?我迷迷糊糊地睡了过去,虽已确认她不会离开我,但仍睡得很浅——不过,也只是事关阿尔贝蒂娜时才浅。院子里修缮工程的声响,尽管我在睡梦中还能隐隐约约听见,但我照样没醒,而从阿尔贝蒂娜卧室哪怕传来一点最轻微的声音,或者是她出去,或者是她悄悄回来时轻轻地按铃,尽管我已经睡得很深,我也会立刻惊醒,轻微的声音会传遍我的全身,使我心头乱跳,这情景就像我外婆在临终前那几天一样,当时她已经不能动弹,对任何事情都没有反应,进入了医生所说的昏迷状态,但事后我听说,当她听见我平时唤弗朗索瓦兹的三下铃声时,她像一片树叶那样颤抖了几下——尽管我在那一个星期里,生怕干扰病室的安静,摁铃的动作特别轻,但弗朗索瓦兹肯定地说,虽然我自己不知道,但我摁铃的手势跟别人不一样,所以一听就知道是我在摁铃,绝不会和别人相混。这么说,莫非现在我也到了弥留之际?莫非死亡已经在临近?

[……]

于是,当分手已成定局之时,我就得挑选这样一个春光明媚的日子——这样的日子当然有的是——这天我应当对阿尔贝蒂娜毫无牵挂,心中自有成百上千别的欲求;应当不和她见面,让她先出门,我再起身准备停当,留个字条给她,既然在这段时间里她去不了让我不放心的地方,我即使外出旅游,也不用担心她会做什么出格的事情(何况那会儿我对她做些什么已经不在乎了),那我就该趁这机会,不再跟她相见,直接去威尼斯。

我按铃叫弗朗索瓦兹,想让她去给我买旅游手册和火车时刻表,就像我小时候准备要去威尼斯度假那会儿一样,当时心情之急切,并不输于此时此刻;我忘了其实有过另外一个愿望,去巴尔贝克的愿望,我实现了，却并不感到开心；而威尼斯，既然也是一个出名的旅游胜地，说不定也跟巴尔贝克一样，未必能让一个难以形容的美梦成真——这个在春意盎然的大海上打造的哥特式艺术瑰宝之梦，不时以它那欢快、温柔、不可捉摸、神秘朦胧的景象在轻叩我的心扉。弗朗索瓦兹听到铃声进来，她看上去在担心，不知道我听到她即将说的话、知道她刚才做的事以后，会有怎样的反应。她对我说："今天先生这么晚才按铃，我真是急死了。我都不知道该怎么办了。早上八点钟那会儿，阿尔贝蒂娜小姐吩咐我把她的箱子都拿出来，我不敢说不拿，我怕来叫醒您，您会骂我。我心想您不一会儿准会按铃的，就叫她再等一个钟头，可我说了没用哪。她不肯等，只说叫我把这封信交给先生，九点钟就走了。"听她说完——一个人对自己心里到底在想什么，还真可能并不知道，我还满心以为我对阿尔贝蒂娜已经根本不在意了呢——我差点儿接不上气来，我双手捂住胸口，一阵燥热袭来，手心里全都是汗，自从阿尔贝蒂娜在小火车上把她和凡特伊小姐的事告诉我以后，我已经很久没有这样大汗淋漓了，我好不容易才勉强说出下面这几句话："噢！很好，弗朗索瓦兹，谢谢您，您没来叫醒我当然做得很对。请让我一个人待一会儿，过后我会按铃叫您的。"

Albertine disparue | 06 |

第六卷
失踪的阿尔贝蒂娜

第1章

［阿尔贝蒂娜的姨妈给我发来电报，告诉我阿尔贝蒂娜骑马被马甩落受伤身亡。我沉浸在痛苦的回忆之中。］

"阿尔贝蒂娜小姐走了！"心理上的痛楚，岂是心理分析所能分析出来的呢！就刚才那会儿，我在分析自己的心理状态时，还认为这种一去不复返的分手正是我所期盼的；把阿尔贝蒂娜所给我的那点少得可怜的欢乐，跟她不肯使我满足的多而又多的欲望相比，我觉得我把事情看得很透彻，我对自己说，我不想再见到她，不再爱她了。可是"阿尔贝蒂娜走了"这句话在我心里搅起的痛楚，却是那么强烈，让我感到眼看就要承受不住了。此刻我才明白，曾经被我认为无足轻重的东西，原来是我的整个生命哪！我怎么连这都不明白呢。必须立即采取措施，不能再让自己这么痛苦下去；我就像劝慰自己心爱的人排遣痛苦、就像当年母亲安慰临终前的外婆那样，充满温情地对自己说："再耐心等一等，会有办法的，放心吧，大家不会眼看你这么痛苦下去的。"在意念这样的指令下，自我保护的本能寻求应急的镇痛剂，来抹在绽开的创口上："这一切都没关系，我马上就让人去把她找回来。当然我还得考虑一下用什么办法，但不管怎么说，今晚她一定会回这儿的。所以完全不必担心。"

"这一切都没关系",我不仅对自己这么说,而且尽量在弗朗索瓦兹面前不给她看出我的痛苦,让她也觉得这一切都没什么关系,因为,即便在遭受如此重大打击之际,我的爱情仍不忘要使自己看上去像幸福的爱情,像两人同心的爱情,尤其在弗朗索瓦兹眼里,在这个不喜欢阿尔贝蒂娜、始终对阿尔贝蒂娜的真诚抱有疑心的弗朗索瓦兹眼里,更要显得如此。是的,就在刚才弗朗索瓦兹还没来的那会儿,我是在想我已经不爱阿尔贝蒂娜来着,我自以为是个观察入微的心理分析家,什么东西都没有忽略;对自己的内心,我自以为了解得一清二楚。然而我们的智力,任凭它水平再高,也无法参透内心的方方面面、角角落落,内心的隐秘在绝大多数情况下是以一种易于挥发的状态存在的,所以即使有人真能把它们抽离出来,只要此人还没法做到让它们凝固下来,它们就始终是我们无法参透的。我以为已经把自己的内心看得清清楚楚,那是在欺骗自己。不过,最精细的心理分析也没能使我看清的东西,这会儿却由于痛苦引起的突如其来的反应,清晰地呈现了出来,变得犹如晶莹的盐粒那般坚硬而奇特。我坚信阿尔贝蒂娜依然在我身旁,骤然间,我见到了习惯的另一副面孔。在这以前,我总是把习惯看成一种毁灭性的力量,它毁灭创造力,甚至毁灭我们的感知能力;现在我却把它看作一种令人生畏的神力,它和我们紧密相连,不起眼的面容深深扎根在我们心间,在那儿生成类似钙化的硬壳,一旦把它剥离,它那几乎让人难以辨认的神性,就会使我们痛彻心扉,让我们蒙受最可怕的痛苦。到那时,习惯就如死亡一般残忍。

第 2 章

[随着时间的推移,哀伤渐渐淡去。
我的文章终于发表在《费加罗报》上。]

至于其他朋友，我心想，要是我的健康状况继续恶化，要是我没法再和他们见面，那就不妨继续写作吧，那样就可以仍然和他们保持沟通，用文字和他们交谈，让他们想我之所想，让他们高兴，从心里接受我这个人。我这么想，是因为至今为止，社交关系一直在我的日常生活中占有一席之地，想到将来有一天这些关系会不复存在，我感到害怕。写作这个办法，能使朋友们关注我，说不定还能激起他们对我的赞赏——如此以往，直到我身体康复，可以再跟他们见面的那一天；这个想法使我感到宽慰。话是这么说，但我心里明白，其实并不是这么回事，如果说我喜欢把他们的关注设想为我快乐的缘由，那么这种快乐也是一种内在的、精神上的、独处的快乐；这种快乐，他们无法给我，我也无法靠和他们交谈，而得靠远离他们写作来获取；我明白，虽然为了能间接地和他们相见，为了让他们对我有更高的评价，为了给自己在社交界谋得一个更好的位置，我是在开始写作了，但也许，写作终究会打消我想见他们的愿望，而文学可能帮我在社交界赢得的地位，终究不会再使我感到沾沾自喜，因为到那时，我的快乐已经不在社交圈里，而在文学之中了。

　　我的痛苦以及随之而来的种种感觉，都消退了。这使我整个人变得释然了许多——一场影响我们一生的大病痊愈以后常会出现类似的情况。想必这是因为爱情并非永恒的，回忆并不总是真确的，因为生命的本质就是细胞的不断更新。但对回忆而言，往往由于我们的注意力停留在某个时刻，以致这个本应变化的时刻有了滞留，那种更新也就被延宕了。既然忧伤有如对女人的欲望，你越去想它，它越是强烈，那么，让自己有事要忙，势必会使忘却痛苦——如同守身如玉——变得更容易。

　　[……]说谎是人的本质属性。它在人性中起的作用，也许堪与寻求快乐相比，而且它是受这种寻求所支配的。一个人说谎，是为了回护自己的寻欢作乐，或者——倘若这种寻欢作乐让人知道了会有损名

誉——回护自己的名誉。每个人终其一生都在说谎,甚至尤其是——或许也仅仅是——对爱我们的人在说谎。说到底,我们只是不想被他们知道自己在寻欢作乐,希望他们能看重自己。

〔在盖尔芒特公爵夫人的沙龙里,意外见到久别的吉尔贝特。吉尔贝特从父亲的亲戚那里继承了大笔遗产,并认福什维尔伯爵为养父,成为福什维尔小姐。(斯万去世后,富有的奥黛特与福什维尔结婚。在德雷福斯案件引发的反犹情绪仍然十分严重的年代,吉尔贝特即使大富,斯万这个犹太姓氏也会妨碍她缔结一门好亲事。因此,福什维尔认她为养女对她是有利的。)〕

第 3 章

〔威尼斯之行。威尼斯与贡布雷。〕

母亲带我去威尼斯住了几个星期,我在那儿——由于随处都能发现美,无论是在最珍贵的东西还是在最微末的东西里,都是如此——留下的印象,跟当年在贡布雷经常感受到的印象非常相像,只不过调性有了转换,转到了一个全然不同的、音色更为丰富的调式上。早上十点钟侍者来打开百叶窗时,在我眼前闪闪发光的,不是圣伊莱尔教堂发亮的板岩屋顶,而是圣马可钟楼上金灿灿的天使长[1]。这位在阳光中光彩夺目、令人无法逼视的天使长,张开她的双臂,仿佛在向我承诺,半小时后我将在小广场享受到的欢愉,比往日她对那些善良的

---

1. 位于威尼斯圣马可教堂前方的圣马可钟楼,高可百米,顶端放置天使长加百列状的金色风向标。

人们所作的许诺更为切实[1]。我躺在床上,所能看见的只是这尊天使像,但世界无非就是一个巨大的日晷盘,我们可以从盘面上的一个日照刻度,读出当下的时刻,所以在威尼斯的第一个早晨,我就想起贡布雷在教堂广场上的那些店铺,每逢星期天,到这个时候店铺就该打烊了,而这会儿我正在望弥撒的路上,集市上的草堆,在暖洋洋的太阳照射下,一阵阵地散发出香味。

但从第二天起,我醒来时浮现在眼前,成为催我起身原因的(在我的记忆中,甚至在我的意愿中,它都取代了贡布雷的回忆),却是我初到威尼斯时上午出行的印象,那是有着和贡布雷一样鲜活的日常生活的威尼斯,如同在贡布雷那样,星期天早上人们都兴高采烈地来到洋溢着节日气氛的街上,只不过,这儿的街是蔚蓝色的水道,和煦的暖风吹来,河水格外清凉,宝石般的蓝色浓得像化不开似的,我带着倦意的目光可以倚靠在上面舒缓一下,不用担心会沉没下去。

[我所爱的,只是当季的花朵。]

我有一种感觉,而欲念更加深了这种感觉,我觉得自己不是置身于某个秘密之外,而是越来越深入它的内部,因为我每次都会在身边(不是在这边就是在那边)发现某个新的东西,不是先前不曾留意的小景点,就是不期而遇的某个campo[2],它们身上有着让你惊艳的气质,尽管你还只是初次见到,还不清楚它为什么在这儿,能派什么用场。我沿着小巷走回旅馆,不时停下来跟店铺里的姑娘搭搭讪,我想阿尔贝蒂娜当年说不定也是在这儿驻足的,我真想她此刻能在我身边。然

---

1. 关于"对善良的人们所作的许诺",七星文库本加了注释,建议参见《圣经》中路加福音第2章第14节:"忽然有一大队天兵同那天使赞美神说:'在至高之处荣耀归于神,在地上平安归于他所喜悦的人。'"
2. 意大利文,特指威尼斯的广场。

而她们不可能是当年的那些姑娘；阿尔贝蒂娜来威尼斯的那会儿，这些姑娘都还是小孩呢。但是，如果说当年我仅凭第一感觉，出于怯懦，放弃了那种种欲念——其中每个都曾被我视作独一无二——不是去寻找我真正想找的那个对象，而是退一步，去找一个与之相像的对象，那么现在，我一心要找的，是阿尔贝蒂娜当初不认识的姑娘，我甚至无意去找当年让我心动的姑娘。诚然，常常还会这样，我会怀着令人难以置信的强烈欲念，想起梅泽格利兹或巴黎的某个小女孩，想起第一次去巴尔贝克路上，清晨在一座峡谷里见到的卖牛奶的姑娘。然而可叹的是，我想起的都是她们当时的模样，也就是说，肯定不是她们现在的模样。因此，如果说从前我曾在某个欲念的独特性上作出让步，找一个大致相仿的女生，来代替从我的视线中消失的寄宿女生，那么现在，为了找到曾经撩拨过少年时代的我和阿尔贝蒂娜心弦的那些姑娘，我就必须对欲念具有个性的原则有所违背：我所要找的，不是当年十六岁的姑娘，而是如今十六岁的姑娘。既然某个具体的个人身上那种特别的东西已不复存在，已不复可得，那么，我所爱的，只能是青春了。我知道，我曾经认识的那些姑娘的青春，只留存在我灼热的记忆之中，如果我真的想要找到青春，找到当季的花朵，那么尽管那些姑娘在我的记忆中再现时，我是那么想要得到她们，但是我所要采撷的，不应该是她们。

［萨兹拉夫人——贡布雷的邻居——终于见到了维尔巴里西斯夫人。］

一名侍者过来告诉我，我母亲在等我；我回到母亲那儿，对萨兹拉夫人抱歉地说，因为看见德·维尔巴里西斯夫人，在那儿耽搁了。一听到这个名字，萨兹拉夫人脸色转白，就像快要昏厥过去似的。她强作镇定，开口问道：

"德·维尔巴里西斯夫人,就是那位德·布永夫人?"

"是的。"

"能让我看她一眼,就看一眼,行吗?我真是做梦也想哪。"

"那就请抓紧时间吧,夫人,她马上就要吃完了。不过,敢问您为什么对她这么感兴趣呢?"

"哦,德·维尔巴里西斯夫人,她第一次结婚后成了德·阿弗雷公爵夫人,美得像天使,坏得像魔鬼,她让我父亲爱得她发疯,为她弄得倾家荡产,最后甩了他。噢!尽管她对我父亲的所作所为像个最令人不齿的妓女,尽管正是因为她,我和亲人们在贡布雷过着卑微的生活,但现在既然父亲已经死了,能使我感到安慰的,就是想到他曾经爱过他那个时代最美的女人,可我还从没见过她,不管怎么说,看一眼她也算……"

我领着激动得浑身打颤的萨兹拉夫人,一路来到餐厅,把德·维尔巴里西斯夫人指给她看。

可是,正如盲人无法对准该看的对象,而会把眼睛对着别的什么地方,萨兹拉夫人的目光没有落在德·维尔巴里西斯夫人的那张餐桌上,却向餐厅的另一个地方搜寻着:

"她一准是走了,我没在您说的地方见到她。"

她还在搜索,还在追寻多少年来萦绕在她想象中的那个既让她恨、又让她爱的幻影。

"她没走,就在第二张桌子啊。"

"也许我们不是从同一张桌子数起的。按我的数法,坐在第二张桌子跟前的,是位老先生,在他旁边只有一个驼背的小老太婆,脸那么红,难看死了。"

"那就是她!"

〔我收到一份电报。从电报上看,阿尔贝蒂娜还活着。但我已不再爱她了。]

可是有一天晚上发生的情况，却使我觉得心中的爱情似乎又萌发了。贡多拉小船停靠在旅馆石阶前时，门厅的侍者交给我一封电报。为这封电报投递员已经来过三次，原因是收报人的名字写得不准确（不过看着意大利服务员译得走了样的拼写，我还是认出了我的名字），他要求我填一张回执，证明电报的确是发给我的。回到房间，我拆开封套，扫了一眼电文，抄报时有好多拼写错误，但我还是看明白了电报的内容：

  我的朋友，您以为我死了，对不起，我活得挺好，想见您，谈结婚事，您何时返回？您的阿尔贝蒂娜。

这时，出现了跟外婆去世时相同的情况，只是顺序倒了个个儿：当我确确实实得知外婆去世时，一开始我没有感到一丝悲伤。直到不由自主的回忆使她在我心中复活的那一刻，我才真正感到，她的死居然使我那么难受。阿尔贝蒂娜在我的心中已经死了，所以她还活着的消息，并没有让我感到我以为会有的那种欣喜。阿尔贝蒂娜对我来说，只是一束思绪而已，只要这些思绪还活在我心中，她即使肉体死了，也还是活着的；反之，现在既然这些思绪已经消逝，阿尔贝蒂娜也就无法因肉体复活而在我心中复活了。按说，当我发觉我没有因她活着而高兴，我已经不再爱她了，我应该感到慌乱失神才对，一个人外出旅行或生病几个月，突然在镜子里照见自己有了白发，脸也起了变化，变成大叔甚至大爷的模样，往往会感到慌乱失神，我应该比他们有过之无不及才对。之所以慌乱失神，是因为那意味着：我曾经是的那个人，那个金发的年轻人，已不复存在，我成了另一个人。跟在镜子里瞧见的情景，跟往日那张脸被有如戴了白发头套般的、布满皱纹的脸所取代的变化相比，那个曾经的我如此决绝地逝去，如此彻底地被一个新的我所取代，难道这种变化不是同样地深刻吗？可是，正如在一个时间段里，我们即使一天一个样，变成种种相互矛盾的性格，或恶狠狠，或软心肠，或体贴入微，或粗野不逊，或无比淡定，或野心勃勃，并不会因此感到悲伤一样，年复一年，当岁月随着时节更迭而流逝时，我们也不会因变成另一个人感到悲伤。而不悲伤的原因，则是相同的，那就是我已消遁——在后一种情形，当事关性格时，这是暂时的，而在前一种情形，当事关激情时，这是永久的——无法再为另一个我，另一个在这一刻或在这以后真真正正存在的那个我，而感到悲伤；粗野的人为粗野而自鸣得意，就因为他粗野，健忘的人不会为记忆衰退感到难过，正因为他连这也忘记了。

我不可能使阿尔贝蒂娜复活，因为我不可能使我自己，使当时的那个我复活。生活通常都是这样，惯于凭借从不间断的、极其微小的变化，来改变周围世界的面貌，所以它不会在阿尔贝蒂娜去世的第二天就对我说："成为另一个人吧。"它凭靠种种细微得使我无法觉察的变化，把我变成一个几乎全新的我，因而当我的思维发觉已经换了个主人的时候，它已经适应了这个新主人——新的我；它已经唯新主人马首是瞻了。前面我们已经看到，我对阿尔贝蒂娜的恋情，我的嫉妒，跟好些事有关：跟以某些愉快或痛苦的印象为中心，经由观念联想所作的辐射有关，跟蒙舒凡·凡特伊小姐的回忆有关，也跟那个夜晚阿尔贝蒂娜在我颈脖上的吻有关。可是随着这些印象的淡去，曾被这些印象染上阴郁或欢快色彩的巨幅背景，又重归于中性的色调。一旦遗忘占领了痛苦或欢乐的某几个据点，我的爱情无力抵抗，我也就不再爱阿尔贝蒂娜了。我试着在心里回想她。阿尔贝蒂娜出走两天后，我不无惊恐地发现，我在四十八小时里没有她，居然也活得好好的，这不能不说是一个终将成谶的预感。这就像从前我给吉尔贝特写信时心想：要是过了两年还是这样，我就不再爱她了。如果说当初斯万要我去见吉尔贝特，让我感到就像要我去见一个死人那样，心里很不舒服，那么阿尔贝蒂娜，她的死——或者说我所以为的她的死——于我就如同吉尔贝特的断交。死，无非就是分离而已。遗忘，这一让我的爱情望之生畏的巨大阴影，果真如我所想到过的那样，吞噬了我的爱情。阿尔贝蒂娜还活着的消息，非但没有唤醒我的爱情，反而使我看清了我在向着彻底放下的路上，已经走了有多远，而且在那一瞬间，这个消息骤然加快了这一步伐，以致我不禁要反思，当初那个内容相反的消息，那个说阿尔贝蒂娜死了的消息，是不是反过来促成了她的出走，并给我的爱情注入活力，延缓了它的式微。

［阿雷纳礼拜堂。乔托的壁画《圣母和基督》。］

后来有些日子，我和母亲已不满足于参观威尼斯的博物馆和教堂。于是有一次，在一个天气格外晴朗的日子，我们出城来到帕多瓦，为的是看一下那些美德和罪孽的原作，当年斯万送我的照相版画片，现在大概还挂在贡布雷老宅的自修室里呢。我顶着骄阳穿过阿雷纳礼拜堂的花园，步入装饰着乔托壁画的小教堂，里面穹顶和壁画的底色都是蓝莹莹的，仿佛绚烂的白昼随同参观者一起进入了教堂，让一碧如洗的晴空能有片刻的荫凉；澄澈的天空避开金灿灿的阳光后，蓝色稍稍变深了一些，正如最明媚的光照也会有短暂的间歇，尽管天上看不到一丝云彩，但仍有那么一小会儿，太阳把目光转向别处，碧蓝的天空变暗了，却也变得更柔和了。蓝莹莹的大理石穹顶和墙壁，俨然是移进教堂的天空，上面飞翔着的天使。我都是第一次见到，因为斯万先生只给了我美德和罪孽的复制品，没有给我描绘圣母和基督事迹的图片。没想到，这些天使飞翔的姿势，居然跟当年博爱和妒忌的姿势给我留下的印象是一样的，我只觉着那是实有其事、千真万确的。天使们满脸虔诚，多少带着孩童温顺而专心的表情，双手合在胸前。这些小天使虽然是画在阿雷纳礼拜堂的墙壁上,却像是某一类真实的会飞的生灵,仿佛在圣经和福音时代的自然博物志上真能见到他们似的。圣徒们散步,少不了有这些小精灵在前面飞来飞去;随时都会有一两个小天使在上方陪着圣徒,由于这是些真实存在的会飞的精灵,我们会看见他们腾空而起,画出一道道弧线,轻松自如地翻筋斗或向下俯冲,扑棱翅膀做出种种违背重力法则的姿势,看上去更像是一种业已绝迹的鸟类,或是冯克[1]手下那些练习滑翔的年轻学员,而跟文艺复兴以及后来各个时期绘画作品中的天使,反而不那么相像,那些天使身上的翅膀只是象征而已,他们的举止仪态,通常跟天上其他那些不长翅膀的人物并无二致。

[在返回巴黎的火车上,我读了刚收到的吉尔贝特来信,信中她告诉我,她和圣卢结婚了。原来我早先收到的那份电报是她发来的,她那别出心裁的签名让打字员将吉尔贝特误读成了阿尔贝蒂娜。]

第 4 章

[我去当松镇的吉尔贝特家小住。
吉尔贝特和圣卢结婚以后并不幸福。]

我这次在贡布雷那边小住期间,恐怕是我一生中最少想到贡布雷的时候,我之所以还是要对此行作一记述,无非是因为当年我对盖尔芒特家那边的某些想法,以及对梅泽格利兹那边的另一些想法,都在这次小住期间得到(至少是暂时地得到)了证实。每天晚上我都散步,

---

1. 冯克(1894—1953):第一次世界大战中战功卓著的法国空军飞行员。

就像当初在贡布雷那会儿,每天下午都沿梅泽格利兹那边散步一样,只是方向反了一下。现在当松镇吃晚饭的时间,以前在贡布雷大家早就睡觉了。因为天气暖和,又因为下午吉尔贝特要在城堡的小教堂里画画,我们去散步的时间,差不多总是在晚餐前两个小时。以前散步回家,看见耶稣受难像映衬在布满紫红晚霞的天际,或是沐浴在维沃纳河中的时候,心头总会充满愉悦,如今在暮色四合之际出去散步,只见村子里放牧归来的羊群,呈不规则的蓝茵茵的三角形,在缓缓移动,这种景象也同样令人心生欢喜。在半片天空上,落日收尽了余晖;另一半天空上方,月亮已经露出脸来,不一会儿它的清辉就会洒满整个大地。

有时候,吉尔贝特让我独自去散步,我信步往前走,身后曳着自己的影子,犹如一只小船穿行在风光迷人的水面上;但更多的时候是她陪我一起出去。我们散步的所到之处,往往就是童年时代常走的路线;然而,当年去盖尔芒特家那边时,我感觉到无法描述出来的欣喜,如今我怎么就感觉不到了呢?而且,当我发现自己对贡布雷居然那么兴味索然之时,我确实感到我的想象力和敏感程度都在衰退。我很少去重温往昔的岁月,但心里又为此感到遗憾。我觉得维沃纳河在纤道旁,显得又窄又难看。这并非由于我发现记忆中的形象跟现实相比是如何的不准确。但时过境迁,一旦离开那些地方以后,它们与我之间的直接联系不复存在,由此产生的即时的、美妙的、完整的记忆之流,也就在不知不觉中枯竭了。正因为我并不怎么明白这种记忆的性质,所以我感到很气馁,心想我的感觉和想象的能力大概都已相当不济,以致在散步中感受不到那种愉悦了。吉尔贝特对我的了解,还不如我呢,她对我的惊异表示出附和的态度,这使我越发变得心绪黯然。

"怎么,攀上这个您以前来过的斜坡,"她对我说,"您居然没有一点感触吗?"而她自己倒是变了很多,我不再觉得她很美了,她实在一点也不美。我们一路往前走,我发现眼前的景色变了,先得爬坡,接着就是下坡路。我们边走边聊，和吉尔贝特聊天让我觉得很愉快。但也并非那么顺畅。不同的人，会受到来自各个不同层面的影响，父亲的性格，母亲的性格，都会对他有所影响；我们和他交往，得先穿过其中一层，然后再穿过另一层。可是到了第二天，各个层面的位置关系倒了过来。最后我们给弄糊涂了，不明白究竟是哪个层面在起关键作用，不知道该相信哪一方的表现。吉尔贝特就像那些让人不敢跟它们结盟的国家，因为它们的政府像走马灯似的换个不停。

　　[吉尔贝特告诉我一些令我惊奇的往事。]

　　不过说到底，我们还是错了。反复出现的记忆，会在一个人的头脑中建立一种认同，使他不愿违背自己还记得的许诺，即便他当初那么说的时候，并没有签名画押。至于说到聪明才智，吉尔贝特不缺聪明才智，虽说其中有时掺杂着她母亲那种忽发奇想的意味。而跟她聪明不聪明并没关系的是，我记得在我们一起散步的谈话中，她有好几次让我颇为吃惊。有一次（也是第一次）她对我说："要是您不太饿，时间也不算太晚的话，我们可以走左边的这条路，到前面再往右转，这样不到一刻钟就到盖尔芒特家了。"她这话在我听来，就好比在说："往左转，然后沿右手边走，您就可以触摸到不可触摸的东西，就会到达远不可及的地方，那个地方，没人知道它到底在哪儿，我们知道的只是它的方向，只是'那边'（我那时一直以为，对于盖尔芒特家，我只能知道这么多，也许从某种意义上来说，我并没想错）。"

　　另一次让我吃惊的是看见"维沃纳河之源"，这个被我想成如同地狱入口一般处在尘世之外的所在，原来就是那么个冒着气泡，跟方形洗衣槽相仿的地方。第三次则是吉尔贝特对我说："如果您愿意，我们也可以在下午出去，取道梅泽格利兹去盖尔芒特家，那样散步叫有意思了。"这句话顿时搅乱了我童年时代的全部概念，让我知道了那两边并不如我所想的那样相互排斥。

　　但最让我感到惊奇的，还是在这段小住期间，我居然不大回忆过去的时日，也发不起兴再去看看贡布雷，而且觉得维沃纳河又窄小又难看。不过在一次夜间散步时——这样的散步其实都在晚饭前，但说夜间确实也没错，因为她晚饭吃得那么晚！——她向我证实了我当年有关梅泽格利兹那边的种种想象。在走下那个沐浴在月光中的神秘山谷（那是个名副其实的山谷，很深很深）的时候，我们中途停歇片刻，活像两个马上要钻进蓝莹莹的花萼中去的小虫子。那时的吉尔贝特，也许仅仅是出于女主人的风度，她本想再尽一下地主之谊，让你多看看这片你似乎挺感兴趣的地方，听到你说这就要走了，不免觉得遗憾，但她毕竟是社交场上娴于应对的女士，懂得如何在表达感情时利用静默、简捷、节制等方式，说出一席话来，让你相信你在她的生活中占有一个别人无法取代的位置。怡人的空气，轻拂的微风，使我心中充满柔情，忍不住想要向她倾诉。

　　我突然开口对她说："那天您提到了斜坡上的小路。那时候我是多么爱您啊！"

　　她回答我说："那您为什么不对我说呀？我怎么知道您爱我呢。可我爱您。我不是还主动向您表示过吗。"

　　"什么时候？"

　　"第一次在当松镇，您和家人在散步，我正好回家，我从没见过这么漂亮的小男孩。我平时的习惯，"她以一种暧昧、害羞的语气接着说，"是和小伙伴一起到鲁森镇的城堡主塔废墟上去玩。您也许会觉得我挺没教养，因为那是一群各式各样的男孩女孩，大家趁着天黑尽兴玩儿。贡布雷教堂唱诗班的那个男孩泰奥多尔，我得承认，那会儿他挺讨人喜欢（哦，他那时候真帅！）——可后来他变得很丑（他现在是梅泽格利兹的药剂师）——他在那儿跟附近所有的乡下小姑娘都鬼混过。我们家允许我独自外出，所以我一有机会，就溜出去往那儿跑。

您真不知道，我那时是多么希望能看到您来喔；我记得很清楚，那时我只有一分钟时间，来让您明白我想要什么，我就冒着被您和我的家人看见危险，对您做了个非常粗鲁的手势，现在想起来我都觉得难为情。可是您很凶地瞪了我一眼，我马上明白了，您没懂得我的意思。"

突然间我心想，真正的吉尔贝特，真正的阿尔贝蒂娜，也许正是她们最初见到我的那一瞬间，在她们的眼神中表现出来的那个少女，一个是在粉红色山楂树前，另一个是在海滩上。而我当时没能懂得那个眼神，直到过了好久，在相隔一段时间以后，我才在回忆中领会它的含义，而在这段时间里，我的谈吐表现出一种感情上举棋不定的状态，这就使她们不敢再像第一次见面那样坦率直白了；我的笨拙把事情全给搅黄了，我堵住了她们的嘴，程度比当初圣卢对拉谢尔所做的更有过之，原因则是一样的（虽然我得说，对她们所犯的这个错误，相比之下没有那么荒唐）。

"第二次，"吉尔贝特接着说，"就是好多年以后我在您家门口遇到您的那次，头天我刚在奥丽阿娜姨妈家见到过您；当时我一下子没认出您，更确切地说，我认出了您而自己并没意识到，因为我心里有着跟在当松镇时一样的渴念。"

"在这中间，还有香榭丽舍大街那回呢。"

"对，可是那时，您对我的爱有些过分了，我觉得您在调查我做的每一件事。"

我不想问她那天，也就是我去找她打算跟她和好（那时这么做还为时未晚）的那天，和她肩并肩走在香榭丽舍大街上的那个年轻男子是谁。要不是碰巧看见这两个身影并排在暮色中前行，那天说不定会改变我的一生。设想一下，倘若我问她，她有可能会把实情告诉我，就像阿尔贝蒂娜（如果她能复生的话）那样。而事实上，当你已经不爱一个女人，而在多年后又见到她，那时她和你之间岂不是已有生死之隔，就如她早已不在人世一样吗？——既然我俩的爱情已不复存在，那时的她，或者说那时的我，岂不是也就早已死去了吗？另外的可能是她不记得了，或者她干脆撒谎。无论哪种情况，知道了都对我没有任何意义，因为我的心变了，这种变化，比吉尔贝特的脸变化更大。她的脸我已经不喜欢了，尤其是，我已经不再感到自己不幸了，倘若我回顾往事，我一定无法想象，当初见到吉尔贝特在一个年轻男子身旁慢慢往前走的时候，我怎么居然会对自己说："一切都过去了，我以后再也不会想见她了。"这种精神状态，在遥远的当年曾长期折磨过我，而如今它已经不存在了。因为，在这世界上尽管万物都会衰退，万物都会消亡，却有一样东西，它和美相比，销毁得更彻底，而留下的痕迹更少：那就是悲伤。

不过，虽然我对自己不去追问当时她和谁一起在香榭丽舍大街上并不感到惊异——那是因为我已经见过太多的例子，知道时光是如何销蚀我们的好奇心的——但对有件事我居然没有告诉吉尔贝特，我还是感到有些惊异，那就是在那天遇见她之前，我为了给她买花，卖掉了一只中国古董瓷瓶。其实，在那以后的那段忧伤的时日里，我对自己唯一的安慰，就是想着早晚会有一天，我可以很坦然地把这个充满柔情的故事一五一十讲给她听。在那以后的好些年里，如果我见到有辆车就要朝我的车撞过来了，让我不想就此被撞死的唯一原因，就是要向吉尔贝特讲那段往事。我暗自安慰自己说："别急，人生还长着呢，我会有时间跟她讲的。"就是为此，我不想丧失自己的生命。现在我觉得再讲那些事情已经没有什么意思，甚至有点可笑，令人难堪。

"况且，"吉尔贝特继续说，"即便是我在您家门口遇见您的那天，您也仍然像在贡布雷那会儿一样可爱，您知道吗，您几乎没什么改变！"

我又见到了记忆中的吉尔贝特。我仿佛可以画出阳光在山楂树下投射的四四方方的光影、拿在小姑娘手里的铲子，还有从远处盯住我的那道目光。但当时，由于有个粗鲁的手势伴随着那道目光，我还以为那是道鄙视的目光——因为我心里期盼的是不为那些小姑娘所知的某种事情，只有当我在独自一人想入非非时，她们才会在我的想象中做这样的事情。更加让我想不到的是，这样的一个小姑娘，竟然会如此随意，如此迅速，几乎就在我外公的眼皮底下，做出如此大胆的手势。

这样看来，在相隔这么多年以后，我是得对始终清楚地留在脑海中的一幅画面，做一番修改了。这件事使我感到相当高兴，它向我表明了，我当时以为存在于我和某一类金发少女之间的无法逾越的深渊，其实就如帕斯卡深渊[1]那般，完全是想象出来的，而且由于做成这件事得穿越漫长的岁月，我觉得它很有诗意。想起鲁森镇的地道，我就因欲念和懊悔激动得浑身发颤。但我欣喜地心想，当初我使足劲儿想要企及、任何东西都不能跟它相比的那种幸福，原来并非是我的想象，它确实就在离我不远的地方，就在我屡屡提及的鲁森镇，就在我从散发着鸢尾花香气的书房看到的这个小镇里。可是我却一无所知！她短短的一番话，把我当时散步时的所思所念全都概括地表达了出来，那会儿欲念太强烈，以致迟迟下不了决心回家，心心念念想看见那些树木化作人形，向我走来。那时我躁动不安地想要得到的东西，她差点儿——只要我能懂得并接受它——就在我的少年时代让我品尝到了它的滋味。我完全没有想到，吉尔贝特当时不折不扣是属于梅泽格利兹那边的。

即使是我在门口遇见她的那天，虽说她不是奥日韦尔的那位小姐（就是罗贝尔在打炮屋里认识的那位小姐。想起来挺可笑，我竟会向她未来的丈夫打听其中的原委！），但我既没有完全看错她目光中的含义，也没有完全看错她当时是怎样一个姑娘（她现在亲口承认了这一点）。

---

1. 据布瓦洛神甫（1635—1716）的记载，帕斯卡"始终觉得在他的左侧有一道深渊，一定要放一把椅子以确保安全"。

"这些都是遥远的往事了,"她对我说,"自从我和罗贝尔订婚以后,我心里想到的就只有他一个人了。您知道吗,最让我自责的,其实还不是童年时代的那些荒唐事。"

Le Temps retrouvé | 07

第七卷
寻回的时光

[从当松镇的吉尔贝特家,看到贡布雷教堂的钟楼。]

整整一天,我待在这座乡村气息略显过浓的住宅里,它看上去就像是散步时歇个脚或避个雨的地方,这种住宅里的每个客厅,都像一个绿色大自然展厅,不同房间的墙布上,或是这一间的花园玫瑰,或是那一间的树上小鸟,都会聚拢在你身边,来和你作伴,至少是单独和你作伴——因为这些墙布已经有了些年头,上面的玫瑰分得很开,倘若它们是真花,你完全可以一朵一朵地摘下来,小鸟呢,也可以一只只放进笼里去驯养,它们跟如今装饰房间的那些豪华墙布全然不同,既没有银亮的底色,也没有画成日本风格、让赖在床上的你产生种种幻觉的诺曼底苹果树;整整一天,我待在卧室里,窗外是花园成片的绿荫和院子门口的丁香,稍远处,河畔高高的大树上的绿叶,在阳光中闪闪发亮,再过去就是梅泽格利兹树林。起先,我望着这一切感到充满愉悦,仅仅是因为我心里在想:"卧室的窗户有这么一片绿色,真够漂亮的。"但后来,我在这个青翠迷人的巨幅画卷上认出了贡布雷教堂的钟楼,从那一刻起,情况就不一样了。钟楼给自己抹上暗蓝色,只是由于它位于更远的地方。我看到的不是画上的钟楼,而是钟楼本身,它把时空的距离、岁月的沧桑都展现在我眼前,在这片光影斑斓的天地中,以一种全然不同的姿态镶嵌在我的窗框中,色泽那么深暗,仿佛只是勾勒了几笔、并不曾上色似的。要是稍稍离开卧室一会儿,我就会瞥见过道那一头(因为过道的方向不一样),一个小客厅里的墙布犹如一条猩红色的带子——它只是一块平纹细布,但颜色是红的——仿佛只要有一束阳光射在上面,它立刻就会燃烧。

[和吉尔贝特谈起阿尔贝蒂娜。]

有一天我跟吉尔贝特说起阿尔贝蒂娜,问她阿尔贝蒂娜是否喜欢女人。

"哦!没这事。"

"可您以前跟我说过,她生活不大检点。"

"我这么说过?您记错了吧。就算我说过,您也肯定把意思弄拧了,我说的恰恰是她常常会爱上那些毛头小伙子。不过在她这年龄,那也弄不出什么大事吧。"

吉尔贝特对我这么说,是想隐瞒她自己喜欢女人(按照阿尔贝蒂娜的说法),并对阿尔贝蒂娜有过那种意思吗?或者(要知道,他人对我们生活的了解,往往比我们所想的要多)她是因为知道我爱过阿尔贝蒂娜、猜忌过她,而且(他们对我们的真实情况,可能了解得比我们所想的要多,但往往联想过于丰富——我们原以为他们会因缺乏想象而判断失误,结果他们却由于想象太多而判断失误)以为我现在依然如此,所以出于好意,要给我系上通常专为醋意过浓的人准备的蒙眼布?反正不管怎么说,吉尔贝特说的这些话,从以前说的"生活不检点"到今天说的作风正派,都跟阿尔贝蒂娜说的话大相径庭,阿尔贝蒂娜最终差点儿就要承认她和吉尔贝特之间关系很暧昧了。阿尔贝蒂娜这么做,当时使我感到很惊讶,正如安德蕾对我说的话让我吃惊一样,因为早在我认识这群少女之前,我就认定她们是一群堕落的少女;后来我意识到这种先入为主的看法是不对的,在一个人们误以为伤风败俗的环境里,我们往往还是会发现某个正派的、纯朴到不知谈情说爱为何物的姑娘,这不是常有的事吗?可是再往后,我的想法来了个一百八十度的大转弯,又觉得一开始的想法是对的。也许,阿尔贝蒂娜对我那么说，是想让我觉得她并不是初出茅庐的妞儿，想在巴黎用她堕落的诱惑力来迷住我，就如当初在巴尔贝克用纯真的魅力迷住我一样。也许她仅仅是在我跟她说起喜欢女人的女人时，不想显出她不明白这是怎么回事，如此而已。这就好比在一个社交场合有人谈起富里埃或托博尔斯克[1]，听的人尽管对这两个名字一无所知，却仍要做出心领神会的样子。当初她生活在凡特伊小姐和安德蕾身边，但说不定她们觉着她不是一路人，所以有些事情根本不让她知道，而她——正如一个嫁给文人的女人想要显得有文化——为了讨好我，一心做出凡是我有疑惑，她都能答疑解惑的样子，直到有一天她意识到这些疑惑是出于猜忌，她才改弦易辙。

　　[阅读龚古尔兄弟未发表的日记，使我萌生了对文学的质疑。我又放弃了写作的计划。]

　　那本《金眼女郎》既然吉尔贝特正在看，我就不想向她借了。不过她还是借了一本书给我，好让我在她家的最后一个晚上临睡前有书可读。这本书留给我的印象相当强烈，而且颇为纠结，不过好在没有持续很久。它就是龚古尔兄弟生前未曾发表过的日记。

　　在吹灭蜡烛之前，我读了其中的一大段（我把它抄录在下面）。我缺乏文学才能，这一点早在往盖尔芒特家散步那会儿我就感觉到了，这次在贡布雷小住（今晚是最后一晚）期间，这种感觉又得到了证实——在即将离开一个地方的前夜，因惯性而变得迟钝的思维会重获活力，你往往会尝试对自己作出评价——而此刻，这种感觉好像变得不那么值得懊丧，文学似乎也变得未见得能揭示多少深刻的生活真谛

---

1. 富里埃（1772—1837）是法国哲学家、经济学家。托博尔斯克则是西伯利亚的一个地区，沙皇尼古拉二世全家在1917年秋至1918年春期间被关押在这里，随后才被押解到叶卡捷琳娜堡执行处决。

了；但同时，文学并非我以前所想象的那样，这确实又使我很伤心。另一方面，我觉得自己身上的病痛（这种病痛很快就会将我幽禁在一所疗养院里）也显得不那么令人遗憾了——倘若书中所写的美好事物并不比我见到过的更美好。可是出于一种很奇怪的矛盾心理，我还是想要看看眼前的这本书是怎么写这些东西的——既然其中写到了它们。

我合上龚古尔兄弟日记的书页。这就是文学的魅力吗？我倒真想再见见戈达尔夫妇，询问他们有关埃尔斯蒂尔的种种细节，我也真想去看看那家小敦刻尔克店铺（如果它还在那儿），想获准参观一下我在里面进过晚餐的韦尔迪兰府邸。可是我隐约感到一种不安。诚然，我从不讳言我不善于倾听，在有旁人在场时也不善于观察。我不会注意到一位老妇人戴的是怎样的珍珠项链，人家评论这串项链的话语，我会充耳不闻。但日记里提到的这些人物，毕竟是日常生活中我熟悉的，我常和他们一起用餐，其中有韦尔迪兰夫妇，有盖尔芒特公爵，有戈达尔夫妇，他们每个人在我眼里都很普通，正如那个巴赞[1]在我外婆看来再普通不过一样——她不会想到他是德·博塞尚夫人钟爱的侄子、社交场上最受欢迎的青年才俊，他们每个人在我眼中都很平庸；我不由得回想起他们身上种种庸俗的表现……

    但愿他们都是夜空中的星星！[2]

离开当松镇的前夕因阅读龚古尔日记而萌生的对文学的质疑，我决定暂时将它放在一边。但即使撇开这位回忆录作者身上很明显的天真的个人印记不说，我也可以从好几个不同的角度找到让自己安心的理由。首先就我个人而言，虽然我缺乏观察和倾听的才能（这一点，

---

1. 指巴赞·德·盖尔芒特，亦即盖尔芒特公爵。德·博塞尚夫人是德·维尔巴里西斯夫人的姐姐，盖尔芒特公爵的姑妈。
2. 引自雨果《静观集》中的诗句，但稍有改动。

已由上面引述的日记令人沮丧地再一次证实），但并非整个人都如此。在我身上有那么一个角色，他好歹是有些观察的本领的，但是这个角色是间歇性地存在的，只有当某种具有普遍意义的、诸多事物中所共有的本质的东西表现出来之时，他才会从中获取养分、得到乐趣，才会焕发生命的活力。所以，尽管这个角色观察了，也倾听了，但那都是在某个较深的层面上，他并不能帮助我描述我所观察的东西。正如几何学家从事物中抽离可感知的性质以后，看到的仅仅是它们的线性结构，我周围的人所说的话，我并没有听进去，因为我感兴趣的并不是他们要说些什么，而是他们说这些话的样子，从中我可以看出他们的个性，或者发现他们的可笑之处；更确切地说，我一直孜孜不倦地追寻的目标（因为它能给我一种特有的乐趣）是这样一个对象，那就是一个人与另一个人之间的共同点。只有在我觉察到这个对象的踪迹时，我的精神——在这以前它一直处于麻痹状态，即便看上去我在侃侃而谈，别人无从发现隐藏在这活跃的表象下面的，是整个精神状态的萎靡不振——陡然间进入了寻猎的亢奋状态，不过它追踪的目标——举例来说，韦尔迪兰沙龙在不同地点、不同时期的同一性——在一个有些深度的地方，在表面之下，一个稍稍缩进一些的区域。这时，对于周围的人那种表面的、可模仿的魅力，我都视而不见了，因为我已经分不出神来留意这些东西，这就好比一个外科医生，他在一个女人光滑的肚皮下面，看见了腹腔内的病变部位。我在别人府上用餐，却并没看见周围的宾客，因为，当我以为自己在看他们的时候，我其实是在用X光机透视他们。

[……]

那些想法，有些削弱了、有些却增强了我因没有文学天赋感到的遗憾。但当我在远离巴黎的一所疗养院里治疗时，整个漫长的岁月中，那些想法从没在脑海里出现过，确实，那些年我完全放弃了写作的计划。这种状况，一直持续到1916年初疗养院已经找不到一个医务人员时为止。

〔一战爆发后,我两度离开疗养院返回巴黎。

弗朗索瓦兹的表兄嫂帮助他们的侄媳妇。从他们身上可以看到法兰西的民族精神。〕

不过在这些日子里,我很少见到弗朗索瓦兹,因为她三天两头要去表兄弟家,关于她的这些表兄弟,妈妈有一次对我说过:"你知道吗,他们可比你有钱喔。"而我下面要说的这件可歌可泣的事情,那个年头在整个法国是随处可见的,倘若有哪位历史学家把这些事情记入史册,它们足以见证,不仅在马恩河战役中阵亡的士兵身上,而且在后方千千万万从战火中幸存的老百姓身上,都可以看到法兰西的伟大和民族精神的崇高,看到圣安德烈乡村教堂所体现的传统力量的坚不可摧。弗朗索瓦兹有个侄子在贝里战役中被打死了,他也是弗朗索瓦兹那些富翁表兄弟的侄子,那些富翁靠经营咖啡店起家,发迹后回到老家享清福,已经有很多年头了。那个侄子被打死了,他原是一家小咖啡馆的店主,没有什么财产,应征入伍时才二十五岁,留下年轻的妻子独自照管小咖啡馆,他本以为过几个月就能回来重操旧业的。他战死了。于是我们看到了下面这感人的一幕。弗朗索瓦兹那些家赀上万的表兄弟们,虽说跟他们侄子的遗孀,那个年轻女人,并没有任何血缘关系,却都从赋闲已有十年之久的老家赶来帮忙经营这家小咖啡馆,而且申明分文不取;每天早晨六点钟,百万富翁的老婆——名副其实的阔太太——跟女儿一起装束齐整,相帮侄媳妇和表嫂张罗店里的生意。将近三年的时间里,她们就这样洗杯子、端饮料,从早晨一直忙到晚上九点半,没有一天空过人。在这本书里,没有一件事不是虚构的,没有一个人物是真有其人的,所有这些人和事,都是我为了铺陈小说的内容而构想出来的,但我要怀着为祖国感到自豪的心情说,弗朗索瓦兹这些从退隐的老家赶来相帮孤零零的侄媳妇的富翁表兄弟，他们——也只有他们——是确有其人的，他们是真人真事。我相信我这样写，并不会有损他们谦虚的品德，理由是他们永远都不会读这本书，所以，尽管我无法把其他许多同样做过了不起的事情，使法兰西因他们而得以幸存的人一一列举出来，但我愿怀着孩子般纯真的愉悦，内心充满感动地在这里写下他们的真实名字：他们姓拉里维埃——法国味十足的姓氏。

［圣卢殉难。他的一生给我留下的印象如同画面那般清晰。］

有个消息，推迟了我离开巴黎的行期。这个消息让我非常难过，有好一阵子无法考虑旅程。事情是这样的，我听说了罗贝尔·德·圣卢的噩耗，他在返回前线的第三天，为掩护手下的士兵撤退而殉难了。谁也不可能比他更不懂仇恨一个民族（至于皇帝，基于一些很特别的，甚至可能是荒诞的理由，他认为威廉二世并非挑起事端，而是想阻止战争的爆发）。他对德国文化也毫无厌恶之心；我听见从他嘴里发出的最后的声音，是六天前他在我家楼梯上对我哼唱的舒曼歌曲的开头几句，他唱得那么投入，我生怕邻居听到，只好止住他不让往下唱。他受过良好教育，平时说话既不会称颂讨好，也不会疾言厉色，更不会说漂亮的空话。面对敌人，他跟当初面对征兵人员时没什么两样；在敌人面前，他置个人的生死于度外，不肯为保全自己的性命而说出哪怕一句那样的话来。这种面对他人时置个人的一切于度外的风度，可以说是他为人处世的风度最好的注脚，这种风度同样也表现在其他地方，每回我从他的住处出来时，他连帽子也不戴就那么一路送我上车，亲自为我关上车门。

我一连好几天把自己关在房间里，想着他的种种事情。我回想起他第一次到巴尔贝克来的时候，穿一件近乎白色、料子很软的衣服，眼睛有如大海那般颜色发绿、波光闪烁，他穿过通往大餐厅的前厅走来，餐厅玻璃窗外就是大海。我回想起他在我眼里是个与众不同的人，我非常想能和他做朋友。这个愿望很快就实现了，快到我根本想不到的地步，然而当时这几乎没有给我带来任何愉悦之感，后来我才意识到，在他优雅的容止后面，有着许多高尚的品德，当然，也还有其他别的东西。而他日复一日，把所有这一切，无论好与坏，毫不吝惜地奉献了出来——最后一次是在向一条战壕发起冲击时——他这样做是出于慷慨，出于把自己所有的东西用来为别人效劳的热忱，正如有天晚上他在餐厅里跳过电线坐上软垫长椅，免得我挪动位置那样。总的说来，我很少见到他，每次遇见的地点都不一样，环境也各不相同，而且中间都相隔那么长的时间——无论是在巴尔贝克的大厅，在里夫贝尔的咖啡馆，在骑兵营地和冬西埃尔军营晚餐上，还是在他打了记者一个耳光的剧场，在盖尔芒特亲王夫人的府邸——但正因为很少见他，他的一生给我留下的印象如同画面那样清晰，那样激动人心，他的死，则使我感到一种意识格外清醒的悲痛，跟那些我们爱之更深而且过从更密的人相比，这种印象更鲜明，这种悲痛更深切；因为来往一多，那些人留在我们脑海中的形象，就只是无数差别难以觉察的形象的一种大致的平均值，而我们的情感一旦得到了满足，也就不会再像对我们见面时间很有限（由于他们或我们的缘故，见面还总是匆忙得很）的朋友那样，幻想有一天能加深这种情感，指望只要环境不变，这种情感就永远不变。

[战后回到巴黎，我对文学和自己的才情依旧心灰意冷。]

第二所疗养院的治疗效果，并不比第一所的好；但我还是在那里住了好些年。最后总算离开了；在回巴黎的火车上，我一路尽想着我缺乏文学天赋，这一点我想我早在往盖尔芒特家散步那会儿就意识到了，后来在当松镇，我和吉尔贝特经常散步到很晚，才回去吃晚饭，散步途中我更惆怅地认识到了这一点，而在离开当松镇的前夜，读了几页龚古尔兄弟的日记以后，我更是几乎将这一点与文学的虚妄、空幻等同了起来，这个想法，也许不那么让我感到痛苦，却使我心绪更为黯淡，我觉着它告诉我的不仅仅是我的无能，而是我曾经有过的理想本身就是毫无价值的。这个曾有很长一段时间没有在脑海中浮现的想法，重新以一种比先前任何时候都更为可悲的方式冲击着我。我记得，当时火车停靠田野上的一个小站，阳光照在铁路沿线的一排树木上，树干的上半部分沐浴在阳光中。

"大树啊，"我心想，"你们已经对我无话可说了，我这颗变冷的心再也不会听见你们的声音了。此刻，我身处大自然的怀抱中，却以冷漠而充满倦意的目光，看着明亮的树顶和阴暗的树干的分界线。如果说我曾经自以为是诗人的话，那么现在我知道我不是。无论人生有多枯燥，我面临的毕竟是一个新的阶段，也许在这个阶段中，有人能给我以大自然不会再给我的启示。可是那些让我也许能为它讴歌的岁月，却再也不会回来了。"

但是，当我用有人可能对我作出的开导，来替代大自然不可能作出的启示，藉此安慰自己的时候，我知道我仅仅在寻找一种安慰罢了，我心里明白，这种安慰是毫无价值的。如果我真的有一颗艺术家的心灵，面对这排被落日余晖照亮的大树，面对路基斜坡上长得几乎跟车厢踏板一般高的小花，我应该感到多么愉悦啊——这些小花，我能数出它们有多少花瓣，却无意像许多妙笔生花的作家那样去描绘它们的色彩，因为，一个自己没有感受到愉悦的人，怎么可能让读者感受到愉悦呢？

　　　　［盖尔芒特家石板地的启示。重温玛德莱娜小蛋糕带给我的幸福感。］

然而有时，就在我们感到一筹莫展的当口，会出现某个启示，带来新的希望；我们敲遍了所有的门，都无法入内，最后却无意间撞到那扇可能花一百年也找不到的、唯一可以进去的门，门开了。

我心不在焉地走进盖尔芒特府邸的院子时，满脑子转的都是刚才提到的那些忧郁的念头，没有注意到有辆汽车迎面朝我开来。冷不丁听到司机的尖叫，我赶紧退让，结果退得太猛，不小心踩到了车库前那些码得不大平整的铺路石板。就在我竭力站稳的当口，我的脚在一块稍稍低下去的石板上绊了一下，一种幸福感倏然而至，驱散了沮丧的情绪；我在不同的人生时期都体验过这种幸福感，在巴尔贝克附近乘车兜风时见到那几棵似曾相识的大树时，在马丁镇瞧见那些钟楼时，在姑妈家尝到在茶里浸过的玛德莱娜蛋糕时，还有在前面提到过的许多美妙的感觉中，我都品尝过这种幸福，而我觉得，凡特伊临终前的作品仿佛把所有这些感觉都融合在了他的音乐之中。正如我尝到玛德莱娜蛋糕滋味的那一瞬间，对未来的忧虑，心头的种种疑惑，一下子全都烟消云散了。适才我还在为自己是否具有文学才能，乃至为文学本身是否具有现实意义，感到烦恼不堪，此刻这些烦恼和纠结，仿佛被施了魔法似的不见了踪影。

没等我来得及进行任何推理、作出任何判断，方才还无法解决的难题，顷刻间就变得毫无意义了。但这一次，我暗暗对自己说，一定不能再像那天品尝在茶中浸过的玛德莱娜蛋糕那样听之任之，不去弄个明白了。我刚才体验到的幸福感，就是当初吃玛德莱娜蛋糕时品尝到的那种幸福感，而那时我没有及时去探究深层的原因。两次体验的不同之处纯粹是物质上的，仅仅是具象的差别；碧蓝的光影吸引着我的眼球，清新的感觉，耀眼的光线，在我身旁盘旋，我想留住这些印象，但正如我在尝小蛋糕的味道时一点不敢动弹，唯恐这味道唤起的联想会骤然离我而去，这一次我也不敢多动，尽管旁边那群司机都在看我笑话，我仍然保持刚才的姿势，一脚踩在高起来的石板上，一脚踩在低下去的石板上,一高一低地慢慢往前走。当我机械地注意着自己的步态时,我什么也感觉不到;而一旦我能把盖尔芒特府的下午聚会忘在脑后,方才这样踩在石板上时感觉到的东西,顿时又浮现在脑海里,那耀眼而又朦胧的光影,又一次在我身旁轻轻拂过,仿佛在对我说:"你要是内心是强大的,现在就抓住我,解开我给你带来的幸福之谜吧。"我几乎即刻认出了,它就是威尼斯,我为描写它所做的努力也好,我的记忆为它摄下的所谓快照也好,都没给我留下什么印象,而当时在圣马可洗礼小教堂踩在两块高低不平的石板上曾经体验过的感受,和那天的许多别的感受掺和在一起,这会儿让整座城市在我的脑海中浮现了出来——那些感受挨着个儿,排在被遗忘的岁月的队列之中,静静地等待着,等待一个骤然降临的机会不由分说地把它们请出队列。玛德莱娜小蛋糕,正是这样让我回忆起贡布雷的。可是,为什么贡布雷和威尼斯的形象,会在两个不同的时刻给予我一种相同的愉悦感,一种有如信念那般强有力、足以让我不用任何其他证明就确信生死无须萦怀的愉悦感呢?

这个问题在脑子里打转,我心想今天一定要把它想明白,脚步却不曾停下,径自走进了盖尔芒特府邸,因为,我们总会把自己正在扮演的角色,看得比内心要我们去做的事更重、更要紧,而今天,我的角色就是客人。但到得二楼,一位管家请我在一个兼作书房的小客厅里稍待片刻,等隔壁客厅里正在演奏的那首乐曲结束以后再进去——演出进行期间,亲王夫人不允许任何人开门入内。而就在这时,第二个启示倏然而至,前来加强那两块高低不平的石板给予我的启示,鼓励我继续探索其中的奥秘。原来那是一个仆人不小心把汤匙敲在碟子上的声音。刚才那两块铺路石板带给我的极度幸福的感觉,又充溢在我心间;依然是那种酷热的感觉,却又全然不同:其中掺有一种烟味儿,背景上森林的清新气味则冲淡了烟味儿;我意识到,让我感到如此愉悦的正是那行树木,那行我曾懒得去观察、去描写的树木,当时火车停在小树林跟前,我在车厢里打开一瓶啤酒的那一瞬间,感到过一阵晕眩,恍惚觉得周围传来的汤匙碰击碟子的声音,依稀就是工人在整修火车车轮时的榔头敲击声。仿佛种种迹象都在这一天里热切地向我显示,预示我应该摆脱沮丧情绪,重振文学信念,可不是吗,那位在盖尔芒特亲王府邸待了好些年头的管家刚才认出了我,让我在客厅隔壁的书房里稍等,还给我端来了各式各样的糕点和一杯橘子水,我拿起他递给我的餐巾擦了擦嘴;蓦然间,《一千零一夜》中的情景宛如就在眼前,书中的人物无意间做了一个符合仪式的动作,顿时,一个绝对听命于他的、只有他一人能看见的精灵,出现在他面前,随时准备把他带往远方,而此刻,出现在我眼前的是一片蔚蓝空濛的新奇的幻象。它纯洁而又饱含盐分,高高鼓起犹如蓝莹莹的乳峰。这印象如此强烈,以致我觉得眼下的时刻就是真实的时刻。那天我在心里嘀咕,不知道盖尔芒特亲王夫人会不会愿意接待我,生怕希望会化为泡影,而此刻的我,变得比那天更迟钝,我恍惚间觉得,仆人刚才打开了朝向海滩的窗户,周围的一切都在邀请我下去,在涨潮的海堤上漫步。我刚才擦嘴的上过浆的餐巾,硬硬的就像我初到巴尔贝克那天,站在窗前用的那块没法把脸擦干的餐巾,此时在盖尔芒特府邸的书房中,餐巾的褶裥和那扇面似的形状,让一片蓝绿色的海面,犹如孔雀开屏那般展现在我眼前。使我感到快乐的,不仅仅是这些色彩,而且还是支撑起这些色彩的生命瞬间,那应该是对这些色彩无限向往的瞬间,在巴尔贝克也许是某种疲惫、忧郁的情绪阻碍了我,让我没有享受到这个瞬间,而现在,克服了认识的不足之后,对外部世界的感知变得纯粹而空灵,这个瞬间让我心中洋溢着喜悦。

〔真正的天堂是我们失去的天堂。
乔治·桑的小说《弃儿弗朗沙》唤醒了我儿时的回忆。〕

正在弹奏的曲子随时可能结束，那时我就只能进客厅去了。所以我竭力想尽快地弄清楚，刚才那几分钟里我三次感受到同样的愉悦感，到底是怎么回事，那样我就可以从中获取应有的教益了。我们对一个事物的真实印象，和我们在描述这个事物时有意修饰过的印象，两者之间有极大的差异，我不想让思绪仅仅停留在这一差异上。我清晰地回想起，斯万当初说到他恋爱的那些时日时，神情相当淡漠，因为他在自己说的话里看到的，是那些时日之外的别的事物，而凡特伊的那个小乐句，却一下子就让他回到了那些时日之中，他在这一刻骤然感到的痛苦，正是以前感到过的痛苦；因此我清楚地意识到，高低不平的石板，浆过的餐巾，以及玛德莱娜蛋糕的味道在我身上唤起的那种感觉，跟我经常靠常规的回忆去重温威尼斯、巴尔贝克和贡布雷时的感觉，它们之间是毫无关系的。我也意识到，有人会说生活是平庸乏味的，尽管在某些时候它会显得非常美丽，那是因为，在大多数情况下，我们评价生活、贬低生活，依据的恰恰是跟它并不相干的东西，是那些并非生活本身的印象。我还注意到，各种真实印象之间存在差异——这些差异可以说明，对生活的常规描绘何以无法跟生活很相像——其原因可能在于，我们在人生的某个时段说某句话，做某个并无深意的动作之时，四周都围绕着各种各样的事物（那句话，那个动作，都是它们的反映），这些事物与这句话、这个动作并无逻辑上的联系，而且是被智力跟它们分开的，智力以作推理并不需要这些事物，然而在这些事物中间——这儿，是一个乡村饭店饰满花卉的墙壁上晚霞的反光，是饥肠辘辘的感觉，是对女人的渴念，是纵情享乐的欢愉；那儿，是清晨大海蓝色的卷浪裹挟着犹如水妖肩膀那般半隐半现的乐句——那个手势，那个最简单的动作仍然像被封闭在上千个瓶子里，其中每个瓶子都有可能装满色彩、气味、温度各异的东西。还有，倘若把这些瓶子按我们的人生岁月（在这些岁月中我们不断在变化，即使变的只是梦想和观念）排列起来，它们会位于各个不同的高度，会让我们感觉到它们所处的氛围是迥然不同的。诚然，这些变化是在让人几乎觉察不到的情况下完成的；但是在倏然而至的回忆和眼前的处境之间，甚至在有关两个不同年份、地点或时间的回忆之间，距离之大（姑且撇开各自的特点不谈）都是足以让两者无从比较的。然而，尽管这种回忆，由于忘却的缘故，没能在它和当下之间建立任何联系、布下任何关联，尽管它在地方、日期上一成不变，尽管它一直保持着那段距离，在山谷也罢，在峰巅也罢，始终保持它的孤绝之态，但是它毕竟让我们感觉到了一股清新的空气扑面而来，而这股空气之所以清新，正因为它是我们往日呼吸过的空气，是比诗人们徒然想让其遍布天堂的空气更为纯净的空气，如若不是曾经被我们所呼吸过，它是不可能给我们带来这种意味深长的清新之感的，因为真正的天堂是我们失去的天堂。

  我思绪没有中断，随手在盖尔芒特先生的书橱里抽出那一本本珍本书籍来翻看。当我心不在焉地翻开其中一本的封面时，我心头一震，突然觉得很不开心，那本书是乔治·桑的《弃儿弗朗沙》。我的感觉是，这本书跟我眼下的思绪太不和谐了。但往下读了几页，我却激动得几乎要流泪了，我意识到，它留给我的印象才是真正和我眼下的思绪最合拍的。这就好比在一位为国效力死而后已的死者的灵堂里，殡仪馆的人在准备把灵柩抬下去，死者的儿子在和鱼贯而行的最后几位朋友一一握手，突然间窗外传来一阵军乐声，他勃然大怒，认为这是有人在嘲弄他的悲伤。他控制住了情绪，但当他弄明白那是一个团队的士兵前来吊唁逝者，向父亲的遗体告别的时候，他终于忍不住流下了眼泪。我刚才意识到，盖尔芒特亲王书橱里那本书的书名在我心中唤起的痛苦的印象，跟我当时的思绪是完全合拍的，其实也是这么一回事；这个书名使我想到，文学确实给了我们一个神秘的世界，那是个我不曾发现的世界。然而那并不是一本特别了不起的书，那只是《弃儿弗朗沙》。而这个名字，有如盖尔芒特的名字，对我来说跟我以前知道的那些名字都有所不同：它让我回忆起了妈妈给我念这本书时，"弃儿弗朗沙"这个书名在我心中唤起的那种我当时觉得似乎无法解释的情感（就像盖尔芒特这个名字——当我有很长一段时间没见到他们家的人时——让我觉得散发着封建领主的气息一样，弃儿弗朗沙让我想起的是这本小说最本质的内容），这种情感后来一度取代过评论界对乔治·桑的贝里乡村小说[1]的普遍观点。在一个聚会的餐桌上，当思绪仅仅停留在表层的时候，我也许不妨谈谈弃儿弗朗沙和盖尔芒特家族，这时这两个名字都不会有它们在贡布雷所带有的意味。可是当我独自一个人，正如此刻这样的时候，我的思绪沉浸在一个更深的层面之中。此时，诸如我在社交场上认识的某人，居然就是盖尔芒特夫人，也就是说一位神灯阿拉丁式的人物的表妹，或者我读过的那些最美的书都足以跟——且不说是胜过，其实当然是这样——这本了不起的《弃儿弗朗沙》比拟之类的想法，都会让我觉得不可思议。那种印象其实由来已久，其中满含温情地掺杂着儿时的回忆和家族的回忆，但我一下子没能认出它们。起先我挺恼火，心想这个跑来搅得我不开心的陌生人，究竟是谁呀。其实，这个陌生人就是我，就是这本书刚在我心中唤醒的儿时的我——它所认识的我就是那个孩子，它方才呼唤的，只是它曾用眼见过、用心爱过的这个孩子，它只是想和这个孩子说话而已。因而，妈妈在贡布雷给我朗读几乎直至清晨的这本书，对我来说始终保持着那个夜晚温馨的魅力。当然，借用布里肖的话来说（他老喜欢说一个作家有一支"灵动的笔"），乔治·桑的笔，在我看来，根本不像我母亲在很长一段时间里（后来她的文学趣味渐渐变得和我一致了）所认为的那样是一支生花妙笔。但它却是我当初为表演给同学看，而无意中使之带有磁性的笔，我久违已久的那许许多多贡布雷

---

1. 贝里是乔治·桑（1804—1876）的故乡。包括《弃儿弗朗沙》（1848）在内的许多小说，都以她熟悉的贝里乡村为背景，人称"贝里乡村小说"。

的琐事，此刻轻盈灵巧地跳出来，一个接一个悬在带有磁性的笔尖上，形成一个没有尽头的、微微颤动着的回忆之链。

　　某些有才能而又喜欢神秘事物的人每每相信，物体自会保存注视过它的目光中的某些东西，我们见到的古迹和名画，和我们之间都隔着一层由几世纪来无数崇拜者用爱和仰慕的目光编织而成的几乎可以触知的纱幕。这种奇思异想，倘若放到每个人所拥有的那片小小的现实生活领域，放到我们每个人的情感世界中去，它就会一点不奇怪，变得很真确了。是的，在这个意义上，仅仅在这个意义上（而这是一种远为重要得多的意义），我们以前注视过的一样东西，在我们再次见到之时，会把当时充实它的全部图景，连同我们注视的目光，重新带回到我们眼前。这是因为一个事物——无论是一本红封面的书，还是别的什么东西——从被我们感知的那一刻起，就在我们身上成为某种非物质的，跟我们当时的所思所想、当时的情感同样性质的东西，与我们的思想和情感交融在了一起。从前在一本书里念到的某个名字中，包含着我们念这本书时拂过我们脸的风和照在我们身上的阳光。因此，那种满足于"描写事物"，可怜巴巴地像画平面图那样，把一根根线条、一个个块面按原样描下来的文学作品，尽管自称为现实主义，其实是离现实最远的，最贫乏、最可悲的作品，因为它们生硬地割断了我们的当下跟过去（其中本质的东西保存在形形色色的事物之中）和将来（那些事物在激励我们重新品鉴这种本质的内容）的一切联系。而这种本质的内容，正是配得上称为艺术的艺术所应该表现的内容，即使表现得不成功，我们也还可以从失败中得出一个教益（而现实主义即便成功，我们也不会从中得到任何教益），那就是：这种本质的内容，有时候是完全主观的、不可言传的。

　　事情还不止于此。我们在某个时候看到的一件东西，我们读过的一本书，不仅跟当时周围的环境交融在一起，而且跟我们当时的状态密切相关，我们之所以能重新想起、重新感觉到它们，靠的正是我们当时的感觉、思绪和状态。

　　〔表述生活本质的那本大书，作家应该不是创造出来，而是翻译出来的，因为它原本就存在于我们每个人的心中。作家的使命，就是译者的使命。〕

倘若现实就是这种个人体验的碎屑，对所有的人而言都是大致相仿的——因为我们一说起坏天气、战争、车站，一说起灯火辉煌的餐厅、鲜花盛开的花园，就谁都明白我们在说什么；倘若现实仅仅就是这样，那么大概有一台电影摄像机，能把这些东西都拍下来，也就够了，离开这些具体而微的东西，去谈什么"风格"、"文学"，只会让人觉得矫情。但是，难道现实真的就是这样的吗？当我想要弄明白，一样东西、一件事情使我们留下深刻印象的那一刻，究竟发生了什么；当我那天从维沃纳河桥上走过，河面上云朵的倒影看得我兴奋地跳起来高喊"嗨！嗨！"的时候；当听到贝戈特的一个句子，我心心念念想着的竟是跟贝戈特颇不相称的"妙极了"这三个字的时候；当有人态度不好，布洛克生气之余小题大做地说什么"怎么可以这么做，简直叫我难以置——置信"的时候；当我在盖尔芒特府上受到热情款待，又被红酒弄得微微有些醉意，走出府邸情不自禁地低声自语"这儿的人都那么可爱，能和他们生活在一起有多美好"的时候，我想要弄明白，在这些时刻究竟发生了什么。这时我意识到，那部写出本质的东西的书，那部唯一真实的书，一个杰出的作家不是创造（在这个词的通常意义上）出来，而是翻译出来的，因为它已经存在于我们每个人的心中。作家的职责和使命，就是译者的职责和使命。

　　〔真正的生活，最终被发现并被阐明，因而是唯一完全真实的生活——就是文学。〕

日积月累保存在记忆中的，是所有这一系列并不准确的表述，其中唯独没有我们的真实感受，对我们而言，这些表述就是我们的思想，我们的生活，就是现实；正是从这些有违真实的表述中，产生了一种所谓"真实"的艺术，它像生活一样平庸，全无美感可言，其中用到的永远都是我们眼睛所见到、智力所了解的东西，看到它们如此乏味、如此无聊，我们暗自会问，对一个写出这种作品的人，难道还能指望他找到使自己感到愉悦和激动的闪光点，来激发他的热情，推动他的创作吗？真正的艺术绝非如此，德·诺布瓦先生称之为业余爱好者即兴之作的真正的艺术，其了不起之处，就在于发现并把握这个现实，让我们认识这个现实（尽管它跟我们生活之间的现实相距甚远）——随着我们用以取代这个现实的既定认知变得越来越厚、越来越不透光，这个现实正在离我们越来越远。

　　真正的生活，亦即最终被发现并被阐明，因而是唯一完全真实的生活——就是文学。这种生活，从某种意义上说，每时每刻都不仅寓于作家身上，而且同样寓于每个人身上。但是他们看不见它，因为他们缺乏阐明它的意识。因而他们的过去充斥着无数杂七杂八的底片，派不上用场，原因是智力根本无法将它们冲洗显影。我们的生活如此；别人的生活也如此；说到底，风格之于作家，犹如色彩之于画家，这不是一个技巧的问题，而是一个眼光的问题。要分析这个世界呈现在我们面前的不同方式，揭示其中存在的质的差别，这是任何直接的、有意识的方法都无能为力的，倘若没有艺术，这种差别将成为每个人永恒的秘密。唯有通过艺术，我们才能从自身中解脱出来，去了解别人是怎么看这个世界的——他们看到的世界，跟我们看到的并不一样，那上面的景色，说不定就像月亮上的景色那样使我们感到全然是陌生的。幸好有艺术，我们才能不止看到一个世界，亦即我们的世界，而且能看到它不断增生；创新的艺术家越多，展现在我们眼前的世界就越多，它们相互之间的差异，更甚于运行在无限之中的那些天体的差异,即使在光芒所由放出的源头——无论它是叫伦勃朗还是叫弗美尔——已经熄灭几个世纪以后,那些各具特色的光芒仍然会照射到我们身上。[……]

　　[真正的作品不会诞生于明媚的阳光和闲谈,它们应该是夜色和安静的产物。]

　　习惯,使我看不见周围种种细小的征兆(盖尔芒特家族,吉尔贝特,圣卢,巴尔贝克,等等)的意义所在,现在我必须还它们以应有的含义。当我们面对某种现实状况时,为了表述它、保存它,我们必须把所有跟它无关的、由习惯所固有的速度不断带给我们的那些东西,全都撇开。首先我得撇开那些有口无心的话语,那些人们在交谈中用来调侃打趣的话语(跟别人交谈时间久了,他们对自己也会有意无意地继续用这种口气说话,它们使我们的内心充满着谎言),那些所谓的场面话(在已然堕落为这些话语的记录者的作家身上,它们伴之以浅笑盈盈、挤眉弄眼,无时无刻不在玷污,比如说,某个圣伯夫爱用的口头语),因为,真正的作品不会诞生于明媚的阳光和闲谈,它们应该是夜色和安静的产物。

　　[客厅里的主人和宾客,都像化了装、扑了粉似的。过了好一会儿,我才明白他们是真的老了,我也一样。]

　　一开始,我不明白为什么我不敢相认在场的主人和宾客,为什么他们都像化了装似的,个个都扑了粉,模样完全变了。亲王依然跟我第一次见到他时一样,像个童话故事中和善的国王,但这一次,大概是自己也要遵守来宾必须化装参加聚会的规定的缘故,他嘴上挂着一把白胡子,走起路来拖着脚步,仿佛鞋底灌了铅似的,步履神态都像是在扮演人到老年的角色。

吉尔贝特·德·圣卢对我说："我们一起到外面去吃晚饭，就我俩，怎么样？"

我刚说："如果您不觉得这么单独跟一位年轻的男士……"就听到周围的人都笑了起来，于是马上接口说，"或者确切地说，跟一位上了年纪的男士去吃饭有什么不妥的话。"

我感觉出来了，刚才引得大家发笑的那句话，很像是我母亲对我说话时说的那种话，在她眼里我永远是个孩子。而且我意识到，我是用母亲的观点在评判自己。即使我最终能像她那样记录下自孩提时代以来的某些变化，那也无非是一些现在看来显得很陈旧的变化。我始终还是当初被人（当时那么说其实为时太早了些）说成"现在几乎是个大小伙子了"的那个人。我依然这么想，可是这一回却已为时太晚，晚了很多很多。我没法看清自己究竟起了多少变化。可是说实话，刚才放声大笑的那些人，他们又能看到些什么呢？我没有一根头发是灰白的，我的唇髭是黑的。我真想去问问他们，那件可怕的事情，到底是在哪儿露出了端倪。

现在我明白衰老是怎么回事了——衰老，也许是我们这辈子最不愿意正视的一个现实，我们宁可让它始终只是个纯粹抽象的概念，我们一页页翻过日历，在信笺上署上日期，眼看先是朋友自己结婚，而后是朋友的孩子结婚，然而由于怕，由于懒，一直没明白这一切意味着什么。直到有一天突然看到一个熟人变得陌生的面相，比如说德·阿让库尔先生的面相，才终于明白我们已经生活在一个新的世界中；直到有一天，一位女友的外孙——我们本能地把这个小伙子当作自己的同龄人——冲着我们在笑，仿佛我们是在跟他开玩笑似的，因为在他眼里，我们早该是他的外公辈了，我们才恍然大悟。我懂得了死亡、爱情、心灵的欢愉、痛苦的疗效，以及使命感等等，究竟意味着什么。虽然姓名对我来说失去了个性，话语却为我展示了它们的全部涵义。

形象之美寓于事物后部，观念之美却在前部。所以，当我们到达事物跟前时，前者之美就无法再唤起我们的赞叹，而后者，我们只有在穿越这个事物之后，才能领悟到它的美。

　　［我认出了发胖的吉尔贝特——已故的罗贝尔·圣卢的夫人。］

　　一位胖胖的女士过来向我问好；而这短短的一瞬间里，我脑海里掠过了种种不同的思绪。我迟疑了一会儿，没有作答，生怕她像我一样不会认人，大概是错把我当作别的什么人了。然而她自信的表情，却又使我疑心她说不定是个我很熟悉的朋友，这么转念一想，我脸上多出了几分笑意，但目光仍在她脸上寻找一时想不起来的姓名。这就好比一个参加中学毕业会考的考生，对怎么回答考题心中没底，目光盯在考官的脸上，徒然地想从这张脸上找到他本应从自己的记忆中去寻找的答案。于是，我朝这个胖妇人微笑着，凝视着她的脸。我依稀觉得这张脸有些像斯万夫人，这么想着，我的笑容中不由得添加了一些尊敬的意味。我心想可以不用再犹豫不决了，可是还不到一秒钟，却听得这个胖妇人对我说："您把我当作我妈妈了，是啊，我长得越来越像她了。"就这样，我认出了吉尔贝特。

　　我们谈了许多有关罗贝尔的情况。吉尔贝特说到罗贝尔时，始终保持一种敬重的语气，仿佛她在说的只是我的一位故友，而不是她的亡夫。有关当年的斯万小姐的所有的回忆，都已从眼前的这个吉尔贝特身上褪去，被另一个宇宙的引力吸到了很远的地方，沐浴在山楂树的芳香之中。

　　［我在圣卢小姐身上，体会逝去的时光这一概念：通往圣卢小姐那儿，又从她那儿辐射出去的道路，在我心中数不胜数；它们之间又有许多横向的连接通道。生活的回忆之网。］

当圣卢夫人朝另一间客厅走去之时,她的这些话带给我的惊讶,以及我的欣喜,很快就被逝去的时光这一概念所取代,就连我还没见过的圣卢小姐,也在以她的方式向我诉说这几个字:逝去的时光。而她,难道不正是跟绝大多数人一样,犹如置身林间空地那般,处于来自不同起点(好比我们人生中的不同节点)的道路汇聚的星形路口吗?这些通往圣卢小姐,又从她那儿辐射出去的道路,在我心目中是数不胜数的。首先,贡布雷的那两边,那两条留下过我多少次散步的足迹,承载着我多少遐想的小路,汇聚到了她身上——盖尔芒特家那边经由她父亲罗贝尔·德·圣卢,而梅泽格利兹那边,亦即斯万家那边,则经由她母亲吉尔贝特。其中一条,经由这位少女的母亲,经由香榭丽舍林荫道,把我引向斯万,引向贡布雷的那些夜晚,引向梅泽格利兹那边;另一条,经由她的父亲,把我引向在巴尔贝克阳光灿烂的海边尽情遐想的那些下午。这两条路之间,已经建立了横向的连接通道。这不,我在那儿结识圣卢的那个真实的巴尔贝克,在很大程度上是由于斯万对我说起那些教堂,尤其是那座波斯教堂,才惹得我心心念念想去那儿的;另一方面,由于罗贝尔·德·圣卢——盖尔芒特公爵夫人的这位外甥,我又在贡布雷回到了盖尔芒特家那边。圣卢小姐还把我引向生活中许多别的节点,引向我在叔公家见到的那位粉衣女郎,她就是圣卢小姐的外婆。这儿又有了新的连接通道,因为在我叔公家领我进房间、后来又送我一张照片(我认出照片上的人就是粉衣女郎)的那个贴身男仆,他的儿子就是夏尔吕先生爱恋过的那个年轻人,不仅夏尔吕,圣卢小姐的父亲也爱恋过他,为此圣卢小姐的母亲遭过不少罪。还有,不正是圣卢小姐的外公斯万,最先跟我说起凡特伊的音乐,就如吉尔贝特最先跟我说起阿尔贝蒂娜一样吗?而且,正是在跟阿尔贝蒂娜谈到凡特伊的音乐时,我突然明白了凡特伊小姐是阿尔贝蒂娜的密友,我跟阿尔贝蒂娜之间的关系从此出了毛病,并最终导致她的出走和死亡,给我留下无尽的哀伤。而动身前去寻找阿尔贝蒂娜的,也正是圣卢小姐的父亲。甚至我的全部社交生活,无论是在巴黎,在斯万或盖尔芒特家的客厅,还是在另一头的韦尔迪兰家,无一不是或沿着贡布雷的两边,或沿着香榭丽舍林荫道,或沿着拉斯普利埃尔城堡漂亮的平台,一一排开的。再说,我们所认识的那些人,我们要讲述和他们之间的友谊时,我们不是都得把他们一个个地放在人生中一系列不同的位置上吗?我所描述的圣卢其人其事,会在各种各样的背景上展开,会影响我的全部生活,即使对一些与他全然无关的,比如有关我外婆或阿尔贝蒂娜的那部分生活内容而言,这样的影响依然存在。另外,尽管韦尔迪兰夫妇属于另一个生活圈子,但奥黛特的过去,把他们和她连在了一起,夏利,则把他们和罗贝尔·德·圣卢连在了一起;而在韦尔迪兰夫妇的沙龙里,凡特伊的音乐又扮演了何等重要的角色!最后,斯万爱过勒格朗丹的姐姐,勒格朗丹又认识夏尔吕先生,小康布尔梅则娶了夏尔吕先生监护的姑娘。诚然,倘若仅就我们的内心而言,诗人说生活扯断"神秘之线"[1]是言之成理的。但是更真确的说法是,生活不停地在人与人、事与事之间编织这些神秘之线,让它们穿梭交叠,愈织愈厚,直到过去生活中的任何一个点和所有其他的点之间,都存在一张密密匝匝的回忆之网——循着网络寻找,就能找到那个点。

如果我们想要做的,并不是下意识地去应用这张网,而是回忆它织成前的模样,那么在眼下能为我们所用的这些事物中,可以说没有一件不曾是充满活力的东西,它们为我们而保持自己的生命力,而后相继转换成我们备用的素材。我被引荐给圣卢小姐,此事很自然地发生在韦尔迪兰夫人府上;我不胜欣慰地回想起跟阿尔贝蒂娜(我这正要让圣卢小姐来接替她呢)作伴出游的一幕幕场景——小火车上,去多维尔的途中,拜访韦尔迪兰夫人府邸,而这位韦尔迪兰夫人先是撮

---

[1] 语出雨果诗作《光与影》。

合然后搅黄我对阿尔贝蒂娜的爱情,还有,圣卢小姐的外公和外婆的爱情!我们周围无处不是埃尔斯蒂尔的画作,正是这位埃尔斯蒂尔介绍我结识了阿尔贝蒂娜。而韦尔迪兰夫人步吉尔贝特后尘嫁入盖尔芒特家族,则终于使所有往昔的岁月融合了起来。

要说明我们和别人(哪怕是一个不怎么认识的人)之间的关系,就得把生活中那些各不相同的背景一一交代清楚。因此每个人——我也是其中之一——当他与我之间的关系有了某种改变,那么,他不仅在自己周围,而且在别人周围所实现的变化,尤其是他相对于我而言先后占据不同位置所引起的变化,对我来说就是测量时间长度的标尺。也许正是时光(我刚在这个聚会上重新抓住了它)在我的生活中所设置的那些不同的场景,使我有了一个想法,那就是如果一个人想要在一本书里讲述他的生活,那么他所需要的并不是人们通常所采用的平面心理分析,而是一种空间的心理分析;那些不同的场景,为我独自在书房里遐想时渐次恢复的那些记忆,平添了一种新颖的美——因为,记忆在把以往如同它还是当下的时候那样,原封不动地搬到当下来的同时,恰恰去除了时光的一个重要的维度,也就是使生命得以实现的那个维度。

只见吉尔贝特向我走来。她和圣卢结婚在我仿佛就是昨天的事,当时我的那些想法依稀还在脑子里盘桓,所以瞧见有个十六岁模样的少女在她身旁时,我不禁有些吃惊,少女高高的身材挑明了我想回避不看的那段距离。无色无嗅、看不见摸不着的时间,为了——不妨这么说吧——让我能具体而微地在她身上看到它、触摸到它,特意把她塑造成一件精美的杰作,而我,唉!它就那么随便把我打发了完事。此刻圣卢小姐已经站在我面前。她眼窝深陷,目光锐利,鼻子如鸟喙那般精巧地微微突起,格局跟斯万的并不相似,却跟圣卢很像。盖尔芒特家族这位成员的灵魂已然消散;然而那颗有着飞鸟般锐利目光的可爱的头颅,却安然长在了圣卢小姐的肩头,当年认识她父亲的人见到此景此情，免不了会遐想良久。

给我印象最深的是她的鼻子，那简直就像是从她母亲和外婆的模子里刻出来的，微微突起的曲线，到鼻子下边那完全水平的位置才打住，整个格局非常别致，但若能稍短些则更好。这是个很别致的特征，光凭这一特征，就能从成千尊雕像中一眼认出一尊雕像来，我不由得赞美起大自然来，这位鬼斧神工的雕塑家不出手则已，一出手就给了外孙女——如同当初给她母亲，给她外婆一样——这果敢有力的一凿。我觉得她很美：身上还充满着希望，笑盈盈的，而使她出落得这样的，正是我失去的那一年又一年，她仿佛就是我的青春。

［我的书为读者提供阅读自己的手段。］

说到底，时光的概念于我还有另一层意义，它起着激励的作用，它在对我说，倘若我想实现在人生的某些时刻曾祈愿要达到的目标，那往往是些灵光一闪的时刻，或是在盖尔芒特家那边，或是在乘着德·维尔巴里西斯夫人的马车兜风的时候，那些目标使我感到生活是有意义的。生活在我眼里变得美好了，平时人们仅仅在混沌中见到的生活，现在我好像能阐明它了，平时不断被人们误解的生活，现在我好像能还它以真面目了，总之，我也许可以用一本书把生活真实地表现出来！我心想，能写这样一本书的人多么幸福，又有多少艰巨的工作要做啊！要想对这一点有个概念，不妨借鉴一些高雅而又全然不同的艺术或手段来作比较；这个作家，由于要让每种个性呈现各个不同的侧面，表现这种个性的容量，他必须细致入微地为他的书做准备，有如组织一场进攻那般不断重新配置兵力，有如忍受疲劳那般忍受它，有如履行规约那般接受它，有如建造教堂那般构筑它，有如遵守制度那般尊重它，有如克服障碍那般战胜它，有如建立友谊那般赢得它，有如抚育孩子那般给它以充足的营养，有如缔造一个世界那般创造它——连那些或许只有在另外的世界中才能解开的奥秘也不落下（我们对这类奥秘的预感，是生活或艺术中最撩拨我们心弦的猜想）。在这些巨著中，有些部分也许仅仅来得及开个头，也许由于设计规模的庞大而永远无法竣工。不是有那么些宏伟的大教堂，至今还没有完工吗！这本书，先是我们抚育它，充实它的薄弱之处，精心照料它，然后它会自己壮大起来，最后这本书会安顿我们的墓茔，保护它远离喧嚣，有时还保护它不被遗忘。

回过头来说我自己。我并不认为自己的书有多重要，甚至并不怎么考虑那些将会阅读我的书的人，亦即所谓我的读者。因为在我看来，他们并不真是我的读者，而是他们自己的读者，我的书无非就是一种类似于放大镜的东西——在贡布雷的眼镜店里，店主会把这种放大镜递给顾客，让他看得清楚些；我的书为他们提供了阅读他们自己的手段。因此我并不要求他们称赞我或批评我，我只要求他们告诉我是否就是这么回事，他们在自己身上读到的，是否就是我写的这些东西（而在这一点上可能出现分歧，未必是我把事情弄拧的缘故，有时那是由于读者还没有适应借助我的书去阅读他们自己的过程）。我不时在变换比较的角度，想使我的描述更生动、更具体，弗朗索瓦兹一直望着我，就像那些默默地生活在我们身边的人一样，对我所从事的工作有着某种感应（我差不多已经把阿尔贝蒂娜给忘了，所以对弗朗索瓦兹可能伤害阿尔贝蒂娜的那些事，我早就不放在心上了），我心想，我以后就得有她在身旁，几乎像她一样地工作了（至少是像她以前那样：现在她已经老得什么也看不见了）；因为，每当我把增补的纸条别到稿纸上去的时候，我总觉得自己就像在，我不敢大言不惭地说像在建造一座大教堂，我就说像在缝制一袭长裙吧[1]。有时候，我手头没有这些

---

[1] 此句原文中用的动词 bâtir 有"建造"和"缝制（供试样的衣裙）"两种释义。从普鲁斯特的写作笔记上，可以看出他写到这儿时，是颇费了一番思量的。这种文字上的美感，在拙译中很遗憾地没能体现出来。

纸卷——弗朗索瓦兹管这些增补的纸条叫纸卷[1]——又一时急着要用,这时弗朗索瓦兹很理解我干吗会那么烦躁不安,她会说,她要是没有号码对头的丝线和合适的纽扣,也是没法缝衣裙的。况且,她在我身边生活久了,对文学写作自会有一种直觉的理解,这种理解往往比好多文人的理解更高明,至于那些蠢人就更不在话下了。比如,我当初给《费加罗报》写文章的那会儿,我们这位老总管看着我,总是一脸不胜怜悯的表情,她真心诚意地同情作家的境遇,说:"您一准脑袋瓜子疼得厉害吧。"这就好比有些人对自己不曾做过,甚至不曾想过的工作,或者对一种自己所没有的习惯,难免会对其艰巨性有所夸大,他们会对你说:"像这样打喷嚏,您多受累啊。"但是,弗朗索瓦兹能猜到我自有乐在其中之处,她尊重我的工作。但有一件事让她不高兴,那就是我常会把我的文章事先讲给布洛克听,她怕布洛克会抢先写成他的文章,她说:"对这些人哪,您可得多防着点儿,他们抄起来可麻利呢。"果然,每次我把自己的思路告诉布洛克,他听着觉得不错的时候,他总像事后突然想起似的,对我说:"您瞧,事情有多巧,我有些想法跟您像极了,我得把我写的东西念给您听听。"(当然他没能念给我听,不过当晚他就去写了。)

　　弗朗索瓦兹所说的那些纸卷,是一张张贴上去的,所以免不了会这儿撕裂一点,那儿扯破一点。我不明白,碰到这种时候,弗朗索瓦兹为什么不能帮我修补一下,就像她缝补自己磨勚的长裙,或者像她等玻璃匠来修厨房的窗玻璃(做个类比,我就像印刷匠)的当口,先用报纸把碎玻璃糊上呢?弗朗索瓦兹指着像虫蛀过的木头似的草稿本说:"瞧,都成什么样子了,纸边上像虫啃过似的,毛糙得像条花边。"随后又像裁缝那般打量着被虫啃过的纸说:"我想我是补不了,没救喽。真可惜啊,没准这是您写得最棒的东西呢。在贡布雷那会儿有人

---

1. 纸卷,原文为 paperole,这是弗朗索瓦兹"无师自通"生造的一个词。

就说过,再精明的皮货商也比不过蛀虫。它们专拣最好的料子啃咬。"

另外,一本书中的每个个体(无论是人还是物)总是由众多的印象凑集而成的,这些来自许多少女、许多教堂、许多奏鸣曲的印象,往往被用来描写一首奏鸣曲、一座教堂、一个少女,从这个意义上说我写书不是跟弗朗索瓦兹烧冻汁牛肉有相似之处吗?这道备受德·诺布瓦先生赞赏的冻汁牛肉,正是因为精挑细选了许多牛肉来焖煮,才使冻汁那么入味。我终于可以把当初在盖尔芒特家那边散步时充溢在胸臆,却又以为不可能写出来的东西写出来了——其实,那时在回家的路上,我也以为我不可能在妈妈来吻我以前安然入睡,而后来,我又曾以为我不可能对阿尔贝蒂娜爱着女人的念头泰然处之,这个念头最后终于使我在共同生活中,对她的存在漠视到视若无睹的地步;我们最大的恐惧,正如我们最大的希望一样,并不会胜过我们的潜能,我们终将能克服恐惧、实现希望。

〔躯体把精神监禁在一座堡垒里;很快堡垒就被团团围住,精神最终只能投降。〕

是的,刚在我脑子里成形的时光的概念,告诉我该是着手写这部作品的时候了。得赶快了。但是我在走进客厅,看到那些仿佛化过装的脸,明白了什么叫逝去的时光的那会儿,我感到过揪心般的焦虑不安;我现在动手,还来得及吗,或者说我还有体力和精力来完成这项工作吗?精神世界自有它的景色,而容我们观看的时间却是很有限的。我先前就像一个画家,顺着小路攀上了突出在湖面上的一座悬崖。平时我们被山岩和树丛遮蔽了视线,是看不见这个湖泊的。他从岩树的缺口处瞥见了它,湖的景色一览无余地展现在他眼前,他拿起了画笔。可这时夜幕降临了,他已经没法作画,而且夜色只会愈来愈浓。但我不同于这个画家,我要写刚才在书房里构思的那样一部作品,有一个前提，那就是必须在回忆所提供的许多印象中挖掘下去，否则回忆了也没用。

首先，在着手工作之前，我也许会感到不安，因为虽然我觉着（按我的年龄来说）自己前面还有一些年头，但那个时刻，毕竟是说来就来的。一切问题的出发点，应该是这样一个事实：我有一个身体，也就是说，我永远受到来自两方面的威胁——外部的和内部的。我这么说，也只是为了叙述方便而已。因为，内部的危险，比如说脑溢血，其实同时也是外部的危险——它威胁到躯体。有一个躯体，对精神而言是最大的威胁。进行思维活动的人类的生活，相对于自然界的动物的生活而言，与其说是一种奇迹般的完善，不如说是精神生活构造中的一种不完善，有如原生动物以珊瑚形式共存，有如鲸的身体那样，是一种退化。[1] 躯体把精神监禁在一座堡垒里；很快堡垒就被团团围住，精神最终只能投降。

不过，暂且还是先区分一下对精神构成威胁的这两种不同的危险，从外部的危险说起吧，我记得在以往的生活中不乏这样的时刻，我在某种情况下会中止肉体的活动，唯有脑子处于亢奋的状态，比如说，我喝得醉醺醺地离开里弗贝尔的餐厅，乘车去附近的游乐场的那会儿，我就非常清楚地在自己身上感觉到思维的现时目标，意识到这完全是种偶然，不仅这个目标以前不曾进入过我的思维，而且，它将和我的躯体一起化为乌有。当时我没有在意这些。我的欣喜是无所忌惮，无忧无虑的。即使这种快乐极为短暂，顷刻过后就会烟消云散，那又有什么关系呢。现在已经不一样了；因为，我感到的幸福，并非来自一种跟过去隔绝的纯主观的神经紧张状态，而是来自情绪的释放，而过去，就在这一过程中重新成形，以现实的姿态出现在眼前，暂时地

---

1. 珊瑚是珊瑚虫群体或骨骼的化石，鲸则是陆生哺乳动物返回海洋演变而成，这也许都可以看作退化的表现。

（可惜啊！）赋予我一种具有永恒价值的东西。我真想把它留赠给那些我能用自己的宝贝使他们富足的人们。诚然，我在书房里感受到，并想加以保护的东西，仍然是愉悦的情绪，但那已不是自私的愉悦，或者至少已经具有了一种能为他人所用的利己性（因为自然界中一切生命力旺盛的利他主义，必然是按照一种利己主义的模式在发展的，对人类来说，凡是不符合利己主义原则的利他主义，必然是没有生命力的，就作家而言，这种利他主义往往表现为中断自己的工作，去接待一个倒霉的朋友，去担任一份公职，去写一些宣传文章）。当初从里弗贝尔一路回去，对什么都满不在乎的心情，我已经没有了，我感到自己身上承载着的那部作品，分量越来越重（如同捧着一件别人托付给我的珍贵而易碎的物品，一心想把它完好无损地交到指定的收件人手中，而不是留在自己手上）。现在，一旦感觉到了自己身负承运一部作品的使命，一场可能导致我死亡的事故，在我就变得更加可怕，甚至（在我觉得写作这部作品既很必要又会旷日持久的情况下）非常荒谬了，它跟我的意愿，跟我意识深处的生命冲动都是格格不入的，然而它发生的可能性，却并不会因此而有所降低。因为（每天在生活中发生的一些小事故，往往就是如此。比如说你凝神屏息唯恐弄出声音吵醒一位睡着的朋友，不料桌上放得太靠边的水罐，突然摔了下来，还是吵醒了他）完全有这样的可能，即由物质原因引起的事故发生时，是全然跟我们的意愿相违背的，我们既不愿意看见它的发生，可是事故不以我们的意志为转移，照样还是发生了。我很清楚地知道，我的脑袋是个富矿，其中储藏着分布范围很广、品种非常丰富的珍贵矿脉。可是，我还有时间去开掘矿脉吗？我是唯一能做这件事的人。原因有二：随着我的死亡同时消失的，不仅是唯一的能够开采这些矿石的矿工，而且是矿脉本身；而一会儿我回家的路上，只要乘坐的车子跟另一辆车碰撞一下，我的肉体就将毁灭，而我的精神（生命会从中撤离）将不得不永远舍弃那些新颖的思想，在这一刹那，我的精神尽管还来不及把这些思想安全地存进一部著作中去,但仍在仓促间,用它颤抖的、能起保护作用却又相当脆弱的矿浆,把它们包裹了起来。然而,出于一种奇怪的巧合,这种推理出来的对危险的惧怕,恰恰是在不久前我对死亡变得不大在意的当口,在我心中滋生的。曾经有一段时间,一想到我会变得不再是我,我就感到不胜恐怖,对于曾经体验过的每次新的爱情(对吉尔贝特的,对阿尔贝蒂娜的)我也有同样的感受,因为我无法承受那个爱她们的人有一天会不再存在的想法,那每一次爱情都像一种死亡。但这种恐惧,由于不断在更新,自然而然地转变成了一种自信的宁静。

甚至不一定非得出一次事故,才会损伤脑子。我在大脑出现一种空白状态,或者丢三落四忘掉东西时,都能感觉到脑子损伤的症状,东西放在哪儿我压根儿就忘了,后来还是偶然看见,才又找到的,就好比整理物件时,眼前突然冒出一件东西,你都忘记自己曾经找过它。面对这些症状,我就像一个守财奴眼见保险箱有了个洞,金银财宝不断地在流出来。曾经有过那么一个我,为财宝的丢失而悲伤,想靠回忆来阻挡这种丢失,但很快我就感觉到回忆在衰退之时,把那个我也带走了。

[死亡的意识对于写作意味着什么。]

虽然如上所述,有一段时间里,死亡的意识曾使爱情在我眼里变得很黯淡,但自那以后,对爱情的回忆帮助我克服了对死亡的恐惧——这种情况由来已久。我明白,死亡并不是什么新的东西,从孩提时代算起,我早已死过好多次了。就说最近的那段时间吧,我不是曾经把阿尔贝蒂娜看得比我的生命更重要吗?当时我难道能设想有一天我会中断对她的爱情吗?然而现在我不再爱她了,我不再是爱她的那个人,而是不爱她的另一个不同的人了,自从我成为另一个人以后,我就终止了对她的爱。不过我并不为自己成为另一个人、不再爱阿尔贝蒂娜,而感到难过;想到有一天我的肉体会不再存在,无论如何也不如当年想到有一天我会不再爱阿尔贝蒂娜时,那样地感到伤心。然而,如今我对不再爱她居然已经毫不在意了!这一次次的死亡,我曾经担心它们会使一切都毁于一旦,而在每一次死亡过后,当为它担心的人已不再感觉到它的时候,它却变得那么云淡风轻,那么柔和甘美,这一次次死亡终于使我明白了,害怕死亡是不明智的。然而现在,不久前刚变得对死亡满不在乎的我,重新又开始惧怕死亡了,自然,是换了一种形式,不是为我自己,而是为我的书而怕,要写成这部书,至少在一段时间里,缺不了这个处于诸多危险威胁之中的生命。维克多·雨果写道:

青草总要生长,孩子终会死去。[1]

而我想说,残酷的艺术法则就是这样,人类死去,我们自己受尽磨难死去,都是为了让青草得以生长,不是从忘川中,而是从永恒的生命中生长出来,富有生命力的作品就是茂盛的青草,一代又一代的人们来到草地,他们不会想到长眠于青草之下的那些人,他们是来开心地享用"草地上的午餐"的。[2]

上面说的是来自外部的危险;另外还有来自内部的危险。就算我躲过了一次外界的劫难,谁又知道我会不会无缘消受上天的这份恩宠,由于一次源于自身的变故,一次内心的劫难,而坐失写作这部书所必需的那些年月呢。

待会儿我沿香榭丽舍林荫道回家的路上,谁能担保说我一定不会

---

1. 出自雨果诗集《沉思集》第四卷。
2. 《草地上的午餐》(1863)是印象派画家马奈的名作,原名《浴》。

像外婆一样突然发病呢,那天下午她和我在这条林荫道上散步——那是她最后一次散步,但她根本想不到(我们平时就生活在这种想不到之中)时针已经不知不觉地走到了既定的位置,时钟脱钩的发条就要敲响既定的钟点。我会不会也像她一样呢?

[……]

这个死亡的念头,就如爱情一样,在我脑子里扎下了根。并不是我喜欢它,我讨厌它。但由于我时不时要想到它,就像想到一个还没爱上的女人那样,这个念头现在已经完全附着在我大脑最深的那一层上,我凡是要做一件事,必得先让死亡的念头渗透进去,否则就没法去做这件事,甚至哪怕我什么也不做,完全处于休息的状态,死亡的念头也会如同意识到自我存在的念头一样,不离不弃地伴随着我。我想,有一天我变得生活无法自理,下不了楼梯、想不起自己叫什么、起不了床的时候,那未必是事故造成的,也未必是由死亡的念头,由觉得自己离死亡已经不远的念头,近乎下意识地引起的,我想那也许只是因为,两个念头碰在了一起,心灵这面巨大的镜子必然会把一种新的现实反映出来。然而我没有看到,我身上的这些疾病,换在别人身上是完全可能在没有任何预警的情况下,直接致死的。但此时我想到别人,想到所有那些每天死去的人,却并不觉得他们的疾病和死亡之间的不相衔接,会使我们有什么异常之感。我甚至想,仅仅因为我是从内部(乃至通过希望的幻灭)在观察他们,所以虽然我相信我已来日无多,但我仍然觉得有些疾病孤立地看并不是致命的,正如那些相信自己大限已到的人,尽管对此深信不疑,但当自己没法说话时,往往还会以为这不是发病,不是失语症,而只是舌头不利索,只是一种由神经紧张引起的类似口吃的现象,或者只是消化不良导致的极度乏力的缘故。

[我要写出另一个时代的《一千零一夜》和《圣西门回忆

录》。]

对我来说，我要写的是另外的东西，篇幅更长，写的也不是一个人的事。写作所需的时间要长得多。白天，我最多只能试着睡一下。如果我要写作，那必定是在夜晚。我需要多少个夜晚哟，说不定是一百个，说不定是一千个。我每天都将生活在焦虑之中，不知道自己命运的主宰，那位也许还不如沙赫里亚尔苏丹[1]宽宏大量的命运之神，每当清晨我还没把故事讲完时，他会不会把我的死刑判决宽延到下一天，让我还能有一个夜晚来继续讲下去。我这么说，绝无再写一部《一千零一夜》的意思，我要写的，并不是同样也是夜晚写作的圣西门那样的《回忆录》，也跟任何一本我在天真烂漫的童年时代心爱的书都不一样，尽管当年我对那些书近乎迷信的依恋，堪比日后对爱情的依恋，尽管那时只要想到会有一本书跟它们不同，就会让我不胜惊骇。但是，正如埃尔斯蒂尔之于夏尔丹，一个人只有把他所爱的东西先抛弃，才能重新把它做出来。我的书，想必也像我的肉体一样，总有一天会死去。生死有命，这是没有办法的。我得接受这样的观念，即我自己在十年以后将不再存在，我的书在一百年以后也将不再存在。所谓永生，不仅人没有这种可能，作品也没有这种可能。

那也许会是一本像《一千零一夜》一样长的书，但跟它完全不一样。是的，当一个人喜欢某个作品时，他很可能会想创作一部相仿的作品，但我们应该割舍这种一时之爱，别去考虑自己的兴趣，而要关注那个真实的存在——它非但不问你喜欢什么，而且不让你往那上面想。只有当你跟着它往前走的时候，你才有可能跟你曾抛弃的东西相遇，在已然忘却它们的情况下，写出另一个时代的《一千零一夜》或

---

[1] 见《一千零一夜》。这位苏丹每天娶一个女子来过一夜，次日便杀掉再娶。宰相之女山鲁佐德自愿进宫，每晚讲故事留一结尾，苏丹想听完故事，便将处决的刑期一日复一日地往后推延。

《圣西门回忆录》。可是我还来得及吗？会不会为时已晚？

我想到的不只是"还来得及吗？"而是"我还行吗？"，疾病犹如一个严厉的听忏悔的神甫，在让我死于世间的同时，也帮了我，因为"一粒麦子不落在地里死了，仍旧是一粒；若是死了，就结出许多子粒来"[1]，疏懒使我免于任性，疾病说不定又会使我免于疏懒，疾病耗尽了我的精力，正如我很久以来，尤其是在中止了对阿尔贝蒂娜的爱时所注意到的那样，它耗尽了我用以回忆的精力。而通过对种种印象的回忆来进行创作，往深处挖掘这些印象，阐明它们的意义，把它们转换成与之相当的知性层面的内容，对于我方才在书房里设想的那样一部艺术作品来说，不正是一种必不可少的，甚至近乎唯一的写作手段吗？哦！要是我还像在书房里看见《弃儿弗朗沙》时回想起的那晚一样，还有那样充沛的精力，那有多好啊！正是从妈妈没来吻我的那个夜晚开始，后来伴随着外婆缓慢的死亡过程，我的意志、我的健康慢慢地在走下坡路。就在我想到，要等第二天晚上才能用唇去吻妈妈的脸，我实在受不了的那一瞬间，我下了决心；我从床上一跃而起，穿着睡衣跑到窗口，在月亮的清辉下直等到听见斯万先生离去。爸爸妈妈送他出门，我听见花园的门打开，响起铃声，门重又关上……

［我要写出时光是如何为每个人安置他的位置的。］

然后，我突然想到，要是我还有精力完成我的著作，这次下午聚会——如同当初在贡布雷某些对我影响至深的日子一样，这次聚会在今天让我同时产生了写作我这部书的念头，和生怕不能实现这个想法的忧惧——也许首先就是为这部书指明了它的体式，那是一种我曾经在贡布雷的教堂中隐约感到过的、我们通常看不见的体式，亦即时间

---

1. 引自《圣经·新约·约翰福音》第十二章。

的体式。

还有，我们在时间中占有一个不断扩大的位置，这一点所有的人都感觉到了，这是一个事实，但又是一个让每个人都感到困惑不解的事实，唯其如此，所以我才感到很高兴，觉得自己应该试图来阐明个中的道理。我们不仅能感觉到自己在时间中占有一个位置，而且干脆就像测量在空间中所占的位置那样，来大致测量这个位置的大小。这不，即便是一个没有经过训练的人，如果有两个他不认识的男人站在他面前，两人都留着黑色胡子，或者都把胡子剃光，他多半还是能说出其中一人是二十来岁，另一人是四十来岁。当然，这样判断陌生人的年龄，出错是在所难免的，可是，我们认为自己能够做出这种判断，这本身就说明我们是把年龄看作一件可测量之物的。第二个留黑胡子男人比第一个男人大的那二十岁，确是我们加上去的。

如果说我现在要着力强调的，是这种植入式的时间观念，那是因为就在此刻，在盖尔芒特亲王的府邸里，我又听见了爸爸妈妈送斯万先生出门的声音，听见那金属般清脆而又刺耳的门铃声响个不停，宣告斯万先生终于走了，妈妈终于可以上楼来了。我又听见了它们，它们此刻位于过往的岁月中某个遥远的位置，但我听见了它们。我当初听到它们的那一刻，和盖尔芒特府上的这个聚会之间，自然发生过很多事情，我一一回想这些事情之际，不禁惊骇地想到，莫非那只小小的门铃还在我身上响着？那铃声，由不得我愿意还是不愿意，兀自在刺耳地响着——我记不清它是怎样停歇的了。为了让它重新响起，为了让我能重新听见这铃声，我得让自己对周围那些戴着面具的宾客的谈话声充耳不闻才行。为了尽量听得更真切些，我必须重新深入自身中去。这么看来，这铃声始终在那儿响着，我并不知道自己身上承载着的那个无限伸展的往昔，也始终在那铃声和当下这一刻之间存在着。那铃声当初响起的时候，我已经作为一个个体存在了，而从那以后，若我还想听见那铃声，就得让它不要中断，就得让我自己不能有片刻停歇,须臾不离自己的存在、自己的思考和那份自我意识,往昔的那一时刻,依然在我身上流连,我只要深入到自身中去,就依然能找到它,依然能回到它那儿去,这是因为,人的躯体就像这样地包含着往昔的岁月,它们会对爱它们的人造成极大的伤害,既然它们包含着那么多有关欢愉和欲念的回忆,尽管这些回忆已经从爱它们的人身上淡去,但对那个在沉思中沿着时光的维度往上追溯的人来说,它们依然是残酷的,他对这个心爱的躯体的嫉妒之深,会使他宁愿看着它毁灭。人死后,时间会从躯体中消遁,回忆——如此冷漠、如此苍白的回忆——会从不再存在的个体上消褪,而且很快也会从现在仍在受回忆折磨的另一个人身上消褪,而一个有生命的个体身上的欲念不再能滋养这些回忆之时,也就是它们的终结之日。我凝视着熟睡的那个阿尔贝蒂娜,她已经死了。

我又困又怕地意识到,这段漫长的时光,是我从未间断地生活过、思考过、是从我身上一点一点流淌出来的,它是我的生命,它就是我,而且不仅如此,我还得每时每刻都和它维系在一起,它支撑着我,而我,处于它那令人眩晕的极顶,倘若不带上它,根本就动弹不得。听见贡布雷花园门铃声响的日子,已经那么遥远,却始终在我心中,那是我并不知道自己拥有的那个宏大维度中的一个坐标点。当我犹如从耸入云端的高处往下——也是在我自己身上——看见那么多的岁月的时候,我只觉得头晕目眩。

我终于明白盖尔芒特公爵——瞧见他坐在椅子上,我曾经很羡慕他,觉得他尽管脚下的岁月比我多得多,却并不怎么见老——何以会在站起身来的时候,身子摇晃,腿像某个老迈的大主教那样直打哆嗦,被年轻力壮的神学院学生簇拥着的那位大主教,周身上下只剩那个金属十字架还是牢固的,他在历经八十三个年头好不容易抵达的极顶上往前跨步时,犹如一片树叶那般抖颤着,仿佛踩在一副有生命的、不断增高——甚至会超过钟楼——的高跷上,他颤颤巍巍地跨出了那艰难而危险的一步,却一下子从极顶摔了下来。(人上了年纪,脸容就会跟年轻人完全不一样,一个人哪怕再眼拙,也不可能看错,绝不会把他们的脸混淆起来,老人的脸总要透过一层浓密的云雾才能看清,莫非就是由于这个缘故?)我担心我脚下的高跷已经很高,觉得自己恐怕没有精力把已经往下退得很远的以往再维系多久了。所以,倘若我还能凭这点精力,有足够的时间完成我的作品,我首先要写的就是一个个人(即使说不定会把他们写得怪怪的),他们每人都有自己的位置,那是一个比他们在物质空间中逼仄的占地大得多,而且无限延伸的位置,因为他们就像沉潜于岁月之中的巨人,同时触摸到了他们生活中那些不同的时期,而在那些不同的时期中间,无数的日子各就各位——安置它们的,正是时光。

图书在版编目（CIP）数据

追寻逝去的时光：选本/（法）马塞尔·普鲁斯特著；周克希译.
—上海：华东师范大学出版社，2019
ISBN 978 - 7 - 5675 - 9088 - 5

Ⅰ.①追… Ⅱ.①马…②周… Ⅲ.①长篇小说－法
国－现代 Ⅳ.①I565.45

中国版本图书馆 CIP 数据核字（2019）第 060432 号

追寻逝去的时光（选本）

著　者	［法］马塞尔·普鲁斯特
译　者	周克希
策划编辑	许　静
项目编辑	陈　斌
审读编辑	朱晓韵　林　仪
装帧设计	吴元瑛
出版发行	华东师范大学出版社
社　址	上海市中山北路 3663 号　邮编 200062
网　址	www.ecnupress.com.cn
电　话	021 - 60821666　行政传真 021 - 62572105
客服电话	021 - 62865537　门市（邮购）电话 021 - 62869887
地　址	上海市中山北路 3663 号华东师范大学校内先锋路口
网　店	http://hdsdcbs.tmall.com
印刷者	上海中华商务联合印刷有限公司
开　本	890毫米×1240毫米　1/32
印　张	14
插　页	14
字　数	360 千字
版　次	2019 年 7 月第 1 版
印　次	2023 年 1 月第 2 次
书　号	ISBN 978 - 7 - 5675 - 9088 - 5
定　价	88.00 元
出 版 人	王　焰

（如发现本版图书有印订质量问题，请寄回本社客服中心调换或电话 021 - 62865537 联系）